KB004623

아름다운 폐허

아름다운 폐허

Beautiful Ruins

제스 월터 | 김재성 옮김

mujintree
뮤진트리

고대 로마인들은 맹수들이 싸우는 공간을 위해 최고의 건축물을 만들어 냈다.

-볼테르의 《서간문전집》-

클레오파트라 : 나는 사랑을 주인으로 섬기지 않을 거예요.
마르쿠스 안토니우스 : 그렇다면 그건 사랑도 아닐 거요.

-1963년의 실패작 영화 〈클레오파트라〉의 한 장면-

딕 캐빗은 1980년 리처드 버튼과 네 차례의 훌륭한 인터뷰를 가졌다.
당시 쉰다섯 살의 버튼은 이미 아름다운 폐허였으며 매혹적이었다.

-2010년 11월 22일자 〈뉴요커〉에 게재된 루이스 메넌드의 '토크 스토리'-

앤, 브루클린, 에이바, 알렉에게 바침

차례

01 죽어가는 여배우 9

02 마지막 피치 27

03 애더퀴트 뷰 호텔 65

04 천국의 미소 106

05 마이클 딘 프로덕션 123

06 동굴 벽화 139

07 인육을 먹다 168

08 그랜드 호텔 179

09 방 197

10 영국 투어 207

11 트로이의 디 235

12 열 번째 퇴짜 257

13 디, 영화를 보다 271

14 포르토 베르고냐의 마녀들 292

15 마이클 딘 회고록의 삭제된 첫 장 322

16 추락 이후 344

17 포르토 베르고냐의 전투 365

18 프런트 맨 379

19 진혼 미사 406

20 끝없는 불길 417

21 아름다운 폐허 435

▪ 옮긴이의 말 452

■ 일러두기

–주요한 인명이나 작품명, 개념 등은 외래어 표기용례에 따라 맨 처음, 주요하게 언급될 때 원어를 병기했다. 단, 널리 알려진 이름이나 표기가 굳어진 명칭은 그대로 사용했다.
–본문에 나오는 도서나 영화 등의 제목은 원 제목을 번역 표기하는 것을 원칙으로 하되, 국내에 번역 출간 및 소개된 작품은 그 제목을 따랐다.
–이탈리아어로 표현한 대목은, 원어의 발음을 소리나는 대로 적고 원어와 뜻을 병기했다.
–옮긴이 주는 괄호 안에 작은 글씨로 표기했다.

01
죽어가는 여배우

1962년 4월
이탈리아, 포르토 베르고냐

죽어가는 여배우를 태운 유일한 직항편인 보트는 만灣으로 진입한 뒤 바위를 쌓아 만든 방파제를 흔들거리며 지나쳐 선창 끝에 툭 부딪치며 마침내 그의 마을에 도착했다. 그녀는 보트 뒤편에서 잠시 머뭇거리더니 가느다란 손을 뻗어 마호가니 난간을 붙들었고 다른 손으로는 머리에 쓴 챙 넓은 모자를 깊이 눌렀다. 그녀 주변에서는 햇빛이 잘게 부서져 나부끼는 파도 위로 내려앉았다.

20여 미터 떨어진 곳에서 파스쿠알레 투르시는 여자의 도착을 꿈을 꾸듯 바라보았다. 아니 어쩌면, 나중에 생각해보면, 그것은 꿈이라기 보다 오히려 한평생의 잠에서 깨어나자마자 대하는 소나기의 청명함이라 할 수 있었다. 파스쿠알레는 하던 일을 멈추고 몸을 일으켜 세웠다. 그해 봄 그가 주로 하던 일이란 가족 소유의 텅 빈 호텔 아래에 해변을 만드는 것이었다. 파스쿠알레는 리구리아 해의 찬 바닷물에 가슴께까지 몸을 담그고 고양이 몸집만한 돌들을 추려 던지는 중이었다. 야트막하게 쌓아놓은 건축용 토사 더미가 파도에 쓸려가지 않도록 방파제를 쌓기 위해서였다. 파스쿠알레의 '해변'은 고작 고깃배 두 척 정도의 너비였고 토사 더미 밑에는 부채꼴의 암반이 깔려 있었지만, 마을을 통틀어 이만한 해안 평지나마 찾기가 쉽지는 않았다. 아무튼 정기적으로 들고 나는 배라곤 정어리나 멸치를 잡는 어부들의 고깃배가 전부임에도 아이러니하게, 또는 희망사항에 가깝게, 이 마을은 포르토Porto(항구)라는 호칭을 달고 있었다. *베르고냐Vergogna*는 수치羞恥를 뜻했으니 17세기에 선원들과 어부들에게 특정한 도덕적, 상업적 융통성을 지닌 여자들을 제공한다는 용도로 조성된 이 마을의 유래를 말해주는 이름이기도 했다.

그 아름다운 미국 여자를 처음 본 그 날, 파스쿠알레는 백일몽을 꾸며 가슴께까지 몸을 담그고 있었는데, 그것은 초라하고 남루한 포르토 베르고냐가 신흥 휴양촌으로 번성하고 자신은 1960년대라는 눈부신 현대의 여명기에 무한한 가능성을 지닌 세련된 사업가로 활약하는 모습이었다. 이탈리아의 전역에서 돈이 넘쳐나고 문맹률이 떨어지는 *일 붐il boom*(호황)의 조짐들이 보였다. 여기라고 안 될 까닭이 없지 않은가? 북적대는 피렌체에서 4년을 보낸 그는 자신에게는 반질거리는 기계와 텔레비전과 전화와 더블 마티니와 꽉 죄는 바지를 입은 여자들로 가득한 화려한 시대, 전에는 영화 속에서만 존재하는 줄 알았던 그런 세상에 대한 중대한 뉴스를 전파할 사명이 있다고 상상하며 최근 이 작고 뒤처진 마을로 돌아왔다.

포르토 베르고냐는 여남은 채의 낡은 회칠 가옥과 버려진 교회, 그리고 마을의 유일한 상업 시설이라 할 파스쿠알레 가족 소유의 작은 호텔과 카폐가 가파른 절벽의 틈새에 마치 무리지어 자고 있는 염소 떼 모양 다닥다닥 붙어 이루어진 촌락이었다. 마을 뒤에는 183미터 높이의 검은 줄무늬 바위산이 솟아있었다. 그 아래에는 역시 바위가 많고 새우등처럼 휘어진 만이 나있었다. 어부들은 날마다 그곳을 들고 나며 고기를 잡았다. 이렇게 한편으로는 절벽에 그리고 반대편으로는 바다에 둘러싸여 고립되어 있었으므로 마을은 자동차나 수레로 접근할 수 없었고, 도로라고 해봤자 집들 사이로 난 비좁은 통로들, 즉 일반적인 보도보다 폭이 좁은 벽돌 길과 급경사진 골목길과 계단들이 전부였다. 모두 너무 좁아서 마을의 작은 광장인 피아짜 산 피에트로를 빼고 어디서나 팔을 벌리면 양쪽 벽이 손에 닿을 지경이었다.

이런 점에서 벽촌 포르토 베르고냐는 북쪽 절벽 너머의 고풍스러운 마을 칭케 테레와 그다지 다르지 않았다. 그보다 더 작고 더 외지고 덜 아름다웠다는 점을 빼면 말이다. 사실 북쪽의 호텔과 식당 업주들은 절벽 틈새에 박혀있는 이 작은 마을을 *발드라카 쿨로baldracca culo*, 즉 창녀의 사타구니라는 애칭으로 부르곤 했다. 하지만 파스쿠알레는 이웃 마을들의 업신여김에 굴하지 않고 아버지가 그랬듯 포르토 베르고냐도 언젠가 칭케 테레를 포함하는 제노바 이남의 다른 지역들처럼, 또는 더 나아가 포르토 피노와 세련된 이탈리아 리비에라를 아우르는 포넨테 지역의 대규모 관광도시들처럼 번성할 수 있다고 믿게 되었다. 어쩌다 배를 타고 또는 걸어서 포르토 베르고냐로 흘러들어오는 외국인 관광객들은 길 잃은 프랑스인 또는 스위스인인 경우가 많았지만, 파스쿠알레는 1960년대의 도래와 함께 *브라비시모bravissimo(훌륭한, 멋진)* 존 F. 케네디 대통령과 영부인 재클린을 필두로 미국인들이 떼로 몰려들 것이라는 희망을 품고 있었다. 하지만 이 마을이 그가 꿈꾸는 *데스티나찌오네 투리스티카 프리마리아*

destinazione turistica primaria(주요 관광지)로 발돋움하려면 바로 관광객들을 모아들여야 하고 그러기 위해서는 무엇보다도 해변이 필요하다는 사실을 파스쿠알레는 잘 알고 있었다.

그리하여 오랜 친구 오렌찌오가 모는 붉은 마호가니 보트가 까딱거리며 만에 진입할 즈음, 파스쿠알레는 그런저런 생각을 하며 물에 몸을 반 이상 담근 채 턱 밑까지 닿는 바위를 가슴에 안고 있었던 것이다. 부유한 포도주 상인이자 제노바 이남의 관광업을 호령하는 호텔 업주 구알프레도의 이 값비싼 10미터 짜리 보트가 포르토 베르고냐에 들어오는 일은 드물었다. 보트가 부두에 들어서는 모습을 보며 파스쿠알레는 그저 "오렌찌오!" 하고 외칠 따름이었다. 친구는 이 인사가 왠지 낯설기만 했다. 두 사람은 열두 살 이후로 줄곧 친구사이였지만 이렇게 큰 소리로 인사하는 일은 없었다. 그보다는 그저 알은체하고, 입술을 들어 올리거나 눈썹을 치켜세우는 게 상례였다. 오렌찌오는 무뚝뚝한 얼굴로 고갯짓을 했다. 보트에 관광객을 태우고 있을 때면, 그리고 특히 그게 미국인일 때면, 그는 심각해졌다. "그 자들, 그 미국인들은 말이야, 정말이지 심각한 사람들이야." 언젠가 오렌찌오는 파스쿠알레에게 이렇게 설명했다. "독일인들보다도 의심이 많다니까. 우리가 헤죽헤죽 웃거나 하면 자기들한테서 뭔가를 훔치고 있다고 생각해." 오렌찌오는 오늘따라 유난히 뚱한 얼굴로 보트 뒤쪽의 여자에게 눈길을 던졌다. 여자의 가는 허리에는 황갈색 롱코트가 단단히 여며져 있었으며 축 늘어진 모자가 얼굴 대부분을 가리고 있었다.

여자가 오렌찌오에게 뭐라 나지막이 말을 하는 소리가 물을 가로질러 파스쿠알레의 귀에 들려왔다. 알아들을 수 없는 소리로군, 파스쿠알레는 생각하다 곧 그게 영어라는 걸, 아니 더 정확히는 미국말이라는 걸 깨달았다. 이런 질문이었다. "죄송하지만, 저기 저 사람은 뭘 하고 있는 거죠?"

파스쿠알레는 친구가 짧은 영어 실력에 주눅이 들어있으며 그 끔찍한 언어로 최대한 간결하게 답변하는 경향이 있음을 알고 있었다. 오렌찌오는 방파제를 짓겠다고 큰 바위를 껴안고 있는 파스쿠알레를 흘낏 쳐다보곤 *스피아지아spiaggia*, 즉 해변을 뜻하는 영어 단어를 다소 귀찮다는 듯 내뱉었다. "빗치Bitch"라고(해변을 뜻하는 장모음의 단어 beach를 말한다는 것이 암캐, 못돼먹은 여자를 가리키는 단모음의 단어 bitch로 잘못 말한 것). 여자는 잘못 들은 거겠지, 하듯 고개를 갸웃했다. 파스쿠알레는 돕고 싶은 마음에 "빗치"는 *"페르 이 투리스티per I turisti"*. 즉 관광객들을 위한 거라고 입속말을 했지만, 아름다운 미국 여자는 듣지 못한 것 같았다.

관광업에 대한 파스쿠알레의 꿈은 아버지에게로부터 이어 온 것이었다. 카를로 투르시는 포르토 베르고냐를 칭케 테레의 다섯 마을과 이어지는 여섯 번째 마을로 만들겠다는 노력에 생의 마지막 10년을 바쳤다. ("얼마나 더 근사하겠니?" 그는 말하곤 했다. *"세이 테레Sei Terre(여섯 개의 땅)*. 칭케 테레는 외국인 관광객들이 발음하기도 어렵거든.") 하지만 조그마한 포르토 베르고냐는 이웃의 다섯 마을이 지닌 매력도 정치력도 갖고 있지 못했다. 그리하여 다섯 마을은 전화선이 설치된 데 이어 터널 철로로 서로 연결되어 철마다 관광객들과 그들이 쓰는 돈이 넘쳐나는 반면, 여섯 번째 마을은 딱 여섯 번째 손가락 꼴로 위축되어 있었다. 카를로의 또 다른 야망은 그 터널 철로를 1킬로미터 연장하여 포르토 베르고냐를 절벽 너머 이웃의 다섯 마을과 연결시킨다는 것이었으나 그 역시 실현되지 못했다. 가장 가까운 도로라고 해봐야 칭케 테레의 절벽 뒤편 계단형 포도밭 뒤로 나 있었기 때문에 포르토 베르고냐는 검은 바위들로 이루어진, 앞은 바다이고 뒤는 절벽을 따라 가파르게 난 오솔길이 전부인 지형에 고립된 채 남아있었다.

눈부신 미국 여자가 도착한 그날은 파스쿠알레의 아버지가 죽은 지 8개월쯤이 될 무렵이었다. 카를로의 죽음은 신속하고 고요했다. 좋아하던 신문을 읽고 있는데 그만 뇌 속의 혈관 하나가 터지고 말았던 것이다. 파스쿠알레는 아버지의 마지막 10분을 되풀이하여 떠올렸다. 그는 에스프레소를 홀짝이고, 담배를 한 모금 빨고, 밀라노 신문에 난 기사에 웃음을 터뜨리더니(파스쿠알레의 어머니는 신문의 그 지면을 보관해 두었는데 거기서 웃을 만한 내용을 전혀 발견하지 못했다), 몸을 앞으로 굽혀 마치 낮잠을 자는 듯한 자세를 취했다. 아버지의 부음이 피렌체 대학교에 다니던 파스쿠알레에게 전해졌다. 장례식이 끝나고 그는 노령의 어머니에게 함께 피렌체로 가자고 간청했지만 어머니는 그 생각만으로도 수치스러워했다. "돌아가셨다는 이유만으로 네 아버지를 떠난다면 나는 얼마나 한심한 아내겠니?" 파스쿠알레에게는 이제 돌아와 노쇠한 어머니를 보살펴야 한다는 결정 외에 다른 선택의 여지가 없었다.

그렇게 파스쿠알레는 호텔의 전에 쓰던 그 방으로 돌아왔다. 그리고 어린 시절 아버지의 생각을 일축해버린 것에 대한 죄의식 때문이었던지 가족의 조그만 호텔을 새삼 다른 눈으로 볼 수 있게 되었다. 그래, 이 마을이 새로운 이탈리아 휴양지가 될 수도 있어. 미국인들이 휴가를 즐기고, 바위가 많은 해변에 파라솔들이 즐비하고, 카메라 셔터가 연신 터지고, 케네디 일가 사람들로 넘쳐나는 그런 곳! 그리고 텅 빈 호텔을 세계적 수준의 휴양지로 변신시키는 데 사욕이 개입되어 있다 한들 어떤가. 가족의 도움이 필요한 문화에서 그가 물려받은 유산이라곤 이 낡은 호텔이 전부였다.

호텔 아래층에는 테이블 세 개짜리 카페, 주방, 작은 아파트 두 개, 그리고 2층에는 예전에 유곽으로 쓰이던 여섯 개의 방이 있었다. 호텔과 함께 두 사람의 장기 입주자들을 보살펴야 하는 책임이 따라왔다. 하나는 물론 몸이 불편한 어머니 안토니아였고, 다른 하나는 그녀의 여동생으로 뻣뻣한 머리카락에 도깨비 같은 형상을 하고 요리를 도맡아할 때만 빼곤 게으른 어부들과 어쩌다 들어오는 손님들에게 소리를 질러대는 발레리아였다. 어부들은 그들을 일컬어 *레 두에 스트레게*le due streghe(두 마녀)라 불렀다.

관용을 빼면 시체였던 파스쿠알레는 신파조의 감정표현에 능한 *맘마*mamma(어머니)와 제정신이 아닌 *찌아*zia(이모)를 묵묵히 참아냈다. 마찬가지로 그는 *페스케레치오*pescherecccio, 즉 매연을 내뿜으며 물살 위를 통통 구르는 지저분한 샐러드 그릇 같은 조그만 나무배를 타고 아침마다 바다로 나가던 거친 어부들 또한 잘 견뎌냈다. 어부들은 매일 남쪽의 시장과 식당들에 팔기에 충분할 만큼의 멸치와 정어리와 농어를 잡아 팔고 돌아와서는 *그라파*grappa(이탈리아 브랜디)를 마시고 직접 말아 만든 쓰디쓴 담배를 피웠다. 카를로는 자칭 피렌체의 명망 높은 상인계층의 후손인 자신과 아들을 이 상스러운 어부들로부터 분리하려고 언제나 무진 애를 썼었다. "저들을 봐라." 그는 우편배달선으로 매주 한 차례씩 배달되는 여러 날치 신문 중 하나를 펼쳐들고 파스쿠알레에게 말하곤 했다. "지금보다 고상했던 시대라면 저자들은 우리의 하인이었을 게다."

전쟁에 다 큰 아들 둘을 잃은 카를로는 막내아들이 어선이나 라 스페찌아의 통조림 공장, 계단형 포도밭이나 아페니노 산맥의 대리석 채석장 같은 곳에서 막노동을 하게 놓아둘 생각이 없었다. 나이 마흔에 파스쿠알레를 얻은 카를로와 안토니아는 마치 둘 사이의 비밀처럼 그를 길렀다. 파스쿠알레의 피렌체 대학교 진학도 이 노쇠한 부모가 아들의 간청에 못 이겨 간신히 허락한 것이었다.

아버지를 여의고 파스쿠알레가 돌아오자 어부들은 그를 어떻게 받아

들여야 할지 몰랐다. 처음에는 책이나 읽고 혼잣말을 하고 이런저런 측정을 하고 건축용 토사 자루들을 바위 위에 던진 뒤, 마지막 남은 한줌의 머리털을 빗는 허영심 많은 남자처럼 모래를 반반하게 고르는 그의 이상한 행동들을 슬픔 탓이겠거니 했다. 그들은 그물을 손질하며 이 호리호리한 스물한 살 청년이 폭풍으로부터 해변을 보호하겠다는 소망으로 바위들을 재배치하는 모습을 지켜보았고, 자신들의 죽은 아버지의 허황된 꿈을 추억하며 눈시울을 적셨다. 하지만 오래지 않아 어부들은 카를로 투르시에게 던지던 악의 없는 조롱들이 그리워졌다.

해변 조성을 위해 일하는 파스쿠알레를 묵묵히 지켜보며 몇 주를 보내고 나자 이제 더 이상 참을 수가 없었던지 어느 날 어르신 토마쏘는 이 젊은이에게 성냥갑을 집어던지며 외쳤다. "파스쿠알레, 여기 자네의 그 코딱지 만한 해변에 놓으면 좋을 의자가 하나 있구먼!" 어색한 친절이 몇 주간 계속됐던 후의 이 가벼운 야유는 마을 위로 흘러들어오는 비구름처럼 차라리 안도로 느껴졌다. 삶이 다시 정상으로 돌아왔다. "파스쿠알레, 내가 어제 레리치에서 자네의 해변 한쪽을 봤는데, 그 나머지 모래를 거기까지 날라다 줄까, 아니면 바닷물에 실려 배달될 때까지 기다릴 텐가?"

하지만 해변이란 어부들도 이미 알고 있는 것이었다. 그들이 잡은 물고기 대부분을 내다 파는 북쪽의 몬테로쏘 알 마레와 리비에라 마을들에 진짜 해변이 있었으니 말이다. 하지만 파스쿠알레가 절벽의 바위 더미 사이를 깎아 테니스장을 만들겠다는 뜻을 비쳤을 때 그들은 그가 제 아버지보다도 더 정신이 나갔다고 단언했다. "저 녀석 완전히 맛이 갔어." 작은 광장에 모여앉아 담배를 말아 피우며 그들은 미래의 테니스장의 경계를 표시한답시고 기다란 줄을 들고서 바위 사이를 허둥지둥 오가는 파스쿠알레의 모습을 구경했다. "아주 *파찌pazzi(미치광이)* 일가라니까. 조금 있으면 아주 고양이하고 대화를 트겠구먼." 그저 가파른 절벽뿐이니 골프장은 불가능하다는 것을 파스쿠알레는 알았다. 하지만 호텔 주위에는 선반 형으로 솟아있는 거석 세 개가 있었고, 어떻게든 그것들의 높이를 균일하게 맞춰 외팔보로 고정만 할 수 있다면 골격이 잡힐 것이고 그 위에 콘크리트를 충분히 부어 직사각형의 평지를 조성할 수 있을 것이며, 그럼으로써 바위 절벽에서 솟아나온 환상적인 테니스장을 세우겠다는 것, 그래서 바다 건너온 방문객들이 최상의 휴양지에 도착했음을 한눈에 알 수 있게 하겠다는 것, 그것이 파스쿠알레의 생각이었다. 눈을 감고도 볼 수 있었다. 순백의 바지를 입은 남자들이 해안선 20미터 상공의 눈부신 콘크리트 선반, 절벽을 뚫고 뻗어 나온 환영 같은 테니스장에서 노란 공을 치고받는 모습을. 옆의 파라솔 밑에서는 원피스와 여름 모자 차림의 여자들이 한가로이 음료수를 홀짝이는 모습을. 그래서 파스쿠알레는 테니스장을 세울 공간을 확보한다는 소망으로 곡괭이와 정과 망치로 바위를 쪼아댔다. 그는 모래를 고르고 돌들을 바다에 내던졌으며 어부들의 조롱을 견디고 이따금 병석의 어머니를 돌봤다. 그리고 언제나 그래왔듯 삶이 문득 찾아와 자신을 발견해 주기를 기다렸다.

아버지의 죽음 후 8개월 동안 파스쿠알레 투르시가 어떻게 살아왔는지는 이 정도로 요약할 수 있겠다. 그는 완전히 행복하지는 않았지만 완전히 불행하지도 않았다. 대부분의 사람들처럼 그 역시 권태와 만족 사이의 드넓고 텅 빈 고원에서 살아가고 있었다.

그리고 그가 이 서늘하고 화창한 오후 가슴께까지 올라오는 바닷물에 잠겨 20미터 앞에서 마호가니 보트가 선창의 계선주를 향해 들어오는 모습을, 부드럽게 일렁이는 미풍을 마주하고 배 뒤편에 서있는 그 여자의 모습을 보지만 않았어도, 파스쿠알레의 삶은 늘 이러했을 것이다.

그녀… 그 아름다운 미국 여자는 믿을 수 없을 정도로 야윈 동시에 제대로 굴곡이 진 몸을 갖고 있었다. 파스쿠알레가 바다에 몸을 담근 채 바라 봤을 때(그녀 등 뒤에서는 햇빛이 일렁이고 옅은 금발은 바람에 나부꼈다) 그녀는 여태 보아온 어느 여자보다도 더 키가 크고 더 가벼운, 마치 종 자체가 다른 생물처럼 보였다. 오렌찌오가 내미는 손을 그녀는 잠시 멈칫하더니 잡았다. 그녀는 그의 도움을 받으며 보트에서 내려 폭이 좁은 선창에 올랐다.

"고마워요." 모자 밑에서 확신 없는 목소리가 흘러나온 뒤 *"그라찌에 Grazie"*라는 서툰 이탈리어어가 숨찬 소리로 이어졌다. 마을 쪽으로 걷기 시작한 그녀는 잠시 휘청거리는 듯했으나 이내 다시 중심을 잡았다. 바로 그때, 그녀가 마을을 살펴보기 위해 모자를 벗었다. 마침내 얼굴 전체를 본 파스쿠알레는 이 아름다운 미국 여자가… 그러니까… 그 정도밖에 아름답지 않다는 것에 약간 놀랐다.

물론 그녀는 틀림없이 인상적이었지만, 그가 기대한 것과는 달랐다. 우선 그녀는 키가 파스쿠알레 만큼이나 커서 180센티미터는 되어보였다. 그리고 그가 서있는 곳에서 볼 때 좁은 얼굴에 비해 이목구비가 좀 크지 않나 싶었다. 턱선은 매우 날렵하고 입술은 무척 도톰하고 눈은 아주 둥글고 큰 것이 마치 무엇엔가 놀란 것처럼 보이기도 했다. 여자가 너무나 야위어서 몸의 굴곡이 부자연스럽고 놀랍게 느껴질 수도 있는 것일까? 긴 머리는 뒤로 넘겨져 말총머리로 묶여 있었고, 살짝 태운 피부는 신기하게도 너무 날카로우면서도 너무 부드러워 보이는 이목구비를 단단하게 받쳐주고 있었다. 그처럼 날카로운 턱에, 그처럼 높은 뺨에, 그처럼 크고 검은 눈에 비하면, 코는 지나칠 만큼 섬세했던 것이다. 아니야, 그는 생각했다, 인상적이기는 하지만 대단한 미인이라곤 할 수 없어.

그런데 그녀가 그를 향해 몸을 돌리는 순간, 그 극단적인 얼굴에 담긴 각각의 요소들이 하나의 완벽한 물체로 융합되면서, 파스쿠알레는 피렌체의 어떤 건물들은 여러 특정한 각도에서 볼 때면 실망스럽다가도 부조로 제시되면 보기 좋으며 그래서 사진이 언제나 잘 나온다는, 말하자면 각각의 시점들이 하나로 결합되게끔 설계되어 있다는, 어디선가 들은 이야기를 떠올리지 않을 수 없었다. 그때 그녀가 미소를 지었으며, 바로 그 순간, 그런 것이 가능하다면, 파스쿠알레는 사랑에 빠졌고, 이제 그는 남은 평생을 그가 알지도 못하는 그 여자에게라기보다는 그 순간을 대상으로 한 사랑에 빠진 채로 보내게 될 것이었다.

그는 껴안고 있던 돌을 떨어뜨렸다.

그녀는 먼저 오른쪽, 이어서 왼쪽, 그리고 다시 오른쪽을 둘러보았다. 마치 나머지 마을은 어디 있는지 찾으려는 것 같았다. 파스쿠알레는 그녀가 보고 있을, 그나마 일부는 유기된 우중충한 석조 가옥 여남은 채가 절벽의 틈새마다 따개비처럼 붙어있는 마을 꼴을 생각하며 얼굴을 붉혔다. 길고양이들이 작은 광장을 헤집고 다니는 걸 빼면 완전한 고요였다. 어부들은 이미 배를 타고 고기잡이를 나가 있었기 때문이다. 파스쿠알레는 하이킹을 하다 우연히 발을 들여놓거나 또는 지도를 잘못 읽거나 언어 문제로 인한 실수로 배를 타고 들어온, 포르토 베네레 또는 포르토 피노라는 매혹적인 관광지로 가고 있다고 믿었으나 난데없이 포르토 베르고냐라는 *브루토brutto(형편없는)*한 어촌에 다다른 사람들의 실망감을 감지했다.

"죄송한데요." 아름다운 미국 여자가 오렌찌오를 향해 몸을 돌리며 영어로 말했다. "짐 옮기는 걸 제가 도와야 하나요? 아니면 그게… 그러니까 제 말은… 경비 지불이 어디까지 된 건지 몰라서요."

예의 '해변-빗치' 사건 이후로 망할 놈의 영어와는 담을 쌓은 오렌찌오는 그저 어깨를 으쓱했다. 키는 땅딸막하고 귀는 주전자만하고 눈은 흐리멍덩한 그는 관광객들에게 종종 뇌 손상을 입은 사람이 아닐까 하는 의심을 불러일으켰으며, 그래서 그들은 이 굼뜬 눈의 얼간이가 모터보트를 능숙하게 조종하는 것에 경탄한 나머지 그에게 두둑한 팁을 주곤 했다. 오렌찌오는 따라서 더 멍청하게 행동할수록, 영어를 더 못할수록, 돈을 더 버는 것이라는 걸 짐작하게 되었다. 그는 그녀를 멍하게 쳐다보며 바보처럼 눈을 껌벅거렸다.

"그러면, 제가 제 짐을 옮겨야 하는 거죠?" 여자는 다시, 참을성 있게, 그리고 조금 무력하게 물었다.

"오렌찌오, *바갈리*bagali(짐)를 말하는 거야." 친구에게 외치는 순간, 이 여자가 자신의 호텔에 투숙할 것이라는 생각이 섬광처럼 파스쿠알레의 뇌리를 스쳤다. 그는 선창 쪽으로 발걸음을 옮겼다. 그리고 입술에 침을 바르면서 서툰 영어를 말할 준비를 했다. "부디," 그가 여자에게 말했다. 입속의 혀가 거대한 힘줄 덩어리처럼 무겁게 움직였다. "오렌찌오가 손님의 짐을 운반하게 해주십시오. 자, 애-더-쿼트 뷰 호텔로 가시지요." 미국 여자는 혼란스러운 듯 보였지만 파스쿠알레는 눈치 채지 못했다. 멋지게 대미를 장식하고 싶었던 그는 그녀에 대한 적절한 호칭을 두고 고민했다. 마담이라고 할까 했지만 더 근사한 말이 있을 것 같았다. 영어를 제대로 익히지는 못했지만 어느 정도는 공부했기 때문에 그 언어의 무작위적인 엄정함, 그 잔혹하고도 무자비한 활용법에 대한 분명한 두려움을 갖고 있었다. 한마디로 잡종 개처럼 예측불허인 언어였다. 그는 가족의 호텔에 체류했던 유일한 미국인을 통해 영어를 처음으로 접했다. 이 미국인은 작가였으며 해마다 봄이 되면 이탈리아로 와서 그의 필생의 역작, 자신의 제2차 세계대전 경험에 대한 장대한 소설을 조금씩 집필했다. 파스쿠알레는 이 키 크고 멋진 작가라면 이 여자를 어떻게 부를까 상상해 보았으나 당최 적당한 단어가 떠오르지 않았다. 그는 이탈리아어에서 빼놓을 수 없는 단어 *벨라bella*, 즉 '아름다운'에 해당하는 영어 단어가 있는지 궁금했다. 그는 질러보았다. "모쪼록 오시지요. 아름다운 미국님."

그녀는 잠시 그를 바라보더니(그의 생을 통틀어 가장 긴 순간이었다) 미소를 지으면서 새치름하게 눈길을 떨어뜨렸다. "고맙습니다. 저게 댁의 호텔인가요?"

파스쿠알레는 물을 튀기며 선창에 이르렀다. 그리고 몸을 꼿꼿이 세우고는 바지에 묻은 물을 털어낸 다음 위풍당당한 호텔 주인으로서 자신을 소개하려 애썼다. "네, 제 호텔입니다." 파스쿠알레는 광장 왼쪽의 작은 손 글씨 간판을 가리켰다. "그럼, 어서…."

"그리고… 저, 우리 앞으로 예약된 방이 있나요?"

"아, 네. 방은 많습니다. 모두 다 당신을 위한 방입니다. 네."

그녀는 간판을 바라보고 이어서 다시 파스쿠알레를 바라보았다. 또 한 차례 더운 바람이 일자 묶은 머리에서 삐져나온 머리칼들이 그녀의 얼굴 위에 일렁거렸다. 그녀는 그의 마른 몸에서 흘러 내린 물로 흥건해진 바닥을 내려다보며 미소 지었다. 그리고 고개를 들어 바다처럼 푸른 그의 눈을 들여다보며 말했다. "정말 아름다운 눈을 가졌군요." 그녀는 다시 모자를 쓰고 눈앞의 작은 광장, 이 작은 마을의 중심을 향해 걸음을 옮기기 시작했다.

포르토 베르고냐에는 *운 리케오un liceo*, 즉 고등학교란 것이 없었기에 파스쿠알레는 라 스페찌아로 통학했고 바로 거기서 오렌찌오를 만나 처음으로 친구다운 친구를 사귀었다. 두 사람은 짝이 될 수밖에 없었다. 늙은 호텔 주인의 수줍은 아들, 그리고 주전자 귀를 가진 키 작은 부두 소년. 통학이 불편한 겨울이면 파스쿠알레는 오렌찌오의 집에서 몇 주씩 숙식하기도 했다. 파스쿠알레가 피렌체로 떠나기 직전의 겨울, 두 친구는 라스페찌아의 선창에서 스위스 맥주를 앞에 두고 새로 고안한 게임을 함께 즐겼다. 밑천이 떨어질 때까지 이미 한 욕을 반복하지 않고 새로운 욕설을 주고받는 것이었는데, 패자가 받는 벌은 앞에 놓인 맥주를 단숨에 마시기였다. 미국 여자의 짐을 들어 올리는 오렌찌오는 파스쿠알레에게 몸을 살짝 기대며 술 마시기 벌칙만 뺀 그 게임을 시작한다. "어이, 불알에 코 박는 놈, 저 여자가 뭐라 그러던?"

"내 눈이 아름답다던데." 눈치를 못 챈 파스쿠알레의 대답이다.

"어, 이봐, 궁둥이 주물럭거리는 놈." 오렌찌오가 말했다. "저 여자가 잘도 그런 말을 했겠다."

"아니야, 정말 그랬다니까. 저 여자는 내 눈을 사랑하고 있어."

"파스코, 이런 거짓말쟁이야. 아이들 고추에나 환장하는 놈 같으니."

"진짜라니까."

"뭐, 네가 아이들 고추에 환장하는 것 말이야?"

"그게 아니라, 저 여자가 정말로 내 눈에 대해 그렇게 말했다고."

"이런, 염소 고추나 빠는 놈 같으니라고. 저 여자는 말이야, 스타 영화배우야."

"내 생각도 그래." 파스쿠알레가 말했다.

"야, 이 멍청아, 진짜 영화에 나오는 배우란 말이야. 지금 로마에서 영화 찍는 미국 회사 소속이라더라."

"무슨 영화?"

"〈클레오파트라〉지 뭐겠어? 너는 신문도 안 읽는구나? 똥으로 담배 말아 피우는 놈아."

파스쿠알레는 고개를 돌려 마을 입구로 이어지는 계단을 올라가는 미국인 여배우를 바라보았다. "하지만 저 여자는 클레오파트라 역을 맡기에는 피부가 너무 흰데."

"화냥년에 서방 도둑년인 엘리자베스 테일러가 클레오파트라고," 오렌찌오가 말했다. "이 여자는 영화에서 다른 역할을 해. 너 정말 신문 안 읽는 거냐, 궁둥이 핥는 놈아?"

"저 여자는 무슨 역인데?"

"그걸 내가 어떻게 알아? 역할이야 뭐 수도 없이 많겠지."

"이름은 뭐래?" 파스쿠알레가 물었다.

오렌찌오는 지시사항이 타자로 찍힌 종이를 파스쿠알레에게 건네주었다. 종이에는 여자의 이름과 함께, 그녀를 포르토 베르고냐의 호텔로 안내해야 하며 비용 청구서는 이 여행을 주선했고 현재 로마의 그랜드 호텔에 묵고 있는 마이클 딘에게 보내면 된다는 내용이 적혀 있었다. 그 종이에 따르면 마이클 딘이라는 남자는 '20세기 폭스 영화사'의 '특별 제작 보좌'였다. 그리고 여자의 이름은….

"디… 모레이." 파스쿠알레는 소리 내어 읽어보았다. 귀에 익은 이름은 아니었다. 록 허드슨, 마릴린 먼로, 존 웨인 등등 미국의 스타 영화배우들은 너무 많아서 이제 웬만큼 다 안다 싶어지면 어느새 새로운 누군가가 유명해지곤 했다. 혹시 미국에는 이 커다란 스크린의 얼굴들을 제조하는 공장이 있는 게 아닐까 의심스러울 정도였다. 파스쿠알레가 다시 고개를 돌려 바라보니 그녀는 이미 계단을 거의 다 올라 마을 입구에 들어서고 있었다. "디 모레이." 그는 다시 불러보았다.

오렌찌오는 어깨 너머로 그 종이를 쳐다보았다. "디 모레이." 오렌찌오도 그 이름을 불렀다. 두 남자는 어쩐지 묘한 호기심을 불러일으키는 그 이름을 되풀이하여 부르지 않을 수가 없었다. "디 모레이." 오렌찌오가 다시 그 이름을 불렀다.

"그 여자는 아프다더라." 오렌찌오는 파스쿠알레에게 말했다.

"어디가?"

"나도 잘은 모르지. 그 남자가 그러더라고, 여자가 아프다고."

"심각하대?"

"그것도 몰라." 그리고는 태엽이 풀린 듯, 또한 자신들만의 오래된 게임에 흥미를 잃은 듯, 오렌찌오는 맥없이 욕설을 덧붙였다. *"우노 체 만지아 쿨로uno che mangia culo(똥구멍을 먹는 놈).*"

돌길을 따라 잔걸음으로 자신의 호텔을 향해 걷는 디 모레이를 파스쿠알레는 바라보았다. "저 여자, 중병이 걸렸을 것 같지는 않아." 그가 말했다. "저렇게 아름다운 걸 보면."

"그래도 소피아 로렌만큼은 아니지." 오렌찌오가 말했다. "마릴린 먼로만큼도 아니고." 지난 겨울 그들의 소일거리 중 하나는 극장에 가 영화에 나오는 여자들을 대상으로 품평회를 여는 것이었다.

"아니야, 내 생각에 저 여자는 좀 더 지적인 미인이야…. 아누크 에메처럼."

"하지만 너무 말랐잖아." 오렌찌오가 말했다. "클라우디아 카르디날레와는 비교도 할 수 없지."

"그야 그렇지." 파스쿠알레는 동의할 수밖에 없었다. 클라우디아 카르디날레는 완벽 그 자체였다. "하지만 저 얼굴은 흔해빠진 얼굴이 아니야."

이제 오렌찌오에게는 쟁점이 지나치게 미세해졌다. "내가 다리 셋 달린 개 한 마리를 마을로 데려오면 말이야, 파스코 너는 그 개와도 사랑에 빠질 거야."

그 순간 파스쿠알레는 염려가 되었다. "오렌찌오, 그런데 저 여자 여기 오려고 해서 온 거 맞아?"

오렌찌오는 파스쿠알레의 손에 들린 종이를 툭 쳤다. "그렇잖아도 저 여자를 라 스페찌아까지 데려온 딘이라는 미국인한테 내가 알아듣게 설명했어. 어느 누구도 이곳에 오지 않는다고 말이야. 혹시 포르토 피노나 포르토 베네레를 말하는 거 아니냐고 확인까지 했어. 그런데 그 자가 포르토 베르고냐는 어떤 곳이냐고 내게 묻더라. 그래서 대답했지. 이곳엔 아무것도 없고 그저 호텔이 하나 있을 뿐이라고. 그랬더니 마을이 조용하냐고 또 묻더라고. 이보다 더 조용한 건 죽음 외에는 없다고 말해줬지. 그 자가 그러더군. '그럼 거기야'라고."

파스쿠알레는 친구에게 미소를 지어보였다. "고마워, 오렌찌오."

"염소 고추나 빠는 놈 같으니." 오렌찌오가 나지막이 말했다.

"야, 너 그건 벌써 써먹은 거잖아." 파스쿠알레가 말했다.

오렌찌오가 벌칙으로 맥주를 단숨에 들이키는 시늉을 했다.

그리고 두 사람은 절벽 쪽을 바라보았다. 거기 40미터의 고갯길 위로, 파스쿠알레의 아버지가 죽고 처음으로 찾아온 미국인 손님이 그의 호텔 정문을 마주하고 서 있었다. 이것이 미래다, 파스쿠알레는 생각했다.

디 모레이는 걸음을 멈춘 채 뒤돌아서 그들을 바라보았다. 그녀가 마을 광장에서 바다냄새를 들이마시며 말총머리를 흔들자 햇볕에 바랜 머리카락이 삐져나오며 얼굴에 나부꼈다. 그런 다음 그녀는 간판을 바라보며 고개를 갸웃했다. 거기 적힌 글자를 이해하려고 애쓰는 것 같았다.

그런 다음 '미래'는 헐렁한 모자를 겨드랑이에 낀 채 몸을 굽히며 문을 밀고 들어갔다.

그녀가 호텔 안으로 사라지자 파스쿠알레는 자신이 이 여자를 불러온 것이라는, 이곳에서 보낸 여러 해 끝에, 슬픔과 외로움 속에서 미국인들을 기다린 여러 달 끝에, 고독을 참아내며 영화와 책의 파편들에서 자신이 꾼 꿈들의 잃어버린 유물과 폐허들로부터, 그 자신의 서사시로부터 마침내 이 여자를 창조한 것이라는, 엉뚱한 상념에 빠졌다. 그는 누군가의 짐을 운반하고 있는 오렌찌오를 흘낏 쳐다보았다. 불현듯 온 세상이 너무나 비현실적으로 보였고, 그 안에서의 우리의 시간이란 것이 한 자락 꿈처럼 느껴졌다. 그는 이처럼 초연한 실존적인 의식을, 이토록 섬뜩한 자유를 느껴본 적이 없었다. 마치 마을 위를, 자신의 몸 위를 떠다니는 것 같은 느낌이었다. 그리고 그 느낌은 도저히 설명할 수 없는 방식으로 그를 전율시켰다.

"디 모레이." 파스쿠알레 투르시는 돌연, 큰 소리로, 상념의 주문을 깨뜨리며 외쳤다. 오렌찌오가 돌아보았다. 파스쿠알레는 등을 돌리며 다시 그 이름을, 이번에는 스스로에게, 속삭임보다도 더 낮은 소리로, 그 소리를 빚어낸 희망에 찬 숨결에 당혹감을 느끼며 불러보았다. 인생은 상상의 뻔뻔스러운 행위라고, 그는 생각했다.

02
마지막 피치

최근
캘리포니아 주, 할리우드

해가 뜨기 전, 과테말라인 정원사가 여기저기가 찌그러진 구질한 트럭을 타고 나타나기 전, 카리브인 가정부가 요리와 청소와 빨래를 하러 들어오기 전, 몬테소리 학원과 필라테스 연습장과 커피 빈 노천카페가 문을 열기 전, 벤츠와 BMW들이 야자수 거리에 코를 들이밀고, 블루투스를 귀에 꽂은 냉혈한들이 이른바 미국인의 정신적 *복원*을 향한 끝없는 업무를 속개하기 전, 먼저 살수기들이 움직인다. 그들은 땅에서 솟아올라 그레이터 로스앤젤레스Greater Los Angeles(로스앤젤레스, 오렌지, 샌 버나디노, 리버사이드, 벤추라 등 캘리포니아 남부의 다섯 개 카운티를 포함하는 지역)의 북서부 일각과 공항과 산마루와 다운타운과 해변을 포함하는 새벽잠에 빠진 연예계 정권 구석구석을 촉촉히 적셔준다.

산타모니카의 아파트에서 동 트기 전의 고요함에 잠겨있는 클레어 실버에게 그들이 말을 걸어온다. *저, 이봐요.* 그녀의 붉은 곱슬머리가 베개 위에 널려있다. 그들이 다시 속삭인다. *저, 이봐요.* 클레어의 눈꺼풀이 떨린다. 그녀는 숨을 들이쉬고 정신을 가다듬고 눈길을 들어 올려 킹사이즈 침대의 70퍼센트를 차지한채 널브러져 있는 남자친구의 대리석 같은 어깨를 흘끗 본다. 대릴은 늦게 들어올 때면 침대 뒤편의 창을 살짝 열어놓는 버릇이 있고, 그래서 클레어는 이렇게 바깥 바위정원에 물을 뿌리며 저, 이봐요 하고 속삭이는 살수기 소리에 잠이 깨곤 한다. 그녀는 아파트 관리인에게 매일 아침 다섯 시면(아니 언제가 됐건) 바위들 위에 물을 뿌려야 할 이유가 도대체 무엇인지 물어보기도 했으나, 물론 진짜 문제는 살수기가 아니다.

클레어는 잠이 깨자마자 정보 금단현상을 느낀다. 그녀는 잡동사니가 널린 침대 옆 탁자 위로 손을 뻗어 블랙베리를 집어 들고 허겁지겁 디지털 마약을 주사한다. 열네 개의 이메일, 여섯 개의 트위터 메시지, 다섯 개의 페이스북 친구 요청, 세 개의 문자, 그리고 오늘의 일정까지. 손바닥 위의 인생이다. 아주 평범한 일상까지도 살펴봐 준다. 금요일이고, 현재 기온은 17도, 한낮 최고 기온은 23도까지 오를 거란다. 오늘 걸어야 할 전화는 다섯 통. 피치(무엇인가를 팔기 위한 광고, 설득, 권유 등을 총칭하는 말) 미팅 여섯 개. 그 순간 정보의 쓰레기 속에서 인생을 바꿔놓을 이메일이 하나 눈에 들어온다. 발신자의 주소는 affinity@arc.net이다. 메일을 연다.

친애하는 클레어 씨께,

이 긴 절차를 꾸준히 함께해 주신 것에 다시 한 번 감사드립니다. 브라이언과 저 둘 다 귀하의 자격요건은 물론이거니와 면접 후 매우 깊은 인상을 받았습니다. 한 번 더 만나 뵙고 보다 깊은 이야기를 나누었으면 하는데, 오늘 아침 커피 한잔 함께 할 시간 되십니까?

감사드리며,
제임스 피어스
미국영화문화박물관

클레어는 누운 자리에서 일어나 앉는다. 제기랄, 이거 이 일자리 주려는 건가보네. 맞나? *보다 깊은 이야기를 나누자고?* 이미 면접은 두 번이나 한 터였다. 더 무슨 깊은 이야기를 나누자는 것일까? 이게 그날일까? 오늘이 바로 그녀가 꿈의 직장을 때려치우는 날일까?

클레어는 전설적인 영화 제작자 마이클 딘의 수석 개발 보좌로 일하고 있다. 이 직함은 가짜다. 그녀의 일은 모두 보좌이기만 할 뿐 개발 따위와는 상관이 없고, 부하 직원이라곤 없으니 수석이라는 접두사 또한 당치 않다. 그녀는 마이클의 온갖 변덕을 받아주고 그에게 온 전화와 이메일을 대신 받으며 그가 먹고 마실 샌드위치와 커피를 사다 준다. 그리고 주로 그를 대신하여 읽는다, 엄청난 양의 시나리오와 시놉시스와 한 장짜리 요약문서와 트리트먼트(시놉시스와 시나리오의 중간 단계) 같은, 떼 지어 몰려들 뿐 어디에도 이르지 못할 운명의 서류들을.

70~80년대 '할리우드의 학장Deane of Hollywood'(마이클 딘의 성 Deane과 학장을 뜻하는 단어 dean을 연관시킨 말장난)으로 일컬어지던 남자 밑에서 일하기 위해 영화학 박사과정을 작파했을 때 클레어가 소망했던 건 이런 게 아니었다. 그녀는 영화를 만들고 싶었다. 지성적이고 감동적인 *영화들을!* 하지만 3

넌 전 그녀가 여기 도착했을 때 마이클 딘은 그의 커리어 사상 최악의 슬럼프에 빠져 있었다. 최근 제작한 영화라고는 좀비를 소재로 한 독립 영화 〈밤의 파괴자〉가 전부였다. 클레어가 입사 이후 지금까지 3년 동안 딘 프로덕션은 영화는 단 한 편도 없이 오로지 텔레비전 프로그램을 하나 만들었을 뿐이다. 리얼리티 쇼와 인터넷 사이트로 히트를 친, 이른바 〈훅북 Hookbook.net〉이 그것이었다.

그 가증스러운 잡종매체 히트작이 괴물 같은 성공을 거둠에 따라 딘 프로덕션에서 영화란 갈수록 희미해지는 기억이 되어버렸다. 그와 함께 클레어의 일상은 텔레비전 프로그램 피치들을 듣는 것으로 채워지게 됐는데, 그것들은 너무도 혐오스러운 나머지 그녀는 이제 스스로가 〈묵시록: 모델의 품행〉("모델 일곱 명을 고용하여 남자 대학생 사교클럽 관사에 배치하는 겁니다!")이나 〈색정광의 밤〉("성 중독증 환자들의 데이트 현장을 촬영하는 거예요!") 또는 〈술 취한 난쟁이들의 집〉("그러니까… 술 취한 난쟁이들의 집인 거죠!") 따위가 현실화되는 것을 가속화시키고 있는 건 아닌지 의심이 들곤 했다.

마이클은 클레어가 기대 수준을 조정할 것을, 지적인 허식을 밀쳐놓을 것을, 현실 문화를 있는 그대로 받아들일 것을, 무엇이 좋은 것인지에 대한 관념을 확장시킬 것을 끊임없이 요구했다. 그는 "예술을 하고 싶으면 저기 '루우우브러'(루브르의 과장된 발음)에나 취직하든지"라고 꼬집기를 좋아했다.

그래서 그녀는 그러기로 했다. 한 달 전, 클레어는 '신설 사립 영화 박물관 큐레이터'를 찾는 인터넷 구인광고를 발견했다. 그리고 면접을 치른 지 거의 3주가 지난 지금, 비로소 박물관의 이사 명부에 이름이 올라있는 말쑥한 비즈니스맨들이 그녀에게 그 일자리를 제안하기 직전인 듯 보이는 것이다.

이 결정이 100퍼센트 당연한 건 아닐지 모르나 최소한 75퍼센트는 당연한 것이다. 그들이 설립을 추진 중인 미국영화문화박물관은 보수가 더 높을 것이고 근무시간도 더 짧을 것이며 또한 그녀가 UCLA에서 취득한 활동영상보존학 석사학위를 제대로 활용하는 자리가 될 것이 분명했다. 그리고 무엇보다 그녀는 이 새 직장은 자신이 다시 두뇌를 활용하고 있다는 느낌을 줄 것이라고 생각했다.

그녀가 겪는 지적인 불만이란 것을 시시하게 여기는 마이클은 그녀는 지금 수련 중이며 영화 제작자들은 누구를 막론하고 황무지에서 몇 년을 보내는 법이라고 주장하곤 했다. 그의 전매특허인 툭툭 끊어진 흉내 내기 힘든 말을 옮기자면 그녀는 "똥 속에서 옥수수 알을 추려내야" 한다는, 그러니까 상업적인 성공을 몇개라도 만들고 뼈대를 갖춘 다음에야 진정으로 하고 싶은 프로젝트를 해야 한다는 것이었다. 그리하여 그녀는 여기, 인생의 중대한 교차로에 서있는 것이다. 이 천박한 일자리에서 더 버티면서 언젠가 위대한 영화를 만든다는 실현되기 어려울 꿈을 계속 꿀 것인가, 아니면 영화가 실제로 중요했던 시대가 남긴 유물들을 정리 보존하는 고요한 일자리로 옮길 것인가?

이 같은 중대한 결정들 앞에서(대학, 남자친구, 대학원) 클레어는 언제나 득실 목록을 작성하고 여러 신호들을 탐색한 끝에 거래를 종료하는 식으로 대응해왔다. 그리고 지금 그녀는 자기 자신과, 아니 혹은 운명과 거래를 하고 있다. *오늘 좋은, 쓸 만한 영화 아이디어가 들어오지 않으면, 때려치우는 거야.*

이 거래는 물론 공정하지 않다. 이제 텔레비전이 노다지라고 확신한 마이클은 지난 2년 동안 들어온 영화 관련 피치와 시나리오, 트리트먼트들 중 어느 하나도 마음에 들어 하지 않았다. 그리고 *그녀가* 좋게 받아들인 것이라면 무엇이든 너무 비용이 많이 들고 너무 어둡고 너무 시대극이고 어쨌든 결론은 상업성이 부족하다는 이유로 퇴짜를 놓곤 했다. 그것만으로 거래 조건의 불공정성이 충분하지 않다면, 오늘은 마침 무한도전 피치용 금요일이라는 점. 마이클의 옛 동료 및 지인들, 한물간 그 옛날의 군이 들먹일 왕년이란 것조차 없을 어중이떠중이들의 그 어떤 피치건 일체의 제약 없이 들이댈수 있도록 지정된 매달 마지막 금요일, 그 날인 것이다. 게다가 오늘의 무한도전 피치 금요일은 마이클과 그의 제작 파트너 대니 로쓰가 쉬는 날이기도 하다. 오늘은, 오로지 그녀 혼자서 이 모든 개똥딩어리 같은 피치들을 들어주어야 하는 것이다.

클레어는 옆에서 아침 단잠을 자고 있는 대릴을 흘낏 내려다본다. 그에게 박물관 일자리에 대해 아무 말도 하지 않은 것이 약간 찔린다. 그건 그의 귀가가 거의 항상 늦기 때문이기도 하고, 그녀가 그와 헤어질 생각을 하고 있기 때문이기도 하다.

"그래서, 뭐?" 그녀는 작은 소리로 말해본다. 대릴에게서 깊은 잠을 자는 소리가 난다. 그것은 꿀꿀과 찍찍의 중간쯤 되는 음향이다. "그래" 그녀가 말한다. "어련하겠어."

그녀는 침대에서 내려와 기지개를 켜고 욕실로 향한다. 그러다 그의 몸뚱이가 빠져나간 마룻바닥의 바로 그 자리에 휴식 중인 무희처럼 앉아있는 대릴의 청바지 앞에서 걸음을 멈춘다. *저, 이봐요,* 살수기가 경고해온다. 하지만 교차로에 서서 목하 신호를 기다리고 있는 젊은 여자에게 무슨 다른 선택의 여지가 있단 말인가? 그녀는 허리를 굽혀 청바지를 집어 들고 주머니들을 뒤지기 시작한다. 1달러짜리 지폐가 여섯 장, 동전 몇 개, 성냥갑 한 개, 그리고… 아, 여기 있군.

'환상궁둥이 : 남가주 최고의 라이브 나체쇼'라는 매혹적인 이름이 박힌 펀치카드. 대릴이 애호하는 취미다. 그녀는 카드 뒷면을 본다. 성인오락 산업의 실태에 밝은 편은 못되지만 '환상궁둥이'가 옷 벗은 여자들이 나오는 술집들 중 최고 수준의 곳이 아니리라는 짐작쯤이야 할 수 있다. 기특하기도 해라. 이제 펀치카드를 두 번만 더 찍으면 대릴은 공짜 랩 댄스를 선사받을 수 있다. 이 어찌 기쁘지 않을 쏘냐! 그녀는 코를 고는 대릴의 옆에, 자기 베개위에 카드를 올려놓는다.

그녀는 다시 욕실로 걸어가며, 운명과의 거래 항목에 대릴도, 인질처럼 *(누군가 오늘 훌륭한 영화 아이디어를 대지 않으면, 스트립클럽 단골인 남자친구도 끝장이야!)*, 공식적으로 추가한다. 그리고 일정에 올라있는 이름들을 떠올리며 그들 중 혹시 누군가가 마법을 펼치듯이 예기치 않은 훌륭한 피치를 선보이지 않을까 공상에 잠겨본다. 그녀는 그들을 지도에 찍힌 점들로 상상한다. 아홉 시 반 약속은 컬버 시티에서 피치 최종점검을 하며 노른자를 뺀 오믈렛을 먹고, 열 시 십오 분 약속은 맨해튼 비치에서 태극권을 하고, 열한 시 약속은 실버 레이크에서 샤워 중 수음에 한창이다. 자신의 결정은 이제 그들 하기에 달렸다는, 내 할 일은 다 했다는 생각을 하고 나니 마음이 가벼워진다. 그래서 클레어는 해방감을 만끽하면서 대담하고 적나라하게 변덕스런 운명의 신의 품으로, 아니 뜨거운 샤워 밑으로, 들어간다.

그때 동경에 찬 생각 하나가 그것 외에는 완벽하게 결정된 의식의 틈을 비집고 빠져나온다. 하나의 소망, 아니 어쩌면 기도 같은 것. 그것은 오늘의 쓰레기 속에서 그녀가 하나의… 괜찮은… *피치*를, *위대한 영화* 아이디어를, 접할 수 있을지 모른다는, 그럼으로써 평생 원했던 단 하나의 직업을 때려치우지 않아도 될지 모른다는 생각이다.

바깥에서 살수기가 바위 정원을 상대로 깔깔깔 폭소를 내갈긴다.

1,200킬로미터 떨어진 오리건 주 비버튼에서 클레어의 오늘 마지막, 정확히는 오후 네 시 약속도 역시 벌거벗은 채 무슨 옷을 입을지 고민 중이다. 아직 서른이 안 된 셰인 휠러는 큰 키와 야윈 체격, 어딘지 야생동물을 연상시키는 갸름한 얼굴, 물결 모양으로 층을 내 짧게 쳐올린 갈색 머리, 그리고 책상다리처럼 긴 구레나룻을 갖고 있다. 셰인은 20분 째 가을 낙엽처럼 바닥에 수북이 쌓인 옷 무더기 속에서 입을 만한 것들을 고르고 있다. 그것들은 대략 구겨진 폴로셔츠들, 개성 넘치는 중고 티셔츠들, 모조 웨스턴 버튼 셔츠들, 아래통이 넓은 청바지들, 꼭 끼는 청바지들, 찢어진 청바지들, 양복바지들, 카키바지들, 코르덴바지들 따위인데, 그중 어느 것도 생애 최초의 할리우드 피치 미팅에 적절할 것으로 그가 상상하는, 재능으로 똘똘 뭉쳐 옷차림 따위는 신경 쓰지 않는 초연한 천재라는 이미지와 들어맞지 않는다.

셰인은 무심코 왼쪽 팔뚝의 문신을 문지른다. ACT라는 단어가 갱단 필체로 정교하게 새겨져 있다. 아버지가 가장 좋아하는 '성경 구절'이며 최근까지 셰인의 좌우명이기도 했던 *"믿는 것처럼 행동하면 결국 주어지리라*Act as if ye have faith and it shall be given to you."에서 뽑은 것이다.

그는 여러 해 동안 보아온 텔레비전 프로그램들, 열성적으로 독려하는 스승들과 상담 교사들, 과학박람회 기념 리본, 참가자 기념 메달, 축구나 농구 대회 트로피, 그리고 무엇보다 스스로에 대한 신념만 있다면 원하는 무엇이든 될 수 있다는 일종의 생득권에 대한 믿음으로 다섯 자녀를 완벽하게 양육한 열의와 책임감이 강한 부모에 의해 형성된 삶의 전망을 갖고 있었다.

그래서 셰인은 고등학생 시절 장거리 주자처럼 행동한 끝에 학교이름이 새겨진 마크를 두 번 받았고, 우등생처럼 행동한 끝에 A학점을 취득했고, 한 치어리더 여학생의 남자친구인 것처럼 행동한 끝에 *그녀가 춤 제의를 해오게* 만들었고, UC 버클리 입학은 말할 것 없고 교내 남학생 사교클럽 시그마 누 입회도 따 놓은 당상처럼 행동한 끝에 입학하고 입회했으며, 이탈리아어를 할 수 있는 것처럼 행동한 끝에 1년간 해외 연수를 받았고, 작가인 것처럼 행동한 끝에 애리조나 대학의 문예창작 인문학 석사 과정에 등록했고, 사랑에 빠진 것처럼 행동한 끝에 결혼까지 하게 되었다.

하지만 근자에 이 철학에 균열이 일기 시작했다. 믿음만으로 충분하지 않음이 드러난 것이다. 이혼 절차 진행 중 곧 전처가 될 그녀가(*셰인, 이제 당신의 허튼소리에 진절머리가 나*….) 폭탄을 한방 터뜨렸으니, 그것은 바로 그와 그의 아버지가 끝없이 인용하던 '믿는 것처럼 행동하면…'은 성경에 결코 *나오지* 않는다는 사실이었다. 그녀가 알기로 그것은 사실 영화 〈심판〉에서 폴 뉴먼이 연기한 인물이 최종진술에서 남긴 말이었다.

이 폭로가 셰인의 문제를 *일으킨* 것은 아니지만 그 설명이 되어주는 것 같기는 했다. 인생의 각본이 신이 아니라 데이비드 마멧(영화 〈심판〉의 시나리오 작가)에 의해 씌어질 때 생길 수밖에 없는 일이었으니, 교사 일자리는 찾을 수가 없고 결혼은 박살나고 학자금 융자 상환 만기가 돌아오는 가운데 6년 세월을 바친 인문학 석사학위 논문 프로젝트(서로 연결된 단편들을 묶은 〈연결〉이라는 제목의 소설집이었다)마저 철석같이 믿었던 출판 에이전트로부터 퇴짜를 맞았던 것이다(에이전트: *이 책은 안 통해요.* 셰인: *그쪽 의견으로 그렇다는 거겠죠.* 에이전트: *아니, 상식상 그렇다는 거예요*). 이혼과 실업과 파산이 엎치고 덮친 판국에 그의 문학적 야망조차 꼬리를 내리고 달아나자, 작가가 되겠다는 결심은 곧 6년의 허송세월에 지나지 않았음을 셰인은 절감했다. 난생처음 접하는 열패감과 두려움에 ACT의 자극 없이는 잠자리에서 일어나는 것조차 버거워졌다. 어머니는 그가 제정신을 되찾게끔 하려고 항우울제 복용을 설득하면서 모쪼록 자신과 남편이 키워낸 본래의 쾌활하고 자신감 넘치는 젊은이가 돌아오기를 희구했다.

"우리가 애당초 신앙심 깊은 가족도 아니잖니? 크리스마스와 부활절에나 교회에 갔으니까. 네 아버지가 2천 년 묵은 책이 아니라 30년 된 영화에서 따온 구절이라고 해서 진실이 아닌 것도 아니고, 안 그러니? 어쩌면 그래서 *더* 진실이 되는 건지도 몰라."

자신에 대한 어머니의 깊은 믿음이 준 영감과 최근 복용하기 시작한 소량의 세로토닌 재흡수 억제제의 효력으로, 셰인은 그 순간 에피퍼니 epiphany(일상 속에서 문득 진실을 꿰뚫어보는 경험)라고 밖에는 표현할 길 없는 현상을 체험했다.

진정 영화야말로 우리 세대의 믿음, 참된 종교가 아니던가? 그리고 극장이야말로 각자 따로 들어갔다가 두 시간 후 동일한 경험과 동일한 감정과 동일한 도덕을 지닌 하나가 되어 나오는 우리의 사원이 아니던가? 백만 개의 학교가 천만 개의 교과과정을 가르치고 백만 개의 교회가 천만 개의 교파로 나뉘어 십억 개의 설교를 하는 이 땅의 현실에서, 동일한 영화가 전국의 모든 쇼핑센터에서 일제히 상영됐고 우리 모두가 일제히 그 영화를 보았다! 결코 잊을 수 없을 그 여름, 모든 극장에서는 동일한 주제와 서사의 영상을, 동일한 〈아바타〉와 동일한 〈해리 포터〉와 동일한 〈분노의 질주〉를 상영했고, 우리 마음 속 기억이 위치했던 그곳에 그 명멸하는 이미지들이 자리를 잡았으며, 그것들은 하나의 원형적 설화로서 우리가 공유하는 역사가 되어 우리가 인생에서 무엇을 기대할 수 있는지 가르쳤으며 우리의 가치관을 재정립했다. 그게 종교가 아니라면

대체 무엇이란 말인가?

또한 영화는 책보다 이문이 남는 장사였다.

그래서 셰인은 자신의 재능을 할리우드에 바치기로 결심했다. 먼저 옛 창작 은사이자 교사 노릇에 신물나하고 수필가들을 무시하다 〈밤의 파괴자〉라는 제목의 스릴러물(세계 종말 후 좀비들이 노예로 쓸 인간들을 찾아 로스앤젤레스 거리를 달린다)을 써서 10년 넘은 교직생활과 작은 출판사 경영을 통해 번 것보다 더 많은 돈에 영화 판권을 팔고 학기 도중에 사표를 던진 진 퍼고 교수에게 연락했다. 당시 셰인은 인문학 석사과정 2학년에 재학 중이었는데 진의 변절은 그곳에서도 스캔들로 받아들여져 교수진과 학생들 공히 문학의 성전에 똥칠을 한 진의 행적에 비분강개했다.

셰인은 퍼고 교수를 로스앤젤레스에서 찾아냈다. 그는 거기서 이제 3부작으로 기획된 시리즈의 두 번째 권《밤의 파괴자 2: 징벌의 거리》를 각색하고 있었다. 진은 지난 2년간 "내가 만났던 거의 모든 학생과 동료들"로부터 연락을 받았다고 했는데, 알고 보니 그의 문학 배신에 가장 참담해하던 이들일수록 가장 먼저 전화를 걸었었다. 진은 셰인에게 앤드루 던이라는 영화 에이전트의 이름을 알려줬고, 시드 필드와 로버트 맥키가 쓴 시나리오 작법 도서들을 소개해 주었으며, 무엇보다 중요하게는 영화 제작자 마이클 딘의 영감 넘치는 자서전《딘의 길-내가 현대 할리우드를 미국에 피치한 방식, 그리고 당신 또한 당신 인생에 성공을 피치할 수 있는 비결》에서 피치에 관한 장을 뽑아 주었다. 딘의 책에 나오는 "방에서 믿어야 할 유일한 대상은 바로 당신 자신이다. 당신이 바로 당신의 이야기다"라는 구절은 셰인에게 ACT가 표상하던 자신감을 되찾고 피치 기술을 연마하고 로스앤젤레스에서 아파트를 구하고 예전의 그 출판 에이전트에게 전화를 걸게까지 해줬다. (셰인: *알려줘야 할 것*

같아서요. 나 이제 공식적으로 책에서 손 뗐거든요. 에이전트: *노벨문학상 심사 위원회에 반드시 통지해 드릴게요.)*

그 모든 노력의 결과로 오늘 드디어 셰인은 할리우드 영화 제작자 앞에서, 그것도 아무나가 아닌 마이클 딘 아니면 적어도 딘의 보좌라는 클레어라는 여자 앞에서 최초의 피치를 하게 된 것이다. 오늘, 클레어 모 씨라는 여자와 함께, 셰인 휠러는 곰팡내 나는 책의 창고를 벗어나 휘황하게 불 밝혀진 영화의 무도장으로 입장하는 것이다.

하지만 먼저 무슨 옷을 입을지 결정해야만 한다.

신호대기라도 하고 있었던 듯 셰인의 어머니가 층계참에서 소리를 지른다. "아버지는 너 공항까지 데려가줄 준비 다 되셨다." 대답이 없자 그녀는 다시 시도한다. "얘야, 늦으면 안 되잖니?" 이어서, "프렌치토스트도 만들어 놨다." 그리고, "아직까지 입을 옷 못 정했니?"

"잠깐만요!" 셰인이 소리를 지르고 무엇보다 스스로에게 짜증이 나 옷 무더기를 걷어찬다. 공중으로 솟구쳐 오르는 직물들 사이로 완벽한 의상이 시선을 붙든다. 휘스커워시 재질의 청바지와 더블요크 웨스턴스냅 셔츠다. 더블버클 바이커 부츠와 기가 막히게 어울렸다. 셰인은 재빨리 옷을 입고 거울을 향해 돌아서서 ACT 문신의 T 오른쪽 끝부분이 살짝 보일 만큼만 소매를 걷어 올린다. "자," 셰인 휠러는 의상을 갖춰 입은 스스로에게 말한다. "영화 피치를 하러 가자."

클레어의 커피 빈은 일곱 시 반에 이미 사람들로 북적댄다. 테이블마다 뚱한 표정의 안경잡이 백인 시나리오 작가들이 죽치고 앉아 하나같이 맥프로 노트북을 노려보고 있으며 그 맥 프로 노트북들은 또 하나같이 시나리오 최종본을 펼쳐 보이고 있다. 그런데 뒤쪽의 작은 테이블 하나에는 회색 정장을 차려 입은 말쑥한 비즈니스맨 둘이 그녀용의 빈 의자 맞은편에 나란히 앉아있다.

클레어는 당당하게 걸어간다. 그녀의 스커트에 커피 빈 시나리오 작가들의 시선이 날아든다. 그녀는 마치 구두 신은 암말이라도 된 느낌 때문에 하이힐이 싫다. 테이블에 도착한 그녀가 미소를 짓고 남자들은 자리에서 일어난다. "안녕하세요, 제임스 씨. 안녕하세요, 브라이언 씨."

자리에 앉은 남자들은 이제야 연락을 하게 되어 미안하다고 말한다. 그리고 나머지는 그녀가 상상했던 그대로다. *훌륭한 이력서, 탁월한 추천장, 인상적인 면접.* 박물관 기획위원회의 모든 임원진과 머리를 맞대고 장고한 끝에(다른 누군가에게 그 자리가 돌아갔다는 거겠지, 그녀는 짐작한다), 그녀를 채용하기로 결정했다는 것이다. 제임스가 브라이언에게 고갯짓을 하자 브라이언은 작은 원탁에 마닐라 봉투 하나를 올려놓는다. 클레어가 봉투를 집어 '기밀 협약'이라는 글자가 보일 만큼만 열어보는 순간, 제임스가 경고의 손길을 내뻗는다. "저희 제안을 보시기 전에 알아두셔야 할 것이 있습니다." 그가 말한다. 그리고 처음으로 두 사람 중 하나가 클레어가 아닌 다른 데로 시선을 돌린다. 누가 훔쳐듣고 있지 않은지 살피려는 것이다.

제기랄. 클레어는 최악의 시나리오들을 잇달아 그려본다. 예를 들면 *급료는 코카인으로 지불됩니다*, 라거나 *먼저 임시 큐레이터를 살해하셔야 합니다*, 또는 *저희는 포르노 박물관입니다* 같은 것들.

그 대신, 제임스가 말한다. "클레어 씨, 사이엔톨로지에 관해 얼마나 알고 계십니까?"

10분 후, 이 관대한 제안을 주말동안 숙고하게 해달라는 간청을 하고 자리를 빠져나온 클레어는 사무실로 차를 몰며 생각한다. 이걸로 변하는 건 하나도 없어, 안 그래? 좋다. 그녀가 꿈꾸었던 영화박물관은 컬트 종교의 위장 단체다. 아니 그건 공평하지 않다. 그녀는 사이엔톨로지 교도들을 좀 아는데 그들은 어머니 쪽의 목 뻣뻣한 루터교도들이나 아버지 쪽의 세속 유대인들보다 특별히 더 컬트적일 것도 없다. 하지만 누구라도 그렇게 보지 않을까? 그녀의 일이란 게 고작 톰 크루즈가 차고세일Garage Sale로도 팔아넘기지 못한 쓰레기들이 가득한 박물관을 관리하는 거라고?

제임스는 박물관은 초기 투자를 받는 것 외에 교회와 일체의 관계가 없을 것임을, 그리고 투자가 일부 교회 멤버들의 기부로 시작되기는 하나 박물관 창립과 관련된 대부분의 문제는 전권이 그녀에게 부여될 것임을 힘주어 강조했다. "영화박물관은 수십 년간 우리 회원들을 풍요롭게 해준 산업에 환원코자 하는 교회의 노력일 뿐입니다." 브라이언이 말했다. 그리고 그들은 아이들을 위한 인터랙티브 컴퓨터그래픽 전시회, 무성영화 보관실, 주간 영화 시리즈의 순환 운영, 매년 특정 테마의 영화제 개최와 같은 그녀의 아이디어들을 맘에 들어 했다. 그녀는 한숨을 내쉰다. 그들은 왜 그 하고많은 것들 중 하필 사이엔톨로지 교도여야 했단 말인가?

클레어는 생각에 잠긴 채 운전을 한다. 마치 좀비처럼. 단순한 동물적 반사작용이다. 출근길 운전은 끼어들기와 차선 변경과 옆 차선 차들과의 경쟁, 통근차량 전용차선과 주택가 차도와 골목길과 자전거 전용차선, 그리고 이윽고 주차장까지로 이어지는, 그녀가 매일 아침 아파트를 나서 정확히 18분 만에 스튜디오에 도착하도록 고안된 미로를, 이를테면 제2의 천성을 동원하여 질주하는 곡예와도 같다.

경비원에게 고갯짓으로 인사를 한 후 그녀는 스튜디오의 정문을 통과하여 주차를 한다. 가방을 집어 들고 사무실로 걸어가는 발자국마저 생각에 잠겨있는 것 같다(*그만두느냐 남느냐, 그만두느냐 남느냐*). 마이클 딘 프로덕션은 유니버설 그룹 부지 안, 어느 옛날 작가가 살던 방갈로식 주택에 줄지어선 방음 스튜디오와 사무실들, 그리고 영화 세트장들 사이에 박혀있다. 마이클은 이젠 이 스튜디오를 위해 일하지 않지만, 80~90년대에 거액의 돈을 벌어준 공로를 인정받아 그 사무실을 계속 이용할 수 있도록 특별히 배려받고 있다. 비유하자면 트랙터 공장 벽에 걸린 녹슬고 낡은 낫 정도로 보면 되겠다. 사무실은 몇 해 전 돈이 궁했던 마이클이 차후 제작물의 우선권을 제공하는 조건으로 맺은 거래의 일부였다. 다시 말해서 무엇이 됐든 그가 제작할 작품을 다른 영화사들에 앞서 유니버설이 먼저 검토할 권리를 준다는 것이었다(하지만 결과적으로 작품이라 할 만한 것이 나오지 않았다).

사무실에 들어온 클레어는 불을 켜고 책상 앞으로 미끄러져 들어가 앉은 뒤 컴퓨터를 켠다. 그리고 곧장 목요일 밤 박스 오피스 집계를 클릭하여 조기 개봉작들과 지난 주말 개봉작들의 실적을 점검한다. 자신이 놓쳤을지 모를 희망의 신호, 갑작스러운 트렌드 변화 같은 걸 찾기 위한 것이다. 하지만 통계수치는 지난 몇 년과 다름없는 추세를 보여줄 뿐이다. 모두 다 아이들 용이고, 모두 일찌감치 광고 공세로 뜸을 들여온 만화책 각색 3D 컴퓨터그래픽 쓰레기들이며, 모두 과거 실적과 예고편과 포스터와 해외시장과 테스트와 관객반응에 기초한 알고리듬의 박스 오피스 추정치와 일치하는 결과들이다. 이제 영화는 관객에게 팝콘과 청량음료를 직접 배달해주는 매점 서비스, 그리고 새 장난감이나 비디오게임 출시 따위와 연동한 마케팅 프로젝트에 지나지 않게 돼버렸다. 성인들은 서너 주를 기다려 주문형 비디오 서비스나 스마트 TV로 볼 만한 영화를 골라 본다. 그래서 극장 개봉작들은 주로 생식선이 부풀어 오른 남자아이들과 그들의 걸신들린 여자친구들을 대상으로 하는 마약성 판타지 비디오게임이나 다름이 없게 됐다. 영화는, 그녀의 첫사랑은, 이제 죽었다.

그녀는 사랑에 빠진 정확한 날을 기억한다. 1992년 5월 14일 새벽 한 시, 열 살 생일을 이틀 앞두고 있던 그때, 거실로부터 웃음소리 같은 게 들려와 침실에서 나와 봤더니 아버지가 검은 액체가 담긴 기다란 잔을 감싸 쥐고 흐느끼면서 텔레비전에서 방영되는 오래된 영화를 보고 있었다. *이리 오렴, 귀염둥이야.* 클레어는 아버지 곁에 앉아 조용히 〈티파니에서 아침을〉의 나머지 3분의 2를 지켜보았다. 그 작은 화면이 보여주는 삶은 참으로 경이로웠다. 마치 무의식중에 줄곧 그것을 상상해왔던 것 같은 기분이었다. 그것은 영화의 힘이었다. 기시감으로 충만한 꿈같았다. 그로부터 3주 후 아버지는 가족을 떠나 전 로펌 동업자의 스물네 살 된 딸로 풍만한 가슴을 자랑하던 레슬리와 결혼했지만, 클레어의 생각 속에서 아버지를 훔쳐간 것은 영원히 할리 골 라이틀리(〈티파니에서 아침을〉의 주인공)였다.

우리는 누구의 소유도 아니고, 그 누구도 우리의 소유가 아니에요.

그녀는 작은 디자인 학교에서 영화를 공부한 뒤 UCLA에서 석사학위를 받자마자 곧바로 박사과정에 들어갔다. 그때 두 가지 사건이 연이어 발생했다. 먼저 아버지가 경미한 뇌졸중을 일으켰고, 클레어는 아버지도 자신도 모두 유한한 존재라는 사실을 잠시 깨달을 수 있었다. 그리고 30년 후의 자기 모습이 계시처럼 찾아들었다. 그것은 뉴웨이브 영화감독들의 이름을 붙인 고양이들로 득실거리는 아파트에서 외로이 늙어가는 노처녀 도서관 사서였다.

〈티파니에서 아침을〉의 야망을 떠올리며, 클레어는 박사과정을 중도 포기하고 그저 영화를 공부하기보다는 영화를 만드는 일에 일생의 운을 걸기로 작정하고 학교를 떠났다.

먼저 대형 연예인 에이전시에 지원했는데, 면접 담당 에이전트는 그녀가 제출한 세 페이지짜리 이력서는 거의 쳐다보지도 않고 물었다. "클레어 씨, 자료대독이란 게 뭔지 아세요?" 그는 여섯 살 꼬마에게 말하듯 할리우드는 '매우 바쁜 곳'이고 중요한 사람들은 에이전트와 매니저와 회계사와 변호사의 시중을 받는다고 설명했다. 홍보담당은 이미지 관리를 하고 보좌들은 잔심부름을 하고 정원관리인들은 잔디를 깎고 가정부들은 집청소를 하고 가정교사들은 아이들을 기르고 개 담당은 개를 산책시킨다고 했다. 그리고 매일같이 이 바쁜 사람들에게 각색대상 원작과 시나리오와 트리트먼트들이 무더기로 배달된다고 했다. 그것도 도와줄 인력이 당연히 필요하지 않겠냐는 거였다. "클레어 씨," 에이전트가 말했다. "비밀 하나 말해줄게요. *할리우드 사람들은 책을 읽지 않아요.*"

최근 본 여러 편의 영화를 바탕으로 판단컨대 그건 뭐 비밀도 아니라는 생각이 들었다.

하지만 클레어는 입을 꾹 다물고 자료대독자로 취직하여 원작과 시나리오와 트리트먼트들의 요약본을 작성하고 그것들을 히트한 영화들과 비교하여 인물과 대사와 상업성을 평가함으로써 에이전트와 그들의 고객들이 자료를 읽었음은 물론 그를 주제로 한 대학원 수준의 세미나에라도 참석한 것처럼 보이게끔 했다.

제목: 제2피리어드, 죽음

장르: 청소년용 호러

요약: 〈브렉퍼스트 클럽〉과 〈엘름가의 악몽〉이 〈제2피리어드, 죽음〉에서 만나다. 일단의 학생들이 어쩌면 뱀파이어일지도 모르는 미친 대리교사와 일전을 벌여야만 한다….

이 일을 석 달쯤 했을 무렵이다. 고딕식 감상주의로 뒤범벅된 중간 수준의 베스트셀러 한 권을 읽다 흔히 '데우스 엑스 마키나 deus ex machina'(기계장치의 신. 초자연적인 힘을 이용하여 극의 긴박한 국면을 타개하는 고대 그리스극의 극작술)라 불리는 억지스런 결말(폭풍우로 인해 전신주가 뽑혀나가고 그 순간 전선이 악당의 얼굴을 후려친다)을 목도한 클레어는, 그걸… 바꿔버렸다. 옷 가게에서 스웨터들이 엉망으로 쌓여있는 걸 보고는 견딜 수 없어 바로잡듯 단순하게 일어난 일이었다. 그녀는 여주인공이 스스로의 힘으로 위험에서 빠져나오는 것으로 시놉시스를 바꾸었고, 그냥 그렇게 잊어버렸다.

그런데 이틀 후 전화가 한통 걸려왔다. "마이클 딘입니다." 전화선 반대편의 목소리가 말했다. "내가 누군지 압니까?"

물론 누군지 알았지만, 한때 '할리우드의 학장'으로 일컬어지며 20세기 후반 가장 성공을 거둔 영화들 중 몇 편(그 모든 조폭들과 괴물들과 귀여운 로맨스들)을 제작했으며 스튜디오 중역을 역임하기도 했던, 영화 제작자라는 직함이 습관적으로 신경질을 부리고 수많은 사람들의 이력을 쥐락펴락하고 여배우들과 놀아나고 코카인을 흡입하는 선수를 의미했던 시절의 대표적인 영화 제작자였던 그가 아직 살아있다는 것이 좀 놀랍기는 했다.

"그리고 당신은," 그가 말했다. "내가 10만 달러를 주고 사들인 쓰레기 한 무더기를 해결해 준 자료대독자 아가씨죠." 그렇게 그녀는 하고많은 곳 중 스튜디오 부지 사무실에, 그리고 하고많은 사람들 중 마이클 딘을 상사로 모시는 일자리를 얻게 된 것이었다. 마이클의 수석 개발 보좌로 그가 "다시 판에 비집고 들어갈 수 있게" 조력하는 것이 그녀의 임무였다.

처음에는 새 직장이 무척 마음에 들었다. 따분한 대학원 생활에 비하면 그 많은 미팅들과 온갖 소란이 그야말로 흥미진진하기만 했다. 매일 같이 새로운 원작과 시나리오와 트리트먼트들이 쇄도했다. 그리고 피치! 그녀는 피치가 정말로 좋았다. *그러니까 이 남자가 잠에서 깨어보니 아내가 뱀파이어더라 이거죠.* 작가들과 제작자들이 사무실을 뻔질나게 드나들며(물 한 병씩 돌릴 것!) 자신의 비전을 공유했다. *엔딩 크레디트와 함께 외계인 우주선이 나타나고 컴퓨터 앞에 앉아있는 이 남자가 클로즈업되는 거예요.* 이 피치들이 결코 실체로 구현되지 못하리라는 것을 깨달은 후에도 클레어는 여전히 그걸 즐겼다. 피치는 그 자체로 하나의 형식이었으며, 실존적이고 현재시제적인 공연예술의 하나였다. 이야기의 내용쯤이야 아무리 진부해도 상관없었다. 나폴레옹은 물론이고 혈거인과 심지어 성경조차도 현재시제로 피치를 해내는 사람들이었다. *그러니까 이 예수라는 남자가 어느 날 죽은 자들 가운데서 일어나는 거예요…. 마치 좀비처럼요.*

그녀는 스물여덟 나이에 스튜디오 부지 사무실에서 줄곧 꿈꿔왔던 일이라곤 할 수 없지만 이 업계 사람들이 하는 일들, 이를테면 미팅에 참석하고 시나리오를 읽고 피치를 듣는 일들을 하며, 모든 게 맘에 드는 시늉을 하는 동시에 아무것도 만들지 않을 무수한 이유들을 고안하면서, 살아가고 있었다. 바로 그때 상상할 수 있는 최악의 사건이 발생했다. 그건, 성공이었다.

아직도 그 피치가 귓전에 맴돈다. *이름하여 훅북입니다. 말하자면 데이트 상대 물색용 비디오 페이스북이라고 보면 돼요. 사이트에 비디오를 올리는 사람들은 모두 기본적으로 텔레비전 프로그램에 오디션을 보는 셈이 되는데, 그중 가장 인물이 받쳐주고 성욕이 강한 사람들을 골라 그들의 데이트 현장을 촬영하는 거죠. 첫 만남에서 파경, 아니면 결혼까지, 전 과정을 다요. 최고는 캐스팅이 자동으로 된다는 거죠. 아무한테도 땡*

전 한 푼 줄 필요가 없으니까요.

마이클은 프로그램을 한 케이블 채널에 팔았고 그걸로 10년 만에 드디어 히트작을 냈다. 텔레비전과 인터넷으로 동시 스트리밍되는 그 쓰레기를 클레어는 차마 눈뜨고 봐줄 수가 없었다. 마이클 딘의 컴백이었다! 그리고 클레어는 왜 사람들이 아무것도 만들지 않기 위해 그리도 열심히 일하는지 알게 되었다. 일단 뭔가를 만들고 나면 그게 그 사람 것이, 그가 할 수 있는 유일한 것이 되어버리기 때문이었다. 클레어는 〈먹어〉(비만인들이 엄청난 양의 음식을 놓고 경쟁한다)와 〈부자 색녀 아줌마와 가난뱅이 색녀 아줌마〉(성욕을 주체 못하는 중년 여자들이 역시 성욕을 주체 못하는 젊은 남자들과 데이트한다) 따위의 피치를 들으며 하루하루를 보내고 있다.

상황이 이렇게 악화일로여서 이제 차라리 최소한 *영화* 한 편쯤의 피치는 끼어있을지 모를 무한도전 피치 금요일이 기다려질 지경이다. 그런데 불행하게도 이 금요일 피치들의 대부분은 마이클의 과거에서 출현한 것들이다. 그가 익명의 알코올중독자 모임에서 만난 사람들, 그가 신세를 진 사람들, 그에게 신세를 진 사람들, 술집에서 만난 사람들, 그의 옛 골프 파트너들, 그의 옛 코카인 공급자들, 그가 6~70년대에 함께 잔 여자들, 그가 80년대에 함께 잔 남자들, 그의 전처들이나 사생아 세 명이나 또는 사생아에도 포함 못될 나이 좀 든 세 명의 친구들, 그의 주치의의 아이, 그의 정원사의 아이, 그의 수영장 청소원의 아이, 그의 아이의 수영장 청소원, 기타 등등.

클레어의 아홉 시 반 약속을 예로 들어보자. 레이건 정부 시절 마이클과 스쿼시를 쳤으며 지금은 손주들을 출연시켜 리얼리티 쇼를 만들고 싶어 하는 얼굴에 검버섯이 핀 텔레비전 작가다(자랑스럽게 손주들의 사진을 회의실 탁자 위에 올려놓고 있다). "귀엽네요." 클레어가 말한다. 그리고 "오

~"나 "정말로 사랑스러워요"나 "그럼요, 정말이지 요즘에는 너무 쉽게 자폐증 진단을 내리는 것 같아요"가 이어진다.

하지만 그렇다고 이런 미팅들을 불평할 수 없는 건 최소한 마이클 딘의 의리 강연을 듣는 것보다는 덜 괴롭기 때문이다. 마이클 딘은 이처럼 냉혹한 동네에서 친구들을 저버리지 않는 드문 인간으로서 그들을 끌어안고 그들의 눈을 들여다본다, 뭐 이런 거다. *자네도 알다시피 난 늘 자네 작품을 높이 평가해왔지. 다음 금요일에 내 사무실로 와서 내 보좌인 클레어를 찾아봐.* 마이클은 그리고 명함을 꺼내 사인을 해서 상대방의 손에 쥐여 준다. 그걸로 접수 완료다. 사인된 마이클 딘의 명함을 갖고 있는 이들은 시사회 티켓이나 어떤 배우의 전화번호 또는 사인된 영화 포스터를 얻고자 할 수도 있지만, 그들이 주로 원하는 것은 이 동네의 모든 사람들이 원하는 바로 그것, 피치의 기회다.

이곳에서는 피치가 곧 생활이다. 사람들은 아이들을 좋은 학교에 보내기 위해 피치하고, 살 능력이 안 되는 집을 사기 위해 피치하며, 자서는 안 될 사람과 자다 걸리면 허무맹랑한 변명을 피치한다. 병원들은 분만센터를 피치하고, 탁아소들은 사랑을 피치하며, 고등학교들은 성공을 피치한다. 자동차 대리점들은 호사를 피치하고, 상담전문가들은 자존감을 피치하고, 안마사들은 해피엔딩(안마와 함께 제공되는 성행위를 뜻하는 표현)을 피치하고, 공동묘지들은 영원한 안식을 피치한다. 이것은 끝이 없다. 피치는 그야말로 무한하고 흥분을 불러일으키며 영혼에 아첨할 뿐 아니라 죽음처럼 가차 없으며 또한 아침 살수기처럼 평범하기도 하다.

사인된 마이클의 명함은 이 스튜디오 지역에서 일종의 화폐로 통용된다. 그녀가 판단키에 더 옛날 것일수록 가치가 높다. 클레어의 열 시 십오분 약속이 마이클이 스튜디오의 중역을 지내던 시절의 명함을 꺼내들 때 그녀는 영화 피치를 기대하지만 그는 너무 끔찍한 나머지 어쩌면 대히트를 칠지 모를 리얼리티 쇼 피치를 시작한다. "〈편집증 궁전〉입니다. 정신 질환자들의 약물치료를 중단케 하고 감시 카메라가 설치된 집 안에 몰아넣은 뒤 갖은 방법으로 그들을 괴롭히는 거예요. 불을 켜면 음악이 나오고 냉장고를 열면 화장실 변기 물이 내려가고, 그렇게…."

약물 이야기가 나와서 말인데 열한 시 반 약속이야말로 함부로 약물치료를 중단한 사람 같다. 망토를 걸치고 턱 둘레에 수염을 기른 마이클 딘 이웃의 아들이라는 자가 들어오더니 눈 한 번 마주치지 않고 머릿속에 창조한 공상세계에 대한 텔레비전 미니시리즈 피치를 시작한다 ("이걸 문서화하면 누군가가 훔쳐갈 거니까요."). 제목은 〈베라글림 쿼트롤로지〉. 베라글림은 8차원 대체우주를 지칭하고 쿼트롤로지는 "트릴로지(삼부작) 같은 것인데, 세 개가 아니라 네 개의 이야기임을 의미해요"란다. 이 공상세계의 물리학에 관해 단조로운 설명을 계속하는 동안(베라글림에는 보이지 않는 왕이 있고 켄타우로스의 반란이 끊이지 않으며 남성 성기가 해마다 일주일 동안 발기한다), 클레어는 무릎 위에서 진동하는 전화기를 힐끗 내려다본다. 그녀가 아직도 어떤 신호를 기다리고 있는 중이었다면 이게 결정타가 됐을지 모른다. 허접한 커리어에 스트립클럽에나 드나드는 그녀의 남자친구는 열두 시 이십 분 전인 지금에야 기상하여 구두점도 찍히지 않은 질문을 문자로 보내왔다. '우유'라고. 그녀는 속옷차림의 대릴이 냉장고 문을 열고 우유가 없자 이 멍청한 질문을 문자랍시고 보내고 있는 모습을 그려본다. 이 남자는 냉장고에 없는 우유가 어디 다른 데 숨겨져 있을 거라고 상상하는 것일까? 그녀는 '세탁기'라고 응답 문자를 쳐 보낸다. 그리고 베라글림 남자가 정신분열증적 판타지를 장황하게 설명하는 동안, 클레어는 운명의 신이 자신을 갖고 노는 건 아닐까, 사상 최악의 무한도전 피치 금요일을 선사함으로써 자신의 거래를 조롱하는 건 아닐까 의심하지 않을 수 없다. 8학년 시절, 체육시간의 킥볼 시합 도중 느닷없이 엄청난 양의 생리가 시작되고 선망의 대상 마셜 에이켄이 그녀의 체육복 반바지에 피어난 선홍빛 꽃무늬를 가리키며 체육교사에게 "클레어가 출혈을 해요." 하고 소리를 지른 그날 이후 실로 최악의 날임이 분명하다. 왜냐하면 이 괴짜가 〈베라글림 쿼트롤로지〉의 제2권 설명에 진입하고(*플란도르가 그림자의 검을 뽑아요*) 대릴한테서 온 또 하나의 문자 '시리얼'이 무릎 위 블랙베리에서 번쩍거리는 지금, 마침내 클레어의 뇌가 출혈을 일으켜 회의실 탁자 위로 한바탕 피를 쏟아내고 있기 때문이다

제트기의 타이어가 찍찍 소리를 내며 활주로를 그러쥘 즈음 셰인 휠러는 벌떡 잠에서 깨어 시계를 들여다본다. 아직 괜찮다. 이륙이 한 시간 지연되긴 했지만 미팅까지는 세 시간이나 남아있고 거리는 22킬로미터에 불과하다. 22킬로미터 운전이 얼마나 걸리겠는가? 비행기에서 내려 탑승구를 빠져나온 그는 아직도 꿈속인 듯 긴 타일 바닥의 공항 터널을 지나 짐 찾는 곳을 거쳐 회전문을 벗어나 햇빛 찬란한 바깥으로 나온다. 그리고 셔틀버스를 타고 렌터카 회사에 도착하여 만면에 웃음을 띤 디즈니랜드 관광객들과 함께 줄을 서(그들도 24달러짜리 렌터카 쿠폰을 받았음이 분명하다) 차례가 되자 운전면허증과 신용카드를 창구 직원에게 들이민다. 그녀가 그의 이름을 너무도 의미심장하게 부르는 바람에("셰인 *휠러 씨?*") 그는 시간이 훅 지나가서 벌써 유명인사가 된 것 같은 망상에 잠시 빠지는데, 물론 그녀는 예약자 명부에서 그의 이름을 찾은 것이 반가웠을 뿐이다. 우리는 참으로 시시한 기적의 세상에 살고 있다.

"사업차 오셨나요, 아니면 관광을 오셨나요?"

"구원을 위해 왔습니다." 셰인이 말한다.

"보험카드를 보여주시겠어요?"

보상이 거절되고 업그레이드가 취소되고 비싼 내비게이션 및 급유 옵션도 모두 기각됐다. 셰인은 렌터카 계약서와 열쇠, 그리고 열 살 된 히로뽕 중독자가 그렸음직한 지도를 받아들고 사무실을 나온다. 렌트한 기아 승용차에 들어가 운전석과 핸들을 최대한 운전이 가능한 수준으로 조정하고 숨을 내쉰 뒤 시동을 건다. 그리고 생애 첫 피치의 서두를 연습한다. *그러니까 이 남자는요…*.

한 시간이 지난 지금 그는 이찌된 영문인지 목적지에서 더 멀어졌다. 이놈의 기아 승용차가 마비를 일으켜 엉뚱한 방향으로 가고 있는지 모른다고 셰인은 생각한다(이제 보니 내비게이션은 선택이 아닌 필수 옵션이었다). 셰인은 쓸모없는 렌터카 회사의 지도를 집어던지고 옛 은사 진 퍼고의 휴대전화에 전화를 걸어본다. 음성메시지 보관함으로 연결된다. 미팅을 주선해준 에이전트에 전화를 걸어보지만 에이전트의 보좌가 "죄송한데 앤드루가 없어서요"라는 묘한 대답을 해올 뿐이다. 그는 마지못해 어머니의 휴대전화와 아버지의 휴대전화, 그리고 집 전화까지 시도해 본다. *젠장, 다들 어디 간 거야?* 그 다음으로 떠오르는 번호는 전처의 것이다. 손드라에게만은 전화를 걸고 싶지 않지만, 어쩔 수 없을 만큼 절박한 상황이다.

아직도 그녀의 전화에는 그의 이름이 뜨고 있음에 틀림없다. 첫마디가 "나한테 갚을 돈이 준비돼서 전화하는 거라고 말해"인 것으로 봐서.

바로 이것이 그가 피하고 싶었던 것이다. 누가 누구 신용을 조져놨느니 누가 누구 차를 빼돌렸느니 하는 따위의 공방이 지난 1년간 두 사람이 나눈 대화의 주요 내용이었다. 한숨이 절로 난다. "손드라, 당신한테 갚을 그 돈이 곧 만들어질 거야."

"또 혈장 기증 타령은 아니겠지?"

"아니야. 나 지금 로스앤젤레스야. 영화 피치하러 와있어."

그녀가 웃음을 터뜨리더니 농담이 아님을 깨닫는다. "잠깐. 지금 *영화*를 쓰고 있다 이 말씀이야?"

"그게 아니라 영화 *피치*를 한다니까. 먼저 피치를 하고 그 다음에 쓰는 거니까."

"어째 영화들이 죄다 한심하다 했더니 그럴 만했군." 그녀가 말한다. 이건 전형적인 손드라다. 시인 행세를 하는 웨이트리스. 그들은 투손에서 만났다. 그가 아침마다 글을 쓰러 가던 카페 컵 오브 헤븐에서 그녀는 일을 하고 있었다. 그는 그녀에게 빠졌다. 그녀의 다리에서 시작해 그녀의 웃음, 그리고 작가들을 이상화하고 그의 일을 기꺼이 지원하고자 하던 그녀의 열정까지 차례로.

그녀로 말하자면(갈라설 때 털어놓았다) 무엇보다 그의 허풍에 빠졌다.

"저기 말이야," 셰인이 말한다. "문화비평은 잠시 접어두고 맵 퀘스트로 유니버설 시티를 좀 찾아줄래?"

"진짜로 할리우드에서 미팅이 있단 말이야?"

"진짜라니까," 셰인이 말한다. "스튜디오에서 거물 영화 제작자하고."

"당신 뭐 입고 있어?"

그는 한숨을 쉬고 피치 미팅에 뭘 입고 가는지는 중요치 않다는(허풍보호용 정장이 있다면 모르지만) 진 퍼고의 말을 그대로 전한다.

"안 봐도 뭐 입었는지 훤하군." 손드라는 그의 복장을 머리끝에서 발끝까지 묘사한다.

셰인은 그녀에게 전화를 건 걸 후회한다. "제발… 내가 어디로 가고 있는지 좀 알려줄 수 없을까?"

"영화 제목이 뭔데?"

또 한숨이 나온다. 그들이 더 이상 부부가 아님을 기억해야 한다. 그녀의 신랄하고 냉혹한 빈정거림은 이제 더 이상 그에게 아무런 힘도 발휘할 수 없어야 하는 것이다. "*〈도너!〉*"

손드라는 잠시 말이 없다. 그러나 그의 관심분야를, 그의 독서지향을 그녀는 알고 있다. "식인종에 대한 영화 쓰고 있지?"

"말했잖아, 영화를 *피치*하는 거라고. 그리고 식인종 영화 아니야."

도너 파티(19세기 미국 캘리포니아 주에서 악천후로 조난에 빠진 개척민 일행이 얼어 죽은 이들과 살해된 이들의 인육을 먹고 생존했던 엽기적인 사건의 장본인들을 가리킴)는 분명히 영화 주제로는 쉽지 않을 수 있다. 하지만 《딘의 길》에서 가장 많이 인용되는 열네 번째 장에서 마이클 딘이 말한 대로 피치라는 것은 어떻게 포장하느냐에 달려있는 법이다.

아이디어와 팔약근. 어느 개자식이든 하나씩은 갖고 있다. 그것을 어떻게 포장하느냐가 중요하다. 제대로 포장만 한다면 나는 당장 폭스 사로 가 구운 원숭이 불알을 차려내는 식당에 관한 영화를 팔아낼 수도 있다.

그리고 셰인은 완벽한 '포장'을 확보했다. 〈도너!〉는 그저 케케묵은 도너 파티 실화 전반이 아니라, 그들 중 목수 윌리엄 에디가 무시무시하고 영웅적인 여정을 통해 주로 젊은 여자들로 이루어진 일단의 사람들을 산 너머 안전한 장소로 이끌고는 이어서*(주목하시라, 3막이다!)* 기력을 회복한 후 다시 돌아가 자신의 처자식을 구출한다는 설정에 집중하는 것이다! 에이전트 앤드루 딘에게 전화로 이 아이디어를 피치하면서 셰인은 그 이야기 자체의 힘에 의해 절로 생기가 솟는 느낌이었다. *이건 승리의 이야기*

예요, 그는 에이전트에게 말했다, *불굴의 정신을 보여주는 대서사시죠! 용기! 결의! 사랑!* 그날 오후 에이전트는… 다름 아닌… *마이클 딘*의 개발 보좌인 클레어 실버와의 미팅을 잡아주었다.

"흥," 손드라는 이야기를 다 듣고서 말한다. "그래서 정말 그걸 팔 수 있다고 생각하는 거야?"

"그래. 난 그렇게 생각해." 셰인이 대답한다. 괜한 말이 아니다. 그리고 그것이야말로 셰인의 '스스로를 믿는 것처럼 행동하면' 신조의 영화 버전이다. 그의 세대가 갖고 있는 *세속적이고 일화적인 섭리*에 대한 깊은 믿음, 다시 말해서 30분이나 60분 또는 120분 동안은 좀 꼬일지라도 종국에는 보편적으로 모든 것이 해결된다는 관념과 같은 맥락이다.

"알았어." 손드라가 말한다(그녀는 셰인의 망상과도 같은 자기신념의 부인할 수 없는 매력에 아직 완전히 면역되지 않았다). 그리고 맵 퀘스트를 찾아 그에게 길을 알려준다. 셰인이 고맙다고 하자 손드라는 "오늘 행운이 있기 바랄게, 셰인" 한다.

"고마워." 셰인이 말한다. 그리고 늘 그렇듯 전처의 열정 없는, 온전히 순수한 선의를 대하며 자신은 지구상에서 가장 고독한 인간이라는 느낌에 빠져든다.

이젠 끝이다. 오늘 하루 사이에 위대한 영화 아이디어와 맞닥뜨리는 조건을 내세운 건 참으로 말도 안 되는 거래였다. *우리는 영화 비즈니스가 아니라* 소음 *비즈니스를 하는 것*이라고 마이클이 가르치지 않았던가. 아직 하루가 다 지나간 것은 아니다. 하지만 두 시 사십 분 약속이 이마의 생채기를 연신 뜯으며 텔레비전 수사극 피치에 한창인 이 순간 클레어는 그녀 안에서 뭔가 중대한 것이 상실된 듯한, 어떤 낙관주의가 죽어버린 것 같은 느낌이 든다. 그녀의 네 시 약속은 안 나타날 모양이다(숀 웰런가 하는 작잔데…). 시간을 확인하는 클레어의 눈이 흐릿하고 졸려 보인다. 그러니 이젠 끝이다. 그녀는 그만둘 것이다. 마이클에게는 그녀가 느낀 환멸 따위는 이야기하지 않을 것이다. 무슨 소용이 있단 말인가? 그저 말없이 2주 여유를 준 뒤 짐을 정리해서 이 사무실을 나와 사이엔톨로지 교도들의 기념물들을 보존하는 새 직장으로 떠날 것이다.

그리고 대릴은 어쩐다? 그도 오늘 정리해버려? 그럴 수 있을까? 최근에 그와 헤어질 시도를 해봤지만, 도무지 되지가 않았다. 그건 마치 칼로 수프를 자르는 것처럼, 존재하지 않는 대상을 향한 돌진일 뿐이었다. 그녀가 *대릴, 우리 얘기 좀 해*, 하면 그는 언제나처럼 싱긋 웃을 뿐이고 결국 둘은 섹스를 하는 것으로 상황이 종료된다. 그녀의 심각한 태도가 그에게 성적 흥분을 불러일으키는 게 아닌가 싶을 정도다. 그녀가, *우리 관계 이대로 가도 되는 건지 확신이 없어*, 라고 말하면 그는 옷을 벗어던지기 시작하는 것이다. 그녀가 스트립클럽에 관해 불평하면 그는 재미있다는 얼굴을 한다. (그녀 : *다시는 안 가겠다고 약속하는 거지?* 그 : *당신을 거기 보내지 않겠다고 약속할게.*) 그는 화를 내지도 거짓말을 하지도 괘념치도 않는다. 이 남자에겐 밥 먹고 숨 쉬고 섹스하기, 그게 전부다. 이미 이토록 근원적으로 떨어져 있는 사람과 어떻게 더 떨어질 수 있단 말인가?

그녀는 지금 상황에서는 그녀가 관여한 유일한 영화가 되고 말 것 같은 〈밤의 파괴자〉를 통해 그를 만났다. 클레어는 언제나 먹물들에 약했는데, '좀비 14번 역할로 걷기(건들거리기? 휘청거리기?)' 오디션을 본 대릴은 문신이 새겨진 밧줄처럼 튼튼한 팔뚝을 갖고 있었다. 이전까지는 주로 영리하고 예민한(그녀 자신의 영리함과 예민함이 동어반복처럼 느껴지게 하는) 남자들, 그리고 한두 명의 빤질빤질한 업계(야망을 두 번째 성기처럼 달고 다니는) 남자들을 사귀었던 그녀에게 이 일거리 없는 배우 유형은 처음이었다. 그거야말로, 즉 진정으로 원초적이고 세속적인 것을 맛보고 싶다는 욕망이야말로 영화 학교라는 누에고치를 벗어나기로 작정한 본래 이유가 아니던가? 처음 얼마간, 이 원초적이고 세속적인 것은 기대에 부응했다(이런 의문이 들었던 기억이 난다: *내가 이전에 과연 진정으로 만져진 적이 있었을까?*). 오디션 서른여섯 시간 후, 지금까지 자본 남자들 중 가장 잘생긴 남자(그녀는 그저 그를 바라보는 걸 즐길 때도 있었다)와의 섹스를 마치고 아직 침대에 누워있을 때, 대릴은 여자친구한테 막 차여 갈 곳이 없다고 아무렇지도 않게 담담히 털어놓았다. 그리고 그로부터 다시 3년이 지난 지금, 〈밤의 파괴자〉는 아직도 대릴의 이력서상 최고의 경력이며, 좀비 14번은 아직도 그녀 침대를 장식하는 황홀한 육체인 것이다.

아니다, 대릴과 헤어지지 않을 것이다. 적어도 오늘은 아니다. 사이엔톨로지 교도들과 손주들을 팔아먹으려는 할아버지들, 정신질환자들과 좀비 형사들, 그리고 생채기를 뜯는 얼간이들을 상대한 오늘은 아니다. 그녀는 대릴에게 또 한 번의 기회를 줄 것이다. 집에 돌아가 그에게 맥주를 갖다 주고 어깨에도 문신이 새겨진 그의 드넓은 품안으로 파고들어 함께 텔레비전을 볼 것이고(그는 디스커버리 채널의 〈빙판의 트럭 운전수들〉을 좋아했다), 그렇게 빈약하나마 어쨌든 삶과의 접속을 느낄 것이다. 꿈같은 삶은 아니지만 완벽히 미국적인 삶이기는 하지 않은가. 지평선 위로 차를 몰아 집에 돌아온 〈밤의 파괴자〉의 좀비들이 대릴이 일명 더블 니클 또는 새미 헤이거(5센트 동전이 니클인 것, 그리고 로커 새미 헤이거Sammy Hagar가 'I Can't Drive 55'라는 노래를 부른 것에서 따온 말장난)라 부르는 55인치 플랫스크린 텔레비전으로 〈빙판의 트럭 운전수들〉과 〈혹북〉을 멍하니 시청하는 이 나라 미국.

클레어는 재킷을 집어 들고 문을 향한다. 그녀는 잠시 멈추어서 어깨 너머로 그녀가 한때 뭔가 위대한 것을 만들어낼 수 있으리라고 생각했던 사무실을 쳐다본다. *어리석은 할리 골라이틀리의 꿈.* 그리고 다시 한 번 시간을 확인한다. 네 시 십칠 분이 지나고 있다. 문을 잠그고 나와 한숨을 내쉰 다음 걷는다.

셰인이 렌트한 기아 승용차의 시계는 네 시 십칠 분을 가리키고 있다. 약속 시간에 십오 분도 더 늦은지라 그는 초죽음이 되어있다. "제기랄, 제기랄, 제기랄!" 그는 핸들을 내려친다. 간신히 방향을 돌린 다음에도 몇 군데서 교통체증에 걸렸을 뿐더러 엉뚱한 출구를 빠져나오기까지 했다. 스튜디오 입구에 다다르자 경비원은 어깨를 으쓱하며 그의 숙명은 다른 입구에 있다고 알려주었고, 이제 이십사 분이 늦은 그는 세심하게 선택된 *무심한 복장* 아래로 진땀을 흘리고 있었다. 제 입구를 찾아갔을 때는 이십팔 분이, 두 번째 경비원으로부터 신분증을 돌려받고 떨리는 손으로 계기판 위에 주차카드를 올려놓은 뒤 드디어 주차장에 도착했을 때는 삼십 분이 늦어 있었다.

마이클 딘의 방갈로에서 60미터 떨어져있을 뿐인 셰인은 그러나 차에서 내리자마자 엉뚱한 방향으로 걸어가는 바람에 커다란 방음 스튜디오 사이에서 헤맨다(세상에서 가장 깨끗한 창고 부지다). 그는 몇 바퀴를 돌다가 줄지어선 방갈로들 앞에서 궤도차를 하나 발견한다. 저마다 허리춤에 작은 주머니들을 하나씩 찬 관광객들이 카메라며 휴대전화로 사진을 찍고 마이크를 든 가이드로부터 사라져버린 마법의 시대에 대한 출처가 불분명한 이야기를 들으며 스튜디오 투어에 한창이다. 카메라 인간들은 자신의 과거와의 어떤 연관을 목마르게 기다리며(*아, 그 드라마 내가 진짜 좋*

아했는데!) 가이드의 설명을 숨죽여 듣고 있다가, 궤도차를 향해 휘청거리며 다가오는 헝클어진 머리에 기다란 구레나룻에 야윈 체구에 넋 나간 얼굴을 한 셰인을 보고 기억 속에 보존된 수천 명 스타들의 얼굴과 대조해본다. *저 사람 찰리 신 가족 중 하나 아냐? 아님 알렉 볼드윈 가족인가? 약물중독자 치료시설에 들어갔던 그 스타던가?* 그러나 셰인의 묘하게 매력적인 생김새를 자신이 아는 어떤 유명인과도 결부시킬 수 없자, 혹시 모르지 하는 생각에, 일단 셔터를 눌러댄다.

여행 가이드는 헤드폰에 달린 마이크에 입을 대고 영어처럼 들리는 언어로 쉼 없이 재잘댄다. 어느 유명한 텔레비전 드라마의 어느 유명한 이별 장면이 '바로 저기서' 촬영되었다는 따위의 정보다. 셰인이 다가오자 운전사는 손가락을 치켜세우며 가이드가 말을 끝낼 때까지 기다리라는 신호를 보내온다. 진땀은 물론이고 눈물까지 날 만큼 완벽한 자기혐오에 빠진 셰인은 부모님에게 전화를 걸고 싶은 강력한 욕구를 억누르며(이제 ACT의 결의는 온데간데없이 사라졌다) 가이드의 명찰을 살핀다. 앙헬이다.

"실례합니다." 셰인이 말을 건다.

앙헬은 마이크를 손으로 덮으며 강한 외국어 억양으로 "뭔데요?" 자신과 비슷한 또래로 보이자 셰인은 20대 후반 동년배로서의 친근감을 간신히 짜낸다. "저, 친구. 내가 약속 시간에 많이 늦어서 그러는데, 혹시 마이클 딘의 사무실이 어딘지 알아요?"

이 말의 어떤 점이 깊은 인상을 남긴 건지 모르지만 어쨌든 한 관광객이 다시 셰인의 사진을 찍는다. 하지만 앙헬은 대꾸 없이 운전사에게 엄지를 까딱하고 그러자 궤도차는 떠나버린다. 그러자 뒤에 가려져 있던, 마이클 딘 프로덕션의 방갈로를 가리키는 안내판이 나타난다.

셰인은 시간을 확인한다. 이제 삼십육 분이 늦었다. *제기랄, 제기랄, 제*

기랄. 모퉁이를 돌자 방갈로가 보였는데, 문 앞에 지팡이를 쥔 한 노인이 서있다. 아주 잠시, 셰인은 그가 바로 마이클 딘일지 모른다는 생각을 한다. 딘은 미팅에 나오지 않을 것이고 그의 개발 보좌인 클레어라는 여자만 참석할 거라고 에이전트가 말해준 바 있었다. 이 사람은 마이클 딘이 아니다. 짙은 정장에 잿빛 펠트 중절모를 쓴, 팔에는 지팡이 손잡이를 걸고 손에는 명함 한 장을 들고 서있는, 일흔 살쯤의, 한 노인일 뿐이다. 포장도로를 걸어오는 셰인의 발자국 소리에 노인이 몸을 돌린다. 모자를 벗자 헝클어진 회색 머리와 함께 야릇한 산호초 빛의 푸른 두 눈이 드러난다.

셰인이 목을 가다듬는다. "들어가실 건가요? 제가… 아주 많이 늦어서요."

노인이 명함을 내민다. 구겨지고 때가 탔으며 글자도 변색된 오래된 명함이다. 다른 스튜디오인 20세기 폭스 사의 회사명이 찍혀있긴 하지만 사람 이름은 맞다. 마이클 딘의 것이다.

"제대로 오셨어요." 셰인이 말한다. 그는 자신이 갖고 있는 마이클 딘의 최근 명함을 보여준다. "보시다시피 그분 이제는 *이* 스튜디오에 계시거든요."

"나는 여기를 찾아왔소." 노인이 강한 외국어 억양으로 말한다. 피렌체에서 1년 유학한 경험으로 셰인은 그게 이탈리아어 억양임을 알 수 있다. 노인은 다시 20세기 폭스 사 명함을 가리키며 말한다. "사람들이 여기로 가라고 하더군요." 그리고 이어서 방갈로를 가리키며 말한다. "그런데… 문이 잠겼어요."

셰인은 믿을 수가 없다. 그는 노인을 지나쳐 문을 열려고 한다. 정말로 잠겨있다. 그렇다면… 끝난 것이다.

"파스쿠알레 투르시라고 하오." 노인이 손을 내밀며 말한다.

셰인은 그 손을 받아 쥐며 말한다. "저는 빅 루저(한심한 실패자)입니다."

클레어가 저녁으로 뭘 먹고 싶으냐는 문자를 보내자 대릴은 'KFC'에 이어 '무등급판 혹북'이라는 회신을 보내온다. 회사가 차마 텔레비전으로 방송할 수 없는, 벗은 장면과 멍청한 행동으로 가득한, 더 야한, 등급이 지정되지 않은 버전의 혹북 프로그램을 만들어 인터넷으로 스트리밍할 계획이라는 이야기를 대릴에게 해준 바 있었다. 좋아, 그녀는 생각한다. 사무실로 돌아가 그놈의 종말론적 텔레비전 프로그램을 가져온 다음 차를 몰아 KFC에 들렀다 집에 도착하면 그 즉시 대릴의 품에 온몸을 내던질 것이다. 인생사쯤은 월요일에 재고할 것이다. 그녀는 차를 돌려 출입보안 구역을 다시 통과해서는 마이클의 방갈로 사무실 부지에 주차한다. 아직 편집이 안 된 DVD를 가지러 사무실로 향하는 클레어 실버의 눈에 들어온 것은 무한도전 피치 금요일의 낙오자 두 사람이(하나도 아닌…) 문 앞에서 서성거리는 모습이다. 그녀는 걸음을 멈추고 몸을 되돌려 떠나버릴까 생각한다.

그녀는 가끔 무한도전 피치 금요일에 참가하는 이들을 상상하곤 하는데, 지금 그걸 해본다. 걸레 같은 더벅머리에 구레나룻을 기르고 찢어진 청바지와 모조 웨스턴 셔츠를 입은 저 남자는? *마이클의 옛 코카인 공급자의 아들.* 그리고 은발과 푸른 눈에 잿빛 정장차림의 저 노인은? 이건 약간 어렵다. *1965년쯤 토니 커티스가 연 섹스 파티에서 마이클이 엉덩이 애무를 받다가 만난 남자?*

허둥지둥하는 기색의 젊은 남자가 다가오는 그녀를 본다. "클레어 실버 씨신가요?"

아닌데요, 하고 싶지만, "네."

"셰인 휠러입니다. 정말 죄송합니다. 교통 정체가 있었던 데다 길을 잃어버렸거든요. 그래서… 혹시 지금이라도 미팅을 시작할 수 있을까요?"

그녀는 무력하게 노인 쪽을 쳐다본다. 그는 모자를 벗고 명함을 꺼내밀며 말한다. "파스쿠알레 투르시입니다. 나는… 딘 씨를… 찾고 있습니다."

환상의 콤비로고. 낙오자가 그것도 쌍으로 덤벼드는군. 로스앤젤레스에서 길을 잃은 애 녀석하고 시간을 거슬러온 이탈리아인이라. 두 남자가 그녀를 뚫어져라 바라보며 각자의 마이클 딘 명함을 들이민다. 그녀는 명함들을 받아든다. 짐작할 수 있듯이 젊은 남자의 명함이 더 최근 것이다. 뒤집어보니 마이클 딘의 사인 밑에 에이전트 앤드루 던의 메모가 적혀있다. 그녀는 최근 앤드루에게 골탕을 먹인 일이 있다. 그의 고객이 기획한 리얼리티 패션쇼 〈구두가 발에 맞는다면〉의 시제품 비디오를 마이클이 검토하는 동안 다른 스튜디오에 보이지 말고 기다려 달라고 했는데 마이클은 결국 경쟁작이라 할 〈구두 숭배〉를 선택함으로써 앤드루 측의 아이디어를 고사시키는 결과를 가져왔던 것이다. 그가 명함 뒷면에 남긴 메모는 "즐거운 시간 되세요!"다. 그러므로 이건 복수의 피치인 것이다. 아, 들어보나마나 끔찍할 것이 뻔하다.

다른 명함은 미스터리다. 그녀가 본 것들 중 가장 오래된 마이클 딘 명함임에 틀림없는데, 색이 바래고 구깃구깃한 데다 마이클이 몸담은 *최초의* 스튜디오인 20세기 폭스 사의 것이다. 그녀의 눈길을 사로잡은 것은 직함이다. 홍보? 마이클이 홍보로 일을 시작했단 말인가? 이 명함은 대체 얼마나 오래된 것일까?

정말이지, 이런 하루의 끝에, 대릴이 'KFC'와 '무등급판 혹북' 따위의 문자를 보내지만 않았더라도, 그녀는 이 두 남자들에게 게임은 끝났다고,

오늘의 자선냄비는 이미 떠났다고 말해주었을지 모른다. 그런데 지금 그녀는 운명의 신에 대해, 그녀가 건 거래에 대해 다시금 생각한다. 누가 아는가? 혹시 이 둘 중의 하나가… 흥, 어련히 그러겠다. 그녀는 자물쇠를 따고 다시 그들의 이름을 물어본다. 너절한 구레나룻은 셰인, 왕눈이는 파스쿠알레다.

"들어오세요. 회의실로 가지요." 그녀가 말한다.

사무실에 들어온 그들은 마이클이 옛날에 제작했던 영화들의 포스터(〈마음의 일격〉, 〈사랑의 도둑〉) 아래 자리를 잡고 앉는다. 격식 같은 걸 차릴 시간이 없다. 피치 미팅에 물 한 병 내지 않기는 처음이다. "투르시 씨, 먼저 하시겠어요?"

그는 주위를 둘러본다. 어리둥절한 얼굴이다. "딘 씨는… 여기 안 계십니까?" 음절 하나하나를 똑똑 씹듯 강한 외국어 억양이다.

"죄송하지만 오늘 여기 안 계십니다. 옛날 친구분이신가요?"

"그를 만났어요…" 그가 천장을 노려본다. "에, *넬 세싼타두에nel sessantadue*."

"1962년에요." 젊은 남자가 말한다. 클레어가 호기심 어린 눈으로 그를 바라보자 셰인은 어깨를 으쓱한다. "이탈리아에서 1년 유학을 한 적이 있어요."

클레어는 그 옛날 마이클과 이 노인이 컨버터블 자동차를 타고 로마를 누비면서 이탈리아 여배우들과 자고 그라파를 마시는 장면들을 상상한다. 이제 파스쿠알레 투르시는 완전히 혼란에 빠진 모습이다. "그가 말했어요… *필요한 게 있으면 무엇이든지…*."

"알겠습니다." 클레어가 말한다. "마이클에게 선생님의 피치에 관해 꼭 전할게요. 약속드리죠. 자, 이제 처음부터 시작하시면 어떨까요?"

파스쿠알레는 이해를 못하겠다는 듯 눈을 가늘게 뜬다. "내가 영어가… 오래 돼서…."

"처음부터요." 셰인이 파스쿠알레에게 말한다. "*리니찌오L'inizio.*"

"그러니까, 이 남자가 있는데… 이렇게요." 클레어가 부추긴다.

"여자였어요." 파스쿠알레 투르시가 말한다. "그 여자가 우리 마을에, 포르토 베르고냐에 찾아왔죠…. 그러니까…." 그가 도움을 요청하는 얼굴로 셰인을 바라본다.

"1962년에요?" 셰인이 다시 말한다.

"네. 그녀는… 아름다웠어요. 그리고 나는… 에… 해변이랑 테니스장을 짓고 있었어요." 그가 이마를 문지른다. 그의 머릿속에서 이야기가 사라지고 있다. "그녀는… *시네마cinema*에 나와요."

"여배우인가요?" 셰인 휠러가 묻는다.

"네." 파스쿠알레 투르시가 고개를 끄덕이고 허공을 바라본다.

클레어는 시간을 확인하고 피치가 어서 제 궤도에 들어설 수 있도록 최선을 다해본다. "그러니까… 어느 여배우가 이 마을로 찾아와 해변을 건설하는 이 남자와 사랑에 빠진다, 이건가요?"

파스쿠알레가 다시 클레어를 바라본다. "아니요. 내가 아니에요… 어쩌면, 그래요. 에… *라티모l'attimo?*" 그가 다시 셰인에게 도움을 요청한다. "*라티모 케 두라 페르 셈프레L'attimo che dura per sempre.*"

"영원히 계속되는 순간." 셰인이 나지막이 말한다.

"그래요." 파스쿠알레가 고개를 끄덕인다. "영원히."

영원과 순간이라는 두 단어가 이렇게 서로 가까운 거리에서 사용되는 걸 목격하자 클레어는 무언가에 꼬집힌 기분이 된다. 말하자면 KFC와 훅북하고는 다른 세상이다. 갑자기 화가 난다. 자신의 어리석은 야망과 낭만주의와 남자 취향에, 괴상한 사이엔톨로지 교도들에, 그 멍청한 영화를 보고 집을 나간 아버지에, 사무실로 돌아온 결정에, 그리고 계속해서 나아지기를 바라는 대책 없는 소망에, 그리고 마이클에. *빌어먹을 인간 마이클과 그의 빌어먹을 직업과 그의 빌어먹을 명함과 그의 빌어먹을 영감 친구들과 그가 붙어먹을 수 있는 무엇에든 붙어먹던 시절에 붙어먹은 빌어먹을 인간들에게 진 빌어먹은 신세들에.*

파스쿠알레 투르시가 한숨을 쉰다. "그녀는 아팠어요."

클레어는 조바심에 얼굴까지 붉어진다. "어떤 병인데요? 낭창? 건선? 아니면 암?"

암이라는 소리에, 파스쿠알레가 갑자기 고개를 들고 이탈리아어로 중얼거린다. *"시Si.. 마 논 에 코시 셈플리체 Ma non e cosi semplice."*

그때 셰인이라는 애송이가 끼어든다. "저, 실버 씨? 이 분은 피치를 하는 게 아닌 것 같아요." 그는 노인을 향해 이탈리아어로 느리게 말한다. *"퀘스토 에 레알멘테 아카두토Questo e realmente accaduto? 논 인 운 필름Non in un film?"*

파스쿠알레가 고개를 끄덕인다. *"시Si. 소노 퀴 페르 트로발라Sono qui per trovarla."*

"맞아요, 실제 일어난 일이래요." 셰인이 클레어에게 전하고는 다시 파스쿠알레에게 묻는다. *"논 라 피우 비스타 다 알로라Non l'ha piu vista da allora?"* 파스쿠알레가 아니라는 듯 고개를 젓는다. 셰인이 다시 클레어에게 말한다. "그는 이 여배우를 근 50년 동안이나 보지 못했대요. 그녀를 찾으러 왔다는 거예요."

"코메 시 키아마Come si chiama?" 셰인 휠러가 묻는다.

이탈리아인은 클레어와 셰인의 얼굴을 번갈아 쳐다본다. "디 모레이."

그가 말한다.

클레어는 가슴속 무엇인가가 꿈틀 하는 걸 느낀다. 어떤 깊은 움직임, 어렵게 얻은 냉소주의와 여태 저항해온 이 불안한 긴장의 균열. 여배우의 이름은 그녀에게는 아주 낯설었지만 이 늙은 남자는 여러 해 동안 말하지 않았던 것인 양 지금 그 이름을 소리내어 말함으로써 완전히 변해버린 것처럼 보인다. 그리고 그 이름은 그녀에게도 어떤 영향을 준다. 갑자기 들이닥친 낭만적인 깨달음. *영원*과 *순간*이라는 그 단어들. 마치 그 하나의 이름에 담긴 50년의 그리움을, 그녀 속에 아니 어쩌면 지금과 같이 금이 나버리기 전까지 모든 이들 속에 잠들어 있는 50년의 아픔을 느낄 수 있을 것처럼. 이 순간이 너무 무거워 그녀는 바닥을 내려다보지 않을 수 없다. 그러지 않는다면 눈물이 그녀의 눈을 아리게 할 것이다. 셰인을 흘끗 쳐다보니 그 또한 그것을 느끼고 있음이 틀림없어 보인다. 그 이름은 짧은 순간 동안 공중에, 이 세 사람 사이에 떠돌다가… 낙엽처럼 바닥으로 내려온다. 이탈리아인은 그것이 내려앉는 모양을 바라본다. 클레어는 그가 그 이름을 한 번 더 이번에는 더 조용히 말할 것을 추측하고 희망하고 기도한다. 그 중요성을 강조하기 위하여 시나리오들마다 흔하게 사용하는 방식처럼. 하지만 그는 그러지 않는다. 그는 그저 바닥을, 그 이름이 내려앉은 바닥을 응시할 뿐이다. 문득 빌어먹을 영화들을 너무 많이 보았다는 생각이 클레어에게 밀려온다.

03
애더퀴트 뷰 호텔

1962년 4월
이탈리아, 포르토 베르고냐

그는 하루 종일 그녀가 아래층으로 내려오기만을 기다렸다. 하지만 그녀는 오후가 지나 저녁이 될 때까지 3층 자기 방에서 혼자 지냈다. 파스쿠알레는 별 수 없이 자신의 일을 했는데 그것은 마치 미치광이의 돌발적 행동으로만 보였다. 어쨌든 무슨 일을 해야 할지 모르겠어서 그는 하릴없이 만의 방파제를 향해 돌멩이들을 던지거나 테니스장을 만들기 위해 바위를 쪼았으며 이따금씩 그녀의 방 창에 쳐진 빛바랜 덧문을 올려다보았다. 길고양이들이 바위 위에 올라가 햇볕을 쬐고 시원한 봄바람에 해수면이 일렁거리는 늦은 오후, 파스쿠알레는 어부들이 술을 마시러 몰려들기 전 홀로 담배나 피우려고 광장을 찾았다. 잠시 후 애더퀴트 뷰 호텔에 돌아오니 위층에서는 아무런 소리도 들려오지 않았다. 아름다운 미국 여자가 아직도 거기 있는지조차 의심스러울 만큼 전혀 기척이 없었다. 그래서 파스쿠알레는 혹시 모든 것이 헛된 공상이었나 싶어 슬그머니 걱정이 되었다. 오렌찌오의 보트가 만에 들어오고, 그 키가 크고 야윈 미국 여자가 좁은 계단을 통해 호텔에서 가장 좋은 3층 방으로 올라가 창의 덧문을 열고 짭조름한 바다 공기를 들이마시며 "아름다워요"라는 감탄사를 내뱉고, 그가 "손님이 원하시는" 것은 무엇이든 알려달라고 하자 "고마워요" 하고는 문을 닫고, 그래서 혼자 좁고 어두운 계단을 내려왔던, 그 모든 것이.

이모 발레리아가 저녁식사로 볼락에 토마토와 화이트와인과 올리브유를 넣어 만드는 그녀의 주특기 생선요리 *치우핀ciuppin* 수프를 끓이고 있는 것을 보고 파스쿠알레는 기겁했다. "썩은 생선 대가리 스튜를 미국의 스타 영화배우에게 갖다 주라는 말이에요?"

"맘에 안 들면 나가라 그래." 발레리아가 말했다. 할 수 없었다. 어부들이 고깃배들을 저 아래 만에 묶는 해질녘, 파스쿠알레는 암벽을 뚫고 쌓아올린 좁다란 계단을 올라갔다. 그리고 3층 방문을 가볍게 두드렸다.

"네?" 미국 여자의 목소리가 방문 틈으로 흘러나오고, 이어서 침대 스프링이 삐걱거리는 소리가 들려왔다.

파스쿠알레는 목을 가다듬었다. "귀찮게 해드려서 죄송합니다. 전채와 비누(수프를 '비누'라는 뜻의 소프로 잘못 발음한 것)를 드시겠어요?"

"비누요?"

파스쿠알레는 이모가 다른 걸 만들도록 설득하지 못한 자신에게 화가 치밀었다. "네, 비누 말입니다. 생선과 *비노vino(와인)*로 만들지요. 생선 비누입니다."

"아, 수프요. 아니, 괜찮습니다. 지금은 아무것도 못 먹을 것 같아요." 방안에서 간신히 알아들을 만한 희미한 목소리가 새어나왔다. "아직 몸이 좋지 않네요."

"네." 그가 말했다. "잘 알겠습니다."

그는 수프라는 단어를 머릿속에서 몇 번이고 되풀이하여 연습하며 계단을 내려와 이층 자기 방에서 미국 여자의 저녁을 대신 먹었다. 치우핀 수프는 아주 맛있었다. 그는 아버지가 매주 한 번씩 우편선을 통해 구독하던 신문들에서 혹시 미국 영화 〈클레오파트라〉에 관한 기사가 있나 살펴보았지만 찾을 수 없었다.

얼마 후 그는 카페에서 쿵쿵대는 발걸음 소리를 듣고 방에서 나왔지만 그게 디 모레이가 아닐 줄 알고 있었다. 그렇게 걸을 여자로 보이지 않았다. 카페의 테이블 두 개는 눈부신 미국 여자를 한번 보려고 몰려든 마을 어부들로 가득 차 있었다. 다들 모자를 벗어 테이블에 내려놓았는데, 떡이 된 머리카락을 착 달라붙게 빗은 모습이었다. 그들은 발레리아가 내놓는 수프에는 관심도 없이 파스쿠알레와 이야기를 나누고 싶어 안달이었다. 고기잡이를 나가있어 미국 여자의 도착을 놓쳤기 때문이다.

"키가 2미터 반이라던데." 난봉꾼 전쟁영웅 루고가 말했다. 제2차 세계대전에 출전한 모든 유럽 국가의 병사를 최소 한 명씩 죽였노라는 입증할 수 없는 주장으로 유명한 사나이다. "거인인 모양이지?"

"멍청한 소리 그만해요." 파스쿠알레가 어부들에게 와인을 따라주며 말했다.

"젖가슴은 어찌 생겼던가?" 루고가 사뭇 진지하게 물었다. "둥그렇고 크던가, 아니면 뾰족하게 튀어나왔던가?"

"미국 여자들에 대해서 내 한 말씀 해주지." 사촌이 미국인과 결혼했다는 이유만으로 미국 여성에 관한(그 밖의 모든 것과 함께) 전문가를 자처하는 어르신 토마쏘가 말했다. "미국 여자들은 요리를 1주일에 한 번만 한다더군. 그 대신 결혼도 하기 전에 펠라티오를 해주기도 한다 이거야. 세상만사가 다 그렇듯 좋은 점도 나쁜 점도 있는 거지."

"저 인간은 아주 돼지우리에 처박아야 해!" 발레리아가 주방에서 내뱉듯이 말했다.

"나와 결혼해 줘, 발레리아!" 어르신 토마쏘가 기죽지 않고 응수했다. "내가 잠자리 상대로는 벌써 물 간 데다 귀도 곧 멀 거거든. 그러니 우린 아무래도 천생연분이야."

파스쿠알레가 가장 좋아하는 생각이 깊은 공산주의자 토마쏘까지 이 화제에 끼어들기 위해 입에 문 파이프를 뺐다. 영화광으로 특히 이탈리아 네오리얼리즘에 열광했던 그는 미국 영화를 시시하게 여겼을 뿐만 아니라 1950년대 후반 진지한 실존주의적 영화들을 몰아내고 나타나 익살스러운 희극영화 *콤메디아 알리탈리아나*commedia all'italiana의 불씨를 지핀 원흉으로 지목하고 있었다. "이봐, 루고." 그가 말했다. "그 여자가 미국 영화배우라면 카우보이 영화에 코르셋을 입고 나와서 꽥꽥 비명을 지르는 것 말고는 아무런 재능이 없다는 의미야."

"좋아. 그 여자가 비명을 지를 때 그 커다란 젖가슴이 팽팽해지는지 한번 살펴보지." 루고가 말했다.

"혹시 내일 파스쿠알레의 저 해변에서 벌거벗고 누워 자빠질지 누가 아나." 어르신 토마쏘가 말했다. "그러면 그 커다란 젖가슴을 우리 눈으로 볼 수 있겠지."

3백 년 동안 마을의 어부들은 그곳에서 나고 자란 몇 안 되는 젊은 남자들을 통해 이어져 내려왔다. 대부분 장남들이 아버지의 고깃배와 집들을 물려받고 인근 해안 어부의 딸들과 결혼하여 포르토 베르고냐에 정착하고는 했다. 마을을 떠나는 젊은이들이 많았지만, 그래도 마을의 규모는 일종의 평형상태를 유지하여 항상 약 스무 채의 가옥에 주민들이 남아 살았다. 하지만 전쟁이 끝난 후 다른 모든 것이 그랬듯 고기잡이가 산업이 되어 버리면서 가업으로 고기잡이를 물려받은 어부들은 더 이상 매주 제노바에서 출항하는 거대한 예인망 어선과 경쟁할 수가 없게 됐다. 나이든 사내들이 그날 잡은 물고기들을 들여오는 모습을 관광객들이 좋아했기에 식당들은 아직 그들로부터 생선들을 사긴 했지만, 그건 사실 놀이공원에서 일하는 것이나 다름이 없었다. 진짜가 아니었던 것이고, 따라서 장래성도 없었다. 포르토 베르고냐에 사는 모든 남자들이 세대를 불문하고 라 스페찌아와 제노바 또는 그보다도 먼 곳의 통조림 공장이나 그 밖의 각종 공업 및 상업 관련 일자리를 찾아 마을을 떴다. 장남들은 더 이상 고깃배를 원하지 않았다. 벌써 여섯 채의 가옥이 비었거나 하숙집으로 변신했거나 아예 철거되었고, 이런 추세는 계속될 것이 틀림없었다. 가엾은 사팔뜨기 막내딸 일레나가 젊은 교사와 결혼하여 라 스페찌아로 이사한 지난 2월, 공산주의자 토마쏘는 며칠간 계속 시무룩한 모습이었다. 그 서늘한 초봄의 아침, 파스쿠알레는 나이든 어부들이 마지못해 투덜거리며 배로 향하는 모습을 바라보다 문득 마을을 통틀어서 마흔이 안 된 사람은 자신뿐이라는 것을 깨달았다.

파스쿠알레는 호텔 카페에 어부들을 남겨둔 채 또 다시 어두운 시기를 보내며 2주가 다 되도록 침실에 틀어박혀 밖으로 나오기를 한사코 거부하는 어머니를 보러 갔다. 방문을 여니 천장을 노려보고 있는 어머니의 모습이 보였다. 뻣뻣한 잿빛 머리카락이 베개에 달라붙어 있었고 양팔은 가슴 위에 엇갈려 놓여 있었으며 얼굴은 그녀가 즐겨 연습하던 평온한 죽음의 표정이었다. "엄마, 그만 일어나셔야 해요. 나와서 우리랑 함께 식사도 하시고요."

"오늘은 아니다, 파스코." 그녀가 새된 목소리로 말했다. "오늘 죽었으면 좋겠다." 그녀가 깊은 숨을 쉬고는 한쪽 눈을 떴다. "발레리아가 호텔에 웬 미국 손님이 들어왔다고 하더구나."

"그래요, 엄마." 욕창을 살펴보니 이미 이모가 가루약을 발라준 상태였다.

"여자냐?"

"그래요, 엄마."

"그러면 네 아버지가 바라시던 대로 드디어 미국인들이 들어오고 있는 거로구나." 그녀는 이두운 창을 잠시 바라보았다. "올 거라고 하더니 정말 이렇게 오는 거야. 얘야, 이 여자와 결혼해서 함께 미국으로 건너가 제대로 된 테니스장을 만들어라."

"엄마. 무슨 말씀이세요? 제가 어떻게…."

"이 집구석이 네 아버지를 죽였듯 너까지 죽이기 전에 떠나야 해."

"절대로 엄마를 떠나지 않아요."

"내 걱정은 마라. 나야 곧 죽어 네 아버지랑 불쌍한 네 형들과 다시 만날 거니까."

"엄마는 돌아가시지 않아요." 파스쿠알레가 말했다.

"내 속은 이미 다 죽었다." 그녀가 말했다. "너의 병든 고양이처럼 나도 바다로 끌고 가 던져 버려다오."

파스쿠알레의 정신이 번쩍 들었다. "제 고양이가 도망쳤다고 하셨잖아요… 대학에 다닐 때."

그녀는 곁눈으로 그를 흘겨보았다. "그야 그냥 한 말이지."

"그럼, 제가 피렌체에서 지내는 동안 엄마랑 아버지가 제 고양이를 바다에 빠뜨려 죽였단 말인가요?"

"파스코, 나는 환자잖니. 왜 나를 괴롭히는 거야?"

파스쿠알레는 자기 방으로 돌아갔다. 그날 밤 3층에서 미국 여자가 화장실에 가는 발자국 소리들이 들리기는 했지만 이튿날 아침에도 그녀는 방에서 나오지를 않았고, 그래서 그는 해변으로 일을 하러 갔다. 점심을 먹으러 호텔에 돌아오니 디 모레이가 내려와 에스프레소에 토르타와 오렌지 한쪽씩을 곁들여 먹었다고 발레리아 이모가 전해주었다.

"뭐라고 하던가요?" 파스쿠알레가 물었다.

"내가 어떻게 아냐? 그 끔찍한 언어란 정말. 마치 뼈다귀가 목에 걸려 캑캑거리는 소리 같더라니까."

파스쿠알레는 계단을 조심스럽게 올라가 그녀 방문에 귀를 기울여 보았으나 디 모레이는 조용할 뿐이었다.

그는 다시 밖으로 나가 해변으로 내려갔다. 그새 조수가 또 모래를 얼마나 쓸어갔는지 알 수 없었다. 그는 호텔 뒤쪽의, 테니스장 위치로 점찍어둔 바위들 위로 올라갔다. 태양은 바다 위로 높이 솟아있고 그 위로 부드러운 구름들이 일렁거리고 있었다. 그래선지 하늘이 평평해 보이면서 그는 마치 유리창 아래 있는 것 같은 느낌이었다. 미래의 테니스장을 표시해 놓은 막대들을 내려다보자 수치심이 솟았다. 만에 하나 바닥에 깔릴 콘크리트를 지탱할 높은 구조물을 만들고(바위 끝에서 180센티미터 높이) 테니스장이 절벽 위로 떠있도록 외팔보를 고정시킬 수 있다고 쳐도, 절벽의 한쪽 끝을 화약으로 폭파하여 북동쪽 모서리를 평평하게 만들어야만 할 터였다. 혹시 좀 작게 만들 수는 있을까, 그는 생각해 보았다. 이를테면 미니 라켓을 쓰는 미니 테니스장 같은 것?

이런저런 생각에 잠겨 담배에 불을 붙이는 순간, 오렌찌오의 마호가니 보트가 베르나짜 해안으로 접어드는 게 보였다. 그는 보트가 해안을 따라

가다 각도를 잡고 돌아 리오마지오레를 통과하는 모습을 숨죽이며 지켜보았다. 보트가 가까워지자 오렌찌오와 함께 있는 두 사람이 보였다. 이들도 그의 호텔에 투숙하러 온 미국인들인가? 그것은 지나친 희망사항이었다. 당연히 그곳을 지나쳐 아름다운 포르토 베네레 또는 라 스페찌아를 향할 공산이 컸다. 그런데 보트가 속도를 줄이더니 포르토 베르고냐의 좁다란 만으로 꺾어져 들어왔다.

파스쿠알레는 바위들을 하나씩 손으로 짚어가며 미래의 테니스장에서 기어 내려왔다. 해안으로 이어진 비좁은 길을 걸어오다 오렌찌오의 배에 탄 사람들이 관광객들이 아니라 망나니 호텔업주 구알프레도와 한 번도 본 적 없는 거구의 사내임을 알고 그는 발걸음을 늦추었다. 오렌찌오가 보트를 잡아매자 구알프레도와 거구의 사내가 뭍으로 올라왔다.

구알프레도는 턱이 늘어지고 대머리인 데다 부스스한 팔자 콧수염을 갖고 있었다. 거구의 사내는 화강암을 깎아놓은 것 처럼 보였다. 보트 위의 오렌찌오는 차마 파스쿠알레를 볼 면목이 없다는 듯 눈을 내리깔고 있었다.

파스쿠알레가 다가서자 구알프레도가 양손을 내밀었다. "사실이었군. 카를로 투르시의 아들이 어른이 되어 창녀의 사타구니를 관장하러 돌아오셨다?"

파스쿠알레는 무뚝뚝하고 공식적인 태도로 고개를 끄덕였다. "안녕하세요, 구알프레도 씨." 그는 망나니 구알프레도를 직접 본 적이 없었지만 이 작자에 대한 소문은 포르토 베르고냐 해안에 널리 퍼져있었다. 그의 어머니와 오랫동안 내연의 관계를 가져온 밀라노의 부유한 은행가가 입막음을 위해 시시한 잡범으로 떠돌던 여자의 아들에게 포르토 베네레와 키아바리와 몬테로쏘 알 마레에 있는 호텔들의 지분을 떼어줬다는 것이었다.

구알프레도는 씩 웃었다. "지금 왕년의 유곽에서 미국 여배우가 묵고 있다던데?"

"그렇습니다." 파스쿠알레가 말했다. "가끔 미국 관광객들이 투숙하곤 하지요."

구알프레도는 낯을 찌푸렸다. 콧수염의 무게로 인해 얼굴과 목이 아래로 처지는 느낌이다. 그는 오렌찌오를 건너다본다. 오렌찌오는 모터를 점검하는 시늉을 한다. "이미 오렌찌오에게 말했듯이 뭔가 실수가 있었음이 분명해. 여자는 틀림없이 포르토 베네레의 내 호텔에 오기로 되어있었을 거야. 저 친구 말로는 정말 오고 싶어 했다던데 말이야… 이…" 그는 사방을 둘러보았다. "마을로."

"맞습니다." 파스쿠알레가 말했다. "조용한 걸 좋아하는 분입니다."

구알프레도가 한발 다가선다. "파스쿠알레, 여기는 휴가철의 한적한 스위스 농가가 아니야. 미국인들은 자네로서는 죽었다 깨어나도 제공할 수 없는 수준의 서비스를 기대하지. 미국 영화계 인사들이야 물론 더하고. 내 말 듣게. 나는 이 일을 아주 오래 해왔어. 자네로 인해 레반테의 평판이 흐려진다면 안타까운 일 아니겠나?"

"저희는 그 손님을 잘 모시고 있습니다." 파스쿠알레가 말했다.

"그렇다면 내가 그 여자와 이야기를 좀 나눠도 괜찮을까? 혹시 무슨 착오가 있었던 건 아닌지 한 번 확인해보게."

"그건 안 됩니다." 파스쿠알레가 재빨리 말했다. "지금 취침 중이거든요."

구알프레도는 보트에 남아있는 오렌찌오를 뒤돌아보고 다시 파스쿠알레에게 그 죽은 듯 보이는 눈을 돌렸다. "그게 아니라 절친한 친구 사이인 자네들이 여자가 이탈리아어를 잘 못하는 점을 이용해서 원래 가고 싶어 한 포르토 베네레가 아닌 이곳 포르토 베르고냐로 속여 데리고 왔기 때문에 내가 못 만나게 막는 건 아니고?"

오렌찌오가 항변하려고 입을 열었지만 파스쿠알레가 더 빨랐다. "절대로 아닙니다. 보세요, 원하신다면 그 손님이 취침 중이 아닐 때 언제라도 돌아오셔서 맘껏 질문을 하셔도 됩니다만, 지금은 그분을 귀찮게 하시도록 놔두지 않겠습니다. 그 손님은 병중이에요."

구알프레도가 빙그레 웃자 콧수염 양끝이 치켜 올라갔다. 그는 옆의 거인을 가리키며 말했다. "자네, 관광업 조합의 펠레 씨를 알고 있는가?"

"모릅니다." 파스쿠알레는 거한의 눈을 바라보았다. 그것들은 눈이라기보다 살진 얼굴에 찍힌 작은 점들에 불과했다. 은색 정장 재킷이 거대한 몸집을 간신히 둘러싸고 있었다.

"소액의 연회비와 합당한 세금만을 받고 관광업 조합은 모든 합법적인 호텔들에 혜택을 제공하고 있지. 교통, 광고, 정치적 대리 등등…."

"*시쿠레짜*sicurezza(보안)도요." 펠레 씨가 황소개구리 같은 목소리로 덧붙였다.

"아, 그렇지. 고맙네. *시뇨르*Signor *펠레*. 물론 보안도." 구알프레도가 덤불 같은 콧수염의 절반쯤을 치켜 올리며 능글맞게 웃었다. "보호 말이야."

파스쿠알레는 *무엇으로부터의 보호*를 말하는 거냐고 묻고 싶었지만 소용없는 짓임을 알았다. 펠레 씨는 펠레 씨 자신으로부터의 보호를 제공한다는 것이 분명해 보였기 때문이다.

"아버지는 그런 세금에 관해 아무 말씀도 없으셨는데요." 파스쿠알레가 말하자 오렌찌오가 빠르게 경고의 눈짓을 보냈다. 이탈리아의 풍토병이라 할 수 있을 이 문제에 파스쿠알레는 아직도 미숙했다. 수많은 갈취 및 부패 관행 가운데 꼭 지불해야 하는 건 뭐고 무시해도 안전한 건 뭔지 종잡을 수 없었다.

구알프레도가 씩 웃었다. "아, 자네 아버지는 물론 납부하셨네. 연회비는 말할 것 없고 외국인 손님에 대한 소정의 일일 수수료도…. 그건 때때로 그냥 넘어가기도 했는데, 왜냐하면 솔직히 말해서 창녀의 사타구니에 외국인 손님이 찾아오리라고는 생각지 않았기 때문이지." 그는 어깨를 으쓱해 보였다. "10퍼센트라네. 뭐, 껌값 아니겠나? 대부분의 호텔은 그 액수를 손님들의 숙박비에 추가하고 있다네."

파스쿠알레는 목을 가다듬었다. "제가 납부하지 않으면요?"

구알프레도는 이번에는 웃지 않았다. 오렌찌오가 경고가 실린 어두운 눈빛으로 파스쿠알레를 응시했다. 파스쿠알레는 팔이 떨리지 않게 팔짱을 꼈다. "이 세금에 관한 서류를 제시하신다면, 그때는 납부하겠습니다."

구알프레도는 잠시 말이 없더니 웃음을 터뜨리며 주위를 둘러보았다. 그리고 펠레에게 말했다. "투르시 씨께서 서류를 보고 싶다시는군."

펠레는 천천히 앞으로 다가섰다.

"좋습니다." 파스쿠알레는 이렇게 금세 항복하는 스스로에게 화가 났다. "서류는 필요 없습니다." 야만인 펠레가 한발 더 움직일 때까지 버티는 건데, 후회가 됐다. 그는 어깨 너머로 미국 여자의 창 덧문이 아직 내려져 있음을, 그녀가 자신의 비겁함을 목격하지 않았음을 확인했다. "잠시 기다려 주십시오."

그는 화끈거리는 얼굴로 호텔로 이어지는 길을 올라갔다. 평생 이렇게 부끄러웠던 적은 없었던 것 같았다. 발레리아 이모가 주방에서 그를 맞았다.

"찌아." 파스쿠알레가 말했다. "아버지가 구알프레도에게 세금을 내셨나요?"

파스쿠알레의 아버지를 좋아하지 않았던 발레리아는 코웃음을 쳤다. "당연하지."

파스쿠알레는 방에 들어가 돈을 챙긴 뒤 화를 가라앉히려 애쓰며 부두로 돌아갔다. 펠레와 구알프레도는 바다 쪽을 보고 있었고 오렌찌오는 팔짱을 끼고 보트 위에 앉아 있었다.

돈을 건네주는 파스쿠알레의 손이 떨렸다. 구알프레도는 귀여운 아이에게 하듯 파스쿠알레의 얼굴을 톡톡 두드렸다. "나중에 돌아와서 그 여자와 이야기를 나누겠네. 수수료랑 연체된 세금은 그때 정리하기로 하지."

파스쿠알레의 얼굴이 다시 달아올랐다. 혀를 물고 참았다. 구알프레도와 펠레가 마호가니 보트에 기어오르자 오렌찌오는 파스쿠알레는 쳐다보지도 않고 바로 보트를 출발시켰다. 물살에 기우뚱거리던 보트가 중심을 잡고 콜록거리던 엔진이 정상을 되찾으면서 사내들은 해안을 따라 떠났다.

파스쿠알레는 호텔 현관을 서성이며 분을 삭였다. 보름달이 뜬 밤이었다. 어부들은 여분의 달빛을 이용하여 금새 지나가버리는 봄철 어획고를 조금이나마 벌충할 요량으로 아직 바다에서 일을 하고 있었다. 파스쿠알레는 직접 지은 목재 난간에 몸을 기대고 담배를 피우면서 구알프레도며 거한 펠레와의 추악한 거래를 되짚어보고, 결행하지 못했던 용감한 대항 시나리오들을 상상하고 있었다*(구알프레도, 자 이 세금이랑 그 뱀 같은 혓바닥을 거인 친구의 더러운 똥구멍에 처박아 보시지!)*. 그때 문이 삐걱거리며 열렸다 닫히는 소리가 들렸다. 어깨 너머로 돌아보니, 거기 그 아름다운 미국 여자가 서있었다. 몸에 착 붙는 검은 바지와 흰색 스웨터 차림이었다. 갈색이 섞인 금발 머리가 어깨 아래로 늘어뜨려져 있었다. 손에는 무언가를 들고 있었다. 타자로 친 종이들이었다.

"실례해도 될까요?" 그녀가 영어로 물었다.

"그럼요, 제가 영광입니다." 파스쿠알레가 대답했다. "몸은 괜찮으세요?"

"이제 나아졌어요. 고마워요. 그냥 좀 자야 했어요. 괜찮으시다면?" 그녀가 손을 내밀었다. 파스쿠알레는 무슨 의미인지 몰라 잠시 멈칫거리다 바지 주머니에서 담뱃갑을 꺼냈다. 그걸 열어보이자 그녀가 한 개비를 꺼냈다. 파스쿠알레는 성냥불을 붙여 내밀며 손이 차분하게 순종해 주는 것이 더없이 고마웠다.

"영어를 써주셔서 참 고마워요." 그녀가 말했다. "제 이탈리아어 실력이 형편없어서요." 그녀는 난간에 몸을 기대면서 담배 한 모금을 길게 빨아들이더니 깊은 한숨과 함께 연기를 내뱉었다. "휴… 이게 꼭 필요했어요." 그녀가 말하고는 손가락 사이의 담배를 내려다보았다. "독하네요."

"스페인산이에요." 파스쿠알레가 말했다. 달리 더 할 말이 없었다. "질문이 있는데요…. 손님은 여기 포르토 베르고냐로 오기로 하신 게 맞지요?" 이윽고 그가 물었다. "포르토 베네레나 포르토 피노가 아니고요."

"네, 여기가 맞아요." 그녀가 말했다. "여기서 누군가를 만날 예정이에요. 그 사람 생각이었지요. 예정대로 내일 오면 좋겠네요. 제가 듣기로 이 마을은 조용하고… 세인의 이목에 노출되지 않는 곳이라던데요?"

파스쿠알레가 고개를 끄덕였다. "아, 그럼요." 그리고 "세인의 이목에 노출되지 않는"이라는 영어 표현을 아버지의 영어 사전에서 찾아봐야겠다고 기억을 해두었다. 낭만적이란 의미라면 좋겠다 싶었다.

"아. 제 방에서 이걸 발견했어요. 책상 서랍에 들어있더군요." 그녀는 잘 정리해 들고 내려온 〈천국의 미소〉라는 제목의 원고 뭉치를 파스쿠알레에게 건넸다. 여태껏 호텔에 투숙했던 유일한 다른 미국인 손님이 쓴 장편소설의 첫 장이었다. 앨비스 벤더라는 그 작가는 해마다 타자기와 쓰지 않은 카본지들을 갖고 들어와 두 주 동안 술을 마시고 가끔 글을 쓰며 지냈다. 그는 카를로와 파스쿠알레에게 무슨 소리인지 궁리해 보라며 원고를 남기고 떠났다.

"책 원고예요." 파스쿠알레가 말했다. "미국인… 그러니까… 작가가 쓴 책인데요. 우리 호텔에 오거든요. 매년요."

"제가 읽어봐도 될까요? 읽을거리를 전혀 가져오지 않은 데다 호텔에는 이탈리아어 책만 있는 것 같아서요."

"네, 괜찮을 겁니다."

그녀가 원고 뭉치를 받아들고 좀 뒤적여본 다음 난간에 올려놓았다. 이후 몇 분간 두 사람은 아무 말 없이 해수면에 그림자를 드리우고 있는 등불들을 바라보며 서있었다.

"아름다워요." 그녀가 말했다.

"저…" 그 순간 파스쿠알레는 그녀가 본래 여기 오려던 게 아니었을 거라는 구알프레도의 말이 떠올랐다. "실례합니다." 그는 전에 영어 숙어책에서 본 적이 있는 표현을 활용하여 말했다. "숙박이 어떠하십니까?" 아무 대답이 없자 한마디 덧붙인다. "만족을 하고 계십니까?"

"제가… 죄송하지만… 뭘요?"

그는 혀로 입술을 축이고 한 번 더 시도했다. "제가 드리려 하는 말씀은…"

그녀가 그를 구조해 줬다. "아, 만족 말이군요. 숙박, 만족. 네, 모두 아주 좋아요, 투르시 씨."

"손님께는… 그냥 파스쿠알레입니다."

그녀의 얼굴에 미소가 올라왔다. "좋아요. 파스쿠알레. 당신에게는 저도 그냥 디예요."

"디." 파스쿠알레가 미소와 함께 고개를 끄덕이며 말했다. 그녀 앞에서 그녀의 이름을 부른다는 것은 금지된 일처럼 느껴져서 어찔어찔했지만, 그럼에도 그의 입술은 한 번 더 그 이름을 불렀다. "디." 그리고 그는 무언가 다른 할 말을 생각하지 않으면 밤새도록 거기 서서 "디"라는 이름을 되풀이하여 부르고 있을 것임을 알았다. "화장실에서 방이 가깝지요, 디?"

"네, 아주 편리해요." 그녀가 말했다. "고마워요, 파스쿠알레."

"얼마나 묵으실 건가요?"

"아직… 몰라요. 제 친구가 마무리 지을 일이 좀 있어서요. 예정대로 내일 여기 도착하면, 그때 함께 결정할 거예요. 다른 분에게 방을 내주셔야 하나요?"

앨비스 벤더가 곧 도착할 것이었지만, 파스쿠알레는 재빨리 단호하게 말했다. "아, 아닙니다. 아무도 없습니다. 모두 손님 거예요."

고요하고, 서늘했다. 바닷물이 출렁거리는 소리가 들려왔다.

"저기서 뭘 하는 건가요?" 손에 든 담배로 해수면 위에서 춤추는 불빛들을 가리키며 그녀가 물었다. 방파제 뒤편에서 어부들이 배 양옆에 등불들을 달고 있었다. 물고기들이 동이 트고 있다는 착각을 하게 만들어 그물질을 하려는 것이었다.

"고기잡이를 하는 겁니다." 파스쿠알레가 말했다.

"이 밤중에요?"

“어떤 때는 밤중에도 고기잡이를 하죠. 주로 낮에 하지만요.” 파스쿠알레는 그녀의 커다란 눈을 들여다보는 실수를 저질렀다. 그 같은 얼굴은 본 적이 없었다. 어느 각도에서 보느냐에 따라 그토록 달라 보이는 얼굴은. 옆에서 보면 다소 말상이었고, 앞에서 보면 부드럽게 퍼지고 섬세한 얼굴이었다. 그는 바로 그것이, 여러 얼굴을 자유로이 만들 수 있는 능력이, 이 여자가 영화배우이기 때문인지 모른다고 생각했다. 자신이 그녀를 뚫어지게 바라보고 있다는 사실을 뒤늦게 깨닫고 그는 목을 가다듬으며 눈길을 거두었다.

“불빛들은요?” 그녀가 물었다.

파스쿠알레는 바다를 바라보았다. 그녀의 말을 듣고 보니, 고기잡이 등불이 어두운 바다 위에 춤추듯 비치는 이 광경은 아닌 게 아니라 장관이었다. “저것은…” 그는 머릿속에서 말을 찾아 헤맸다. “물고기들이… 그놈들이… 에…” 적절한 표현이 떠오르지 않자 그는 물고기들이 수면으로 치솟아 오르는 모양을 손짓으로 만들어 보였다. “올라오게 하는 거예요.”

“물고기들이 불빛에 홀려 수면으로 올라오는 건가보죠?”

“네.” 파스쿠알레는 안도의 한숨을 내쉬며 말했다. “수면으로요.”

“정말 아름답네요.” 그녀가 재차 말했다. 그때 테라스 창 옆에서 짧은 두런거림에 이어 “쉿” 하는 소리가 들렸다. 파스쿠알레의 어머니와 이모가 어둠 속에서 두 사람의 알아들을 수 없는 대화를 엿듣고 있었던 것이다.

한쪽 눈을 다친 괴팍스런 검은 길고양이가 디 모레이에게 다가와 길게 몸을 폈다. 그녀가 손을 뻗자 녀석은 식식 소리를 냈다. 디 모레이는 손을 거둬들였다. 그리고 다른 손에 쥔 담배를 들여다본 뒤 고개를 들어 먼 곳의 무언가를 보며 소리 내어 웃었다.

파스쿠알레는 그녀가 담배를 보고 비웃는 거라고 생각했다.

"그거 비싼 거예요." 그가 방어조로 말했다. "스페인산이에요."

그녀가 머리채를 쓸어 넘겼다. "아, 그게 아니에요. 그저 멍하니 앉아 자신의 삶이 시작되기를 기다리며 허송세월하는 사람들 생각을 하고 있었어요. 마치 영화가 시작되기를 기다리듯이 말이에요. 제 말 무슨 뜻인지 아시겠어요?"

"네." 파스쿠알레가 말했다. 그는 "멍하니 앉아" 다음부터 놓쳐버렸지만 그녀의 물결 같은 금발과 자신감 넘치는 어조에 감동한 나머지 누군가가 손톱을 죄다 뽑아서 먹으라고 시켜도 순순히 응할 것만 같았다.

그녀가 미소를 지었다. "저도 그래요. 그런 느낌을 가진 적이 있었죠. 여러 해 동안. 마치 제가 영화 속 등장인물이 되고 진짜 액션이 언제라도 금방 시작될 것 같은 느낌을요. 하지만 어떤 사람들은 영원히 기다리다가 죽을 때가 돼서야, 삶이 시작되기를 기다리는 동안 사실 삶이 진행되고 있었음을 깨닫는 것 같아요. 제 말 무슨 뜻인지 아시겠어요, 파스쿠알레?"

그는 무슨 뜻인지 알았다! 바로 자신의 삶이 그런 느낌이었다. 극장에 앉아 영화가 시작되기를 바라는 그런 느낌. "네!" 그가 말했다.

"그렇죠?" 그녀가 말하고는 웃음을 터뜨렸다. "언제 우리의 삶이 진짜로 시작될까요? 그러니까, 신나는 부분, 멋진 액션 말이에요. 시간은 너무나 빨리 지나가 버리는데…." 그녀의 눈이 그의 얼굴 위에 머물렀다. 그의 얼굴이 붉어졌다. "어쩌면 우리는 믿음조차 없는 건지 몰라요…. 그러다가 영원히 바깥에서 안을 들여다보는, 이를테면 근사한 식당에서 식사를 하는 타인들을 바라보는 신세가 되고 마는지도 모르죠."

다시 무슨 소린지 모르겠다. "네, 네." 어쨌든 맞장구를 치고 보았다.

그녀가 유쾌한 웃음을 웃는다. "제 말을 알아들으시니 정말 다행이에요. 생각해 보세요. 시골에서 온 여배우가 영화판에 뛰어들었는데 첫 작품이 〈클레오파트라〉라면 어떻겠어요? 그게 과연 믿을 수 있는 일이겠어요?"

"네." 파스쿠알레는 적어도 '클레오파트라'만은 알아듣고 한결 자신있게 대답했다.

"정말요?" 그녀가 웃었다. "저라면 못 믿겠어요."

파스쿠알레가 얼굴을 찡그렸다. 잘못 대답했던 것이다. "아니요"라고 대답을 바꾸었다.

"저는 워싱턴 주의 작은 마을 출신이에요." 그녀가 담배를 든 손으로 '작은'의 몸짓을 해보였다. "물론 여기처럼 작진 않지만, 어쨌든 거기선 꽤 대단한 스타 취급을 받았었죠. 지금 생각해보면 부끄러울 지경이지만. 치어리더도 했고 마을 축제에서 공주로 뽑히기도 했죠." 그녀가 자조의 웃음을 웃었다. "고등학교를 졸업하고 배우가 되겠다며 시애틀로 갔어요. 그저 물 밖으로 나가면 인생이 저절로 피어날 것만 같았어요. 제가 해야 할 일은 그저 숨을 멈추고 수면까지 쭉 올라가는 거였어요. 아마도 무슨 명성이나 행복 따위를 향해? 또는… 모르겠어요…." 그녀가 눈길을 떨구었다. "그 어떤 것."

하지만 파스쿠알레는 제대로 알아들었는지 확신이 안 서는 단어에 목하 사로잡혀 있었다. 공주? 그가 알기로 미국은 왕족이 없는 나라였다. 만일 잘못 알았던 거라면… 지금 미국의 공주가 여기 묵고 있다는 게 이 호텔에 어떤 의미가 되는 것일까?

"다들 제게 말했죠. '할리우드로 가…. 거기서 영화를 찍어야 돼.' 저는 그 당시 소극장에서 연극에 출연하고 있었는데 그곳의 동료들이 돈을 모아 제게 주더군요. 대단한 일 아녜요?" 그녀가 다시 담배 한 모금을 빨왔다. "그 사람들은 어쩌면 저를 밀어내버리고 싶었던 건지도 몰라요." 그녀가 비밀을 말해주듯 상체를 앞으로 기울였다. "제가 사실은… 거기 남자배우 하나와 사귀는 중이었거든요. 결혼한 남자였어요. 어리석은 짓이었죠."

그녀가 그를 빤히 쳐다보더니, 다시 웃음을 터뜨렸다. "이 얘기는 아무한테도 안한 건데요. 저는 사실 알려진 나이보다 두 살 많아요. 〈클레오파트라〉 캐스팅 담당자한테 스무 살이라고 했지만, 진짜 나이는 스물두 살이에요." 그녀가 앨비스 벤더의 소설 원고를 뒤적였다. 마치 자신의 이야기가 그 종이들 속에 담겨있기라도 하다는 듯. "어차피 가명을 쓰는데 나이도 가짜를 쓴들 어때, 이런 생각이 들더라고요. 실제 나이를 알려주면 그 사람들은 면전에서 업계 수명이 앞으로 몇 년이나 남았을지 따위의 끔찍한 산수를 하거든요. 참을 수 없었어요." 그녀는 어깨를 으쓱하더니 원고 뭉치를 내려놓았다. "잘못이라고 생각하세요?"

그가 옳은 대답을 할 확률은 반반이었다. "네…?"

그녀는 그의 대답에 실망한 눈치였다. "그래요, 당신이 옳겠지요. 그런 일은 늘 떨어지지 않고 따라다니니까요. 그게 저 자신에 대해 제가 가장 질색하는 점이에요. 제 허영 말이에요. 아마 그래서…." 그녀는 말을 하려다 말았다. 대신 담배의 마지막 한 모금을 빨고 꽁초를 테라스의 나무 바닥에 떨어뜨린 뒤 신고 있는 실내화로 비볐다. "당신은 참 대화하기가 편한 사람이에요, 파스쿠알레." 그녀가 말했다.

"네, 저도 손님과의 대화가 즐거웠습니다." 그가 말했다.

"저도요. 저도 즐거웠어요." 그녀가 난간에서 천천히 몸을 일으키더니 팔로 양 어깨를 감싸곤 고기잡이 등불을 다시 바라보았다. 그렇게 서있는 그녀는 더 키가 크고 야위어 보였다. 무언가를 골똘히 생각하더니 그녀가 조용히 말했다. "제가 아프다는 이야기를 들으셨어요?"

"네. 제 친구 오렌찌오가 말해줬어요."

"무슨 병인지도 말해주던가요?"

"아니오."

그녀가 배를 쓰다듬었다. "암이라는 말을 아세요?"

"네." 불행히도 그는 그 말을 알았다. 이탈리아어로는 *칸크로cancro*. 그는 타들어가는 담배를 노려보았다.

"괜찮아요, 아닌가요? 의사들은… 그들은 그걸…."

"아닐 거예요." 그녀가 대답했다. "아주 악성이에요. 고칠 수 있다고 말은 하지만 그냥 제 충격을 달래주려고 하는 말 같아요. 혹시 제가 너무… 솔직해 보인다면, 그걸 이해해 주셨으면 해서 말씀드리는 거예요. '솔직'이라는 말을 아세요?"

"시나트라요?"('솔직'을 뜻하는 단어 frank를 아느냐고 묻자 프랭크 시나트라를 말하는 것으로 잘못 이해한 것) 파스쿠알레는 그녀가 기다리는 남자가 이 가수인가 궁금하여 물었다.

그녀가 웃었다. "아니에요. 음, 그 말은… 직선적이다, 정직하다는 뜻도 갖고 있어요."

정직한 시나트라?

"상태가 얼마나 나쁜지 알고 나서… 저는 이제부터 제 생각을 있는 그대로 다 말하기로 결심했어요. 예의나 체면 따위는 걱정하지 않기로요. 여배우로서는 어려운 일이죠. 타인들의 비위를 맞추기를 거부한다는 것은요. 거의 불가능한 일이에요. 하지만 마음에 없는 말로 더 이상 시간을 낭비하지 않는 게 중요해요. 당신한테 그래도 괜찮다면 좋겠어요."

"네." 파스쿠알레가 조용히 말했다. 그녀의 반응으로 보아 과연 옳은 대답이었던 것 같아 마음이 놓였다.

"좋아요. 그럼 우리 계약을 해요, 당신하고 저하고. 우리끼리는 오직 있는 그대로 말하고 행동하는 거예요. 다른 사람들이 어떻게 생각하는지 따위는 신경 쓰지 말구요. 담배를 피우고 싶으면 담배를 피우고 욕을 하고 싶으면 욕을 하는 거예요. 어떻게 생각하세요?"

"아주 좋아요." 파스쿠알레가 말했다.

"그럼 됐어요." 그러더니 그녀는 허리를 굽혀 그의 뺨에 입을 맞췄다. 그녀의 입술이 수염으로 까칠한 그의 뺨을 스치는 순간 그는 숨이 가빠지면서 구알프레도의 협박을 받았을 때처럼 몸이 부들부들 떨리는 걸 느꼈다.

"잘 자요, 파스쿠알레." 그녀는 이렇게 말하고는 앨비스 벤더의 소설 원고를 집어 들고 문을 향해 걷다가 잠시 멈추어 서서 '애더퀴트 뷰 호텔' 간판을 들여다보았다. "이 호텔 이름은 어떻게 생겨난 건가요?"

아직도 키스의 전율에서 빠져나오지 못한 파스쿠알레는 그 이름을 어떻게 설명해야 좋을지 몰라 그녀가 들고 있는 원고를 가리켰다. "그 사람이요."

그녀는 고개를 끄덕이고 조그만 마을을, 그 바위들과 절벽들을 휙 둘러보았다. "파스쿠알레, 한 가지 물어봐도 될까요? 여기서 산다는 건… 어때요?"

이번에는 아무런 망설임 없이 적절한 영어 단어가 떠올랐다. "외로워요." 파스쿠알레가 대답했다.

파스쿠알레의 아버지 카를로는 피렌체의 명망 있는 요식업 가문 태생으로 자신과 마찬가지로 아들들도 가업을 이을 것이라고 철석같이 믿고 있었다. 그러나 검은 머리의 늠름한 장남 로베르토는 비행사가 되기를 꿈꾸었다. 제2차 세계대전 직전 이탈리아 공군에 입대한 그는 비행사로서 덜거덕거리는 사에타 전투기를 세 차례나 무사히 조종했으나 결국 북아프리카 상공에서 총에 맞은 새처럼 추락했다. 그러자 차남 구이도는 복수를 다짐하며 보병대대에 입대함으로써 아버지를 절망과 격노에 빠뜨렸다. "진정으로 복수를 원한다면 영국군은 잊어버리고 네 형의 그 고물 전투기를 정비한 기계공을 찾아 죽여라." 하지만 구이도는 뜻을 굽히지 않고 제8육군의 정예 원정대 일원으로 출정했다. 나치의 러시아 침공을 지원한다는 명목으로 무솔리니가 제시한 카드였다(*토끼새끼들이 반달곰을 잡아먹겠다고 나서는 형국이지*, 카를로는 말했다).

장남 로베르토를 잃고 상심에 빠진 아내를 위로하기 위하여 마흔한 살의 카를로는 가까스로 괜찮은 씨앗 하나를 빚어 서른아홉 살의 안토니아에게 전달했다. 처음에는 임신일 줄은 상상도 못하고 그저 일시적인 이상증상으로 치부했지만(아들 둘을 낳은 후 여러 차례 유산을 경험한 바 있었다), 점차 배가 부풀어 올랐다. 안토니아는 이 전쟁 통의 임신을 구이도가 무사히 귀환할 것이라는 신의 확실한 신호로 간주했다. 그녀는 푸른 눈의 *밤비노 미라콜로*bambino miracolo(*기적의 사내아이*)에게 유월절을 뜻하는 이탈리아어 파스쿠알레를 이름으로 주었다. 세상을 뒤엎는 폭력의 역병이 남은 가족은 건드리지 않고 지나가줄 것이라는 신의 약속을 기념하기 위해서였다.

그러나 구이도도 죽었다. 1942년의 겨울, 혹한의 스탈린그라드 외곽에서 목에 총을 맞고 스러진 것이다. 슬픔에 넋이 나간 투르시 부부는 이제 그저 세상으로부터 숨고 싶었다. 전쟁의 광풍으로부터 기적의 사내아이를 보호하고 싶었다. 그래서 카를로는 가업의 지분을 사촌들에게 팔아넘기고 찾을 수 있는 가장 외딴 곳 포르토 베르고냐로 가서 작은 호텔 산 피에트로를 샀다. 그리고 그렇게 그들은 세상으로부터 숨고 말았다.

그들이 피렌체 지분을 판 대부분을 저축하지 않았다면 큰일이었을 만큼 호텔 영업이란 유명무실했다. 길 잃은 이탈리아인들과 유럽인들이 이따금 들어오고 조그만 카페가 포르토 베르고냐의 날로 줄어만 가는 어부 가족들의 사랑방 구실을 했을 뿐, 진짜 손님은 하나 없이 몇 달씩 지나가곤 했다. 그러다 1952년 봄, 수상택시 하나가 만에 들어오더니 큰 키에 가는 콧수염과 깔끔한 갈색 머리를 가진 잘생긴 미국 청년이 내리는 것이었다. 술을 마시고 있었음이 분명한 그 남자는 여행가방과 휴대용 타자기를 들고 가늘게 만 여송연을 피우며 부두에 올라섰다. 그는 마을을 둘러보고 머리를 긁적거리더니 놀랍도록 유창한 이탈리아어로 *"콸쿠노 셈브라 아베르 루바토 라 투아 치타Qualcuno sembra aver rubato la tua citta(누군가가 당신네 마을을 훔친 것 같군요)."*라고 말했다. 그는 투르시 일가에게 "앨비스 벤더입니다. 실패한 작가이자 성공한 술꾼이죠."라며 자신을 소개한 뒤, 테라스에서 여섯 시간을 죽치고 앉아 와인을 들이키며 정치와 역사와 쓰지 못하고 있는 책 이야기를 늘어놓았다.

당시 열한 살이던 파스쿠알레는 간간이 피렌체로 떠난 가족여행을 빼면 세상에 관해서는 오직 책을 통해서 배웠을 뿐이었고, 따라서 진짜 작가를 만난다는 건 믿을 수 없는 일이었다. 여태껏 조그만 마을에서 부모의 보호를 받으며 살아왔던 그는 이 잘 웃고 키 큰 미국인에게 완전히 매료됐다. 그는 안 가본 데가 없는 것 같았고 모르는 것도 없는 것 같았다. 파스쿠알레는 작가의 발치에 앉아 온갖 질문을 퍼부었다. "미국은 어떤 곳이에요? 가장 훌륭한 자동차는 뭐예요? 비행기 안은 어떤가요?" 그러다 어느 날 물었다. "아저씨는 어떤 책을 쓰세요?"

앨비스 벤더는 소년에게 와인 잔을 건넸다. "이걸 채워오면 말해주마."

파스쿠알레가 와인을 가져오자 앨비스는 몸을 뒤로 기대고 가느다란 콧수염을 쓰다듬었다. "내 책은 인류의 역사와 그 모든 진전은 결국 죽음이야말로 삶의 핵심이자 근본적인 목적이라는 사실을 일깨워주었을 뿐임을 말하고 있단다."

파스쿠알레는 아버지에게도 앨비스가 그런 말을 하는 걸 들은 적이 있었다. "그런 거 말고요." 그는 말했다. "무엇에 관한 책인데요? 어떤 사건이 일어나요?"

"그래, 사람들은 이야기를 요구하지." 앨비스는 와인을 한잔 더 마셨다. "좋다, 그럼. 내 책은 말이야, 이탈리아 전쟁에 참전한 한 미국인이 친구를 잃고 삶에 환멸을 느끼는 이야기야. 그는 미국으로 돌아가 영어를 가르치며 그 환멸을 주제로 하는 책을 쓰고자 하지. 그런데 그는 그저 술만 마시고 상념에 잠기고 여자나 쫓으며 살아가게 돼. 책을 못 쓰는 거야. 어쩌면 친구는 죽었는데 자기는 살아있는 것에 죄책감을 느껴서인지 몰라. 죄책감은 때로는 일종의 시기심이 되기도 하지. 훗날 친구가 남기고 간 어린 아들을 만나러 갈 때 그 아이에게 지금의 한심한 실패자로서가 아니라 어떤 숭고한 기억으로 남기를 원하는 거야. 남자는 강사 일자리를 잃고 가업인 자동차 판매로 돌아서지. 여전히 술을 마시고 상념에 잠기고 여자를 쫓으며 살아. 그러다 이 책을 쓰고 아울러 슬픔을 달랠 유일한 길은 이탈리아로 돌아가는 거라는 결론을 내린단다. 자신의 슬픔이 비밀처럼 서려있지만 거기 있지 않으면 잊어버린 꿈처럼 제대로 묘사하기 어려운 그곳 말이야. 그래서 해마다 2주씩 남자는 이탈리아로 가서 책을 쓰기 시작해. 근데 말이다, 파스쿠알레. 이 부분은 아무한테도 이야기하지 마라. 이게 비밀의 반전이거든. 그는 사실 이탈리아에 와서도 책을 쓰지 않

아. 여전히 술을 마시고 상념에 잠기고 여자를 쫓을 뿐. 그리고 어느 작은 마을의 영리한 소년에게 결코 쓰지 않을 소설 이야기를 해주지."

그리고 조용했다. 파스쿠알레는 그 책이 따분할 것 같다고 생각했다. "어떻게 끝나는데요?"

아주 오랫동안, 앨비스 벤더는 와인 잔을 들여다보았다. "나도 모른다, 파스쿠알레." 그가 마침내 입을 뗐다. "네 생각엔 어떻게 끝나야 할 것 같니?"

어린 파스쿠알레는 질문을 놓고 곰곰이 생각했다. "글쎄요, 전쟁 중 미국으로 돌아가는 대신에 독일로 가서 히틀러를 죽이려 할 수도 있을 것 같은데요."

"아." 앨비스 벤더가 말했다. "맞다. 바로 꼭 그런 일이 일어난단다, 파스쿠알레. 그가 파티에서 술이 취하자 사람들이 운전을 하지 말라고 경고를 하지. 그런데도 그는 법석을 떨며 파티를 떠나서는 끝내 차를 몰다가 사고로 히틀러를 치는 거야."

파스쿠알레는 히틀러의 죽음이 사고여서는 안 된다고 생각했다. 그러면 서스펜스가 전혀 없을 것이었다. 그는 도움을 주고픈 마음에서 한마디 했다. "기관총으로 쏠 수도 있잖아요."

"그럼 더 좋겠구나." 앨비스가 말했다. "우리의 주인공은 법석을 떨며 파티를 떠나고, 사람들은 그에게 너무 취했으니 기관총을 사용하지 말라고 경고를 하지. 그런데도 그는 말을 듣지 않고 기관총을 들고 가다가 사고로 히틀러를 쏘는 거야."

벤더가 자신을 놀리는 거라는 생각이 들자 파스쿠알레는 화제를 바꾸었다. "책 제목은 뭐예요, 앨비스 아저씨?"

"〈천국의 미소〉" 그가 대답했다. "셸리의 시에서 따왔어." 그리고 그는 최선을 다해 이탈리아어로 번역을 해준다. "속삭이는 파도가 반쯤 잠들고/구름은 장난치러 나갔다/그리고 숲속, 깊은 곳에서는/천국의 미소가 누워있다."

파스쿠알레는 그 시를 생각하며 잠시 누워있었다. *레 온데 안다바노 수쑤란도Le onde andavano sussurrando*(속삭이는 파도), 그건 알았다. 하지만 〈천국의 미소〉라는 제목은 잘못된 것 같았다. 그가 생각하기에 천국이란 미소를 짓는 곳이 아니었다. 대죄인들은 지옥에 가고 자신과 같은 소죄인들은 연옥에 간다면 천국에는 성자와 신부와 수녀와 잘못을 저지를 기회조차 없이 죽은 영세 받은 아기들 밖에는 없을 것이었다.

"아저씨 책에서요, 왜 천국이 미소를 짓는 건데요?"

"나도 몰라." 벤더는 와인을 들이키고 다시 파스쿠알레에게 빈 잔을 건넸다. "마침내 누가 악당 히틀러를 죽여줘서일까?"

파스쿠알레는 와인을 더 따르려다 갑자기 벤더가 장난을 치고 있는 게 아닌지도 모른다는 생각에 걱정이 되기 시작했다. "히틀러가 사고로 죽는 것은 안돼요." 파스쿠알레가 말했다.

앨비스는 소년을 향해 힘없는 미소를 지었다. "세상 모든 게 사고란다, 파스쿠알레."

파스쿠알레의 기억에 그 시절 앨비스가 글을 쓴 것은 몇 시간에 지나지 않았다. 어떤 때는 그가 타자기를 꺼내놓은 적이 있기나 했는지 의심이 들었다. 하지만 그는 해마다 어김없이 찾아왔다. 그리고 파스쿠알레가 대학에 들어가던 1958년, 마침내 그는 카를로에게 소설의 첫 장을 보여주었다. 7년에 걸쳐 씌어진 단 하나의 장이었다.

파스쿠알레는 그처럼 이렇다 할 진척이 없는데도 앨비스가 포르토 베르고냐에 오는 이유 자체가 이해되지 않았다. "다른 곳을 놔두고 굳이 여기로 오시는 이유가 뭐예요?"

"이 해안은 작가의 산실이란다." 앨비스가 말했다. "페트라르카는 여기서 소네트 양식을 창시했지. 바이런이랑 제임스, 그리고 로렌스도 여기서 작품을 썼고. 보카치오가 사실주의를 창시한 곳도 여기였어. 셸리도 이 근처에서 익사했지. 아내가 공포소설을 창시한 장소에서 불과 몇 킬로미터 떨어진 곳에서 말이다."

파스쿠알레는 이 작가들이 뭔가를 '창시'했다는 앨비스 벤더의 말이 무슨 뜻인지 이해가 안 되었다. 무선통신을 발명한 볼로냐의 마르코니 같은 발명가들도 아니고, 이미 시작되었던 '이야기'라는 것에 어떻게 또 창시라는 게 있을 수 있다는 것일까?

"훌륭한 질문이다." 대학 강사 일자리를 잃은 후부터 늘 강의 기회를 찾아왔던 앨비스에게 벽지의 십대 소년 파스쿠알레는 최고의 청중이었다. "진리를 꼭대기가 구름에 싸여있는 거대한 산맥의 연결체라고 상상해 봐라. 작가들은 언제나 그 꼭대기에 오를 새로운 길을 찾으며 진리를 탐험하는 거란다."

"그러면 이야기들이 그 길이란 말인가요?" 파스쿠알레가 물었다.

"아니." 앨비스가 말했다. "이야기들은 황소들이야. 작가들은 기세 좋게 성년기를 시작하고 낡은 이야기들을 무리로부터 끌어내올 필요를 느끼지. 한 황소가 잠시 무리를 지배하다 기운을 잃으면 젊은 황소들이 그 자리를 이어받는 것과 비슷해."

"이야기들이 황소들이라고요?"

"아니지." 앨비스 벤더가 술을 한 모금 들이켰다. "이야기들은 나라들, 제국들이야. 고대 로마제국처럼 오래 번성하기도 하고 독일의 제3제국처럼 금세 사라지기도 하지. 이야기 나라들은 나타났다 사라져. 새 정부들이 들어서고 새로운 동향이 나타나고 이웃나라들을 정벌하기도 하지. 로마제국이 그랬듯이 서사시는 여러 세기에 걸쳐 세상 끝까지 이어졌어. 소설은 대영제국과 함께 융성했고. 잠깐, 그런데 미국에서 융성하고 있는 건 뭐지? 영화인가?"

파스쿠알레가 씩 웃었다. "제가 만일 이야기들이 제국들이냐고 질문하면, 아저씨는 아마도…."

"이야기들은 사람들이야. 나도 이야기고 너도 이야기고… 네 아버지도 이야기지. 우리 이야기들은 여러 방향으로 흩어져 나가는데, 가끔, 운이 좋으면, 우리 이야기들이 하나로 합쳐지기도 해. 그러면 우리는 잠시나마 덜 외로워지는 거야."

"하지만 제 질문에 대답을 안 하셨어요." 파스쿠알레가 말했다. "왜 이곳으로 오시는지."

벤더는 손에 쥔 와인 잔을 물끄러미 바라보았다. "작가가 위대함을 성취하려면 네 가지가 필요하단다, 파스쿠알레. 욕망, 실망, 그리고 바다."

"그건 세 가지뿐인데요."

앨비스가 와인을 마저 마셨다. "실망은 두 번이거든."

과하게 마신 와인에 취해 앨비스가 파스쿠알레를 어린 동생처럼 대했다면 카를로 투르시 또한 이 미국인을 그와 비슷한 애정으로 대했다. 두 사람은 서로의 말은 딱히 귀담아 듣지 않고 각자 하고 싶은 말을 하며 늦게까지 마주앉아 술을 마시곤 했다. 1950년대가 지나고 전쟁의 상처가 조금 희미해져갈 무렵 카를로는 다시 사업가의 시각을 되살려 포르토 베르고냐에 관광객들을 끌어들이기 위한 아이디어들을 앨비스에게 털어놓기 시작했다. 앨비스는 관광객들이 들어오면 마을은 끝장날 것이라며 반대 입장을 취했다.

"한때 이탈리아의 모든 마을은 중세의 성곽으로 둘러싸여 있었어요." 앨비스가 열변을 토했다. "지금도 토스카나의 거의 모든 언덕 꼭대기들은 잿빛 성벽 위로 솟아 있지요. 위기가 닥치면 농부들은 이 성벽 뒤로 숨어 산적이며 적군들로부터 스스로를 보호했어요. 유럽 대부분의 지역에서는 이미 30~40년 전에 농민 계급이 사라졌지만 이탈리아만은 달랐어요. 그러나 두 차례의 전쟁 이후 주택들이 아파트로 변화하면서 시 경계를 넘어 강과 계곡들까지 침투하기 시작했지요. 하지만 카를로, 이 성벽들이 허물어짐과 동시에 이탈리아 문화도 퇴락하고 말아요. 이탈리아는 다른 곳들과 다름없이 '이탈리아 경험'을 해보겠다는 사람들로 넘쳐날 거란 말이지요."

"자네 말이 옳아." 카를로가 말했다. "그리고 바로 그 돈을 벌어보겠다는 게 내 생각이지."

앨비스는 뒤쪽의 들쭉날쭉한 절벽들을 가리켰다. "하지만 여기, 이 해안의 벽들은 신이 만들어준 거예요. 화산폭발을 통한 거긴 하지만. 그걸 깨부수는 건 불가능해요. 그 너머를 개발할 수도 없고요. 이 마을은 절대로 암벽에 붙은 몇 마리의 따개비 이상이 될 수 없다 이거예요. 그 대신 언젠가는 이탈리아에 남은 유일한 진짜 이탈리아적인 곳이 될 수는 있죠."

"바로 그걸세." 카를로가 취한 목소리로 말했다. "그러면 관광객들이 여기로 몰려들지 않겠나, 에, 로베르토?"

조용해졌다. 카를로의 장남이 북아프리카의 상공에서 펄렁거리며 추락하지만 않았다면 지금 앨비스 벤더와 같은 나이일 것이었다. 카를로가 한숨을 쉬었다. 그리고 가늘고 연약한 목소리로 말했다. "미안하네. *앨비스*라고 한다는 것을 그만…."

"알아요." 앨비스가 말하고, 노인의 어깨를 가볍게 두드렸다.

파스쿠알레는 아버지와 소설가의 대화 소리를 들으며 잠자리에 들었다가 몇 시간 후 잠이 깨어 그들이 아직도 현관 앞 테라스에서 이야기를 계속하고 있다는 것을 깨달은 적도 많았다. 앨비스가 어떤 기이한 화제를 동원하여 물고 늘어지건(*바로 그래서 하수설비야말로 인류 최대의 업적이란 말예요, 카를로. 이 모든 발명과 전쟁과 교미의 정점에서 싸지른 똥오줌의 처리시설 말입니다*) 카를로는 결국 초점을 관광업으로 돌려 이 유일한 미국인 손님에게 어떻게 하면 산 피에트로에 더 많은 미국인들을 유치할 수 있을지 의견을 묻기 일쑤였다.

앨비스 벤더는 이 대화들을 탐닉했으나 언제나 카를로에게 아무것도 바꾸지 말 것을 탄원하곤 했다. "이 해안 전체가 금세 망가질 거라고요. 지금 이곳에는 정말로 마술적인 무엇인가가 존재해요, 카를로. 진정한 고립, 천연의 아름다움, 그런 것들이요."

"바로 그런 것들을 영어 표현을 써서 홍보하면 어떨까? '*랄베르고 누메로 우노, 트랑퀼로, 콘 우나 벨라 비스타 델 빌라지오 에 델레 스코글리에레L'albergo numbero uno, tranquillo, con una bella vist del villagio e delle scogliere*'를 영어로 하면 어떻게 되지?"

"절벽 마을의 아름답고 조용한 넘버원 여관." 앨비스 벤더가 말했다. "좋군요. 하지만 좀 길어요. 그리고 감상적이고요."

카를로는 어떤 뜻으로 *센티멘탈레sentimentale*라는 것인지 물었다.

"언어와 감정은 단순한 통화예요. 그걸 지나치게 부풀리면 가치가 줄어요. 돈하고 똑같이요. 아무 의미도 갖지 못하게 되죠. 샌드위치를 '아름답다'는 말로 묘사하면 그 말은 의미를 잃어요. 전쟁이 끝난 지금, 그따위 부풀려진 언어가 들어설 여지는 없어요. 언어와 감정은 이제 작아야만 해요. 명료하고 간결해야 하죠. 꿈처럼 겸손해야 해요."

카를로 투르시는 이 충고를 명심했다. 그리고 파스쿠알레가 대학 유학 중이던 1960년, 변함없이 그곳을 찾은 앨비스 벤더는 호텔로 향하는 계단을 오르며 어리둥절한 어부들 앞에 자랑스럽게 서있는 카를로를 보았다. 그 뒤에는 손 글씨로 씌어진 영문 간판이 붙어 있었다. "애더쿼트 뷰 호텔"

"저게 무슨 말이죠?" 어부 하나가 물었다. "텅 빈 유곽이란 뜻인가요?"

"비스타 아데쿠아타vista adequata." 카를로가 이탈리아어로 번역해 알려줬다.

"자기 호텔의 전망을 그런대로 괜찮다고 표현하는 바보가 어디 있어요?" 그 어부가 말했다.

"브라보, 카를로." 앨비스가 말했다. "아주 완벽한 이름이에요."

아름다운 미국 여자가 구토 중이었다. 어두운 방안의 파스쿠알레는 위층의 구역질 소리를 듣고 잠이 깨 불을 켜고 옷장 위의 손목시계를 끌어내렸다. 새벽 네 시였다. 그는 말없이 옷을 입고 어둡고 좁은 계단을 올라갔다. 층계참에서 네 계단 떨어진 곳에 이르자 화장실 문에 몸을 기대고 숨을 고르는 그녀의 모습이 보였다. 무릎 위 4~5인치쯤에서 트인 얇은 흰색 나이트가운 차림이었다. 믿을 수 없이 길고 부드러운 다리가 드러나 있었다. 그는 차마 계단을 더 오를 수 없었다. 그녀의 얼굴 또한 나이트가운만큼이나 희었다.

"미안해요, 파스쿠알레." 그녀가 말했다. "나 때문에 잠이 깼죠?"

"아니에요, 괜찮아요." 그가 말했다.

그녀는 다시 세면대로 돌아가 토하기 시작했다. 하지만 토해낼 것이 더

없었고 그녀는 그저 몸을 구부린 채 고통에 신음했다.

파스쿠알레는 계단을 더 올라가려다 멈추었다. 포르토 베르고냐와 애더퀴트 뷰 호텔은 미국인 관광객들의 숙박에 적합한 장소나 시설이 못 된다던 구알프레도의 말이 떠올랐다. "가서 의사를 불러올게요." 그가 말했다.

"아니에요." 그녀가 말했다. "괜찮아요." 그녀는 옆구리를 붙들고 바닥에 쓰러졌다. "아…."

파스쿠알레는 그녀를 침대로 데려다 주고 서둘러 계단을 내려가 밖으로 나갔다. 가장 가까이 사는 의사는 해안을 따라 3킬로미터 떨어진 곳, 포르토 베네레에 있었다. 그 친절한 노신사 *도토레*dottore(의사)는 메를롱기라는 이름의 홀아비로 영어를 잘했고 해마다 한 번씩 절벽 쪽 마을들을 들러 어부들을 진찰해 주었다. 파스쿠알레는 누구한테 의사를 불러와 달라고 부탁해야 할지 알았다. 바로 공산주의자 토마소였다. 그의 아내가 문을 열어주고 옆으로 비켜섰다. 토마소는 몸에 밴 자긍심으로 격식을 갖추며 임무를 수용했다. 멜빵을 메고 모자를 벗으며 실망시키지 않겠다고 말했다.

디 모레이의 방으로 돌아와 보니 발레리아 이모가 커다란 주발 위에 엎드린 그녀의 머리카락을 가다듬고 있었다. 나란히 앉은 두 여자의 모습이 우스꽝스런 대조를 이루었다. 디 모레이의 희고 완벽한 살결과 반짝이는 금발, 그리고 발레리아의 까칠한 털이 돋은 우락부락한 얼굴과 철사처럼 뻣뻣한 머리. "뭐든 토해내려면 물을 마셔야만 해." 발레리아가 파스쿠알레에게 말했다. 침대 옆 탁자에는 물컵 하나가 앨비스 벤더의 원고와 함께 놓여있었다.

파스쿠알레가 이모의 말을 영어로 번역해주려 했지만 *아쿠아*acqua라는 단어를 알아들은 것 같은 디 모레이가 컵을 집어 들고 홀짝홀짝 물을 마셨다.

"귀찮게 해서 미안해요." 그녀가 말했다.

"뭐라는 거냐?" 발레리아가 물었다.

"귀찮게 해서 미안하대."

"잠옷이 딱 창녀 속옷 같다고 말해줘라." 발레리아가 말했다. "미안해야 할 것은 그거야, 창녀처럼 내 조카를 유혹하고 있는 거."

"그런 말은 못해요!"

"더러운 창녀한테 당장 떠나라고 해, 파스코."

"그만해요, 찌아!"

"싸구려 창녀 같은 잠옷이나 걸치고 자빠져 있으니 신이 벌로 병을 내리신 거야."

"조용히 해요, 정신 나간 노인네 같으니."

디 모레이는 두 사람의 대화 모습을 지켜보고 있었다. "뭐라시는 거예요?" 그녀가 물었다.

"음…." 파스쿠알레가 침을 삼켰다. "당신이 아파서 유감이라고요."

발레리아가 아랫입술을 내밀고 기다렸다. "창녀한테 내 말 그대로 전했겠지?"

"그래요." 파스쿠알레가 이모에게 말했다. "그랬어요."

방안은 조용했다. 디 모레이는 눈을 감고 또 다시 밀려오는 구역질에 몸을 떨었다. 구토하는 그녀의 등이 격하게 흔들렸다.

구역질이 지나가자 디 모레이는 거친 숨을 쉬었다. "어머님이 다정하시네요."

"어머니 아니에요." 파스쿠알레가 영어로 말했다. "이모예요. 찌아 발레리아."

발레리아는 영어로 이야기하는 두 사람을 지켜보다가 자기 이름이 나오자 미심쩍은 표정이 된다. "파스쿠알레, 너 설마 이 창녀랑 결혼하려는 건 아니겠지?"

"찌아…."

"네 엄마는 그럴 거라고 생각하는 모양이더라."

"그만 하라니까요, 찌아!"

발레리아는 아름다운 미국 여자의 눈 위로 쏟아진 머리칼을 부드럽게 쓸어냈다. "어디가 잘못된 거라던?"

파스쿠알레가 낮은 소리로 대답했다. *"칸크로cancro."*

디 모레이는 눈을 들지 않았다.

발레리아는 곰곰이 생각하는 눈치였다. 입속 볼살을 잘근잘근 씹었다. "아!" 마침내 입을 열었다. "괜찮을 거다. 괜찮을 거라고 창녀한테 말해주거라."

"그런 괜한 말 안할 거예요."

"어서 말해주래도." 발레리아가 심각한 얼굴로 파스쿠알레를 바라보았다. "포르토 베르고냐를 떠나지만 않으면 괜찮을 거라고 말이다."

파스쿠알레는 이모를 돌아다보았다. "그게 대체 무슨 소리예요?"

발레리아는 디에게 다시 물컵을 건네주었다. "여기선 아무도 죽지 않아. 아기나 노인이라면 모르지만 생식능력이 있는 성인은 신이 데려가신 일이 없어. 이곳에 내려진 해묵은 저주지. 아기를 줄줄이 잃은 창녀들이 죄를 짊어지고 다 늙을 때까지 살아야 하는 곳이야. 포르토 베르고냐에서 유년기를 넘기고 나면 적어도 40년은 살아야 하게 되어있어. 자, 그러니까 이제 이 여자에게 말해주거라." 그녀는 아름다운 미국 여자의 팔을 가볍게 두드리며 고개를 끄덕여보였다.

디 모레이는 두 사람 사이의 대화를 조금도 알아듣지 못한 채 그저 지켜보고만 있었지만 늙은 여인이 뭔가 중요한 이야기를 전하려 하고 있다는 것은 알 수 있었다. “무슨 일이에요?” 그녀가 물었다.

“아무것도 아니에요.” 파스쿠알레가 말했다. “그냥 마녀 이야기예요.”

“네?” 디 모레이가 말했다. “말해줘요, 어서요.”

파스쿠알레는 한숨을 내쉬고 이마를 문질렀다. “이모 말은… 포르토베르고냐에서는 젊어서 죽는 일이 없다고… 여기서는 젊은 사람들이 죽지 않는다는 거예요.” 그는 어깨를 으쓱하며 늙은 여자의 어처구니없는 미신 이야기를 웃음으로 넘기려 했다. “그냥 헛된 옛이야기예요…. *스트레고네리아stregoneria(마법)*… 마녀 이야기지요.”

디 모레이는 고개를 돌려 발레리아의 울퉁불퉁하고 털이 비죽비죽 돋은 얼굴을 정면으로 바라보았다. 늙은 여자는 고개를 끄덕이며 디의 손을 토닥여주었다. “이 마을을 떠나면 눈멀고 타는 듯 목이 말라 비참한 창녀의 죽음을 맞을 거야. 그 말라비틀어진 밑구멍을 긁적거리며 말이야.” 발레리아가 이탈리아어로 말했다.

“정말 고맙습니다.” 디 모레이가 영어로 말했다.

이제 파스쿠알레마저 토할 것 같은 느낌이다.

발레리아는 디 모레이를 향해 상체를 굽히더니 준엄하게 말했다. “*에스메틸라 디 모스타라레 레 감베 알 미오 니포테, 푸타나E smettila di mostrare le gambe al mio nipote, puttana(그리고 내 조카에게 다리를 내보이는 짓은 그만둬, 이 창녀야).*”

“네, 아주머니도요.” 디 모레이가 말하며 발레리아의 손을 꼭 잡았다. “고맙습니다.”

공산주의자 토마쏘는 한 시간이 더 지나서야 돌아왔다. 이미 날이 밝아서 다른 어부들은 하루를 시작하고 있었다. 토마쏘는 메를롱기 박사가 무사히 부두에 오르도록 도왔다. 발레리아는 카페에서 토마쏘를 위해 식사를 차리고 있었다. 그는 다시 모자를 벗고 자신에게 주어진 임무의 엄중함을 말없이 견뎌내고 있었다. 아침 입맛이 깔깔했지만 그는 자랑스럽게 식사를 받아들였다. 노의사는 모직 코트 차림에 넥타이는 매지 않았고 귓속엔 회색빛 털이 수북했다. 파스쿠알레와 함께 계단을 올라 3층 디 모레이의 방에 다다른 그는 숨이 가빴다.

"이렇게 고생을 시켜드려 정말 죄송합니다." 그녀가 말했다. "사실 이제 좀 나아졌어요."

의사는 파스쿠알레보다 훨씬 나은 영어 실력을 갖고 있었다. "이렇게 예쁜 아가씨를 보러 오는 게 무슨 고생입니까?" 그는 그녀의 목구멍을 들여다보고 가슴에 청진기를 댔다. "파스쿠알레 말로는 위암이라던데… 언제 진단을 받으셨죠?"

"2주 전에요."

"로마에서요?"

"네."

"내시경 검사를 받았나요?"

"뭐라고요?"

"신종 기기입니다. 목구멍에 튜브를 집어넣어 암의 사진을 찍는 거예요."

"의사가 목구멍에 불빛을 비추어 들여다본 건 기억나요."

의사가 그녀의 배를 만져보았다.

"스위스로 치료를 받으러 갈 예정이에요. 거기서 그 내시경인지 하는 검사를 할지 모르겠네요. 이틀 전에 거기로 가라고들 했는데, 제가 여기로 온 거예요."

"왜요?"

그녀가 파스쿠알레를 힐끗 바라보았다. "여기서 친구를 만나게 돼있어서요. 그 사람이 여기를 골랐거든요. 조용하다고요. 그를 만난 다음에 스위스에 갈지 몰라요."

"갈지 모른다고요?" 의사는 청진기에 귀를 기울이면서 이곳저곳을 찌르고 눌러댔다. "갈지 모른다니요? 스위스에서 치료가 가능하니, 가야 돼요."

"어머니가 암으로 돌아가셨어요…." 그녀는 말을 멈추고 목을 가다듬었다. "제가 열두 살 때, 유방암으로요. 병 자체보다 치료 과정을 차마 볼 수가 없었어요. 절대 잊지 못할 거예요. 그건 정말이지…." 그녀는 말을 끝맺지 못하고 울음을 삼켰다. "가슴을 도려내고… 그랬는데도 엄마는 죽었어요. 아버지는 그냥 엄마를 집으로 데리고 와 문 앞에 앉아… 석양을 즐기도록 할 걸 잘못했다고, 늘 말했지요."

의사는 청진기를 떼고 얼굴을 찌푸렸다. "그래요, 암 치료라는 게 결국 더 끔찍한 죽음을 가져오기도 하죠. 쉽지 않아요. 하지만 하루가 다르게 나아지고 있어요. 미국은… 특히 그렇고요. 방사선에 약물치료에, 어머님 시절보다 훨씬 좋아졌어요."

"위암 치료는 어떤가요? 그것도 나아지고 있나요?"

의사가 부드럽게 미소 지었다. "로마의 그 의사는 누구였지요?"

"크레인 박사라고, 미국인 의사예요. 영화와 관련되어 있는데, 아마 거기서 제일가는 의사인 모양이에요."

"그렇군요." 메를롱기 박사가 고개를 끄덕였다. "틀림없이 그렇겠지요." 그는 청진기를 그녀의 배에 댔다. "구역질과 통증 때문에 의사를 만났나요?"

"네."

"여기가 아팠고요?" 그가 그녀의 가슴에 손을 올려놓자 파스쿠알레는 질투에 몸이 움찔거렸다.

그녀가 고개를 끄덕였다. "네, 속이 쓰렸어요."

"그리고…."

"식욕부진에 피로, 근육통, 콧물…."

"그렇군요." 의사가 말했다.

그녀는 파스쿠알레를 힐끗 보았다. "그리고 다른 증상들도 몇 가지 있었어요."

"알았어요." 의사가 말하고는, 파스쿠알레에게 몸을 돌려 이탈리아어로 말했다. "복도에서 잠시 기다려줄 텐가, 파스쿠알레?"

그는 고개를 끄덕이고 방에서 나와 층계참에 멈추어 섰다. 그리고 안에서 흘러나오는 나지막한 대화 소리에 귀를 기울였다. 몇 분 후, 의사가 걱정스러운 얼굴로 방에서 나왔다.

"심각한가요? 죽어가고 있나요, 선생님?" 자신이 맞은 최초의 미국인 관광객이, 더군다나 여배우가 이 호텔에서 죽는다면 그건 끔찍한 일이라고 파스쿠알레는 생각했다. 게다가 혹시 그녀가 정말 무슨 공주라도 된다면 어쩐단 말인가? 그러다 이런 이기적인 생각을 하고 있는 자신이 부끄러워졌다. "대도시로 데려가 제대로 치료받게 해야 할까요?"

"위급상황은 아닌 것 같네." 메를롱기 박사는 혼란스러워 보였다. "그런데 그녀를 여기로 보냈다는 그 남자는 누구라던가, 파스쿠알레?"

파스쿠알레는 계단을 뛰어 내려가 디 모레이가 갖고 왔던 종이를 들고 올라왔다.

메를롱기 박사는 그걸 받아 읽었다. 로마 그랜드 호텔 측에서 "20세기 폭스 사 특별제작 보좌 마이클 딘"에게 보낸 청구서였다. 뒷면은 비어있었다. 그가 고개를 들고 말했다. "위암을 앓는 젊은 여자에게서 의사가 무엇을 발견할지 아나, 파스쿠알레?"

"아니오."

"식도 통증과 메스꺼움, 식욕부진에 구토증, 그리고 복부 팽창도 있을 수 있지. 질환이 진전되면 다른 체내 시스템에도 영향이 오게 되네. 장, 요도, 신장은 물론이고 월경에도 이상이 생길 수 있어."

파스쿠알레가 고개를 저었다. 가엾은 여인.

"이런 것들은 분명 위암 증상일 수 있네, 있고말고. 하지만 문제가 하나 있어. 어느 의사가 그런 증세를 확인하고도 내시경이나 조직검사를 거치지 않고 위암 진단을 내릴 수 있겠는가? 그보다 흔한 진단이 얼마든지 가능한데."

"이를테면?"

"이를테면… 임신 같은 것."

"임신요?" 파스쿠알레가 물었다.

의사가 쉿, 하며 목소리를 낮추게 했다.

"선생님 말씀은 저 여자가…."

"나도 모르네. 심장박동 소리가 들리기에는 아직 이를 테니까. 게다가 증상이 아주 심해. 하지만 젊은 여자가 들어와서 메스꺼움에 복부팽창에 속 쓰림을 호소하고 월경조차 거르고 있다고 말한다면… 글쎄, 젊은 여자들에게 위암은 극히 드문 질환이 돼놔서. 그에 반해 임신은…." 그가 빙긋 웃었다. "그다지 드물지 않지."

파스쿠알레는 디 모레이가 이탈리아어를 알아들을 리 없는데도 자기들이 거의 귓속말을 주고받고 있음을 깨달았다. "잠깐만요. 그러니까 그 말씀은 어쩌면 암이 아닐 거라는?"

"정확히는 모르지. 암의 가족력이 있는 게 사실인 데다 미국 의사들은 우리가 모르는 검사를 하는지도 모르니까. 내 말은 나라면 그런 증상만으로 즉각 암이라는 진단을 내리지 못할 거란 말이네."

"그렇게 말씀해 주셨나요?"

"아니야." 의사가 다시 혼란스러운 얼굴이 됐다. "아무 말도 안했네. 여태 마음고생이 심했을 텐데 확실한 근거도 없이 헛된 희망을 품게 하는 건 몹쓸 짓이지. 오기로 되어있다는 그 남자를 만나면 자네가 한번 물어보겠나? 여기 이…." 그가 다시 종이를 들여다보았다. "마이클 딘이란 자한테."

파스쿠알레는 정말이지 영화계에 종사하는 미국인에게 그런 걸 물어보고 싶지 않았다.

"한 가지가 더 있네." 의사가 파스쿠알레의 팔에 손을 얹었다. "이상하지 않은가, 파스쿠알레? 로마에서 영화 촬영 중인데 저 여자를 여기로 보냈다는 게 말이야."

"바다가 보이는 조용한 곳을 원했대요." 파스쿠알레가 말했다. "그렇잖아도 혹시 *베네레*를 찾았던 건 아닌지 물어봤어요. 보시다시피 종이에 베르고냐라고 적혀 있더군요."

"물론 그렇지. 여기가 좋은 곳이 아니라는 말이 아니네, 파스쿠알레." 파스쿠알레의 목소리에서 방어적 자세를 감지하고 메를롱기 박사가 말했다. "하지만 스페를롱가 같은 마을도 충분히 조용하고 바다에 접해있지 않은가? 게다가 로마에서 훨씬 가깝기도 하고. 그런데 굳이 왜 여기로?"

파스쿠알레는 어깨를 으쓱했다. "포르토 베르고냐에서는 젊은 사람은 죽지 않는다고 이모가 그러더군요."

의사는 선하게 웃었다. "어쨌든 이 남자가 도착하면 모든 게 조금 더 분명해지겠지. 다음 주에도 저 여자가 여기 머물고 있으면 공산주의자 토마쏘를 통해 내 병원으로 보내주기 바라네."

파스쿠알레는 고개를 끄덕였다. 그리고 두 사람은 디 모레이의 방문을 열었다. 그녀는 잠들어 있었다. 베개 위에 소용돌이 형으로 흩뿌려진 금발이 버터라도 되는 듯 부드러워 보였다. 그녀는 커다란 파스타 주발을 끌어안은 채였고, 그 옆 베개 위에는 앨비스 벤더의 소설 원고가 놓여 있었다.

04
천국의 미소

1945년 4월
이탈리아, 라 스페찌아 인근

앨비스 벤더

봄이 돌아오면서 내 전쟁도 끝이 났다. 매직펜을 쥔 장군들이 너무 많은 병사들을 소집했고 우리에게 아무런 일이 없으면 그들이 난처해졌기 때문에 우리는 이탈리아 구석구석까지 행군해야했다. 그해 봄 우리는 아펜니노 산맥 아래 백악질의 해안 모래톱을 따라 그리고 길이 뚫린 뒤에는 제노바로 이어지는 초록 구릉을 넘어 걷고 또 걸어, 지하창고들에서 지저분하게 말라비틀어진 이탈리아인들이 쏟아져 나오는 그야말로 묵사발이 된 마을들에 닿았다. 종전이라는 것의 끔찍한 의례였다! 우리는 유기된 참호와 엄폐호들을 보고 욕지거리를 내뱉었고 마치 모두 여전히 전투를 원하는 듯 행동했지만 독일군이 허물어지는 고딕라인(2차 세계대전 당시 이탈리아에 설치된 독일의 방어선)를 따라 재빨리 후퇴하고 있다는 사실에 남몰래 환호했다.

나는 살아있다는 사실만으로 행복해야 했지만 전쟁에 말할 수 없이 깊은 염증을 느끼고 있었을 뿐 아니라 두렵고 외로웠으며 주변의 야만행위들을 날카롭게 인지하고 있었다. 하지만 진짜 문제는 저 아래에 있었다. 발이 말썽을 부린 것이다. 내 젖은, 벌건, 병든 발굽들, 내 감염된, 욱신욱신 쑤시는 발들은 이미 저편으로 넘어가버린 상태였다. 반역이었다. 전쟁 중, 발이 반란을 일으키기 전, 나는 세 가지를 주로 생각했다. 그것은 섹스와 먹을 것과 죽음이었다. 행군하는 동안 나는 한 순간도 빠짐없이 이것들을 생각했다. 하지만 봄이 되었을 무렵, 이 공상은 오로지 마른 양말에 대한 갈망에 완전히 함몰돼버린 상태였다. 나는 마른 양말을 탐했다. 나는 전쟁이 끝나면 훌륭하고 두툼한 양말을 찾아 내 병든 발에 신기겠다는, 그리하여 기필코 늙고 마른 발을 가진 노인이 되어 죽겠다는 간절한 염원과 욕망에 취해 있었다.

매일 아침 장군들은 북쪽을 향해 포격을 가한 다음 우리에게는 물에 불은 발로 끝없이 내리치는 가랑비 속을 진군케 했다. 우리는 제92대대, 검은 물소 군단, 수용소 출신 일본인 2개 대대와 같은, 전위 전투부대와 이 틀거리에 있었다. 고딕라인 서부 경계에서의 힘겨운 전투에 투입하기 위해 장군들이 선발해온 강인한 사내들이었다. 잔적 소탕용 베짱이 군단에 불과했던 우리는 흑인들과 일본인 병사들이 미리 진로를 열어놓으면 몇 시간 또는 며칠 후에 도착하곤 했었다. 장군들의 노골적인 인종차별주의의 행복한 수혜자였던 셈이다. 우리는 토목공과 목수와 시체매장담당은 물론이고 나와 내 좋은 친구 리처즈 같은 이탈리아어 통역사들을 포함하는 숙련된 전문가들로 이루어진 재건 및 첩보 담당 부대였다. 우리에게 내려진 행군 명령은 전위부대를 따라 함락되고 파괴된 마을 언저리에 잠입하여 시체매장을 돕고 마을에 남은 겁에 질린 노파들이나 아이들에게 사탕이랑 담배 따위를 던져주며 무슨 정보가 됐든 얻어내는 것이었다. 우리는 이 숨쉬는 유령들로부터 지뢰매설 지역과 부대 및 군비보관 위치 등 패주 독일군 관련 각종 정보를 수집해야 했던 것이다. 최근 들어서 장군들은 우리 편에서 싸우고자 파시스트들로부터 도주한 이들, 산중에 숨어 있는 빨치산들의 이름도 아울러 기록할 것을 명령했다.

"다음 차례는 공산주의자들이다 이거군." 리처즈가 투덜거렸다. 그는 어렸을 적에 이탈리아인 어머니에게서 이탈리아어를 배운 덕분에 고달픈 전투부대에서 빠질 수 있었다. "이 전쟁부터 다 끝낸 뒤에 다음 전쟁을 계획해도 늦지 않은 거 아냐?"

리처즈와 나는 다른 소대원들보다 나이가 많았다. 그는 스물세 살의 일등병, 나는 스물두 살의 상병이었고, 둘 다 대학물을 좀 먹었었다. 생김새나 하는 짓이나 우리 둘은 구분하기가 어려울 만큼 비슷했다. 나는 위스콘신 주 매디슨 출신에 호리호리한 체격과 담황빛 머리카락을 지녔으며 아버지의 자동차 대리점에 지분을 갖고 있었고, 그는 아이오와 주 시더폴스 출신에 호리호리한 체격과 담황빛 머리카락을 지녔으며 형들의 보험회사에 지분을 갖고 있었다. 하지만 나의 경우 한때 사귄 몇 명의 여자친구와 영어교사 일자리와 뚱보 조카 몇이 고향에 있었던 게 다라면, 리처즈에게는 그가 돌아오기를 손꼽아 기다리는 사랑하는 아내와 아들이 있었다.

1944년 이탈리아에서의 리처즈와 내게는 어떤 정보도 하찮은 것일 수 없었다. 우리는 독일군이 몇 조각의 빵을 징발했으며 빨치산이 어떤 담요를 빼앗아갔는지를 보고했다. 장 손상을 입은 가엾은 독일군 병사가 올리브유와 골분으로 만든 늙은 마녀의 묘약으로 치료받았다는 사실을 두 단락의 문장으로 정리하기도 했다. 이런 임무는 당연히 지긋지긋했지만 시체에 석회가루를 뿌려 매장하는 일 말고는 대안이 없었기에 열심히 해야 했다.

물론 어디에선가 분명 더 중대한 전술들이 활용되고 있었겠으나(악몽의 수용소에 대한, 그리고 장군들이 세계를 이등분할 거라는 흉흉한 소문들이 들렸다.) 리처즈와 내게 전쟁은 비에 젖은 채 흙길을 오르고 고개를 넘어 폭격으로 폐허가 된 마을 언저리까지 행군하면서 때에 찌든채 생기잃은 눈으로 먹을 것을 애걸하는 농부들을 맹렬히 취조하는 것을 의미했다. 11월부터 날이 흐려지더니 3월까지 우기가 계속되고 있었다. 우리는 별다른 전술적 사유 때문이라기보다 비에 젖은 부대가 행군이라도 하지 않으면 부랑자 수용소꼴이 되고 만다는 이유로, 말하자면 행군을 위한 행군으로 그 3월을 보냈다. 이탈리아 남단으로부터 3분의 2에 해당하는 구역이 해방된 상태였다. 물론 해방이라는 말이 가장 아름다운 건물과 유적과 교회들이 무차별 포격으로 박살난 것을 뜻한다면 그랬다. 머지않아 북부도 폐허의 해방구가 될 것이었다. 우리는 스타킹을 말아 올리는 여자처럼 신속하고 순조롭게 진군을 계속했다.

이 같은 돌격이 일상적으로 감행되던 날들 속에서 문득 나는 스스로에게 총을 겨누는 상상을 하기 시작했다. 그리고 어디에 총알을 박을까를 놓고 고민하던 차에 그 여자를 만났다.

우리는 고갯길을 오르고 있었다. 갈대밭 사이로 난 두 갈래 길. 언덕과 도랑들 양옆으로 조그만 마을들이 나타났다 사라졌다. 퀭한 눈의 굶주린 노파들이 길가에 주저앉아 있었고, 아이들은 모더니즘 미술품처럼 망가진 집의 창밖으로 회색 천을 흔들며 초콜릿을 달라고 외쳤다.

폭격은 조수처럼 이 마을들을 덮쳤다. 밀물이 되어 들어오고 썰물이 되어 빠져나가며 모든 것을 휩쓸어 폐허로 만들었다. 우리는 이 짓밟힌 성시城市의 경계 위에서, 기울어가는 헛간 속에서, 주인 없는 농가의 잔해 속에서, 옛 제국의 폐허 위에서 야영을 했다. 매일 밤 내 침낭 안으로 기어들어가기 전 나는 군화를 조심스럽게 벗은 다음 양말을 벗어 그것들에게 욕지거리를 내뱉고 통사정을 하고는 필사적인 심정으로 울타리 위나 창턱이나 텐트 버팀목 위에 걸어두었다. 그리고 매일 아침 부푼 기대로 밤새 마른 양말을 밤새 마른 발들에 신겨 보았다. 하지만 금세 특정한 화학작용과 함께 발들은 다시 축축해져서 내 피를 빨고 내 뼈를 갉아먹는 유충들을 번식하는 것이었다. 나한테 확 꽂혀있다고 리치즈가 믿었던 다정하고 잘생긴 보급하사가(나는 그런 리처즈에게 말했다. "뭐 어때? 내 발만 낫게 해준다면 그 친구 거시기를 밤새 빨아줄 수도 있어.") 내게 번번이 새 양말과 가루약을 주었지만 반역의 생물들은 무슨 수를 써서든 돌아오는 것이었다. 아침마다 군화 안에 가루약을 뿌리고 새 양말을 신으면 좀 나은 것 같다가도 몇 걸음만 걸으면 내 발가락을 아귀아귀 좀먹는 탐욕스런 거머리들의 존재를 재확인하기 일쑤였다. 한시바삐 무슨 조치를 하지 않으면 나는 그놈들 손에 곧 죽을 것이었다.

그 여자를 만나던 날, 나는 더 이상은 참을 수 없다는 생각에 마침내 결행을 하기로 마음을 먹었다. 반역을 일으킨 내 발굽들 중 하나를 자른다면 의가사 제대가 가능할 것이었다. 나는 발 없는 병자가 되어 고향집으로 돌아가 부모님과 살면서 라디오로 컵스 경기 중계를 듣고 조카들에게 내가 어떻게 발을 잃게 되었는지를 날로 흥미진진해지는 무용담으로 들려줄 것이었다("지뢰를 밟았단다, 내덕에 살아남은 소대원들이 여럿 되지").

그날 우리는 새로 해방된 마을로 진군하여 생존자들과 면담할 것이었다. 농부들에게 공산주의자임이 분명한 손자를 밀고하라고 꼬드기고 패주 독일군이 이를테면 히틀러의 은신처를 발설하는 것을 들었는지 대라고 볶을 예정이었다. 이 작은 고개마을로 올라가다 우리는 길옆에서 썩어가는 한 독일군 병사의 시체와 마주쳤다. 그것은 말라비틀어진 나뭇가지로 만들다 만 톱질받침대 같은 것위에 널브러져 있었다.

그해 봄 우리가 본 독일군이란 대부분 이와 같이 억센 연합군 병사들과 더 억센 빨치산의 손에 최후를 맞은 시체 상태였다. 우리는 그들의 능력을 미신적으로 숭배했다. 그렇다고 우리가 무슨 관광객처럼 굴었다는 말은 아니다. 우리 또한 액션을 맛보기는 했다.("그럼, 귀엽고 멍청한 조카들아. 네 삼촌은 말이야, 적 방향으로 30구경 기관총을 발사해야 했단다. 내 탄환이 날아가 떨어지는 곳마다 먼지가 풀썩이며 피어올랐지. 삼촌이 먼지구덩이를 몇 개나 적중했는지는 정확히 알기 어렵다만, 어쨌든 먼지의 최고 숙적이었다고 해도 지나친 말은 아닐 거야.") 아, 그리고 우리는 공격도 좀 당했다. 그해 이른 봄, 독일군의 88밀리미터 대포가 세라베짜로 가는 길에 떨어지면서 부대원 두 명이 사망했고, 스트레토이아 외곽에서는 약 9초간에 걸쳐 끔찍한 포격을 당해 세 명이 희생된 일이 있다. 하지만 이것들은 예외적인 상황이었다. 아드레날린이 미칠 듯 솟구쳐 오르며 공포감이 작렬하는 짧은 순간들일 뿐이었다. 용맹을 직접 목격했고 그것을 증언하는 다른 병사들의 목격담을 듣기도 했지만, 내 전쟁에서 전투란 보통 사후에 대하는 것이었다. 음울한 수수께끼이자 잔혹한 부조리의 테스트로서 남겨진 이 시체가 그랬듯이(이 독일군 병사는 톱질받침을 만들다가 갑작스런 공격을 당해 목이 베인 것일까? 아니면 만들다 만 톱질받침 위에 눕혀져 목이 베이는 처형을 당한 것일까? 또는 살해된 기사가 말 위에 눕혀지는 것 같은 상징 또는 문화적인 의미가 깃든 전시였을까? 그것도 아니면 그냥 죽어 고꾸라지는 그의 몸 밑에 우연히 그 톱질받침이 있었던 것일까?). 우리는 시체 수수께끼와 마주칠 때면 온갖 의

문을 제기하며 말씨름을 벌였다. 이를테면 빨치산 보초의 머리는 누가 가져갔으며 죽은 아기는 왜 곡식 함지에 거꾸로 파묻혀 있었을까, 같은 것들이었다. 악취 및 곤충 번식 정도를 고려할 때 이 독일군 병사의 시체는 매장 적기로부터 최소 이틀은 지나 있었기 때문에, 그냥 놔두더라도 앞니가 벌어진 우리의 머저리 위관장교 빈 중위로부터 푹푹 익는 시체를 처리하라는 호통을 듣지 않게 되기를 우리는 희망했다.

시체를 지나치고 행군하던 중 나는 갑자기 걸음을 멈추고는 그 문드러져가는 시체를 내가 처리하겠다고 자원했다. 물론 내게는 그럴 만한 이유가 있었다. 독일군 병사의 군화는 누가 이미 벗겨갔으며 록포트에서의 추수감사절 만찬에서 조카들에게 보여줄 전리품이 될 만한 휘장이나 무기 등속도 틀림없이 사라졌겠지만("내가 이 맨발로 때려죽인 훈족 병사에게서 얻은 히틀러의 군용 수저란다."), 어찌된 일인지 이 시체는 아직 양말을 신고 있었다. 나로 말하자면 미칠 만큼 고통스런 상황이었으므로 시체의 발에 신겨있는 양말은 구원 그 자체로 보였다. 두 짝의 깨끗하고 신축성 있는 발싸개가 마치 4성급 호텔의 침구처럼 단정하게 그의 발을 감싸고 있었다. 다정한 보급하사 덕택에 연합군 양말을 여남은 켤레 써봤으나 효과를 보지 못했던 나는 이제 추축국 양말에 운명을 걸어야 할 것 같았다.

"정말 구역질나네." 시체의 양말을 벗기러 돌아가겠다는 내 말에 리처즈가 말했다.

"그래, 나 구역질나는 놈이다." 나는 시인했다. 죽은 병사의 발을 향해 돌아가려는 순간, 머저리 빈 중위가 다리를 쩍 벌리고 걸어오더니 최근 다른 소대가 지뢰가 달린 시체를 발견했으며 따라서 시체수습을 삼가라는 지시가 시달되었다고 말했다. 그래서 나는 유럽에서 가장 따뜻하고 가장 건조하고 가장 청결한 양말로부터 물러서서 이제 번데기 단계에 이른

축축하고 성깔 사나운 괴물들에 발을 내맡기고 3킬로미터를 더 행군해야만 했다. 거기까지였다. 더 이상 참을 수 없었다. 나는 리처즈에게 "오늘밤이야. 자해부상. 오늘밤에 한쪽 발 날려 보낸다."

며칠 동안 내 불평을 들어온 리처즈는 내가 허풍을 떠는 것이라고, 내가 발을 쏜다는 것은 공중부양 만큼이나 불가능한 일이라고 생각했다. "바보짓 마." 리처즈가 말했다. "전쟁도 다 끝났잖아."

바로 그래서 완벽한 기회라고, 나는 말했다. 지금 자해부상을 의심하는 사람이 어디 있겠냐는 말이었다. 전쟁이 한창일 때였다면 발에 입은 총상쯤으로는 빠지기 어려웠지만 끝이 보이는 지금이라면 충분히 가능성이 있었다. "할 거야."

리처즈가 나를 부추겼다. "좋아. 맘대로 해봐. 영창에 갇혀 피 줄줄 흘리며 한번 죽어보라고."

"이 고통에 비하면 차라리 죽음이 나아."

"그러면 발이 아니라 아예 머리에 대고 쏘시든지."

우리는 마을에서 조금 떨어진 포도덩굴로 덮인 언덕 위 무너진 헛간에 장구를 풀었다. 리처즈와 나는 조그만 바위턱에 감시초소를 설치했다. 나는 거기 앉아 리처즈와 함께 발의 어느 부분을 쏠 것인지 논쟁에 들어갔다. 마치 점심 장소를 고르는 기분이었다. 그때 아래서 삐걱거리는 소리가 들렸다. 리처즈와 나는 말없이 서로를 바라보았다. 나는 카빈총을 집어 들고 바위턱에 몸을 바짝 붙인 뒤 아래를 유심히 살폈다. 길을 따라 누군가 다가오고 있었다.

그것은 소녀, 아니 여자였다. 젊었다. 열아홉이나 스물둘 아니면 스물셋쯤 됐을까? 해질녘이라 나이를 정확히 가늠하기는 어려웠다. 하지만 혼자서 좁다란 흙길을 유유히 걸어오는 그녀는 사랑스러웠다. 갈색 머리는 뒤로 올려 핀으로 고정했고, 턱이 갸름했으며, 볼은 발그레했고, 두 개의 눈동자는 타는 기름에서 치솟는 연기처럼 짙은 속눈썹에 감싸여 있었다. 이탈리아인답게 몸이 작았다. 굶주리고 있는 것 같진 않았다. 원피스 위에 덧옷을 걸치고 있었는데, 그 원피스 색이 정확히 기억나지 않아 몹시 괴롭지만 엷은 파랑 바탕에 노란 해바라기 무늬가 있었던 것 같다. 확실하지 않으나 내 기억이 대략 그렇다는 것이다(미심쩍은 내 기억 속에서 유럽의 모든 여자들은, 창녀건 할머니건 떠돌이건, 똑같이 파랑 바탕에 노란 해바라기 무늬가 박힌 원피스를 입고 있었다).

"멈춰." 리처즈가 외쳤다. 내가 웃음을 터뜨렸다. 지금 저 아래 나타난 아름다운 광경을 향해 고작 한다는 소리가 멈춰라니! 엉망이 된 발 때문에 정신이 나가있지만 않았어도 나는 "거기 누구냐?"와 같은 셰익스피어의 보다 실존적인 대사로 그를 인도했을 것이고 그녀를 위해서는 햄릿 전 막이라도 시연해 보였을 것이다.

"쏘지 마세요, 착하신 미군 아저씨들." 길에서 여자가 소리쳤다. 순박한 영어였다. 그녀는 '멈춰' 소리가 어디서 나온 것인지 몰라 먼저 양옆의 나무들을 향해 그리고 이어서 우리의 조그만 바위턱을 향해 외쳤다. "어머니를 보러 가는 중이에요." 그녀는 두 팔을 들었다. 우리는 아직 소총을 든 채 그녀 위쪽의 언덕에 모습을 드러냈다. 외국어 억양이 조금 있었지만 우리 부대원 대부분보다 오히려 나은 영어 실력이었다. 그녀는 미소를 띠었다. 그런 미소를 보기 전까지 우리는 우리에게 무엇이 결핍되어 있었는지 알지 못했다. 시골길에서 미소를 짓는 여자를 본 게 얼마만인가 하는 생각밖에 들지 않았다.

"도로가 폐쇄되었습니다. 우회하십시오." 그녀가 오던 길을 소총으로 가리키며 리처즈가 말했다.

"네, 알겠어요." 그녀는 서쪽 방향 도로는 열려있는지 물었다. 리처즈가 그렇다고 대답했다. "고맙습니다." 그녀가 오던 길을 되돌아가기 시작했다. "미국에게 신의 은총이 있기를."

"기다려요." 내가 외쳤다. "모셔다 드릴게요." 나는 철모 안에 쓰는 모직 모자를 벗고 침을 발라 머리를 정리했다.

"바보짓 마라." 리처즈가 말했다.

나는 눈에 눈물이 그렁그렁 맺힌 채 몸을 돌렸다. "제기랄, 리처즈. 이 여자를 집까지 데려다주고 싶다." 물론 리처즈 말이 맞았다. 나는 바보짓을 하고 있었다. 초소를 이탈한다는 것은 탈영을 의미했다. 하지만 그 순간 나는 이 여자와 2미터만 함께 걸을 수 있다면 평생을 영창에서 썩어도 좋겠다고 생각했다.

"제발, 가게 해주라." 내가 말했다. "원하는 걸 다 줄게."

"네 루거 권총." 리처즈가 망설임 없이 말했다.

리처즈가 루거를 원하리란 걸 나는 알고 있었다. 내가 마른 양말을 탐하는 것만큼 그는 루거를 탐했으니까. 아들에게 기념품으로 주고 싶다고 했다. 누가 그를 탓할 수 있겠는가? 이탈리아 피에트라산타 외곽의 한 시장에서 그 루거를 샀을 때 나 역시 있지도 않은 아들을 생각하고 있었으니 말이다. 나는 위스키를 마시며, 고향집에 아들이 없으니 어쩌지, 고민하다가 절개 없는 여자친구들과 한심한 조카녀석들에게 보여주면 되겠다고 결론을 내렸다. 전쟁에 대해 더는 이야기하고 싶지 않은 척하고 싶을 때 서랍에서 녹슨 루거 권총을 꺼내 부대원 여섯 명을 죽이고 내 발에 총알을 처박은 실성한 독일군 병사와 육탄전을 벌이다 빼앗은 것이라고 말해줄 것이었다. 독일군의 전리품이 유통되는 암시장은 바로 그런 기만에 의존하고 있었다. 굶주린 독일군 패잔병들이 못쓰게 된 무기와 휘장 따위를 굶주린 이탈리아군 병사들에게 빵을 받고 넘겨주고 굶주린 이탈리아군 병사들은 그걸 다시 리처즈와 나처럼 전쟁 영웅의 증거에 굶주린 미군 병사들에게 팔아넘겼던 것이다.

그러나 안타깝게도 리처즈는 아들에게 루거를 줄 수 없게 되었다. 나는 라디오로 컵스 경기 중계를 듣기 위해 리처즈는 아내와 아들이랑 살기 위해 귀국 비행기에 오르기로 예정된 날을 6일 앞두고, 그는 맹장파열로 야전병원에서 수술을 받은 후 발생한 혈액 감염에 굴욕적인 죽음을 맞았던 것이다. 고열과 복통을 호소하며 병원에 들어간 그에게 내가 미처 문병을 갈 생각조차 하기 전 우리의 머저리 중위는 거의 지나가는 말처럼 그의 죽음을 통지했다("아, 벤더. 저기 말야. 그 친구, 리처즈가 죽었어."). 그는 이 전쟁에서 희생된 내 마지막이자 최고의 친구였다. 나는 리처즈의 전쟁의 이 예기치 않은 종결에 다음 에필로그를 바친다. 1년 후 나는 아이오와 주 시더 폴스 거리를 달려 현관에 성조기가 걸린 방갈로 주택 앞에 차를 세웠다. 모자를 벗어 들고 초인종을 눌렀다. 나는 작달막하고 통통한 리처즈의 아내에게, 죽기 전 그의 입에서 나온 마지막 말은 바로 그녀의 이름이었다고, 내가 상상할 수 있었던 최선의 거짓말을 했다. 어린 아들에게는 루거 상자를 건네주며 아빠가 독일군에게서 빼앗은 총이라고 말해주었다. 소년의 뻣뻣한 황갈색 머리를 내려다보며 나는 내 아들, 내가 결코 갖지 못할 후계자, 내가 이미 허비하기로 계획한 삶을 구제해줄 그 누군가에 대한 갈망에 찌르는 아픔을 느꼈다. 리처즈의 귀여운 아들이 아빠가 "용감한 군인"이었냐고 물었다. 나는 충심을 다해 말했다. "네 아빠야말로 내가 알았던 가장 용감한 사람이었단다."

그건 사실이었다. 그 여자를 만났던 그날, 용감한 리처즈는 내게 말했다. "그래 갔다 와. 루거는 주지 않아도 돼. 여기는 내가 맡아줄게. 하지만 돌아와서 어땠는지 다 얘기해줘야 해."

전쟁의 공포와 불편에 대한 고백을 통해 내가 스스로를 용기라고는 없는 비겁한 인간으로 그렸다면, 이쯤에서 내 갤러해드(아서 왕 전설에 나오는 원탁의 기사 중 한 사람)와 같은 진심을 입증해야 하겠다. 나는 여자에게 손을 댈 생각이 전혀 없었다. 그리고 내가 성욕을 채우기 위해서가 아니라 그냥 예쁜 여자와 어두운 밤길을 걸어보기 위해, 그 감미로운 일상을 다시 한 번 느껴보기 위해 죽음과 불명예의 위험을 감수하는 것임을 리처즈가 알아주는 게 내게는 중요했다.

"리처즈." 내가 말했다. "나 여자한테 손대지 않을 거야."

그는 내가 사실을 말하고 있음을 알았던 것 같다. 그의 얼굴에 고통의 빛이 서렸기 때문이다. "그럼, 제기랄, 내가 가면 안 될까?"

나는 그의 어깨를 툭툭 두드려주고 내 소총을 거머쥔 다음 아래로 달려 내려가 그녀를 따라잡았다. 걸음이 빠른 그녀는 내가 다가서자 길가로 바짝 비켜섰다. 가까이서 보니 그녀는 생각했던 것보다 나이가 들어보였다. 스물다섯쯤 될 것 같았다. 그녀는 나를 경계했지만 내가 이탈리아어를 매력적으로 구사하자 긴장을 풀었다.

"스쿠시, 벨라. 파레 우나 파쎄지아타, 페르 파보레Scusi, bella. Fare una passeggiata, per favore(실례합니다 아름다운 아가씨. 저와 함께 걸으시겠어요)?" 그녀가 미소를 띠며 영어로 대답했다. "네. 함께 걸어도 돼요." 그리고는 걸음을 늦추면서 내 팔을 잡았다. "하지만 우리 이탈리아어를 망가뜨리는 일은 그만하겠다고 약속하셔야 해요."

아, 그것은 사랑이었던 것이다.

마리아의 어머니는 이 마을에서 아들 셋과 딸 셋을 길렀다. 아버지는 전쟁 중에 일찍 죽었고 남자형제들은 열여섯, 열다섯, 그리고 열두 살의 나이에 각각 징집되어 이탈리아군의 참호를 파다 나중에는 독일군의 요새를 쌓았다. 그들 중 하나라도 아직 명맥이나마 남아있는 고딕라인의 북부 어딘가에 살아있기를 기도하고 있지만 큰 희망은 걸지 않는다고 마리아는 말했다. 그녀는 내게 그 마을이 전쟁 중 겪은 일들을 요약하여 들려주었다. 무솔리니에 이어 빨치산, 그리고 마지막에는 패주 독일군이 젊은 남자들을 걸레 쥐어짜듯 빼내간 끝에 마을에는 여덟 살에서 쉰다섯 살 사이의 남자가 하나도 없다고, 완전히 씨가 말랐다고 했다. 게다가 폭격과 총격에 시달린 탓에 마을에는 식량과 물자가 동이 났다고 했다. 마리아는 수녀원 부속학교에서 영어를 배운 덕에 연합군 침입 이후 미군 야전병원에서 간호조무사로 일할 수 있었다. 몇 주씩 떠나있어야 하는 처지지만 반드시 돌아와 어머니와 여동생들을 돌보고 있었다.

"이게 다 끝난 후에," 내가 물었다. "결혼할 괜찮은 청년을 점찍어 뒀나요?"

"남자가 하나 있었어요. 하지만 살아있을 것 같지 않아요. 그래서 이게 다 끝난 후에 저는 엄마를 돌볼 거예요. 미망인에다 아들 셋을 모조리 뺏기신 분이에요. 엄마가 돌아가시면, 그때는 아마 당신들 미군들 중 하나를 붙잡아서 함께 뉴욕에 갈지 모르죠. 엠파이어스테이트 빌딩에서 살면서 밤마다 최고급 레스토랑에서 아이스크림을 먹고 살이 쪄도 좋고요."

"내가 위스콘신으로 데려가줄 수 있는데 거기서 살찌면 안 될까요?"

"아, 위스콘신." 그녀가 말했다. "치즈와 낙농장들의 고장이죠?" 그녀가 길옆 관목 너머에 위스콘신이 있기라도 하듯 손을 높이 뻗었다. "젖소와 농장과 매디슨, 강물에 비친 달, 그리고 배저스 풋볼 팀을 가진 대학도 있죠. 겨울에는 춥지만 여름에는 머리를 땋아 내린 붉은 뺨의 처녀들을 볼 수 있고요."

그녀는 미국의 어떤 주를 대건 그곳이 어떤 곳인지 줄줄이 그려낼 수 있었다. 병원의 미군 부상병들이 주로 죽기 직전에 고향을 추억하며 그녀에게 이런 이야기들을 들려주었기 때문이다. "아이다호요? 깊은 호수들과 커다란 산들과 끝없이 줄지어선 나무들, 그리고 역시 땋아 내린 머리와 붉은 뺨을 지닌 아름다운 농장의 아가씨들이 많은 곳이죠."

"내겐 농장의 아가씨가 없어요." 내가 말했다.

"전쟁이 끝나면 생기겠죠." 그녀가 말했다.

나는 전쟁이 끝나면 책을 쓰고 싶다고 말했다.

그녀가 고개를 들어올렸다. "어떤 종류의 책을 쓰실 건데요?"

"소설이요. 이 모든 것에 관한. 어쩌면 웃기는 소설이 될지도 몰라요."

그녀가 심각한 표정으로, 책을 쓴다는 것은 중요한 일이라고, 농담이 아니라고 말했다.

"아, 아니에요." 내가 말했다. "농담을 쓰려는 게 아니고, 그러니까… 그렇게 웃기는 걸 말하는 게 아니에요."

그녀는 다르게 웃기는 것이란 어떤 것인지 물었고 나는 무슨 대답을 해야 할지 몰랐다. 그녀의 마을이 우리 시야에 들어왔다. 그것은 잿빛 그림자의 뭉텅이로서 어두운 언덕 위에 모자처럼 얹혀 있었다.

"슬프게 하는… 그런 웃기는 것도 있죠." 내가 말했다.

호기심 어린 얼굴로 그녀가 나를 올려보았다. 새 혹은 박쥐 한 마리가 앞 덤불에서 날아오르며 우리를 움찔하게 했다. 나는 팔을 들어 마리아의 어깨에 둘렀다. 그리고 정확히 어떻게 일어난 일인지 모르지만 별안간 우리는 길가의 레몬나무 숲으로 들어가 있었다. 나는 땅바닥에 눕고 그녀는 내 위에 엎드렸다. 아직 여물지 않은 레몬 열매가 돌멩이처럼 우리 위에 매달려 있었다. 내가 그녀의 입술과 뺨과 목에 입을 맞추는 동안 그녀는 서둘러 내 바지를 벗긴 뒤 한쪽 손으로는 능숙한 솜씨로 그곳을 애무했고 다른 손으로는 내 몸을 부드럽게 쓰다듬었다. 마치 이 동작에 관한 일급 군사기밀이라도 터득한 요원 같았다. 그녀는 내가 예상했던 것보다 훨씬 더, 아주 예외적이라 할 만큼 뛰어난 기량을 선보였고, 따라서 나는 금세 끙끙거리는 콧소리를 내기 시작했다. 그녀의 움직임이 더욱 강렬해졌다. 내가 레몬과 흙과 그녀의 냄새 속에서 세상이 사라지는 느낌을 경험하는 그 순간, 그녀는 재빨리 몸을 일으켜 세우고는 자신의 예쁜 원피스가 아니라 여물지 않은 레몬 열매들 위에 나의 체액이 내려앉게끔 완벽한 각도를 잡았다. 젖소의 젖이 엉뚱한 방향으로 튀지 않노록 조치하는 숙달된 농장 아낙 같았다. 이 모든 것이 1분도 걸리지 않았기에, 그녀는 머리에 묶은 리본을 풀 필요조차 없었다.

그녀가 말했다. "됐네요."

그것은 내 평생 들은 가장 아름답고 슬프고 끔찍한 세 음절의 말이었다. 됐네요.

나는 울기 시작했다. "왜 그래요?" 그녀가 물었다.

"발이 아파요." 그것이 내가 간신히 할 수 있었던 말의 전부다. 하지만 물론 나는 발 때문에 울고 있었던 것이 아니다. 마리아에 대한 감사와 전쟁의 끝자락에 이렇게 살아있다는 사실에 대한 회한과 향수와 안도에 압도된 게 사실이지만, 그 때문에 울고 있었던 것도 아니다. 나는 마리아가 그처럼 효율적이고도 섬세한 솜씨로 오로지 손만을 이용하여 절정으로 인도한 첫 번째 남자가 아니라는 분명한 사실 때문에 울고 있었다.

나는 그녀가 보여준 속도와 기술, 그토록 완벽하게 숙련된 기교 뒤에는 끔찍한 역사가 숨어있을 수밖에 없다는 사실 때문에 울고 있었다. 이것은 다른 병사들과의 접촉을 통해, 그들이 그녀를 땅바닥에 쓰러뜨리고 그녀는 손만을 이용하여 그들을 막아낼 수 없었던 수많은 사건을 통해 체득된 동작이었다.

됐네요.

"아, 마리아…." 나는 울었다. "미안해요." 그리고 나는 그녀 앞에서 울음을 터뜨린 최초의 야만인 또한 아님이 분명했으니, 그녀는 딱 무엇이 필요한지 알고 있었던 것이다. 파란 원피스의 윗 단추를 열고 내 머리를 자신의 두 가슴 사이에 묻고 그녀는 속삭였다. "쉿, 위스콘신, 쉿." 그녀의 살결이 너무 부드럽고 감미롭고 내 눈물로 젖어 있어 내가 더욱 격하게 울자, 그녀는 다시 "쉿, 위스콘신" 하고 속삭였다. 나는 그녀의 살결이 내 집인 듯, 위스콘신이 거기 있는 듯, 내 얼굴을 그 가슴 사이에 파묻었다. 그리고 지금 이 순간까지, 그곳, 그 아름다운 언덕 사이의 좁게 패인 골짜기는 내가 가본 가장 멋진 장소라 할 수 있다. 잠시 후 나는 울음을 그치고 약간의 품위를 되찾을 수 있었으며, 그로부터 다시 5분 후, 그러니까 그녀에게 내가 가진 돈과 담배를 주고 불멸의 사랑을 맹세하며 돌아오겠다고 언약한 후, 나는 불명예스럽게 내 초소로 비틀거리며 돌아와서는 실망한 얼굴의, 머지않아 저세상 사람이 될 내 최고의 친구 리처즈에게 그녀를 집까지 데려다주었을 뿐 아무 일도 없었다고 주장했다.

정말이지 삶이란 것은 얼마나 차갑고 덧없는 것인가. 그럼에도 불구하고 그것 말고는 없다. 그날 밤 나는 더 이상 나 자신으로서가 아니라 속이 다 비어버린 껍데기로서 침낭 속으로 기어들어갔다.

여러 해가 지난 후에도 나는 아직도 빈껍데기로, 아직도 그 순간, 내 전쟁이 끝나버린 그날, 모든 생존자들이 그럴 수밖에 없듯 목숨이 붙어있다는 것이 진정으로 살아있다는 것과 결코 같지 않음을 깨달은 그날 안에 그대로 머물러 있는 스스로를 발견하곤 했다.

됐네요.

1년 후 리처즈의 아들에게 루거를 배달한 뒤 나는 시더 폴스의 작은 술집에 들러 그날 이후 들이키게 될 6백만 잔의 술 가운데 한 잔을 마시고 있었다. 마을에 무슨 일로 왔냐고 묻는 웨이트리스에게 나는 "내 아들을 만나러" 왔다고 대답했다. 그녀는 내 아들에 대해, 가장 큰 말씽이라면 아예 존재하지도 않는다는 것이었던 상상 속의 아이에 대해 물었다. 내 아들은 착한 아이라고, 그 아이에게 전쟁의 기념물을 전달하고 오는 길이라고 나는 말했다. 그녀는 홍미를 보이며, 그게 뭐냐고, 아들을 위해 전장에서 갖고 온 그 중요한 물건이 뭐냐고 물었다. 양말이라고, 나는 말했다.

하지만 결국 내가 전장에서 갖고 온 것이라면 바로 이것, 나는 어떻게 살아남고 나보다 나은 그는 어떻게 죽었는지에 관한, 그리고 내가 어떻게 이름이 R로 시작되는 마을 외곽의 좁은 흙길 위 무성한 레몬나무 밑에서 나에게 강간당하지 않기 위해 사력을 다한 여자로부터 20초 간의 황홀한 수음을 선사받았는지에 관한, 하나의 슬픈 이야기일 것이다.

05
마이클 딘 프로덕션

최근
캘리포니아 주, 할리우드

할리우드의 학장 마이클 딘은 실크 파자마 차림으로 베란다의 침대의자에 기대앉아 인삼을 넣은 프레스카(청량음료의 일종)를 홀짝이며 나무들 너머로 펼쳐진 베벌리 힐스의 휘황한 불빛을 바라본다. 무릎 위에는 〈밤의 파괴자〉의 속편 시나리오(요약 : 로스앤젤레스의 밤. 검정색 폰티악 트랜스앰 한 대가 불타는 게티 박물관을 지나 질주한다)가 펼쳐져 있다. 보좌 클레어가 '최저 기준을 적용해도 형편무인지경'이라고 일축한 시나리오다. 클레어의 비평적 척도가 너무 높은 편인 건 사실이지만, 이 경우를 보자면, 특히 영화 수익률의 전반적 저하와 첫 번째 〈밤의 파괴자〉의 형편없는 실적을 고려할 때, 마이클도 동의하지 않을 수 없다.

20년 동안 보아온 것인데도 푸른 초목과 건물들이 서있는 언덕 넘어로 해가 지는 늦은 오후의 거리 풍경이 어쩐지 새롭게 보인다. 마이클은 정상에 오른 인간의 만족이 밴 한숨을 쉰다. 1년 사이에 이렇게 변하다니 놀라운 일이다. 불과 얼마 전까지 그는 이 풍경에서, 아니 모든 것에서 아름다움을 볼 수 없는 상태였다. 그는 종말이 다가왔을까 두려워하기 시작했었다. 그것은 죽음이 아니라(딘 일가의 남자들 중에 아흔 살 전에 죽은 사람은 없다) 그보다 끔찍한 것, 즉 퇴화였다. 그는 지독한 슬럼프를 겪고 있었다. 거의 10년 동안 히트작 비슷한 것도 내지 못했고, 작품으로 들 만한 것이라고는 첫 번째 〈밤의 파괴자〉가 다였는데 그조차 공적보다는 오명에 가까웠다. 게다가 회고록과 관련해서도 커다란 문제에 봉착했으니, 출판사 변호사가 그가 발표하려는 책은 '명예훼손'에 해당하고 '자화자찬'에 다름없으며 '사실상 검증이 불가능'하다고 판단하는 바람에, 편집자가 대필 작가를 고용하여 자서전과 자기계발서의 괴상한 잡종으로 둔갑시켜 버렸던 것이다.

마이클은 이제 운이 다하여 머지않아 리베라 컨트리클럽의 식당에 나타나 수프를 떠먹으며 도리스 데이와 대릴 재넉에 대해 수다를 늘어놓는 퇴물들 중 하나가 될 것이었다. 하지만 그 옛날 딘의 마법이 아직 완전히 사라진 건 아니었음이 드러났다. 그거야말로 그가 이 동네를, 이 장사를 사랑하는 이유였다. 하나의 간단한 아이디어, 하나의 끝내주는 피치, 그거면 컴백할 수 있다. 사실 그는 컴백을 가능케 해준 피치의 주제, 그 훅북이라는 것의 정체를 명확히 이해하지도 못했으나(컴퓨터네, 블로그네, 트위터네 하는 번지르르한 용어들을 다 아는 것처럼 행세했을 뿐이다) 제작 파트너 대니와 소심하고 까다로운 보좌 클레어의 반응만 봐도 대박이 될 것임을 직감할 수 있었다. 그래서 그는 최고 장기를 발휘하여 그야말로 미친 피치를 했던 것이다.

그래서 마이클 딘의 이름은 이 동네의 온갖 요인 명부에, 모든 스펙 시나리오와 시제품 비디오를 선보일 모든 대상 명부에 다시 오르게 됐다. 그러다보니 이제 어려웠던 시절 스튜디오와 맺었던 차후 제작물 검토 우선권 제공 및 자신에게 불리한 조건의 수익분할 계약이 별안간 문제가 될 정도였다. 다행히 그의 변호사들은 거기서 빠져나갈 길이 있다고 자신하고 있으며 마이클도 사무실을 옮길 궁리를 하고 있는 상태다. 독립해 나간다는 생각만 해도 다시 서른 살로 돌아간 것 같은 느낌에 무릎이 찌릿찌릿해진다.

아니, 그게 아니라… 한 시간 전에 삼킨 그 알약 때문인 걸까? 아, 그거네. 스케줄에 맞춰 효과가 나는군. 시나리오 밑에서 노쇠 신경단말과 내피세포가 해면체에 산화질소를 방출하면서 사이클릭 GMP(호르몬 작용의 발현을 중개하는 물질) 합성을 촉진시켜 오래도록 사용해온 평활근 세포를 경화시키고 늙은 해면조직에 혈류를 공급하는 중인 것이다.

무릎 위의 시나리오가 이오지마의 깃발처럼 솟아오른다.

"거기, 오랜만이야." 마이클은 정원용 탁자 위에 시나리오를 엎어두고 침대의자에서 일어난다. 그리고 캐시를 찾아 집안으로 향한다.

마이클은 실크 파자마 바지 앞섶이 빽빽해진 채 발을 질질 끌어 수영장과 실물대 체스판과 잉어 연못과 캐시의 커다란 운동용 공과 요가 매트와 토스카나 풍 브런치 테이블을 지난다. 열린 주방 문 사이로 꽉 죄는 요가 바지와 티셔츠를 입은 네 번째 아내가 보인다. 살짝 처져 보이던 예전의 실리콘 주머니들을 빼낸 뒤 캡슐 경축과 흔적을 최소화하기 위해 유방 후면의 공동, 정확하게는 유방 조직과 흉근 사이에, 최고급의 점성 실리콘 젤 주머니들을 새로 집어넣었던, 그녀에 대한 최근 투자가 완벽한 융기라는 형태로 효과를 입증하고 있다.

멋지다.

캐시는 늘 마이클에게 발을 끌며 걷지 말라고 하고("백 살 노인처럼 보여요") 마이클도 스스로에게 발을 들어 걷자고 독려해본다. 캐시가 주방 미닫이문을 통해 들어오는 마이클 쪽으로 몸을 돌리고 있다. "실례합니다, 아가씨." 파자마 앞섶에 설치된 텐트를 모쪼록 아내가 볼 수 있도록 각도를 잡고 말한다. "목각 피자를 주문하셨습니까?"

하지만 그 망할 놈의 이어폰을 끼고 있는 그녀는 그를 보지도 그의 말을 듣지도 못한다(어쩌면 그런 체하고 있는지도 모른다). 지난 2년간 상황이 최악으로 치달았던 무렵 마이클은 그녀에게서 뭔가 생색을 내는 듯한, 이를테면 엷은 경멸의 기미를 감지했다. 그녀의 어조에는 간호사들에게서 흔히 볼 수 있는 애써 참는 중이니 조심하라는 경고의 분위기가 서려 있었다. 캐시는 그 마법의 "남자 나이의 절반"에 이르렀다. 그녀는 서른여섯, 그는 일흔둘이다. 마이클은 근년에 30대 여자들로 방향을 전환했다. 이 나이의 남자가 20대 여자들을 쫓아다닌다는 건 스캔들이 되기 쉽지만 서른 넘은 여자에 대해서라면 뭐라 하는 사람이 없다. 백 살 남자가 서른 살 여자하고 사귀어도 추해보이지 않을 수 있는 게 이 동네다. 하지만 불행하게도 캐시는 마이클보다 키가 12센티미터나 크고, 그거야말로 진정 메울 수 없는 격차다. 그는 이따금 캐시와의 정사 장면을 머릿속에 그릴 때마다 자신이 그녀 육체의 높고 험한 벌판을 종종걸음으로 탐험하는 호색적인 난쟁이 요정 같은 불쾌한 느낌을 갖는다.

그는 주방 카운터를 돌아 파자마 앞섶에 발생한 위급상황을 그녀가 이번만은 볼 수 있도록 다시 각을 잡는다. 그녀의 시선이 위를 향했다 아래로 내려갔다 다시 위를 향한다. 이어폰을 뽑는다. "안녕, 자기. 무슨 일이에요?"

불 보듯 빤한 그 말을 꺼내려는 순간, 둘 사이의 카운터에 놓인 마이클의 휴대전화가 진동하며 동동 구른다. 캐시는 징징대는 전화를 마이클에게 건네준다. 그나마 약물의 도움을 받고 있으니 망정이지 그마저 없었다면 캐시의 흥미 결핍만으로도 마이클의 증상은 더욱 악화되었을 것이다.

그는 전화기에 찍힌 번호를 확인한다. 클레어가? 무한도전 피치 금요일 오후 네 시 사십오 분에 전화를? 무슨 일일까? 그의 보좌는 똑똑하지만 (그리고 그는 그녀에게 행운이라는 드문 자질이 있을지 모른다는 미신적인 믿음을 갖고 있다) 인생을 너무 어렵게 산다. 어느 것 하나 쉽게 넘기지를 못하고, 언제나 자신과 자신의 기대, 진척, 가치감을 점검하며 전전긍긍한다. 무지하게 피곤할 일이다. 혹시 다른 일자리를 찾고 있는 게 아닌지 의심스러워질 정도다. 마이클에게는 그런 일들에 관한 날카로운 육감이 있다. 아마도 그 때문에 그는 캐시에게 잠깐 기다리라는 손가락 신호를 보내고 전화를 받는 것일 게다.

"그래, 클레어. 무슨 일이지?"

그녀는 두서없는 말을 늘어놓는다. 맙소사, 그는 생각한다, 이 아가씨, 그토록 견고한 중산층 취향에, 세상에 질렸다는 식의 가짜 냉소주의라니. 그는 그녀의 냉소주의에 대해, 그건 80달러짜리 양복만큼이나 얄팍한 거야, 하는 충고를 던져주곤 한다. 그녀는 읽는 눈이 정확하지만, 제작에 요구되는 차분한 명료함을 갖고 있지 못하다. 어떤 아이디어를 접하면, *마음에 확 와 닿지 않아요*, 하기 일쑤다. 마음이 무슨 상관이란 말인가. 마이클의 제작 파트너인 대니는 클레어를 가리켜 반 농담으로 탄광의 카나리아라고 부른다(탄광의 광부들이 유독가스에 민감한 카나리아를 데리고 갱도에 들어가 자신들을 잠재적 위험으로부터 보호했던 관행을 뜻함). 그녀의 반응을 일종의 반대척도로 보면 된다는 것이었다. "카나리아가 좋다고 하면 그건 떨어뜨리는 거지." 한 예로 클레어는 훅북이 히트가 보장된 아이디어임을 인정하면서도 제작을 적극 만류했다. (클레어: *여태껏 그 훌륭한 영화들을 제작하신 분께서 정말이지 이런 걸 만든 사람으로 알려지고 싶으세요?* 마이클: *나는 돈이라는 걸 번 사람으로 알려지고 싶을 뿐이야.*)

수화기 저편의 클레어는 평소보다 더 심하게 어디가 잘못한 사람처럼 중얼대고 있다. 무한도전 피치 금요일 이야기를 하더니, 웬 이탈리아 노인에다 우연찮게 이탈리아어를 할 줄 안다는 어떤 작가 이야기까지 정신이 없다. 마이클이 말을 자르기 시작한다. "클레어." 하지만 이 아가씨, 숨 돌릴 틈도 없다. "클레이!" 그가 다시 불러보지만, 보좌는 끼어들 여지를 주지 않는다.

"이 이탈리아 노인이 옛날 여배우를 찾아요. 그녀 이름이…" 하더니 클레어는 마이클의 숨을 멎게 만드는 이름을 댄다. "디 모레이라는데요?"

마이클 딘의 다리가 휘청한다. 오른손에서 휴대전화가 빠져나와 카운터 위로 떨어지고, 왼손의 손가락들은 무언가 붙잡을 것을 찾아 허공을 떠돈다. 캐시의 재빠른 반사 신경이 아니라면 그는 맥없이 쓰러져 어쩌면 카운터 모서리에 머리를 찧고 발기된 그것에 몸을 관통 당할는지도 모른다.

"마이클! 괜찮아요?" 캐시가 묻는다. "또 뇌졸중이에요?"

디 모레이.

그러니까 바로 이런 게 유령이라는 거로군, 마이클은 생각한다. 꿈속에 출몰하는 허연 몸뚱이를 가진 존재가 아니라, 휴대전화를 통해 울려 퍼지는 옛 이름들인 거야.

그는 손짓으로 아내를 안심시키고 카운터에 떨어진 전화를 든다. "뇌졸중 아니야. 캐시, 가만 좀 있어봐." 그는 호흡에 집중한다. 완벽한 삶을 사는 사람은 극히 드물다. 하지만 여기 마이클 딘은 화학물질을 통해 발기된 성기에 실크 파자마가 꽉 죄인 상태로 할리우드 힐스 자택의 개방형 주방에 선 채 조그만 휴대전화를 붙들고 50년 전의 과거에 관해 통화중이다. "꼼짝 말고 있어. 곧 갈게."

마이클 딘에 대한 사람들의 첫인상은 밀랍으로 만들어진 인간, 또는 어쩌면 너무 이르게 방부 처리된 인간 같은 것이다. 지난 여러 해 동안 일흔두 살 남자의 얼굴을 열아홉 살 필리핀 처녀의 것으로 바꾸어놓은 얼굴 마사지, 스파, 진흙욕, 성형, 주름살 제거, 콜라겐 주입, 시술 후 외래 후속치료, 선탠, 보톡스, 종양 제거, 줄기세포 주사 따위의 횟수며 순서를 정확히 헤아리는 것은 거의 불가능할 정도다.

여하튼 마이클을 처음 만난 사람들의 다수가 입을 쩍 벌린 채로 그의 반들거리고 도무지 살아있는 사람의 것 같지 않은 얼굴에서 좀체 시선을 거두지 못한다고 해두자. 어떤 경우는 고개를 갸웃하며 좀 더 나은 각도를 찾아보려 하기도 하는데, 마이클은 그것을 매력에 대한 병적인 끌림, 존경심, 또는 이 나이에 이토록 잘생길 수 있다니 하는 경악쯤으로 착각한다. 그리고 바로 이 기본적인 오해로 인해 그는 노화와의 전쟁에 더더욱 공격적인 자세를 취하게 된다. 그는 해가 갈수록 더 젊어 보이는 선에서 그치지 않는다. 그쯤이야 이 바닥에서 비교적 흔히 볼 수 있는 일이다. 문제는 그가 어쩐지 스스로를 탈바꿈시키는 것 같다는, 완전히 다른 존재로 진화하는 것 같다는 점이다. 논리적으로 설명할 길이 없는 몸부림이다. 현재 외모를 바탕으로 50년 전 이탈리아에서의 젊은 마이클 딘을 상상해보려 하는 것은 현대의 월 스트리트에서 네덜란드인들이 들어오기 전 맨해튼 섬의 지형도를 이해하려고 하는 것과 같다.

발을 질질 끌며 다가오는 괴상한 남자를 바라보며 셰인 휠러는 래커 칠을 한 난쟁이 요정 같은 이 작자가 유명한 마이클 딘이라는 사실을 좀체 받아들이기가 어렵다. "저 사람이…."

"그래요." 클레어가 짧게 답한다. "그렇게 노려보지 마세요."

하지만 이건 폭풍우 속에서 젖지 말라고 하는 것과 마찬가지다. 특히 그가 발을 질질 끌며 걸을 때 대조가 너무나 극명하다. 소년의 얼굴을 죽어가는 노인의 몸에 접목시킨 것 같다. 옷차림도 괴상하다. 실크 파자마 바지에다 몸통 대부분을 가리는 모직 롱코트를 걸치고 있다. 이 사람이 할리우드에서 가장 유명한 영화 제작자라는 것을 몰랐다면 셰인은 정신병원을 탈출한 환자 쪽에 한 표 던졌을지 모른다.

"전화 고마웠어, 클레어." 마이클 딘이 마침내 그들 가까이 다다랐다. 방갈로의 문을 가리킨다. "이탈리아인은 저기 있나?"

"네." 그녀가 말한다. "곧 돌아오겠다고 말하고 나왔어요." 클레어는 그토록 놀란 마이클의 목소리를 들은 적이 없었다. 그녀는 두 사람 사이에 무슨 일이 일어났었기에 마이클이 이런 식으로 충격을 받고, 차에서 전화를 걸어 파스쿠알레를 만나기 전 잠시 숨을 돌릴 수 있게 클레어와 '통역자'를 밖에서 보고 싶다고 하는 것인지 상상하려 애쓴다.

"긴 세월을 보내고 이제야…." 마이클이 말한다. 그는 보통 갱 영화에서 1940년대의 깡패들이 대사를 치듯 툭툭 끊어서 이야기하는 스타일이다. 그런데 지금 그의 목소리는 긴장되어 있고 불안하다. 그 대신 얼굴은 놀랍도록 무표정하고 침착하다.

클레어가 한 걸음 다가서서 마이클의 팔을 잡는다.

"괜찮아요, 마이클?"

"괜찮아." 그가 이제야 셰인을 본다. "통역자시겠군요."

"아, 그게, 제가 피렌체에서 1년 유학을 했거든요. 그래서 이탈리아어를 조금 해요. 하지만 사실 저는 작가입니다. 영화 아이디어를 피치하러 왔고요. 이름은 셰인 휠러입니다." 마이클은 셰인이 영어로 말을 하고 있다는 사실조차 깨닫지 못하는 얼굴이다. "어쨌든, 이렇게 뵙게 되어 반갑습니다, 딘 선생님. 선생님의 책에서 감명 많이 받았습니다."

마이클 딘은 편집자와 대필 작가가 할리우드 피치 가이드로 둔갑시켜 놓은 자서전 이야기가 나오자 짜증스런 얼굴이 된다. 다시 클레어를 향한다. "이탈리아인이 정확히 뭐라고… 하던가?"

"전화로 말씀드린 그대로예요." 클레어가 말한다. "달리 한 말은 별로 없어요."

마이클 딘은 그가 통역한 이야기 중에 혹시 클레어가 놓친 부분이 있지 않느냐는 눈으로 다시 셰인을 바라본다.

"어, 그러니까," 셰인은 클레어를 힐끔 보고는 말한다. "그분이 말하기를 1962년에 선생님을 만났다고 했어요. 그리고 마을을 찾아온 여배우 이야기를 했지요, 이름이 디…."

마이클이 손을 쳐들어 셰인이 그 이름을 다 말하지 못하게 막는다. 그는 다시 클레어를 바라본다. 이 대화 릴레이를 통해 뭔가 해답을 발견할 수도 있다는 듯한 태도다.

"처음에는," 클레어가 말한다. "이탈리아의 이 여배우에 대한 이야기를 피치하고 있는 줄 알았어요. 그녀가 병이 들었었다고 하더군요. 무슨 병이냐고 물어봤죠."

"암이라지?" 마이클 딘이 말한다.

"그래요, 그렇게 말하더라고요."

마이클 딘이 고개를 끄덕인다. "돈을 원하는 건가?"

"돈 얘기는 전혀 안했어요. 그냥 이 여배우를 찾고 싶다고만 했어요."

마이클은 인공적으로 심고 엮은 연갈색 머리에 손을 넣어 쓸어보더니 방갈로를 향해 고갯짓을 한다. "그래서 지금 저 안에 있나?"

"네, 모셔오겠다고 하고 나온 거예요. 마이클, 도대체 무슨 일이에요?"

"무슨 일? 대단히 중요한 일이지." 그는 클레어를 머리끝에서 발끝까지 죽 훑어본다. "내 진짜 재능이 뭔지 아나, 클레어?"

클레어는 이런 질문에 만족할 만한 답변을 찾아내지 못하고 있다. 다행히 마이클은 대답을 기다리지 않는다.

"나는 사람들이 원하는 걸 꿰뚫어보지. 욕망에 대한 엑스레이 같은 관찰력이 있어. 텔레비전에서 뭘 보고 싶으냐고 물으면 사람들은 뉴스, 오페라, 외국영화, 뭐 이런 대답들을 하지. 그런데 그들 집에 텔레비전을 놔줘봐. 뭘 보는지 알아? 구강성교나 자동차 충돌사고, 그런 거야. 그렇다고 이 나라가 거짓말이나 일삼는 성도착자들로 가득하다고 할 수 있을까? 아니야. 그들은 뉴스도 오페라도 보고 싶어 해. 하지만 그게 그들이 원하는 건 아니다 이 말이야."

"나는 사람을 바라보면," 그가 눈을 가늘게 뜨고 다시 클레어의 옷차림을 살펴본다. "그녀의 욕망을, 그녀가 진정으로 원하는 바를 정확히 읽어낼 수 있어. 영화감독이 작품을 거절하면서 돈 때문이 아니라고 주장하면 그를 찾아가 돈을 더 주지. 그리고 배우가 가족과 가까이 있기 위해 국내에서 일하고 싶다고 하면 해외 촬영 작품을 줘서 가족과 떨어져 지낼 수 있게 해주는 거야. 그 능력 덕에 내가 근 50년을…."

그는 말을 맺지 못한다. 코로 깊은 숨을 쉬고는 마치 이제야 그가 거기 있다는 걸 기억한 듯 셰인에게 미소를 지어 보인다. "사람들이 영혼을 팔고 사는 이야기들 말이야…. 나이가 좀 더 들기 전에는 완전히 이해할 수 없어."

클레어는 어리벙벙하다. 마이클은 절대 이런 반추를 하지 않으며, 자신을 '늙은' 또는 '나이 든'과 같은 형용사로 묘사하는 법이 없다. 한 시간 전까지만 해도 클레어는 마이클에게 한 가지 경탄할 만한 점이 있다면 그처럼 풍성한 개인사를 지니고서도 뒤돌아보지 않는다는 점, 전에 관계를 가졌던 젊은 여배우들이나 자신이 만들었던 영화들에 연연하지 않는다는 점, 자신을 의심하지 않는다는 점, 그녀를 비롯하여 이 동네의 모든 사람들이 끝없이 징징거리는 것과는 달리 변화하는 문화나 영화의 죽음 따위를 두고 한탄하지 않는다는 점이라 했을 것이다. 그는 문화가 사랑하는 자체를, 그 순전한 속도를, 그 냉담한 혼란을, 그 감퇴와 굴절을, 그 꾸준히 얕아져만 가는 하향평준화의 능력을 모두 사랑했다. 그에게 문화란 잘못일 수 없는 것이었다. 절대 냉소주의에 투항하지 말라고, 모든 걸 믿으라고, 그는 그녀에게 늘 말했다. 그는 쉼 없이 문화를 향해, 미래를 향해 헤엄쳐가는 상어였다. 그런데 지금 그는 과거를 바라보는 눈으로 허공을 응시하고 있는, 50년 전 일어난 모종의 일에 타격을 입은 남자가 되어있다. 그는 다시 한 번 깊은 숨을 쉬고 방갈로를 향해 고갯짓을 한다.

"좋아." 그는 말한다. "준비됐어. 가자고."

파스쿠알레 투르시는 눈을 가늘게 뜨고 마이클 딘을 응시한다. 정녕 이 사람이 그 사람일 수 있는 것일까? 마이클의 사무실에서 마이클은 책상 뒤 회전의자에, 파스쿠알레와 셰인은 소파에, 클레어는 밖에서 끌고 들어온 간이의자에 각각 자리를 잡고 앉는다. 마이클은 두꺼운 롱코트를 아직 입은 채이며, 낯빛은 침착하지만 의자 위에서 꼼지락거리는 품이 영 불편해 보인다.

"다시 만나서 반가워요." 마이클이 파스쿠알레에게 인사를 한다. 묘하게 진실성이 결여된 느낌이다. "오랜만이군요."

파스쿠알레는 고개를 끄덕일 뿐이다. 그리고 셰인을 쳐다보며 나지막이 묻는다. *"스타 말레Sta male?"*

"아니에요." 셰인은 그렇게 말하고는, 마이클 딘이 어디가 아픈 게 아니라 수많은 시술과 성형수술을 받았을 뿐이라는 걸 파스쿠알레에게 어떻게 말해줘야 할지 생각해본다. *"몰토Molto*… 음… *암불라토리ambulatori."*

"뭐라고 한 건가요?" 마이클이 묻는다.

"이분이… 음… 건강이 좋아 보인다고 해서 선생님은 자기관리를 잘하고 계신다고 말해줬어요."

마이클이 파스쿠알레에게 고맙다고 한 다음, 셰인에게 묻는다. "돈을 원하는지 물어봐 주겠어요?"

파스쿠알레는 돈이라는 말에 깜짝 놀란다. 조금 분개한 모습이다. "아닙니다. 나는… 디 모레이를… 찾으러… 왔습니다."

마이클 딘이 고개를 끄덕인다. 고통스러운 얼굴이다. "그녀가 어디 있는지 나도 전혀 몰라요." 마이클이 말한다. "미안해요." 그리고는 도움을 요청하듯 클레어를 바라본다.

"구글 사이트에서 이름을 쳐봤어요." 클레어가 말한다. "철자를 달리 해서 검색해봤고, IMDb(영화 전문 데이터베이스) 사이트로 가 〈클레오파트라〉 출연배우 명단도 뒤져봤는데, 아무것도 못 찾았어요."

"없지." 마이클이 입술을 깨물며 말한다. "없을 수밖에. 본명이 아니거든." 그는 잔주름 하나 없는 얼굴을 문지르고 파스쿠알레를 물끄러미 바라보더니 셰인에게 말한다. "통역을 좀 해줘요. 그때 거기서의 내 행동에 대해 미안하게 생각한다고."

"루이 에 디스피아치우토Lui e dispiaciuto." 셰인이 말한다.

파스쿠알레는 고개를 약간 끄덕인다. 그 말을 받아들이지는 않을지언정 알아들었다는 몸짓이다. 이 두 사람 사이에 무슨 사연이 있는지 모르지만 뭐가 됐든 그건 아주 깊은 것이라고 셰인은 생각한다. 뭔가 윙윙거리는 소리가 난다. 클레어가 휴대전화의 수신 버튼을 누르고 침착하게 말한다. "치킨은 당신이 직접 사다 먹어야 되겠어."

세 남자가 일제히 그녀를 바라본다. 그녀는 전화를 눌러 끈다. "죄송합니다." 그녀는 뭔가 설명하려고 입을 떼려다 그만 두기로 한다.

마이클은 다시 파스쿠알레와 셰인을 이어서 바라본다. "내가 그녀를 찾아내겠다고 전해줘요. 최소한 그것만큼은 내가 해줘야 할 일이라고."

"*엘리 비 아이우테라 아*Egli vi aiutera a… 음… *트로바를라*trovarla."

파스쿠알레는 다시 묵묵히 고개만 끄덕인다.

"지금 당장 하겠노라고, 도와줄 수 있다면 영광이라고, 속죄의 기회가 될 거라고, 먼 옛날 내가 시작한 고리를 매듭지을 거라고 전해줘요. 그리고 그 누구도 아프게 할 의도는 없었다고도 해요."

셰인이 이마를 문지르며 마이클에게서 시선을 거두고 클레어를 본다. "뭐라고 해야 할지 잘… 그러니까… 음… *루이 부올레 파레 일 베네*Lui vuole fare il bene."

"그게 다예요?" 클레어가 말한다. "마이클은 쉰 마디를 했어요. 그런데 지금 그건, 대략, 네 마디뿐이잖아요."

셰인은 이 비평이 따갑게 느껴진다. "말했잖아요, 나는 통역사가 아니라고. 그 말을 다 어떻게 옮겨야 할지 모르겠어서, 그래서 짧게 말했어요. 그는 *이제 착한 일을 할 거예요*, 라고.

"아니, 바로 그거예요." 마이클이 말한다. 그는 경탄에 찬 얼굴로 셰인을 바라보고, 잠시 동안, 셰인은 이 통역 일을 빌미로 시나리오 계약을 따낼 수 있을까 상상해본다. "그게 정확히 내가 하고 싶은 일이에요." 마이클이 말한다. "난 착한 일을 하고 싶어요. 맞아요." 그러더니 마이클은 클레어를 바라본다. "클레어, 이제 이게 우리의 최우선 사안이야."

셰인은 눈앞에서 벌어지는 이 모든 과정을, 믿을 수 없어하며 동시에 완전히 사로잡혀 지켜본다. 오늘 아침만 해도 부모의 집 지하실에서 옷을 고르고 서있었던 자신이 이제 마이클 딘의 사무실에 앉아*(마이클 딘의 사무실 일이라니!)* 이 전설적인 제작자가 개발 보좌에게 지시를 내리는 모습을 목격하고 있는 것이다. 예언자 마멧(데이비드 마멧의 성이 마호메트와 발음이 비슷하다는 네 착안한 말장난)의 말대로 과연, *믿는 것처럼 행동하면*… 좋아, 해보는 거다. 자신감을 가지면 세상은 그대의 자신감에 반응하고 그대의 신념을 보상한다.

마이클 딘은 책상 서랍에서 낡은 회전식 명함철을 꺼내 돌리며 클레어에게 말한다. "에밋 브라이어스에게 당장 일에 착수하라고 해야겠어. 자기는 투르시 씨하고 통역사가 묵을 호텔을 좀 잡아줄 텐가?"

"잠깐만요." 셰인 휠러가 스스로도 놀라며 입을 연다. "말씀드렸잖아요, 저는 통역사가 아니라 작가라고요."

모두의 시선이 자신을 향하자 셰인은 잠시 조금 전의 결의가 흔들리는 느낌과 함께 근래 겪었던 음울한 시기를 떠올린다. 그 전까지는 항상 멋진 일로만 가득한 미래를 자신했던 그였다. 부모뿐이 아니라 타인들 또한 그렇게 말해주곤 했었다. 그래서 대학과 유럽 유학, 그리고 대학원에서 특별히 두각을 나타내지 못하는 중에도(손드라가 지적하기 좋아하는 사실대로 부모가 비용 전액을 댔다) 결코 성공을 의심하지 않았다.

그러나 오래지 않아 결혼생활이 무너져가는 기간 동안 손드라는(명백히 그녀 편이었던 불쾌하기 짝이 없는 부부 상담사 또한) 완전히 다른 평가를 제시했다. 그건 다름 아니라 셰인 휠러라는 인간은 그에게 한 번도 안 된다는 말을 하지 않았고, 아무런 집안일을 시키지 않았음은 물론 취직을 명하지도 않았고, 그가 곤란한 처지에 놓일 때마다 개입하여 원조를 제공했으며(증거자료 1: 멕시코에서의 봄방학 때 경찰서 신세를 졌던 사건), 그가 성인이 된 이후에도 한참이나 재정 지원을 마다치 않는 부모를 가진… 어린애라는 것이었다. 생각해보라. 나이 서른에 한 번도 진짜 직업을 가져본 일이 없고, 대학 졸업한 지는 7년, 대학원 석사과정을 수료한 지는 2년에, 결혼까지 한 몸임에도, 어머니가 매달 옷 사 입으라며 돈을 보내준다? *(엄마는 그저 나한테 옷 사주는 걸 좋아하시는 것뿐이야,* 셰인은 주장했다. *그걸 그만 좀 하시라고 하는 건 잔인한 일 아니야?)*

결혼이 끝을 향해 치닫던, 그의 남성성의 생체 부검처럼 느껴졌던 그 마지막 달, 손드라는 그 모든 게 전적으로 그의 잘못만은 아니라며 그의 기분을 '조금 낫게' 해주려 애썼다. 그는 부모, 특히 어머니에 의해 응석받이로 양육됨으로써 망가진 한 세대의 젊은 남자들 중 하나라는 거였다. 이 남자들은 노력 없이 거저 주어진 자존감의 요람과 애정과잉의 거품과 가짜 성취감의 서글픈 인큐베이터 안에서 자라났다는 것이었다.

당신 같은 남자들은 싸워야 할 필요가 없었기 때문에 내면에 투지라고는 없는 거야, 그녀는 말했다. *당신 같은 남자들은 몸은 커도 연약하고 물러 터졌지,* 그녀는 말했다. *당신 같은 남자들은 젖만 먹고 성장한 송아지 같아.*

그리고 젖만 먹고 자란 셰인의 다음 선택은 그녀의 지적이 틀리지 않았음을 보여 주었다. 평소에 비해 조금 더 불꽃이 튄 말다툼 직후 손드라가 출근하자 그는 친구들에게서 들은 바 있는 코스타리카의 커피 농장에 취직을 하겠다는 생각으로 부부 명의의 차를 타고 가출을 결행했다. 하지만 차는 멕시코에서 서버렸고, 빈털터리에 차도 없는 신세가 되어 셰인은 포틀랜드로 돌아와 다시 부모 집으로 기어들어갔던 것이다.

그 사건 이후 그는 자신의 행동을 뉘우치고 손드라에게 사과했다. 사라진 자동차의 그녀 몫으로 들쭉날쭉한 액수의 수표들을 보내며(주로 생일날 조부모로부터 받은 용돈이었다) 조만간 전액을 갚겠다고 약속하기도 했다.

손드라의 송아지 비난이 특히 뼈에 사무치는 것은 그 진실성 여부에 있지 않다. 왜냐하면 그거야 부정할 수 없는 사실이니까. 그렇다, 그녀 말이 옳다. 그도 인정할 수밖에 없었다. 견디기 힘든 부분은 그가 *전에는* 그걸 깨닫지 못했다는 것이다. *정말이지 당신은 당신이 대난하다고 믿고 있나 봐*, 하고 손드라가 어처구니없다는 어조로 말했던 그대로다. 정말이지 그는 그랬다. 정말이지 그는 자신이 대단하다고 믿었다. 그리고 그녀가 모든 진실을 들춰내버린 지금… 그는 더 이상 그럴 수가 없었다.

이혼 후 처음 몇 달 동안, 셰인은 수치감에 휩싸인 채 공허감과 고독감을 맛보았다. 자신은 대기만성 형이라는 예전의 믿음이 허공 속으로 흩어지자, 셰인은 방향을 잃고 표류하다 우울의 심연으로 깊이 빠져들었다.

바로 그것이(이제 깨닫게 된다) 그가 이 제2의 기회를 붙잡아야 하는, 세상에 나가 ACT가 단순한 좌우명이나 문신이나 치기 어린 망상이 아니라 진리임을 입증해야 하는 이유다. 그는 젖만 먹고 자란 송아지가 아니다. 그는 황소다. 그는 자수성가한 승자다.

셰인은 마이클 딘의 스튜디오 부지 방갈로 사무실에서 깊은 숨을 내쉬고 클레어 실버와 마이클 딘을 번갈아 바라본 뒤, 마멧의 영감을 받은 자신감을 최대한 모아 말한다. "저는 영화 피치를 하러 여기 왔습니다. 그래서 제 피치를 들어주시기 전까지 저는 단 한 마디의 통역도 하지 않을 겁니다."

06
동굴 벽화

1962년 4월
이탈리아, 포르토 베르고냐

절벽 위에 만들어서 좁다란 오솔길은 마치 웨딩케이크의 장식 리본처럼 마을 뒤편의 가파른 바위턱을 타고 구불구불 이어져 있다. 파스쿠알레는 옛날의 염소몰이 길을 따라 조심스럽게 발을 내딛으며 연신 고개를 뒤로 돌려 디가 제대로 따라오는지 확인한다. 정상 가까이의 샛길은 지난 겨울의 폭우에 쓸려 사라져버리고 헐벗은 바위들만 남았다. 파스쿠알레는 팔을 뻗어 디의 따뜻한 손을 잡는다. 마지막 꼬부랑길에 다다르니 절벽 쪽으로 뜻밖의 오렌지 숲이 나타난다. 양쪽에 세 그루씩 모두 여섯 그루의 나무들이 비뚤비뚤하게 심어져 있고 그것들은 주변의 바위들을 얼기설기 엮어 행여나 절벽 아래로 떨어지지 않도록 붙들고 있다. "조금만 더 가면 돼요." 파스쿠알레가 말했다.

"나, 괜찮아요." 그녀가 대답했다. 두 사람이 마지막 남은 오솔길을 좀 더 걸어가자, 머리 위로는 절벽 부리가 그리고 60미터 아래로는 바위들 틈에 싸인 포르토 베르고냐가 모습을 드러냈다.

"몸 안 좋아요? 쉴까요, 갈까요?" 파스쿠알레가 어깨 너머로 돌아보며 물었다. 다시 영어에 익숙해져가고 있었다.

"아니에요, 계속 가요. 이렇게 나와서 걸으니 참 좋네요."

두 사람은 마침내 절벽 꼭대기에 이르러 마을을 내려다보고 솟아있는 바위턱 위에 섰다. 바로 발밑이 벼랑이었다. 바람은 살랑거리고 바다는 출렁거리며 저 아래 바위들을 싸안고 물거품을 만들어내고 있었다.

벼랑 끝에 선 디가 너무도 연약해보여 파스쿠알레는 그녀가 바람에 실려 둥둥 떠가지 못하도록 꽉 붙잡고 싶은 충동에 사로잡혔다. "너무 아름다워요, 파스쿠알레." 그녀가 말했다. 하늘은 엷은 구름이 좀 끼었을 뿐 맑으며 그보다 더 짙푸른 바다에 비해 옅은 파랑색을 띠고 있었다.

절벽 꼭대기 부근에는 여러 갈래의 오솔길들이 거미줄을 이루고 있었다. 파스쿠알레는 그것들 중 북서쪽 해안 쪽으로 난 길 하나를 가리켰다. "이쪽으로 가면 칭케 테레에요." 이어서 그들 뒤편, 만으로 이어지는 언덕 너머의 동쪽을 가리켰다. "이쪽은 라 스페찌아고요." 그리고 마지막으로 남쪽으로 돌아서서 이제 그들이 따라 걸을 길을 가리켰다. 이 샛길은 언덕을 따라 1킬로미터 가량 이어지다가 해안과 접한 바위뿐인 계곡 쪽으로 연결되어 있었다. "포르토 베네레가 이쪽에 있어요. 처음에는 길이 쉬운데 나중에 어려워져요. 베네레로 이어지는 길은 이 염소몰이 길뿐이에요."

그녀는 파스쿠알레를 따라 쉬운 길을, 비탈진 고개를 따라 계속되는 굽잇길을 걸었다. 절벽이 바다와 맞닿는 부분은 파도에 의한 침식으로 요철

이 많고 험했지만 꼭대기의 지형은 한결 순했다. 하지만 가파른 내리막길과 오르막길을 내려가고 올라갈 때는 울퉁불퉁한 나뭇가지나 덩굴들을 붙잡아야 했다. 어느 바위언덕의 꼭대기에서 디는 잠시 쉬면서 석재 건축물의 잔해를 바라보았다. 로마제국의 유적이지만 바람과 눈비에 마모되어 이제는 낡은 틀니처럼 보였다.

"이건 뭐였죠?" 그녀가 바위 위의 덤불을 걷어내며 물었다.

파스쿠알레가 어깨를 으쓱한다. 천 년의 세월 동안 군대들은 이 지점에서 바다를 관망했다. 워낙 유적이 많은 고지대여서 파스쿠알레의 눈에는 더 이상 새로울 게 없었다. 간혹 이 고대 요새들의 잔해를 바라보며 먹먹한 서글픔에 잠기기는 했다. 그처럼 융성했던 제국의 흔적이 고작 이것이라면 과연 자신 같은 사람은 어떤 자취를 남기기나 할지 아득했다. 해안? 절벽을 깎아 만든 테니스장?

"자, 그만 가죠." 그가 말했다. "이제 조금만 더 가면 돼요."

50미터쯤 더 걸은 후 파스쿠알레는 샛길이 포르토 베네레로 향하는 절벽을 따라 이어지는 곳을 가리켰다. 아직도 1킬로미터가 넘는 거리였다. 거기서부터 파스쿠알레는 디의 손을 잡고는 몇 개의 바위들을 넘고 덤불들을 헤치며 걸었다. 양편으로 눈부신 해안 전경이 내려다보이는 지점이 나왔다. 디가 숨을 할딱거렸다. "자, 해봐요." 파스쿠알레가 말하며 몸을 낮추어 바위층 위에 기댔다. 디는 잠시 망설인 뒤에 따라했다. 그러자 그가 그녀에게 보여주고 싶어 한 것이 나타났다. 그것은 주변의 바위나 돌멩이들과 똑같은 색의 작은 콘크리트 돔이었다. 그 균일성과 세 개의 긴 직사각형 기총좌만 아니었어도 인공 축조물이라 짐작할 수 없을 지경이었다. 제2차 세계대전 중에 자동화기 탄약 벙커로 사용된 건물이었다.

디는 파스쿠알레의 도움을 받아 그 위에 올라갔다. 바람이 그녀의 머리카락을 파고들어 일렁거렸다. "이게 전쟁 때 쓰던 건가요?" 그녀가 물었다.

"네." 파스쿠알레가 말했다. "아직도 어디나 전쟁 흔적이 남아있어요. 이건 전함들을 감시하기 위한 거였어요."

"그러니까 여기서 전투가 벌어졌나요?"

"아니에요." 파스쿠알레가 뒤쪽의 절벽을 향해 손짓을 해보였다. "너무나…" 그가 얼굴을 찡그렸다. 그는 다시 *외롭다*는 말을 하고 싶었으나 어쩐지 적절치 않게 느껴졌다. *"이솔라토Isolato?"* 그가 이탈리아어로 물었다.

"외따로 떨어져 있다고요?"

"*시Si,* 그래요." 파스쿠알레가 미소를 지었다. "여기서 일어난 전쟁은 그냥 남자들이 전함들에 총을 쏘는 것뿐이었어요." 탄약 벙커를 짓기 위한 콘크리트를 그 뒤쪽의 바위들 속에 부었었는데, 위쪽에서는 보이지 않고 아래쪽에서는 그냥 평범한 바위처럼 보이게 하기 위한 것이었다. 절벽 비탈에 솟은 그 벙커에는 세 개의 창이 수평으로 나있었는데 그것은 북서쪽으로 포르토 베르고냐의 들쭉날쭉한 만은 물론이거니와 그 너머로 암층 해안과 칭케 테레의 마지막 마을 리오마지오레 뒤로 솟은 완만한 절벽까지 모두 280도 전망을 지닌 기총좌로 사용되었다. 남쪽으로는 산맥이 포르토 베네레의 마을까지 이어졌고 그 뒤로는 팔마리아 섬이 있었다. 어느 쪽을 보아도 바다는 날카롭게 솟은 바위섬들을 둘러싸고 물거품을 만들었으며, 가파른 절벽들 위로는 늙은 소나무들과 각종 과실수들과 칭케 테레의 포도밭이 초록빛으로 넘실대고 있었다. 옛사람들은 이 해안이 평평한 세상의 끝이라 믿었다고, 파스쿠알레의 아버지는 말하곤 했다.

"참 멋지네요." 그녀가 버려진 벙커 위에 서서 말했다.

파스쿠알레는 그녀가 좋아하는 모습에 흡족해졌다. "생각하기 좋은 장소죠?"

그녀가 그를 향해 웃어보였다. "여기 올라와서 보통 어떤 생각을 해요, 파스쿠알레?"

참으로 이상한 질문이다. 어디서 어떤 생각을 하는지를 묻다니. 어린 시절에 그는 여기 올라와 나머지 세상에 관해 상상하곤 했었다. 이제는 주로 피렌체에 두고 온 첫사랑 아메데아 생각을 했다. 그는 그녀와 함께 보낸 마지막 날을 머릿속에서 되돌려 보며, 무슨 다른 말을 했어야 옳았을까 궁금해 하곤 했다. 하지만 여기 올라와서 그가 하는 생각이 다른 종류의 것일 때도 가끔 있었다. 시간에 대한 생각, 그리고 자신의 세상 속 위치에 대한 생각처럼, 영어는 물론이고 이탈리아어로도 말하기 어려운, 크고도 고요한 생각들. 하지만 그래도 한번 시도해보고 싶었다. "나는 생각해요…. 세상 모든 사람들 속에… 나는 하나뿐이라고요." 파스쿠알레가 말했다. "그리고 어떨 때는 나는 여기서 달을 봐요…. 모든 사람들을 위해 떠 있는 달을요…. 누구나 달을 쳐다볼 수 있잖아요. 여기나 피렌체나 미국이나 모든 사람들에게 모든 시간에 똑같은 달이니까요." 그는 사랑스러운 아메데아가 가족과 함께 사는 피렌체의 집에서 좁게 난 창을 통해 달을 바라보는 모습을 본 일이 있었다. "어떨 때는, 이 똑같은 달이, 좋아요. 하지만 또 어떨 때는… 조금 더 슬프기도 해요."

디는 파스쿠알레를 잠시 바라보았다. 약간의 시차를 두고 그의 말이 이해되었다. "그래요." 이윽고 그녀가 입을 뗐다. "나도 그렇게 생각해요." 그녀는 팔을 뻗어 그의 손을 꼭 쥐었다.

그는 영어로 말하려는 노력이 힘겨워서 녹초가 된 느낌이지만, 이틀 동안 *방은 어때요?* 또는 *'비누'를 더 드릴까요?*와 같은 말만 하다가 뭔가 추상적이고 개인적인 것에 관해 소통했다는 생각에 흐뭇했다.

디는 고개를 들어 해안선을 바라보았다. 오렌찌오의 보트가 오는지 살펴보는 것임을 아는 파스쿠알레는 이 위에서는 아주 잘 보인다고 안심을 시켜주었다. 그녀가 무릎에 팔을 감고 앉아 북서쪽을 바라보았다. 그곳은 바위투성이인 포르토 베르고냐보다 토질이 좋았고 계단형 포도밭 고랑이 완만한 절벽을 수놓고 있었다.

파스쿠알레는 자신의 마을 쪽을 가리켰다. "저 바위 보이죠? 내가 저기에 테니스장을 만들고 있어요."

그녀가 어리둥절한 얼굴로 물었다. "어디에요?"

"저기요." 그들은 남쪽으로 반 킬로미터나 올라왔던 터여서 마을 너머의 바위들만 조금 보일 따름이었다. "*프리모*primo(첫 번째) 테니스장이 될 거예요."

"잠깐요. 테니스장을 만든다고요… 저 절벽에다?"

"우리 호텔을 *데스티나찌오네 프리마리아*destinazione primaria(으뜸가는 여행지)로 만들고 싶어요. 아주 럭셔리하게."

"그런데… 어디다 테니스장을 끼워 넣겠다는 건지 나는 잘 모르겠는데요."

그가 더 가까이 다가서서 팔을 펼치자 그녀는 그의 어깨에 뺨을 대고 자신이 제대로 본 것인지 확인하기 위해 그의 손가락이 가리키는 정확한 지점을 눈으로 좇았다. 그녀의 뺨이 닿은 그의 어깨에 강력한 전류가 솟구쳤다. 파스쿠알레의 숨이 또다시 가빠졌다. 그는 아메데아를 통해 경험한 낭만교육 덕분에 예전에 여자들 옆에서 느끼곤 하던 조바심이 사라졌다고 생각했었다. 그런데 지금 그는 아이처럼 부들부들 떨고 서있다.

그녀가 믿을 수 없어 했다. "저기에 테니스장을 만든다고요?"

"네. 바위를… 평평하게 만들 거예요." 그는 적절한 영어 단어를 기억해냈다. "*외팔보로요*. 아주 유명해질 거예요. 레반테 최고에다 바다 위에 떠있는 *누메로 우노*numero uno(*최초의*) 테니스장이니까요."

"하지만 테니스 공이… 벼랑 아래로 떨어지지 않을까요?"

그는 그녀와 바위들을 번갈아 바라보았다. 그녀가 테니스가 뭔지 알고 있기나 한지 의심이 됐다. "아니에요. 선수들이 공을 치니까요." 그는 양팔을 펼쳐보였다. "이쪽에서 이쪽으로요, 이렇게."

"알아요, 하지만 공을 맞히지 못한다면…."

그는 그녀를 우두커니 바라보았다.

"테니스를 쳐본 적 있어요, 파스쿠알레?"

스포츠는 까다로운 주제였다. 파스쿠알레는 키가 180센티미터로 특히 가문에서는 큰 축에 속했지만, 포르토 베르고냐에서 자라며 운동이라곤 전혀 해보지 못했었다. 아주 오랫동안 그로 인한 자격지심이야말로 그의 자신감 부족의 최대 요인이었다. "사진을 많이 봐요." 그가 말했다. "그리고 책에서 치수를 얻고요."

"바다 쪽의 선수가 공을 놓치면… 공이 바다로 떨어져 내리지 않겠어요?"

파스쿠알레는 턱을 쓰다듬고 골똘히 생각했다.

그녀가 미소를 지었다. "높은 담장을 세워 올리면 될지 모르겠네요."

파스쿠알레는 바다를 내려다보며 그곳이 떨어져 내리는 노란 테니스 공들로 가득 찬 광경을 상상한다. "네." 그가 말했다. "담장…, 물론이지요." 그는 바보였던 것이다.

"틀림없이 근사한 테니스장이 될 거라고 믿어요." 그녀가 말하고는 다시 바다 쪽으로 몸을 돌렸다.

파스쿠알레는 선이 날카로운 그녀의 옆얼굴을 바라보았다. 그녀의 머리가 바람에 날렸다. "오늘 오는 남자와 당신은 사랑에 빠졌나요?" 이렇게 묻는 스스로에게 그는 깜짝 놀랐고, 그래서 파스쿠알레를 향해 몸을 돌리는 그녀에게 얼른 말했다. "이런 질문을 해도 괜찮기를 바랍니다."

"아, 물론 괜찮아요." 그녀가 깊은 숨을 내쉬었다. "불행하게도, 네, 그런 것 같아요. 하지만 그러면 안 돼요. 사랑해도 좋은 사람이 아니거든요."

"그리고… 그 사람도 사랑에 빠졌고요?"

"아, 네." 그녀가 말했다. "그는 자기 자신과 사랑에 빠져 있지요."

파스쿠알레가 이 말을 이해하는 데는 시간이 좀 걸렸다. 하지만 그는 그녀의 농담에 얼굴에 화색이 돈다. "아!" 그가 말했다. "아주 재미있어요."

또 한 차례 돌풍이 일며 머리카락을 흩뜨리자 그녀는 두손으로 머리를 감싸 쥐었다. "파스쿠알레, 방에 있던 소설, 그 미국인 소설가가 쓴 글을 읽었어요."

"책이… 좋지요?" 파스쿠알레의 어머니는 그와 아버지와는 달리 앨비스 벤더를 별로 좋아하지 않았다. 그이가 그리 뛰어난 작가라면, 그녀는 말했다, 8년 동안 왜 고작 한 장밖에 못썼을까?

"슬픈 이야기에요." 디가 말하고는 손을 가슴에 얹었다. 파스쿠알레는 디 모레이의 가슴 위에 펼쳐진 이 사랑스러운 손가락들로부터 눈을 뗄 수가 없었다.

"미안해요." 그가 목을 가다듬었다. "우리 호텔에 있는 책이 당신을 슬프게 했어요."

"아, 아니에요, 정말 아주 좋은 책이에요." 그녀가 말했다. "일종의 절망감 같은 게 배어있어서 나 자신의 절망감 속에서 덜 외로웠어요.

말이 되나요?"

파스쿠알레가 확신 없이 고개를 끄덕였다.

"내가 작업 중이던 영화 말예요, 〈클레오파트라〉요. 그건 사랑이 얼마나 파괴적인 힘이 될 수 있는지에 관한 이야기예요. 하지만 어찌 보면 모든 이야기가 다 그런 건지도 모르죠." 그녀는 가슴에 얹은 손을 뗐다. "파스쿠알레, 사랑에 빠져본 적 있어요?"

그는 자신의 몸이 움찔하는 걸 느꼈다. "네."

"그 여자분 이름이 뭐였어요?"

"아메데아." 그가 말했다. *아메데아*라는 이름을 소리 내어 불러본 것이 얼마만인지 모르겠다는 생각이 들었다. 그것이, 그 단순한 이름이 지닌 힘에, 그는 놀랐다.

"아직도 그녀를 사랑해요?"

외국어로 말해야 하는 그 모든 어려움들 가운데 이것은 정말 최악이었다. "네." 파스쿠알레가 마침내 말했다.

"왜 그녀와 떨어져 있어요?"

파스쿠알레는 깊은 숨을 내쉬며 명치에 날카로운 통증을 느꼈다. 그는 이윽고 입을 열었다. "간단한 일이 아니에요. 그렇죠?"

"맞아요." 그녀가 말하고는 수평선에 막 내려앉기 시작하는 진주처럼 흰 구름 뭉치를 본다. "간단한 일이 아니에요."

"이리 와 봐요. 한 가지 더 있어요." 파스쿠알레는 벙커와 절벽 전면의 들쭉날쭉한 바위들이 만나는 반대편 모서리로 향했다. 나뭇가지들과 돌멩이들을 치워내자 콘크리트 지붕에 가는 직사각형의 구멍이 나있는 게 보였다. 그는 구멍 안으로 내려가기 시작했다. 반쯤 들어간 다음 지붕을 둘러보니 디는 아직도 꼼짝하지 않고 있었다. "안전해요." 파스쿠알레가 말했다. "괜찮아요. 이리 와요."

그를 뒤따라 디 모레이도 좁은 구멍을 통해 벙커 안에 들어와 그 곁에 섰다.

실내는 어두웠고 공기도 퀴퀴했다. 구석으로 갈수록 낮아지는 천장에 머리를 부딪치지 않기 위해 고개를 숙여야 했다. 유일한 광원인 세 개의 기총좌는 이른 아침이 되면 벙커 바닥에 뒤틀린 직사각형 그림자들을 만들어 놓았다. "이것 봐요." 파스쿠알레가 주머니에서 성냥갑을 꺼낸 뒤 주방용 성냥 하나를 그어 벙커 뒤쪽의 콘크리트 벽을 향해 쳐들었다.

디는 깜박거리는 성냥불 쪽으로 걸어갔다. 뒷벽은 그림들로 가득 덮여 있었다. 하나씩 하나씩 모두 다섯 개의 완벽한 프레스코 벽화가 콘크리트 벽에 그려져 있었다. 천연 화랑의 벽 같았다. 파스쿠알레는 성냥을 하나 더 그어 그녀에게 건넸다. 그녀는 그걸 들고 벽에 더 가까이 다가섰다. 그림 둘레에는 나무 액자들이 그려져 있었다. 콘크리트 벽에 그린 것이라 물감이 변색되고 갈라지긴 했지만 정말 재능 있는 화가의 솜씨임이 틀림없었다. 첫 번째 것은 바다 풍경이었다. 바로 그 벙커 밑의 거친 해안선과 바위에 부딪쳐 거품을 일으키는 파도와 포르토 베르고냐 마을의 지붕 몇 개를 그린 그림이었다. 다음 두 개는 두 명의 독일군 병사의, 공무적인 것으로 보이는 초상화였다. 마지막으로 한 여자를 그린 두 개의 동일한 그림이 나타났다. 세월과 비바람에 색깔이 바래 본래의 생동감을 잃었고, 벙커로 스며들어오는 물줄기로 바다 풍경이 손상을 입었으며, 한 병사의 초상화에는 커다란 금이 가고 여자의 첫째 초상화에도 균열이 났다. 하지만 그걸 빼면 이 회화들은 놀랄 만큼 훌륭하게 보존되어 있었다.

"나중에, 해가, 이 창들을 통해 들어와요." 파스쿠알레는 벙커 벽에 나 있는 기총좌를 가리켰다. "그러면 이 그림들이… 살아있는 것 같이 보여요. 여자도, *몰토 벨라molto bella(더 아름다워요).*"

디는 입을 벌린 채 그림들을 들여다보았다. "아, 그렇군요." 그녀의 성냥불이 꺼지자 파스쿠알레는 또 하나를 그어 건네주었다. 그는 디의 어깨에 손을 얹고 중앙의 그림 두 개를 가리켰다. 두 병사의 초상화들이었다. 하나는 턱선이 불분명한 어린 소년인데 자랑스럽게 고개를 치켜들고 옆을 바라보고 있었다. 군복 단추를 턱밑까지 다 채운 모습이었다. 다른 하나는 그보다 몇 살 위의 청년으로 셔츠 앞섶을 열어놓고 정면을 응시하고 있었다. 콘크리트 위의 물감이 변색된 상태임에도 그 얼굴에 서린 동경의 빛은 도저히 놓칠 수 없게 또렷했다. "이 사람이 화가였군요." 그녀가 조용히 말했다.

파스쿠알레가 허리를 굽혀 들여다보았다. "어떻게 알아요?"

"그냥 예술가처럼 보여요. 게다가 우리를 정면으로 보고 있고요. 틀림없이 거울에 비친 자기 얼굴을 그린 것일 거예요."

디는 몸을 돌리고 몇 걸음 걸어 기총좌로 다가가 아래 바다를 바라보았다. 그리고 다시 그림들을 향했다. "놀라워요, 파스쿠알레. 그리고 고마워요." 그녀는 마치 울음을 터뜨릴 것처럼 손으로 입을 가리고는 그를 쳐다보았다. "이 화가를 상상해 봐요. 이 꼭대기에서… 아무도 보지 못할 이런 걸작들을 창조했다니. 슬프네요."

그녀는 그림들로 덮인 벽으로 돌아갔다. 파스쿠알레는 성냥불을 하나 더 붙여 그녀에게 건네주었다. 그녀는 다시 벽을 향해 걸어갔다. 바위들을 때리며 넘실대는 파도, 두 병사, 그리고 한 여자의 초상화 두 개, 4분의 3 각도로 비스듬히 앉아 있으며, 허리 위까지 담은, 두 개의 고전적인 초상화. 디는 이 마지막 두 개의 그림 앞에서 멈추어 섰다. 그리고 줄곧 이 두 초상이 동일하다고 생각해온 파스쿠알레에게 말했다. "보세요. 이쪽

것은 뭔가 잘못되어 있었어요. 그래서 그가 수정했던 거지요. 어쩌면 사진을 기초로요. 내기해도 좋아요." 파스쿠알레가 다가가 그녀 곁에 섰다. 디가 손가락으로 가리켰다. "이쪽 것에서, 여자의 코가 조금 심하게 각이 져있고 눈은 약간 꺼져 있어요." 과연 그렇다는 걸, 파스쿠알레도 볼 수 있었다. 그녀 말이 맞았다.

"이 여자를 아주 많이 사랑했었던 게 분명해요." 그녀가 말했다.

그녀가 몸을 돌렸다. 꺼져가는 성냥불빛 속에서 파스쿠알레는 그녀 눈에 맺힌 눈물을 본 것 같았다.

"이 화가는 그녀에게로 무사히 돌아갔을까요?"

두 사람은 입을 맞출 수 있을 만큼 가까운 거리에 서있었다. "네." 파스쿠알레가 속삭였다. "그는 그녀를 다시 만났을 거예요."

비좁은 벙커 안에서 몸을 구부린 채 디는 성냥불을 호 불어 끄고 한 걸음 다가서서 그를 끌어안았다. 어둠 속에서, 그녀가 속삭였다. "제발, 그랬다면 좋겠어요."

새벽 네 시, 파스쿠알레는 아직도 어두운 벙커 속에서의 그 순간을 생각하고 있었다. 그녀에게 키스를 했어야 옳았을까? 그는 여태껏 단 하나의 여자, 아마데아와 키스를 했을 뿐이었다. 그것도 따지고 보면 그녀가 주도한 키스였다. 테니스장과 관련하여 아직도 느끼고 있던 창피함만 아니었다면 시도했을지도 몰랐다. 공이 절벽 아래로 날아가 떨어질 거라는 생각을 어째서 하지 않았을까? 그가 보았던 사진들 속에서는 공이 선수들 뒤로 날아가는 경우가 하나도 없었기 때문일 것이다. 그래도 바보가 된 기분이었다. 그는 테니스를 순수하게 미적인 것으로만 상상했었다. 그는 테니스장을 원했던 게 아니라 테니스장의 그림을 원했던 것이었다. 분명한 것은 담장 없이는 선수들조차 테니스장 너머로, 절벽 아래로, 바다 속으로 떨어지고 말 거란 것이었다. 디 모레이가 옳았다. 높은 담장은 쉽게 세울 수 있을 것이었다. 하지만 그 높은 담장은 그가 그려왔던, 절벽 암반을 딛고 바다 위에 떠있고 완벽한 외팔보로 떠받쳐져 있으며, 하얀 운동복을 입은 선수들과 파라솔 아래 칵테일을 즐기는 여자들로 가득한 평평한 테니스장이라는, 그림을 망치고 말 것임을 알았다. 담장이 둘러져 있다면 만에 들어오는 배 위에서는 그 장관이 보이지 않을 것이었다. 철망 담장이라면 좀 낫겠지만 그 경우에는 선수들이 바다 풍경을 제대로 감상할 수 없을 뿐만 아니라 무엇보다도 감옥처럼 보여 추하기 짝이 없을 것이었다. 어느 누가 *브루토brutto(나쁜, 못생긴)* 테니스장을 원하겠는가?

그날 밤, 디 모레이가 기다리던 남자는 오지 않았다. 그 남자가 물에 빠져 죽으면 좋겠다는 은밀한 소망이 기도로 격상되어 실현된 것 같은 느낌에 파스쿠알레는 약간의 책임감을 느꼈다. 해질녘에 자기 방으로 들어간 디 모레이는 이른 새벽녘 다시 심하게 아파 간신히 침대를 빠져나와 구토를 할 수 있을 지경이 됐다. 위장에 아무것도 남은 게 없게 되자 눈에서 눈물이 쏟아지고 등이 활처럼 굽어진 채 콧물을 훌쩍이며 바닥에 널브러졌다. 그녀가 구역질하는 모습을 보이고 싶지 않아 했기에 파스쿠알레는 복도 귀퉁이에 앉아 팔을 문가 쪽으로 뻗어 그녀의 손을 잡으려 했다. 아래층에서 이모가 부산을 떠는 소리가 들려왔다.

디가 깊은 숨을 쉬었다. "파스쿠알레, 말해줘요. 화가가 연인에게 돌아간 다음 어떻게 되었을까요?"

"결혼해서 아이를 쉰 명 낳아요."

"쉰 명요?"

"어쩌면 여섯 명일지도 몰라요. 그는 유명한 화가가 되고, 그녀 말고 다른 여자는 그리지 않아요."

다시 구역질이 시작되었다가 말을 할 수 있게 되자 그녀는 말했다. "그는 오지 않겠죠?" 야릇하고 친밀한 상황이었다. 그들은 손을 맞잡고 있었으나 머리는 서로 다른 공간에 있었다. 그들은 대화할 수 있었다. 손을 잡을 수도 있었다. 하지만 서로의 얼굴은 볼 수 없었다.

"그 사람 올 거예요." 파스쿠알레가 말했다.

그녀가 속삭였다. "어떻게 알아요, 파스쿠알레?"

"나는 알아요."

"하지만 어떻게요?"

그는 눈을 감고 영어에 신경을 집중하여 구석에서 속삭였다. "왜냐하면 당신이 나를 기다린다면… 나는 로마에서 기어서라도 당신을 보러 올 테니까요."

그녀는 잡은 그의 손을 꼭 쥐고, 다시 구역질을 시작했다.

그날도 그 남자는 오지 않았다. 디 모레이를 남에게 뺏기고 싶지 않으면서도 파스쿠알레는 화가 나기 시작했다. 도대체 어떻게 된 남자가 병든 여자를 외딴 어촌에 보내놓고 나 몰라라 할 수 있다는 말인가? 그는 라 스페찌아로 가서 그랜드 호텔에 전화를 걸어볼까 했지만 이 악당을 직접 만나서 그 자의 무정한 눈을 노려봐주고 싶었다.

"내가 오늘 로마로 가요." 그가 말했다.

"아니에요, 파스쿠알레. 그럴 필요 없어요. 몸이 좀 나아지면 그때 그냥 스위스로 가면 돼요. 그이가 거기 무슨 전갈을 남겨두었을지도 모르니까요."

"나는 어쨌든 로마에 가야 해요." 그가 거짓말을 했다. "마이클 딘을 찾아서 당신이 여기 기다리고 있다고 말할게요."

그녀는 잠시 그를 멍하니 쳐다보다가 미소를 지었다. "고마워요, 파스쿠알레."

그는 발레리아에게 미국 여자를 어떻게 모실 것인지에 대한 엄중한 지시를 내렸다. 자게 놔두고 먹기 싫다는 것을 억지로 먹이지 말것이며 잠옷이 노출이 심하니 어쩌니 설교를 늘어놓지 말 것. 아파 하면 메를롱기 박사를 불러올 것. 그리고 그는 잠이 깨어 기다리고 있는 어머니를 잠시 들여다보았다.

"내일 돌아올게요, 엄마." 그가 말했다.

"좋은 일이다." 그녀가 말했다. "저렇게 키도 크고 젖가슴도 넉넉한 건강한 여자와 아이들을 많이 낳아야지."

그는 공산주의자 토마쏘에게 라 스페찌아까지 실어다 줄 것을 요청했다. 거기서 기차를 타고 피렌체를 거쳐 로마로 가서 병든 여자를 이런 식으로 방치하는 몹쓸 인간 마이클 딘에게 혼찌검을 내줄 것이었다.

"내가 자네하고 로마까지 동행해 주어야 하는데." 토마쏘가 뒤에서 보트를 조종하며 말했다. 남쪽을 향해 부두를 빠져나온 보트의 선외 모터가 발동이 걸리면서 철벅철벅 물살을 갈랐다. 파스쿠알레는 보트 앞쪽에 쭈그리고 앉아 실눈을 뜨고 해안선을 지켜보았다. "이 미국 영화인들은 돼지 같은 자들이야."

파스쿠알레가 맞장구를 쳤다. "여자를 보내놓고 이렇게 잊어버리다니…."

"그들은 진정한 예술을 조롱하지." 토마쏘가 말했다. "생의 온갖 슬픔을 외면하고 그 대신 뚱보가 크림파이에 코를 박는 서커스로 마구 돈이나 벌어들여. 우리 이탈리아가 우리다운 영화를 만들도록 놔두지 않고 마치 선원들 사이에 떠도는 성병처럼 자기들의 어리석음을 온 세상에 퍼뜨리려 혈안이 돼있어. 뭐? *콤메디아 알리탈리아나?* 쳇!"

"미국 서부영화는 좋아하는데…." 파스쿠알레가 말했다. "카우보이들, 멋지잖아요."

"쳇!" 토마쏘가 다시 말했다.

파스쿠알레는 다른 생각을 하고 있었다. "토마쏘 아저씨, 이모가 포르토 베르고냐에서는 아기와 노인들 말고는 아무도 죽지 않는다던데요. 그래서 이 미국 여자가 여기 머무는 한 절대 죽지 않을 거라고요."

"파스쿠알레…."

"네, 알아요, 아저씨. 늙은 마녀들의 이야기라는 거. 하지만 이곳에서 죽은 젊은 사람이 없는 건 사실 같아서요."

토마쏘는 모자를 고쳐 쓰며 잠시 생각했다. "자네 아버님 연세가 어떻게 되셨었지?"

"예순셋이요." 파스쿠알레가 말했다.

"내 보기엔 그것도 젊은 나이네." 토마쏘가 말했다.

그들은 통조림 공장들의 대형 어선들 틈을 비집고 라 스페찌아를 향해 나아갔다.

"아저씨, 테니스 쳐본 적 있어요?" 파스쿠알레가 물었다. 전쟁 중 한동안 밀라노 근처의 포로수용소에 수감된 일이 있는 토마쏘가 온갖 것들을 경험했다는 사실을 그는 알고 있었다.

"테니스 치는 사람들을 보기는 했지."

"선수들이 공을 자주 놓치나요?"

"잘 치는 선수들은 그리 많이 놓치지 않지만, 누군가가 공을 놓치거나 네트에 처박거나 금 밖으로 쳐야만 점수가 나게 돼있어. 그러니까 그걸 피할 방도란 없는 거지."

기차 안에서도 파스쿠알레는 테니스에 관해 생각하고 있었다. 누군가가 공을 놓쳐야 점수가 난다니, 그것 참 잔인하고도 한편으로는 현실적이라는 생각이 들었다. 영어로 말하려는 요 며칠 간의 노력이 그의 마음에 끼친 영향이 신기했다. 대학 다니며 시를 공부하던 시절이 떠올랐다. 의미를 띠고 잃으며 이미지들과 중첩되는 낱말들, 사람들이 사용하는 말 뒤의 생각들이 퍼뜨리는 묘한 메아리. 예를 들어, 그가 디 모레이에게 그녀가 사랑하는 남자도 똑같이 느끼고 있느냐고 묻자 그녀는 즉시 그렇다고, 그 남자도 자기 자신을 사랑하고 있다고 말했었다. 그것은 너무도 유쾌한 농담이었으며 자신이 그것을 영어로 알아들었다는 자부심이 아주 묘하게 중대한 느낌으로 다가왔었다. 그는 그 사소한 대화를 머릿속에서 반복하여 돌려보고만 싶었다. 벙커 속의 그림들은 또 어떠했던가. 사랑하는 여자의 사진을 품에 지닌 외로운 젊은 병사를, 그녀가 상상하고 있음을 알아본 것은 정녕 황홀한 경험이었다.

같은 객실에 젊은 여자 둘이서 나란히 앉아 서로에게 몸을 기대며 자신이 읽고 있는 영화잡지 기사에 관해 이야기를 나누고 있었다. 그녀들은 2~3분에 한 번꼴로 번갈아 파스쿠알레를 보며 빙긋이 웃곤 했다. 그것 말고는 그저 계속해서 잡지를 읽었다. 하나가 스타 영화배우의 사진을 가리키면 다른 하나가 뭐라고 촌평을 하는 식이었다. *브리지트 바르도? 지금은 예쁘지만 나중에 뚱뚱해질 걸.* 그들은 큰 소리로 이야기를 나눴다. 기차 소음에 대화 소리가 묻힐까봐 그러는 듯했다.

담배를 피우던 파스쿠알레는 자기도 모르게 고개를 들어 여자들에게 질문을 했다. "혹시 디 모레이라는 여배우에 관해 나온 기사가 있나요?"

한 시간 동안이나 그의 관심을 끌려고 노력해온 여자들이 이제 서로를 물끄러미 바라보았다. 이윽고 키 큰 여자가 대답을 했다. "영국 배우인가요?"

"미국 배우예요. 지금 이탈리아에서 〈클레오파트라〉 영화에 출연 중이죠. 빅 스타는 아닌 것 같아요. 하지만 그 잡지에 뭐라고 나왔을지도 몰라서요."

"〈클레오파트라〉에 나온다고요?" 키 작은 여자가 묻고는 잡지를 뒤적이더니 놀랍도록 아름다운 흑발 미녀의 사진을 찾아내어 파스쿠알레에게 보여주었다. 디 모레이보다 확실히 더 매력적이었다. "엘리자베스 테일러하고 같이 나오나보죠?" 엘리자베스 테일러의 사진 아래 표제는 "충격적인 미국의 스캔들!"의 자세한 내막을 약속하고 있었다.

"그 여자가 에디 피셔와 데비 레이놀즈의 결혼을 박살냈잖아." 키 큰 여자가 비밀을 털어놓듯 말했다.

"데비 레이놀즈, 너무 안됐어." 다른 여자가 말했다. "애도 둘이나 낳았는데."

"맞아, 그런데 이제 엘리자베스 테일러가 에디 피셔도 버린다더라. 영국 배우인 리처드 버튼이랑 바람이 났대."

"가엾은 에디 피셔."

"가엾은 리처드 버튼이지. 그 여자는 괴물이 분명해."

"에디 피셔가 그 여자를 되찾으러 로마로 날아왔대."

"아이를 둘이나 낳은 부인은 본체만체하고서? 양심도 없어."

파스쿠알레는 이 여자들이 영화인들에 관해 아는 게 너무 많아 놀라지 않을 수 없었다. 한 번도 만난 적 없는 미국이나 영국의 영화배우들이 아니라 마치 가족 이야기를 하고 있는 것 같았다. 여자들은 이제 주거니 받거니 엘리자베스 테일러와 리처드 버튼 이야기에 여념이 없었다. 파스쿠알레는 여자들을 계속 못 본 체할 걸 잘못했다는 후회가 치밀었다. 어떻게 이 여자들이 디 모레이를 알지 모른다고 생각했단 말인가. 디 모레이 본인이 〈클레오파트라〉가 첫 번째 영화라고 파스쿠알레에게 말했다. 그런데 어떻게 이 여자들이 디 모레이에 관해 들어보기나 했겠는가.

"리처드 버튼 그 작자는 사냥개 같은 인간이야. 나라면 쳐다봐주지도 않을 텐데."

"웃기지 마셔. 당연히 쳐다볼 거면서."

그녀가 파스쿠알레를 향해 빙긋 웃어 보였다. "그래, 당연히 쳐다볼 거야."

여자들이 킬킬 웃었다.

"엘리자베스 테일러는 벌써 결혼을 네 번이나 했어요!" 키 큰 여자가 파스쿠알레에게 말했다. 그는 이 대화에서 빠질 수만 있다면 기차에서 뛰어내리기라도 했을 것이다. 여자들은 절대 공을 놓치지 않는 테니스 선수들처럼 쉬지 않고 지껄여댔다.

"리처드 버튼도 결혼했었잖아." 다른 여자가 말했다.

"그 여자는 독사야."

"아름다운 독사지."

"하지만 행실을 봐. 얼마나 천박하니? 남자들은 그런 걸 간파할 수 있거든."

"남자들은 오직 그 여자의 눈을 바라볼 따름일 걸."

"남자들은 젖가슴을 바라보지. 그 여자는 천해빠졌어!"

"그런 눈을 가진 여자가 천해빠질 순 없어…."

"수치스런 일이야! 마치 아이들처럼 굴어, 이 미국 사람들은."

파스쿠알레는 기침이 나는 시늉을 했다. "실례합니다." 그는 일어나 가짜 기침을 하며 잡담으로 들끓는 객실 밖으로 나왔다. 라 루카 역이 가까웠다. 벽돌과 대리석으로 지은 두오모 성당의 모습이 눈에 들어왔다. 기차가 피렌체에 닿으면 환승하기 전까지 조금 걸을 짬이 있을지 모르겠다고 파스쿠알레는 생각했다.

파스쿠알레는 담배에 불을 붙이고 마씨모 다젤리오 광장의 철망 담장에 기대섰다. 아메데아의 집 건너편에서 좀 더 걸으면 나오는 거리였다. 그 집 식구들이 막 저녁식사를 마쳤을 시간이었다. 아메데아의 아버지는 저녁식사 후 온가족이 함께 나가는 산책을 좋아했다. 브루노와 그의 아내와 어여쁜 여섯 딸들이(파스쿠알레가 피렌체를 떠난 후 열 달 동안 하나도 시집을 가지 않았다면) 무리를 지어 거리를 걸어내려 광장 둘레를 한 바퀴 돈 다음 집으로 돌아오는 행사였다. 브루노는 딸들을 매우 자랑스럽게 과시했는데, 벗어진 머리를 젖히고 깊은 주름살 투성이의 얼굴을 한 노인의 모습은 마치 말을 팔러 경매장에 나온 사람을 연상시켰다.

종일 흐리다 해질녘에야 해가 나오자 동네사람 전부가 산책을 나온 것 같았다. 파스쿠알레는 담배를 피우며 연인과 가족들을 바라보았다. 그렇게 몇 분이 지났을까, 과연 몬텔루포 일가의 딸들이 모퉁이를 돌아 나타났다. 아메데아와 맨 아래 여동생 둘, 모두 세 명이었다. 맏딸 아메데아 밑으로 딸이 셋 더 있는데 아마 이미 결혼을 한 모양이었다. 아메데아를 보는 순간 파스쿠알레는 숨이 턱 멎었다. 너무 아름다웠다. 그들에 이어 브루노가 아내와 함께 모퉁이를 돌아 나왔다. 몬텔루포 부인은 유모차를 밀고 있었다. 유모차를 보고 파스쿠알레는 들이쉬었던 숨을 내쉬었다. 바로 그리된 것이었다.

그는 아메데아와 데이트를 할 때 기대곤 했던 바로 그 기둥에 기대서 있었다. 거기서 그녀에게 신호를 보내곤 했었다. 그 시절 그랬듯이 가슴이 콩닥거렸다. 그때 그녀가 그를 보고 갑자기 걸음을 멈추며 벽을 향해 손을 뻗었다. 파스쿠알레는 아직도 그녀가 매일 이 기둥을 살펴보고 있었을지 궁금했다. 그를 보지 못한 아메데아의 여동생들은 계속 걸어 나갔다. 아메데아도 다시 걸음을 내딛었다. 파스쿠알레는 모자를 벗었다. 그들이 사용하던 두 번째 신호였다. 건너편에서 *안돼* 하며 고개를 가로젓는 아메데아를 그는 가만히 바라보았다. 파스쿠알레는 모자를 다시 썼다.

아메데아와 어린 여동생들인 도나타와 프란체스카, 이렇게 세 딸들이 앞서 걸었고, 브루노와 그의 아내와 유모차의 아기가 뒤를 따랐다. 젊은 남녀 한 쌍이 걸음을 멈추고 아기를 들여다보았다. 그들의 목소리가 광장을 가로질러 파스쿠알레에게까지 들렸다.

"애가 정말 크네요, 마리아." 여자가 말했다.

"그래야지. 제 아빠만큼이나 먹는데."

브루노가 자랑스러운 웃음을 터뜨렸다. "배고픈 우리 기적의 아이." 그가 말했다.

여자가 유모차에 손을 넣어 아기의 볼을 꼬집었다 "누나들 먹을 것도 조금 남겨놔야지, 꼬마 브루노야."

여동생들은 뒤돌아서 이들의 아기 찬미 장면을 바라보았지만 아메데아는 시선을 정면에 고정하고 길 건너를 응시했다. 그러지 않으면 파스쿠알레가 사라져버릴 것 같은 모양이었다.

파스쿠알레는 아메데아의 시선을 피해 돌아서지 않을 수 없었다.

꼬마 브루노를 놓고 찬미에 한창이던 여자가 아메데아의 열두 살짜리 막내 여동생에게 말을 걸었다. "남동생이 생기니 좋으니, 도나타?"

도나타는 그렇다고 했다.

이런저런 정담이 계속되다가 비 이야기와 곧 시작될 따뜻한 날씨 이야기 등이 오갔다. 길 건너 파스쿠알레에게는 일부만 들릴 뿐이었다.

이윽고 젊은 남녀가 다시 가던 길을 가기 시작했다. 광장 한 바퀴 돌기를 마친 몬텔루포 일가는 하나씩 폭이 좁은 집의 높다란 나무대문 안으로 모습을 감추었다. 마지막으로 브루노가 위풍도 당당하게 문을 닫았다. 파스쿠알레는 거기 계속 서서 담배를 피웠다. 손목시계로 시간을 확인하니, 로마 행 마지막 기차 출발까지는 아직 시간이 많이 남아있었다.

10분 후 아메데아가 성큼성큼 걸어 나왔다. 추운지 팔짱을 끼고 있었다. 파스쿠알레는 그녀의 짙은 눈썹 아래 사랑스러운 갈색 눈동자를 도저히 읽어낼 수 없었다. 언제나 말할 수 없이 부드럽고 눈물이 괴어있었기 때문에 그 눈은 화가 났을 때조차(자주 발생한 일이었다) 이미 용서할 준비가 되어있는 것처럼 보이곤 했다.

"브루노라고?" 아직 몇 걸음 떨어져 서있는 아메데아에게 파스쿠알레가 물었다. "아이 이름을 브루노라고 짓게 내버려뒀단 말이야?"

그녀가 가까이 다가섰다. "대체 여기서 뭐하고 있는 거야, 파스쿠알레?"

"자기를 만나고 싶어 왔어. 그리고 그녀석도. 데리고 나올 수 있겠어?"

"어리석은 소리 그만해." 그녀가 손을 뻗어 그가 쥔 담배를 가져가더니 길게 한 모금 빨고 입가로 연기를 뿜어냈다. 그는 아메데아가 얼마나 조그만지, 얼마나 야위고 나긋나긋한지 거의 잊고 있었다. 여덟 살 연상인 그녀는 언제나 신비롭고도 동물적으로 감각적인 편안함을 보여주었다. 그녀 옆에서 그는 여전히 현기증을 느꼈다. 그의 팔을 잡고서 그의 아파트로 끌고와(룸메이트는 낮 동안에는 집에 없었다) 침대에 쓰러뜨려 바지를 벗기고는 치마를 들어 올려 그의 몸 위에 사뿐히 내려앉곤 하던 그녀의 대수롭지 않으면서 어쩌면 사무적이라 할 만한 태도. 손은 그녀의 허리에 얹고 눈은 그녀의 눈에 맞추고서 파스쿠알레는 생각하곤 했다. 여기 이것이 세상의 전부라고.

"적어도 내 아들을 볼 수는 있어야 하는 거 아니야?" 파스쿠알레가 다시 말했다.

"아버지가 서재에서 보내는 아침 시간이라면 몰라도 지금은 안 돼."

"아침에는 여기 없을 거야. 오늘밤 로마 행 기차를 타거든."

그녀는 고개를 끄덕일 뿐 아무 말이 없었다.

"그러니까… 아이가 당신 동생이라는 거야? 당신 어머니가… 막내를 낳고 12년만에 또 아이를 낳았다는 걸 누가 믿겠어?"

아메데아가 힘없이 대답했다. "사람들이 어떻게 생각하는지 따위는 몰라. 아버지가 안코나에 있는 이모집으로 날 보낸 다음 사람들에게는 내가 병든 이모를 간병하러 갔다고 말했대. 그동안 엄마는 줄곧 임신복을 입고서 곧 안코나에 가서 아기를 낳을 거라고 했다더군. 한 달 후, 엄마랑 나는 내 꼬마 남동생을 데리고 함께 돌아왔지." 그녀는 아무 일도 아니라는 듯 어깨를 으쓱했다. "기적이지 뭐."

파스쿠알레는 뭐라 해야 좋을지 몰랐다. "어땠어?"

"아기 낳는 거?" 그녀가 눈길을 돌렸다. "뒤로 암탉을 뽑아내는 것 같던데." 그녀는 뒤를 돌아보며 희미하게 웃었다. "이제 뭐 다 괜찮아. 아주 사랑스런 아기야. 모두 자고 있으면 나는 아기를 안고 '내가 네 엄마야, 귀여운 아가야' 하고 속삭여주고 그래." 그녀는 다시 어깨를 약간 으쓱했다. "다른 때는 그냥 잊어버려. 그리고 그 아이는 내 남동생이라고 정말로 믿는 거야."

파스쿠알레는 다시 토할 것 같은 기분이 되었다. 마치 *자신들의 아기*가 아니라, 어떤 생각, 추상적인 관념에 대해 이야기하고 있는 느낌이었다.

"이건 미친 짓이야. 옛날도 아니고 1962년에 이런 일이 가당키나 해? 잘못된 일이라고."

말은 이렇게 하면서도 아기를 기르는 데 아무런 역할도 맡지 않는 주제에 웬 중뿔난 소리냐는 자괴감이 들었다. 아메데아는 아무 말 없이 그를 바라보더니 혀에 붙은 담뱃잎 조각을 떼어냈다. *당신과 결혼하려고 했어*, 파스쿠알레는 말하려다 그만두었다. 그녀는 물론 웃음을 터뜨릴 것이었다. 그가… '프로포즈'를 했던 때처럼.

아메데아는 전에 딱 한 번 약혼을 한 적이 있었다. 열일곱 살 때였고, 상대는 유복하지만 개구리눈을 가진 아버지의 부동산 지주회사 동업자의 아들이었다. 나이가 두 배인 남자와의 결혼을 회피하자 아버지가 불같이 화를 냈다. 맏딸로서 가문의 명예를 더럽혔다고, 이처럼 완벽한 구혼자와 결혼을 하지 않을 거라면 평생 결혼을 하지 말라고 했다. 그녀에게는 두 개의 선택이 주어졌다. 수녀원에 들어가거나, 집안일을 도맡아하며 노쇠해가는 부모와 여동생들이 낳을 아기를 돌보는 것이었다. 좋아요, 아메데아는 말했다, 우리 집안의 애보기가 되어드리죠. 제게 남편 같은 건 필요 없어요. 그러던 중, 그녀의 반항적이고 무뚝뚝한 존재가 신경에 거슬린 아버지가 대학의 비서직에 취직하는 걸 허락했다. 그녀는 거기서 6년을 일했다. 간혹 교직원들과 데이트를 하면서 외로움을 달래기도 했다. 어느 날 산책길에서 스물일곱 살의 그녀는 아르노 강의 강둑에서 공부 중이던 열아홉 살 파스쿠알레와 마주쳤다. 강둑 위에 올라선 그녀는 그가 올려다보자 그를 향해 미소를 지어보이며 말했다. "안녕, 예쁜 눈."

첫 순간부터, 그는 그녀의 깡마른 몸에 배어있는 활동적인 에너지, 그리고 그녀의 불온하고 민첩한 기지에 흠뻑 매료되었다. 바로 그 첫날, 그녀는 그에게 담배를 줄 수 있냐고 물었으며 그는 담배를 피우지 않는다고 말했다. "나 매주 수요일에 여기로 산책 나와요." 그녀가 말했다. "혹시 나를 만나고 싶으면요."

다음 주 수요일, 그녀가 지나가자 파스쿠알레는 벌떡 일어나 그녀에게 담배를 바쳤다. 주머니에서 담뱃갑을 꺼내는 손이 바들바들 떨렸다. 그가 담배에 불을 붙여주자 그녀는 바닥에 펼쳐져있는 책들을 손으로 가리켰다. 시집 한 권과 영어사전이었다. 그는 "아모레 에 모르테Amore e morte(사랑과 죽음)" 번역 숙제를 받았다고 설명해 주었다. "위대한 레오파르디 말이군요." 그녀가 말하고는 허리를 굽혀 그의 노트를 집어 들었다. 그녀는 그가 지금까지 번역한 부분을 읽었다. "프라텔리, 아 운 템포 스테쏘, 아모레 에 모르테/인제네로 라 소르테Fratelli, a un tempo stesso, Amore e Morte/ingenero la sorte(형제들이여, 시절은 동일하다, 사랑과 죽음/주어진 운명이다)."

"멋지군요." 그녀가 말했다. "노래에서 음악을 완전히 발라냈어요." 그녀는 그에게 노트를 돌려주고 말했다. "담배 고마웠어요." 그리고는 다시 걷기 시작했다.

그 다음 주 수요일, 파스쿠알레는 담배와 노트를 들고 강둑을 지나가는 아메데아를 기다리고 있었다. 그녀는 아무 말 없이 노트를 받아들고 영어로 소리 내어 읽기 시작했다. "한 숨에서 난 형제들이여/함께 태어난, 사랑과 죽음." 그녀는 그에게 노트를 돌려주고 미소를 띠며 아파트가 가까이 있는지를 물었다. 그로부터 10분 후, 그녀는 그의 바지를 끌어내리고 있었다. 그녀는 그가 처음으로 입을 맞추고 처음으로 함께 잔 여자였다. 그날 이후 일 년 반 동안 그들은 그의 아파트에서 매주 두 번씩 오후의 만남을 가졌다. 그들은 한 번도 밤을 함께 보내지 않았으며, 그녀는 절대로 그와 공공장소에서 데이트하지 않겠다고 말했다. 자신은 여자친구가 아니라 개인교수라고, 그녀는 주장했다. 그녀는 그의 공부를 도왔으며, 그를 숙련된 연인으로 훈련시키고 여자들에게 어떻게 말을 걸고 어떻게 접근해야 할지 어떤 말은 하면 안 되는지 등을 가르쳤다. (다른 여자는 필요 없고 오직 당신만 원한다고 그가 말하면, 큰 소리로 웃곤 했다.) 그녀는 또 그의 어색한 대화법을 우스워하곤 했다. "이렇게 아름다운 눈을 갖고 어째 그렇게 할 말이 없을까나?" 그녀는 눈을 마주치고, 심호흡을 하고, 할 말을 미리 생각하고, 너무 서둘러 대답하지 않는 법 등을 아울러 가르쳤다. 그가 가장 좋아했던 교습은 물론 바닥에 깔린 매트리스에서 진행됐다. 손은 어떻게 쓰고 어떻게 하면 너무 빨리 절정에 이르지 않는지 같은 요령이었다. 몇 차례의 성공적인 교습을 마친 어느 날 그녀는 그의 몸에서 떨어져 내리면서 말했다. "난 참 괜찮은 선생이야. 당신이랑 결혼할 여자는 복도 많아."

그에게 그 오후들은 어찔어찔하게 눈 깜짝할 사이에 흘러가버리는 것이었고 그는 할 수만 있다면 평생을 그렇게 강의에 출석하고 변함없이 일주일에 두 번씩 사랑스러운 아메데아의 개인교습을 받으며 살고 싶었다. 한 번은 특히 격렬한 섹스 후 그가 *띠 아모Ti amo*, 사랑한다고 말하는 실수를 저질렀다. 그러자 그녀는 화를 내며 그를 밀어젖히고 일어나 옷을 입기 시작했다.

"그런 말 함부로 하는 게 아냐, 파스쿠알레. 그 언어들은 엄청난 힘을 갖고 있어. 그런 말들로 인해 사람들은 결혼을 하고 그러는 거야." 그녀가 블라우스를 입었다. "두 번 다시 섹스 후에 그런 말 하지 마, 알아들어? 정 그 말이 하고 싶어 입이 근질거리면, 그 여자가 아침에 일어나 제일 먼저 하는 일을 한 번 지켜봐. 아침 입 냄새에 화장기 없는 얼굴… 변기에 앉은 모습을 봐… 그 여자가 친구들이랑 무슨 이야기를 하는지 들어봐… 그 여자의 털보 엄마랑 새된 목소리의 여동생들을 만나봐… 그러고도 그런 어리석은 말을 하고픈 욕망이 남는다면, 그건 신이 도울 일이지."

그는 자신을 진정으로 사랑하는 것이 아니라고, 그건 첫 성경험에 대한 반응일 뿐이라고, 자신은 그에게는 너무 나이가 많다고, 두 사람은 서로에게 전혀 맞지 않으며 서로 계층이 다르다고, 그에게는 비슷한 나이의 여자가 필요하다고…. 그녀가 하도 여러 차례 말했기 때문에(그리고 그녀는 자신의 의견에 한 점의 의심도 없었다) 파스쿠알레는 그녀의 말을 그대로 믿게 되었다.

그러다 찾아온 운명의 날, 그녀는 그의 아파트에 들어오더니 다짜고짜 말했다. "나 임신했어." 이어서 끔찍한 침묵이 이어졌다. 파스쿠알레는 오해의 순간*(그녀가 정녕 임신이라고 했나?)*과 불신의 순간*(하지만 우린 거의 늘 피임조치를 했잖아)*과 으레 그랬듯이 그녀가 행동지침을 내려주기를 기다리는 순간을 잇달아 경험했고, 긴 시간이 흐른 뒤 그가 드디어 입을 떼자*(우리 결혼해야 되겠어)* 자긍심 높고 도전적인 아메데아는 그저 그의 얼굴에 대고 웃음을 터뜨렸을 뿐이다.

코시 라가쪼Cosi ragazzo! 한심한 남자 같으니. 정말 아직도 모르겠니? 내가 당신 인생을 그렇게 내팽개치게 놔둘 거라고 정말 믿었어? 그리고 설혹 진정으로 그러기를 원한다 해도(그렇지 *않다*는 게 분명하지만) 내가 촌구석에서 올라온 돈 한 푼 없는 남자랑 결혼할 거라는 생각을 정말 했다는 거야? 우리 아버지가 가문에 그 같은 수치를 용인할 거라고 진짜로 믿었어? 설사 아버지가 받아들인다고 쳐도(절대 그럴 리는 없지만) 내가 당신처럼 야망도 없고 철도 안 든, 그냥 권태로워서 유혹한 것일 뿐인 남자를 남편으로 맞을 것 같아? 허접한 남편 따위는 아무도 원치 않아. 이런 식으로, 하염없이, 그녀는 쏘아붙였다. 파스쿠알레가 멍해져서 "그래, 당신 말이 다 옳아" 하며 그대로 믿어버릴 때까지. 바로 이것이 두 사람 간의 관

계의 인력이었다. 성적으로 노련한 아메데아, 그리고 어린아이처럼 유순한 파스쿠알레. 그녀 말이 맞다고, 그는 생각했다, 그는 아이를 기를 수가 없었다. 그 *자신이* 아이였으므로.

거의 1년이 지난 지금, 그녀가 부모랑 사는 집 건너편의 광장에서, 아메데아는 지친 미소를 지어 보이며 다시 그의 담배에 손을 뻗었다. “아버님 소식 듣고 마음 아팠어. 어머님은 어떠셔?”

“좋지 않아. 죽고 싶다고 하셔.”

아메데아가 고개를 끄덕였다. “과부로 산다는 것만큼 어려운 일은 없을 거야. 당신 호텔을 한 번 찾아가볼까 생각하고 있었어. 거기는 어때?”

“괜찮아. 해변을 짓고 있어. 테니스장을 만들려고도 했는데 그건 어려울지도 몰라.” 그가 목을 가다듬었다. “나… 미국인 손님도 있어. 여배우야.”

“영화배우?”

“응. 영화 〈클레오파트라〉에 출연한대.”

“리즈 테일러는 아니고?”

“아니야, 다른 사람이야.”

그녀는 그에게 다른 여자들에 관해 충고하던 때의 목소리로 말했다. “그래서, 예뻐?”

파스쿠알레는 지금까지 그런 것은 생각도 안 해본 것처럼 굴었다. “별로야.”

아메데아는 커다란 멜론을 들고 있는 것처럼 팔을 벌렸다. “그래도 가슴은 크지? 안 그래? 커다란 풍선 만해? 아님 호박 만해?” 그녀가 팔을 더욱 벌렸다. “비행선 만해?”

“아메데아.” 그는 그녀의 이름을 부를 뿐이었다.

그녀가 그를 보고 웃었다. "당신이 크게 성공할 거라고 나는 내내 알고 있었어, 파스쿠알레." 그것은, 그 어조는 빈정거림이었을까? 그녀는 그에게 담배를 돌려주려 했지만 그는 손을 내젓고 새 담배를 꺼내 들었다. 그리고 두 사람은 거기서 각자의 담배를 피우며, 아무 말 없이 서 있었다. 이윽고 아메데아의 담배가 다 꺼졌고 그녀는 이제 그만 들어가야겠다고 했다. 파스쿠알레는 자기도 이제 그만 기차를 타러 가야 한다고 했다.

"그 여배우하고 잘해봐." 아메데아가 말하고 진심이라는 듯 미소를 지었다. 그리고 사뿐사뿐 길을 건너서 뒤돌아 그를 한 번 쳐다본 뒤 집으로 걸어갔다. 파스쿠알레는 목구멍이 따끔거렸다. 그녀에게 뭐라고 외쳐주고픈 욕구가 치밀었다. 하지만 그는 입을 다물었다. 무슨 말이 나올지 전혀 감이 오지 않아서였다.

07
인육을 먹다

1846년
캘리포니아 주, 트러키

그러니까 이 남자는요… 윌리엄 에디라는 이름의 마차 제조공으로, 선량한 가장에다, 얼굴도 잘생기고, 정직하지만, 무학이에요. 때는 1846년이고, 윌리엄은 결혼하여 어린 아이 둘을 두었죠. 하지만 지지리 가난해요. 그래서 캘리포니아로 가서 돈을 벌 기회가 찾아오자 두말없이 잡은 거예요. 서부 진출이야말로 그 시대, 그 사람들의 주된 야망이었거든요. 그래서 에디는 미주리에서 캘리포니아 행 짐마차에 올라타요. 오프닝 크레디트와 함께 윌리엄 에디와 어여쁜 아내가 뗏장과 통나무로 지은 집에서 보잘 것 없는 짐을 꾸리며 여행 준비를 하는 모습이 지나가요.

카메라가 짐마차들의 기다란 행렬을 훑어줘요. 승객들의 소지품 전부가 실린 그것들을 여러 마리의 소가 끄는 건데, 그게 마을 밖으로 1킬로미터나 늘어져 있어요. 아이들과 개들이 따라 뛰어가지요. 선두 짐마차 앞머리에 '캘리포니아 아니면 끝장'이라는 구호가, 반대편에는 '도너 파티'라는 글자가 씌여있어요.

짐마차 열차에는 통상 가장 유력한 가족의 이름이 붙기 마련인데, 이 열차의 경우는 윌리엄 에디가 그중 가장 괜찮은 개척자에 속하는 편이었죠. 사냥과 원정에 능한 데다 지나칠 만큼 겸손했으니까요. 여행 첫날 밤, 돈깨나 있는 집안의 남자들이 모여 토론을 하는데 윌리엄이 나서서 솔직히 걱정된다고 털어놔요. 출발부터 늦었고 길을 제대로 택한 것인지 의문이라는 거죠. 하지만 돈이 더 많은 남자들이 그의 의견을 묵살하고, 그래서 그는 열차 꽁무니에 붙은 자신의 초라한 짐마차로 돌아가요.

1막은 액션 위주예요. 문제의 연속이죠. 개척자들은 곧장 악천후를 만나고 짐마차의 바퀴들이 박살나요. 일행 중에 악당이 하나 있어요. 케세버그라는 건장한 독일 이민잔데요. 이 자가 나이 많은 부부를 꼬여 자기 짐마차로 끌어들이고선 문명의 경계를 벗어나자마자 그 부부의 소지품을 몽땅 훔친 다음 마차에서 쫓아내 걸어가게 만드는 거예요. 윌리엄 에디만이 이 늙은 부부를 받아들이죠.

2막에 이르면 짐마차 열차가 유타에 도착해요. 일정보다 여러 주가 지나서요. 밤이 되자 인디언들이 일행의 소떼를 훔쳐가요. 최고의 사냥꾼인 윌리엄 에디가 그들을 소탕하죠. 하지만 불운에다 악천후까지 일행을 끝없이 괴롭혀요. 그리고 이 광활한 소금벌판에서 마침내 모든 것이 부서지면서 의심스러운 길을 택한 대가를 치르게 되죠. 이 갈라지고 메마른 땅과, 몇 킬로미터나 이어진 짐마차의 행렬과, 쓰러져 죽어가는 소들과, 사막을 휘청거리며 걷는 개척자 가족들과, 멍하니 걸어가는 말들을, 카메라가 하나하나 담아내요. 사회 해체의 전조인 거죠. 모두가 조금씩 잔인한

야성을 보이기 시작해요. 윌리엄 에디만이 인간의 품격을 잃지 않고 동료들이 무사히 여정을 마칠 수 있도록 도와주죠.

마침내 네바다에 도착하지만, 벌써 10월이에요. 이전 개척자들에 비하면 여러 주가 늦은 거예요. 통상 11월 중순이면 눈이 내리기 시작하니까, 와사치 산맥에서 시에라네바다 산맥을 건너는 데 몇 주의 여유는 있는 셈이에요. 그러면 캘리포니아에 도착하는 거고요. 하지만 서둘러야만 해요. 그래서 그들은 밤낮 없이 걷고 달려요. 무사히 도착하기를 바라면서요.

하늘에 구름이 가득해요. 그런데 포근한 솜털구름이 아니라, 음험하고 불길한 전조를 띠고 있는 먹구름이에요. 이 영화가 〈죠스〉라면 이 구름이 바로 상어인 거죠. 문득 떨어져 내리는 눈송이 하나를 카메라가 화면 가득 잡는 거예요. 그걸 따라 하늘로 화면이 이동하면서 무더기로 떨어지기 시작하는 눈송이들을 담아내요. 엄청나고, 지독한, 폭설이에요. 이어서 그 첫 번째 눈송이가 수염이 덥수룩하고 지저분한 몰골이 된 윌리엄 에디의 팔에 떨어지는 장면이 나와요. 그는 그 의미를 알아요. 그의 눈이 천천히 하늘을 향하지요.

너무 늦어버린 거예요. 눈이 한 달이나 일찍 덮쳤어요. 도너 파티는 이미 산중에 들어섰고 눈은 앞이 안 보이게 쏟아져요. 더 이상 눈송이가 아니라… 마치 눈의 장막 같아요. 당연히 행로는 더더욱 어려워지죠. 아니, 아예 불가능해요. 마침내 그들은 계곡에 다다르고, 바로 거기, 그들 눈앞에, 산길이 턱 나와요. 두 개의 암벽 새로 나있는 비좁은 샛길이에요. 바로 눈앞이지만, 이미 눈은 3미터 깊이로 쌓여있어요. 말들도 가슴께까지 파묻힐 정도예요. 짐마차들은 수렁에 빠져 꼼짝 못해요. 그 산길 바로 반대편이 캘리포니아예요. 따뜻하고 안전한 그곳. 하지만 이미 늦었어요. 폭설로 인해 산맥을 통과하기란 글렀거든요. 두 능선 사이의 항아리에 사로

잡힌 형국이죠. 앞으로 나아갈 수도, 뒤로 빠질 수도 없어요. 양쪽 문이 다 꽁꽁 닫혀버린 거예요.

아흔 명의 일행이 두 그룹으로 나뉘어요. 인원이 더 많은 에디의 그룹이 산길과 더 가까운 호숫가에 와있고, 도너 일가가 주축이 된 다른 그룹은 아직 몇 킬로미터 뒤에 처져있어요. 두 그룹 모두 서둘러 대피소를 만들죠. 호숫가 그룹이 세 채의 오두막을, 뒤처진 그룹이 두 채의 오두막을 각각 지어요. 호숫가 캠프의 윌리엄 에디는 아내와 어린 아들딸을 위해 지은 오두막에 다른 일행들까지 들어와 쉬게 허락하죠. 대피소라고 해도 이 오두막들은 그저 짐승 가죽으로 지붕을 대신한 위태로운 판잣집에 지나지 않아요. 눈은 아직도 쏟아져요. 그리고 그들은 곧 겨울을 나기에는 식량이 부족하다는 사실을 깨닫고, 아직 살아남은 소들을 배급하기 시작하죠. 이제 눈보라가 닥쳐요. 이미 엄청난 양의 눈이 쏟아졌어요. 개척자들이 나와 보니 소들이 모두 눈 속에 파묻혀 버렸어요. 소들을 찾아 눈 속에 막대기를 찔러보지만, 그들은 전부… 감쪽같이 사라졌어요. 그리고 눈은 아직도 쏟아져요. 오두막 안의 모닥불로 인하여 주변의 눈이 녹아버려서 오두막 둘레에 계단을 만들어야 하게 되죠. 6미터 높이로 솟아오른 흰 눈 더미로 인해 보이는 것이라곤 모닥불에서 피어나는 연기뿐이죠. 처참하고 절망적인 날들이 지나가요. 두 달 동안 그들은 이 눈 더미 아래 흙바닥에서 눈곱만한 배급 식량에 의존해 목숨을 이어가요. 사냥을 해보려고도 하지만 아무도 성공하지 못해요. 다만….

윌리엄 에디만은, 굶주림으로 약해지긴 했어도, 여전히 매일 밖으로 나가 토끼 몇 마리 또는 가끔은 사슴을 잡아오기도 해요. 이전에 자신에게 소를 나눠주기를 거부했던 부자들에게도 그는 사냥감을 나눠줘요. 하지만 짐승들이 강설선 아래로 내려가 버리면서 그 식량마저 동이 나죠. 그러던 어느 날 에디는 짐승의 발자국을 발견하고 필사적으로 그걸 따라가요. 캠프에서 몇 킬로미터나 떨어진 거리까지요. 그건 곰이에요. 곰을 향해 힘없는 팔을 들어 소총을 겨누고… 쏴요…. 적중해요! 하지만 곰은 돌아서서 그를 공격해요. 기진맥진한 그는 총알을 장전할 틈도 없이, 소총의 개머리판으로 곰에 맞서요. 마침내 맨손으로 상처 입은 짐승을 때려 죽여요.

그는 죽은 곰을 끌고 캠프에 돌아와요. 사람들은 더욱더 절망적이 되어가죠. 윌리엄 에디는 계속 말해요. "선발대를 보내 구조를 요청해야 합니다." 하지만 그럴 힘이 남은 사람은 그나마 그밖에 없어요. 그 자신도 가족을 남기고 혼자 떠나기에는 너무나 불안하죠. 하지만 짐승들이 산에서 내려가고 눈이 계속 내리는 상황이니 어쩌겠어요. 그는 마침내 아내와 상의를 해요. 그의 아내는 영화 전반까지는 조용한 여인으로 그려져요. 삶을 살았다기보다는 견뎌온 여자로요. 그녀가 심호흡을 하고 말해요. "윌리엄, 당신은 아직 힘이 남은 사람들과 함께 가야 해요. 가서 도움을 청하세요." 그가 그럴 순 없다고 하자, 그녀는 이렇게 말해요. "아이들을 위해서라도, 제발 부탁이에요." 그는 어찌해야 할까요?

사랑하는 가족을 구할 유일한 길이… 그들을 떠나는 것이라면?

이제 개척자들은 말과 노새는 물론 개와 고양이까지 남김없이 잡아먹은 상태예요. 사람들은 말안장과 담요와 구두 가죽 등 무언가 맛을 낼 수 있는 거라면 가리지 않고 눈을 녹인 물에 삶아 수프를 만들고 있어요. 윌리엄 에디의 가족도 이제 곰 고기 몇 점 말고는 남은 게 없고요. 이제 더는 방법이 없어요. 자원자를 모집하기 시작해요. 시도라도 해볼 힘이라도 남은 자라곤 열일곱 명에 불과해요. 열두 명의 장정과 소년들, 그리고 다섯 명의 젊은 여자들. 그들은 마구와 고삐를 이용해 조잡하게나마 눈길을 걸을 신발을 만들어 길을 떠나요. 얼마 안돼서 소년 두 명이 돌아와요. 눈이 너무 쌓인 거예요. 나머지는 눈신을 신고도 발이 60센티미터씩 푹푹 빠지며 힘겹게 앞으로 나아가요.

에디가 이 열다섯 명 일행을 이끄는데 고생이 이만저만이 아니에요. 산길까지 이르는 데 만 이틀이 걸려요. 첫날 밤 야영을 하는데 에디는 짐 꾸러미를 뒤지다가 가슴이 찢어지듯 아파요. 마지막 남은 곰고기를 아내가 챙겨 넣어 놓은 거에요. 몇 점뿐이지만, 그녀의 헌신을 생각하니 참을 수가 없는 거예요. 남편을 위해 자기 몫을 희생한 거죠. 그는 뒤를 돌아보지만 보이는 거라곤 떠나온 캠프에서 피어오르는 연기뿐이에요.

사랑하는 가족을 구할 유일한 길이… 그들을 떠나는 것이라면?

그들은 계속 걸어요. 이 열다섯 사람은 여러 날을 걷고 걸어 바위투성이의 산정들과 눈 덮인 골짜기들을 지나 천천히 전진해요. 눈보라로 앞이 보이지 않게 되면 멈춰야 해요. 몇 킬로미터를 걷는 데 며칠씩이 걸리죠. 에디의 곰고기 몇 점 말고는 아무것도 먹을 게 없으니 기력을 잃게 되죠. 남자들 중 하나인 포스터가 말해요. 한 사람을 희생시켜 다른 사람들이 살아남아야 한다고요. 그렇게 제비뽑기가 시작돼요. 윌리엄 에디는 누군가가 희생되어야 한다면 최소한 그 자에게도 기회가 주어져야 한다고 주장해요. 남자 둘을 뽑아 둘 중 하나가 죽을 때까지 생사의 결투를 하게 하자고요. 그러면서 그 둘 중 하나로 자원하죠. 하지만 다른 사람은 아무도 나서지 않아요. 어느 날 아침, 나이든 남자 하나와 소년 하나가 굶주림으로 죽어요. 선택의 여지가 없어요. 그들은 불을 지피고 동료 개척자들의 살을 구워먹죠.

하지만 이 점에 지나치게 골몰할 건 없어요. 그러니까 이건… 그냥 현실일 뿐이에요. 도너 파티 얘기를 들으면 사람들은 식인행위를 떠올리지만, 생존자 대부분은 식인행위는 아무것도 아니었다고 했어요…. 진짜 적은 추위와 절망이었다고요. 며칠씩 그들은 걷고 또 걸어요. 윌리엄 에디만이 완전한 혼돈을 막을 수가 있어요. 사람들이 더 죽어나가고 일행은 먹을 수 있는 걸 먹어요. 그리고 다시 걷는 거예요. 당초 길을 나섰던 남자 열 명 중에서 네 명만이 살아남았고, 여자 다섯 명은 모두 살아남아 현재 인원이 아홉 명이 되었죠. 살아남은 남자들 중 둘은 인디언이고, 다른 둘은 백인인데요. 백인들 중 하나인 포스터는 인디언들을 쏴 죽여 먹으려고 해요. 하지만 에디는 허락하지 않고 인디언들에게 경고를 해주죠. 그래서 포스터에 의해 살해당하기 전에 도망치게 해줘요. 그 사실을 알고 포스터는 에디를 공격하지만, 여자들이 싸움을 말리죠.

그리고 왜 남자들만 죽고 여자들은 살아남았을까요? 여자들은 체지방이 더 많고 체중은 가벼워서 눈길을 걸을 때 에너지가 덜 소요되기 때문이죠. 절묘한 아이러니 아녜요? 남자들이 딴 것도 아니고 근육 때문에 죽는다는 게 말이에요.

구조 요청대가 길을 나선 지 18일째가 됐어요. 18일 동안 그들은 12미터 깊이의 눈 더미를 헤쳐 걸어간 건데, 얼어붙은 눈에 살갗을 베기 일쑤였지요. 이 일곱 명은 영락없이 넝마를 걸친 해골이 되어 마침내 강설선 밑으로 내려오죠. 숲속에서 사슴을 봐도 윌리엄 에디는 총을 들어 올릴 기운도 없어요. 가슴이 미어질 일이에요. 사냥감을 발견하고 소총을 겨누려고 해보지만 못하는 거예요. 그냥 힘없이 총을 떨어뜨려요. 그리고 걷고 또 걸어가요. 나무껍질과 들풀로 입에 풀칠을 해요, 마치 사슴들처럼. 그러다 윌리엄 에디는 작은 인디언 촌락에서 연기가 피어오르는 걸 발견해요. 하지만 다른 사람들은 움직일 기력조차 없어, 윌리엄 에디는 그들을 놔두고 혼자 가는 거예요.

명심할 것은, 이 시기가 1849년의 골드러시와 함께 캘리포니아에 호황이 닥치기 전이라는 사실이에요. 아직 텅 빈 거나 마찬가지인 주예요. 샌프란시스코는 기껏해야 수백 명이 사는 소읍인데다 아직 여바 부에나라는 이름으로 불려요. 산마루의 한 오두막이 클로즈업돼요. 카메라가 줌아웃하면서 목가적이고 평화로운 장면이 펼쳐져요. 앞에는 시냇물이 흐르고 여기저기 눈이 조금 내려있어요. 카메라가 조금 더 줌아웃하면서 이곳이 사방 수마일 거리에서 유일하게 문명이 다다른 곳임을 보여줘요. 화면 구석에 두 명의 인디언이 보여요. 다시 가까이 다가가보니 인디언들 사이로 무언가가 보이는데… 수염이 얼굴을 뒤덮고 맨발이고 몸에 걸친 건 넝마나 다름없고 거의 해골이라고밖에 할 수 없을 인간이 휘청휘청 오두막을 향해 걸어오는 거예요….

그것은 바로 윌리엄 에디예요! 목장 사람들이 그에게 물을 좀 갖다 줘요. 밀가루도 조금. 그의 쪼그라든 위장이 받아들일 수 있는 건 그 정도가 다예요. 눈에 그렁그렁 눈물이 맺혀요. "다른 사람들은… 이 근처 인디언 촌락에 있습니다." 그가 말해요. "여섯 명이죠." 그들을 구하러 사람들이 가요. 그는 해낸 거예요. 구조를 요청하러 떠난 열다섯 명 가운데, 윌리엄 에디가 포스터와 여자 다섯 명을 안전한 곳으로 이끌었고, 목장 사람들에게 산속에 더 많은 사람들이 갇혀있음을 알려준 거죠.

하지만 이야기가 끝난 게 아니에요. 1막이 산속으로의 행군을 보여주고, 2막은 몰락과 피난을 보여주고, 3막은 구조를 보여주는 건데요. 산중에 남아있는 일흔 명을 구하기 위한 구조대가 결성되지요. 우드워스 대령이라는 뚱뚱하고 잘난 체하기 좋아하는 이가 장정 마흔 명을 지휘해요. 에디와 포스터는 너무 쇠약해져서 빠지는데요. 에디는 잠에서 잠깐 깨어나서 이들이 전방의 오두막을 떠나 말을 달리는 모습을 보기는 해요.

며칠 후 마침내 열이 내리자 그는 구조가 어떻게 진행되고 있는지 물어요. 목장 사람들은 우드워스 지휘하의 구조대가 폭설을 만나 거기서 이틀 떨어진 지점에서 대기 중이라고 말해주죠. 일곱 명으로 이루어진 소규모 구조대는 도너 파티 캠프에 도착하기는 했지만 산길을 건너다가 거의 죽을 뻔했고 게다가 엄청난 적설량과 갇힌 개척자들의 쇠약한 신체상태로 인해 기껏 여남은 명을 구조하는 데 그쳤다는 거예요. 구조하는 것 자체 또한 엄청난 위험이었던 거예요. 산을 넘어오는 과정에서 몇 명이 더 죽었다고도 해요. 윌리엄 에디는 한참 말이 없다가 이렇게 물어요. "내 가족은요?"

목장주가 고개를 저어요. "미안합니다. 부인과 딸은 이미 사망한 상태였고, 아들은 아직 살아있기는 하나 너무 어려 산길을 건너 내려올 수가 없다더군요. 그래서 캠프에 두고 왔다고…" 윌리엄 에디는 자리에서 일어나요. 가지 않을 수 없죠. 숙적 포스터 또한 아들을 남겨두고 왔기에, 에디랑 함께 떠나겠다고 해요. 아직 둘 다 쇠약한 상태지만요.

산길에서 수킬로미터 떨어진 캠프에서 우드워스는 에디에게 말해요. 봄철 폭설 때문에 구조를 시도하기가 너무 위험해졌다고요. 물론 에디는 받아들일 수 없죠. 그는 우드워스 휘하의 사내들에게 무사히 구조해오는 아이들 한 명당 20달러를 주겠다는 제안을 해요. 몇 명이 동의하고 계속 나아가는데, 불과 몇 주 전 건넜던 산길을 건너오다가 거의 목숨을 잃을 뻔해요. 마침내 에디와 포스터와 다른 몇 명의 사내들이 도너 캠프에 도착해요. 그곳 광경은 지옥이에요. 칼로 파헤쳐진 시체들이 눈 위에 널려 있고… 델리의 소시지처럼 주렁주렁 매달려 있는 살점들도 보여요. 게다가 그 악취란… 그리고 그 절망이란…. 말할 수 없이 야윈 생존자들은 차마 인간이라고 하기 어려운 몰골이에요. 윌리엄 에디는 마음을 굳게 먹고 몇 달 전 제 손으로 지은 오두막으로 들어가요. 그 자신과 포스터가 가족을 남기고 떠난 그 오두막으로요.

포스터의 아들은 아직 살아있어요! 아들을 안으며 포스터는 울부짖어요. 하지만 에디는… 너무 늦었어요. 며칠 전 아들이 죽은 거죠. 윌리엄 에디는 가족 전체를 잃은 거예요. 그는 광란에 빠져 악당 케세버그를 밟고 올라서요. 아이들을 먹었을지 모를, 짐승만도 못한 놈. 에디는 이 악당을 내려다보며, 죽이려 달려들지만… 못해요. 그는 땅바닥에 주저앉아 다시 하늘을 올려다봐요. 첫 번째 눈송이를 자신의 팔에 떨어뜨렸던 바로 그 하늘. 그리고 머리를 감싸 쥐죠. 포스터가 그를 대신해서 케세버그를 죽이려 달려드는 순간, 웅크려 앉아있는 윌리엄 에디에게서 들려오는 목소리… "내버려 두게." 그는 포스터에게 말해요. 왜냐하면 이 같은 악은 우리 모두에게 내재되어 있다는 것을, 우리 모두가 결국은 동물이라는 것을 알기 때문이에요. "내버려 둬." 그가 말해요.

윌리엄 에디는 단순히… 살아남았어요. 그리고 그가 수평선을 바라볼 때 우리는 깨달아요. 우리가 희망할 수 있는 거라곤 그게 전부일지 모른다는 사실을요. 살아남는 것. 역사와 슬픔과 죽음의 위협이라는 광란의 격랑 속에 붙들렸던 한 남자가 깨닫는 거예요. 자신이 무력하다는 것, 그리고 자신에 대한 믿음 따위는 허영이었다는… 한낱 꿈이었다는 것을요. 그는 최선을 다해, 눈과 바람과 자신의 동물적인 배고픔에 맞서 싸운 거였고, 결국 그게 인생이에요. 가족을 위해, 사랑을 위해, 단순한 도리를 위해, 선량한 한 남자가 자연과 숙명의 잔인함에 맞서 싸우지만, 그건 그가 결코 이기지 못할 전쟁이에요. 모든 사랑은 같은 사랑이에요. 그리고 그건 강력해요. 인간으로 산다는 것이 무엇인지를 보여주는 가슴 아픈 친절이고요. 우리는 사랑하고, 우리는 노력하고, 우리는 홀로 죽는 거예요.

화면은 이 눈 덮인 벌판이 150년이란 세월을 겪어내는 모습을 10초에 걸쳐 보여줘요. 철로며 도로가 건설되고, 집들도 지어지죠. 트러키 패스에서 타호로 질주하는 자동차들도 나타나요. 그리고 주간州間 고속도로가 개통돼요. 한때 도저히 통과할 수 없었던 그곳이 이제는 그저 긴 프리웨이의 한 구간이 되어버린 거죠. 그리고 이제 우리는 현대 교통의 잔인한 편의성에 맞닥뜨려요. 하지만 우리는 자동차를 세우고 잠시 숲을 보기도 해요. 그렇게 인간성의 진리는 살아남아 있어요. 이 나무들. 이 산맥. 이 불가해한 자연과, 죽음의, 얼굴.

그리고 이 프리웨이는 금세 사라져요. 꿈처럼, 환각처럼, 상처 입은 남자의 무너져 내린 마음 속 환영처럼. 그건 단지 1847년의 외딴 산길일 뿐이에요. 그를 둘러싼 세상은 죽음처럼 고요해요. 땅거미가 내려요. 그리고 윌리엄 에디는 홀로 길을 떠나요.

08
그랜드 호텔

1962년 4월
이탈리아, 로마

파스쿠알레는 종착역 근처의 작고 턱없이 비싼 *알베르고*albergo(호텔)에서 불편한 잠을 잤다. 로마의 호텔 투숙객들은 이 온갖 소음 속에서 대체 어떻게 잠을 잘 수 있는지 궁금했다. 그는 일찌감치 일어나 바지와 셔츠와 넥타이와 양복 상의를 꿰어 입고, 커피를 마신 뒤, 택시를 타고 미국 영화인들이 묵고 있는 그랜드 호텔로 달려갔다. 그는 스페인 계단에 앉아 할 말을 준비했다. 행상인들은 자른 꽃을 진열할 매대를 설치하고 있었고 관광객들은 벌써 지도를 펼쳐들고 목에는 카메라를 건 채 돌아다니고 있었다. 파스쿠알레는 오렌찌오가 준 종이에 적힌 이름을 내려다보며 엉터리로 발음하지 않기 위해 연습을 했다.

저는… 마이클 딘을 만나러 왔습니다. 마이클 딘. 마이클 딘.

파스쿠알레는 그랜드 호텔이 처음이었다. 마호가니 문을 열자 그가 여태 본 것 중 가장 화려하게 장식된 로비가 나타났다. 대리석을 깔아놓은 바닥, 꽃무늬 프레스코와 크리스털 샹들리에로 빛나는 천장, 성자들과 새들과 뚱한 표정의 사자들이 그려진 스테인드글라스 천창. 한꺼번에 소화하기가 힘겨울 지경이어서 그는 관광객처럼 입을 쩍 벌리고 서있지 않으려고, 최대한 진지하고 명민하게 보이려고 애써야 했다. 그는 이 마이클 딘이라는 악당과 처리해야 할 중요한 사무가 있는 것이다. 로비는 사람들로 붐볐다. 주로 관광객 무리들과 검은 양복을 입고 안경을 쓴 이탈리아인 비즈니스맨들이었다. 유명한 영화배우들은 보이지도 않았지만 혹시 보인다 해도 파스쿠알레는 알아보지 못했을 것이었다. 그는 흰 사자 조각상에 기대어 잠시 쉴 생각이었지만 그 얼굴이 너무나 사람 같아서 불편한 느낌이 들었다. 그래서 이내 몸을 일으켜 프런트 데스크로 갔다.

파스쿠알레는 모자를 벗고 데스크 직원에게 마이클 딘의 이름이 적힌 종이를 건넸다. 그가 입을 열어 준비한 대사를 말하려는 순간, 직원은 종이를 힐끗 보고 로비 끝에 난 화려한 출입구를 손으로 가리켰다. "복도 맨 끝입니다." 그가 가리킨 곳은 줄지어선 사람들로 장사진을 이루고 있었다.

"딘에게 용무가 있습니다. 그가 저기 있나요?" 그가 직원에게 물었다.

직원은 다시 손으로 그 쪽을 가리키고 고개를 돌려버렸다. "복도 맨 끝입니다."

파스쿠알레는 복도 끝으로 가 줄을 섰다. 이 많은 사람들이 마이클 딘과 볼 일이 있다는 걸까? 그는 어리둥절해졌다. 혹시 이 자는 이탈리아 전역에 병든 여배우들을 내버려둔 것인가 의심이 됐다. 파스쿠알레 앞의 여자는 매력적이었다. 갈색 생머리에 다리가 길었고 나이는 아마 그와 비슷할 스물둘이나 스물셋쯤 되어보였으며 몸에 착 달라붙는 원피스를 입고 불을 붙이지 않은 담배를 손가락으로 초조하게 비벼대고 있었다.

"불 있어요?" 그녀가 물었다.

파스쿠알레는 성냥을 그어 그녀 앞으로 내밀었다. 그녀는 그의 손을 자기 손으로 감싸고서 입에 문 담배를 성냥불에 대고는 훅 숨을 들이쉬었다.

"불안해 죽겠어요. 그나마 지금 담배라도 피우지 않고서는 케이크 한 개를 통째로 먹어치워야 할 거예요. 그러면 우리 언니처럼 뚱뚱해져서 아무짝에도 쓸모가 없게 되겠죠."

그는 그녀 너머로 줄지어선 사람들과 구석마다 황금빛 기둥들이 박힌 화려한 볼룸을 바라보았다.

"이게 무슨 줄이죠?" 그가 물었다.

"이 길밖에 없어요." 그녀가 대답했다. "스튜디오건 어떤 촬영장이건 마찬가지예요. 어딜 가나 줄이 이어지죠. 어쨌든 여기가 제일 나요. 내 생각은 그래요."

"이 사람을 찾고 있어요." 파스쿠알레가 딘의 이름이 적힌 종이를 그녀에게 보여주었다.

그녀는 그걸 힐끗 보더니 자기가 갖고 있는 종이를 그에게 내보였다. 거기에는 다른 남자의 이름이 적혀있었다. "상관없어요." 그녀가 말했다. "이 모든 줄이 결국 같은 곳에서 끝나니까요."

파스쿠알레 뒤로도 줄이 이어지기 시작했다. 줄의 종착점인 작은 탁자에는 남자 하나와 여자 하나가 서류 뭉치 몇 개를 앞에 놓고 앉아있었다. 어쩌면 저 남자가 마이클 딘인 모양이었다. 그들은 차례가 온 사람들에게 한두 가지 질문을 던지고는 되돌려 보내거나 구석에 서서 기다리게 하거나 밖으로 이어지는 것 같은 문으로 나가게 했다.

그 매력적인 여자 차례가 왔다. 그들은 그녀의 서류를 받아들고 나이가 몇이고 어디 출신이며 영어를 좀 할 줄 아느냐는 질문들을 했다. 열아홉 살에 테르니 출신이며 "영어 몰토molto(아주) 잘" 한다고 그녀는 대답했다. 영어를 한 번 해보라는 요청이 내려왔다.

"베이비, 베이비." 그녀가 영어 비슷한 말을 시작했다. "아이 러브 유, 베이비. 유 아 마이 베이비." 그녀에게는 구석에 서서 기다리라는 지시가 떨어졌다. 파스쿠알레가 보아하니 매력적인 젊은 여자들은 하나같이 그 구석으로 보내지고 있었다. 그렇지 않은 사람들은 문밖으로 내보내졌다. 차례가 온 파스쿠알레가 마이클 딘의 이름이 적힌 그 종이를 작은 테이블 앞의 남자에게 보여주자 그 남자는 그걸 되돌려줬다.

"당신이 마이클 딘입니까?" 파스쿠알레가 물었다.

"신분증 주실래요?" 남자가 이탈리아어로 말했다.

파스쿠알레는 신분증을 건네주며 말했다. "이 사람, 마이클 딘을 찾고 있습니다."

남자가 눈을 들어 쳐다보고는 서류들을 넘겨본 다음 끝부분의 한 장에 파스쿠알레의 이름을 적었다. 거기에는 그 남자의 필체로 여남은 개의 이탈리아 이름들이 적혀 있었다.

"경력이 있습니까?" 남자가 물었다.

"뭐라고요?"

"연기 경력이 있냐고요."

"아니, 나는 배우가 아닙니다. 마이클 딘을 찾고 있을 뿐이라고요."

"영어 하세요?"

"네." 그가 영어로 대답했다.

"뭐든지 말해봐요."

"헬로." 그가 영어로 말했다. "하우 아 유?"

남자가 흥미롭다는 듯한 얼굴을 했다. "웃기는 말을 좀 해봐요."

파스쿠알레는 잠시 멈칫하다 영어로 말했다. "내가 그녀에게 그 남자를 사랑하느냐고 물으면 그녀는 그렇다고 말해요. 내가… 그 남자도 사랑하느냐고 물으면. 그녀는 그렇다고 말해요, 그 남자는 자기 자신을 사랑한다고요."

남자는 웃지 않았다. 그저 "좋아요" 하더니 파스쿠알레에게 신분증을 돌려주며 5410이란 번호가 찍힌 카드를 함께 건넸다. 그리고 매력적인 여자들을 제외한 대부분의 사람들을 보냈던 출구를 가리켰다. "버스 번호는 4번이에요."

"아니, 나는 사람을 찾고…."

하지만 남자는 이미 다음 차례의 사람을 상대하고 있었다.

뱀처럼 끝없이 이어진 줄을 따라 나오니 대기 중인 버스들이 나타났다. 그는 네 번째 버스에 올라탔다. 차내는 스물에서 마흔 사이의 남자들로 거의 만원이었다. 몇 분 후에는 그 매력적인 여자들이 나와 더 작은 버스에 올라타는 것이 보였다. 그가 탄 버스에 남자들 몇이 더 오른 다음 문이 삐걱거리며 닫히고 엔진 시동이 걸리더니 버스가 출발했다. 버스는 시내를 따라 파스쿠알레가 본 적 없는 *첸트로centro(중앙)*의 어느 지역에 닿아 멈췄다. 남자들이 천천히 버스에서 내렸다. 파스쿠알레는 어쩔 수 없이 그들을 따라갔다.

그들은 골목길을 걸어 내려가 '첸추리언스'라는 딱지가 붙은 정문을 통과했다. 과연 그 높은 담장 안쪽에는 로마 백부장으로 분장한 사람들이 곳곳에 서서 담배를 피우거나 *파니니panini(이탈리아식 빵의 일종)*를 먹거나 신문을 읽거나 잡담을 나누고 있었다. 갑옷을 입고 창을 든 이런 남자들이 수백 명은 되어보였다. 그러나 카메라나 영화 제작진은 찾을 수가 없었다. 그저 손목시계를 차고 중절모를 쓴 백부장 차림의 남자들뿐이었다.

바보짓이라는 생각이 들기는 했지만 파스쿠알레는 아직 분장을 하지 않은 남자들의 줄을 따라갔다. 그렇게 작은 건물에 들어가 보니 사람들이 이 남자들의 치수를 재고 의상을 입혀보고 하는 모습들이 보였다. "여기 책임자가 있나요?" 그는 앞에 선 남자에게 물었다.

"없어요. 그래서 좋은 거죠." 남자는 양복 윗도리를 열어 호텔에서 나눠준 번호 적힌 카드를 다섯 장이나 보여 주었다. "그냥 줄을 따라 걷기만 하면 돼요. 그럼 그 얼간이들은 언제나 군소리 없이 돈을 주거든요. 의상 따위도 주지 않더라고요. 그러니 누워서 떡먹기죠." 그가 눈을 찡긋해 보였다.

"하지만 나는 여기 오려고 온 게 아니라…." 파스쿠알레가 말했다.

남자가 웃음을 터뜨렸다. "걱정 말아요. 아무도 잡아가지 않으니까요. 오늘은 어차피 촬영도 없을 거예요. 비가 올 것 같거나 누군가가 조명이 맘에 안 든다고 하거나 뭐 한 시간쯤 후에 누가 나와서 '테일러 부인께서 또 몸이 안 좋으세요'라며 우리를 집에 보내줄 지도 모르거든요. 잘해야 닷새에 하루 꼴로 촬영을 해요. 내가 아는 어떤 사람은 우기에 매일 여섯 번씩 일당을 받기도 했어요. 여기저기 엑스트라 촬영장에 코빼기를 비치고 그냥 돈만 받고 돌아오는 거예요. 한참을 그러다 결국 걸려서 쫓겨났지만. 그 자가 어쨌는지 알아요? 카메라를 훔쳐서 이탈리아 영화사에 팔았어요. 그 영화사가 어쨌는지 알아요? 그걸 미국사람들한테 곱으로 되팔았대요. 헛!"

줄이 움직이고 있는데 트위드 양복을 입은 남자가 그들을 향해 걸어오고 있었다. 클립보드를 든 여자와 함께였다. 남자는 영어로 속사포처럼 맹렬하게 뭐라고 지껄였고 클립보드를 든 여자는 그걸 다 받아 적고 있었다. 여자가 고개를 끄덕이며 그의 지시를 받들었다. 줄에서 사람들을 추려내기도 했는데 추려내진 이들은 명랑하게 거길 떠났다. 남자가 파스쿠알레 앞에 서서 아주 가까이 상체를 기울이자 파스쿠알레는 뒤로 상체를 뺐다.

"이 사람 나이는?"

파스쿠알레는 여자가 통역을 시작하기 전에 영어로 대답했다. "나는 스물두 살입니다."

그러자 남자는 파스쿠알레의 턱을 잡고 얼굴을 돌려서 그의 눈을 들여다보았다. "이 파란 눈은 어디서 났죠?"

"어머니도… 파란 눈이세요. 리구리아 출신이시죠. 그곳 사람들 중에 파란 눈이 많아요."

남자가 통역사에게 "노예로 쓸까?" 하고는 파스쿠알레에게 "노예 역할 할래요? 수당을 더 쳐줄 수도 있어요. 아마 촬영일수도 더 많을 거고"라고 말했다. 그가 대답도 하기 전에 남자는 여자에게 말했다. "노예로 준비시켜."

"아니요." 파스쿠알레가 말했다. "잠깐만요." 그는 다시 종이를 꺼내며 트위드 양복을 입은 남자에게 영어로 말했다. "나는 그저 마이클 딘을 찾으러 왔을 뿐이에요. 우리 호텔에 미국 여자가 묵고 있어요. 디 모레이라고…."

남자가 파스쿠알레를 향해 완전히 몸을 돌렸다. "지금 뭐라고 했죠?"

"나는 그저 사람을…."

"디 모레이라고 했나요?"

"네. 지금 우리 호텔에 있어요. 그게 내가 마이클 딘을 찾으러 온 이유예요. 그녀는 그를 기다리는데 그는 오지 않아요. 그녀는 몹시 아파요."

남자가 그 종이를 내려다본 뒤 여자와 눈을 마주쳤다. "이런 젠장, 디는 치료를 받으러 스위스에 갔다고 했잖아?"

"아니에요. 그녀는 우리 호텔에 와있어요."

"아, 제기랄… 이봐요, 근데 엑스트라들 틈에 끼어서 뭐하는 거예요?"

그들은 그를 차에 태워 그랜드 호텔로 돌려보냈다. 그는 로비에 앉아 크리스털 샹들리에에서 쏟아져 내리는 불빛을 바라보았다. 뒤에 계단이 있었는데 몇 분에 한 번씩 누군가가 박수갈채라도 기다리듯 아주 우아한 걸음으로 내려오곤 했다. 엘리베이터도 2~3분에 한 번씩 딩동 소리를 내며 열렸지만 그를 데리러 오는 사람은 없었다. 파스쿠알레는 담배를 피우며 기다렸다. 복도 맨 끝의 방으로 가 어디 가면 마이클 딘을 찾을 수 있는지 물어볼까도 해봤지만 다시 버스에 태워 보낼까봐 겁이 났다. 20분이 흘렀다. 다시 20분이 흘렀다. 마침내 매력적인 젊은 여자가 그에게 다가왔다. 매력적인 젊은 여자들이 넘쳐나고 있었다.

"투르시 씨?"

"네."

"딘 씨가 기다리시게 해서 죄송하다고 하시네요. 저를 따라 오시죠." 파스쿠알레는 그녀와 함께 엘리베이터에 탔다. 오퍼레이터가 4층을 눌러주었다. 복도는 불이 밝게 켜져 있었고 아주 널찍했다. 디 모레이가 이 아름다운 호텔을 떠나 계단은 좁아터진 데다 천장을 높게 낼 공간이 없어 천연암석을 천장삼고 그 밑에 벽을 붙여 마치 서서히 동굴 안으로 끌려들어가는 느낌을 주는 작은 호텔을 찾아왔다는 생각에 그는 창피해졌다.

그는 여자를 따라 스위트룸으로 들어갔다. 여러 개의 방들을 연결하는 문들이 죄다 열려 있었다. 이 스위트룸에서는 엄청난 작업이 진행되고 있는 듯 보였다. 전화를 하거나 타자를 치는 사람들의 모습이 마치 하나의 중소기업을 연상시켰다. 긴 테이블 위에는 음식이 차려져 있었고 아름다운 이탈리아 여자들이 커피 주전자를 들고 돌아다니고 있었다. 아침에 그 앞에 줄서 있었던 여자도 보였다. 하지만 그녀는 그와 눈을 마주치려 하지 않았다.

파스쿠알레는 스위트룸을 지나 트리니타 데이 몬티 성당이 내려다보이는 테라스로 인도되었다. 자기 방의 아름다운 전망을 칭찬하던 디 모레이가 또 떠오르며 그는 다시 창피해졌다.

"여기 앉아 기다리시죠. 마이클이 곧 올 거예요."

파스쿠알레는 테라스의 철제 의자에 앉았다. 타자치는 소리와 대화 소리가 뒤쪽에서 계속되었다. 담배를 꺼내 피웠다. 45분쯤 더 기다렸다. 매력적인 여자가 돌아왔다. 아니, 다른 여자였을지도 모른다. "몇 분 더 걸릴 것 같네요. 기다리시는 동안 뭐 물이라도 갖다 드릴까요?"

"네, 고맙습니다." 파스쿠알레가 말했다.

하지만 그녀는 물을 갖다 주지 않았다. 이제 오후 한 시가 지났다. 무려 세 시간이나 마이클 딘을 기다리고 있는 것이었다. 목이 마르고 배도 고팠다.

20분이 더 지나서야 여자가 돌아왔다. "마이클이 아래 로비에서 기다리고 있어요."

파스쿠알레는 몸을 떨며(화가 나서인지 배가 고파서인지 확실치가 않았다) 의자에서 일어나 그녀를 따라 다시 스위트룸을 통과하여 복도로 나온 다음 다시 엘리베이터를 타고 로비로 내려갔다. 한 시간 전에 그가 앉았던 바로 그 소파 위에 상상했던 것보다 훨씬 젊고(자신만큼이나 젊었다) 피부가 희다 못해 창백하며 머리카락은 적갈색인 미국인 남자가 앉아 있었다. 그는 오른손 엄지손톱을 깨물고 있었다. 얼굴이 미끈한 게 미국식으로 보면 잘생겼다고 볼 수도 있겠지만, 디 모레이가 기다리는 남자라면 지니고 있으리라 기대했던 자질 같은 건 없어 보였다. 어쩌면 그녀에게 어울릴 만한 남자는 없을지 모른다고, 그는 생각했다.

남자가 일어섰다. "투르시 씨." 그가 영어로 말했다. "마이클 딘입니다. 디에 관해 하실 말씀이 있어 오셨다고 들었습니다."

파스쿠알레의 다음 행동은 스스로도 예상치 못한 것이었다. 여러 해 전 열일곱 살이던 시절 라 스페찌아에서 오렌찌오의 형이 그의 남자다움을 의심했을 때 이후로는 한 번도 하지 않았던 일이었다. 그는 그 순간 앞으로 한 발 다가서서 마이클 딘의, 다른 곳도 아니고, 가슴팍에 주먹을 꽂아 넣었던 것이다. 그는 누군가의 가슴을 때려본 일이 없었으며, 사실 누군가가 가슴을 얻어맞는 것을 본 일조차 없었다. 팔뚝이 아플 만큼 무겁게 내리꽂힌 일격에 딘은 허리가 접힌 채 소파 위에 고꾸라졌다.

허리가 접힌 남자 위에서 몸을 떨며 파스쿠알레는 들리지 않는 말을 했다. 일어나. 일어나서 덤벼봐. 또 한 대 쳐줄 테니. 하지만 파스쿠알레의 분노는 서서히 엷어졌다. 주위를 둘러봤다. 아무도 그 장면을 본 사람이 없었다. 그냥 마이클 딘이 다시 자리에 앉은 것처럼 보였을 것이었다. 파스쿠알레는 한 발 물러섰다.

딘은 호흡을 고른 다음 접힌 허리를 폈다. 그리고 찡그린 얼굴로 올려다보며 말했다. "아우… 제기랄." 그러더니 기침을 했다. "내가 맞을 짓을 했다고 생각하는 모양이군요."

"왜 그녀를 이렇게 내버려둬요? 그녀는 무서워하고 있어요. 그리고 아프고요."

"알아요. 안다고요. 이것 봐요. 그 일에 대해서는 미안한데요." 딘이 다시 기침을 하며 가슴을 문질렀다. 그는 경계의 눈빛으로 주변을 둘러봤다. "밖에 나가서 얘기해도 될까요?"

파스쿠알레는 어깨를 으쓱했고, 두 사람은 문을 향해 걸었다.

"더 때리기 없어요, 알았죠?"

파스쿠알레가 동의했다. 두 사람은 호텔을 나와 스페인 계단으로 갔다. 광장은 인파로 발 디딜 틈이 없었으며, 상인들은 꽃값을 큰 소리로 외치고 있었다. 마이클 딘과 함께 광장으로 들어서면서 파스쿠알레는 손사래를 쳐 상인들을 물리쳐야 했다.

마이클 딘은 계속 가슴을 문질렀다. "뭔가 부러진 것 같아요."

"*디스피아체*Dispiace(*미안합니다*)." 파스쿠알레가 낮은 목소리로 말했다. 사실 조금도 미안하지 않았다.

"디는 어때요?"

"아파요. 라 스페찌아에서 의사를 불러왔어요."

"그래서 그 의사가… 진찰을 했나요?"

"네."

"그렇군요." 마이클 딘이 무겁게 고개를 끄덕이고 나서 다시 엄지손톱을 깨물기 시작했다. "의사가 뭐라고 했는지는 뭐 물어볼 것도 없겠고요."

"그녀의 의사를 만나고 싶어해요… 이야기하러."

"크레인 박사와 이야기하기를 원한다고요?"

"네." 파스쿠알레는 정확한 대화 내용을 기억하려 해보았지만, 어쨌든 그걸 영어로 옮기기는 불가능하다는 걸 알고 있었다.

"이봐요, 사실인데 이건 크레인 박사 생각이 아니었어요. 내 생각이었지." 파스쿠알레가 또 한 방 날릴 것 같았는지 마이클 딘이 뒤로 한 발짝 물러섰다. "크레인 박사는 그저 그녀에게 증상이 암 증상과 일치한다고 말해주었을 뿐이에요. 사실이 그랬고요."

파스쿠알레는 그가 하는 말이 정확히 이해되지 않았다. "이제 그녀를 데려가러 올 건가요?" 그가 물었다.

마이클 딘은 곧장 대답하지 않고 광장을 둘러보았다. "이곳의 무엇이 내 마음에 드는지 알아요, 투르시 씨?"

스페인 계단을 바라보니 트리니다 데이 몬티 성당으로 웨딩케이크의 행렬이 올라가고 있었다. 가장 가까운 쪽 계단 위에서는 젊은 여자가 무릎을 꿇고 앞으로 몸을 굽혀 책 읽는 포즈를 취하고 옆에서는 친구가 스케치북에 그 모습을 담고 있었다. 계단은 이런 사람들로 가득했다. 책을 읽거나 사진을 찍거나 친밀한 대화를 나누는 사람들.

"나는 이탈리아인들의 자기본위가 좋아요. 자기가 정확히 원하는 것을 두려움 없이 요구하는 그 태도가요. 미국인들은 그렇지가 않아요. 우리는 본심을 숨겨가며 이야기하거든요. 무슨 말인지 알겠어요?"

무슨 말인지 몰랐지만 시인하기는 싫었기에 파스쿠알레는 그냥 고개를 끄덕였다.

"우리 서로 입장을 터놓고 이야기해보죠. 틀림없이 나는 어려운 입장이고 보아하니 당신은 도움을 줄 수 있는 사람 같아요."

파스쿠알레는 이 무의미한 말들에 집중하는 데 어려움을 겪었다. 도대체 디 모레이는 이 자의 어떤 점에 빠진 것인지 알 수가 없었다.

그들은 광장 중앙에 있는 분수에 다다랐다. 마이클 딘은 분수 가장자리에 몸을 기댔다. "이 분수에 대해서, 가라앉는 배에 대해서 알고 있어요?"

파스쿠알레는 분수 한가운데 조각된 배를 보았다. 중앙의 꼭지를 통해서 물줄기가 넘실거리며 솟구쳐 오르고 있었다. "아니요."

"로마의 다른 어떤 조각과도 달라요. 다른 것들은 모두 진지하고 엄숙한 작품들인데 이건…, 이건 희극적이거든요. 우스꽝스러워요. 바로 그런 이유로 이 조각은 이 도시 전체에서 가장 진정한 예술작품이라고 난 생각해요. 내 말 무슨 뜻인지 알겠어요, 투르시 씨?"

파스쿠알레는 무슨 말을 해야 좋을지 몰랐다.

"아주 오래 전, 홍수 때래요. 강이 배를 들어 올려서 여기다 패대기를 쳤다는 거예요. 그 자리에 지금 분수가 세워진 거고요. 예술가는 재앙의 무작위적인 본질을 포착하려 했던 거겠죠. 요점은 이거예요. 더러 어떤 사건이 왜 어떻게 일어났는지 설명할 수 없을 때도 있다는 것. 느닷없이 배가 거리에 내려앉기도 한다는 거죠. 도무지 어처구니가 없더라도 웬 배가 별안간 거리에 나와 앉았다는 사실을 받아들이고 해결하는 수밖에는 다른 도리가 없는 거예요. 그러니까… 바로 그것이 여기 로마에서, 이 영화 촬영지에서 내가 처한 입장이다 이거예요. 문제는 그게 배 한 척이 아니라는 거죠. 온갖 염병할 거리마다 온갖 염병할 배들로 넘쳐나고 있으니까요."

또 다시, 파스쿠알레는 이 자가 무슨 소리를 하는 건지 감을 잡을 수 없었다.

"내가 디에게 한 짓이 잔인하다고 생각하고 있겠죠. 어떤 관점에서 볼 때 잔인했다는 점, 부정하지 않겠어요. 하지만 나는 한 번에 한 건의 재앙만 처리해요." 마이클 딘은 양복 윗도리에서 봉투를 하나 꺼내더니 파스쿠알레의 손에 밀어 넣었다. "반은 그녀의 것, 반은 당신 거예요. 내 대신 지금까지 해준 일, 그리고 지금부터 해줄 일에 대한 답례라고 해두죠." 그는 파스쿠알레의 팔에 손을 얹었다. "투르시 씨, 비록 내게 폭력을 행사했지만 나는 당신을 친구로 간주하고 친구로 취급하겠어요. 하지만 그녀에게 반을 다 주지 않았다거나 또는 이 이야기를 누군가에게 했다는 걸 알게 된다면, 그 순간부터 당신은 내 친구가 아니에요. 그건 누구나 무서워하는 일이라는 걸 명심하세요."

파스쿠알레는 팔을 뺐다. 이 끔찍한 사내가 *자신*을 부정직한 인간으로 몰고 있는 것인가 싶었다. 그는 디의 말을 떠올리고, 냉큼 말했다. "제발요! 나는 솔직해요!"

"그래요, 좋아요." 마이클 딘은 파스쿠알레가 또 주먹을 날릴까봐 두려운 듯 양손을 들어 올리며 말했다. 그러더니 눈을 가늘게 뜨고 한 발짝 다가섰다. "솔직하고 싶어요? 나는 솔직할 수 있어요. 나는 이 망해가는 영화를 살려내라는 임무를 띠고 여기로 파견됐어요. 바로 그게 내 일이에요. 내 일에는 도덕적 요소라곤 없어요. 선하지도 악하지도 않아요. 거리에 나앉은 배들을 치우는 거, 그게 내 일일 뿐이에요."

마이클이 시선을 돌렸다. "이미 알겠지만 물론 그 의사 말이 옳아요. 우리는 디를 오도해서 여기서 치워낸 거였어요. 자랑스러울 일은 아니죠. 가서 그녀에게 전해줘요. 아이, 크레인 박사는 하필 위암을 들먹여서…. 겁줄 의도는 없었다고요. 의사들이 다 그렇잖아요. 지나치게 분석적이고…. 하여간 그 사람이 위암을 택한 이유는 증상이 임신초기 증세와 유사했기 때문이에요. 하지만 하루 이틀 지나면 사실을 털어놓을 예정이었죠. 그래서 디를 스위스에 보내기로 했던 거예요. 원치 않는 임신을 전문으로 처리하는 의사가 거기 있거든요. 안전한 데다 비밀 보장도 확실하다고…."

파스쿠알레는 몇 발짝 뒤로 물러섰다. 그러니까, 사실이었다. 그녀는

정말 임신했던 거였다.

마이클 딘은 파스쿠알레의 얼굴을 보고 당황한 눈치였다. "저, 이봐요, 그녀에게 내가 진심으로 미안해하고 있다고 꼭 말해줘요." 그리고 파스쿠알레의 손에 든 봉투를 손으로 툭 쳤다. "그리고… 세상이란 게 살다보면 이런 일도 있는 거라고 잘 좀 말해줘요. 정말로 미안해요. 하지만, 크레인 박사의 충고대로 그녀는 반드시 스위스에 가야 돼요. 거기 의사가 모든 걸 해결해줄 테니까. 비용도 다 지불됐고요."

파스쿠알레는 손에 든 봉투를 노려보았다.

"아, 그녀에게 전해줄 게 더 있어요." 그는 다시 양복 윗도리에 손을 넣어 작은 사진 세 장을 꺼냈다. 영화 세트에서 찍은 사진들 같았다. 카메라맨들이 배경에 보이는 사진도 하나 있었다. 사진들이 작기는 했지만 파스쿠알레는 세 장 모두에서 디 모레이의 모습을 뚜렷이 볼 수 있었다. 그녀는 길게 늘어진 드레스를 입고 또 다른 여자와 함께 사진 한가운데의 여자 옆에 서 있었다. 가운데 그 여자는 검은 머리의 매우 아름다운 여자였다. 디와 검은 머리 미녀가 뒤로 몸을 젖히고 함께 웃고 있는 흠허물 없는 사진이 가장 좋았다. "이런 걸 연속사진이라고 해요." 마이클 딘이 말했다. "다음 사진이 제대로 나오도록 준비시키는 사진이라고 할 수 있죠. 의상, 머리… 그리고 혹시 누가 시계를 차고 있지 않은지 같은 것도 점검하고요. 디가 이 사진들을 원할지 모른다고 생각했어요."

파스쿠알레는 맨 위 사진을 유심히 들여다보았다. 디 모레이가 다른 여자의 팔에 손을 얹고 있었고, 두 여자 모두 그야말로 숨넘어가게 웃는 모습이었다. 도대체 뭐가 그리 우스웠는지 알 수만 있다면 파스쿠알레는 어떤 대가라도 치를 수 있을 것 같았다. 혹시 이 남자는 자기 자신을 아주 사랑한다는, 디가 들려준 그 농담의 장본인이 아니었을까 궁금해졌다.

딘도 그 사진을 내려다보고 있었다. "흥미로운 얼굴이에요. 솔직히 말해서 처음 봤을 땐 영 아니었어요. 이집트인 시녀 역에 금발을 기용하다니 맨키에비츠가 정신이 나갔다고 생각했을 정도였어요. 하지만 그녀에겐 이런 자질이…." 마이클 딘이 상체를 기울였다. "꼭 젖가슴을 말하는 게 아니에요. 뭔가 다른 게… 독창성이라고나 할까? 진짜 여배우예요, 이 여자." 딘은 머리를 흔들어 생각을 떨쳐내고는 다시 사진을 들여다보았다. "디가 나온 장면들은 다 재촬영해야 해요. 많지는 않아요. 비에 노사 문제에 그렇잖아도 작업이 지연되는 마당에 리즈가 아프더니 디까지 아프다라고요. 그녀를 떠나보내려 하자 자신이 이 영화에 출연했다는 걸 아무도 모르리라는 것이 실망스럽다고 하더군요. 그래서 이 사진이라도 원하지 않을까 생각했죠." 마이클 딘이 어깨를 으쓱했다. "물론 그때야 자신이 죽어간다고 생각했던 때지만."

꺼지지 않고 울려 퍼졌다, *죽어간다*…는 그 말.

"저기 말예요." 마이클 딘이 말했다. "그녀가 언젠가는 내게 전화를 걸어 서로 웃어넘기고 말 거라고 난 생각했어요. 세월이 흐른 뒤에 두 사람이 나눌 수 있는 우스운 옛이야기가 될 거라고요, 어쩌면 심지어는…." 그는 말을 끝맺지 않고, 희미하게 웃었다. "하지만 이제 틀린 일이죠. 그녀는 내 불알을 쥐어뜯으려 들 테니까요. 하지만 정말이지… 꼭 전해줘요. 화가 조금 누그러지고 또 협조적으로 나와 주기만 하면 함께 미국으로 돌아간 후 원하는 어떤 역할이든 다 주겠다고. 얘기해줄 수 있죠? 원한다면 내가 스타로 만들어줄 수 있다고 말이에요."

파스쿠알레는 현기증과 함께 속이 울렁거렸다. 마이클 딘을 때리지 않으려고 안간힘을 쓰고 있다가(임신한 여자를 버리고도 남자랄 수 있을까?) 마음속에서 피어오른 깨달음 하나가 자신의 가슴팍을 정면으로 가격한 순간, 숨이 턱 막혔던 것이다. 이처럼 물리적인 생각을, 이처럼 아랫배를 정통으로 내리치는 생각을 경험해본 일이 없었다. *맙소사, 지금 내 꼴이라니… 임신한 여자를 버렸다는 이유로 이 남자에게 분노하면서…. 제 아들이 엄마를 큰누나로 알고 자라고 있는 현실은 까맣게 잊고 있지 않은가!*

파스쿠알레는 얼굴을 붉혔다. 기총좌 앞에 웅크리고 디 모레이에게 했던 말이 떠올랐다. *간단한 일이 아니에요.* 하지만 그건 간단한 일이었다. 전적으로 간단한 일이었다. 그 같은 책임으로부터 도망친 종류의 남자들이 있었다. 마이클 딘과 자기 자신이 바로 그런 남자들이었다. 스스로를 때릴 수 없다면 마이클 딘도 때려선 안 될 일이었다. 파스쿠알레는 자신의 위선이 역겨워져 입을 틀어막았다.

파스쿠알레가 아무 말이 없자 마이클 딘은 분수를 되돌아보며 얼굴을 찡그렸다. "이런 게 세상이겠지요."

그리고 마이클 딘은 군중 속으로 걸어갔다. 분수 가장자리에 기대 서 있는 파스쿠알레를 남겨두고. 봉투를 열어보니 처음 보는 액수의 큰돈이 들어있었다. 디의 몫인 미국 달러화와 그의 몫인 이탈리아 리라화가 각각 한 뭉치씩이었다.

파스쿠알레는 사진들을 봉투에 집어넣었다. 주변을 둘러보았다. 흐린 날이었다. 스페인 계단 위의 사람들은 여기저기 흩어져 쉬고 있었지만, 광장이며 거리의 사람들은 각자 용무를 갖고 서로 다른 속도로 그러나 질서정연하게 움직이고 있었다. 마치 천 개의 서로 다른 총에서 발사된 천 개의 서로 다른 총알들 같았다. 이 모든 사람들은 저마다 옳다고 판단한 방식으로 움직였다…. 그의 주변에서는 그 모든 이야기들이, 배신과 음험한 마음에 짓눌린 그 모든 연약하고 병든 사람들이 소용돌이치고 있었고 *(이런 게 세상이겠지)*, 이야기를 나누고 담배를 피우고 사진을 찍고 있었다.

파스쿠알레는 몸이 딱딱하게 굳어가는 느낌이 들며, 거리에 나앉은 배로 만들어진 이 낡은 분수처럼 평생을 여기 서서 보내게 될지 모르겠다는 생각을 했다. 사람들은 미국 영화인과 담판을 지으러 왔다가 자신의 약해빠진 성품을 깨닫고 영원히 굳어버린, 가난하고 순진한 촌뜨기의 조각을 손가락으로 가리킬 것이었다.

게다가, 디에게는 뭐라고 말해야 한단 말인가? 그녀가 사랑하는 이 뱀 같은 남자 딘의 인격을 비난할 것인가? 자신도 그와 다름없는 뱀인 주제에? 저도 모르게 신음이 새어 나와 파스쿠알레는 입을 틀어막았다.

그때 누군가 이깨에 손을 얹는 느낌이 왔다. 뒤를 돌아보니 아침에 백부장 줄을 관리하던 통역사 여자였다. "디가 어디 있는지 안다는 그 분 맞죠?" 그녀가 이탈리아어로 물었다.

"예."

여자는 주위를 둘러보더니 파스쿠알레의 팔을 꼭 잡았다. "미안하지만 함께 좀 가주시겠어요? 꼭 만나서 이야기를 나누고 싶어 하는 사람이 있어서요."

09
방

최근
캘리포니아 주, 유니버설 시티

방은 전부다. 당신이 방안에 있을 때 방 밖에는 아무것도 존재하지 않는다. 당신의 피치를 듣는 사람들은 오르가슴을 선택할 수 없는 것과 마찬가지로 방을 나갈 수 없다. 그들은 당신의 이야기를 반드시 들어야 한다. 방 말고는 아무것도 없다.

뛰어난 소설은 미지의 진실을 말해준다. 뛰어난 영화는 한발 더 나간다. 뛰어난 영화는 진실을 더 멋지게 만들어준다. 까놓고 말해 광역개봉 첫 주에 4천만 달러를 벌어들이는 진실이 어디 있는가? 여섯 시간 만에 40여 개국에 팔리는 진실이 어디 있는가? 진실의 속편을 보겠다고 줄을 서는 사람이 어디 있는가?

당신의 이야기가 진실을 더 멋지게 만들면 당신은 방 안에서 그것을 팔게 될 것이다. 방 안에서 그것을 팔면 거래가 성사된다. 거래가 성사되면 세상은 침대에 누워 떠는 신부처럼 당신을 기다린다.

–마이클 딘의 회고록 《딘의 길–내가 현대 할리우드를 미국에게 피치한 방식, 그리고 당신 또한 당신 인생에 성공을 피치할 수 있는 비결》 열네 번째 장

방안에서 셰인 휠러는 마이클 딘이 약속했던 그 들뜬 기분을 느낀다. 그들은 〈도너!〉를 만들 것이다. 그는 안다. 마이클 딘은 그의 미야기 사부이고(영화 〈가라데 키드〉의 등장인물) 그는 막 지시대로 자동차에 왁스를 칠한 것이다. 마이클 딘은 그의 요다이고(영화 〈스타워즈〉의 등장인물) 그는 막 지시대로 진흙탕에서 우주선을 건져낸 것이다. 셰인은 해냈다. 그는 정말이지 이렇게 고무되어본 적이 없다. 손드라나 아니면 부모님이라도 지금 이 장면을 보았다면 좋았겠다는 생각까지 든다. 초입에는 좀 불안했을지 모르지만 지금처럼 무엇엔가 확신을 느껴본 적이 없다. 그는 이 피치를 끝내주게 한 것이다.

방안은 조용하다. 셰인은 기다린다. 노인 파스쿠알레가 먼저 입을 열고는 셰인의 팔을 두드려주며 말한다. "*펜소 에 안다타 몰토 베네Penso e andata molto bene(내 생각엔 아주 좋은 것 같아요).*"

"*그라찌에Grazie*, 투르시 씨."

셰인은 방안을 한 바퀴 둘러본다. 마이클 딘은 도통 속내를 읽어낼 수 없는 얼굴이지만 애당초 저 얼굴에 인간의 표정이 드러날 수 있기나 할지 의심스럽다. 어쨌든 깊은 생각에 잠겨 보이긴 한다. 매끄러운 얼굴 앞에 주름진 양손을 깍지 낀 채 입술 위에 검지 두 개를 나란히 세워 올리고 있다. 셰인은 이 남자를 주의 깊게 바라본다. 한쪽 눈썹이 다른 쪽보다 조금 높아 보인다. 우연히 눈썹 정리가 그렇게 된 것일까?

마이클 딘 오른쪽을 힐끔 보니 클레어 실버가 이상야릇한 표정을 하고 앉아있다. 그건 미소일 수도(마음에 쏙 든 거다!) 또는 우거지상일 수도(세상에, 그게 마음에 안들 수도 있단 말인가?) 있는데, 굳이 규정지어야 한다면 *고통스런 당혹감*이라 할 수 있을 것 같다.

여전히 아무도 말이 없다. 셰인은 자신이 혹시 방을 잘못 읽은 것은 아닐까 걱정이 되기 시작한다. 지난해의 그 모든 자기회의가 다시 고개를 쳐들기 시작한다…. 그 순간 클레어 실버 쪽에서 하나의 소음이 들려온다. 그것은 모터에 시동이 걸리는 것 같은 콧소리다. "식인행위자들이라…." 그녀가 말하더니, 마침내 자제력을 잃어버린다. 온전한, 통제 불가능한, 숨 가쁜 폭소가 터져 나온다. 높은, 병적인, 찍찍거리는 웃음이다. 그러더니 한손을 셰인 쪽으로 내민다. "정말… 미안해요, 그게… 그냥… 그러니까…" 그리고 다시 웃음을 터뜨린다. 그녀는 웃음 속에서 해체된다.

"미안해요." 이윽고 다시 말을 할 수 있게 되자 클레어가 말한다. "진심이에요. 하지만…." 다시 웃음이 삐져나오고, 조금 더 높아진다. "3년 동안 좋은 영화 피치를 기다렸는데… 그러다 정말 모처럼 영화 피치가 하나 왔구나 싶었는데… 뭐, 뭐라고요? 카우보이의…." 그녀는 웃음을 참으려 입을 틀어막는다. "가족이 뚱보 독일놈한테 잡아먹힌다고요?" 그녀는 허리를 접고 자지러지게 웃는다.

"카우보이 아녜요." 셰인이 하염없이 줄어들고 시들고 마침내 죽어가는 느낌으로 중얼거린다. "그리고 식인행위를 *보여주지는 않을 거고요.*"

"그래요, 그래, 미안해요." 클레어가 숨 가쁘게 말한다. "미안해요." 그녀는 다시 입을 가리고 눈을 꾹 감아보지만 웃음을 멈출 수가 없다.

셰인이 마이클 딘을 힐끗 본다. 하지만 이 늙은 제작자는 그저 깊은 생각에 잠겨 코고는 소리를 내며 웃는 클레어를 물끄러미 보고만 있다.

셰인은 몸에서 마지막 공기가 빠져나가는 느낌이다. 이제 그는 이차원 적 존재가 된다. 묵사발이 된 자아의 평면 스케치. 지난해 우울증에 시달리는 동안 바로 이런 느낌이었다. 그리고 이제 자신이 그 옛날 ACT의 자신감을, 보다 겸손한 형태로나마, 되찾을 수 있다고 잠시나마 믿었던 것이 어리석은 짓이었음이 뚜렷이 드러난다. 그 셰인은 이제 없다. 죽었다. 송아지고기 커틀릿이 되었다. 그는 중얼거린다. "하지만… 괜찮은 이야기잖아요." 그리고는 구조를 요청하는 눈으로 마이클 딘을 바라본다.

클레어는 규칙을 안다. 영화 제작자들은 어떤 피치건 맘에 들지 *않는다*고 시인하지 않는다. 혹시 그게 다른 곳에서 팔릴 경우 작품을 못 알아본 얼간이로 소문나지 않기 위해서다. 반드시 다른 핑계를 댄다. *시장 상황이 맞지 않는다*, 또는 *지금 제작중인 다른 작품과 너무 비슷한 데가 있다*, 또는 아이디어가 정말 형편없는 것일 경우에는 *우리에게는 맞지 않는다*라고 한다. 하지만 오늘만은, 지난 3년간 그 모든 걸 견뎌냈던 그녀도, 더 이상 참을 수가 없다. 말도 안 되는 아이디어와 멍청한 피치들 앞에서 꾹꾹 눌러왔던 반응이 일거에 눈물범벅의 숨 가쁜 폭소가 되어 쏟아지고 있는 것이다. *카우보이 식인행위자*들에 관한 영상효과 충만한 스릴러 시대물이라? 세 시간의 비탄과 나락 후에 고작 발견하는 게 주인공의 아들이… *디저트*였다는 사실이라?

"미안해요." 그녀가 숨을 헐떡인다. 하지만 웃음을 멈출 수가 없다.

미안해요. 그 말과 함께 마침내 마이클이 일종의 환각상태에서 깨어난다. 그는 보좌를 짜증스럽게 바라보더니 턱에 괸 손을 내려놓는다. "클레어. 제발. 그만하면 충분해." 그리고는 셰인 휠러를 바라보며 책상 위로 상체를 굽힌다. "아주 맘에 들어요."

클레어는 죽어가는 소리를 내며 몇 차례 더 웃은 뒤 눈에 괸 눈물을 닦고 마이클이 심각하다는 걸 알아차린다.

"완벽해요." 그가 말한다. "내가 이 일을 시작했을 때 만들고 싶었던 바로 그런 종류의 영화예요."

클레어는 의자에 몸을 기댄다. 그녀는 어리둥절할 뿐만 아니라, 심지어 그녀가 가능하다고 여긴 수위를 한참 지나 아픔까지 느낀다.

"훌륭해요." 마이클이 셰인의 아이디어에 흥분을 내보이며 말한다. "미국의 고난에 대한 지금껏 말해지지 않은 대서사극이란 말이거든." 그가 클레어를 향한다. "지금 당장 옵션을 정하지. 이거 스튜디오에 가져가고 싶으니까."

그가 다시 셰인을 향한다. "괜찮다면 먼저 단기 6개월 옵션으로 가죠. 그동안 나는 스튜디오와 협상을 하고. 어떻게, 만 달러 괜찮겠어요? 물론 권리금을 말하는 거예요. 협상이 진행됨에 따라 최종 구매가가 결정되는 거고. 동의한다면, 저 이름이…."

"휠러입니다." 셰인이 숨을 헐떡이며 간신히 제 이름을 말한다. "네." 가까스로 말한다. "만 달러… 어… 괜찮습니다."

"좋아요, 휠러 씨. 멋진 피치였어요. 에너지가 좋군요. 내 젊은 시절을 떠올리게 할 만큼."

셰인은 마이클 딘에게서 클레어에게로 시선을 옮긴다. 그녀의 낯빛이 창백하다. 그는 다시 마이클을 본다. "고맙습니다. 딘 선생님. 사실 제가 선생님의 책을 씹어 먹다시피 했거든요."

마이클은 자신의 책 이야기에 다시 움찔한다. "아, 표가 나요." 번쩍이는 이빨들 사이에 틈을 만들어 미소 비슷한 것을 연출하며 그가 말한다. "나 선생 할 걸 그랬나 봐, 클레어, 안 그래?"

도너 파티에 관한 영화라고? 마이클이 *선생*이라고? 클레어는 이제 언어에 완전히 배반당하고 만 느낌이다. 스스로와 맺었던 거래를 떠올려본다. *단 하루, 단 하나의 영화 아이디어.* 그리고 이제 운명의 신이 자신을 농락하고 있음을 깨닫는다. 이 공허하고 냉소적인 세상에서 살아가려고 하는 것만도 끔찍한데 이제 운명의 신마저 그녀가 세상의 규칙을 *이해조차* 하지 못하고 있음을 말해주고 있는 것이다. 더 이상 견뎌낼 수 없다. 사람들은 부당한 세상은 어떻게든 받아들일 수 있지만, 세상이 자의적이고 불가해하게 되면 비로소 모든 질서가 무너진다.

마이클은 자리에서 일어나 다시 어안이 벙벙해진 개발 보좌를 바라본다. "클레어, 다음 주에 스튜디오하고 미팅을 잡아줘. 윌러스랑 줄리랑… 전부 다하고."

"이걸 스튜디오에 가져가신다고요?"

"그래. 월요일 아침이야. 자기하고 나, 대니, 그리고 휠러 씨가 들어가서 '도너 파티'를 피치하는 거야."

"저, 제목은 그냥 〈도너!〉인데요." 셰인이 끼어든다. "끝에 느낌표 있고…."

"더 좋군요." 마이클이 말한다. "휠러 씨, 다음 주에 그 피치 할 수 있겠죠? 오늘 했던 그대로?"

"그럼요." 셰인이 말한다. "당연하죠."

"그럼 됐어요." 마이클이 휴대전화를 꺼낸다. "참, 그리고 휠러 씨, 주말 동안에 여기 머무를 거면 투르시 씨 통역을 계속 좀 부탁해도 괜찮을까요? 통역수당은 물론이고 호텔도 잡아줄 수 있어요. 그리고 월요일에 영화 거래를 성사시키는 거고. 어때요, 괜찮겠어요?"

"물론이지요." 셰인이 자신 없이 말하고, 다시 클레어를 힐끔 본다. 그녀는 자신보다 더 충격 받은 얼굴이다 마이클이 책상 서랍을 열고 무언가를 찾기 시작한다. "아, 참, 휠러 씨, 가기 전에… 투르시 씨에게 한 가지만 더 확인해 주겠어요?" 마이클이 파스쿠알레를 보며 희미하게 웃는다. "그러니까…" 그는 심호흡을 하고, 자신에게는 아주 어려운 부분이라는 듯 조금 더듬기까지 한다. "투르시 씨가 혹 알고 계시는지… 디가… 그러니까 내 말은… 아기를 낳았는지…?"

이 문제에 관해서라면 통역이 필요 없다. 파스쿠알레는 양복 윗도리 주머니에 손을 넣어 봉투 하나를 꺼낸다. 그리고 봉투에서 오래되고 색 바랜 엽서를 하나 꺼내 셰인에게 건넨다. 엽서 앞면에는 엷은 청색의 갓난아기 그림이 그려져 있다. 밑에는 *사내아기예요!* 라고 씌어있다. 뒷면의 수취인 란에는 이탈리아, 포르토 베르고냐, 애더퀴트 뷰 호텔, 파스쿠알레 앞, 이라고 씌어있고, 내용을 적는 란에는 조심스러운 필체로 다음 내용이 들어가 있다.

친애하는 파스쿠알레,

작별 인사를 못한 게 정말이지 마음에 걸려요. 하지만 특정한 시간과 장소에만 허락되는 일들도 있는 거겠죠. 어쨌든, 정말 고마워요.

마음을 담아,
디

추신 : 당신 이름을 따서 팻이라고 부르기로 했어요.

방안에 앉아있는 사람들의 손을 거쳐 온 엽서를 받아들고 마이클은 희미한 미소를 짓는다. "세상에… 사내아이라니." 그가 고개를 가로젓는다.

"물론, 더 이상 사내아이가 아니겠군. 이제 장성한 남자겠지. 나이가… 맙소사. 뭐야? 마흔이 넘은 건가?"

그는 엽서를 파스쿠알레에게 돌려주고 파스쿠알레는 그것을 윗도리 주머니에 밀어 넣는다.

마이클이 다시 일어서서 파스쿠알레에게 손을 내민다. "투르시 씨. 우리 이 일을 제대로 매듭지읍시다, 선생과 내가 함께요." 파스쿠알레도 일어서서 불편하게 악수에 응한다. "클레어, 이분들이 묵을 호텔을 잡아드려. 나는 사설탐정을 수소문할 거니까. 그래서 내일 다시 만나는 거야." 마이클은 파자마 위에 걸친 무거운 롱코트의 매무새를 바로잡는다. "그럼 이제 집에 돌아가 딘 여사를 뵈어야겠군."

마이클이 셰인을 향해 돌아서서 손을 내민다.

"휠러 씨, 할리우드 입성을 축하해요."

클레어가 일어나기도 전에 마이클은 이미 방에서 나가있다. 그녀는 셰인과 파스쿠알레에게 곧 돌아오겠다고 말하고는 상사를 쫓아 나가 방갈로 밖의 통로에서 따라잡는다. "마이클!"

그가 돌아선다. 장식용 가로등 아래서 그의 얼굴은 맑고 투명하게 보인다. "그래, 클레어, 무슨 일이지?"

그녀는 어깨 너머로 혹시 셰인이 따라 나오지 않았는지 확인한다. "통역사가 필요하다면 따로 구해드릴 수도 있어요. 그것 때문에 저 사람을 이렇게 이용하는 건 불쌍하잖아요."

"무슨 소리야?"

"도너 파티 말예요."

"그래." 그가 눈을 가늘게 뜬다. "그게 뭐, 클레어?"

"도너 파티 말이라고요."

그가 그녀를 빤히 쳐다본다.

"마이클, 지금 그 피치가 정말로 *좋았다는* 말씀이세요?"

"자기는 *아니라는* 얘긴가?"

클레어의 얼굴이 붉어진다. 사실로 말하자면 셰인의 피치에는 결여된 요소가 없었다. 설득력이 있었고 감동적이었으며 서스펜스도 넘쳤다. 그래, 어쩌면 훌륭한 피치였을지도 모른다. *결코 만들어질 수 없는* 영화의 피치치고는. 총격전도 연애도 없는 웨스턴 대서사극이라고? 세 시간 동안 눈물을 짜내다가 고작 결말이란 게 악당이 주인공의 아들을 잡아먹는 거라고?

클레어가 고개를 갸우뚱한다. "그러니까 월요일 아침에 스튜디오로 가서 변경지대의 식인행위에 관한 5천만 달러짜리 영화를 피치할 거라 이건가요?"

"아니야." 이빨 위로 입술을 벌려 다시 그 모조 미소를 연출하며 마이클이 말한다. "월요일 아침에 스튜디오로 가서 변경지대의 식인행위에 관한 *8천만* 달러짜리 영화를 피치할 거야." 그는 돌아서서 다시 걷기 시작한다.

클레어가 상사를 향해 외친다. "그 여배우의 아들 말예요. 선생님 아들 맞죠?"

마이클이 천천히 돌아서서 그녀를 훑듯 바라본다. "자네에게는 뭔가 흔치 않은 게 있어, 그거 알아, 클레어? 진정한 통찰력 같은 게." 그가 미소 짓는다. "그래, 말해봐. 면접은 어땠는지."

그녀가 움찔한다. 그녀가 마이클을 하나의 웃음거리, 유물로 보기 시작하는 찰나, 그는 이런 식으로 그 옛날의 힘을 보여준다.

그녀는 신고 있는 하이힐과 입고 있는 치마를 내려다본다. 전형적인 면접용 복장이다. "저를 고용하겠대요. 영화박물관 큐레이터예요."

"그래서 어쩔 건가?"

"아직 결정 안했어요."

그가 고개를 끄덕인다. "이봐, 이번 주말에 자네 도움이 정말로 필요해. 다음 주가 돼서도 여전히 떠나고 싶다면 그때는 이해할게. 아니, 도와줄 수도 있어. 하지만 이번 주말에는 이 이탈리아인과 통역사를 확실히 관리해줘야만 해. 월요일 아침에 이 피치 마칠 수 있게 해주고 그 여배우와 그녀의 아들을 찾도록 좀 도와줘. 해줄 수 있지, 클레어?"

그녀가 고개를 끄덕인다. "물론이에요, 마이클." 그리고 조용히 덧붙인다. "그러니까… 맞나요? 선생님 아들?"

마이클 딘이 웃음을 터뜨리고 땅을 내려다본 뒤 다시 고개를 든다. "혹시 뭐 이런 옛말 아나? 성공한 자에게는 아버지가 천 명이지만 실패한 자에게는 하나뿐이라는…."

그녀가 다시 고개를 끄덕인다.

그는 다시 코트 앞섶을 여민다. "그런 식으로 보면, 이 불쌍한 녀석은 말이야… 내 평생의 유일한 자식일지도 몰라."

10
영국 투어

2008년 8월
스코틀랜드, 에든버러

그것은 포틀랜드의 술집에서 웬 삐쩍 마른 아일랜드 청년이 팻 벤더의 어깨를 치는 것으로 시작됐다.

팻이 뒤돌아보니 창백한 얼굴과 틈이 벌어진 이빨들과 슈퍼맨 헤어스타일과 검은 선글라스와 댄디 워홀스(미국 포틀랜드 출신의 얼터너티브 록밴드) 티셔츠가 보였다. "미국 생활 3주째, 제일 싫은 게 뭔지 알아요?" 청년이 물었다. "당신들의 멍청한 스포츠예요." 음향을 소거한 채 시애틀 매리너스 경기를 중계중인 술집 텔레비전을 향해 그가 고갯짓을 해보였다. "내가 도저히 이해 못하겠는 저 야구 경기에 대해서 설명 좀 해줄래요?"

팻이 뭐라고 말을 떼기도 전에 그가 큰 소리로 외쳤다. "*전부 다요.*" 그러더니 팻의 칸막이 테이블로 들어와 앉았다. "나는 조예요." 그가 말했다. "시인하시죠. 미국인들은 자기들이 발명하지 않은 스포츠에는 죄다 꽝이죠?"

"사실은," 팻이 말했다. "난 미국 스포츠에도 꽝인데요."

조는 이 대답이 맘에 드는 모양이었다. 그는 팻 옆에 싫증난 데이트 상대처럼 주저앉아 있는 기타 케이스를 손으로 가리켰다. "저 라리비 기타를 치나요?"

"길 건너에서요." 팻이 말했다. "한 시간 후에."

"정말요? 내가 클럽 프로모터 일 좀 하거든요." 조가 말했다. "어떤 종류의 음악을 해요?"

"주로 실패한 음악을 하죠." 팻이 말했다. "한동안 리더로 활동했었어요, 레티선츠라는 밴드의…." 반응이 없자, 팻은 모쪼록 잘 보이고자 하는 자신의 노력에 한심해진다. 그리고 지금 하는 일을 어떻게 묘사하면 좋을까? 처음에는 '스토리텔러'라는 옛날 프로그램 비슷하게 잡담을 곁들인 어쿠스틱 공연으로 시작했다가 1년이 지나면서 코미디와 음악을 혼합한 독백이라고나 하면 좋을, 이를테면 기타를 잡은 스폴딩 그레이 식의 공연으로 변화한 그것을. "그러니까," 그는 조에게 말했다. "걸상에 앉아 노래도 하고 웃기는 이야기도 하는 거예요. 나 자신의 바보짓을 고백하는 식이죠. 그리고 몇 달에 한 번씩은 공연 후에 아마추어 부인과 전문의 역할을 하죠."

그렇게 해서 영국 투어라는 게 기획되었다. 파스쿠알레 '팻' 벤더의 별볼일 없는 약력의 주요 항목들이 다 그랬듯 이 또한 그 자신의 생각이 아니었다. 그것은 반쯤 찬 클럽의 중간쯤에 앉아, 즉흥연주 밴드들을 꼬집는 팻의 노래 '샤워펄루자'에 박장대소하고, 자기 밴드의 앨범 속지 문구가 중국집 메뉴판 같다는 팻의 개그에 괴성을 지르며 환호하고, '드럼 연주자들은 왜 하나같이 멍청할까?'의 코러스를 청중들과 함께 부르던 조의 생각이었다.

이 조란 젊은이에게는 뭔가 사람을 끄는 데가 있었다. 평소 같으면 팻은 앞 테이블에 앉아 치마 밑으로 흰 팬티를 섬광처럼 번쩍일 여자들에게 집중할 터였지만, 그의 귀에는 조의 너털웃음만 들렸다. 조의 웃음소리는 조의 몸짓보다도 컸다. 팻이 어둠속에서 마약과 이별 따위의 고백 부분을 진행할 때에 조는 깊이 감동을 받은 듯 안경을 벗고 눈을 문지르며 팻의 가장 진정어린 노래 '리디아'의 코러스를 따라 불렀다.

진부한 대사지만, 너는 내게 너무 과분해
맞아, 네가 아니고 내가 문제야
하지만, 사랑하는 리디아… 그게 내가 네게 준
단 하나의 진실이라면….

공연이 끝나자 녀석은 열광적인 찬사를 던졌다. 여태까지 본 어느 것과도 다르다고 했다. 웃기고 정직하고 영리하다고, 음악과 코미디가 완벽한 상호보완 관계에 있다고 했다. "그리고 그 노래 '리디아'… 와, 그건 진짜… 팻!"

팻이 짐작한 대로 '리디아'는 조에게 아직 완전히 잊지 못한 여자를 떠올리게 한 것이었다. 조는 연애사건의 전말을 털어놓았으나, 팻은 건성으로 들었다. 공연 도중에 미친 듯 웃던 젊은 남자들은 언제나 이 노래에, 그 관계의 종말에 대한 묘사에 감동을 받았는데, 낭만적 비존재에 대한 그 차갑고 쓰디쓴 반박을*(너의 갈색 눈동자 앞에 내가 한 번이라도 존재한 적이 있었던가)* 사랑 노래로 오인하는 청중 앞에서 팻은 늘 놀라곤 했다.

조는 뜸 들이지 않고 곧장 런던 공연 이야기를 시작했다. 자정에는 실없는 농담이었던 것이 한 시가 되자 흥미로운 아이디어로 변하고, 두 시에는 해볼 만한 도전으로 바뀌더니, 네 시 반에는(둘은 포틀랜드 북동부 팻의 아파트에서 조의 대마초를 나눠 피우고 레티선츠의 노래들을 찾아 들었다. 조는 "이거 눈 뒤집히게 근사한데요, 팻! 어떻게 아직까지 이걸 못 들어 보았을까?" 했다) 하나의 계획으로 구체화되었다. 돈, 여자, 커리어 등등 팻의 모든 문제가 영국 투어라는 한마디로 간단히 해결되었다.

조는 팻의 날카롭고 영리한 뮤지컬 코미디는 런던과 에든버러에 안성맞춤이라고 했다. 열정적인 탤런트 에이전트들과 텔레비전의 인재 발굴 담당자들이 함께 육성하는 소규모의 편안한 클럽과 코미디 축제들로 가득한 곳이기 때문이라는 것이었다. 포틀랜드의 새벽 다섯 시는 에든버러의 오후 한 시였기에, 조는 전화를 걸러 밖으로 나가더니 신이 나 들어왔다. 그쪽의 프린지 페스티벌 기획사에서 레티선츠를 알고 있을 뿐 아니라 마침 갑자기 자리가 하나 났다는 것이었다. 그거면 됐다. 팻은 오리건을 떠나 런던으로 몸만 가면 되었고, 나머지는 조가 다 처리할 것이었다. 거기에는 숙식과 교통편은 물론이고 6주의 유급공연 보장에 경과에 따라 추가공연 기회도 주어질 수 있다는 조건이 포함되었다. 수차례의 악수와 등 두드리기가 오간 끝에 아침이 밝아오자 팻은 학생들에게 전화를 걸어 한 달 동안 레슨이 없을 거라고 통보했다. 팻은 20대 이후로 이렇게 들떠 본 적이 없었다. 이 일을 시작하고 25년이라는 세월이 흐른 지금 다시 길을 떠나는 자신이 신기했다. 물론 옛날 팬들은 지금의 그를 보고 실망하기도 했다. 레티선츠를 리드하던 로커가 뮤지컬 코미디나 하고 있다는 사실 때문만이 아니라(자신은 코믹-뮤지컬 *모놀로기스트*라는 팻의 엄밀한 분류 따위엔 아랑곳없이), 팻 벤더가 눈부시게 산화하지 않고 아직 살아있다는 사실 때문이기도 했다. 이상하게도 음악인의 장수(마치 전성시대의 온갖 미친 지랄이 폼에 지나지 않았다는 듯) 자체가 흠이 되는 분위기였다. 팻은 이 이상한 느낌을 노래로 만들어보기도 했지만('아직도 얼쩡거려 죄송합니다'라는 제목을 붙였다), 약 기운을 빌린 오만으로 인해 완성하지 못했고 따라서 무대에 올리지도 못했다.

그런데 이제 그렇게 살아남았던 것에 다 이유가 있었던 게 아닌가 하는 생각이 드는 것이다. 뭔가… 큰 건을 해낼 제2의 기회 같은 것. 그와 동시에, 이렇게 들뜬 기분으로, 아직도 돈을 꿀 수 있는 몇 안 되는 친구들에게 이메일을 쓰는 순간에도("기가 막힌 기회야"에다 "내가 기다려왔던 행운이 아닐까 해" 등등), 뒷덜미를 치는 침착한 경고의 목소리를 팻은 차단하지 못한다. *나이를 마흔다섯이나 처먹은 놈이 유럽에서 유명해진다는 환상으로 스무 살 애송이처럼 천방지축 날뛰고 있군….*

이런 경고의 목소리는 젊은 시절 여배우가 되려던 경험에서 마주친 환멸로 인해 본능적으로 아들의 야망을 제어하려던 어머니 디의 음성을 통해 들려오곤 했었다. 먼저 스스로에게 물어 보아라, 그가 밴드에 가입하려 하거나 밴드를 집어치우려 하거나 밴드에서 누구를 쫓아내려 하거나 또는 뉴욕으로 가려 하거나 뉴욕을 떠나려 할 때마다 그렇게 말했었다, *이게 다 예술에 관한 건지… 아니면 다른 무엇에 관한 건지.*

그게 무슨 멍청한 질문이에요? 마침내 그가 대들었다. *물론 전부 다 다른 무엇에 관한 거지. 예술도 다른 무엇에 관한 거고, 그 빌어먹을 질문도 다른 무엇에 관한 거라고요.*

하지만 지금 들리는 경고의 목소리는 어머니의 음성이 아니었다. 리디아의 음성이었다. 그녀를 마지막으로 본 것은 네 번째로 갈라서기 몇 주 전 어느 날이었다. 그녀의 아파트를 찾아가 다시 한 번 용서를 빌고 술과 마약을 끊겠노라고 약속했다. 난생처음으로 이제 모든 게 또렷하게 보인다고, 그녀가 반대하는 거의 모든 걸 이미 중단한 상태라고, 돌아와만 준다면 나머지도 완벽하게 정리하겠노라고 말했다.

리디아는 그가 아는 누구와도 달랐다. 똑똑하고 재미있고 스스로를 잘 알았으며 수줍었다. 아름답기도 했다, 본인 생각은 달랐지만. 그리고 바로 그게 그녀가 가진 매력의 열쇠였다. 가식이나 꾸밈 따위 없이 자연스럽다는 점. 다른 여자들은 받아서 포장을 뜯어보면 실망스러운 선물 같다면, 리디아는 헐렁한 원피스와 챙이 낮은 레닌 모자 밑에 감춰진 아름다움이 마치 비밀 같았다. 그녀를 마지막으로 보았던 날, 팻은 그 모자를 살며시 벗기고 위스키 빛의 갈색 눈동자를 들여다보았다. *자기*, 그는 말했다. *음악이나 술이나 다른 그 어떤 것보다도 내가 원하는 건 바로 너야.*

그날 리디아는 회한에 젖은 눈으로 그를 빤히 쳐다보았다. 그리고 모자를 가져갔다. *아아, 팻*, 그녀가 조용히 말했다. *자기 말이 들리기나 해? 지금 당신은 에피퍼니(영원한 것에 대한 감각 혹은 통찰) 중독자같아.*

조는 런던에 커티스라는 덩치 큰 대머리 힙합 훌리건을 친구로 두고 있었기에 두 사람은 그의 신세를 지기로 했다. 커티스는 사우스워크의 좁은 아파트에서 창백한 얼굴의 여자친구 우미와 함께 살고 있었다. 팻은 런던이 처음이었다. 유럽대륙에는 꼭 한번 발을 디뎌본 적이 있었다. 이탈리아를 보여주고 싶어 한 어머니의 도움으로 교환학생으로 떠났던 고등학생 시절의 일이다. 하지만 이탈리아까지 가지 못했던 것이, 베를린에서 여자를 만난 데다 코카인을 흡입한 탓에 수많은 여행규정 위반에 인격적 하자까지 들먹여지며 당장 귀국하라는 지시가 내려졌기 때문이었다. 레티선츠로 활동할 시절에는 일본 투어 이야기가 끝없이 나돌았다. 그 가능성에 눈먼 팻과 베니가 진정한 기회였던 '스톤 템플의 얼간이들'의 오프닝을 거절하면서 그 바닥의 농담거리가 되기도 했다. 어쨌든 이번 런던 공연은 팻에게는 북아메리카 이외 지역에서의 첫 공연이 될 것이었다.

"포틀랜드면," 그를 만나자마자 창백한 우미가 말했다. "디셈버리스츠의 도시잖아요." 팻은 1990년대에 이 비슷한 경험을 한 적이 있다. 뉴욕 사람들에게 시애틀 출신이라고 하면, 그들은 단박에 너바나 아니면 펄 잼을 들먹였다. 팻은 이를 악물고 아첨에 여념 없고 가식으로 가득한 신참 닭살 밴드들과의 우애를 가장하곤 했었다. 시애틀의 얼빠진 동생 격인 포틀랜드가 이처럼 쿨한 존재로 대접받다니 재미있었다.

런던에서 팻은 커티스가 경호원으로 일하는 지하 클럽 트루프에서 오프닝을 할 예정이었다. 그런데 팻이 런던에 도착하자 조는 에든버러에서 시작하는 편이 좋겠다고, 거기서 공연 프로그램을 연마한 다음 프린지 페스티벌의 리뷰까지 받아 기세등등하게 런던에 입성하자고 결정했다. 그래서 팻은 프로그램을 더 짧고 재미있는 버전으로 압축했다. 노래 여섯 곡이 들어간 30분짜리 독백이었다. ("여러분, 안녕하세요? 저는 팻 벤더입니다. 혹시 제가 낯이 익는다면 그건 제가 여러분의 잘난 체하는 친구들이 자신의 독특한 음악적 취향을 과시하기 위해서 이야기하던 어떤 밴드들에서 보컬로 일했기 때문일 겁니다. 그게 아니면 어떤 클럽 화장실에서 저랑 거시기를 했기 때문일지도 모르고요. 어느 쪽이건, 그 이후로 제 소식을 들려드리지 못해 죄송합니다.")

그는 아파트에서 조와 그의 친구들을 대상으로 시연을 해보였다. 본래 단축 버전에서는 좀 어두운 부분은 가볍게 가고 심각한 노래 '리디아'도 잘라낼 예정이었다. 그런데 조가 그 곡은 반드시 들어가야 한다고 우겼다. 그거야말로 '이 젠장맞을 공연의 감정적 중심축'이라는 주장이었다.

그래서 팻은 '리디아'를 다시 집어넣어 아파트 시연에서 불러보았다. 이번에도 조는 안경을 벗고 눈가를 문질렀다. 리허설이 끝나자 우미는 공연에 대해 조만큼이나 뜨겁게 낙관적인 전망을 피력했다. 말수 적고 생각이 많은 커티스조차 "상당히 좋다"고 인정했다.

런던의 아파트는 배관이 드러나고 카펫도 낡아 썩어가고 있었다. 거기서 지낸 일주일 동안 팻은 조금도 편안하지 않았다. 그러나 조는 딴판이었다. 커티스와 함께 지저분한 회색 트렁크만 걸친 채 마약에 취해 살았다. 클럽 프로모터라는 자기소개는 과장에 가까웠고 그보다는 식객 겸 대마초 중개입자라 해야 옳았다. 이따금 사람들이 들러 대마초를 사가곤 했다. 이 친구들과 며칠 보내고 나니 20년이라는 나이 차가 새삼 가파르게 느껴지기 시작했다. 나누는 음악 이야기, 너저분한 추리닝, 자고 일어나 열한 시 반이 넘도록 샤워를 안 하고 속옷 바람으로 다니는 것 등이 이질적으로 다가왔다.

한꺼번에 네댓 시간 넘게 자지 못하는 팻은 아침이면 다른 사람들이 아직 자고 있을 때 아파트를 빠져 나왔다. 그는 흐리멍텅한 마음에 기억시키려 애쓰며 도시를 걸어 다녔다. 하지만 구불구불하고 비좁은 도로며 샛길들 사이에서 길을 잃기 일쑤였다. 게다가 느닷없이 도로명이 바뀌고 간선도로가 막다른 골목길로 돌변하는 일은 또 얼마나 잦던지. 팻은 날이 갈수록 혼란스러워졌다. 런던 때문이라기보다 런던을 흡수하지 못하는 자신의 무능력과 늙은이처럼 점점 늘어만 가는 불평목록 때문이었다. 내가 지금 어디 있는지 왜 알아내지 못하는 거지? 길을 건널 때 어느 쪽을 살펴야 하는지도 그렇고. 동전들은 또 왜 이렇게 멍청하게 만들어진 걸까? 보도는 왜 죄다 이렇게 붐비는 걸까? 물가는 또 왜 이리 비싸? 돈이 없으니 할 수 있는 거라곤 걸으면서 구경하는 게 전부였다. 주로 무료 박물관들을 관람했는데, 내셔널 갤러리의 방마다 가득한 그림들, 대영 박물관의 유물들, 그리고 빅토리아와 앨버트에 소장된 모든 것들에 점점 압도되었다. 그는 문화 과다복용 중이었던 것이다.

런던 체류 마지막 날, 팻은 테이트 모던 미술관의 그 넓고 텅 빈 홀에 들어갔다. 그리고 예술의 대담함에, 박물관의 규모 자체에 넋을 잃었다. 바다나 하늘 전체를 빨아들이고 있는 느낌이었다. 잠이 모자란 탓인지 육체적으로 시달린 듯이 속이 메스껍기까지 했다. 2층에 올라가 초현실주의 회화들을 관람하면서는 그 표현들이 나타내는 자신만만하고도 모호한 천재성에 정신이 아른아른해졌다. 화랑 안내문에 따르면 베이컨이며 마그리트며 특히 피카비아 같은 이들은 세상을 실패와 미지라는 두 개의 단순한 범주로 분류했다고 했다. 팻은 불면의 두개골 한가운데 예술이라는 광선을 쬐고 타들어가는, 확대경 밑의 벌레와도 같았다.

미술관을 나올 즈음에는 숨이 가쁠 지경이었다. 바깥이라고 해서 별반 나을 게 없었다. 우주시대의 밀레니엄 브리지가 세인트 폴 대성당과 맞닿은 런던은 음조와 시대와 장르들이 무차별적으로 충돌하고 있었다. 모더니즘과 신고전주의, 튜더 왕조와 마천루의 거대하고 두려움 없는 병렬에 팻은 더더욱 정신을 차릴 수가 없었다.

다리 반대편 끝에 이르니 첼로와 두 개의 바이올린, 그리고 전자피아노로 구성된 젊은 사중주단이 템스 강을 굽어보며 신선하게도 바흐를 연주하고 있었다. 팻은 쭈그려 앉아 숨을 고르며 그 연주를 들었다. 그리고 그들의 무심한 능숙함에, 그 단순한 탁월함에 기가 막혔다. 젠장, 거리의 악사들이 *이 정도라면?* 도대체 *나는* 여기서 뭘 하겠다는 걸까? 그는 언제나 자신의 음악 실력에 확신이 없었다. 누구하고든 대충 기타 연주를 할 수 있었고 무대에서도 꽤 역동적인 편이었지만, 진짜 음악인은 베니라는 생각이었다. 팻은 베니와 함께 수백 곡을 만들었다. 그런데 이 거리의 네 젊은이들이 아무렇지도 않게 캐논을 연주하는 모습을 보며, 팻은 자신의 대표작도 여기 대면 진정한 음악에 대한 시건방진 논평, 한낱 농담에 지나지 않음을 깨달았다. 제기랄, 나는 어떤… *아름다운* 것을 만들어본 일이 있을까? 이 젊은이들이 연주하는 음악은 만들어진 지 수세기가 지난 것이다. 그에 비하면 팻이 일생동안 만든 음악의 지속력 또는 품격은 영화 예고편에나 비견할 수 있을 것이었다. 그에게 음악이란 언제나 하나의 포즈였다. 미적 품격에 대한 어린아이의 치기어린 대응이었다. 그는 아름다움에 엿을 먹이며 평생을 살아온 것이었다. 이제 그는 텅 빈 느낌이었고, 그 진공을 실패와 미지의 날카로운 굉음이 채울 뿐이었다. 그건 무無였다.

그리고 팻은 한 번도 하지 않았던 일을 했다. 커티스의 아파트로 돌아가는 길에 파격적인 음반가게가 눈에 띄었다. 팻은 레클리스 레코드라는 이름의 그 커다랗고 붉은 가게에 들어갔다. 그는 한동안 음반들을 훑어보는 체하다 점원에게 레티선츠 음반이 무엇이든 있는지 물어보았다.

"아, 그거요." 얼굴에 마마자국이 있는 점원이 알은체를 하며 말했다. "80년대 후반에서 90년대 초반에 활동했고… 소프트 팝에 펑크를 가미했던…"

"소프트…라고 하기에는 좀…."

"그래요, 그런지 스타일의 복장을 했던 밴드들 중의 하나였죠."

"아니, 그 이전에 가까운…."

"맞아요, 우리 가게에 그 밴드 음반은 있을 리가 없어요." 점원이 말했다. "우리가 취급하는 건, 그러니까, 보다 시의성이 있는 음악이 돼놔서요."

팻은 고맙다고 말하고 나왔다.

아마 이것이 팻이 아파트에 돌아와 우미와 동침한 이유였을 것이다. 아니, 어쩌면 그건 조와 커티스는 축구 경기를 보러 술집에 가고 그녀 혼자 속옷만 입고 아파트를 지키고 있었기 때문인지도 모른다. "좀 앉아도 될까요?" 팻이 묻자 소파 위의 그녀는 두 다리를 홱 돌려 그가 앉을 자리를 내주었다. 그가 그녀 팬티의 작은 삼각형을 물끄러미 바라보는 것을 신호탄으로 두 사람은 런던의 교통처럼 어색하게(우미 : *커티에게는 비밀로 하는 편이 좋을 거예요*) 서로의 몸을 더듬다가 차차 리듬을 탔다. 그리고 이전에도 수없이 그랬던 것처럼 팻은 결국 섹스를 통해 자신의 존재를 재확인했다.

일이 끝나자 우미는 서로의 다리만이 맞닿은 상태에서 방금 시운전한 자동차의 연비를 묻듯 팻에게 온갖 개인적인 질문을 퍼붓기 시작했다. 팻은 정직하게, 하지만 그다지 달갑지는 않게 답했다. *결혼한 적 있어요?* 아니오. *거의 할 뻔한 적도 없어요?* 네. *그럼 그 '리디아'란 노래는 어떻게 된 거예요? 그 여자가 필생의 연인이었던 게 아닌가요?* 사람들이 그 노래를 어떻게 해석하는지에 그는 놀라지 않을 수가 없었다. *필생의 연인?* 그렇게 생각했던 적이 있기는 했다. 알파벳 시티에서 함께 살았던 아파트, 그 조그만 베란다에서 바비큐를 굽던 일, 일요일 아침이면 십자말풀이 퍼즐을 함께 풀던 일들이 기억났다. 하지만 딴 여자와 만나는 현장을 덮친 리디아가 뭐라 말했던가? *나를 정말로 사랑한다면, 그러고도 이런 식으로 행동한다면, 그건 더 끔찍한 일이야. 그건 당신이 잔인한 사람이라는 의미니까.*

아니라고, 팻은 우미에게 말했다. 리디아는 필생의 연인이 아니라고. 그냥 한때의 여자였을 뿐이라고.

그들은 이렇게 친밀한 행위에서 시시껄렁한 잡담으로 뒷걸음질 쳤다.

어디 출신이에요? 시애틀요. 하지만 뉴욕에서도 좀 살았고 최근에는 포틀랜드에서 주로 지냈죠. *형제자매는요?* 없어요. 그냥 어머니하고 나하고 달랑 둘이죠. *아버지는요?* 아무런 기억이 없어요. 자동차 대리점을 운영했지만 작가가 되고 싶어 했다고 들었을 뿐. 내가 네 살 때 돌아가셨어요.

"미안해요. 그러면 어머니하고 굉장히 가깝겠네요."

"사실 어머니하고 대화한 지가 1년이 넘었어요."

"왜요?"

그와 함께 별안간 그는 그 어쭙잖은 중재의 현장에 돌아와 있었다. 방 한쪽에 어머니와 리디아가 그의 눈을 피하며 앉아있었다*(팻, 우리는 정말 이지 걱정이다…. 그리고, 이제 그만둬야 해)*. 리디아는 팻보다 팻의 어머니를 먼저 알았다. 시애틀의 한 마을 소극장에서 만난 사이였다. 팻의 행동이 자신들에게 미치는 영향에 실망했던 예전의 여자친구들과는 달리, 그녀는 팻의 어머니 입장에서 그가 어머니를 외면하고 살아온 것(돈이 떨어졌을 때까지), 약속을 저버린 것, 빌려간 돈을 아직도 갚지 않은 것 따위를 조목조목 따졌다. 계속 이래서는 안 되지, 리디아는 말하곤 했다, 당신이 어머니를 얼마나 고통스럽게 하고 있는지 알아? 사실은 어머니뿐 아니라 리디아도 자신이 고통스럽게 하는 대상에 포함된다는 것을 팻은 알고 있었다. 두 사람의 행복을 위해 팻은 술과 대마초만 빼고 다 끊었으며, 어머니가 병들 때까지 그럭저럭 일 년을 더 리디아와 함께 보냈다. 하지만 지금 와서 생각해보면 리디아와 그의 관계는 필시 그 중재 현장에서, 그녀가 어머니와 함께 방 한쪽을 지키고 있던 그 순간에, 결딴났던 것 같다.

"지금은 어디 사시는데요?" 우미가 물었다. "어머니 말이에요."

"아이다호요." 팻이 시무룩하게 말했다. "샌드포인트라는 소읍인데, 거기서 소극장 모임을 운영하시죠." 그리고 자신도 모르게 덧붙였다. "암을 앓고 계세요."

"어머, 미안해요." 자신의 아버지도 비 호지킨성 림프종을 앓고 있다고 우미가 말했다.

그녀처럼 더 캐물을 수도 있었지만 팻은 그러지 않았다. "힘든 일이죠."

"약간요." 우미가 방바닥에 앉아 말했다. "오빠는 아버지가 얼마나 용감한지 말하곤 해요. *아버지는 정말 용감하셔. 정말로 용감하게 맞서고 계시잖아*. 하지만 사실은 지독하게 비참할 뿐이에요."

"그렇죠." 팻은 어색한 느낌이었다. "음…." 이쯤이면 섹스 후 예의상의 대화로 충분하리라는 생각이 들었다. 최소한 미국에서라면 분명히 그랬는데 영국의 예법은 어떤지 확신이 서지 않았다. "저, 그럼…" 그가 일어섰다.

주섬주섬 옷을 입는 그를 그녀가 지켜보았다. "이런 거 곧잘 하죠?" 그녀가 말했다. 질문이 아니었다.

"뭐 보통사람들보다 특별히 더 자주 한다고는 생각 안 해요." 팻이 말했다.

그녀가 소리 내어 웃었다. "바로 그런 게 당신 같은 미남들의 태도죠. 뭐, 내가? 내가 섹스를?"

런던이 이질적인 도시였다면 에든버러는 완전히 별개의 혹성이었다.

기차가 킹스 크로스를 벗어나자마자 조는 곯아떨어졌기에 팻은 그저 짐작과 함께 창밖의 풍경들을 감상할 수밖에 없었다. 빨랫줄이 걸린 주택가, 쓰레기더미 같은 변두리, 곡식이 자라는 평야, 그리고 고향의 컬럼비아 강 협곡을 연상시키는 현무암 해안.

"어, 다 왔네." 네 시간 반 후 기차가 에든버러 역에 도착하자 잠이 깬 조가 코를 킁킁거리고 주변을 둘러보며 말했다.

역을 빠져나오니 왼쪽으로는 고성이 오른쪽으로는 르네상스 시대의 돌담이 이어졌다. 프린지 페스티벌은 팻이 생각했던 것보다 규모가 컸다. 가로등이며 전신주마다 이런저런 공연의 포스터들이 다닥다닥 붙어 있었고, 거리에는 사람들로 넘쳐났다. 관광객들과 최신유행에 민감한 젊은이들과 공연을 즐기는 중년들도 있었고, 물론 당연히 각종 공연인들도 있었다. 대부분은 코미디언이었지만 배우와 음악인들도 적지 않았다. 솔로도 듀오도 있었고 즉흥공연단들도 있었으며 수많은 종류의 무언극 및 인형극단들도 있었고 불놀이 곡예사들과 외바퀴자전거 곡예사들과 공중 곡예사들과 마술사들이 있었으며, 살아있는 조각들이나 옷걸이에 걸린 양복처럼 분장한 사람들, 브레이크댄스를 추는 쌍둥이들처럼 도무지 뭔지 모르겠는 것들도 있었다. 요컨대 중세 축제의 기형적 변종이라 하면 좋을 듯했다.

페스티벌 관리사무실에 갔더니 콧수염을 기르고 조보다도 아일랜드 억양이 심한(경쾌하게 오르락내리락 하는 리듬에다 한없이 말아 올리는 'R' 발음) 거만한 녀석이 마케팅은 각자 알아서 해야 하고 보수는 조가 약속했던 액수의 반이 될 거라고 설명해 주었다. 니콜이라는 여자가 보장한 액수라고 조가 따지자 콧수염은 니콜은 "제 궁둥이도 보장할 수 없는 여자"라고 일축했다. 조는 팻에게 걱정 말라고, 커미션을 받지 않겠노라고 했다. 팻은 그가 커미션을 받을 생각까지 했다는 것이 또한 놀라웠다.

조와 함께 밖으로 나와 숙소로 걸어가는 동안 팻은 모든 것을 몸 안에 받아들였다. 도시를 둘러싸고 있는 성벽은 절벽의 단애가 늘어선 것처럼 보였는데, 그중 가장 오래된 부분인 로열 마일은 성에서 출발하여 연기에 그을린 석조 건물들의 협곡을 따라 구불구불 이어져 있었다. 페스티벌의 북적대는 활기는 모든 방향으로 뻗어나가, 웅장한 건물마다 무대와 마이크에 자리를 내어주고 있었다. 필사적인 공연인들의 인원수만도 팻의 기를 꺾어놓기에 충분했다.

팻과 조는 어느 노부부의 아파트 지하층에 하숙방을 얻었다. "웃기는 얘기 하나만 해줘 봐요." 팻을 보고는 사팔뜨기 남편이 말했다.

그날 밤, 팻은 조를 따라 공연 장소에 갔다. 대로를 따라 걷다가 골목길로 들어가 사람들로 복작대는 술집을 거쳐 또 하나의 골목길로 들어가자 요란한 장식이 된 손잡이가 중앙에 붙은 좁고 높다란 문이 나왔다. 클립보드를 든 따분한 표정의 여자가 팻을 분장실로 안내했다. 배수 호스와 대걸레들을 보관하는 창고였다. 조는 에든버러의 청중은 초반에는 미지근하지만 오래지 않아 열기가 붙는다고, 그리고 수십 명의 영향력 있는 평론가들이 올 거라고, 평론가들이 입장하면서("별 네 개쯤은 따 놓은 당상이죠") 청중들도 따라 들어올 거라고 귀띔을 해주었다. 1분 후에 클립보드의 여자가 팻의 등장을 안내하자 팻은 시큰둥한 박수를 받으며 모퉁이를 돌아 나왔다. 시큰둥한 박수보다도 못한 건 뭘까, 하는 생각과 함께. 왜냐하면 실내에는 단 여섯 명이 접이식 의자 마흔 개 중 하나씩을 차지하고 드문드문 앉아있을 뿐이었기 때문이다. 그나마 그중 셋은 조와 하숙집 주인 노부부였다.

하지만 텅 빈 객석을 향한 공연은 팻에게 전례 없는 일이 아니었고, 팻은 이 공연을 근사하게 마쳤다. '리디아'를 부르기 직전 새로운 즉흥연주를 삽입하기도 했다. "우리 친구들에게 그녀는 내가 다른 여자와 있는 장면을 *발견*했다고 했어. 마치, 그러니까, 소아마비의 치료법을 발견했다는 것처럼 말야. 사람들에게 그녀는 내가 섹스하는 현장을 포착했다고 했어.

마치, 그러니까, 카를로스 자칼(전설적인 테러리스트)을 체포했다는 것처럼 말야. 내 말인즉슨, 집에 돌아와 보니 빈 라덴이 당신 침대에서 누구랑 뒹굴고 있다면, 빈 라덴도 체포할 수 있다는 거지."

팻은 전에도 느꼈던 것과 같이 작은 청중의 인정이라도 큰 것일 수 있음을 다시 한 번 느꼈다. 영국인들이 훌륭하다는 단어 브릴리언트brilliant의 첫 음절 *브릴bril*을 길게 늘여 끄는 게 정말 재미있었다. 그는 전보다 더 흥분한 조와 함께 이 공연을 어떻게 홍보할 것인지를 의논하며 그날 밤을 새웠다.

그 다음 날, 조는 공연을 알리는 포스터와 광고전단을 팻에게 보여주었다. 상단에는 기타를 든 팻의 사진이 크게 박히고, '팻 벤더 : 나는 나도 못 말려!'라는 헤드라인 밑에는 '미국을 대표하는 기막힌 코미디 뮤지션들의 하나!'라는 문구와 '라이어트 폴리스'라는 누군가의 '별점 넷'이 찍혀 있었다. 페스티벌에서 다른 공연인들을 광고하는 그런 전단지를 본 적은 있었지만, 그래도… '나는 나도 못 말려'라니! 그리고 또 '미국을 대표하는…'은 또 뭐란 말인가? 조는 어떤 공연이든 그런 광고전단은 필요한 법이라고 해명했다. 팻은 '코미디 뮤지션'이라는 호칭 또한 맘에 들지 않았다. 마치 위어드 앨 양코빅(패러디 음악으로 유명한 미국 연예인) 류의 희한한 공연을 하는 사람이 된 느낌이었다. 작가는 시류에 맞지 않더라도 진지하게 취급될 수 있다. 영화감독도 마찬가지다. 하지만 음악인은 열성적인 사기꾼이 되어야 했다. *아이 러브 유, 베이비*…에다 *평화만이 답이다*…라니… 쳇, 엿이나 먹어라!

처음으로 팻이 답답해진 조는 창백한 뺨이 분홍색으로 달아올랐다. "이것 봐요, 팻. 이렇게 가는 게 순리예요. 망할 놈의 '라이어트 폴리스'가 누군지나 알아요? *나*예요. 내가 당신에게 별점 넷을 준 거라고요." 그가 팻에게 광고전단 한 장을 집어던졌다. "이 빌어먹을 공연 경비를 내가 전액 댔다 이거예요."

팻이 한숨을 내쉬었다. 세상이 달라졌음을, 시대가 바뀌었음을 그도 알았다. 밴드들이 블로그와 페이스북과 트위터 등을 운영하는 게 당연시되고 있었다. 그런데 그는 휴대전화도 하나 없었다. 이제 미국에서도 말없고 상념에 잠긴 예술가로는 먹고 살 수 없었다. 따라서 음악인들은 각자의 홍보요원이 되어 자신을 내세우는 갖가지 잡스러운 글을 컴퓨터에 올리고 있는 것이었다. 현대의 반항아는 꽁무니에 레고 블록을 끼우는 비디오를 찍어 유튜브에 올리며 하루를 보내는 청년 정도였다.

"꽁무니에 레고 블록요?" 조가 웃음을 터뜨렸다. "그거 공연에 써먹으면 괜찮겠네요."

그날 오후 그들은 전단지를 배포하며 거리를 쏘다녔다. 처음에는 상상했던 대로 수치스럽고 한심했다. 하지만 조를 바라보며 이 젊은 친구의 열정과 생기에 부끄러워지는 자신을 느꼈다. "미국에서 대히트를 친 공연을 보러 오세요!" 그래서 팻도 나름대로 최선을 다했다. 특히 여자들을 공략했다. 뇌쇄적인 눈웃음을 연출하며 "꼭 오세요"라는 말과 함께 한 여자의 손에 전단지를 쥐여 주었다. "맘에 드실 거예요." 그날 밤에는 열여덟 명의 청중이 들어왔다. 〈래프 트랙〉이라는 곳에서 나온 평론가도 있었는데, 그는 자신의 블로그에 별점 넷과 함께 "미국의 컬트 밴드 레티선츠에서 보컬을 맡았던 이 가수는 참으로 색다른 뮤지컬 모놀로그를 선보인다. 그것은 날카롭고 정직하며 웃긴다. 그는 진정한 코미디언 염세주의자다"라는 글을 올렸다(조가 흥분에 차 기사를 읽어주었다).

다음날 밤에는 스물아홉 명이 들어왔고, 그중에는 검은 쫄쫄이 바지를 입은 나쁘지 않은 스타일의 여자도 포함되어 있었다. 그녀는 공연 후까지 남아 팻과 마약을 함께했다. 그리고 팻은 창고 겸 분장실의 배수관에 그녀를 밀어붙이고 격한 섹스를 했다.

이튿날 아침, 잠에서 깨어보니 조가 벌써 옷을 다 입고 팔짱을 긴 자세로 주방 의자에 앉아 그를 보고 있었다. "우미하고 *잤어요?*"

아직 정신이 흐린 상태라 팻은 어젯밤 공연 후의 그 여자를 말하는 걸로 잘못 알아들었다. "그 여잘 *알아?*"

"런던에서 말이야. 이 미친 개자식아! 우미하고 잤냐고?"

"아, 그래." 팻이 일어나 앉았다. "커티스도 아나?"

"커티스? 우미가 내게 묻더라고. 당신이 자기 얘기를 하냐고." 조는 안경을 거칠게 벗고 눈가를 닦았다. "기억나요? 포틀랜드에서 당신이 '리디아'를 부른 후 내가 말한 거? 내 가장 친한 친구의 여자, 우미하고 사랑에 빠졌다는 이야기. 기억 안 나요?"

조가 누구 얘기를 했던 건 기억이 났다. 그리고 이제 생각해보니 우미라는 이름이 어디선가 들었던 이름처럼 느껴졌던 것 또한 기억이 났다. 하지만 당시 그는 영국 투어라는 전망에 너무 들뜬 나머지 조의 말을 건성으로 들어 넘겼었다.

"커티스는 이스트 엔드의 여자란 여자는 모조리 손을 대요. 당신 노래 속 그 미친놈처럼 말예요. 하지만 나는 우미에게 그것에 관해 빌어먹을 한마디도 안했어요. 커티스는 내 친구니까요. 그런데 당신은 그리 쉽게…." 그의 얼굴이 분홍색에서 붉은색으로 짙어졌고 눈에는 눈물이 그렁그렁 맺혔다. "팻, 나 그 여자 *정말 사랑해요.*"

"조, 미안하네. 난 정말 까맣게 몰랐거든."

"그럼 내가 누구 얘기를 하는 줄 알았어요?" 조는 안경을 다시 쓰고 성큼성큼 방을 나갔다.

팻은 진정으로 끔찍한 기분이 되어 잠시 앉아있었다. 그리고 일어나 옷을 입고 인파로 북적이는 거리로 조를 찾아 나섰다. 그가 뭐라고 했더라? *당신 노래 속 그 미친놈처럼?* 제기랄, 조는 그 노래가 무슨 패러디쯤 된다고 생각했던 것일까? 그렇다면 그건 끔찍한 생각이다. 맙소사… 그 노래는 패러디일까? 아니 내가 패러디일까?

오후 내내 팻은 조를 찾아다녔다. 심지어 성에까지 가봤다. 카메라 셔터를 누르는 데 여념이 없는 관광객들로 붐볐을 뿐 조는 보이지 않았다. 그는 에든버러 역사의 서로 다른 시기의 이종 기념물들로 가득한 산꼭대기 콜튼 힐의 뉴 타운으로 돌아왔다. 이 도시의 역사 전체는 보다 나은 지리적 위치, 즉 더 높은 첨탑과 요새와 기둥들을 세울 수 있는 한줌의 고지대를 차지하기 위한 노력들이 퇴적된 결과였으며, 이들은 모두 나선형 계단들이 꼭대기까지 나 있었다. 그것들을 보면서 팻은 문득 인간의 삶 또한 마찬가지라는 생각이 들었다. 결국 모두가 더 높이 올라가겠다는 몸부림일 뿐이라는 생각. 물론 그래서 적들을 감시하고 아랫것들을 부리자는 것이기도 하겠지만, 어쩌면 그뿐 아니라 무엇인가를 세우겠다는, 스스로의 자취를 남기겠다는, 그리하여… 자신이 한때 저 높은 곳에, 무대 위에 존재했다는 사실을 남들이 볼 수 있게 하겠다는 의지의 표현일지 모른다는 생각…. 하지만, 그게 다 무슨 소용이란 말인가? 그 사람들은 모두 사라졌으며 남은 거라곤 실패와 미지의 스러져 내리는 잔해뿐인 것을.

그날 밤에는 마흔 명이 들어와 첫 매진을 기록했다. 하지만 역시 조는 없었다. "오늘 에든버러를 돌아다니며 모든 예술이며 건축이라는 것도 결국 개들이 나무 밑에 오줌 갈기는 것과 다름없다는 결론을 내렸어요." 팻이 말했다. 공연의 초입이었는데 이미 위험할 만큼 대본에서 벗어나고 있었다. "지금까지 늘… 나는 유명해져야 한다고, 뭔가… *대단해져야* 한다고 생각하며 살았어요. 그게 뭘까요? 명성이죠." 기타 위로 몸을 숙여 기대에 찬 객석의 얼굴들을 보면서 그도 마찬가지로 이제 본격적으로 재미있는 순간이 이어지기를 희망했다. "세상은 다 병들었어요…. 우리는 모두 누군가가 보아주기를 욕망해요. 어린 아기들처럼 끊임없이 관심을 원해요. 그리고 그중에서도 나는 최악이에요. 삶에 어떤 테마가, 이를테면… 철학? 아니면 좌우명? 같은 게 있다면요. 내 것은 이런 것일 거예요. *뭔가 착오가 있었음이 분명해. 나는 이보다 대단해져야 했거든.*

이 한심한 소리는 어디서 나온 것일까? 다른 이들에 비해 더 심한 건지 아닌지는 알 수 없었지만, 팻에게는 이처럼 죽 쑤는 공연이 정기적으로 찾아왔다. 레티선츠 시절에 대한 전반적인 평가는, 뛰어난 앨범(《더 레티선츠》)에 이어 괜찮은 앨범(《만나》), 마지막으로 도저히 들어줄 수 없는 허세에 찬 쓰레기(《메트로놈》)를 차례로 냈다는 것이었다. 그리고 라이브가 예측불허라는 평판이 있었다. 거기에는 의도적인, 아니 적어도 불가피한 요소가 있었다. 팻은 코카인에 베니는 헤로인에 절어 여러 해를 살았고 드럼 주자 케이시 밀러는 공연 중 엇박자를 치기 일쑤였으니, 어떻게 라이브가 들쭉날쭉하지 않을 수 있었겠는가. 하지만 누구도 매끈한 걸 원하지 않았다. 음악에 다시 뭔가 날카로운 걸 집어넣자는 것이 요점이었으니까. 신시사이저로 버무려낸 댄스 음악도 부풀린 긴 머리도 초현실적인 화장도 허위에 찬 가짜 불안 같은 헛소리도 절대 사절이었다. 레티선츠는 클럽의 컬트 밴드 이상의 위상을 얻지 못했으나 그렇다고 반들반들한 파워 발라드나 양산하는 상업적인 가짜 밴드로 전락하지도 않았다. 그들은 사람들이 흔히 말하듯 본색을 잃지 않았으며 당시는 본색을 잃지 않는다는 것이 의미를 인정받던 시절이었다.

하지만 레티선츠 시절조차도 팻은 죽 쑤는 공연을 하곤 했다. 마약이나 알력이나 반응을 떠보자는 목적에서가 아니라, 그냥 그렇게 형편없는 공연을 하는 때가 있었던 것이다.

조와 다퉜던 그날 공연이 바로 그랬다. 〈스코츠맨〉의 평론가가 '팻 벤더: 나는 나도 못 말려'를 보러 온 그날, 팻은 '드럼 연주자들은 왜 하나같이 멍청할까' 부분을 예정대로 소화하지 못했고, 그 실수를 무마한답시고 미국에서는 스카치라고 부르는 술을 스코틀랜드에서는 그냥 위스키라고 부른다는 둥, 스카치테이프는 사실 그냥… 테이프 아니냐는 둥, 진부한 80년대식 개그를 늘어놓았다. 청중들은 그를 물끄러미 바라보았다. *그래, 이 바보 멍텅구리야, 네 말대로 그건 그냥 테이프야,* 하는 얼굴로. 게다가 '리디아'도 아주 간신히 불러낼 수 있었다. 모두가 자신을 꿰뚫어보고 있는 것 같은, 자신만 빼고 모두가 그 노래를 이해하고 있는 것 같은 느낌 때문이었다.

보통의 경우 이건 우리가 함께 만드는 공연이라는 자세로 그가 재미있고 감동적인 공연을 펼치도록 성원할 청중들이 그의 어색함에 화를 내는 기괴한 느낌이 전달되어 왔다. 처음 시도한, 해봤더니 재미없는 것으로 판명된, 스코틀랜드 여자들의 커다란 엉덩이에 관한 개그도 불난 데 부채질 격이었다(마치 하기스를 여러 겹 겹쳐 입은 것 같다니까요. 바지 속에 심장이랑 간으로 만든 소시지를 숨겨 들여오는 기저귀 찬 노새들이라고나 할까?). 기타 소리도 팻의 귀에는 굉음처럼 들렸다.

다음날 아침에도 조는 보이지 않았다. 하숙집 주인 부부는 별점 하나의 리뷰가 펼쳐진 스코츠맨 한 부를 팻의 방문 앞에 놓아주었다. '세련되지 못한' '두서없는' '분개한' 같은 표현들이 눈에 쏙쏙 들어왔다. 그는 신문을 내려놓았다. 그날 밤에는 여덟 명의 청중이 들었고, 이후 사태는 짐작대로 이어졌다. 다음날 밤에는 다섯 명이 들었다. 아직도 조는 나타나지 않았다. 콧수염이 무대에 들러 주간계약이 연장되지 않고 있다고 통지하고 갔다. 그의 무대와 창고 겸 분장실은 이제 복화술사가 차지할 것이었다. 팻의 매니저에게 보수가 지급되었다고도 했다. 자기 몫인 오백 파운드를 들고 런던으로 내빼는 조의 모습을 상상하자 팻은 웃음이 났다.

"그러면 나는 집에 어떻게 가죠?" 팻이 콧수염에게 물었다.

"미국으로요?" 콧수염이 콧소리로 대답했다. "흠, 나야 모르죠. 그 기타 혹시 물에 뜰까요?"

이 어두운 시기를 통해 얻은 것이 있다면 길거리에서 죽지 않고 살아남는 법을 어느 정도 터득했다는 것쯤이 될 것이다. 한 번에 몇 주를 넘지 않았으나, 이상할 만큼 침착하게 상황에 대처하는 자신을 팻은 느꼈다. 에든버러의 공연인들은 몇 가지 계층으로 나뉘어져 있었다. 대규모 공연단이 있었고, 팻처럼 크지는 않지만 돈을 받고 일하는 프로들이 있었고, 취미활동 그룹이 있었고, '프리 프린지'라고 불리는 신참 그룹이 있었으며, 마지막으로 그 바로 아래 그리고 거지와 소매치기 바로 위에 거리공연 그룹이 있었다. 더러운 운동화와 지저분한 레게머리의 자메이카 댄스 팀, 칠레에서 온 노천 밴드, 배낭에 다섯 가지 묘기를 숨기고 다니는 마술사들, 괴상한 피리를 부는 집시 여자 등등이었다. 그날 오후 코스타 커피하우스 앞에서 팻 벤더는 명곡으로 인정받는 미국 노래에 웃기는 가사를 집어넣어 애드리브 연주를 했다. *데스페라도, 이제 정신 좀 차려야지/일 파운드 이십 펜스로는/집에 돌아갈 수 없잖아.*

마침 미국 관광객들이 꽤 돼서 얼마 지나지 않아 35파운드를 모았다. 그는 맥주 반 파인트와 생선 튀김을 조금 사서 기차역으로 갔다. 하지만 예약 없이 런던 행 기차표를 사려면 못해도 60파운드는 내야 한다는 것을 알고 기가 막혔다. 식비를 제하고 그만한 돈을 모으려면 사흘은 걸릴 것이었다.

성 아래에는 양편으로 도시의 벽이 서있는 길고 가느다란 형태의 공원이 있었다. 팻은 잘 곳을 찾아 그 공원 끝까지 가보았다. 그러기를 한 시간, 그는 거리의 아이들과 함께 길바닥에서 자기에는 자신이 너무 늙었다는 사실을 깨달았다. 그는 뉴 타운으로 가서 보드카 한 파인트를 샀다. 그리고 호텔 야간근무 직원에게 5파운드를 찔러주고 화장실 한 칸에서 자도 좋다는 허락을 받아냈다.

이튿날 아침, 그는 같은 커피하우스 앞에서 다시 길거리 공연을 했다. 옛날 레티선츠 노래인 '그레이비 보트'를 오로지 자신이 살아있다는 사실을 스스로에게 입증하기 위해 부르다가 고개를 들어보니 분장실에서 배수관에 밀어붙이고 섹스를 했던 그 여자가 보였다. 여자는 눈이 휘둥그레지더니 친구의 팔을 붙잡았다. "얘, 저 남자야!"

그 여자의 이름은 나오미였고 나이는 고작 열여덟 살이었다. 맨체스터에서 사는데 에든버러에는 휴가차 온 것이라 했다. 팻 또래의 부모 클로드와 준은 근처 술집에서 식사를 마치고 돌아와 딸의 새 친구를 보더니 달갑지 않은 기색이 완연했다. 나오미는 부모에게 팻의 곤경을 눈물로 호소했다. 그가 '얼마나 착한 사람'인지, 매니저에게 어떻게 사기를 당했는지, 어쩌다 무일푼 신세로 집에도 못가고 낙동강 오리알이 되었는지를 고했다. 덕분에 두 시간 후 팻은 런던 행 기차에 오를 수 있었다. 팻이 스코틀랜드를 떠나도록 돕지 않을 수 없는 강력한 동기를 지닌 나오미의 아버지가 경비를 대준 것이었다.

기차 안에서 팻은 에든버러에 대해, 거리에서 전단지를 나눠주는 그 모든 필사적인 공연인들에 대해, 거리공연인들에 대해, 그리고 첨탑들과 교회들과 성들과 절벽들에 대해, 더 높이 오르고 시선을 끌려는 몸부림에 대해, 창조와 저항의 순환에 대해, 모두 뭔가 새로운 말을 하고 뭔가 새롭고도 심오한 일을 한다고 생각하지만 알고 보면 수십억 번도 더 반복된 말과 일일 따름인 현실에 대해… 생각하고 또 생각했다. 그가 원해온 것은 단 하나였다. *대단해지는 것. 중요해지는 것.*

알아, 그런데, 리디아의 목소리가 들리는 것 같았다, *당신은 그렇게 되지 못해.*

커티스가 문을 열었다. 아이팟 이어폰이 그의 둥글고 찌그러진 머리의 두 구멍에 끼워져 있었다. 팻을 보는 그의 얼굴에는 변화가 없었다. 아니 적어도 그렇다고 팻은 느꼈다. 그 순간, 커티스는 그를 복도의 벽에 밀어붙였다. 짐과 기타가 바닥에 떨어졌다. "잠깐" 하고 외쳐봤지만 이미 커티스는 팔로 팻의 목을 짓눌러 숨통을 막고 무릎으로는 팻의 사타구니를 압박해 들어왔다. 클럽 경비원 솜씨답군, 생각하는 팻의 면상에 커다란 주먹이 들어와 박혔다. 팻은 바닥으로 나동그라졌다. 바닥에 누워 그는 숨을 쉬려 애쓰며 피범벅이 된 얼굴에 손을 갖다 대었다. 그 와중에서도 그는 커티스의 다리 사이로 우미 아니면 조를 찾고 있었다. 하지만 커티스 뒤의 아파트는 텅 비어있을 뿐 아니라… 난장판이 되어있었다. 그런 결과를 불러왔을 장면을 상상해 보았다. 갑작스런 조의 입장을 시작으로 세 사람 사이에 감춰져있던 온갖 너저분한 쓰레기가 수면 위로 올라왔을 것이고 조는 겁에 질린 우미에게 사랑한다는 고백을 했을 것이다. 팻은 조와 우미가 자기 몫이었던 오백 파운드를 갖고 기차표를 끊어 어딘가로 떠나는 모습을 흐뭇한 마음으로 그려보았다.

커티스가 속옷만 입고 있음을 깨달았다. *어휴, 이 저질들.* 커티스는 숨을 헐떡이며 그를 내려다보고 있었다. 그가 기타 케이스를 걷어찼다. 제발, 기타는 안 돼, 팻은 생각했다. "이 빌어먹을 *개자식아.*" 커티스가 마침내 입을 열었다. "이 빌어먹을 병신 개자식." 그러더니 집 안으로 들어갔다. 문이 쾅 닫히며 풀썩이는 공기조차도 상처를 들쑤시는 느낌이었다.

일어서기까지 몇 초가 걸렸다. 커티스가 나와서 기타를 때려 부술까 겁이 나 신속히 움직인 게 그 정도였다. 거리로 나오자 사람들은 팻의 코에서 흘러내리는 피를 힐끔힐끔 보면서 슬슬 피했다. 한 블록 떨어진 술집에 들어가 맥주 한 파인트를 주문한 뒤 행주와 얼음을 조금 빌려 화장실에 가 상처를 씻어냈다. 그리고 커티스의 아파트 쪽을 바라보았다. 두 시간이 지나는 동안 아무도 안 보였다. 조도 우미도 커티스도.

맥주를 다 마시고 팻은 주머니에서 남은 돈을 꺼내 테이블에 올려놓았다. 세어보니 12파운드 40펜스였다. 그 서글픈 돈 더미를 노려보고 있자니 눈앞이 흐려졌다. 그는 얼굴을 손에 묻고 흐느껴 울었다. 왠지 정화된 느낌이었다. 에든버러에서 발견했던 것, 더 높이 오르려는 필사적인 욕망에 완전히 파괴될 뻔했다는 자각이 왔다. 어떤 터널을 빠져나온 것 같은, 암흑의 구렁텅이에서 마침내 벗어나 피안에 도달한 것 같은 기분이었다.

그 모든 것과 이제 작별이었다. *중요해지기* 위한 몸부림을 그만둘 준비가, 단순히 *살아나갈* 준비가 됐다.

밖에 나오니 찬바람이 휘몰아치고 있었다. 팻은 필사적인 결의로 몸을 부들부들 떨며 빨간 공중전화 부스 안으로 들어갔다. 오줌 지린내가 풍겼고 벽에는 삼류 스트립쇼와 성전환자와의 데이트 서비스를 광고하는 빛바랜 전단들이 덕지덕지 붙어있었다. 수화기를 들었다. "미국 아이다호 주… 샌드포인트 부탁합니다." 교환에게 국제전화를 주문하는 그의 목소리가 갈라졌다. 번호를 잊어버렸을까 걱정이 되었지만 지역번호 208을 부르자마자 나머지 번호들이 따라 나왔다. 4파운드 50펜스라고 교환원이 말했다. 가진 돈의 절반에 해당하는 액수다. 하지만 수신자 부담으로 걸 수는 없다는 걸 팻은 알았다. 이번만은 그럴 수 없었다. 그는 구멍에 돈을 넣었다.

두 번째 신호가 울리자 전화를 받았다. "여보세요?"

하지만 뭔가 이상했다. 어머니가 아니네…. 두려움이 밀려왔다…. 너무 늦었어. 어머니는 돌아가신 거야. 집도 팔렸겠지. 맙소사… 너무 늦게 연락을 한 거야…. 이 세상에서 나를 사랑해준 유일한 사람에게 마지막 작별 인사도 하지 못하다니….

런던 남부 분주한 거리의 빨간 공중전화 부스 안에서 팻 벤더는 피눈물을 흘리며 홀로 서있었다. "여보세요?" 전화기 건너편의 여자가 다시 말했다. 이번에는 조금 낯익게 들렸지만 역시 어머니는 아니었다. "거기… 누구세요?"

"여보세요?" 팻이 호흡을 가다듬고 눈가를 문지르며 말했다. "저… 혹시… *리디아?*"

"팻?"

"응, 나야." 눈을 감고 그녀를 그려보았다. 짧은 갈색머리 아래로 생각에 잠긴 짙은 눈동자와 높은 광대뼈의 윤곽이 선명하게 떠오르면서, 문득 어떤 신호처럼 느껴졌다. "어떻게 거기 있어, 리디아?"

어머니가 또 한 차례의 화학요법을 받고 있다고, 그녀는 대답했다. 아, 그렇다면 너무 늦은 건 아니었다. 팻은 입을 틀어막았다. 몇 사람이 교대로 어머니를 돕고 있다고 했다. 돼먹지 못한 이모들인 다이앤과 달린에 이어 이번에는 리디아가 며칠간의 당번을 맡아 시애틀에서 날아왔다는 것이었다. 그녀의 목소리는 몹시 맑고 지적이었다. 그가 그녀와 사랑에 빠진 것은 당연한 일이었다. 그녀는 투명한 결정체 같았다. "지금 *어디야*, 팻?"

"말해줘도 못 믿을 거야." 팻이 말했다. 지금 난데없이 런던에 있다고, 어떤 애송이가 영국 투어를 꼬드겨 왔는데 문제가 좀 생겼다고, 애송이한테 돈을 다 뺏겼다고…. 전화기 건너편의 침묵이 감지되었다.

"오… 리디아." 그가 말하고 소리 내어 웃었다. 그녀의 관점에서 이 전화가 어떻게 느껴질지 상상이 됐다. 그녀만 해도 그런 전화를 얼마나 많이 받았던가. 어머니는 또 곤경에 빠진 그를 얼마나 여러 번 구해 주었던가. "이번만큼은 달라…." 그는 거기서 말을 멈췄다. 다르다고? 어떻게? 이번에는… 뭐가 다른데? 그는 공중전화 부스 주변을 둘러보았다.

여태껏 하지 않은 무슨 할 말이 있겠는가. 어떤 번지르르한 구실을 댈 수가 있겠는가. *이번만큼은 다시는 마약도 술도 사기도 도둑질도 하지 않겠다고 약속한다면, 집에 돌아갈 수 있을까?* 그런 말도 이미 했을 것이었다. 아직 안했다면 일주일 후나 한 달 후나 아니면 언제든 이놈의 병이 도지는 순간 할 것이었고, 이놈의 병은 반드시 도질 것이었다. *중요해져야 하는*, 대단해져야 하는, 더 높이 올라야만 하는…. 아니 어쩌면 *취해 살아야 하는* 욕구. 하지만 도져선 안 될 것은 또 무엇인가. 그것 말고 달리 또 뭐가 있단 말인가. 실패와 미지? 그리고 팻은 웃음을 터뜨렸다. 그의 죽 쑤는 공연 인생의 나머지와 마찬가지로, 리디아와 어머니가 기획한 죽 쑤는 중재와 마찬가지로, 이 전화통화 또한 그의 길고 긴 죽 쑤는 공연 중의 하나라는 걸 깨달았기 때문이다. 그가 그 중재를 그토록 질색했던 까닭은, *그게 가짜였기 때문이다.* 리디아와 어머니는 팻과의 연을 완전히 끊을 준비가 되어있지 않은 한 그 빌어먹을 짓에 아무 의미가 없다는 걸 알지 못했다.

이번만큼은… 전화기 건너편의 리디아는 팻의 웃음을 잘못 읽었다. "아, 팻." 그녀가 속삭임에 가까운 소리로 말했다. "이번에는 또 무슨 약을 한 거야?"

그는 대답하려고 했다, *아무 약도 안했어*. 하지만 말이 되어 나올 공기가 부족했다. 바로 그때 리디아 뒤로 방안에 들어서는 어머니의 목소리가 들렸다. 희미하고 고통스러운 목소리. "얘야, 누구 전화니?" 지금 아이다호는 새벽 세 시라는 사실을 팻은 그제야 깨달았다.

또 다시 곤경에 빠진 자신을 구해달라는 부탁을 하려고 그는 새벽 세 시에 죽어가는 어머니에게 전화를 건 것이었다. 죽음을 눈앞에 둔 지금도 어머니는 중년의 철없는 망나니 아들을 둔 죄로 고통을 받아야 하는구나, 팻은 생각했다. 말해, 리디아, 제발 말해! "말해." 커다란 붉은 버스가 공중전화 부스를 지나쳐 달려갈 때 그는 그렇게 속삭였다. 그리고 더 이상 아무 말도 새어나오지 않게 숨을 멈췄다.

그리고 그녀는 그리했다. 리디아는 깊은 숨을 쉬었다. "아무도 아니에요." 그녀는 수화기를 내려놓았다.

11
트로이의 디

1962년 4월
이탈리아, 로마와 포르토 베르고냐

리처드 버튼만큼 운전 못하는 사람을 파스쿠알레는 본 적이 없었다. 그는 정면을 향해 한쪽 눈을 가늘게 뜬 채 팔꿈치를 뒤로 젖히고 손가락 두 개만으로 핸들을 가볍게 쥐었다. 창밖으로 내민 다른 한 손은 전혀 피울 흥미가 없어 보이는 담배를 들고 있었다. 파스쿠알레는 조수석에 앉아 담뱃불이 손가락을 다 지져놓기 전에 이 사내의 손에서 타들어가는 담배를 빼앗아야 하는 건 아닌지 망설였다. 리처드 버튼은 거친 타이어 마찰음을 내면서 난폭하게 로마 중심가를 휘젓고 다녔다. 도로 가장자리로 비집고 들어오는 알파 로메오(이탈리아 자동차 모델)를 향해 보행자들이 고함을 지르며 주먹감자를 날려대자, 그는 "미안해요"나 "정말 미안해요" 또는 "엿 먹어라"로 대응했다.

스페인 계단의 그 여자가 서로를 소개시켜주기 전까지 파스쿠알레는 리처드 버튼이 그 리처드 버튼인지 몰랐다. "이쪽은 파스쿠알레 투르시 씨, 이쪽은 리처드 버튼 씨입니다." 스페인 계단에서 아직 마이클 딘에게서 받은 봉투를 붙들고 있던 파스쿠알레는 그녀를 따라 두 블록쯤을 걷고 계단을 올라 어느 식당의 뒷문을 거쳐 마침내 이 남자를 만났다. 선글라스를 끼고 스웨터 위에 스포츠 재킷과 붉은 목도리를 걸치고 우스티드 바지를 입은 그는 다른 차는 한 대도 없는 좁은 골목길에서 담청색 알파 로메오에 기대 서있었다. 리처드 버튼은 선글라스를 벗고 짓궂은 미소를 지었다. 파스쿠알레와 비슷한 키에 굵은 구레나룻과 헝클어진 갈색머리와 갈라진 턱을 갖고 있었다. 보기 드물게 날카로운 윤곽의 얼굴이었다. 따로 조각된 부분들을 즉석에서 조립한 것 같았다. 뺨에 희미한 마마자국이 조금 있었고 커다란 푸른 눈은 깜박임조차 없었다. 그리고 두상이 무척 컸다. 리처드 버튼의 영화는 한 편도 본 적이 없지만 이름은 전날 기차 안의 여자들에게서 들어 알고 있었다. 하지만 첫눈에도 스타 영화배우라는 걸 알 수밖에 없는 얼굴이었다.

여자의 재촉에 못 이겨 파스쿠알레는 영어로 더듬더듬 사태의 전말을 설명했다. 디 모레이가 마을로 들어와서 이 미스터리의 남자를 기다렸지만 남자는 오지 않았던 일, 의사의 왕진 이후 자신이 로마 여행을 결정한 일, 착오로 엑스트라들과 함께 어딘가로 보내졌던 일, 긴 기다림 끝에 마이클 딘과의 긴장된 만남이 이루어졌던 일, 자신에게서 가슴을 얻어맞은 마이클 딘이 이내 디가 죽을병에 걸린 게 아니라 임신한 것이라는 사실을 실토하고 지금 갖고 있는 이 입막음용 돈 봉투를 건넨 일들을 차례로 짚어갔다.

"맙소사…." 이윽고 리처드 버튼이 입을 열었다. "딘이란 놈 돈만 아는 비정한 인간이라니까. 어쨌든 이 빌어먹을 영화를 마무리 지으려고 용을 쓰고는 있어. 예산이랑 가십을 처리하라고 이런 놈도 보내고. 하지만 벌써 다 망조가 들었지. 아, 불쌍한 아가씨. 이봐요, 팻." 그가 파스쿠알레의 팔에 손을 얹었다. "나를 그녀한테 좀 데려다 주겠어요? 추잡한 쓰레기 속에서 나라도 신선한 기사도의 향기 한줌을 발산하도록 말이에요."

"아." 비로소 상황을 파악한 파스쿠알레는 비겁한 마이클 딘이 아니라 이 사내가 자신의 경쟁자임을 깨달았다. 그리고 약간 기가 죽었다. "그러면, 아기 아버지가…."

리처드 버튼은 당당했다. "뭐 그런 것 같네요." 그리고 20분 후, 두 사람은 이렇게 리처드 버튼의 알파 로메오에 올라 로마 변두리를 빠져나와 최종 목표 디 모레이를 향해 고속도로를 달리고 있는 거였다.

"이렇게 나와 운전을 하니 상쾌하군요." 리처드 버튼이 바람에 머리를 휘날리며 교통 소음을 압도하는 커다란 목소리로 말했다. 검은 선글라스에 햇빛이 내려와 부서졌다. "팻, 거짓말 아니고, 딘한테 주먹을 갈겼다니 내가 다 부러워요. 그 자식은 정말로 한심한 아첨꾼 애송이니까요. 나라면 가슴팍이 아니라 아예 면상을 갈겨줬을 텐데."

타들어가던 담뱃불이 살갗에 닿자 리처드 버튼은 손가락을 쏜 벌이라도 되듯 휙 튕겨냈다. "알겠지만 그 아가씨를 어디로 보낸 일은 나하고 전혀 무관하게 결정된 일이었어요. 나는 임신 사실도 까맣게 몰랐어요. 뭐, 희소식이 아닌 건 분명하지만. 영화 촬영장이란 데가 다 그래요." 그는 어깨를 으쓱하고는 창밖을 내다봤다. "하지만 나는 디가 좋아요. 그녀는…." 그는 적당한 말을 찾지 못했다. "그녀가 보고 싶었어요." 그는 손을 입에 댔다가 담배가 없자 어리둥절한 눈치였다. "디와 나 사이에는 사연이 좀 있었는데, 리즈의 남편이 미국에서 건너왔을 때 다 함께 만나면서 다시 가까워졌죠. 그러다 폭스 사가 〈사상 최대의 작전〉에 내가 깍두기로 출연하게 해줬어요. 나를 잠깐 멀리 보내놓으려고 그랬던 것 같아요. 내가 프랑스에 있을 때 디가 아프기 시작했죠. 전화를 걸었더니 크레인 박사를 만나고 왔다고…. 암 진단을 받았다고 하더군요. 치료차 스위스에 갈 예정이라 해서, 중간에 어디 해안에서 잠깐 보자고 약속을 한 거예요. 내가 그랬어요, 〈사상 최대의 작전〉 촬영이 곧 끝날 테니 포르토 베네레에서 만나자고요. 그리고 이 너저분한 놈 딘에게 조치를 부탁했죠. 하여튼 이 몹쓸 놈은 거짓말에 도가 텄더군요. 병세가 나빠져서 급히 치료를 받으라고 디를 베른에 보냈다고. 나한테 그러는 거예요. 돌아와서 그녀가 직접 연락을 할 거라고요. 그러니 내가 무슨 도리가 있었겠어요?"

"포르토 베네레요?" 파스쿠알레가 물었다. 그렇다면 그녀는 *정말* 실수로 마을에 들어왔다는 말이었다. 아니 마이클 딘의 속임수였을 수도 있었다.

"이 빌어먹을 영화 때문이에요." 리처드 버튼이 고개를 저었다. "이게 다 사탄의 똥구멍 같은 이 염병할 영화 때문이다 이 말이에요. 곳곳에 불빛이 번쩍이고… 통상복 차림의 신부 같은 자들이 카메라를 들고 설치고… 미국에서 날아온 거머리 해결사 녀석들은 여자랑 술을 떼어놓지 못해 안달이고… 누구랑 칵테일만 한 잔 해도 가십 기사들이 판을 치죠. 여러 달 전에 끝장을 냈어야 하는 건데. 이거 완전히 미친 짓이라고요. 그리고 누구 때문에 일이 이렇게 된 줄 알아요? 그녀 때문이에요."

"디 모레이요?"

"뭐요?" 리처드 버튼은 파스쿠알레가 자기 말을 제대로 듣고 있기나 한지 의심스럽다는 듯 그의 얼굴을 쳐다보았다. "디요? 아니, 아니, 리즈 말이에요. 이건 아예 집안에 망할 태풍이 몰아치는 거나 마찬가지라니까.

정말 내가 원했던 일이 아니었어요. 어느 하나도. 나는 〈카멜롯〉 작업을 하며 완벽하게 행복했어요. 줄리 앤드루스가 악수 한 번 해준 일 없었지만요. 어쨌든, 자랑처럼 들리겠지만, 나는 여자가 궁한 상황은 아니었으니까요. 결론은 내가 이 망할 놈의 멍청한 영화에 신물이 났다 이거예요. 다시 무대로 돌아가서 옛날의 기대를 실현하고 예술혼을 구현하겠다, 뭐 그런 허튼소리들 있잖아요. 그런데 에이전트한테서 전화가 오더군요. 폭스 사가 로마인 복장으로 리즈 테일러 옆에서 좀 얼쩡거려주면 〈카멜롯〉 공연을 중단하는 대가로 내 몸값의 네 배를 주겠다고 제안했다는 거였어요. 네 배라지 뭐예요! 나도 곧장 얼씨구나 응하지는 않았어요. 생각해 보겠다고 했죠. 그런 제안을 두고 생각해 봐야 하는 인간 있으면 나와 보라고 해요. 하지만 나는 생각해 보았어요. 내가 무슨 생각을 했게요?"

파스쿠알레는 그저 어깨를 으쓱해 보일 뿐이었다. 이 사내의 말을 듣고 있는 건 폭풍우 속에 서있는 것 같았다.

"래리 생각을 했어요." 리처드 버튼이 파스쿠알레를 바라보았다. "올리비에가 그 삼촌 같은 말투로 내게 훈계를 하는 상상을 했다 이거예요." 리처드 버튼은 아랫입술을 삐죽 내밀고 코맹맹이 소리로 말했다. " '딕, 물론, 최종 결정은 자네가 내려야지. 대중의 연예인이 되고 싶은지 아니면 진정한 *연기자가* 되고 싶은지.' " 그가 소리 내어 웃었다. "망할 놈의 노인네. 〈카멜롯〉 마지막 공연날 밤, 나는 래리와 그의 빌어먹을 무대를 향해 건배를 바쳤어요. 돈을 택하겠다고(고맙습니다!) 말했죠. 그리고 일주일도 안 돼서 머리가 까마귀처럼 검은 리즈 테일러를 내가 아주 후끈 달궈놓았죠." 아직 생생할 기억을 더듬으며 그가 다시 웃었다. "올리비에… 내 참, 웨일즈의 광부 아들이 무대에서 연기를 하건 스크린에서 연기를 하건 무슨 차이가 있겠어요? 키츠가 말했듯, 우리 이름은 물 위에 새겨지는 건데, 무슨 소용이 있냐 이 말이에요. 올리비에나 길거드 같은 노땅들이야 맘껏 자기들만의 규약을 정해 서로 비벼대라고 해요. *이놈들아 길을 비켜라, 귀인 행차 납신다*, 뭐 그렇게요." 어깨 너머를 힐끗 보는 리처드 버튼의 머리가 지붕을 연 컨버터블 속으로 불어오는 바람에 마구 헝클어져 있었다. "그래서 로마로 가서 리즈를 만났어요. 정말이지, 팻, 이런 여자는 처음이었어요. 왕년에 여자깨나 경험한 몸이지만, 이 여자요? 맙소사. 내가 그녀를 처음 만나 뭐라고 했는지 알아요?" 그는 파스쿠알레의 대답을 기다리지 않았다. "이랬어요. '누가 이런 말 해준 적 있는지 모르지만… 당신 못생긴 여자는 아니군요.'"

그가 미소를 지었다. "그녀의 눈을 한 번 보면 이건 그야말로 지구가 회전을 멈추는 것 같다니까요…. 기혼녀인 데다 더 중요하게는 영혼을 빨아먹는 지독한 여자라는 걸 알았지만, 나도 무쇠 인간은 아니니까요. 물론 정신이 제대로 박혔다면 그리고 동일한 조건에서라면 대중의 연예인보다는 위대한 연기자를 택하겠지만, 실상이 그게 아니잖아요? 엄청난 거액은 물론이고, 맙소사, 그 젖가슴에 그 허리에 그 눈동자에… 수많은 예쁜 여자들까지 조건에 추가해 봐요. 저울이 슬금슬금 움직이다가 마침내 확 넘어가 버리게 돼있어요. 아니, 아니야, 우리 이름은 정말 물 위에 새겨지는 거예요. 재수 좋으면 코냑에 새겨질 수도 있겠고요."

그가 눈을 찡긋하자 차가 비틀거렸고 파스쿠알레는 계기반에 손을 대었다. "그거 좋은 아이디어로군. 코냑 말예요. 망 좀 봐줘요, 친구." 그는 깊은 숨을 쉬고서 다시 이야기로 돌아갔다. "물론, 리즈와 나에 대한 신문기사들이 났어요. 리즈의 남편도 찾아오고. 성질 좀 나더라고. 그렇게 열받아서 나흘을 보내다가, 우연찮게 술에 취하고 속상한 마음으로 디에게 돌아가 위로를 받았죠. 두 주에 한 번씩 그녀 방문을 두드렸어요." 그는 고개를 저었다. "디는, 그 여자는, 맑고 영리해요. 매력적인 여자가 그렇게 영리하기까지 하다는 건, 사물을 꿰뚫어볼 수 있다는 건, 부담이에요. 그녀는 틀림없이 래리와 마찬가지로 내가 이 쓰레기 영화들에 재능을 허비하고 있다고 생각했을 거예요. 그리고 그녀가 내게 빠져있다는 걸 나는 알고 있었어요. 그녀를 내버려둬야 옳았을지 몰라요. 하지만… 우리는 생겨먹은 대로, 본성대로 사는 거 아니겠어요? 내 말이 틀린가요?" 그는 왼손으로 자신의 가슴을 톡톡 두드렸다. "혹시 담배 있나요?"

파스쿠알레는 담배를 뽑아 불을 붙여 주었다. 리처드 버튼은 길게 한 모금을 빨았다. 코에서 무럭무럭 연기가 피어나왔다. "크레인이라고, 디를 진찰한 그 의사 말이에요. 리즈에게 약을 대주는 인간인데요. 걸을 때 보면 달그락 소리가 나더라고, 참 내. 어쨌든 그 자와 딘이 어처구니없이 합작으로 암 진단을 해서 디를 쫓아냈던 거예요." 그가 다시 고개를 저었다. "제기랄, 얼마나 돼먹지 못한 악당이면 입덧을 하는 여자에게 암에 걸렸다는 헛소리를 할 수 있을까요? 하여간 못할 짓이 없는 놈들이에요."

그가 급브레이크를 밟자 차바퀴가 겁에 질린 짐승처럼 풀쩍 뛰어오르는 것 같았다. 차는 도로를 빠져나와 로마 변두리의 어느 시장 앞에 급정거했다. "목마르지 않아요, 친구?"

"나는 배가 고파요." 파스쿠알레가 말했다. "온종일 굶었거든요."

"좋아요. 브라보. 혹시 돈 좀 있을까요? 하도 허겁지겁 떠나는 바람에 돈을 챙겨오지 못했거든요."

파스쿠알레는 봉투에서 천 리라짜리 수표를 꺼내 건네주었다. 리처드 버튼은 돈을 받아들고 시장 안으로 뛰어갔다.

몇 분 후 레드와인 두 병을 들고 돌아온 그는 한 병은 파스쿠알레에게 주고 다른 한 병은 다리 사이에 고정시켰다. "무슨 시장에 코냑 한 병이 없지? 이거야 원, 이제 우리 이름은 와인 오줌발에 새겨야 되게 생겼네요. 아, 뭐, 어려운 처지에선 견딜 수밖에, 그렇죠?" 와인을 길게 들이키면서 그는 자신을 바라보고 있는 파스쿠알레를 힐끔 보았다. "내 아버지는 하루에 20파인트를 마시는 사나이였어요. 웨일즈인이 되다보니 조심은 좀 해야 되고, 그래서 일할 때만 마셔요." 그는 한쪽 눈을 찡긋했다. "바로 그게 내가 *항상* 죽어라 일만 하는 이유죠."

네 시간이 지났다. 디 모레이를 임신시킨 남자는 두 병의 와인 대부분을 혼자 마시고도 모자라 중간에서 멈춰 세 번째 병을 사서 들이킨 상태였다. 파스쿠알레는 이 사내의 엄청난 주량에 혀를 내두르지 않을 수 없었다. 리처드 버튼은 라 스페찌아의 항구 근처에 알파 로메오를 주차했고, 파스쿠알레는 인근 술집에 들어가 2천 리라에 포르토 베르고냐의 해안까지 그들을 태워다 줄 어부를 간신히 찾았다. 어부는 10미터쯤 앞서 걸으며 그들을 보트로 인도했다.

"나도 작은 마을에서 태어났어요." 그들이 눅눅한 10미터형 보트 꽁무니의 나무 벤치에 자리를 잡고 나자 리처드 버튼이 파스쿠알레에게 말했다. 스산하고 어두운 저녁이었다. 매서운 바닷바람이 찬지 리처드 버튼은 재킷 칼라를 세워 올렸다. 선장은 그들로부터 세 발짝쯤 떨어진 지점에서서 타륜을 잡고 항구의 날카로운 물살을 타넘고 있었다. 솟구치는 거품이 뱃머리까지 올라왔다가 내려갔다. 짭조름한 공기에 파스쿠알레는 배가 더 고파졌다.

선장은 그들에게 전혀 말을 걸지 않았다. 찬바람에 양쪽 귀가 얼어붙어 벌게졌다.

리처드 버튼은 벤치에 몸을 기대며 한숨을 내쉬었다. "폰트리디펜이라는 코딱지 만한 마을인데요. 두 개의 푸른 산 사이 골짜기에 들어앉아 있어요. 보드카처럼 맑은 작은 강도 있지요. 조그만 웨일스 탄광촌이에요. 강 이름이 뭘 것 같아요?"

파스쿠알레는 그가 무슨 소리를 하는지 알 수가 없었다.

"생각해봐요. 꼭 들어맞는 이름이니까."

파스쿠알레는 어깨를 으쓱했다.

"에이본." 그는 파스쿠알레의 반응을 잠시 기다렸다. "약간 아이러니 잖아요, 그렇죠?" (에이본이 보드카 상표명이기도 한 점을 지적한 것)

파스쿠알레는 그렇다고 했다.

"그래… 그럼 좋아요. 누가 보드카 얘기 했었죠? 맞아요, 내가 그랬어요." 리처드 버튼은 김이 샌다는 듯 한숨을 내쉬었다. 그러더니 보트 선장을 향해 외쳤다. "정말 선상에서 아무것도 마시면 안 된다 이거예요? 정말로? 이봐요, 선장 어르신!" 어부는 아무 반응이 없었다. "이거 저 친구 선상반란을 자초하고 있는 거 아니에요? 내 말이 틀려요, 팻?" 버튼은 다시 벤치에 몸을 기대고 찬바람을 피하려 칼라를 매만진 뒤 고향 마을 이야기로 돌아갔다. "우리 젱킨스 집안의 아이들은 도합 열셋이었는데, 내 밑 동생까지 모조리 불쌍한 우리 엄마 젖을 빨아댔어요. 결국 더 이상 젖이 안 나왔다고 해요. 공기 빠진 풍선처럼 이 불쌍한 여인의 젖을 모조리 짜낸 거예요. 내가 마지막 남은 젖을 빨아냈던 거죠. 그 다음에는 세실리아 누나가 나를 길렀어요. 늙은 젱킨스 악당은 별 도움이 안됐어요. 내가 태어났을 때 이미 쉰이었을 뿐만 아니라 해만 뜨면 벌써 취해있기 일쑤였으니… 내게는 남이나 다름없었어요. 그 사람이 내게 준 거라곤 자신의 이름, 그게 전부였어요. 버튼이란 이름은 연기 지도교사가 지어준 거였는데, 나는 사람들에게 그냥 마이클 버튼에게서 따온 거라고 해요. 〈우울의

해부〉 알죠? 몰라요? 그렇구나. 미안해요.” 그는 자신의 가슴팍을 손으로 어루만졌다. “하지만 내가 꾸며낸 건 그것 말곤 없어요. *버튼*이라는 이름 외에는. 디키 젱킨스는 젖이나 빨아대는 꼬마였지만, 이 리처드 버튼이라는 사나이는… 지랄맞게 출세한 거죠.”

파스쿠알레는 고개를 끄덕였다. 거센 바다 물살과 술에 취한 버튼의 끝없는 이야기가 뒤섞여 말할 수 없는 졸음을 불러왔다.

“젱킨스 집안의 남자들은 나만 빼고 모두 탄광에서 일을 했어요. 나는 순전히 운이 좋아, 그리고 히틀러 덕택에 거기서 빠져나올 수 있었죠. 영국 공군이 탈출구였던 건데 시력이 나빠 조종사는 될 수 없었어요. 그래도 그 경력으로 옥스퍼드에 입학했던 거예요. 옥스퍼드에서 우리 고향 사람을 만나면 뭐라고 하는 줄 알아요?”

파스쿠알레는 그저 어깨를 으쓱했다. 이 사내의 끝없는 수다에 지칠 대로 지쳐있었다.

“뭐라고 하냐면요, ‘다시 쥐똥나무나 깎지!’ 그래요.” 파스쿠알레가 웃지 않자 리처드 버튼은 설명을 해주려고 상체를 기울였다. “무슨 뜻인고 하면… 내 정체를 드러내지 말라는 뜻이에요. 하지만 사실 나는 항상….” 그는 적당한 말을 찾으려 했다. “이렇지는 않았어요. 시골 생활이란 걸 알고 있다 이 말이에요. 물론 많이 까먹었지요. 그건 인정해요. 좀 유약해진 데도 있고. 하지만 요점만은 까먹지 않았다 이거예요.”

파스쿠알레는 이 리처드 버튼만큼 말이 많은 사람을 만난 적이 없었다. 영어 대화 중 이해하지 못한 게 있으면 화제를 바꾸면 된다는 걸 파스쿠알레는 배웠었고, 그걸 여기서 써먹으려고 했다. 자신의 목소리도 좀 듣고 싶기 때문이기도 했다. “테니스를 치세요, 리처드 버튼 씨?”

“그보다는 주로 럭비를 했어요…. 나는 거칠게 날뛰는 운동이 성미에 맞거든요. 연극하는 남자들이 손쉽게 여자들을 눕힌다는 점만 아니었다면 옥스퍼드를 졸업한 뒤 어쩌면 클럽에서 윙 포워드로 뛰었을지도 몰라요." 그가 허공을 바라보았다. "내 형 이포어는 최고의 럭비 선수였어요. 나도 계속 꾸준히 했다면 형에 버금가는 실력을 갖췄을지도 모르죠. 하긴 그래봤자 가슴 큰 여자 하키 선수들 차지밖에 안됐겠지만. 내가 보기에 무대 배우가 여복은 더 많아요." 그러더니 그는 다시 선장에게 소리쳤다. "선장 양반, 정말로 이 배에 술 한 잔도 없는 거 맞소? 혹시 코냑 같은 거라도?" 아무 대답이 없자 그는 벤치에 등을 기댔다. "저 개자식 이놈의 고물 배하고 가라앉아버리면 좋겠네."

배가 마침내 방파제 지점에 이르면서 매서운 칼바람이 잦아들었고 그들은 천천히 포르토 베르고냐에 진입했다. 부두 끝 목재 방수전에 배가 부딪치자 축축하게 처진 갑판 위로 바닷물이 쏟아졌다. 달빛 속에서 리처드 버튼은 눈을 찡그리며 여남은 호의 회칠한 돌집들에 시선을 던졌다. 두어 채의 집만이 등불을 밝히고 있었다. "그럼 나머지 마을은 고개 너머에 있는 거요?"

파스쿠알레는 자신의 호텔 꼭대기 층을 흘끔 쳐다보았다. 디 모레이의 창은 깜깜했다. "아뇨. 이게 포르토 베르고냐예요. 이것뿐이에요."

리처드 버튼이 고개를 저었다. "그렇군요. 아, 물론이죠. 야, 이거야 절벽의 주름이라고밖에 할 수 없겠는데요. 전화도 없고?"

"없어요." 파스쿠알레는 부끄러워졌다. "내년에, 어쩌면 내년에 생겨요."

"이 딘이라는 자식, 정신 완전히 나간 놈이군." 리처드 버튼이 말했다. 파스쿠알레에게는 그 말이 거의 경탄으로 들렸다. "그 얍삽한 놈의 젖꼭지에서 피가 줄줄 흐를 때까지 흠씬 패줘야 되겠어. 망할 자식." 그가 부두로 올라서는 동안 파스쿠알레는 라 스페찌아의 어부에게 뱃삯을 치렀다. 어부는 별 말 없이 돈을 받고는 다시 배를 출발시켜 떠났다. 파스쿠알레는 해안을 향해 걷기 시작했다.

어부들이 광장에 모여 술을 마시고 있었는데 마치 무엇인가를 열심히 기다리는 것 같았다. 대표로 등을 떠밀린 공산주의자 토마쏘가 계단을 내려와 해안 쪽으로 다가왔다. 디 모레이는 이제 죽지 않을 것임을 알았지만 파스쿠알레는 그녀에게 뭔가 끔찍한 일이 일어났다는 것을 직감할 수 있었다.

"오늘 오후에 구알프레도와 펠레가 큰 배를 타고 들어왔다네." 토마쏘가 계단 위에서 말했다. "그놈들이 미국 여자를 데려갔어, 파스쿠알레! 내가 말리려고 해봤지. 자네 이모 발레리아도 데려가기만 해보라고, 그러면 여자는 죽을 거라고 을러댔고. 여자도 가기 싫어했지. 그런데 그 돼지 같은 구알프레도가 그 여자에게 그러더군. 여기가 아니라 포르토 베네레로 가게 되어있었다고…. 그녀를 데리러 사람이 찾아왔었다고 말이야. 그래서 결국 그 자들을 따라가고 만 거야."

이탈리아어를 알아듣지 못한 리처드 버튼은 재킷의 칼라를 내리고 매무새를 가다듬더니 옹기종기 붙어 서있는 회칠 가옥들을 둘러보았다. 그리고 토마쏘에게 미소를 지으며 "이보시오, 보아하니 바텐더는 아니리라 믿지만, 불쌍한 아가씨에게 임신 소식을 알려주기 전에 딱 한잔 했으면 하거든요."

파스쿠알레는 토마쏘의 말을 영어로 통역해 전했다. "다른 호텔 주인이 와서 디 모레이를 데려갔대요."

"데려가다니, 어디로?"

파스쿠알레는 해안 저 아래쪽을 가리켰다. "포르토 베네레요. 그녀가 거기로 가게 되어있다고, 우리 호텔은 미국인들을 제대로 보살피지 못한다고 했어요."

"그건 해적질이잖아요! 그런 일이 당키나 해요?"

그들은 광장으로 갔다. 어부들은 남은 그라파를 리처드 버튼과 나눠 마시며 함께 해결책을 강구했다. 날이 밝을 때까지 기다리자는 의견도 있었지만, 파스쿠알레와 리처드 버튼은 암으로 죽어가고 있다는 것이 거짓말이었음을 디 모레이에게 즉각 알려야 한다는 데 동의했다. 그날 밤 곧장 포르토 베네레로 가기로 했다. 추운 해안에 모인 사내들 사이에서 흥분의 열기가 후끈 솟아올랐다. 어르신 토마쏘는 구알프레도의 목을 따주자고 했다. 리처드 버튼은 포르토 베네레 술집들은 몇 시까지 문을 여는지 아는 사람 있냐고 영어로 물었다. 전쟁영웅 루고는 카빈총을 가지러 집으로 갔다. 공산주의자 토마쏘는 손을 들어 올려 경례를 하며 구알프레도 호텔 습격 진두지휘를 자원했다. 파스쿠알레는 이제 포르토 베르고냐에서 술에 취하지 않은 사내라곤 자신이 유일하다는 사실을 깨달았다.

그는 호텔로 들어갔다. 어머니와 발레리아 이모에게는 리처드 버튼이 포트와인을 마시고 싶다고 해서 같이 해안으로 내려갈 거라고 말할 예정이었다. 이모는 창가에 서서 침대에 앉은 어머니에게 광장 상황을 중계해 주고 있었다. 파스쿠알레가 문간에 머리를 들이밀었다.

"나는 말렸다." 발레리아가 말했다. 침울한 얼굴이었다. 그녀는 파스쿠알레에게 쪽지 한 장을 건네주었다.

"알아요." 파스쿠알레는 쪽지를 읽으며 말했다. 디 모레이의 글이었다. "파스쿠알레, 어떤 남자들이 와서 착오가 있었다고, 내 친구가 포르토 베네레에서 기다리고 있다고 하네요. 당신의 수고에 대한 대가는 반드시 지불되도록 할게요. 전부 다 정말 고마웠어요. 당신의 친구 디." 파스쿠알레는 한숨을 쉬었다. 당신의 친구.

"조심해라." 침대 위의 어머니가 말했다. "구알프레도는 만만히 볼 자가 아니다."

그는 쪽지를 주머니에 넣었다. "아무 일 없을 거예요, 엄마."

"안다, 아무 일 없을 거야, 파스코." 어머니가 말했다. "너는 착한 남자야."

파스쿠알레는 이렇게 겉으로 표출되는 애정에 익숙하지 않았다. 특히 어머니는 침울한 기분에 빠져있을 때가 많았기 때문이기도 했다. 어쩌면 거기서 빠져나오고 있는 건지도 몰랐다. 그는 방으로 들어가 어머니에게 입을 맞추려고 허리를 굽혔다. 종일 자리보전을 하고 있을 때 나는 퀴퀴한 냄새가 났다. 그런데 그가 입을 맞추려는 순간 어머니는 갈퀴 같은 손을 뻗더니 안간힘을 다해 그의 팔을 꼭 쥐었다. 어머니의 팔이 떨렸다.

파스쿠알레는 어머니의 떨리는 손을 내려다보았다. "엄마, 나 바로 돌아와요."

도움을 청하는 눈으로 발레리아 이모를 바라보았지만 그녀는 고개를 들지 않았다. 그리고 어머니는 잡은 팔을 놓지 않았다.

"엄마. 괜찮다니까요."

"그렇게 늘씬한 미국 처녀라면 결코 여기 머물지 않을 거라고, 곧 떠날 거라고 네 이모에게 말했었다."

"엄마. 무슨 말씀이세요?"

그녀는 다시 뒤로 몸을 기대며 천천히 그의 팔을 놓았다. "그 미국 처녀를 찾아서 결혼해라, 파스쿠알레. 넌 내 승낙을 받은 게야."

그가 웃음을 터뜨리며 어머니에게 다시 입을 맞췄다. "그 여자를 찾으러 가긴 하지만, 나는 엄마를, 엄마만 사랑해요. 내게 다른 여자는 없어요."

밖에 나가보니 리처드 버튼과 어부들은 아직도 광장에서 술을 마시고 있었다. 루고가 창피해하며 카빈총을 빌려줄 수 없게 됐다고 했다. 절벽에 일군 밭에 토마토를 심었는데 그 받침대로 쓰고 있기 때문이라고 했다.

해안으로 걸어가는 동안 리처드 버튼은 파스쿠알레의 옆구리를 찌르며 애더퀴트 뷰 호텔 간판을 가리켰다. "당신 건가요?"

파스쿠알레가 고개를 끄덕였다. "아버지 거예요."

리처드 버튼은 하품을 했다. "끝내주게 멋지군." 그러더니 의기양양하게 포트와인을 꺼냈다. "정말이지, 팻, 이거 참으로 괴상한 그림이라니깐요."

어부들은 공산주의자 토마쏘를 도와 수레에서 그물과 어구와 잠자는 고양이를 내리고 외장 모터를 실어 부두로 끌고 갔다. 토마쏘와 파스쿠알레와 리처드 버튼이 배에 타고, 나머지 어부들은 파스쿠알레의 만들다 만 해변에 서서 떠나는 세 사람을 바라보고 있었다. 토마쏘가 힘껏 모터를 작동시키는 순간 리처드 버튼이 들고 있던 와인 병을 놓쳤다. 다행히 많이 흘러내리지 않고 병이 파스쿠알레의 무릎에 떨어졌다. 그는 만취한 웨일스인에게 와인을 돌려주었다. 하지만 조그만 모터는 좀체 시동이 걸리지 않았다. 그들은 그저 파도에 실려 천천히 흘러가는 배 위에 앉아있었다. 참아 보지만 삐져나오는 트림에 리처드 버튼은 연신 사과를 해댔다. "이 요트의 공기가 조금 텁텁한 편이군요." 그가 말했다.

"망할!" 토마쏘가 엔진에 대고 소리쳤다. 다시 시동을 걸어보았다. 무반응이다. 다른 어부들은 스파크가 붙지 않는다느니 연료가 주입되지 않고 있다느니 따위의 의견들을 번갈아 제시했다.

그때 리처드 버튼이 느닷없이 일어서더니 낮고 울림 깊은 음성으로 해안에 서서 소리치는 세 늙은 어부들에게 고했다. "두려워 말라, 아카이아의 형제들이여. 내 그대들에게 맹세하노니, 오늘밤 포르토 베네레에서는 분명코 연약한 눈물과 흐느낌이 있을 것이다…. 그 눈물은… 젊은 피를 끓어오르게 만드는 아리따운 디를 위하여, 우리가 전쟁을 선포할 상대 놈들의 죽음을 서러워하는 눈물일 것이노니. 이것은 신사로서의, 아카이아인으로서의, 나의 언약이다. 우리는 승리하여 돌아올 것이며, 승리 없이는 돌아오지 않을 것이다!" 무슨 소린지 전혀 이해하지 못했지만 영웅 서사시라는 건 알아차린 어부들이 갈채와 함께 환호했다. 바위에 대고 오줌을 누던 루고도 동참했다. 리처드 버튼은 이어서 배에 함께 탄 두 명의 동료에게 축복기도의 제스처로 술병을 흔들었다. 파스쿠알레는 배 끝에서 추위에 몸을 웅크리고 있었고 공산주의자 토마쏘는 모터의 배기구를 점검하고 있었다. "오, 포르토 베네레의 길 잃은 아들들아, 선한 자들로 뭉친 이 무적함대가 너희에게 내릴 멸망의 충격에 대비하라." 그는 파스쿠알레의 머리에 손을 얹었다. "여기 아킬레스와 그 옆에서 모터에 시동을 거는 내가 이름을 잠시 잊은 냄새나는 형제여, 그대들은 모두 다 훌륭한 신사들이도다, 인정사정없고 건장하고… 에, 그리고…."

마침내 모터에 시동이 걸렸다. 리처드 버튼이 반동으로 배 밖으로 튕겨 나갈 뻔했지만 파스쿠알레가 붙잡아 자리에 앉혔다. 버튼은 파스쿠알레의 팔을 톡톡 두드리면서 못다 한 말을 중얼거렸다. "…형제보다도 가까우나, 적에게 베풀 친절 따위는 없다." 보트가 물결을 헤치며 나아갔다. 바야흐로 구조대의 출격이 시작된 것이다.

뭍에 선 어부들은 이제 잠을 자러 돌아가고 있었다. 배 위에서 리처드 버튼이 한숨을 내쉬었다. 그는 술을 한 모금 들이키고는, 마치 존재한 적도 없었다는 듯 바위벽 뒤로 사라지는 작은 마을을 다시 한 번 바라보았다.

"이봐요, 팻." 리처드 버튼이 말했다. "나도 당신처럼 작은 마을에서 태어났다는 말을 취소해야겠어요." 그는 와인 병을 든 채 손짓을 하며 덧붙였다. "아니, 뭐 물론 훌륭한 곳이겠지만, 아 맙소사, 이건 내가 소싯적 지린내 나는 바지에 그린 지도보다도 작잖아요."

그들은 곧장 해안을 걸어 구알프레도가 포르토 베네레에 최근 개축한 호텔 델라 마르로 갔다. 데스크의 직원은 파스쿠알레가 마이클 딘에게서 받은 위로금보다도 많은 액수를 요구했지만, 약간의 흥정 끝에 리처드 버튼이 원했던 코냑 한 병과 디 모레이의 방 번호를 알아낼 수 있었다. 배 안에서 잠깐 잔(어떻게 잘 수 있었는지 파스쿠알레는 이해가 안 됐다) 배우께서는 이제 코냑을 입안에 넣고 구강세척제처럼 흔들어 삼키고는 부스스한 머리를 매만지며 말했다. "좋았어. 이제 준비 완료." 그와 파스쿠알레는 계단을 오르고 복도를 걸어 디의 높다란 방문 앞에 다다랐다. 파스쿠알레는 구알프레도의 현대식 호텔을 둘러보며 디 모레이가 자신의 후줄근한 호텔에 묵었다는 사실에 새삼 창피해졌다. 청결하고 그가 생각하기에 어딘지 미국적인 이곳의 냄새를 맡으면서 그는 늙은 여자들과 축축하고 뭔가 썩는 것 같은 바다 내음이 진동하는 애더퀴트 뷰 호텔의 냄새가 얼마나 지저분한지 절감했다.

리처드 버튼은 파스쿠알레 앞에서 수시로 자세를 바로잡으면서 카펫에 발을 질질 끌고 걸었다. 그는 한 번 더 머리 모양을 가다듬고 파스쿠알레를 돌아보며 눈을 찡긋했다. 그리고 주먹을 가볍게 쥐고서 문을 두드렸다. 아무 소리가 없자 그는 좀 더 세게 노크를 했다.

"누구세요?" 문 뒤에서 디 모레이의 목소리가 들렸다.

"아, 나 리처드야, 자기." 그가 말했다. "당신을 구조하러 왔어."

잠시 후 문이 열리며 나이트가운 차림의 디가 나타났다. 그들은 서로를 껴안았고, 파스쿠알레는 눈길을 돌렸다. 그러지 않았다면 그녀가 자기 같은 사람하고 사귀고 싶어 할지도 모른다고 언감생심 꿈이나마 꿨던 사실에 대한 민망함과 시기심이 드러났을 거였다. 그는 들판의 순종 명마 두 마리를 선망의 눈으로 바라보는 한 마리 당나귀와 같았다.

몇 초 후에 디 모레이는 리처드 버튼을 밀쳐내며 나무라는 듯 달콤한 목소리로 물었다. "지금껏 어디 있었어요?"

"그야 당신을 찾고 있었지." 리처드 버튼이 말했다. "이건 거의 오디세우스의 항해였다고 할 수 있어. 어쨌든, 내 말 잘 들어봐. 아무래도 누군가의 사기극에 우리가 말려든 것 같거든."

"무슨 소리예요?"

"자 들어가지. 이리 와 앉아. 내가 다 설명해줄 테니." 리처드 버튼은 그녀를 부축해 방으로 끌어들이고는 방문을 닫았다.

복도에 홀로 남은 파스쿠알레는 방문을 바라보며 어째야 할지 몰라 했다. 그는 방안에서 낮은 소리로 이어지는 대화에 귀를 기울이면서 계속 서있어야 할지 문을 두드려 자신이 거기 있다는 걸 알려줘야 할지 아니면 그냥 토마소의 배로 돌아가야 할지 결정하려 했다. 그는 하품을 하고 벽에 몸을 기댔다. 생각해보니 스무 시간을 종종거리고 돌아다녔다. 지금쯤이면 리처드 버튼은 디 모레이에게 그녀가 사실은 죽을병에 걸린 게 아니라 임신했을 뿐임을 말하고도 남았을 터였는데, 방안에서는 이 진실이 밝혀지면서 발생할 것으로 예상했던 각종 소란, 이를테면 속았다는 것에 대한 분노나 병이 걸린 게 아니라는 안도감이나 아기를 가졌다는 사실의 충격 같은 표현이 전혀 감지되지 않았다. 그녀는, *아기라니!* 라고 외칠지도, 아니면, *아기라고요?* 라고 물을지도 몰랐다. 그런데도 문 뒤에서는 아직도 나지막한 대화 소리밖에 들려오지 않았다.

5분쯤이 흘렀다. 파스쿠알레가 떠나기로 결정한 순간 문이 열리면서 가운을 단단히 여며 입은 디 모레이가 홀로 나왔다. 여태 울고 있었던 모습이었다. 그녀는 아무 말 없이 맨발로 복도를 걸어와서는 파스쿠알레의 목 뒤로 팔을 감아 꼭 껴안았다. 그도 그녀의 가는 허리를 감싸 안았다. 그녀의 살결을 휘감은 실크의 촉감이 느껴졌고 자신의 몸에 밀착된 부드러운 나이트가운 밑의 가슴도 느껴졌다. 그녀에게서 나는 장미와 비누 향을 맡으며 파스쿠알레는 지금 자신이 얼마나 고약한 냄새를 풍길 것인지에 생각이 미쳤다. 소름이 확 끼쳤다. 버스와 자동차 여행에다 두 차례의 뱃길을 오간 날이었다. 그러자 이 하루가 얼마나 믿을 수 없는 날이었는지 실감이 됐다. 로마에서 영화 〈클레오파트라〉의 엑스트라로 고용될 뻔한 것으로 시작된 괴상한 하루였다. 그때 디 모레이가 토마쏘의 낡은 외장 모터처럼 부들부들 떨기 시작했다. 그는 대략 1분쯤 그녀를 안고 가만히 서있었다. 그 부드러운 나이트가운 밑의 몸은 얼마나 단단했던가.

이윽고 디 모레이가 몸을 떼었다. 그녀는 눈물을 닦고 파스쿠알레의 얼굴을 들여다보았다. "무슨 말을 해야 할지 모르겠어요."

파스쿠알레는 어깨를 으쓱해 보였다. "괜찮아요."

"하지만 당신에게 무슨 말이든 하고 싶어요, 파스쿠알레. 그래야만 해요." 그녀는 그렇게 말하고는 웃음을 터뜨렸다. "고맙다는 말로는 턱없이 부족해요."

파스쿠알레는 눈길을 떨구어 바닥을 보았다. 가끔씩 숨을 들이쉬고 내쉬는 단순한 행동조차 깊은 통증처럼 느껴지는 때가 있었다. "그렇지 않아요." 그가 말했다. "충분해요."

그는 윗도리 주머니에서 돈 봉투를 꺼냈다. 스페인 계단에서 받았을 때

보다 훨씬 가벼워져 있었다. "마이클 딘이 당신에게 주라고 부탁했어요." 봉투를 연 그녀는 돈다발이 나타나자 혐오감으로 몸을 떨었다. 돈의 일부는 자기에게 주어진 것이라는 말을 그는 하지 않았다. 마치 공모자처럼 느껴질 것 같았다. "그리고 이것도요." 파스쿠알레는 연속촬영 사진들을 그녀에게 건네주었다. 〈클레오파트라〉 촬영 세트에서 다른 여자와 찍은 사진이 맨 위에 놓여 있었다. 그녀는 그걸 보자 손으로 입을 가렸다. 파스쿠알레가 말했다. "마이클 딘이 나더러…."

"그 망할 자식이 한 말은 내게 하지 말아요." 디 모레이가 말을 막았다. 아직도 사진에서 눈을 떼지 않고 있었다. "제발요."

파스쿠알레는 고개를 끄덕였다.

아직도 그 연속촬영 사진들을 들여다보고 있던 그녀는 사진 속에서 디 모레이가 웃으며 팔을 잡고 있는 다른 여자를 가리켰다. "사실 꽤 친절한 여자예요." 그녀가 말했다. "우스워요." 디가 한숨을 내쉬었다. 그녀가 다른 사진들을 들춰보는 동안, 파스쿠알레는 그중 한 사진에서 침울한 표정의 그녀 옆에 서있는 두 남자 가운데 하나가 리처드 버튼이었음을 깨달았다.

디 모레이는 열린 호텔 방문을 돌아다보았다. 그리고 다시 젖은 눈가를 훔쳤다. "오늘밤 여기서 보낼 것 같네요." 그녀가 말했다. "리처드가 몹시 지쳤어요. 아직 하루 촬영분이 남아있어서 프랑스로 돌아가야 한대요. 그 다음엔 나랑 함께 스위스로 갈 거고… 이 의사를 만나서… 그러니까… 문제를 해결하게 되겠죠."

"네." 파스쿠알레가 말했다. *문제를 해결한다*는 말이 허공에 맴돌았다. "당신이 아픈 게 아니라… 다행이에요."

"고마워요, 파스쿠알레. 나도 그래요." 그녀의 눈이 젖어들었다. "언젠가 돌아와서 다시 당신을 보고 싶어요. 그래도 괜찮을까요?"

"네." 그렇게 대답은 했지만 그녀를 다시 볼 날은 올 것 같지 않았다.

"벙커에 올라가서 그림들도 다시 보고요."

파스쿠알레는 그저 소리 없이 웃었다. 그리고 적당한 말을 찾는 데 정신을 집중했다. "첫날 밤, 당신이 이런 말을… 우리는 언제 우리의 이야기가 시작되는지 모른다는 말을 했어요."

디가 고개를 끄덕였다.

"당신도 읽은 그 소설을 쓴 내 친구 앨비스 벤더는 언젠가 내게 이런 말을 했어요. 인생은 이야기라고요. 하지만 모든 이야기는 저마다 다른 방향으로 나아간다고요." 그는 한쪽 손으로 왼쪽을 가리켰다. "당신." 그리고 다른 손으로 오른쪽을 가리켰다. "나." 하고 싶었던 말이 정확하게 나오지는 않았으나 그녀는 알아듣는다는 듯 고개를 끄덕였다.

"하지만 가끔씩은… 자동차나 기차 안의 사람들처럼 같은 방향으로 가기도 해요. 같은 이야기로요." 그는 두 손을 맞붙였다. "그리고 나는 그게… 멋지다고 생각해요."

"아, 그래요." 그녀는 그렇게 말하고는 자신의 두 손을 맞붙여 그에게 보여주었다. "고마워요, 파스쿠알레." 그녀의 한쪽 손이 파스쿠알레의 가슴에 와 멎었다. 두 사람 다 그것을 물끄러미 바라보았다. 그녀가 손을 거둬들였다. 파스쿠알레는 몸속의 모든 자존심을 끌어모아 자칫 할 뻔했던 로마 백부장의 방패처럼 등을 반듯이 세우고 돌아섰다.

"파스쿠알레!" 몇 발짝을 떼었을 때 그녀가 소리쳤다. 그가 돌아섰다. 그녀는 복도를 달려와 그에게 다시 입을 맞췄다. 이번에는 입술이었지만, 애더쿼트 뷰 호텔 테라스에서 그녀가 해준 입맞춤과는 전혀 다르게 느껴졌다. 그날 밤 입맞춤은 무언가의 시작이었다. 그의 이야기가 비로소 시작되고 있다고 느껴진 순간이었다. 지금의 이 입맞춤은 끝이었다. 한낱 조연배우인 그의 퇴장을 알리는 것이었다.

그녀가 눈가를 닦았다. "여기요." 그녀는 검은 머리의 여자와 함께 찍은 폴라로이드 사진 한 장을 그의 손에 쥐여 주었다. "나를 기억할 수 있게요."

"아니에요. 당신 것인걸요."

"이건 없어도 돼요." 그녀가 말했다. "다른 사진들도 있으니까."

"나중에 필요할 거예요."

"그럼 이렇게 해요. 내가 나중에 나이가 들어서요, 옛날에 영화에 출연했었다고 해도 사람들이 믿지 않으면, 그때 가지러 올게요. 됐죠?" 그녀는 사진을 그의 손에 밀어 넣고 돌아서서 방안으로 사라졌다. 그녀는 잠든 아이의 방에서 조심스레 빠져나오는 부모처럼 방문 손잡이를 조용히 돌려 닫았다.

파스쿠알레는 물끄러미 문을 바라보았다. 화려한 미국인들의 세상을 꿈꾸었던 그에게 정말 꿈처럼 그녀가 찾아왔었다. 하지만 세상은 이제 다시 원래대로 돌아갔고, 그는 저 방문 뒤에 펼쳐진 세상을 차라리 보지 않았던 편이 낫지 않았을까 생각했다.

파스쿠알레는 돌아서서 힘없는 걸음으로 복도와 계단과 야간근무 직원을 지나쳐 바깥으로, 토마쏘가 벽에 기대어 담배를 피우고 있는 곳으로 나왔다. 그는 모자를 깊숙이 눌러쓰고 있었다. 파스쿠알레는 토마쏘에게 디가 다른 여자와 찍은 그 사진을 보여주었다.

토마쏘는 그걸 보고는 한쪽 어깨를 으쓱했다. "흥." 그는 말했다. 그리고 두 사람은 부두를 향해 걸었다.

12
열 번째 퇴짜

최근
캘리포니아 주, 로스앤젤레스

해가 뜨기 전, 과테말라인 정원사가 나타나기 전, 냉혈한들과 벤츠들과 미국인의 정신적 복원 행진이 시작되기 전, 엉덩이에 올라오는 손을 클레어는 느낀다.

"그만둬, 대릴" 그녀가 중얼거린다.

"누구?"

눈을 뜨니 누런 나무 책상과 플랫스크린 텔레비전과 호텔 방들의 벽에서나 봄직한 액자들이 시야에 들어온다…. 왜냐하면 호텔 *방 맞으니까*.

그녀는 모로 누워있고 엉덩이 위의 손은 등 뒤쪽에서 올라오고 있다. 시선을 내려 확인해보니 옷은 입은 채다. 최소한 섹스는 없었다. 몸을 돌리자 셰인 휠러의 커다랗고 촉촉한 눈망울이 내려다보고 있다. 방금 만난 남자와 함께 호텔 방에서 잠을 깨본 적이 없었기 때문에 이런 상황에서 보통 무슨 말을 하는 것일지 감이 안 온다. "안녕!" 그녀가 말한다.

"*대릴*… 그가 남자친군가보죠?"

"열 시간 전까지는."

"스트립클럽 다닌다는 그 남자?"

기억력 좋다. "그래요." 그녀가 말했다. 어젯밤 취중담화 도중 그녀는 아무렇지도 않게 하루 종일 인터넷에서 포르노를 보다가 밤이 되면 스트립클럽에 출근하고 이게 그녀를 무시하는 행동이 아니냐는 말에는 너털웃음을 웃는 대릴 이야기를 했었다.(*가망 없음*, 이 관계를 그렇게 묘사했던 기억이 난다.) 이제 셰인의 옆에 누워, 클레어는 또 다른 종류의 희망 없음을 느끼고 있다. 이 남자의 방에 따라들어 오다니, 도대체 나는 어떻게 된 여잘까? 불과 몇 시간 전에 그의 머리카락과 몸 구석구석을 누비고 다녔던 이 손은 이제 어찌해야 한단 말인가? 그녀는 손을 뻗어 소리를 죽여 놓은 블랙베리를 집어 정보의 바다에 빠져든다. 아침 일곱 시, 16도, 아홉 개의 이메일, 안 받은 전화 두 통, 그리고 대릴의 간단한 문자 한 개… "뭐해?"

그녀는 다시 어깨 너머로 셰인을 힐끗 본다. 머리가 어젯밤보다도 더 헝클어져 있고 구레나룻은 얼터너티브 힙합 스타일보다 후기 엘비스 프레슬리 스타일에 가깝다. 셔츠를 입지 않은 그의 가느다란 왼쪽 팔뚝에 그 망할 ACT 문신이 선명한데, 그녀는 어젯밤에 일어난 일의 절반쯤이 이 문신 탓이라고 여긴다. 이런 순간에 술을 빌린 회상이 필요한 것은 영화에서뿐이다. 그녀는 마이클의 지시에 따라 W 호텔에 셰인과 파스쿠알레가 묵을 방을 잡았다. 이탈리아인은 호텔까지 태워다 주었고 셰인은 렌트카를 몰고 따라왔다. 파스쿠알레가 피곤하다며 곧장 방으로 들어간 다음, 피치를 듣고 심하게 웃은 것을 셰인에게 사과하자 셰인은 괜찮다며 웃어

넘겼지만 사실은 몹시 불편하다는 점을 은근히 내비쳤다. 그래서 그녀는 *아니에요, 나 정말로 미안해요*, 하고 말하며, 그의 피치를 향한 조소라기보다는 이 업계 전체에 대한 좌절감의 표출이었노라고 덧붙였다. 그가 이해한다고, 하지만 자축하고픈 기분이라고 해서, 함께 술집으로 가 술을 사주며 제작자의 흥미를 얻는 것은 첫걸음에 지나지 않음을 상기시켜 주었다. 그가 두 번째 잔을 샀다(방금 만 달러를 벌었는걸요. 칵테일 두 잔쯤은 살 수 있어요). 이어 그녀가 세 번째 잔을 샀다. 그렇게 술을 마시면서 그들은 이야기를 나눴다. 모르는 사람 앞에서 하게 되는 가족이며 대학, 커리어에 대한 피상적이고 자기중심적인 이야기가 주로 오가다 차츰 진실이 다루어졌다. 셰인은 실패한 결혼과 단편소설집의 출판 거절로 인한 아픔을, 클레어는 상아탑의 보호막을 마다하고 나온 결정에 대한 막연한 후회와 돌아가야 할지를 두고 느끼는 고민을 이야기했다. 셰인은 자신은 젖만 먹고 성장한 송아지에 불과하다는 뼈아픈 자각을, 클레어는 하나의 위대한 영화를 향한 이제 실패한 추구를 토로했다. 그러다가 웃음으로 시작하여 눈물로 귀결되는 속내 털어놓기로 이어졌고(*내 남자친구는 스트립클럽을 밝히는 잘생긴 좀비예요!* 그리고 *난 사실 우리 부모님의 지하실에서 살아요!*), 술이 더 들어가자 평범하기 짝이 없을 것들이 마치 계시와 같은 중요성을 띠고 나타나기 시작했다(*나는 윌코를 좋아해요! 그리고 나도 윌코를 좋아하는데!*). 이윽고 셰인은 모조 웨스턴 셔츠 소매를 올려 클레어에게 ACT 문신을 보여주었고(*나 문신 너무 좋아해요!*) 그녀는 그 주문을 받들어 그에게 키스를 했고 그의 손은 그녀의 볼을 어루만졌다. 단순하지만 대릴은 한 번도 해준 적이 없는 동작이었다. 10분후 그들은 셰인의 방에서 미니바를 뒤져 술을 더 들이켰고 대학생 아이들처럼 서로의 몸을 탐했다. 그의 무성한 구레나룻이 몸에 닿으면 그녀는 간지러워 키득거렸고 그는 그녀의 가슴을 찬미했다. 그렇게 그들은 입을 맞추고 서로의 몸을 더듬고 섹스를 할 것인지 말 것인지를 두고 킬킬거리며 논쟁하는 달콤한 두 시간을 보냈다(셰인: *나는 예스 쪽으로 기우는데요.* 그녀: *나는 부동표예요.*), 마침내… 아마도 곯아떨어졌음에 틀림없었다.

그리고 이제, 다음날 아침, 클레어는 몸을 일으켜 앉는다. "내가 직업의식이 부족한 행동을 했어요."

"그야 어떤 직업인가에 달린 문제겠죠."

그녀가 소리 내어 웃는다. "나를 돈 주고 고용했던 거라면 사기당한 걸텐데?"

그가 그녀의 엉덩이에 손을 얹는다. "아직 시간은 있으니까."

그녀는 다시 웃으며 엉덩이에서 그의 손을 떼어 침대 위에 올려놓는다. 전혀 솔깃하지 않는다고 할 수는 없다. 키스하며 함께 뒹구는 것만도 충분히 좋았으니, 섹스도 훌륭하리라고 추측된다. 대릴과의 관계에서는 섹스야말로 시작이었고 요점이었으며 관계 전체의 기틀이었다. 하지만 지난 몇 달 동안 그녀는 대릴과의 섹스에서 친밀감이 사라지고 그 대신 뚜렷하게 구분되는 두 단계가 형성된 듯한 느낌을 받아왔다. 처음 2분은 자폐증이 있는 부인과 의사의 진찰을 받는 느낌이었고, 나머지 10분은 로토루터 배관공의 방문을 받는 느낌이었다. 최소한, 그녀는 상상했다, 셰인은… 그 순간에 실재할 것 같았다.

갈등과 혼란 속에서 그녀는 일어선다, 생각하기 위해, 또는 시간을 벌기 위해.

"어디 가요?"

클레어는 전화기를 집어 든다. "내가 아직 남자친구가 있는 몸인지 확인해 보려고요."

"그 사람과는 헤어질 거라고 한 줄 알았는데."

"아직 결정 안했어요."

"내가 대신 결정해 줄게요."

"고맙지만 어쩌면 내가 직접 처리해야 할 일이 아닐까요?"

"포르노 좀비가 밤새도록 어디 있었냐고 물으면요?"

"사실대로 말할까 싶어요."

"그럼 그 사람이 헤어지자고 할까요?"

그 질문에서 희망의 기미가 느껴진다. "모르겠어요." 그녀는 책상 의자를 끌어내어 앉고는 전화기에서 받지 않은 전화와 이메일들을 확인한다. 대릴이 마지막으로 연락을 시도한 게 몇 시였는지 알아내기 위해서다.

이제 셰인도 일어나 침대 끝에 다리를 걸치고 바닥에 놓인 셔츠를 집는다. 그녀는 그를 흘끔 바라보면서 그 깡마른 몸의 매력에 미소를 흘리지 않을 수가 없다. 그는 그녀가 대학 시절에 반하곤 하던 남자아이들이 조금 나이든 버전이다. 미남에 가깝지만 아직 몇 블록 떨어져 있는 남자다. 육체적으로 그는 대릴의 정반대다(대릴은 하루 5백 회 팔굽혀펴기로 단련된 가슴에 강건하게 각진 턱을 지녔다). 셰인은 전체적으로 선이 가늘고 쇄골이 두드러져 보이며 배가 약간 접혔다. "정확히 언제 셔츠를 벗은 거죠?" 그녀가 묻는다.

"잘 모르겠어요. 아마도 새로운 전기가 시작되기를 바랐나본데요."

그녀는 다시 블랙베리로 돌아가 대릴의 "뭐해?" 문자를 열고 회신을 뭐라고 쓸까 고민한다. 두 개의 엄지손가락이 자판 위를 맴돌 뿐 아무 글자도 쓰지 못한다.

"그런데 그 사람에게서 뭘 보았어요?" 셰인이 묻는다. "처음에 말이에요."

클레어가 고개를 든다. 무엇을 보았더라? 너무 진부하지만 그녀는 판에 박힌 그것들을 보았었다. 별들. 섬광들. 아기들. 미래. 그와 함께 보낸 첫날 밤, 두 사람이 그녀의 아파트 문을 박차고 들어와서 옷을 벗어부치고 서로의 입술을 물어뜯고 손을 뻗어 더듬고 쑤시고 감싸던 순간, 그가 바닥의 그녀를 들어 올림으로써 대학 시절의 어설픈 인연들이 계단에서 마주친 타인들처럼 하찮게 느껴지게 만든 순간, 그녀는 이 모든 것들을 보았었다. 대릴이 자신을 만진 순간 이전까지는 한 번도 완전히 살아있지 않았던 것 같은 강렬한 느낌이 몰려왔다. 그건 그저 단순한 섹스가 아니었다. 그는 *그녀 안에 있었다.* 그날 밤 전까지는 이 표현에 관해 제대로 생각해본 적이 없었다. 도중에 눈을 떴을 때 그녀는… 자신의 전 존재를… *그의* 눈 속에서 보았다.

클레어는 고개를 저어 기억을 쫓아낸다. 어떻게 그런 이야기를, 더구나 여기서 할 수 있단 말인가? 그래서 그냥 이렇게 말하고 만다. "복근. 복근을 보았어요." 이상하다. 대릴을 한낱 복근 덩어리로 치부하는 게 막 만난 남자하고 이렇게 호텔 방에 함께 있는 것보다 더 씁쓸하다.

셰인이 다시 그녀 손의 휴대전화를 향해 고갯짓을 한다. "그래서… 뭐라고 할 건데요?"

"몰라요."

"나랑 사랑에 빠졌다고 해요. 그것으로 해결될 테니까."

"그래요?" 그녀가 고개를 들어 그를 본다. "우리가 정말로?"

그는 씩 웃으며 모조 웨스턴 셔츠의 단추를 똑 눌러 잠근다. "어쩌면. 그럴지도 모르죠. 하루도 함께 보내지 않고 알 수는 없잖아요?"

"꽤 충동적인 기질인가요?"

"내 별난 성격의 매력 포인트죠."

제기랄. 사실일지 모른다는 생각이 든다. 이 남자의 매력. 냉혹하게 진실을 꼬집는 웨이트리스를 만나 불과 몇 달 데이트하고 결혼했다고 했다. 놀랍지가 않았다. 만난 지 열네 시간 만에 *사랑에 빠진다*는 표현을 쓰는 사람이 어디 있단 말인가. 이 남자에게는 뭔가 부정할 수 없이… 낙관적인 데가 있다. 그리고 잠시, 그녀는 자신 또한 그런 적이 있기나 했던지 생각해본다. "*나*도 뭐 좀 물어봐도 돼요?" 클레어가 말한다. "왜 하필이면 도너 파티죠?"

"아, 안돼요." 그가 말한다. "또 웃으려고요?"

"말했잖아요, 정말 미안했다고. 왜냐면 지난 3년간 마이클은 내가 받아올린 모든 아이디어를 거절했거든요. 너무 어둡다, 너무 비싸다, 너무 시대극이다…. 결국 상업성이 없다는 이유에서죠. 그런데 어제 당신이 불쑥 들어와서, 실례지만, 내가 여태까지 들어온 것들 중 가장 어둡고 비싸고 시대극이고… 어쨌든 가장 상업성 없는 영화를 피치하자, 그가 맘에 든다는 거예요. 그게 그러니까 너무나… *있을 법하지 않*은 일이거든요. 그래서 그냥 어떻게 나온 아이디언가 궁금하네요."

셰인은 어깨를 으쓱하고 나서 바닥에 널린 양말을 집으러 손을 뻗는다. "누나가 셋 있어요. 아주 어린 시절 기억은 죄다 누나들과 관련된 거예요. 누나들을 정말 좋아했죠. 나는 그네들의 장난감 같은, 예쁘게 옷을 갖춰 입힌 인형 같은 존재였고요. 내가 여섯 살쯤 됐을 때 큰누나 올리비아가 섭식장애를 일으켰어요. 집안이 완전 난리가 났었어요.

정말 끔찍했어요. 열세 살이던 올리비아 누나는 걸핏하면 화장실로 달려가 먹은 걸 모조리 게우곤 했어요. 점심 값으로 받은 용돈은 다이어트 약 사는 데 다 쓰고 음식은 다람쥐마냥 주머니에 감췄다가 버리는 식이었죠. 부모님들은 처음에는 야단을 쳤지만 소용없었어요. 누나는 개의치 않았으니까요. 정말이지 말라서 공기 중으로 증발해버리려고 저러나 싶을 정도였어요. 팔뚝 밑의 앙상한 뼈들이 다 보였어요. 머리카락도 빠졌고요.

부모님들은 모든 방법을 동원했지요. 상담 치료사와 심리학자들을 만났고 아예 입원 치료도 받게 했어요. 내 전처는 바로 그것이 과잉보호의 경계선을 넘은 시점이라고 하더군요. 나는 모르겠어요. 어느 날 밤 침대에 누워 엄마가 흐느껴 우는 소리와 아버지가 엄마를 위로하려 애쓰는 소리를 들은 기억이 나요. 엄마는 '우리 딸이 굶어 죽게 생겼어요'라는 말만 반복했어요." 셰인은 아직도 손에 양말을 들고 있다. 신지는 않고 그저 뚫어져라 바라보고 있다.

"그래서 어떻게 됐어요?" 클레어가 조용히 묻는다.

"…네?" 그가 고개를 든다. "아, 이제 괜찮아요. 치료가 통했거나 뭐 그랬던 거겠죠. 올리비아 누나는… 극복했어요. 아직도 음식에 관한 불안증이 조금 있어요. 누나는 추수감사절에도 절대 음식을 만들어 오지 않아요. 대신 테이블 장식을 맡죠. 앙증맞은 호박들이나 풍요를 상징하는 원뿔형 그릇 같은 것들 말이에요. 누나 앞에서 초콜릿 케이크 소리는 입에도 담아서는 안돼요. 하지만 그래도 정상인으로 자랐어요. 매형이 내가 보기엔 얼간인데 둘은 퍽 행복한가 봐요. 애가 둘 있고. 웃기는 건… 나머지 가족들은 절대로 그 시절 이야기를 꺼내지 않아요. 올리비아 누나도 그 시기 전체가 마치 아무것도 아니었다는 듯 굴고요. '내가 말랐던 시절' 이라고 부르더군요.

그런데 나는 아직도 그러지를 못해요. 일곱 아니면 여덟 살쯤 됐을 때 밤에 침대에 누운 채로 올리비아 누나가 빨리 낫게 해달라고 기도하곤 했어요. 교회에도 가고 나중에 목사도 되고… 뭐 그러겠다면서요. 그래도 누나가 금세 낫지 않아서… 아이들이 그럴 수 있는 거 알죠? 나는 스스로를 탓했어요. 누나의 굶주림을 내 자신의 신앙심 부족에 결부시켰던 거죠."

그는 허공을 바라보며 팔 안쪽을 문질렀다. "고등학생이 되자 올리비아 누나는 괜찮아졌고 나도 종교적 단계를 넘어섰죠. 그런데 그 이후로 나는 늘 굶주림과 궁핍에 관한 이야기에 매료되었어요. 찾을 수 있는 건 다 찾아 읽었고, 학교 리포트도 레닌그라드 봉쇄와 감자 기근에 관해 썼을 만큼…. 특히 식인행위에 관한 이야기들을 좋아했죠. 우루과이 럭비팀, 알프레드 패커, 마오리 족… 그리고 당연히 도너 파티 같은."

셰인은 고개를 숙인다. 그리고 손에 양말을 들고 있음을 깨닫는다. "가엾은 윌리엄 에디와 동일시하게 되었던 것 같아요. 자신은 탈출하지만 그 끔찍한 캠프에서 굶어 죽어가는 나머지 가족을 위해 아무것도 할 수 없었던 그 사람하고요." 그는 건성으로 양말을 꿰어 신는다. "그래서 마이클 딘의 책에서 영화 피치란 스스로를 신뢰하는 것이라는, 즉 스스로를 피치하는 것이라는 구절을 읽었을 때, 그게 어떤 계시처럼 느껴지더군요. 내가 피치해야 할 이야기가 무엇인지 나는 정확히 알고 있었던 거죠."

계시? 스스로를 신뢰하는 것? 클레어는 고개를 떨어뜨리며, 바로 이 '이봐, 그냥 해보는 거야' 식의 자신감에 어제 마이클이 반응한 것일지 모른다는, 그리고 어젯밤 자신을 매혹한 그것도 마찬가지일 것이라는 생각을 한다. 알게 뭐람, 정말로 오로지 이 젊은이의 열정 하나를 바탕으로 〈도너!〉를 만들 수 있을지도 모른다. *열정*. 이 또한 목에 걸리는 단어다.

다시 블랙베리에 눈길을 돌려보니 마이클의 제작 파트너인 대니 로쓰가 보낸 이메일이 한 통 도착해 있다. 제목 줄에 〈도너!〉라고 박혀 있다. 마이클이 전화로 셰인의 피치에 대해 이야기했음이 분명했다. 어떻게 대니가 마이클의 정신을 좀 돌려놨을지 궁금하다. 엄청난 시간을 절약해준다는 믿음으로 대니가 사용하는, 고통스러울 만큼 바삐 그러나 멍청하게 씌어진, 이를테면 전자 속기라 할 이메일을 연다.

당신이 월욜 유버설의 도너 관련 피치를 잡을 예정이라고. 좋아 보여야 함. 상당 진척을 보여줄 스토리보드나 배후담, 작가가 갖추게 해야. 정색할 것. 대니.

고개를 들어 보니 셰인은 침대 끝에 앉아 그녀를 바라보고 있다. 다시 대니의 이메일에 눈길을 돌린다. *좋아 보여야 함?* 좋은 게 아니라 *좋아 보여야* 한다는 말인가? 그리고 상당히 진척됐음을 보여줄 스토리보드? *정색할 것*은 또 뭐야? 그러자 어제 마이클의 큰소리가 떠오른다. *식인행위에 관한 8천만 달러짜리 영화를 피치할 거야.*

"아, 제기랄." 그녀가 말한다.

"남자친구가 또 문자를?"

정말 그 짓을 하려는 걸까? 유니버설과의 계약에서 빠져나오게 해줄 변호사 고용을 논의하던 두 사람의 모습이 떠오른다. 얼마나 멍청한 질문인가? 물론 그들은 그 짓을 하려는 거다. 절대로 하지 않을 리가 없다. 그게 그들이 하는 짓이다. 클레어의 손이 관자놀이께로 올라온다.

"왜 그래요?" 셰인이 일어서고 클레어는 그를, 그 암사슴 같은 커다란 눈망울과 얼굴을 띠처럼 두르고 있는 무성한 구레나룻을 올려다본다. "괜찮아요?"

클레어는 그에게 말해주지 말까, 그가 승리의 주말을 즐길 수 있게 놔둘까, 망설인다. 그냥 모른 체하고 주말을 보내버릴 수도 있다. 마이클의 피치와 사라진 여배우 찾기를 도와줄 수도 있다. 그리고 월요일에 컬트 종교집단 박물관의 제의를 수락하고…. 고양이 사료를 사재기하기 시작할 수도 있다. 하지만 셰인이 저 달 같은 눈으로 그녀를 바라보고 있는 이 때, 그녀는 그가 마음에 든다는 걸, 그리고 언젠가 사실을 말해줄 거라면 지금 당장이어야 한다는 걸 깨닫는다.

"셰인, 마이클은 당신의 영화를 만들 생각이 조금도 없어요."

"뭐라고요?" 그가 조금 웃는다. "무슨 소리예요?"

그녀는 침대로 다가가 그의 곁에 앉는다. 그리고 주가가 바닥에 떨어진 마이클이 채무변제 협조를 받는 대가로 옛날 제작한 영화들의 판권 일부를 스튜디오에 넘기기로 한 거래에서부터 시작하여 지금 자신이 이해하고 있는 상황을 자세히 설명한다. "거래에는 두 가지 부분이 있어요." 그녀가 말한다. "마이클이 스튜디오 부지에 사무실을 얻어 들어가고, 스튜디오는 마이클이 기획하는 모든 제작물의 우선권을 차지하는 거예요. 즉 스튜디오가 퇴짜를 놓는 건만 다른 곳에 제시할 수 있다는 거죠. 우선권이라는 건 되지도 않는 소리였어요. 처음 5년간 스튜디오는 마이클이 제시한 기획안을 죄다 퇴짜 놓았으니까요. 그래서 마이클이 원작이나 시나리오나 트리트먼트를 다른 곳에 제시한다면 그건 유니버설이 퇴짜 놓은 안이라는 게 자명한데 그걸 누가 원하겠어요?

"그러던 중에 〈혹북〉이 등장했죠. 그 안을 개발하기 시작했을 때 마이클은 리얼리티 쇼와 인터넷 사이트 같은 건 계약에 적용되지 않는 영역이라고 생각했어요. 계약은 *영화 제작*에만 한정된 거라고요. 하지만 스튜디오는 '매체 종류와 무관하게 개발된' 모든 제작물의 우선권을 갖고 있는 것으로 판명됐죠. 대 히트 가능성이 있는 텔레비전 리얼리티 쇼가 자신의 것이라고 마이클은 생각했는데 알고 봤더니 이미 스튜디오가 소유권을 갖고 있었던 거예요."

"이해가 안되는 게… 그게 이거하고 무슨…."

클레어가 손을 들어 셰인의 말을 막는다. "그날 이후로 마이클은 변호사들과 계약에서 빠져나갈 방도를 찾아왔어요. 그리고 몇 주 전에 마침내 찾아냈죠. 스튜디오가 마이클이 슬럼프가 아니라 맛이 완전히 갔을 것에 대비하여 면책조항을 마련해 뒀었다는 거예요. 마이클이 일정기간 동안 일정숫자의 허접한 아이디어를 제안하면, 뒤집어서 스튜디오가 5년 동안 마이클이 제안한 열 개의 프로젝트를 잇달아 개발하지 않기로 결정하면, 어느 쪽에서든 탈퇴할 수 있도록 말이죠. 그런데 우선권 계약은 모든 *제작물*에 적용되면서도 면책조항은 *영화*에만 적용되도록 돼있다는 거예요. 그러니까 스튜디오가 〈훅북〉은 만들었어도 마이클이 5년 동안 열 개의 영화 아이디어를 제안했는데 스튜디오가 그걸 다 퇴짜를 놓았다면 어느 쪽에서든 아무런 규제 없이 탈퇴할 수 있다 이거예요."

금세 상황을 파악한 셰인의 이마에 깊은 고랑이 접힌다. "그러니까 지금 그 말은 내가…."

"…열 번째 퇴짜라는 거죠." 클레어가 말한다. "8천만 달러짜리 식인 웨스턴 영화라면 너무 어둡고 비싼 데다 상업성도 없기 때문에 스튜디오가 절대 오케이할 리 없을 거예요. 마이클은 당신의 아이디어를 공으로 이용하고, 만들 의도는 조금도 없으면서 당신에게 스펙 원고를 쓰라고 시키겠죠. 스튜디오가 그걸 퇴짜 놓으면 그때부터는 자유의 몸이 되어 텔레비전 프로그램을 최고가에 팔아먹을 수 있을 거고요. 잘 모르지만, 수천만 달러에요."

셰인은 그녀를 멍하니 바라보고 있다. 클레어는 이런 말을 해야 하는 게, 탱탱한 풍선처럼 한껏 치솟은 이 젊은이의 자신감을 펑 터뜨려야 하는 게 죽을 맛이다. 그녀는 그의 팔에 손을 얹는다. "미안해요, 셰인." 그녀가 말한다.

그때 그녀의 휴대전화가 울린다. 대릴일 거다. 젠장. 그녀는 셰인의 팔을 힘껏 쥐어주고 일어서서 방 반대편으로 걸어가 발신자를 확인하지 않고 곧장 전화를 받는다. "안녕." 그녀가 대릴에게 말한다.

그런데 대릴이 아니다.

마이클이다. "클레어, 일어났군, 잘됐어. 지금 어딘가?" 그는 대답을 기다리지 않는다. "어젯밤 이탈리아인과 통역사를 호텔까지 데려다 줬지?"

그녀가 셰인을 바라본다. "음, 뭐, 네." 그녀가 말한다.

"호텔에서 얼마나 빨리 만날 수 있을까?"

"꽤… 금방요." 그녀는 마이클의 이런 목소리를 들어본 적이 없다. "잠깐만요, 마이클." 그녀가 말한다. "셰인의 피치에 관해 얘기 좀 해야겠어요."

하지만 마이클은 그녀의 말을 자른다. "그녀를 찾았어."

"누구요?"

"디 모레이! 그런데 이름이 디 모레이가 아니라 *데브라 무어*였어. 그동안 줄곧 시애틀에 살았고 고등학교에서 연극이랑 이탈리아어를 가르쳤다는군. 도대체 믿어지기나 해?" 마이클의 목소리가 깡충깡충 뛰어다닌다. "아들이 하나 있는데, 혹시 레티선츠라는 밴드 들어봤나?" 이번에도 그녀의 대답을 기다리지 않는다. "그래, 나도 못 들어봤어. 어쨌든 탐정이 밤새도록 파일을 하나 만들었어. 공항 가는 길에 다 얘기해 줄게."

"공항이라고요? 마이클, 대체 무슨…."

"비행기 안에서 자네가 읽어줘야 할 자료가 있어. 그걸로 다 설명될 거야. 자 그러니까 이제 호텔로 가서 투르시 씨하고 통역사에게 여행 준비를 시켜. 정오에 비행기 뜰 거야."

"하지만 마이클…."

그는 이미 전화를 끊었다. 클레어가 "잠깐요, 어디 가는 비행기를 탄다는 말이에요?"라고 물을 찰나였다. 그녀는 전화기를 끄고 셰인을 건너다본다. 그는 아직도 침대에 걸터앉아 뭔가 꿈꾸는 듯한 얼굴을 하고 있다. "마이클이 그 여배우를 찾았다는군요." 그녀가 말한다. "우리 다 함께 그녀를 보러 가야 한대요."

셰인은 그녀의 말을 듣지 못한 것 같다. 그저 그녀 뒤쪽의 벽 한 지점을 응시하고 있다. 아무 말 말았어야 했다고, 그 작은 거품들 속에서 좀 더 살게 놔뒀어야 했다고, 그녀는 생각한다.

"저, 셰인, 미안해요." 그녀가 말한다. "가지 않아도 돼요. 다른 통역사를 찾을 수 있을 거니까요. 이 업계가요, 그게…."

그가 그녀의 말을 자른다. "그러니까 계약에서 빠져나오기 위해 나한테 만 달러를 준다는 말이잖아요…." 셰인의 얼굴에 지독하게 괴상한 표정이 떠오른다. 그것은 또한 기이하게 낯익은 표정이기도 하다. "그리고는 나가서 천만 달러를 번다고요?"

이제 그녀는 이 표정을 어디서 봤었는지 알겠다. 그것은 그녀가 매일 보는, 항상 속으로 셈을 하고 상황을 여러 각도에서 살피는 누군가의 표정이다.

"그렇다면 내 영화는 만 달러 이상의 값어치가 있을지 모른다는 얘기가 돼요."

맙소사. 이 젊은이는 타고났다.

"생각해봐요. 만 달러를 받고 만들어지지 않을 영화를 피치하러 가고 싶은 사람이 어디 있겠어요? 하지만 5만 달러, 아니 *8만* 달러라면?" 셰인이 교활한 미소를 짓는다. "해볼 만하죠."

13
디, 영화를 보다

1978년 4월
워싱턴 주, 시애틀

그녀가 체육교사 스티브에게 전화를 걸었을 때 그는 그녀와의 데이트를 위해 시내를 가로질러 한창 운전 중이었다. 데브라 무어-벤더는 동료 교사들의 구애를 물리치는 데 이미 이력이 나 있었지만, 스티브는 이 젊고 아름다운 미망인을 쉽게 포기하지 않았다. 여러 주 동안 꾸준히 관망하던 그는 학교 무도회가 개최된 날, 행사장 밖에 걸린 '영원한 사랑. 78년의 도약!'이라는 깃발 아래서, 마침내 한 테이블에 앉게 된 기회를 놓치지 않았다.

데브라는 동료 교사들과는 데이트하지 않는다는 똑같은 핑계를 댔지만 스티브는 그냥 웃어넘길 뿐이었다. "그게 뭐예요? 변호사-의뢰인 관계 같은 건가? 어쨌든, 내가 체육을 가르치는 거 알죠? 나는 진짜 교사는 아니라고요, 데브라.”

스티브의 이혼 소식이 교사 휴게실에 퍼진 그 순간부터 친구 모나는 데브라에게 그와 사귀어보라고 다그쳐왔다. 본인의 연애사는 재앙에 재앙의 연속이던 다정한 모나는 웬일인지 데브라에게 무엇이 최선인지는 잘 알았다. 하지만 데브라의 마음을 확실히 움직여준 것은 *영화*를 함께 보러 가자는 스티브의 제의였다. 마침 보고 싶은 영화가 있었던 것이다.

그리고 지금, 그가 오기로 약속된 시간을 몇 분 앞두고, 데브라는 욕실에 서서 거울을 노려보며 빗질을 하고 있었다. 깃털처럼 보드라운 금발이 뱃길의 물결처럼 일어났다가 내려앉기를 반복했다. 그녀를 미스 파라(여배우 파라 포셋)라고 부르는 학생들이 있었는데 그녀는 싫은 척하곤 했다. 거울에 옆모습을 비춰보았다. 이번 염색은 실수였다. 젊음의 끔찍한 허상들과 싸우던 10년의 세월 동안 그녀는 서른여덟쯤이면 중년이 한없이 편안해진 그런 여자가 되어있기를 진심으로 소망했었다. 하지만 아직 갈 길이 먼 듯, 흰 머리가 눈에 띌 때마다 마치 꽃으로 장식된 침상에서 꿈틀거리는 바구미라도 본 것처럼 신경이 날카로워졌다.

그녀는 브러시를 물끄러미 바라본다. 이걸로 머리를 몇 백만 번이나 빗었을까? 그리고 세안과 윗몸일으키기는 또 얼마나 많이 했을까? 그 모든 일들을 그토록 헤아릴 수 없이 해온 이유는 단 하나, *아름답다, 예쁘다, 매력적이다* 같은 말들을 듣기 위해서였다. 예전에 데브라는 별다른 자의식 없이 자신의 외모를 받아들였었다. 그때만 해도 어떤 칭찬도, 말하자면 ‘미스 파라’도, 곁눈질로 훔쳐보는 체육교사 스티브도 심지어는 사교성이 부족하지만 다정한 모나도(“데브라, 내가 언니처럼만 생겼다면 난 늘 자위행위를 할거야”), 필요치 않았었다. 하지만 지금은? 디는 브러시를 무슨 부적이라도 되듯 노려보며 내려놓았다. 이렇게 생긴 브러시를 붙들고 노래를 부르던 어린 시절이 기억났다. 자신이 아직도 데이트 준비를 하는 신경이 예민하고 자신감이 부족한 열다섯 살 소녀처럼 느껴졌다.

신경과민은 어쩌면 당연한 것이었다. 마지막 관계가 깨진 것이 1년 전 일이었다. 아들 팻의 기타 교사였던 대머리 마브(팻은 어머니의 남자들을 별명으로 불렀다). 그녀는 대머리 마브가 마음에 들었다. 가능성이 있다고 생각했다. 40대 후반으로 그녀보다 나이가 많았고, 실패한 결혼에서 얻은 팻보다 나이 많은 딸 둘을 두었으며, '가족의 융합'에 관심이 많았다. 하지만 어느 날 밤 데브라와 함께 집에 돌아와서 팻이 마브의 열다섯 살 된 딸 재닛과 한 침대에서 이미 융합중인 것을 발견한 순간 상황은 달라졌다.

불같이 화를 내는 마브를 보며 그녀는 팻을 옹호할까 생각하기도 했다. *왜 이런 상황에서는 늘 사내아이들만 욕을 먹어야 하죠?* 어쨌든 마브의 딸이 팻보다 두 살이나 위였다. 하지만 팻은 보통 아이가 아니었으니, 그는 007 영화의 수세에 몰린 악당처럼 치밀하게 수립한 계획을 자랑스럽게 털어놓았다. 모두 다, 보드카도, 콘돔도, 팻의 아이디어였던 것이다. 헤어지자는 마브 앞에서 데브라는 놀라지 않았다. 물론 이별은, 특히 상대의 잘못은 조금도 없다는 듯 솔직하지 못하고 모호한 표현들이 남발되는 경우라면 더더욱 싫었지만(지금 내가 원하는 상황이 아니어서요), 적어도 대머리 마브는 있는 그대로의 사실을 간단명료하게 전달했다. "디, 당신을 사랑해. 하지만, 내게는 당신과 팻 사이에 끼어 이따위 문제들에 대응할 에너지가 *없어*."

당신과 팻. 정말로 그렇게 나빴을까? 그랬을지 모른다. 거슬러 올라가서 세 번째 전 남자친구였던, 그리고 그녀가 집 개축을 맡긴 도급업자로서 만났던, 작업복 칼과는 결혼 얘기까지 나왔었다. 하지만 그는 먼저 팻

을 군사학교에 입학시켜야 한다는 전제를 내세웠다. "맙소사, 칼." 그녀는 말했었다. "그 애는 겨우 아홉 살이에요."

그리고 이제 체육교사 스티브가 등장한 것이었다. 최소한 그의 아이들은 전처와 살고 있다니 이번만큼은 눈먼 희생자가 발생하지 않을지도 몰랐다.

그녀는 팻의 학교 사진들이 걸린 좁은 복도를 걸어 나왔다. 아유, 저 능글맞은 미소라니. 아이는 사진들마다 가운데가 갈라진 턱과 촉촉한 눈망울로 *날 좀 보라는 듯이* 싱긋 웃고 있었다. 학교 사진들에서 변한 거라곤 머리모양뿐이고(축 치진 머리, 퍼머 머리, 레드 제플린 머리, 회오리 머리…), 표정은 하나같이 어두운 카리스마를 발산하고 있었다.

팻의 방문은 닫혀있었다. 가볍게 노크를 해봤지만 아무 대꾸가 없는 걸 보니 헤드폰을 끼고 있는 모양이었다. 팻은 이제 열다섯 살이었다. 외출할 때마다 일장연설을 늘어놓지 않고도 큰 걱정 없을 만큼 성장한 나이지만, 그녀는 그러지 않고는 못 배겼다.

다시 노크를 하고 방문을 열어보니 팻은 무릎에 기타를 얹은 채로 프리즘을 통과한 빛이 포착된 핑크 플로이드의 포스터 아래 책상다리를 하고 앉아있었다. 앞으로 몸을 기울여 뻗은 손이 침대 옆 탁자의 맨 위 서랍에 닿아있는 것으로 보아 무언가를 급히 감춘 것 같았다. 그녀는 방바닥에 널린 옷가지들을 양옆으로 치워가며 안으로 들어갔다. 팻이 헤드폰을 벗었다. "엄마, 안녕." 그가 말했다.

"서랍에 뭘 넣었니?" 그녀가 물었다.

"아무것도 아녜요." 팻이 잽싸게 대답한다.

"팻. 내가 서랍을 열어 확인해야 되겠니?"

"누가 그랬어요?"

맨 아래 서랍에는 앨비스의 책, 정확히는 그가 쓴 유일한 장의 너덜너덜해진 원고 낱장들이 보였다. 1년 전, 대판 싸운 끝에 팻이 아버지가 있으면, 아버지와 함께 살았으면 좋겠다고 했을 때 그녀가 준 것이다. "이게 네 아버지다." 그날 밤 그녀는 그렇게 말했었다. 누렇게 바랜 원고에서 아이가 어떤 지주를 찾을 수 있기를 바라면서. *네 아버지.* 그녀 자신조차도 거의 그렇게 믿게 된 상태였다. 앨비스는 늘 팻이 좀 자라 이해할 수 있게 되면 곧바로 진실을 알려줘야 한다고 말해 왔지만, 세월이 가도 데브라는 도무지 어찌해야 좋을지 알 수 없었다.

그녀는 자녀교육 안내서에 박힌 사진처럼 팔짱을 단단히 꼈다. "그래서 그 서랍을 네가 열겠니, 아니면 내가 열까?"

"엄마, 진짜로… 아무것도 아녜요. 믿어주세요."

그녀가 침대 옆 탁자 앞으로 다가서자 팻은 한숨을 쉬며 기타를 내려놓고 서랍을 열었다. 그는 이런저런 물건을 옆으로 밀치고 마침내 작은 대마초 파이프를 집어 들었다. "절대 피우지는 않았어요. 맹세해요." 그녀가 파이프를 만져보았다. 차가웠다. 대마초도 들어있지 않았다.

서랍을 뒤져보았으나 역시 대마초는 없었다. 그저 온갖 잡동사니들로 가득할 뿐이었다. 손목시계 두어 개, 기타 픽 몇 개, 작곡법 교본 몇 권, 그리고 볼펜이며 연필들 같은. "파이프는 내가 보관하마." 그녀가 말했다.

"좋아요." 그거야 당연하다는 듯 그가 고개를 흔들었다. "거기 그렇게 갖고 있을 물건이 아니었어요." 사고를 치면 그는 언제나 이상하도록 침착하고 사리에 맞게 행동했다. 이 *'엄마하고 한편이에요'* 모드 앞에서 그녀는 항상 어느 다른 끔찍한 문제아를 상대하는 데 아이가 협조하고 있는 것 같은 느낌이 들며 노여움이 가라앉곤 했다. 여섯 살 적부터 그랬다. 하루는 우편물을 챙기러 나간 길에 이웃과 이야기를 좀 나누고 들어와 보니 팻이 연기가 피어오르는 소파에 물을 쏟아 붓고 있었다. "야!" 불을 지른 게 아니라 불을 발견한 아이처럼 그 아이는 말했다. "내가 조금만 늦었으면 진짜로 큰일 날 뻔 했네."

그가 헤드폰을 쳐들었다. 화제를 바꾸려는 거였다. "이 노래 엄마가 좋아할 것 같아."

그녀는 손에 쥔 파이프를 내려다보았다. "아무래도 내가 나가지 말아야겠다."

"아, 엄마. 미안하다니까요. 곡을 쓸 때면 이런저런 물건들을 만지작거리게 돼요. 하지만 대마초 피워본 지 한 달이 나 돼가요. 정말이에요. 그러니 걱정 말고 데이트 나가세요."

그녀는 혹시 거짓말을 하고 있는지 캐내기 위해 아이의 얼굴을 들여다보았다. 하지만 아이의 눈빛은 조금도 흔들림이 없었다.

"나가기 싫어서 괜히 핑계를 찾고 있는 거 아니에요?" 팻이 말했다.

이것도 그 아이다웠다. 상황을 제 어미에게 덮어씌우는 데 그치지 않고 모종의 통찰력까지 동원하여 못을 박는 솜씨. 하지만 사실이었다. 그녀는 *정말* 나가지 말아야 할 구실을 찾고 있었다.

"긴장 풀어요." 그가 말했다. "그냥 나가서 재미있는 시간 보내고 와요. 이러면 어떨까. 내 체육복을 빌려줄 테니 그걸 입고 나가는 거예요. 스티브는 꼭 죄는 회색 반바지를 좋아하걸랑요."

참으려 했지만 데브라의 입가에 웃음이 비어져 나왔다. "그냥 지금 이대로 입고 나갈 거야. 제의는 고맙구나."

"저기 스티브가 나중에 엄마더러 샤워하라고 할 거예요."

"그럴까?"

"그럼요. 출석 확인, 스트레칭, 플로어 하키, 샤워. 그게 체육교사 스티브의 꿈의 데이트예요."

"그러니?"

"그럼요. 완전 백치거든요."

"백치?" 그 또한 팻다웠다. 자신의 어휘력을 과시하는 동시에 어미의 데이트 상대를 머저리로 깎아내리는 솜씨.

"하지만 그렇다고 직접 백치 아니냐고 물어보지는 말아요. 그러면 이렇게 대답할 거니까. '아, 진짜 그랬으면 좋겠네. 정관절개 수술에 돈을 써놔서 말야.'"

그녀는 또 참으려 했지만 이번에는 아예 소리 내어 웃고 말았다. 그리고 늘 그러듯 웃지 말 걸, 후회했다. 팻이 학교에서 이런 식으로 어물쩍 문제에서 빠져나온 게 한두 번이 아니었다. 여선생들은 특히 속수무책이었다. 그는 교과서가 없이도 A 학점을 받았고, 다른 아이들을 시켜서 숙제를 했고, 교장을 구워삶아 자신에게만큼은 교칙이 적용되지 않도록 했고, 농땡이를 치고도 기가 찬 결석 사유를 제시했다. 교무회의에서 다른 교사들이 그녀의 병원 진단이나 팻의 남아메리카 여행 또는 팻의 여동생의 죽음 따위에 대해 질문을 해올 때면 데브라는 몸 둘 바를 몰랐다. 아이의 가엾은 아버지는 경우에 따라 피살됐거나 버뮤다 삼각지대에서 실종됐거나 또는 에베레스트에서 동사한 것으로 알려졌다. 그러니까 해마다 불쌍한 앨비스는 새로운 사유로 다시 죽기를 반복했던 것이다. 그러다 열네 살 생일 즈음에 팻은 원하는 걸 얻기 위해 거짓말을 할 필요가 없음을, 그냥 사람들의 눈을 들여다보면서 자신이 정확히 뭘 원하는지를 말하는 게 훨씬 효과적이고 재미있다는 사실을 깨달은 것 같았다.

그녀는 이따금 아이 아버지가 있었다면 자신의 오냐오냐 하는 양육법에 좀 더 균형이 잡힐 수 있었을까 궁금해 하곤 했다. 아이가 어렸을 때 보여준 조숙함에 그녀는 과도하게 매료되었고, 어쩌면, 특히 그 어두운 시기에는 더더욱, 너무나 외로웠던 것이다.

팻은 기타를 내려놓고 일어섰다. "엄마, 스티브 얘기는 그냥 농담이에요. 좋은 사람 같아요." 그렇게 말하고 그녀를 지나쳤다. "나가요, 엄마. 나가서 좀 즐겨요. 행복해지라고요."

그는 지난 한 해 부쩍 성장했다. 누가 봐도 분명한 사실이었다. 학교에서 말썽도 덜 일으켰고 집을 몰래 빠져나가는 일도 사라졌으며 성적도 좋아졌다. 하지만 그녀는 아직도 그 눈을 보면 당혹감을 느꼈다. 모양이나 색깔 때문이 아니라 그 응시에 담긴 특질 때문이었는데, 그것은 말하자면 사람들이 빛, 또는 불꽃, 또는 스릴 넘치는 위험이라고 부르는 무엇이었다.

"너 진심으로 내가 행복하기를 바라니?" 데브라가 말했다. "그렇다면 내가 돌아왔을 때 여기 그대로 있어주면 돼."

"좋아요." 그가 말하곤 한 손을 내밀었다. "베니가 연습하려고 오는 건 괜찮죠?"

"그래." 그녀가 팻의 손을 잡고 흔들었다. 베니는 팻이 밴드의 기타 주자로 뽑은 아이였다. 바로 이것이 팻을 변화시키고 있는 요인이었다. 그가 결성한 밴드, 게리스. 그녀도 인정하지 않을 수 없었던 것이(두어 차례 학교 행사에 이어 시애틀 센터에서 열린 밴드 경연대회에서의 공연 후), 게리스는 나쁘지 않았다. 아니 사실 상당히 훌륭했다. 그녀가 우려했던 만큼 펑크 류가 아니었고 조금 거친 듯하면서도 솔직하고 간명한 음악이었다. 그녀가 '렛 잇 블리드' 시절의 롤링 스톤스에 비유하자 팻은 말도 안 된다는 듯 눈을 위아래로 굴렸다. 무대 위의 아들은 그녀에게 새로운 발견이었다. 그 아이는 노래를 하고 우쭐대고 으르렁거리고 농담을 했으며, 사실 놀랄 일이 아님에도 그녀를 놀라게 한 어떤 것을 발산했다. 그건 자연스러운 매력이었다. 힘이었다. 그리고 밴드가 결성된 이후로 팻은 더없이 침착해졌다. 사춘기 청소년이 록 밴드에 참여하면서 비로소 *정착한다?* 하지만 그건 부인할 수 없는 사실이었다. 그는 집중력을 발휘했고 깊이 몰입했다. 하지만 그 동기에 그녀는 염려가 되었다. 아이는 *대박 성공, 유명해지는 것* 따위에 대해 자주 이야기했다. 그녀는 명성의 위험에 대해 설명해 주려고 했지만, 구체적이지 못하고 평범하고 진부한 이야기, 이를테면 예술의 순수성이나 성공의 함정 같은 것을 나열하는 데 그쳤다. 그녀는 그런 이야기가 마치 굶주린 사람에게 비만의 위험에 대해 경고하는 것처럼 시간 낭비에 불과한 것은 아닐까 걱정했다.

"세 시간 후에 돌아올 거야." 데브라가 말했다. 사실은 다섯 또는 여섯 시간은 걸릴 것이었지만, 이건 습관이었다. 소요될 시간을 반으로 줄여 말함으로써 아이의 말썽도 반쯤으로 줄여 보자는 속셈이었을 게다. "그때까지 말이야… 그러니까… 음… 저기…."

그녀가 경고의 적정선을 찾고 있는 동안 팻의 얼굴에는 미소가 확 퍼졌다. 양쪽 눈초리가 처지고 이어서 입 끝이 서서히 올라갔다. "*아무것*도 하지 말라고요?"

"그래. 아무것도 하지 마."

그는 경례를 붙이고 미소를 지은 다음 다시 헤드폰을 끼고 기타를 잡고는 침대로 올라갔다. "엄마." 돌아서는 그녀를 향해 그가 말했다. "스티브가 꾀어도 웅덩이 점프 같은 건 하지 마요. 그 사람 흔들리는 특정 신체부위를 쳐다보는 걸 좋아하더라."

그녀는 조용히 방문을 닫고 복도를 걷기 시작하다 아직 손에 쥐고 있는 파이프를 내려다보았다. *아니, 대마초가 없다면 왜 쓸데없이 감춰뒀던 파*

이프를 꺼냈겠는가? 게다가 무얼 하고 있었느냐고 묻자 그 아이는 서랍을 뒤져 파이프를 꺼냈었다. *방금* 거기다 집어던졌던 것이라면 응당 맨 위에 있는 것이 옳지 않을까? 그녀는 몸을 돌려 팻의 방 쪽으로 걸어가 문을 열어젖혔다. 팻은 기타를 들고 침대 위에 앉아있었고 침대 옆 탁자의 서랍은 다시 열려있었다. 하지만 이번에는 그가 실제로 그녀에게서 숨겨왔던 그것이 침대 위에 펼쳐져 있었으니, 그건 다름 아닌 작곡 노트였다. 연필을 들고 책 위로 몸을 굽히고 있던 그는 얼굴이 벌게지도록 화를 내며 벌떡 일어나 앉았다. "지금 뭐예요, 엄마?"

그녀는 성큼성큼 걸어가 침대 위의 노트를 집어 들었다. 정확히 무엇을 찾고 있는지 본인도 몰랐지만, 그녀의 마음은 부모의 마음이 으레 그러하듯 최악의 시나리오를 향해 달려가고 있었다. *자살에 관한 노래를 쓰고 있는 거야! 아니면 마약 거래에 대한 노래를!* 그녀는 아무 페이지나 펼쳤다. 노랫말에 곡조에 대한 메모가 몇 개 적혀 있었다(팻의 음악 지식은 아주 기초적인 것이었다). 달콤하고 씁쓸한 노랫말의 단편들, 그건 여느 열다섯 살짜리나 쓸법한 사랑노래였다. '매력적인 타냐'('난 너를 원해'의 I want ya와 매우 어색한 각운을 이루고 있었다), 해와 달, 그리고 *영원의 자궁* 같은 무언가 의미가 있는 척하지만 사실은 허튼소리에 불과한 노랫말들.

그가 노트를 향해 손을 뻗었다. "내려놔요!"

그녀는 계속 페이지를 넘겼다. 노래를 쓰고 있었음을 인정하기보다는 대마초 파이프를 압수당하는 쪽을 택할 만큼 위험하기 짝이 없는 무엇인가를 찾아서.

"제기랄! 내려놓으라니까, 엄마!"

마지막 페이지에 이르자 그 아이가 숨기려고 했었을 바로 그 노래가 나왔다. '천국의 미소'라는 제목을 보고 그녀의 어깨가 맥없이 풀렸다. 앨비스의 책 제목이었다. 코러스 부분을 읽었다. *나는 믿었었다네/그가 나를 찾으러 돌아올 것이라고/왜 천국은 미소를 짓는가/이 염병할 세상은 하나도 웃기지 않는데*….

아. 데브라는 끔찍한 기분이었다. "엄마가… 많이 미안하구나, 팻. 나는 혹시…."

그가 손을 뻗어 노트를 가져갔다.

그녀는 팻의 유들유들하고 빈정대는 표면 아래를 좀체 보지 못했기 때문에 거기에 소년이, 기억하지도 못하는 아버지를 아직 그리워할 수 있는 상처받은 소년이 있다는 사실을 잊어버리곤 했다. "아, 팻." 그녀가 말했다. "노래를 만들기보다는 차라리 대마초를 피우고 있었다고… 내가 믿기를 원했던 거니?"

그가 눈가를 문질렀다. "노래가 후지잖아."

"아니야, 팻. 정말 훌륭해."

"감상적인 쓰레기예요." 그가 말했다. "그리고 엄마가 그것에 대해서 질문을 할 거라고 생각했어요."

그녀가 침대 위에 앉았다. "그래… 자, 그것에 대해서 이야기해보자."

"아, 맙소사." 그는 그녀 너머로, 바닥의 한 지점에 시선을 떨구었다. 그리고 눈을 껌벅이더니 웃음을 터뜨렸다. 일종의 무아지경에서 빠져나오는 것 같았다. "별 거 아니에요. 그냥 노래일 뿐이라고."

"팻, 네가 힘들었다는 거 알아."

그가 움찔했다. "이런 이야기, 내가 얼마나 하고 싶지 *않은지* 엄마는 모를 거야. 제발요. 나중에 하면 안 될까?"

데브라가 물러서지 않자 팻은 발로 슬쩍 밀었다. "얼른 가요. 이런 감상적인 쓰레기를 더 쓸 참인데, 그러다보면 엄마는 데이트에 늦어요. 스티브는 지각생에게 달리기 기합을 준단 말이에요."

체육교사 스티브는 좌석이 둥글고 깊은 플리머스 더스터를 몰고 왔다. 고르지 않은 색깔에 한쪽으로 가르마를 탄 머리와 강건한 턱, 중년 나잇살이 붙기 시작한 운동선수 스타일의 그는 전체적으로 좋아붙은 슈퍼히어로를 연상시켰다. 남자들의 매력엔 우라늄처럼 반감기가 있나 봐, 그녀는 생각했다.

"뭘 볼까요?" 차 안에서 스티브가 그녀에게 물었다.

말하기조차 어이없기는 했다. "〈엑소시스트 2〉요." 그녀가 어깨를 으쓱했다. "도서관에서 아이들이 그 영화 이야기를 하는데, 재미있겠다 싶었어요."

"나야 좋지요. 사실 당신은 외국영화광일 거라고 짐작했었거든요. 그 왜 자막이 붙어 나오는, 나 같은 사람은 무슨 소린지 이해하는 척해야 하는 그런 영화들 말이에요."

데브라가 소리 내어 웃었다. "출연진이 좋아요." 그녀가 말했다. "린다 블레어, 루이스 플레처, 제임스 얼 존스." 정작 대고 싶은 이름은 마지막에 간신히 끼워 넣었다. "리처드 버튼."

"리처드 버튼? 그 사람 죽지 않았나요?"

"아직요." 그녀가 말했다.

"좋아요." 체육교사 스티브가 말했다. "하지만 내 손을 잡아야 할지도 몰라요. 〈엑소시스트〉 전편 보니까 되게 무섭던데요."

그녀는 차창 밖을 내다보았다. "그건 안 봤어요."

씨푸드 레스토랑에서 저녁을 먹는데 그가 묻지도 않고 그녀의 새우 하나를 집어 먹는 걸 그녀는 주시했다. 대화는 편안하고 수월하게 진행되었다. 스티브가 팻에 대해 물으면 데브라는 많이 좋아졌다고 했다. 팻에 관한 대화는 언제나 골칫거리를 기본 전제로 시작된다는 것이 재미있기도 했다.

"그 아이 걱정은 할 필요 없어요." 스티브가 그녀의 마음을 읽고 있기라도 하듯 말했다. "플로어 하키 실력은 형편없지만 좋은 아이니까요. 그렇게 재능 있는 아이들은 말예요. 어려서 말썽을 더 일으킬수록 자라서는 더 성공하거든요."

"그걸 어떻게 아시는데요?"

"그야 내가 어려서 *절대* 말썽을 안 부렸거든요. 그래서 지금 이렇게 체육교사나 하고 있고요."

정말, 이 정도면 나쁘지 않았다. 그들은 일찍 극장에 들어갔다. 두 사람은 닷츠 캔디 한 갑과 좌석 가운데의 팔걸이, 각자의 배경(데브라 : 10년 전 남편과 사별했고, 어머니는 죽고 아버지는 재혼했으며, 남동생과 언니 둘이 있었다. 스티브 : 이혼했고, 아이가 둘, 남동생이 둘 있었으며, 애리조나에 부모님이 살고 있었다), 그리고 가십을 나누었다. 아이들이 기술교사의 선반 위에서 야한 포르노물을 한 무더기 찾아냈다는 이야기(스티브 : *그래서 그 방을 목공실이라고 부르나 봐요*), 그리고 와일리 부인이 프로그래머 데이브 에임스를 유혹했다는 이야기(데브라 : *하지만 데이브 에임스는 아직 어린애예요.* 그 : *흠, 이젠 아니라고 봐야죠.*) 들이었다.

불이 꺼지자 두 사람은 자세를 고쳐 잡고 앉았다. 체육교사 스티브가 몸을 기울이고는 그녀에게 속삭였다. "당신, 학교에서 볼 때와 달라 보여요."

"내가 학교에서 어떤데요?" 그녀가 물었다.

"솔직히 말할까요? 약간 무서운 편이에요."

그녀가 소리 내어 웃었다. "약간 무섭다고요?"

"아니, '약간'이라는 말은 취소. 완전히 무서워요. 철두철미하게 위협적이에요."

"*내가*, 위협적이라고요?"

"그래요, 그러니까… 내 말은… 당신을 한 번 봐요. 거울 본 적 있죠, 그렇죠?"

예고편들이 나오면서 이 대화는 중략되었다. 그녀는 기대에 차 앞으로 상체를 기울였다. 그의 영화가 시작될 때면 항상 느끼던 그 설렘이 다시 찾아왔다. 불, 메뚜기 떼, 마귀들의 뒤범벅으로 시작된 영화에 드디어 그가 등장했다. 그녀는 흥분과 서글픔을 동시에 느꼈다. 그의 얼굴은 더욱 회색빛으로 변했고 군데군데 불그레했으며, 눈은, 집에서 늘 그 젊은 버전을 보기도 하는 그 눈은, 이제 타버린 전구처럼 불꽃이 사라지고 없었다.

영화는 멍청함과 어이없음과 이해불가능 사이를 오갔는데, 그녀는 혹시 〈엑소시스트〉 전편을 본 사람한테는 이야기가 통할까 궁금했다. (영화관에 몰래 숨어들어가 그 영화를 봤던 팻은 "신났다"고 평한 바 있었다.) 이야기에 일종의 최면 기계가 나왔는데, 프랑켄슈타인의 전선과 흡착패드 따위로 만들어진 그것은 두세 사람들에게 똑같은 꿈을 꾸게 하는 것 같았다. *그가* 화면에 나오지 않는 동안 그녀는 다른 배우들에 집중하거나 흥미로운 결정들을 비롯한 업계 내막을 캐내어보려 노력했다. 이따금, 그의 영화를 볼 때, 그녀는 자기라면 특정한 장면에서 그의 맞은 편 상대역을 어떻게 연기했을까 생각해보곤 했다. 학생들에게 가르치는 그대로, 연기자들이 내리는 *선택*에 주목할 것. 특히 루이스 플레처의 여유로운 능란함에 감탄하지 않을 수 없었다. 루이스 플레처, 참으로 흥미로운 커리어였다. 디도 그 같은 커리어를 가질 수 있었을지 모른다… 어쩌면.

"그만 나가고 싶으면 나갈 수도 있어요." 체육교사 스티브가 속삭였다.
"네? 아, 아니에요. 왜요?"
"계속 비웃고 있잖아요."
"내가요? 어머, 미안해요."
이후 그녀는 무릎 위에 양손을 얹고, 말도 안 되는 장면들을 힘겹게 연기하는 그의 모습을 보며, 이 쓰레기를 어찌됐든 끝까지 견뎌낸다는 마음으로 그저 조용히 앉아 있었다. 몇 번인가, 그의 왕년의 힘이 뚫고 나오는 것을, 그 부드러운 목소리의 미세한 떨림이 술기운으로 엉긴 발음을 극복하는 순간을, 그녀는 놓치지 않았다.
차까지 걸어가는 동안 그들은 별 말이 없었다. (스티브: *그거 참… 흥미로웠네요.* 데브라: 음…) 집으로 돌아가는 차 안에서 그녀는 생각에 잠겨 창밖을 내다봤다. 외출 전 팻과의 대화를 되돌려보면서 자신이 뭔가 중요한 빈틈을 놓친 것은 아닌지 의심이 갔다. 그냥 대놓고 이렇게 말했다면 어땠을까? *저, 근데 말야, 나 지금 네 진짜 아빠가 나오는 영화 보러 간다.* 하지만 그런 정보가 팻에게 도움이 될 수 있는 시나리오가 과연 존재하기나 할까? 아이는 어떻게 반응할까? 가서 리처드 버튼하고 회포 좀 풀어요, 뭐 이렇게?
"일부러 저 영화를 고른 건 아니겠죠?" 체육교사 스티브가 말했다.
"네?" 그녀가 움찔했다. "무슨 말씀이시죠?"
"그게, 저런 영화를 함께 본 사람에게 다음 데이트를 요청하기가 쉬운 일 같지 않아서요. 〈타이타닉〉을 함께 본 사람에게 유람선 여행을 제의하는 것 같잖아요."
그녀는 웃었지만 그건 공허한 웃음이었다. 그녀는 자신이 그의 영화를 전부 찾아 보고 그의 커리어를 주시하는 건 그저 팻 때문이라고, 아이에게 사실을 털어놓는 것이 좋겠다고 판단될 언젠가에 대비한 것이라고, 자신에게 다짐하곤 했다. 하지만 절대 그 아이에게 말할 수 없을 것임을 그녀는 알고 있었다.

그러니, 팻 때문이 아니라면, 그녀는 왜 아직도 극장에 찾아가서 그가 망가지는 모습을 간첩처럼 지켜보고 자신이 그의 조역을(리즈는 아니고 루이스 플레처의 배역만?) 연기하는 백일몽에 빠지는 것일까? 물론 그건 결코 그녀, 고등학교에서 연극과 이탈리아어를 가르치는 데브라 무어가 아니라, 여러 해 전 그녀가 만들어내려 했던 여자, *디 모레이*였지만 말이다. 마치 자신이 반으로 갈라진 느낌이었다. 데브라는 시애틀로 돌아오고, 디는 이탈리아 해안의 그 작은 호텔에서 잠이 깨어 다정하고 수줍은 파스쿠알레와 함께 스위스로 건너가 예정대로 아기와 커리어를 맞바꾼 것 같았다. 그 커리어를 그녀는 아직도 공상하고 있었다. *스물여섯 편의 영화와 헤아릴 수 없이 많은 연극에 출연해온 중견 연기자, 마침내 조연여우상 후보에 선정되다!*

체육교사 스티브의 움푹한 더스터 좌석에 앉아 데브라는 한숨을 쉬었다. 맙소사, 나라는 여자는 어찌 이리도 한심할까. 영원히 브러시를 잡고 노래를 부르는 여학생으로 남을 것인가.

"괜찮아요?" 체육교사 스티브가 물었다. "한 백킬로미터는 떨어져 있는 것 같아요."

"미안해요." 그녀가 그를 돌아보며 그의 팔을 잡았다. "집에서 나오기 전에 팻하고 아주 이상한 대화를 나눴거든요. 그것 때문에 아직 속이 뒤집혀 있는 모양이에요."

"나한테 털어놔 볼래요?"

팻의 체육교사에게 그 모든 것에 대해 고해성사하다니, 생각만으로도 웃음이 터질 지경이었다. "고맙지만," 그녀가 말했다. "사양하겠어요." 스티브는 다시 운전에 집중했고, 데브라는 이 같은 남자 특유의 실용적이고 여유로운 자세가 열다섯 살 팻에게 아직도 어떤 효과를 낼 수 있을 것인지, 아니면 그건 모두 물 건너간 희망일 뿐인지 확신이 서지 않았다.

그녀의 집 앞에서 스티브는 차 시동을 껐다. 이 남자와 다시 데이트 정도야 할 수 있겠다 싶었지만, 이 부분은 질색이었다. 운전석에 앉은 남자가 몸을 돌려 어색하게 자신의 눈을 살피며 성급하게 입을 맞추고는 다음 만남을 요청하는 것.

그녀는 혹시 팻이 보고 있을지 몰라 집 쪽을 돌아보았다. 아이가 작별 키스를 갖고 자신을 놀리는 걸 견딜 수 없을 것이기 때문이었다. 그런데 있어야 할 무엇인가가 없었다. 그녀는 정신없이 차에서 내려 집을 향해 걷기 시작했다.

"그래, 이게 단가요?"

그녀가 돌아보니 체육교사 스티브도 차에서 내린 상태였다.

"네?" 그녀가 말했다.

"이봐요." 그가 말했다. "내가 할 말이 못되는지 모르지만, 그냥 말하겠어요. 난 당신이 좋아요." 그는 열린 문에 팔을 걸치고 차에 기대어 섰다. "학교에서 당신이 어떠냐고 물었죠? 솔직히… 지난 한 시간 동안 당신의 태도 그대로예요. 당신이 위협적이라고 한 건, 당신이 그래 보이기 때문이고, 실제로 그렇기도 해요. 어떤 때는 다른 사람들과 한 방에 있어도 당신의 진짜 알맹이는 거기 없는 것 같아요. 다른 사람들은 아예 존재하지도 않는 것처럼."

"스티브…."

그는 아직 말이 끝나지 않았다. "내가 당신 이상형이 아니란 건 알아요. 그거야 괜찮아요. 하지만 때로 사람들을 받아들인다면 당신이 더 행복한 사람이 될 수 있다는 게 내 생각이에요."

그녀는 왜 자신이 그렇게 차에서 내렸는지 설명하려 했지만, "당신이 더 행복한 사람이 될 수 있다는 게 내 생각이에요"라는 말에 그만 기분이 상했다. 내가 더 행복한 사람이 될 수 있다고? 물론 그렇다. 예수라고 못 되겠는가. 그녀는 그 자리에 말없이 서있었다. 상하고, 노여움으로 들끓는 마음으로.

"그럼, 잘 자요." 스티브는 더스터에 올라 문을 닫고 출발해 버렸다. 그의 차가 길모퉁이에 이르러 미등을 한 번 깜박인 뒤 우회전을 하는 모습을 그녀는 지켜보았다.

그리고 다시 집을, 그녀의 차가 서있어야 할, 그러나 비어있는 진입로를 바라보았다.

그녀는 집안에 들어가 여벌의 자동차 열쇠를 보관해두는 서랍을 열어보고(물론 사라졌다), 팻의 방문을 열어보고(물론 비어있다), 무슨 쪽지가 있는지 살펴본 후(물론 없다), 와인 한 잔을 들고 창가에 앉아 아이가 제 발로 돌아오기를 기다렸다. 새벽 두 시 사십오 분에 드디어 전화기가 울렸다. 경찰이었다. *그녀의 이름과… 아들의 이름과… 그녀가 황갈색 아우디를 소유하고 있는지 여부와… 번호판 숫자까지…* 차례로 확인했다. 그녀는 대답했다. 네, 네, 네. 모든 질문이 끝날 때까지, 그저 네를 반복했다. 경찰과의 통화를 마치고 모나에게 전화를 걸었다. 모나는 차를 몰고 와 그녀를 태우고는 아무 말 없이 경찰서까지 가주었다.

경찰서 앞에서 모나는 차를 세우고 데브라의 손에 자신의 손을 얹었다. 착한 모나. 데브라보다 열 살이 적은 그녀는 떡 벌어진 어깨와 단발머리와 날카로운 초록색 눈을 가졌다. 어느 날, 와인이 좀 과했던 그녀가 데브라에게 키스하려 한 적이 있다. 진짜는, 그런 애정은, 언제나 알아볼 수 있다. 문제는 그게 늘 원치 않는 상대에게서 온다는 것. "데브라." 모나가 말했다. "언니가 그 사고뭉치를 얼마나 사랑하는지 잘 알아요. 하지만 한없이 이따위 말썽을 받아주고만 있을 수는 없어요. 내 말 알아들어요? 이번에는 그냥 감옥에 가게 내버려두란 말이에요."

"나아지고 있었어." 데브라가 힘없이 말했다. "이런 노래를 썼더라…." 하지만 말을 맺지 못했다. 그녀는 고맙다고 말하고 차에서 내려 경찰서 안으로 들어갔다.

제복 차림에 물방울 모양 안경을 쓴 똥똥한 경찰관이 클립보드를 들고 나왔다. 걱정 말라고, 아들은 괜찮다고, 그러나 차는 완전 박살났다고 했다. 프레몬트에서 교각을 들이받고 나가떨어졌다는 것이었다. "어마어마한 충돌이었죠. 아무도 다치지 않았다는 게 기적이에요."

"아무도… 라고요?"

"여자아이가 함께 있었거든요. 그 애도 멀쩡해요. 엄청 놀라기는 했지만. 그 아이의 부모는 이미 다녀갔어요."

여자아이가 있었다고. 물론 그랬겠지. "아이를 볼 수 있을까요?"

잠시 후에요, 경찰관이 말했다. 하지만 먼저 아들이 만취해 있었음을 알려드리고 싶다고, 차 안에서 보드카 병과 코카인 가루가 묻은 손거울이 발견되었다고, 그리고 태만 운전, 무면허 운전, 부주의 운전, 취중 운전, 그리고 미성년 약물소지 혐의로 소환될 예정이라고 했다. (*코카인?* 제대로 들은 건지 확신이 안 섰지만 그녀는 각각의 혐의가 발음될 때마다 고개를 끄덕였다. 달리 뭘 할 수 있겠는가?) 혐의의 엄중성으로 볼 때 이 사건은 청소년 법원으로 이송되어 거기서 판결이 날 전망이라고… 경찰관은 덧붙였다.

잠깐만. 뭐, 코카인? 그 아이가 어디서 코카인을 취득했다는 걸까? 그

리고 체육교사 스티브는 무슨 뜻으로 그녀가 *사람들을 받아들이지 않는다고* 한 걸까? 마음 같아선 얼마든지 사람들을 받아들이고 싶다. 하지만, 지금 그녀는? 그녀는 *빠져나가고* 싶을 뿐이다. 모나는 또 뭐랬지? *이따위 말썽을 받아주고만 있을 수는 없다고?* 맙소사, 정말 그들은 그녀가 이러기로 선택한다고 생각하는 걸까? 팻의 행동과 관련하여 그녀에게 선택의 여지가 있다고 생각하는 걸까? 흥, 그거 참 멋지겠군. 팻의 말썽을 그만 받아주고, 시간을 거슬러 올라가 완전히 다른 생을 산다면….

(디 모레이는 말수 적고 잘생긴 이탈리아인 친구 파스쿠알레와 함께 리비에라 해변의 의자에 기대어 누워있다. 그녀는 영화 잡지를 뒤적이고 파스쿠알레는 그녀에게 입을 맞추고는 일어나 달려간다. 절벽에서 평행으로 솟은 테니스장에서 테니스를 치러….)

"뭐 질문 없으세요?"

"흠… 아, 뭐라고요?"

"지금까지 말씀드린 것과 관련하여 질문 없으시냐고요."

"없어요." 그녀는 뚱보 경찰관을 따라 복도를 걸어 나왔다.

"계제가 좀 그렇지만," 그가 뒤따라 걸어오는 그녀를 어깨 너머로 힐끗 보았다. "아까 보니 결혼반지를 안 끼셨더군요. 그래서 언제 저녁이라도 함께 할 수 있을까 하는데… 사법체계라는 게 워낙 헛갈리기 쉬운 것이라, 도와줄 수 있는 사람을 알아두면…."

(호텔 접객담당이 해변으로 전화기를 가져온다. 디 모레이는 밀짚모자를 벗고 전화기를 귀에 갖다 댄다. 딕이다! 안녕, 내 사랑, 그가 말한다. 아직도 변함없이 아름다울 거라고 믿어….)

경찰관이 돌아서서 자신의 전화번호가 박힌 명함을 그녀에게 건넸다. "힘든 시기라는 거 알지만, 언제라도 기분이 내키시면 연락 주세요."

그녀는 명함을 노려보았다.

(디 모레이가 한숨을 쉰다. 딕, 〈엑소시스트〉 봤어요. 오 맙소사, 그가 말한다, 그 쓰레기를? 사나이 기분 잡치는 법을 잘도 아는구먼. 아니에요, 그녀가 상냥하게 말한다, 뭐 셰익스피어 수준이라고 할 순 없지만. 딕이 소리 내어 웃는다. 들어봐, 자기, 우리가 함께 공연하면 좋겠다 싶은 연극이 한 편 있어….)

경찰관이 손을 뻗어 문을 열어주었다. 데브라는 깊고 거친 숨을 내쉬고 그를 따라 안으로 들어갔다.

텅 빈 방에서 두 손으로 머리를 싸쥐고는 접이식 의자에 앉아있는 팻이 보였다. 손가락들은 물결 같은 갈색 머리의 고랑 속으로 파묻혀 보이지 않았다. 그는 머리칼을 옆으로 젖히고 고개를 들어 그녀를 바라보았다. 아, 저 눈. 그들이, 팻과 그녀가, 얼마나 일심동체인지를 이해하는 사람은 아무도 없었다. 우리는 이 현실에 깊이 파묻혀 있는 거야, 디는 생각했다. 팻의 이마에 작은 생채기가 나 있었다. 카펫에 쓸려 난 찰과상과 비슷해 보였다. 그것 말고는, 멀쩡했다. 저항할 수 없는… 제 아버지의 아들이다.

그는 뒤로 등을 기대며 팔짱을 꼈다. "엄마, 안녕!" 그의 입이 *여기서 뭐하고 있는 거야,* 라고 말하는 듯한 장난기 어린 미소를 만들어냈다. "그래, 데이트는 어땠어요?"

14
포르토 베르고냐의 마녀들

1962년 4월
이탈리아, 포르토 베르고냐

파스쿠알레는 다음날 아침까지 죽은 듯 잤다. 마침내 잠에서 깨어났을 때는 이미 해가 마을 뒤편의 절벽 꼭대기에 걸려있었다. 그는 계단을 올라 3층, 디 모레이가 묵었던 그 어두운 방으로 갔다. 그녀는 정말 거기 있었던 걸까? 그는 정말 어제 로마에 있었고 그 미치광이 같은 리처드 버튼과 한 차를 타고 달렸던 걸까? 마치 시간이 뒤틀린 듯한, 일그러진 듯한 느낌이었다. 그는 바위벽으로 둘러싸인 작은 방을 둘러보았다. 이제 이건 다 그녀의 것이었다. 다른 손님들이 묵겠지만 이건 영원히 디 모레이의 방일 것이었다. 파스쿠알레가 덧문을 열어젖히자 빛이 쏟아져 들어왔다. 깊은 숨을 쉬어보았지만 바다 냄새만 날 뿐이었다. 그는 침대 옆 탁자에 놓여있는 앨비스 벤더의 미완의 책 원고를 집어 들춰보았다. 언제 앨비스가 돌아와 이 방에서 다시 원고를 쓰기 시작할지 몰랐다. 그래도 이 방은 다시는 그의 것이 될 수 없을 것이었다.

파스쿠알레는 2층 자기 방으로 돌아와 옷을 갈아입었다. 책상 위에는 디 모레이가 다른 여자와 함께 웃고 있는 사진이 놓여있었다. 그는 그걸 집어 들었다. 사진은 디의 순전한 존재감을 제대로 포착하고 있지 못했다. 적어도 그가 기억하는 대로는 아니었다. 그 우아한 큰 키와, 그 긴 목선과, 그 깊은 우물 같은 눈과, 그리고 나긋나긋하고도 역동적이며 허비되는 몸짓이라곤 없어 다른 사람들과는 너무나 달라 보이는 그 움직임…. 그는 사진을 얼굴에 가까이 갖다 댔다. 사진에서 디의 웃는 모습이 좋았다. 다른 여자의 팔을 잡고 있는 그녀의 손. 두 여자 모두 허리가 접힐 만큼 포복절도하고 있었다. 사진사는 두 사람의 진솔한 순간을, 다른 사람은 절대 알 수가 없을 무엇인가를 놓고 자지러지게 웃는 장면을 필름에 담았다. 파스쿠알레는 사진을 아래층으로 가지고 가 호텔과 카페 사이의 비좁은 복도 벽에 걸려있는 올리브 그림 액자 귀퉁이에 꽂았다. 그는 미국인 손님들에게 대수롭지 않다는 듯이 사진을 보여주는 자신의 모습을 상상했다. 물론, 말할 거였다. 스타 영화배우들이 종종 애더퀴트 뷰에 투숙한다고. 그 적요를 좋아한다고. 그리고 절벽 위에서의 테니스도.

그는 사진을 들여다보며 리처드 버튼을 다시 떠올렸다. 그 사내는 여자가 너무 많았다. 디에 관심이라도 갖고 있을까? 그녀와 스위스로 건너가 뱃속의 아기를 낙태시킬 거라고 했다. 그럼 그 다음에는? 그가 그녀와 결혼할 리는 절대 없었다.

불현듯 포트로 베네레로 돌아가 그녀의 호텔 방문을 두드리는 상상이 밀려왔다. *디, 나와 결혼해 줘요. 당신의 아이를 내 아이처럼 기르겠어요.* 그녀가 방금 만난 누군가와 결혼한다는 것은, 그뿐 아니라 언제가 됐건 그와 결혼한다는 것 자체가 이미, 어처구니없는 소리였다. 그는 이어서 아메데아를 떠올리고 수치심에 사로잡혔다. 내가 무슨 자격으로 리처드 버튼을 욕할 수 있단 말인가? 꿈속을 헤매고 다니니 이러지, 그는 생각했다. 이런 꿈을 꾸고 또 저런 꿈을 꾸다 보면 현실의 삶도 꿈처럼 살고 마는 법이야.

커피가 필요했다. 파스쿠아레는 작은 식당으로 들어갔다. 덧문을 열어젖힌 창으로 늦은 아침의 빛이 들어와 실내를 채우고 있었다. 드문 일이었다. 발레리아 이모는 보통 늦은 오후가 돼야 덧문을 열었기 때문이다. 그녀는 테이블을 하나 차지하고 앉아 와인을 마시고 있었다. 아침 열한 시에 그러는 것 또한 유별난 일이었다. 그녀가 고개를 들었다. 눈이 붉게 충혈되어 있었다. "파스쿠알레." 목소리가 갈라져 나왔다. "어젯밤… 네 엄마가…." 그녀가 눈길을 떨구었다.

그는 허겁지겁 복도를 내달아 안토니아의 방문을 열었다. 이 방 역시 덧문과 창이 모두 열려있어 실내가 바다 공기와 햇빛으로 가득했다. 등을 바닥에 대고 누운 그녀의 머리카락은 베개 위에 잿빛 꽃다발처럼 널려 있었고 뒤틀린 입은 조금 벌어져 있었으며 콧날은 새의 부리처럼 휘어져 있었다. 머리가 놓인 베개는 푹신하게 정돈되어 있었고 어깨 아래를 덮은 담요도 깔끔하게 한 단 접힌 것이 이미 장례식 준비까지 다 된 것처럼 보였다. 그녀의 피부는 마치 비벼 빤 것처럼 납빛을 띠고 있었다.

방안에서 비누 냄새가 풍겼다.

그의 뒤에 발레리아가 서있었다. 그녀가 언니의 시신을 발견하고… 방을 청소했던 것일까? 하지만 이해가 안됐다. 파스쿠알레는 이모를 향해 돌아섰다. "어젯밤, 내가 돌아왔을 때 왜 말하지 않았어요?"

"가실 때가 되었던 게야, 파스쿠알레." 발레리아가 말했다. 그녀의 늙고 울퉁불퉁한 얼굴을 타고 눈물이 주룩 흘러내렸다. "이제 가서 그 미국 여자와 결혼하면 돼." 무슨 중대한 메시지를 전달한 지친 밀사처럼 발레리아가 턱이 가슴까지 닿도록 푹 고개를 숙였다. "네 어머니가 원했던 일이니까." 늙은 여자가 쉰 목소리로 말했다.

파스쿠알레는 어머니가 베고 누운 베개와 침대 옆 탁자 위의 빈 물컵을 바라보았다. "오, 찌아." 그가 말했다. "대체 무슨 짓을 한 거예요?"

그는 그녀의 턱을 들어올렸다. 두 개의 눈이 모든 걸 말해주고 있었다. *그가 아무 말도 알아듣지 못하면서 디 모레이와 이야기하는 동안, 두 여인은 창가에서 귀를 기울인다. 어머니는, 여러 달 동안 그래왔던 것처럼, 이제 가야 할 때라고, 파스쿠알레는 포르토 베르고냐를 떠나 색싯감을 찾아야 한다고 주장한다. 이모 발레리아는 최후의 필사적인 몸부림으로 병든 미국 여자가 여기 남게 하려고 이곳에서 젊은 사람이 죽어나간 일은 없다는 마녀 이야기를 들려준다. 어머니는 발레리아에게 끈덕지게 애원하고("나를 좀 도와주렴, 동생아"), 빌고, 으른다….*

"설마, 이모가…."

그가 말을 끝맺기 전에 발레리아가 바닥에 털썩 주저앉았다. 파스쿠알레는 믿을 수 없는 심정으로 죽은 어머니를 향해 돌아섰다. "오, 엄마." 다른 할 말이 없었다. 모든 게 너무 무의미했고, 너무 어리석었다. 주변에서 일어나고 있는 일들을 어찌 그리 엉뚱하게 받아들일 수 있었을까. 그는 흐느끼는 이모를 향해 돌아서서 허리를 굽혀 두 손으로 그녀의 얼굴을 감쌌다. 그 자신의 눈에서 흘러내리는 눈물 때문에 그녀의 그을리고 주름진 얼굴이 흐릿하게 보였다.

"무슨 짓을… 한 거예요?"

그제야 발레리아는 모든 것을 털어놓았다. 파스쿠알레의 어머니는 카를로가 죽은 이후로 자신도 데려가 달라고 기도해왔으며 심지어 베개에 얼굴을 묻고 질식 자살을 시도하기도 했다. 발레리아가 회유를 해봤지만 안토니아는 요지부동이었다. 결국 발레리아는 언니가 더 이상 고통을 참지 못할 지경에 이르면 그때는 돕겠다고 약속하지 않을 수 없었다. 이번 주에 이 엄숙한 약속을 이행해줄 것을 요청받은 발레리아는 도저히 못한다고 다시 한 번 거절했다. 하지만 안토니아는 왜 못하냐고, 자신은 이미 어머니가 아니라고, 더 이상 파스쿠알레에게 짐이 되고 싶지 않다고, 자신이 살아있는 한 그는 포르토 베르고냐를 결코 떠나지 못할 거라고 했다. 그래서 발레리아는 요청받은 대로, 반죽에 잿물을 넣어 빵을 구웠다. 안토니아는 발레리아에게 자신의 죄에 끌어들이고 싶지 않으니 한 시간 동안 호텔을 떠나있으라고 했다. 발레리아가 마지막으로 설득을 해봤지만, 안토니아는 자신이 가고 나면 파스쿠알레가 이곳을 떠나 그 아름다운 미국 여자와 결혼할 수 있을 테니 무척 평온하다고 말했다….

"이봐요, 이모." 파스쿠알레가 말했다. "그 미국 여자요? 그녀는 다른 남자를, 여기 왔던 그 영국인 배우를 사랑해요. 나 따위는 안중에도 없다고요. 쓸데없는 짓을 한 거예요!" 발레리아는 다시 흐느껴 울며 그의 다리를 부여잡고 쓰러졌다. 어깨를 들먹이며 우는 이모를 바라보는 파스쿠알레의 가슴이 동정심으로 차올랐다. 동정심, 그리고 어머니에 대한 사랑이 파스쿠알레에게 어머니가 바랐을 행동을 하게 했다. 그는 발레리아의 뻣뻣한 머리카락을 어루만지며 말했다. "미안해요, 찌아." 그리고 푹신하게 손질된 베개에 머리를 묻고 누워있는 어머니를 다시 바라보았다. 그것은 말하자면 엄숙한 승인의 몸짓이었다.

발레리아가 자기 방에 틀어박혀 흐느껴 울며 남은 하루를 보내는 동안 파스쿠알레는 테라스에 앉아 담배를 피우거나 와인을 마셨다. 해질녘이 되어서야 발레리아와 그는 어머니의 시신을 침대 시트와 담요에 단단히 싸매었다. 얼굴을 덮기 전에 파스쿠알레는 어머니의 싸늘한 이마에 마지막으로 입을 맞췄다. *자신의 어머니를 진정으로 아는 사람이 과연 있을까?* 그와, 그가 알지 못했던 두 형에 앞서, 어머니는 이미 온전한 하나의 삶을 살아냈다. 그리고 전쟁통에 두 아들을 떠나보낸 데 이어 남편과도 사별해야 했다. 그가 어떻게, 가실 때가 아니었다고, 좀 더 머무르셔야 했다고 주장할 수 있단 말인가. 어머니는 이미 다 살았던 것이었다. 어쩌면, 그가 이곳을 떠나 어느 아름다운 미국 여자와 결혼할 것이라는 믿음으로 눈을 감으실 수 있었던 게, 다행일지 몰랐다.

이튿날 아침, 공산주의자 토마쏘가 안토니아의 시신을 자기 배에 실어주었다. 시신을 배까지 옮기며 파스쿠알레는 어머니가 이토록 쇠잔해진 것을 몰랐다는 생각을 했다. 두 손에 닿는 양 어깨가 작은 새처럼 앙상하기만 했다. 발레리아는 방문을 열고 내다보며 언니에게 작별 인사를 보냈다. 마을의 어부 내외들이 광장에 줄지어 서서 "이제 카를로와 함께 계실 거야" 또는 "다정한 안토니아" 또는 "신의 품에서 잠드시기를" 같은 애도의 말들을 전했다. 토마쏘가 또 한 번 모터를 회생시켜 배가 출렁출렁 만을 돌아나갈 때 파스쿠알레는 그들을 향해 고개를 짧게 끄덕였다.

"좋은 때 잘 가셨어." 검푸른 바닷물을 뚫고 보트를 몰며 토마쏘가 말했다.

말을 하지 않아도 되게, 수의에 싸인 어머니의 시신을 보지 않아도 되게, 파스쿠알레는 뱃전을 향해 몸을 돌렸다. 바닷물이 튀어 오르며 눈을 아리게 해주는 것이 참으로 고마웠다.

라 스페찌아에 도착하자 토마쏘는 부두 경비원에게서 수레를 하나 얻어주었다. 파스쿠알레는 어머니의 시신을 수레에 싣고(곡식자루 같다는 생각이 들어 가슴이 아팠다) 장의사로 가 장례 미사를 마치는 즉시 아버지의 곁에 묻힐 수 있도록 조치했다.

그는 이어서 아버지의 장례 미사와 매장을 집전했던 사팔뜨기 신부를 찾아갔다. 신부는 견진성사 철이라 일정이 빠듯하기 때문에 이틀 후인 금요일 이후에야 진혼 미사 시간을 낼 수 있다고 했다. 미사 참석인원은 몇 명으로 예상하느냐는 질문에, "많지 않습니다"라고 대답했다. 그가 요청한다면 어부들은 올 거였다. 숱이 성긴 머리를 착 붙여 빗고 검은 웃옷을 걸친 어부들은 엄숙한 표정의 아내 곁에 서서 *안토니아, 레퀴엠 아에테르남 도나 에이스, 도미네*Antonia, requiem aeternam dona eis, Domine(*신이시여, 안토니아에게 영원한 휴식을 허하소서*) 하는 신부의 영창에 귀를 기울일 것이었다. 미사가 끝나면 엄숙한 표정의 아내들은 호텔로 음식을 갖고 올 것이었다. 그 모든 게 너무 빤하게, 너무 지루하고 무의미하게 느껴졌다. 하지만 물론 바로 그것이 어머니가 원했을 것이었기에 그는 장례 미사 예약을 했고, 이중초점렌즈 안경을 낀 신부는 장부를 열어 들여다보며 새 일정을 기입했다. 망자가 천국으로 들어갈 수 있도록 최후로 한 번 더 밀어주는 격인 사후 30일 째의 미사 *트리게시모*trigesimo도 원하는지 신부가 물었고, 파스쿠알레는 좋다고 대답했다.

"*엑첼렌테*Eccellente(*훌륭해요*)." 프란치스코 신부는 한 손을 내밀었다. 파스쿠알레가 그 손을 맞잡고 악수를 한 뒤에도 신부는 근엄한 얼굴로 그를 바라보고 있었다(적어도 한 쪽 눈은 그랬다). 아, 상황을 파악한 파스쿠알레는 주머니에서 돈을 꺼내 계산을 했다. 돈이 주머니 속으로 사라지고 비로소 신부는 짧은 축도를 뱉어냈다.

파스쿠알레는 멍한 정신으로 휘적휘적 걸어서 토마쏘의 배가 정박한 부두로 돌아왔다. 지저분한 목선에 기어오르자 어머니를 이런 식으로 모셔야 했다는 게 다시금 가슴이 아팠다. 그리고 특별한 이유 없이 떠오른, 참으로 괴상한 순간의 추억에 잠겼다. 일곱 살 때였을 것이다. 오후 낮잠에서 깨어나 시간을 분간하지 못했던 그가 아래층으로 내려가 보니 어머니는 울고 있었고 아버지는 어머니를 위로하고 있었다. 그는 그들의 방문 밖에 서서 그 광경을 지켜보았고, 부모와 자신이 별개의 존재임을, 그가 태어나기 전부터 그들은 이미 존재하고 있었음을 난생처음으로 깨달았다. 그때 아버지가 고개를 들고 말했다. "할머니가 돌아가셨다." 그는 어머니의 어머니가 돌아가신 것으로 짐작했지만, 나중에 알고 보니 돌아가신 분은 아버지의 어머니였다. 그런데도 *아버지*가 *어머니*를 위로하고 있었던 것이다. 어머니도 고개를 들고 말했다. "할머니는 행복한 분이시란다, 파스쿠알레. 이제 신의 곁에 계시니까." 이 기억의 무엇인가가 그를 눈물짓게 했으며 우리가 사랑하는 사람들의 알 수 없는 본질에 관해 새삼 생각게 했다. 파스쿠알레는 두 손에 얼굴을 파묻었고, 토마쏘는 정중히 고개를 돌렸으며, 배는 천천히 라 스페찌아를 벗어났다.

애더퀴트 뷰에 돌아오니 발레리아가 보이지 않았다. 그녀의 방은 어머니의 방이 그랬듯 말끔히 청소되고 정돈되어 있었다. 마치 아무도 살지 않았던 방 같았다. 어부들이 어디로 데려간 것도 아니라고 하니, 필경 마을 뒤 가파른 산길을 오르고 있으려니 했다. 그날 밤, 파스쿠알레는 호텔이 토굴처럼 느껴졌다. 그는 지하실에서 와인 한 병을 꺼내와 텅 빈 카페에 가 앉았다. 어부들도 얼씬거리지 않았다. 파스쿠알레는 항상 두려움 많은 부모의 삶의 방식과 애더퀴트 뷰 호텔과 포르토 베르고냐와 그밖에 그를 붙드는 것 같은 이런저런 것들에, 다시 말해서 그의 '삶'에 속박된 것 같은 느낌을 갖고 살아왔었다. 그러나 이제는 자신이 완전히 혼자라는 사실에만 묶여있을 뿐이었다.

파스쿠알레는 와인 병을 비우고 또 한 병을 꺼내왔다. 그가 카페의 자기 자리에 앉아 디 모레이와 다른 여자가 함께 찍은 사진을 물끄러미 들여다보는 동안 밤은 깊어만 갔고 그는 더욱 취했고 이모는 아직도 돌아오지 않았다. 그러다 잠이 들었던 모양이었다. 잠결에 배가 들어오는 소리가 들리는가 싶더니 이어서 신의 음성이 호텔 로비를 낭자하게 채웠다.

"부온 지오르노Buon giorno(안녕하세요)!" 신이 말했다. "카를로? 안토니아? 다들 어디 갔어요?" 파스쿠알레는 울고 싶어졌다. 그의 부모는 지금 신과 함께 있어야 하지 않았던가? 왜 신이, 그것도 영어로, 그들을 찾고 있는 것일까? 파스쿠알레가 자신이 잠들어 있었음을 깨닫고 서서히 의식을 회복하는 찰나, 신이 이탈리아어로 말을 걸어왔다. *"코사 운 라가쪼 데베 파레 페르 오테네레 우나 베반다 퀴 인토르노Cosa un ragazzo deve fare per ottenere una bevanda qui intorno?"* 그리고 파스쿠알레는 물론 그것이 신이 아니었다는 걸 알았다. 연례 집필 휴가를 얻은 앨비스 벤더가 이 꼭두새벽에 호텔 로비에 들이닥쳐 그렇고 그런 이탈리아어로 묻고 있는 거였다. *이 동네서 술 한 잔 얻어 마시려면 어째야 하는 건데?*

전쟁이 끝나고 앨비스 벤더는 길을 잃었었다. 매디슨으로 돌아온 그는 조그만 단과 사립대학 에지우드에서 영문학을 가르쳤으나, 언제나 침울하고 뿌리를 잃은 듯했으며 걸핏하면 한동안 술을 퍼마시는 우울증 증세를 보였다. 대학을 운영하던 프란체스코회 수사들이 그의 음주벽을 좋게 보아 넘길 리 만무했고, 그래서 앨비스는 다시 아버지 밑에서 일하기 시작했다. 50년대 초반에 벤더 셰브롤레는 위스콘신 주 최대의 자동차 대리점으로 자리 잡았다. 앨비스의 아버지는 그린베이와 오시코시에 새 전시장을 개점했고 시카고 교외에 폰티악 대리점을 개점할 참이었다. 가정의 경제적 번영을 최대한 활용한 앨비스는 자동차 업계에서도 그 작은 대학에서와 똑같이 행동함으로써 대리점의 비서와 경리담당 여직원들 사이에서 올 나이트 벤더라는 애칭으로 통했다. 앨비스 주변의 사람들은 그의 기분변조를 좋게 말해서 이른바 "전투 피로증" 탓으로 치부했다. 하지만 포격 쇼크를 얻은 거냐는 아버지의 질문에 앨비스는 이렇게 대답했다. "아버지, 저는 매일 해피 아워에 술 폭격을 맞는걸요."

앨비스의 생각에 그건 전투 피로증보단 *인생* 피로증에 가까웠다(전투 경험이라고 할 게 없었으니까). 전후 공포의 일종일 것은 같았으나 그를 괴롭히는 건 그보다 사소하게 느껴졌다. 그는 그저 아무것에서도 의미를 찾을 수 없었는데, 그중에서도 특히 열심히 일한다는 것 또는 옳은 일을 한다는 것이 무슨 소용인지 알 수가 없었다. 그렇게 살았던 리처즈가 어떻게 되었는지 생각해봐도 그랬다. 자신은 멀쩡하게 살아남아서 위스콘신에 돌아오기는 했지만…. 그래서 뭐? 얼간이들에게 문장 다이어그램을 가르치러? 치과의사들에게 벨에어 자동차를 팔러?

그중 좀 나은 날이면 그는 이 불안한 에너지를 쓰고 있는 책에 돌려 활용할 수 있지 않을까 생각해보곤 했다. 하지만 사실 쓰고 있는 책은 없었다. 쓰고 있는 책에 관해 말하기는 했을 뿐, 단 한 페이지도 쓰지 못하고 있었던 것이다. 쓰고 있지 않은 그 책에 관해 말할수록 실제로 쓰는 일은 더욱 힘들어졌다. 첫 문장부터 풀리지가 않았다. 그는 반전 메시지를 담은 책을 쓸 거라는 생각을 갖고 있었다. 병사의 지긋지긋하고 고된 일상에 초점을 맞출 거라고, 전투 장면은 두 명의 중대원이 사망했던 스트레토이아에서의 9초간의 총격전만 담을 뿐 전반적으로 그 9초간의 전투에 이르기까지의 지루한 나날들을 그릴 거라고, 그 9초간의 총격전 동안 주인공이 죽지만 그래도 책은 다른 덜 중요한 인물을 대상으로 계속 진행될 거라고, 그는 생각했었다. 그의 생각에 이런 구조는 그가 경험한 전쟁의 무작위성을 포착해주는 것 같았다. 제2차 세계대전에 관한 책과 영화들은 모두 하나같이 진지하고 엄숙한 오디 머피Audie Murphy(미국의 유명한 제2차 세계대전 참전용사) 류의 무용담이었다. 자신의 냉담한 시각은 헤밍웨이의 금욕주의적 초연함, 도스 패소스의 아이러니에 찬 비극, 셀린의 부조리하고 음험한 풍자와 같은, 제1차 세계대전에 관한 책들과 보다 궤를 같이 한다고 그는 생각했었다.

그러던 어느 날, 방금 만난 여자와 동침하기 위해 구슬리다 우연히 지금 책을 쓰고 있다는 말을 하자 여자가 무척 흥미로워했다. "뭐에 관한 책이죠?" 여자가 물었다. "전쟁에 관한 거예요." 그가 대답했다. "한국전쟁인가요?" 천진난만하게 묻는 여자 앞에서 앨비스는 자신이 얼마나 한심한 인간인지를 깨달았다.

옛 친구 리처즈가 옳았다. 앨비스가 자신의 전쟁을 정리하기도 전에 미국은 또 다른 전쟁을 이미 시작했던 거였다. 죽은 친구에 대한 생각은 앨비스에게 지난 8년을 허송세월한 것에 부끄러운 마음이 들게 하기에 충분했다.

이튿날, 앨비스는 전시장으로 성큼성큼 들어가 휴가가 좀 필요하다고 아버지에게 선언했다. 이탈리아로 돌아갈 거라고, 드디어 전쟁에 관한 자신만의 책을 쓸 거라고 했다. 아버지는 달가워하지 않았으나 앨비스에게 조건을 제시했다. 이탈리아 체류를 마치고 돌아오는 즉시 케노샤의 새 폰티악 대리점을 맡겠다고 약속하면 석 달을 빼주겠다는 거였다. 앨비스는 흔쾌히 그러겠노라고 했다.

그래서 그는 이탈리아로 갔다. 베네치아에서 피렌체로, 나폴리에서 로마로 여행하면서 담배를 피우고 명상을 했다. 어딜 가든 반드시 휴대용 로열 타자기를 갖고 다녔을 뿐 케이스에서 꺼내지도 않았다. 대신 호텔에 체크인한 다음에 곧장 술집을 찾아 갔다. 어딜 가든 귀환 미군에게 술을 사겠다는 사람들이 넘쳐났고 어딜 가든 앨비스는 술잔을 사양하지 않았다. 스스로 취재여행 중이라 여기곤 했지만, 직접 경험한 소규모 총격전의 현장 스트레토이아로의 결실 없는 여행을 빼고 그의 취재여행은 술 퍼마시기와 이탈리아 여자들 유혹하기로 점철됐다.

스트레토이아에서의 아침, 지독한 숙취와 함께 잠이 깬 그는 오래 전 소속부대가 총격전에 휘말린 그 장소를 찾아 산책을 나갔다. 거기서 그는 낡은 헛간을 스케치 중인 풍경화가를 하나 만났다. 이 젊은이는 헛간을 거꾸로 그리고 있었다. 뭔가 잘못된, 일종의 뇌 손상을 입은 사람이겠거니 생각했으나, 그의 그림의 무엇인가가 앨비스를 끌어들이는 것이었다. 그 어떤 혼미함 같은 것이 낯익게 느껴졌다.

"눈은 모든 걸 거꾸로 봐요." 화가가 설명했다. "그걸 뇌가 자동적으로 다시 거꾸로 뒤집어놓는 거죠. 지금 난 그저 마음이 바라보는 그 상태로 되돌리려고 하는 것일 뿐이에요."

앨비스는 그림을 오래도록 들여다보았다. 그림을 살까도 생각해 보았지만 이렇게 거꾸로 벽에 걸면 사람들이 다시 거꾸로 뒤집어 걸 것 같았다. 바로 이것이 그가 쓰고자 했던 책의 문제이기도 하다고 그는 결론지었다. 그는 결코 전쟁에 관한 표준적인 책을 쓸 수 없을 것이었다. 그가 전쟁에 관해 해야만 했던 이야기는 거꾸로 말해질 수밖에 없는 것이었고, 그러면 사람들은 틀림없이 요점을 놓치고 이야기를 다시 거꾸로 바로잡으려 할 것이었다.

그날 밤 라 스페찌아에서 그는 얼굴에 끔찍한 화상을 입은 한 빨치산

전력자에게 술을 샀다. 사내는 앨비스의 볼에 입을 맞추고 그의 등을 두드려주며 그를 "동지" 그리고 *"아미코amico(친구)!"*라고 불렀다. 그리고 화상을 입은 사연을 이야기해 주었다. 그의 빨치산 부대가 산중의 건초더미에서 자고 있을 때 느닷없이 들이닥친 독일군 정찰대가 화염방사기를 사용하며 그들을 잡아들이기 시작했다. 살아서 빠져나온 사람은 그 사내뿐이었다. 이야기에 깊이 감동한 앨비스가 술 몇 잔을 더 샀다. 두 사람은 서로를 위해 건배하고 잃어버린 친구들을 그리며 흐느꼈다. 이윽고 앨비스가 쓰고 있는 책에 그 이야기를 넣어도 좋을지 묻자 사내는 다시 흐느끼기 시작했다. 그건 다 거짓말이라고, 이탈리아인이 털어놓았다. 빨치산 부대도, 화염방사기도, 독일군도 다 꾸며낸 이야기라는 것이었다. 사실인즉슨 그 화상은 2년 전 자동차를 정비하다가 갑자기 엔진에 불이 붙는 바람에 입은 것이었다.

사내의 솔직한 고백에 감동하여 앨비스 벤더는 이 새 친구를 술김에 아주 흔쾌히 용서했다. 따지고 보면 자신도 마찬가지로 가짜였다. 10년 동안 책을 쓴다고 말만 해왔지 단 한 자도 못쓰지 않았던가. 두 사람의 술 취한 거짓말쟁이는 서로를 부둥켜안고 목 놓아 울며 각자의 약해빠진 속내를 시원하게 털어놓았다.

다음 날 아침, 앨비스는 무시무시한 숙취에 시달리며 일어나 라 스페찌아 항구를 물끄러미 바라보았다. '이 똥 무더기를 해결'하라며 아버지가 허락한 석 달 중에 이제 두 달이 남아있었다. 그는 여행가방과 휴대용 타자기를 짊어지고 부두로 터벅터벅 걸어가 포르토 베네레까지의 뱃삯 흥정에 들어갔다. 그런데 사공이 앨비스의 흐리멍덩한 이탈리아어를 잘못 알아들었다. 그리하여 두 시간 후, 배는 기껏해야 장롱 크기쯤 될 작은 만에 잇닿은 바위섬으로 들어섰다. 다해봐야 여남은 호의 집들이 바위 절벽을 붙들고 나앉은 조그만 마을이 눈앞에 나타났다. 그 한가운데에 단 하나의 업소가 안쓰럽게 서있었으니 그것은 카페가 딸린 조그만 호텔로 그 해안의 모든 게 다 그랬듯 산 피에트로라는 이름을 달고 있었다. 어부 몇몇이 각자의 조그만 배 위에서 그물을 손보고 있었고 손님 없는 호텔의 주인은 테라스에 앉아 파이프 담배를 입에 물고 신문을 읽고 있었으며 하늘빛 눈을 가진 잘생긴 아들은 근처 바위에 앉아 백일몽에 잠겨 있었다. "여기가 어딘가요?" 앨비스 벤더가 묻자, 사공은 대답했다. "여기가 포르토 베르고냐랍니다." *수치의 항구*. 거기 가자고 한 게 아니었냐고 사공은 되물었다. 앨비스 벤더는 자신에게 이보다 나을 장소를 생각해낼 수 없었기에 선뜻 대답했다. "네, 물론이죠."

호텔 주인 카를로 투르시는 전쟁에 먼저 본 아들 둘을 잃고 피렌체를 떠나 이 작은 마을로 이사 온 친절하고 사려 깊은 남자였다. 자신의 호텔에 미국인 작가가 투숙하게 된 것을 영광으로 여긴 카를로는 앨비스가 방해받지 않고 작업할 수 있도록 아들 파스쿠알레를 조용히 시키겠다고 약속했다. 그렇게 해서 바위에 부딪치는 부드러운 파도 소리가 아래로부터 들려오는 이 호텔 꼭대기 층 작은 방에서 마침내 앨비스 벤더는 휴대용 로열 타자기를 풀었다. 그는 타자기를 덧문 달린 창 아래, 침대 옆 탁자 위에 올려놓고 한참 노려보았다. 그리고 종이 한 장을 끼워 돌린 다음에 자판에 양손을 얹고서 부드러운 돌멩이 같은 표면에 글자들이 올라가 붙은 자판 하나하나를 매만졌다. 한 시간이 지났다. 와인을 좀 마시러 아래층으로 내려가 보니 카를로가 테라스에 앉아 있었다.

"글은 어떻게 돼갑니까?" 카를로가 엄숙하게 물었다.

"사실 좀 골치가 아프네요." 앨비스가 시인했다.

"어느 부분이지요?" 카를로가 물었다.

"시작 부분요."

카를로는 잠시 생각에 잠겼다. "결말 부분을 먼저 쓸 수도 있지 않을까요?"

앨비스는 스트레토이아 인근에서 본 거꾸로 그려진 그림을 생각했다. 그렇다, 물론이다. 결말을 먼저 쓰는 거다. 그는 소리 내어 웃었다.

미국인이 자신의 제안을 비웃고 있다고 생각한 카를로가 "스투피도 *stupido(어리석은)*" 소리를 했다며 사과했다.

아니, 아니에요, 앨비스가 말했다, 정말 훌륭한 제안이에요. 그는 이 책에 관해 너무도 오랫동안 말해왔고 생각해왔다. 그래서 마치 그 책이 이미 존재하고 있는 것처럼, 어떤 면에서 이미 씌어진 책인 것처럼, 이미 *저 어딘가* 허공에 떠있는 것처럼 느껴졌고, 따라서 그저 툭 건드려주기만 하면 이야기가 술술 풀려나올 것 같은 환상에 사로잡혀 있었다. 결말부터 시작하지 *말란* 법이 어디 있나? 그는 자기 방으로 올라가 타자기에 이렇게 쳤다. "봄이 돌아오면서 내 전쟁도 끝이 났다."

앨비스는 이 아주 기괴하고 단편적인 한편 아주 완벽한 문장을 들여다보았다. 그리고 또 한 문장, 또 한 문장을 이어 쓰다 보니 한 페이지가 씌어졌을 때, 그는 아래층으로 내려가 그의 심각한 안경잽이 뮤즈 카를로 투르시와 와인 한 잔을 함께했다. 이렇게 2주를 보내고 나자 열두 페이지가 완성됐다. 전쟁 끝머리에 만난, 신속한 수음을 제공해준 그 여자 이야기를 하고 있는 자신에 그는 놀랐다. 책에 포함시킬 계획조차 애당초 없었을 만큼 중요하지 않았던 이야기가 별안간 단 하나의 중요한 이야기처럼 느껴졌다.

포르토 베르고냐에서의 마지막 날, 앨비스는 그동안 쓴 몇 장의 원고와 조그만 로열 타자기를 꾸리고는 투르시 일가에게 작별 인사를 했다.

그리고 내년에도 글을 쓰러 돌아오겠노라고, 책이 완성될 때까지 설혹 평생이 걸릴지라도 매년 이 조그만 마을에 돌아와 2주씩을 보내겠노라고 약속했다.

그리고 그는 한 어부의 배로 라 스페찌아까지 가서 그 여자의 고향 마을인 리치아나로 가는 버스를 탔다. 버스 안에서 바깥 풍경을 내다보며 그녀를 만났던 장소를, 헛간과 나무들이 늘어선 오솔길을 찾으려 해봤지만, 낯익은 것이라곤 하나도 없어 어디가 어딘지 분간할 수가 없었다. 마을 자체가 전쟁 당시에 비해 두 배는 커진 것 같았고 곧 부서질 듯했던 낡은 건물들도 목재와 석재를 혼합한 신식 건물들로 대체되어 있었다. 앨비스는 한 카페로 가 주인에게 마리아의 성을 대며 그녀의 행방을 아는지 물었다. 마리아의 가족을 아는 사람이었다. 파시스트 편에서 싸우다 그 전력을 이유로 고문당하고 마침내 마을 광장에서 거꾸로 매달려 도살된 소처럼 피 흘리다 죽어간 마리아의 오빠 마르코와 학교 동창이라고 했다. 마리아의 근황은 잘 모르지만 여동생 니나는 마을 청년과 결혼하여 아직도 거기 살고 있다며 니나의 집을 알려주었다. 그녀는 마을의 오래된 암벽 아래 널찍한 터를 중심으로 고개 너머까지 이어진 신흥 주택가의 한 단층 석조 주택에 살고 있었다. 그가 노크를 하자 문이 살짝 열리는가 싶더니 검은 머리의 여자가 문 옆의 창밖으로 얼굴을 내밀며 누구를 찾느냐고 물었다.

전쟁 중에 언니를 알았던 사람이라고 앨비스가 자신을 소개했다. "안나요?" 여자가 물었다.

"아니, 마리아요." 앨비스가 말했다.

"아." 그녀가 약간 어두운 음성으로 말했다. 잠시 후 그녀는 깔끔하게 정돈된 거실로 그를 안내했다. "마리아는 의사하고 결혼해서 지금 제노바에서 살아요."

앨비스는 혹시 마리아의 주소를 갖고 있냐고 물었다.

니나의 얼굴이 굳어졌다. "전시에 만난 또 하나의 옛 남자친구가 돌아오는 일은 언니에게 도움이 되지 않아요. 이제야 간신히 행복해졌어요. 왜 분란을 일으키려 하는 거죠?"

앨비스는 문제를 일으킬 생각은 조금도 없다고 말했다.

"마리아 언니는 아주 힘들게 전쟁을 겪어냈어요. 그냥 놔두세요. 제발요." 그때 니나의 아이 하나가 엄마를 찾았고 니나는 아이가 괜찮은지 보러 주방으로 향했다.

거실에 전화기가 있었다. 전화를 최근에야 개설한 사람들이 많이 그랬듯 마리아의 여동생도 전화기를 성자들의 모습으로 뒤덮인 탁자 위에 잘 보이게 모셔놓고 있었다. 전화기 아래에는 주소록이 놓여있었다.

손을 뻗어 주소록의 M란을 펼쳤더니 거기 *마리아*의 이름이 보였다. 하지만 성도 전화번호도 없이 그저 제노바의 주소만이 적혀있었다. 앨비스는 그 주소를 외우고 주소록을 덮었다. 그리고 니나에게 시간을 내주어 고맙다는 인사를 하고 집을 나왔다.

그날 오후, 그는 제노바 행 기차를 탔다.

항구에서 가까운 주소였다. 앨비스는 혹시 주소를 잘못 외운 건 아닐까 걱정이 됐다. 의사 가족이 살 만한 동네 같지가 않았기 때문이다.

벽돌과 돌로 겹겹이 쌓아올려진 건물들이 마치 항구를 향해 점차 하강하는 음계처럼 보였다. 아래층들은 어부들을 상대하는 싸구려 카페와 선술집들로 도배되어 있었고 위층들은 빈민 아파트와 여관들로 사용되고 있었다. 마리아의 주소가 찍힌 지저분한 목조 건물은 뒤틀린 테이블들과 낡고 구질구질한 카펫으로 이루어진 코딱지 만한 선술집이었다. 깡마른 체구에다 웃는 얼굴의 바텐더가 카운터 뒤에 앉아 금이 간 황갈색 술잔 앞에 몸을 구부린 어부들에게 술을 팔고 있었다.

앨비스는 집을 잘못 찾은 것 같다며 사과했다. "여자를 하나 찾고 있는데, 이름이…."

깡마른 바텐더는 앨비스가 여자의 이름을 대기를 기다리지 않고, 그저 팔을 뻗어 바 뒤편의 계단을 가리켰다.

"아." 이곳이 어떤 곳인지 감을 잡은 앨비스는 바텐더에게 돈을 쥐여주었다. 계단을 오르며 무언가 착오가 있기를, 여기서 그녀를 보게 되지 않기를 그는 기도했다. 꼭대기에 오르자 복도가 나오더니 소파와 두 개의 의자가 놓인 휴게실로 이어졌다. 소파에는 잠옷차림의 여자 셋이 앉아 두런두런 낮은 목소리로 이야기를 나누고 있었다. 그들 중 둘은 아주 짧은 반바지 잠옷을 입고 잡지를 읽고 있는 정말로 어린 처녀들이었다. 둘 다 낯익은 얼굴이 아니었다.

다른 의자에, 잠옷 위에 물 빠진 실크 가운을 걸치고 마지막 남은 담배를 피우며, 마리아가 앉아 있었다.

"안녕하세요?" 앨비스가 말했다.

마리아는 고개를 들어 올려다보지도 않았다.

젊은 처녀들 중 하나가 영어로 말했다. "아메리카, 예스? 유 라이크 미, 아메리카?"

앨비스는 젊은 처녀를 무시했다. "마리아." 그가 조용히 불렀다.

그래도 그녀는 올려다보지 않았다.

"마리아?"

마침내 그녀가 얼굴을 들었다. 20년은(10년이 아니라) 더 나이가 들어 보였다. 팔뚝이 굵어지기 시작했으며 입가와 눈가에 주름이 가득했다.

"마리아가 누구죠?" 그녀가 영어로 물었다.

다른 처녀들 중 하나가 깔깔 웃었다. "왜 그리 약을 올리실까. 차라리 나한테 넘기든가."

영어로 시간대별 값을 부르는 마리아의 목소리에는 조금도 알은 체가 담겨있지 않았다. 그녀 머리 위로는 흉측한 붓꽃 그림이 걸려 있었다. 앨비스는 그걸 거꾸로 뒤집어버리고 싶은 충동을 느꼈다. 그는 30분을 샀다.

이런 장소가 낯설지 않은 앨비스는 마리아에게 반액을 선불로 주었고 마리아는 그걸 접어 아래층 바 뒤의 남자에게 갖다 주었다. 앨비스는 그녀를 따라 복도를 지나 조그만 방에 들어갔다. 안에는 싸구려 침대와 탁자와 옷걸이와 이곳저곳이 긁힌 뿌연 거울이 전부였다. 창밖으로 항구와 그 아래 거리가 내려다보였다. 그녀는 스프링이 삐걱거리는 침대 위에 올라앉아 옷을 벗기 시작했다.

"나 모르겠어요?" 앨비스가 이탈리아어로 물었다.

옷 벗기를 멈추고 침대에 얼어붙은 듯 앉아있는 그녀의 눈에는 그를 알아보는 빛이 없었다.

앨비스는 이탈리아어로 전쟁 중에 이탈리아에 주둔했는데 어느 밤 황폐한 길에서 그녀를 만나 집까지 바래다준 적이 있었다고, 그 날 그는 죽건 살건 상관없는 지점에 이르렀었으나 그녀를 만난 이후 다시 살고 싶어졌다고, 천천히 이야기를 꺼냈다. 전쟁이 끝나면 책을 써볼 것을, 진지하게 생각할 것을 그녀가 권유했으나, 미국으로 돌아간 후로("기억나요, 위스콘신?") 지난 10년을 술에 절어 보냈다고 말했다. 그의 가장 친한 친구는 아내와 아들 하나를 남기고 전쟁 중에 죽었다고 말했다. 자신은 아무도 없다고, 그냥 귀국한 뒤에 허송세월을 보냈을 뿐이라고 말했다.

참을성 있게 그의 말을 듣고 난 그녀는 섹스를 하고 싶으냐고 물었다.

그는 그녀를 찾으러 리치아나에 갔었다고 말했다. 마을 이름을 듣는 그녀의 눈에서 무언가를, 어쩌면 수치심 같은 것을 본 것 같았다. 그는 그날 밤 그녀의 행동, 수음이 아니라 그 직후 그녀가 자신을 아름다운 품에 꼭 안고 위로해줬던 그 행동으로부터 깊은 감명을 받았었노라고 말했다. 그것은 누군가가 자신에게 해준 가장 인도적인 행동이었다고 말했다.

"정말 마음이 아파요." 앨비스가 말했다. "당신이 이렇게 돼서."

"이렇게?" 그녀가 느닷없이 웃음을 터뜨리는 바람에 앨비스는 흠칫 놀랐다. "나는 언제나 이랬는걸요." 그녀는 손을 흔들어 방안을 한 바퀴 가리켜 보이며 이탈리아어로 싸늘하게 말했다. "이봐요 친구, 난 당신을 몰라요. 그리고 당신이 가봤다는 그 마을도 몰라요. 나는 평생을 제노바에서 살았어요. 가끔씩 당신 같은 남자들이 찾아오기는 해요. 나처럼 생긴 여자하고 총각 딱지를 뗀 참전 미군들 말이에요. 뭐 상관은 없어요." 그녀는 그저 듣고만 있었을 뿐 그의 말에 아무 관심이 없는 게 분명했다. "그런데 어쩌려는 거였죠? 그 마리아란 여자를 구출이라도 하려 했나요? 미국으로 데려갈 생각이었어요?"

앨비스는 할 말이 없었다. 물론 그녀를 미국으로 데려갈 것은 아니었다. 정말 *어쩌려*는 것일까? 여기서 뭘 하고 있는 것일까?

"나보다 어린 여자들 말고 나를 택해줘서 기분이 좋았어요." 창녀가 말하고는 그의 혁대를 향해 손을 뻗었다. "하지만 제발, 더 이상 나를 마리아라고 부르지 말아요."

그녀가 능숙한 손놀림으로 그의 혁대를 푸는 동안 앨비스는 여자의 얼굴을 들여다보았다. 분명히 그녀였다… 아닐까? 이제 갑자기 확신이 서지 않았다. 정말 마리아이기에는 나이가 들어보였다. 노화로 인해 팔이 굵어진 거라고 생각했지만… 정말 다른 여자인 걸까? 처음 보는 낯선 창녀에게 고해성사를 했던 것일까?

그는 바지 단추를 여는 굵은 손을 바라보았다. 전신이 마비되는 느낌이었지만 간신히 몸을 뺄 수 있었다. 그는 바지 단추와 혁대 버클을 잠갔다.

"다른 여자를 원하나요?" 창녀가 물었다. "내가 데려와줄 수는 있지만 그래도 나한테 주기로 한 돈은 내야 돼요."

앨비스는 떨리는 손으로 지갑을 꺼내들고 그녀가 부른 값의 쉰 배가 되는 돈을 끄집어냈다. 그는 돈을 침대 위에 올려놓았다. 그리고 나지막이 말했다. "그날 밤 그냥 집까지 데려다만 주지 못해서 미안해요."

그녀는 그저 돈을 물끄러미 바라보았다. 그리고 앨비스는 마지막 남은 생명이 몸에서 빠져나가는 기분으로 방을 나왔다. 휴게실의 다른 창녀들은 아직 잡지를 읽고 있었다. 아무도 고개를 들어 그를 보지 않았다. 아래층으로 내려가 실실 웃는 얼굴의 깡마른 바텐더를 지나 햇빛이 작렬하는 밖으로 나온 앨비스는 미칠 것 같은 갈증을 느꼈다. 그는 길을 건너 또 다른 술집으로 향했다. 이놈의 술집들은 영원히 계속되니 얼마나 다행인가, 하는 생각을 했다. 세상의 술집을 다 섭렵하는 일은 없을 거라는 생각이 안도감을 주었다. 책을 쓰러 매년 이탈리아로 와야 한다고 해도, 책을 끝마치는 데 평생이 소요되고 또 술을 먹다 자빠져 죽는다고 해도, 다 괜찮았다. 이제 어떤 책이 씌어질 것인지 그는 알았다. 그것은 불완전하고 일그러진 어떤 물체, 말하자면 보다 큰 의미의 자잘한 파편일 것이었다. 마리아와의 시간이 궁극적으로 무의미한 것, 무작위적인 조우, 그저 스쳐 지나는 순간이었다 할지라도, 그리고 방금 전 그 여자가 정말 엉뚱한 창녀였다 할지라도, 그 또한 괜찮았다.

그때 트럭 하나가 그를 지나쳐 급회전했고 그는 비로소 긴 생각에서 깨어나 방금 빠져나온 유곽을 어깨 뒤로 올려다보았다. 그곳 2층 창가에 마리아가 서있었다(최소한 그는 그렇게 생각했다). 유리창에 얼굴을 대고 그를 내려다보는 그녀는 앞섶이 조금 열린 가운 사이로 어느 밤 그가 얼굴을 파묻고 흐느꼈던 그 가슴의 한가운데를 쓰다듬고 있었다. 그녀는 그렇게 1초 쯤 더 그를 바라보다가 창에서 몸을 돌리고는 사라져버렸다.

글이 절로 써지던 그 잠깐의 시간이 지나간 후 앨비스는 이탈리아로 돌아와서도 소설 집필에 별 진전을 보지 못했다. 그는 글을 쓰기보다는 로마나 밀라노나 베네치아를 한두 주씩 어슬렁거리며 술을 마시고 여자를 쫓아다니다 조용한 포르토 베르고냐를 찾아 며칠을 보내곤 했다. 그는 그 첫 장을 바꿔 쓰고 다시 쓰고 단락 순서를 뒤집어보고 단어 한두 개씩을 빼고 새로운 문장을 집어넣었으나 책은 좀체 완성되지 않았다. 그래도 단 하나의 제대로 씌어진 장을 읽고 공들여 고쳐 쓰며, 친구 카를로 투르시와 그의 아내 안토니아와 하늘빛 눈을 가진 그들의 아들 파스쿠알레를 다시 만나며, 그는 언제나 회복되는, 다시 살아나는 느낌을 얻었다. 그런데 이제, 카를로와 안토니아가 모두 세상을 뜨고 파스쿠알레는 어른으로 자란 모습을 보니… 앨비스는 혼란스러웠다. 배우자와 사별한 슬픔이 너무 버거워 금세 뒤따라 세상을 떠나는 사람들이 있다는 이야기를 듣기는 했다. 하지만 그래도 받아들이기가 어려웠다. 카를로와 안토니아가 모두 건강해 보였던 게 불과 1년 전이다. 그런데 이제 저세상 사람들이 되었다?

"언제 일어난 일이지?" 그가 파스쿠알레에게 물었다.

"아버지는 지난 봄, 어머니는 사흘 전에요." 파스쿠알레가 말했다. "어머니의 장례 미사가 바로 내일이에요."

앨비스는 계속해서 파스쿠알레의 얼굴을 살폈다. 앨비스가 찾아왔던 지난 몇 차례의 봄, 파스쿠알레는 집을 떠나 학교에 다니고 있었다. 꼬마 파스쿠알레가 이렇게… 이 남자로 자라났다는 것이 믿어지지 않았다. 슬픔 속에서도 파스쿠알레는 어린 소년일 적에 갖고 있었던 그 이상한 침착함을 견지하고 있었다. 세상을 평온하게 바라보고 받아들이는 저 푸른 눈동자들. 서늘한 아침, 두 사람은 테라스에 앉았다. 언젠가 파스쿠알레가 주저앉곤 하던 앨비스의 발치에는 휴대용 타자기와 여행 가방이 놓여있었다. "정말 안됐군, 파스쿠알레." 그가 말했다. "혼자 있고 싶으면 다른 호텔에 가 묵겠네."

파스쿠알레가 그를 올려다보았다. 앨비스의 이탈리아어는 평소와 같이 꽤 분명했지만, 지금 파스쿠알레에게는 마치 통역되어야 하는 말처럼 곧장 이해가 되지 않았다. "아니에요. 여기 있어주세요." 그는 두 개의 잔에 와인을 따라 한 잔을 앨비스 쪽으로 밀었다.

"그라찌에." 앨비스가 말했다.

그들은 말없이 와인을 마셨다. 파스쿠알레는 테이블을 물끄러미 바라보고 있었다.

"이렇게 부부가 잇달아 세상을 떠나는 건 흔히 일어나는 일이야." 앨비스가 말했다. 그의 지식의 폭은 파스쿠알레에게 이상할 만큼 넓어보이곤 했다. "그러니까…" 그는 슬픔의 이탈리아어를 생각해내려 했다. "돌로레*Dolore*로 죽는 거지."

"아니에요." 파스쿠알레가 다시 천천히 고개를 들었다. "우리 이모가 죽인 거예요."

앨비스는 제대로 들은 건지 의심이 갔다. "자네 이모가?"

"네."

"파스쿠알레, 발레리아가 왜 그런 일을?" 앨비스가 물었다.

파스쿠알레는 얼굴을 문질렀다. "어머니는 내가 이곳을 떠나 미국 여배우랑 결혼하기를 바랐어요."

앨비스는 파스쿠알레가 슬픔에 압도되어 머리가 잘못되었는지 모른다고 생각했다. "여배우라니, 무슨…?"

파스쿠알레는 졸음에 겨운 동작으로 디 모레이의 사진을 건네주었다. 앨비스는 주머니에서 돋보기를 꺼내 사진을 들여다보고는 고개를 들었다. 그리고 단호하게 말했다. "자네가 엘리자베스 테일러와 결혼하기를 어머니가 바랐다는 말이야?"

"아니, 거기 그 다른 여자요." 파스쿠알레가 이번에는 영어로 말했다. 마치 어떤 일들은 영어로 말해져야만 믿을 수 있다는 듯이. "그녀가 호텔에 왔어요, 사흘 동안. 실수로 왔던 거였어요." 그가 어깨를 으쓱했다.

앨비스 벤더는 포르토 베르고냐를 찾은 지난 8년간 자신을 빼고 단 세 명의 투숙객을 보았을 뿐이었는데 그들은 미국인이 아니었고 아름다운 여배우 또는 엘리자베스 테일러의 친구는 더더욱 아니었다. "아름다운 여자군." 앨비스가 말했다. "파스쿠알레, 지금 발레리아는 어디 있나?"

"몰라요. 산속으로 달아났어요." 파스쿠알레는 다시 잔에 와인을 따랐다. 그는 고개를 들어 중절모를 부채처럼 부치고 있는 오랜 친구를, 그 날카로운 이목구비와 가느다란 콧수염을 들여다보았다. "아저씨." 파스쿠알레가 말했다. "우리 아무 말도 안하고 그냥 있으면 안 될까요?"

"물론이지, 파스쿠알레." 앨비스가 말했다. 그들은 말없이 와인을 마셨다. 그리고 저 아래 절벽에 파도가 밀려와 부딪치며 공중에 가볍고 짭조름한 안개가 피어오르는 모습을 지켜보았다.

"그녀가 아저씨 책을 읽었어요." 잠시 후 파스쿠알레가 말했다.

앨비스는 자신이 제대로 들은 건지 분명치 않아 고개를 갸웃했다. "뭐라고?"

"디. 그 미국 여자요." 그는 사진 속 금발 여자를 가리켰다. "그녀가 아저씨 책을 읽었어요. 슬프지만 정말로 훌륭하다고 했어요. 그녀는 아저씨 책을 아주 좋아했어요."

"정말인가?" 앨비스가 영어로 묻고, 이렇게 덧붙였다. "거 참, 신기한 일이로군." 그리고 다시 조용해졌다. 바위에 부딪치는 파도소리만 마치 카드를 섞는 소리처럼 들려올 뿐이었다. "물론 그녀가 다른 이야기는… 안했겠지?" 앨비스 벤더가 잠시 후 다시 이탈리아어로 물었다.

파스쿠알레는 무슨 뜻인지 모르겠다고 말했다.

"내 글에 관해서 말이야." 그가 말했다. "그 여배우가 무슨 다른 말을 하던가?"

파스쿠알레는 그녀가 무슨 다른 말을 했는지 모르지만 기억나는 게 없다고 했다.

와인 잔을 비운 앨비스가 자기 방으로 올라가겠다고 하자 파스쿠알레는 2층 방에서 묵으면 안 되겠냐고 물었다. 여배우가 3층 방에서 묵었는데 청소를 할 틈이 없었다고 했다. 거짓말을 하는 기분이 묘했지만 아직은 정말이지 그 방에 다른 사람을, 그게 앨비스라도, 들일 준비가 되어있지 않은 것이었다.

"물론이지." 앨비스가 말하고 2층으로 올라가 방에 짐을 풀었다. 어느 아름다운 여자가 자신의 책을 읽었다는 생각에 아직도 그의 입가에서 미소가 떠나지 않았다.

홀로 테이블에 앉아 있던 파스쿠알레의 귀에 갑자기 대형 보트의 요란한 모터 소음이 들려왔고 고개를 들어 보니 포르토 베르고냐의 조그만 만으로 처음 보는 쾌속정이 들어오고 있었다. 조타수가 너무 급속히 진입하는 바람에 보트가 불끈 치솟다가 제가 일으킨 물결 위에 내려앉았다. 남자 셋이 타고 있었는데, 보트가 부두로 요란하게 닿는 순간 그들의 모습이 뚜렷이 보였다. 검은 모자를 쓴 남자가 배를 몰고 있었고 배 뒤편에 뱀처럼 음흉한 마이클 딘과 주정뱅이 리처드 버튼이 나란히 앉아 있었다.

검은 모자를 쓴 조타수가 보트를 계선주에 묶었다. 두 사람이 보트에서 내리고 부두에 올라서서 좁은 샛길을 걸어 호텔로 다가오는 모습을 파스쿠알레는 지켜보았다.

술이 깬 듯 보이는 리처드 버튼은 모직 정장 재킷 아래로 셔츠 소매의 커프스가 드러난 깔끔한 복장이었지만 넥타이는 매지 않고 있었다.

"안녕, 내 오랜 친구." 리처드 버튼은 마을로 올라오며 파스쿠알레에게 외쳤다. "디가 여기로 돌아오지는 않았겠지, 친구?"

마이클 딘은 몇 걸음 떨어져서 이곳이 어떤 곳인지를 살피며 버튼을 따라오고 있었다.

파스쿠알레는 고개를 뒤로 돌려 아버지의 이 좁쌀 만한 마을이 미국인의 눈에 어떻게 비칠지를 상상하며 둘러보았다. 벽돌과 회반죽으로 지어진 작은 집들은 지금 그의 기분만큼이나 지쳐 보일 것이었다. 3백 년쯤 지나면 마침내 절벽을 움켜쥐고 있던 주먹의 힘이 풀려나가면서 바다로 굴러 떨어질까?

"아닌데요." 파스쿠알레가 여전히 앉은 채로 말했다. 두 사람이 테라스로 다가오자 파스쿠알레는 마이클 딘을 쏘아보았다. 마이클 딘이 반 발짝 물러섰다.

"그러니까… 디를 못 본 거죠?" 마이클 딘이 물었다.

"못봤는데요." 파스쿠알레가 다시 말했다.

"거봐요, 제가 그랬잖아요." 마이클 딘이 리처드 버튼에게 말했다. "이제 로마로 돌아가죠. 거기로 올 거예요. 아니면 혼자 스위스로 갈지도 모르죠, 뭐."

리처드 버튼은 손으로 머리카락을 쓸어 올리더니 몸을 돌려 테이블 위에 놓인 와인 병을 가리켰다. "친구, 뭐 괜찮겠죠?"

그 뒤에 선 마이클 딘이 움찔했지만 리처드 버튼은 아랑곳 않고 병을 집어 흔들더니 딘에게 병이 비었음을 보여주었다. "가련한 운명이여." 그가 말하고 마치 목이 타 죽을 지경이라는 듯 손으로 입을 비벼댔다.

"안에 와인이 더 있어요." 파스쿠알레가 말했다. "주방에요."

"팻, 그대는 참으로 친절한 친구요." 리처드 버튼이 파스쿠알레의 어깨를 두드리고는 호텔 안으로 들어갔다.

리처드 버튼이 사라지자 마이클 딘은 발을 끌고 종종걸음을 걸으며 목을 가다듬었다. "그녀가 여기로 돌아왔을지 모른다고 딕은 생각하더군요."

"그녀를 잃어버렸어요?" 파스쿠알레가 물었다.

"그렇게 말할 수 있겠네요." 마이클 딘이 무슨 말을 더 할지 말지를 고민하는 얼굴로 눈살을 찌푸렸다. "스위스에 가기로 하고 떠난 건데 기차는 아예 타지도 않은 것 같아요." 마이클 딘이 관자놀이를 문질렀다. "만일 그녀가 여기로 돌아오면, 내게 연락해줄 수 있을까요?"

파스쿠알레는 아무 대답도 하지 않았다.

"이봐요." 마이클 딘이 말했다. "이게 대단히 복잡한 문제예요. 당신은 이 아가씨 하나만 보고 있으니, 뭐 그럴 수밖에 없다는 것 알아요. 그녀에게도 힘든 시간이었죠. 하지만 다른 사람들이 연루되어 있어요. 온갖 책임과 고려해야 할 사항들도 있고. 예를 들어 결혼관계, 커리어 등등… 간단한 일이 아니에요."

파스쿠알레는 아메데아와의 관계에 관해 디 모레이에게 똑같은 말을 했던 생각이 떠올라 움찔했다. *간단한 일이 아니에요.*

마이클 딘이 다시 목을 가다듬었다. "뭐 내 사정을 설명하려고 온 게 아니고, 만약 그녀를 보게 된다면 전갈을 달라고 부탁하려고 왔어요. 화난 거 잘 안다고 말해줘요. 하지만 난 그녀가 뭘 원하는지 정확히 알고 있어요. 그렇게 말해줘요. *마이클 딘은 당신이 뭘 원하는지 잘 알아요,* 라고. 그리고 그녀가 그걸 얻게 해줄 수 있는 사람이 바로 나이기도 해요." 그는 윗도리에 손을 넣어 또 하나의 봉투를 꺼내더니 그걸 파스쿠알레에게 내밀었다. "지난 몇 주 동안 내가 좋아하게 된 이탈리아어 표현이 하나 있어요. *콘 몰타 디스크레찌오네*con molta discrezione*(매우 조심스러운 마음으로 드립니다).*"

파스쿠알레는 돈이 무슨 말벌이라도 되는 듯 손사래를 쳐 물리쳤다.

마이클 딘은 봉투를 테이블에 내려놓았다. "그녀가 여기로 돌아오면 내게 연락하라고 전해주기만 하면 돼요, *카피스체*capisce*(이해해요)?*"

그때 리처드 버튼이 문가에 나타났다. "대장, 와인이 어디 있다고 했죠?"

파스쿠알레가 어디서 와인을 찾으면 되는지 일러주자 리처드 버튼은 다시 안으로 들어갔다.

마이클 딘이 미소를 지었다. "괜찮은 사람들은 간혹… 상대하기 어렵기도 하죠."

"그래서 저 사람이 괜찮은 사람인가요?" 파스쿠알레가 마이클 딘을 바라보지도 않고 물었다.

"내가 본 최고예요."

마치 기다렸다는 듯 리처드 버튼이 상표가 붙지 않은 와인 병을 들고 다시 등장했다. "이 친구에게 비노vino 값을 드려야지, 디노(Dean-o : 비노와 각운을 맞추려고 딘의 이름 끝에 o를 추가한 것)."

마이클 딘은 와인 값의 두 배는 될 액수를 테이블에 올려놓았다.

밖에서 들려오는 목소리에 이끌려 문밖으로 나오던 앨비스 벤더가 현관 앞에서 우뚝 멈추어 섰다. 그리고 검은 와인 병을 들고 건배를 하는 리처드 버튼을 어안이 벙벙해져 바라보았다. "*친친, 아미코Cin cin, amico(건배, 친구여).*" 앨비스도 이탈리아인인 줄 안 리처드 버튼이 말했다. 그는 병에 입을 대고 길게 한 모금을 삼키고는 다시 마이클 딘을 향했다. "흠, 딘… 우리에겐 세계를 정복해야 할 일이 남았지?" 그는 파스쿠알레에게 고개를 숙여 인사했다. "지휘자 어르신, 이곳에 참으로 아름다운 오케스트라를 갖고 계시군요. 하나도 바꾸면 안돼요." 그러곤 곧장 돌아서서 보트를 향해 걷기 시작했다.

마이클 딘은 윗주머니에서 명함 한 장과 펜을 꺼냈다. "그리고 이건…." 그는 마치 마술 시범이라도 보이듯 다소 요란스럽게 명함 뒷면에 사인을 하여 파스쿠알레 앞 테이블에 올려놓았다. "…당신에게 드리는 거예요, 투르시 씨. 혹시 언젠가 나도 당신에게 도움이 될 일이 있을지 모르잖아요. *콘 몰타 디스크레찌오네.*" 그가 다시 말했다. 마이클 딘은 엄숙하게 고개를 끄덕이고 돌아서서 리처드 버튼을 좇아 계단을 내려갔다.

파스쿠알레가 명함을 들고 사인이 된 뒷면을 보니 이렇게 씌어있었다. *마이클 딘, 20세기 폭스 사, 홍보담당.*

앨비스 벤더는 아직도 현관에 꼼짝 않고 서서 입을 쩍 벌리고는 해안으로 걸어 내려가는 남자들을 바라보고 있었다. "파스쿠알레?" 이윽고 그가 입을 열었다. "저 사람 리처드 버튼인가?"

"네." 파스쿠알레가 한숨을 쉬었다. 그리고 발레리아 이모가 그 순간을 재등장의 시기로 선택하지만 않았어도 미국 영화인들과의 만남은 그렇게 막을 내렸을 것이었다. 슬픔과 죄책감은 물론 밖에서 보낸 하룻밤으로 인해 정신이 나가버린 발레리아는 눈은 퀭하고 머리는 터진 전깃줄 꼴이 된 데다 옷도 더러워지고 굶어서 움푹 팬 뺨 위로는 꼬지지한 눈물을 흘리며, 그러니까 영락없는 유령처럼, 버려진 예배당 뒤에서 휘적휘적 모습을 드러냈다. "*디아볼로Diavolo(악마)!*"

그녀는 호텔을 지나치고 앨비스 벤더를 지나치고 조카를 지나쳐 해안으로 내려가는 중인 두 남자들을 쫓아갔다. 그녀 앞에서 길고양이들이 흩어져 달아났다. 리처드 버튼은 너무 떨어져 있었지만 마이클 딘은 쉽게 따라잡았다. 그녀는 이탈리아어로 마이클 딘에게 소리쳤다. "오미치다 Omicida(살인자)!" 그녀가 씩씩댔다. "아싸씨노 크루엔토Assassino cruento(잔인한 암살자)!"

술병을 들고 거의 보트에 다다른 리처드 버튼이 돌아보았다. "그러게 내가 와인 값을 지불하라고 했잖아, 딘!"

마이클 딘이 걸음을 멈추고 돌아서서 두 손을 들어 올리고는 본연의 매력을 발산하려 해보았지만 늙은 마녀는 계속 쫓아왔다. 그녀는 마디가 굵은 손가락을 들어 올려 그를 가리키며 고발의 탄식을 토했다. 끔찍한 저주가 절벽에 부딪치며 메아리로 울려 퍼졌다. "*이오 티 말레디코 아 모리레 렌타멘테, 토르멘타토 달라 투아 아니마 미네라빌레Io ti maledico a morire lentamente, tormentato dalla tua anima miserabile(네놈이 너 자신의 비참한 영혼에 의해 고통을 받다 천천히 죽어가라고 저주한다)!*"

"제기랄, 딘." 리처드 버튼이 고함을 질렀다. "얼른 안 타고 뭐 해?"

15

마이클 딘 회고록의 삭제된 첫 장

2006년
캘리포니아 주, 로스앤젤레스

액션.

어디서부터 시작할까? 출생이라고, 누가 그런다.

좋다. 나는 1939년 천사의 도시(로스앤젤레스)에서 수완 좋은 변호사 부부의 여섯 아이 중 넷째로 태어났다. 하지만 내가 진정으로 태어난 것은 1962년이다.

바로 내가 무엇을 할 운명인지를 깨달은 해.

그 전까지의 삶은 보통 사람들의 것과 다름없었다. 가족이 모여 함께하는 저녁 식사와 수영 교습. 테니스. 플로리다에서 사촌들과 함께 보낸 여름들. 헤픈 여자애들과 학교 뒤나 영화관에서 벌이던 허튼짓들.

내가 제일 똑똑한 아이였냐고? 아니다. 제일 잘생긴 아이? 그것도 아니다. 나는 일명 사고뭉치였다. 그것도 아주 대대적으로. 배 아픈 남자아이들은 내게 주먹을 휘둘렀고, 여자아이들은 뺨을 갈겼으며, 학교는 상한 굴처럼 나를 내뱉었다.

아버지에게, 아버지의 이름과 아버지가 내 삶과 관련하여 세워두었던 온갖 계획들에게, 나는 배신자였다. 외국 유학을 하고 법과대학을 나와 아버지의 로펌에서 일하고 아버지의 발자취와 아버지의 인생을 좇아가기보다는, 나는 내 인생을 살았다. 포모나 칼리지를 2년 다니며 여자애들을 공부했다. 영화에 출연하고 싶어 1960년에 학교를 때려치웠다. 얼굴이 받쳐주지 않아 계획에 차질이 생겼다. 그래서 내부에서부터 업계를 배우기로 했다. 밑바닥에서 시작하기로. 첫 번째 일은 20세기 폭스 사의 홍보담당이었다.

우리는 폭스 사의 낡은 차고 건물에서 기름내 나는 트럭조합 운전수들과 나란히 근무했다. 하루 종일 기자와 가십칼럼 필자들과 통화를 했다. 좋은 기사는 지면에 나게 하고 나쁜 기사는 막으려 했다. 나는 밤이면 시사회나 파티 또는 자선행사에 얼굴을 내밀었다. 맘에 들었느냐고? 누군 맘엔들 안 들겠는가? 매일 밤 다른 여자가 내 팔을 붙들었다. 선셋 스트립과 섹스라? 인생은 짜릿했다.

내 상사 둘리는 주전자처럼 큰 귀를 가진 중서부 출신 뚱보였다. 그는 내가 신참이었기 때문에, 내가 졸라댔기 때문에, 늘 나를 끼고 다녔다. 그러던 어느 날 아침, 둘리가 없는 사무실에 황급한 전화가 걸려왔다. 어떤 사기꾼이 흥미로운 사진들을 들고 스튜디오 정문에 나타났다는 것이었다. 우리 스튜디오의 떠오르는 스타였던 잘 알려진 카우보이 배우의 파티 사진들이었다. 잘 알려지지 않았던 것은 그가 1급 호모라는 사실이었다. 그리고 사진들은 그가 다른 사내의 거시기를 나팔 불 듯 불어대는 장면을 담고 있었다. 이 배우가 보여준 가장 생기 넘치는 연기가 아닐 수 없었다.

둘리는 이튿날에야 출근할 예정이었고 이건 급박한 사태였다. 나는 먼저 내게 신세진 일이 있는 한 가십칼럼 필자에게 연락하여 이 카우보이 배우가 어느 젊은 여배우와 약혼한 사이라는 소문을 퍼뜨렸다. 떠오르는, 이류 여배우. 그녀가 오케이하리라고 어떻게 확신할 수 있었냐고? 일단 그녀는 나와 몇 차례 잔 적이 있는 여자였고, 더 유명한 스타와 이름이 엮이는 것이야말로 가장 빠른 출세가도의 하나라는 건 누구나 아는 진리였기 때문이다. 물론 그녀는 오케이했다. 이 동네에서는 모든 것이 순리를 거슬렀다. 그 다음 나는 정문으로 걸어가 아무렇지도 않게 그 사진사를 고용하여 스튜디오의 선전용 스틸 사진을 찍게 했다. 카우보이 호모의 문제를 직접 해결했던 것이다.

전화가 온 게 정오였고, 오후 다섯 시에는 문제가 해결됐다. 그런데 이튿날 출근한 둘리가 펄펄 뛰었다. 왜냐고? 스쿠로스가 전화를 했기 때문이었다. 스튜디오의 우두머리가 나를 만나보기를 원했다. 그가 아니라.

둘리는 한 시간 동안 나를 준비시켰다. 스쿠로스의 눈을 정면으로 바라보지 말 것. 욕설을 쓰지 말 것. 무슨 일이 있어도 절대로 반대 의견을 말하지 말 것.

알았다고 했다. 밖에서 한 시간을 기다린 후에야 스쿠로스의 사무실 안으로 들어갈 수 있었다. 그는 책상 모서리에 걸터앉아 있었다. 장의사 같은 정장 차림에 검은 안경을 끼고 머리카락이 반들반들한 몸집이 굵은 남자였다. 그는 나더러 의자에 앉으라고 하더니 코카콜라를 마시겠냐고 물었다. "감사합니다." 인색한 그리스 자식이 병을 따고 그 3분의 1쯤을 잔에 따라 내게 건넸다. 그는 내가 콜라 한 병을 다 마실 자격은 아직 없다는 듯 나머지는 주지 않았다. 얼마 안 되는 콜라를 홀짝이는 내게 그는 여전히 책상 모서리에 앉아 질문을 했다. 고향이 어디인지. 무얼 하고 싶은지. 어떤 영화를 제일 좋아하는지. 그 카우보이 스타 이야기는 한 마디도 하지 않았다. 도대체 이 커다란 스튜디오의 보스는 나 딘으로부터 무엇을 원하는 것일까?

"마이클. 말해보게. 〈클레오파트라〉에 관해 무엇을 알고 있나?"

어리석은 질문이었다. 그 동네 사람이라면 누구든지 그 영화에 대한 모든 것을 알고 있었다. 대부분 그 영화로 인해 폭스 사가 어떻게 골로 가고 있는지에 관한 것이었지만. 20년을 떠돌던 아이디어가 마침내 1958년 월터 왱거에 의해 영화로 개발되기 시작했으나, 아내가 에이전트와 바람피우는 현장을 잡은 왱거가 사내의 불알을 쏴 날려버리는 사건이 일어났다. 루벤 마물리언이 〈클레오파트라〉를 물려받았다. 2백만 달러 예산을 잡고 존 콜린스를 기용하기로 했다. 돈 노츠 만큼이나 기가 막힐 캐스팅이었다. 스튜디오는 존 콜린스를 집어치우고 리즈 테일러를 섭외했다. 세계 최고의 스타였지만 데비 레이놀즈에게서 에디 피셔를 빼앗은 여파에서 아직 회복 중인 상태였다. 서른도 채 안 된 나이에 결혼이 이미 네 번째이기도 했다. 이 위태로운 커리어의 분수령에서 그녀는 과연 어떤 선택을 할 것인가? 백만 달러 보장에 〈클레오파트라〉 흥행수입의 10퍼센트를 요구했다. 영화 출연료로 50만 달러를 받은 배우도 아직 없는 시점에 이 여인께서는 백만 달러를 내놓으라는 것이었다.

하지만 스튜디오는 다급했고, 스쿠로스는 승낙했다.

1960년, 마물리언은 40명을 이끌고 영국으로 가 〈클레오파트라〉 촬영을 시작했다. 출발부터 지옥이었다. 악천후에, 운도 나빴다. 세트를 짓고 무너뜨리고 다시 짓기가 반복됐다. 영화는 한 프레임도 찍지 못했다. 설상가상, 리즈가 앓아누웠다. 감기가 치아 농양으로 번지더니 뇌 감염, 포도상구균 감염에 이어 폐렴으로 자리 잡았다. 기관절개 수술을 받다가 거의 죽을 뻔했다. 연기자들과 제작진은 술을 마시거나 크리비지 게임을 하며 시간을 보냈다. 16개월 동안 7백만 달러를 쏟아 부었으나 쓸 만한 필름이라곤 2미터를 채 건지지 못했다. 1년 반이라는 시간 동안 자기 키 만큼도 찍지 못했던 것이다. 스쿠로스로서는 다른 길이 없었다. 그는 마물리언을 해고하고 조 맨키에비츠를 투입했다. 맨키에비츠는 촬영지를 이탈리아로 옮기고 리즈를 제외한 연기자 전체를 갈아치웠다. 마르쿠스 안토니우스 역에는 리처드 버튼을 선정했다. 50명의 시나리오 작가들을 고용하여 대본을 뜯어 고쳤다. 얼마 지나지 않아 대본은 5백 페이지로 늘었다. 아홉 시간 분량이었다. 천여 명의 엑스트라들이 아무 일도 없이 일당만 받아가고 허구한 날 내리는 비로 촬영이 무산되고 리즈는 술독에 빠지고 맨키에비츠는 영화를 3부작으로 갈라 만들자는 의견을 내놓는 가운데 스튜디오는 매일 7만 달러씩 손실을 입고 있었다. 하지만 이미 너무 깊이 들어와 원점으로 돌아갈 수도 없는 입장이었다. 제작 기간 2년에 자금 2천만 달러가 이미 날아갔고 앞으로 얼마나 더 써야 할지는 아무도 모르는 가운데, 구두쇠 스쿠로스는 모쪼록 사상… 최고의… 죽여주는… 영화가… 스펙터클이… 되어달라는 가망 없는 희망을 갖고 어쩔 수 없이 이 빌어먹을 영화를 계속 추진하고 있었다.

"제가 〈클레오파트라〉에 관해 무엇을 알고 있냐고요?" 나는 3분의 2가 남은 콜라 병을 들고 책상 모서리에 걸터앉아 있는 스쿠로스를 쳐다보았다. "뭐 조금 알고 있겠지요."

좋은 대답이었다. 스쿠로스는 내 잔에 콜라를 조금 더 따라주었다. 그리고 책상 위로 손을 뻗어 마닐라 봉투를 집더니 내게 건네주었다. 봉투에서 꺼낸 그 사진을 나는 절대 잊지 못할 것이다. 그건 예술작품이었다.

밀착된 두 사람의 모습이었다. 여느 두 사람이 아니었다. 리처드 버튼과 리즈 테일러였다. 안토니우스와 클레오파트라로 분장한 선전용 사진이 아니었다. 로마의 그랜드 호텔 테라스에서 프렌치 키스를 나누고 있는 리즈와 딕이었다. 두 사람의 혀가 서로의 입속을 탐험하고 있었다.

이건 재앙이었다. 그들은 둘 다 기혼자였다. 스튜디오는 아직도 리즈가 데비와 에디의 결혼을 박살냄으로써 발생한 악성 기사들을 힘겹게 처리하고 있던 중이었다. 그런데 이제 리즈가 당대 최고의 연극배우에, 무엇보다 1급 바람둥이와 놀아난다? 에디 피셔의 어린 자녀들은 어쩌란 말인가? 버튼의 가족은 어쩌라고? 불쌍한 웨일즈 꼬마들이 석탄 가루 묻은 눈물을 흘리며 잃어버린 아버지를 그리워한다? 대중들은 영화를 철저히 외면할 것이었다. 스튜디오를 끝장낼 것이었다. 영화 예산만 해도 이미 스쿠로스의 살찐 목 위에 단두대처럼 드리워져 있었다. 이건 그 단두대가 마침내 떨어져 내리게 할 사건이었다.

나는 사진을 노려보았다.

스쿠로스는 미소를 짓고 침착해 보이려고 안간힘을 썼다. 하지만 그의 눈은 메트로놈처럼 깜빡이고 있었다. "어떻게 생각하나, 딘?"

딘이 어떻게 생각하냐고? 그렇게 쉽게는 안 되지.

내가 알고 있는 게 또 하나 있었다. 하지만 진짜 알고 있는 건 아니었다. 이해하는가? 섹스를 진짜 알기 전까지 섹스에 관해 아는 것과 비슷하다. 내게는 천부적 재능이 하나 있었는데, 그걸 어떻게 활용해야 할지는 아직 터득하지 못한 상태였다. 나는 이따금 사람들을 꿰뚫어볼 수 있었다. 그들의 가장 중심까지. 마치 엑스레이와 같이. 인간 거짓말 탐지기 같은 것이 아니다. 그보다는 욕망 탐지기에 가깝다. 그로 인해 말썽이 일어난 적도 있다. 여자가 싫다고 한다. 내가 이유를 묻는다. 남자친구가 있기 때문이란다. 들리는 건 싫다는 말이지만, 보이는 건 좋다는 마음이다. 10분 후에 남자친구가 들이닥쳐 딘의 거시기를 입에 문 여자친구를 발견한다. 내 말, 알아듣는가?

스크로스와도 비슷했다. 입에서 나오는 말과는 다른 심중을 나는 읽고 있었다. 그래, 이제 어쩔 거지, 딘? 평생의 커리어가 지금 이 순간에 달려 있다. 둘리의 충고도 떠오른다. (눈을 정면으로 바라보지 말 것. 욕설을 쓰지 말 것. 반대 의견을 말하지 말 것.)

그가 다시 말한다. "그래, 어떻게 생각하나?"

깊은 숨을 내쉬고. "글쎄요. 이 사진을 보니 당하고 있는 건 사장님뿐이 아닌 것 같네요."

스크로스가 나를 바라보았다. 그리고 책상 모서리에서 일어나 자리로 걸어와 앉았다. 그 순간 이후 그는 나를 진지하게 대했다. 나는 더 이상 콜라 한 병도 아까운 풋내기가 아니었다. 늙은 남자는 시시콜콜 모든 걸 고해바쳤다. 리즈? 감당이 불가능해. 감정적이고, 고집 세고, 모순투성이거든. 반대로 버튼은 프로야. 게다가 특급 여자하고의 관계가 이번이 처음인 것도 아니지. 버튼을 설득하는 방법 밖에는 없어. 술 취하지 않았을 때를 찾아서.

꿈도 야무지시지…. 자네의 첫 임무는 로마로 가서 술 취하지 않은 딕 버튼을 설득하는 거야. 리즈 테일러에게서 손 떼지 않으면 영화에서 하차시킬 거라고 해. 그러시다면…. 나는 이튿날 로마행 비행기에 올랐다.

로마에 도착하고 나는 이 일이 쉽지 않을 것임을 금세 알았다. 이건 흔한 촬영장 정분 수준이 아니었다. 그들은 서로를 사랑하고 있었다. 여배우 후리기에 이골이 난 버튼도 이번만큼은 깊이 빠져 있었다. 엑스트라와 미용사들을 집적대지 않는 것도 처음이었다. 그랜드 호텔에서 그에게 상황을 설명했다. 스크로스의 의중을 명확히 전달했다. 엄격한 태도를 취했다. 딕은 그저 나를 비웃기만 했다. 나를 영화에서 하차시킨다고? 아니라고 보는데.

내 인생 최대의 임무에 착수한 지 서른여섯 시간 만에 그건 내 능력 밖의 일이라는 게 분명해졌다. 원자폭탄으로도 딕과 리즈를 떼어놓을 수 없을 거였다.

사실 그럴 만했다. 이것은 할리우드 역사상 최고의 로맨스였다. 그렇고 그런 촬영장 추문이 아니라, 사랑이었던 거다. 서로의 이름을 섞어 부르는 그런대로 귀여운 커플들? 그쯤은 한낱 물간 모조품에 불과하다. 아이들 장난에 지나지 않는다.

딕과 리즈는 신이었다. 순전한 재능과 카리스마를 겸비한 두 사람은 신들이 그러하듯 한데 어울리면 끔찍했다. 지독했다. 찬란한 악몽이었다. 술에 취하고 자기도취적이며 주변 모든 사람들에게 잔인했다. 두 사람의 드라마를 영화로 찍는다면 굉장할 것이었다. 평범하기 짝이 없는 장면을 찍고 카메라가 멈추면 버튼이 심술궂은 한마디를 내뱉고 리즈는 질세라 씩씩대며 응수를 한 뒤 세트장을 빠져나간다. 그는 그녀를 쫓아 호텔로 간다. 머지않아 호텔 직원으로부터 유리가 박살나고 싸우는 건지 섹스를 하는 건지 분간하기 힘든 고함과 온갖 법석을 떠는 도무지 신답지 않은 소리들이 난다는 보고가 들어온다. 와인 디캔터가 호텔 발코니 위를 날아다닌다. 매일 같이 차 사고가 그것도 주로 다중충돌 사고로 일어난다.

그리고 바로 그때 그것이 내게 왔다.

나는 그것을 내 출생의 순간이라 부른다.

성자들은 그것을 에피퍼니라 부른다.

억만장자들은 그것을 영감이라 부른다.

예술가들은 그것을 뮤즈라 부른다.

그것은 내가 나와 다른 사람들을 구별지어주는 게 무엇인지를 이해한 순간이었다. 내가 늘 보면서도 완전히 이해하지 못했던 그것이었다. 참된 본성의, 동기 부여의, 욕망하는 마음의 예시였다. 나는 순식간에 세상 전체를 보았고 그것을 즉각적으로 알아보았다.

우리는 우리가 원하는 것을 원한다.

딕은 리즈를 원했다. 리즈는 딕을 원했다. 그리고 우리는 차 사고를 원한다. 그러지 않는다고 말은 하지만, 사실은 사족을 못 쓴다. 보면 그 순간 매혹된다. 다비드 상을 지나가는 운전자 천 명 중에 2백 명이 눈을 들어 본다면, 차 사고 현장은 천 명 모두 고개를 돌려 보게 돼있다.

지금 세상처럼, 페이지뷰니 방문객수를 집계해주는 번지르르한 컴퓨터 카운터 시대에선 빤하고 당연한 이야기일 것이다. 하지만 이건 분명 모든 걸 뒤바꿔놓은 순간이었다. 나를, 업계를, 그리고 세상을.

나는 로스앤젤레스의 스쿠로스에게 전화를 걸었다. "고칠 수 없는 일입니다."

노인은 잠시 말이 없었다. "다른 사람을 보내라는 말인가?"

"아닙니다." 나는 다섯 살짜리와 이야기하고 있었다. "제 말씀은… 이게… 손볼 수 있는 일이 아니라는 겁니다. 그리고 손보지 않는 것이 좋습니다."

그는 입에 거품을 물었다. 나쁜 소식을 받아들이는 데 익숙하지 않은 사람이었다. "무슨 빌어먹을 소리야?"

"이 영화에 얼마를 투자하셨습니까?"

"이게 제작 경비하고 무슨…."

"얼맙니까?"

"천 5백만 달러."

"제 추산으로는 2천만 달러가 넘습니다. 보수적으로 잡아도 영화가 완성되기도 전에 2천 5백 아니 3천만 달러가 넘어갈 겁니다. 3천만 달러 회수를 위해 홍보에는 얼마를 쓸 예정이십니까?"

스쿠로스는 아무 숫자도 대지 못했다.

"텔레비전, 옥외광고판, 그리고 세계 모든 잡지에 광고를 운영한다고 칠 때… 8백만 달러? 천만 달러라고 치지요. 그러면 투자액이 4천만 달러가 됩니다. 지금까지 4천만 달러 수입을 올린 영화는 한 편도 없습니다. 그리고 까놓고 말해서, 영화가 좋은 편이 못돼요. 저는 이 영화보다 차라리 크랩스(주사위 게임의 일종) 게임에서 더 재미를 본 편입니다. 쓰레기라는 이름도 아까울 정돕니다."

내가 스쿠로스를 묵사발을 만들고 있었냐고? 물론이다. 하지만 그를 구원하기 위해서였다.

"하지만 공짜 홍보로 2천만 달러를 벌게 해드린다면 어떠시겠습니까?"

"그런 홍보는 원하지 않네!"

"잘 생각해 보세요." 나는 촬영현장이 어떻게 돌아가고 있는지를 설명해 줬다. 술과, 싸움과, 섹스 같은 것들을. 카메라가 돌아가는 동안은 아무런 활기도 없다가, 카메라가 멈추기만 하면? 도무지 그들에게서 눈을 뗄 수 없었다. 마르쿠스 안토니우스와 클레오파트라 따위? 백골조차 남아있지 않은 옛날 사람들에게 누가 무슨 관심을 갖겠는가? 하지만 리즈와 딕이라면? 이거야말로 우리 영화다. 이 뜨거운 관계가 계속되는 한 영화는 가망이 있다고, 나는 스쿠로스에게 말했다.

이 불을 끄자고요? 절대로 안 될 말입니다. 오히려 불을 더 지펴줘야 옳은 때입니다.

지금이라면 쉽게 이해할 수 있는 일이다. 추락에 구원에 다시 추락이 이어지고, 컴백이 수시로 반복되며, 직접 찍은 섹스 비디오가 계획적으로 유출되는 지금 세상이라면. 하지만 그때는 이 같은 사고방식의 전례가 없었다. 스타 배우들에게는 있을 수 없는 일이었다! 그들은 그리스 신들과 같았다. 완벽한 존재들이었다. 한 번 추락은 영원한 추락이었다. 패티 아버클? 사라졌다. 에바 가드너? 끝장났다.

나는 집 한 채를 건져내기 위해 동네 전체에 불을 지르자는 제안을 하고 있었다. 이 방안이 성공한다면 사람들은 스캔들에도 불구하고 우리 영화를 보는 것이 아니라 스캔들 때문에 보게 될 것이었다. 그리고 그 후로는 결코 이전으로 돌아갈 수 없을 것이었다. 이제 신들은 영원히 죽은 존재가 될 것이었다.

수화기 저편에서 스쿠로스의 숨소리가 들렸다. "그렇게 하게." 그리고 전화를 끊었다.

그날 오후 나는 리즈의 운전사에게 돈을 찔러 주었다. 은신처로 빌려 쓰던 빌라의 테라스에 리즈와 딕이 모습을 드러내자 사방의 테라스들에서 한꺼번에 카메라 셔터가 터졌다. 내가 정보를 제공한 사진사들이었다. 이튿날 나는 이 커플을 좇아다닐 전속 사진사를 고용했다. 이 사진들을 팔아 수만 달러를 벌었고 그 돈으로 더 많은 운전사들과 분장사들을 매수하여 지속적으로 정보를 수집했다. 하나의 작은 업계가 형성됐던 셈이다. 리즈와 딕은 펄펄 뛰었다. 누가 정보를 흘리고 다니는지 찾아달라고 내게 애원했고, 나는 그러는 척했다. 운전사들과 엑스트라들과 식사담당자들을 해고하자 딕과 리즈는 내게 은밀한 여행 따위의 예약을 부탁했지만 그래도 사진사들은 그들을 찾아냈다.

이게 통했느냐고? 이 사건은 이전까지의 그 어떤 영화 기사보다도 크게 터졌다. 리즈와 딕은 세계 모든 신문의 지면을 장식했다.

딕의 아내도, 이어 리즈의 남편도 알게 됐다. 사안은 더욱 커져만 갔다. 기다리라고, 끝까지 가보자고, 나는 스쿠로스에게 충고했다.

가엾은 에디 피셔가 아내를 되찾으러 로마로 날아오는 바람에 나는 난데없이 새로운 문제에 봉착했다. 이 방안이 성공하려면 영화 제작이 끝날 때까지 리즈와 딕의 관계가 유지되어야 했다. 선셋에서 영화가 개봉되는 날 샤토 마르몽 호텔 다이닝룸에서 두 사람이 그 짓을 하고 있어야 했다. 에디 피셔가 꼬리를 내리고 물러나줘야 했다. 하지만 이 개자식은 물 건너간 결혼을 지키고자 일전을 불사했다.

리즈의 남편이 로마에 옴으로써 발생한 문제가 하나 더 있었다. 딕은 잔뜩 불행한 얼굴을 했고 술을 더 마셨으며 이탈리아에 발을 디딘 날부터 이따금씩 만나왔던 여자에게 돌아갔다.

그녀는 키가 크고 금발이었다. 흔하지 않은 인상의 여자였다. 화면도 대단히 잘 받았다. 당시 여배우들은 쿠페 아니면 세단이었다. 아주 섹시하거나 아니면 지독하게 평범했다. 이 여자는 뭔가 달랐다. 어딘가 새로웠다. 영화 경험은 없었고 연극무대 출신이었다. 맨키에비츠는 증명사진 하나만 보고 그녀를 클레오파트라의 시녀 역으로 기용했다. 금발 노예 옆에서라면 리즈가 조금 더 이집트인답게 보이리라 계산했던 것 같다. 리즈의 시녀 하나가 사실은 딕의 시중을 들고 있었다는 사실은 몰랐을 것이다.

맙소사. 그녀를 보았을 때 나는 도무지 믿을 수가 없었다. 도대체 고대 이집트를 배경으로 한 영화에 키 큰 금발 여자를 출연시키는 사람이 어디 있단 말인가?

그녀를 D라 부르겠다.

D는 훗날 유행한 표현으로 자유로운 영혼이라 할 여자였다. 60~70년대에 내게 큰 즐거움을 선사한 취한 눈의 히피 여자들처럼.

하지만 그렇다고 내가 D와 잤다는 말은 아니다.

그렇다고 자고 싶지 않았던 건 아니지만.

어쨌든 에디 피셔가 로마에 얼씬거리자 딕은 이를테면 2군으로 돌아갔던 것인데…. 이 D라는 여자. 나는 그녀가 문제가 되리라고 생각하지 않았다. 그런 여자들에겐 뼈다귀 하나 던져주면 되는 거였다. 이를테면 소소한 단역이나 스튜디오 전속계약 같은 것. 그러다가 말을 안 들으면 해고하면 되는 거였다. 돈 안 드는 일이다. 그래서 나는 맨키에비츠를 조종하여 매일 새벽 5시에 그녀에게 전화를 걸어 세트장에 나오게 하도록 했다. 딕과 떼어놓기 위한 것이었다. 그런데 그녀가 덜컥 병에 걸렸다.

세트장에 미국인 의사 하나가 상시대기 중이었다. 이름은 크레인이었고, 그의 임무는 리즈에게 약물을 처방해주는 것이 다였다. D를 진찰한 그가 이튿날 내 소매를 잡아끌었다.

"문제가 생겼어요. 임신이에요. 본인에게는 아직 말 안했어요. 어떤 돌팔이가 그녀에게 임신할 수 없는 몸이라고 했었던 모양인데, 물론 오진이었죠."

나는 당연히 낙태 조치에 가담한 경험이 있었다. 나는 줄곧 홍보 일을 해왔었고, 그거야 거의 업무영역에 해당된다고 해도 과언이 아니었다. 하지만 이곳은 이탈리아였다. 1962년의 가톨릭 국가 이탈리아 말이다. 낙태보다는 달의 운석을 뜯어 오는 게 더 쉬울 것이었다.

제기랄. 세계 최대의 영화에 출연하는 세계 최대의 스타 두 사람이 연인이라는 정보를 흘리고 있는 마당에 이런 일까지 처리해야 하다니. 골칫거리에 틀림없었다. 〈클레오파트라〉가 개봉되고 우리 두 주연배우들의 뜨거운 연애가 만인의 화제가 된다면 승산이 있었다. 그에 반해 리처드 버튼이 웬 엑스트라를 임신시켰고 리즈는 남편에게로 돌아갔다는 이야기나 돈다면 그건 끝장이었다.

나는 3단계 계획을 수립했다. 첫째, 버튼을 잠시 치워둔다. 나는 프랑스에서 〈사상 최대의 작전〉을 촬영하던 디키 재넉이 전쟁 영화의 품격을 좀 높여줄 카메오로 버튼을 원하고 있다는 걸 알았다. 하지만 스쿠로스는 디키 재넉을 미워했다. 폭스 사에서 재넉의 아버지의 자리를 빼앗은 바 있었던 그는 젊고 원기 왕성한 디키로 자신을 갈아치우려 하는 이사들이 있다는 사실에 전전긍긍하고 있었던 것이다. 그래서 나는 스쿠로스 몰래 재넉에게 전화를 걸어 열흘 동안 버튼을 임대해 주기로 약속했다.

그리고 의사에게 전화를 걸어 D를 데려가 추가검진을 받게 하라고 지시했다. "어떤 종류의 검진 말이죠?" 그가 물었다.

"빌어먹을, 의사는 당신이잖아요. 뭐가 됐든 여자가 잠시 이곳에서 떠나있게 하라 이거예요."

혹시 빌빌대지 않을까 걱정이 됐던 게 사실이다. 히포크라테스 선서니 양심이니 뭐 그 따위 이유로 말이다. 하지만 크레인은 기회를 놓치지 않고 덥석 물었다. 이튿날 그는 함박웃음을 짓고 나타났다. "위암이라고 말해줬어요."

"뭐라고 했다고요?"

크레인은 임신 초기증상이 위암의 것과 비슷하다고 설명했다. 복통과 구토증에 변비 지속, 그런 것.

나는 그저 그녀를 멀리 보내놓자는 거지 그 가엾은 여자를 죽이자는 게 아니라고 말했다.

의사는 걱정 말라고 했다. 치료 가능하다고 말했다는 거였다. 스위스에 첨단 치료법을 갖춘 의사가 있다고 했다며, 그가 눈을 찡긋했다. 스위스 의사는 그녀를 입원시켜 간단한 시술을 할 것이고, 그녀가 깨어나면 '암'은 사라져 있을 거라고 했다. 그녀는 아무것도 모를 거였다. 그녀를 미국으로 돌려보내 회복시킨 다음에, 이런저런 영화 배역을 좀 줄 계획이었다. 누이 좋고 매부 좋은 결과였다. 문제가 해결되고, 영화도 살아나고.

그런데 D는 뜻밖의 카드였다. 어머니를 암으로 잃었던 그녀는 이 가짜 진단을 최악으로 받아들였다. 게다가 그녀에 대한 딕의 감정이 내가 생각했던 것보다 진실했음이 드러났다.

한편 에디 피셔는 체념하고 미국으로 돌아갔다. 프랑스의 딕에게 전화로 이 희소식을 전해주었다. 리즈가 다시 그를 만날 준비가 되어 있다고. 하지만 그는 당장 리즈를 만날 입장이 안 된다고 했다. 다른 여자, 암이 걸렸다는, 죽어가고 있다는 D는 어쩌냐는 거였다. 딕은 그녀 곁에 있어주고 싶어 했다.

"그녀는 괜찮을 거예요. 스위스에 의사가 하나 있는데…."

딕은 내 말을 잘랐다. D가 치료를 원치 않는다고, 남은 시간을 그와 함께 보내고 싶어 한다고 했다. 그게 좋은 생각이라고 확신할 만큼 그는 나르시시스트였던 거다. 〈사상 최대의 작전〉에서 이틀 휴가를 받아 이탈리아의 해안에서 D와 만나겠다고 했다. 그리고 리즈와 그를 매우 훌륭히 도와주었던 내가 이 해후 또한 준비해 주기를 원했다.

어쩌겠는가? 버튼은 포르토 베네레라는 조그만 해안 벽촌에서 그녀를 만나고 싶어 했다. 로마와 〈사상 최대의 작전〉 촬영이 진행되고 있던 남프랑스의 중간 지점이었다. 지도를 폈고, 내 눈은 비슷한 이름을 가진 조그만 점에 꽂혔다. 포르토 베르고냐. 여행사 직원에게 어떤 곳이냐고 물었다. 그녀는 그곳에는 아무것도 없다고, 절벽 아래의 어촌일 뿐이라고, 전화도 도로도 없으며, 기차나 자동차도 아닌 오로지 배로만 닿을 수 있는 곳이라고 말했다. "호텔은 있나요?" 내가 물었다. 조그만 호텔이 있기는 하다고 여행사 직원이 말했다. 나는 딕을 위해 포르토 베네레에 방 하나를 예약했고, D는 포르토 베르고냐로 보냈다. 작은 호텔에서 버튼을 기다리라고 그녀에게 말했다. 딕이 프랑스로 돌아가고 D를 스위스로 보낼 수 있게 될 때까지 그녀를 며칠 간 묶어두어야 했던 것이다.

처음에는 제대로 돌아가는 듯했다. 그녀는 세상과 격리된 채 조그만 벽촌에 갇혔고, 버튼은 포르토 베네레에 나타나 그녀 대신 나를 발견했다. 나는 D가 치료를 위해 스위스로 가기로 결정했다고 말해주었다. 그녀 걱정은 하지 말라고, 스위스 의사들은 세계 최고라고 했다. 그리고 리즈와 함께할 수 있도록 로마로 데려갔다.

하지만 두 사람의 재회가 이루어지기 전에 또 하나의 문제가 발생했다. D가 묵고 있던 호텔의 어떤 청년이 로마에 나타나서 나를 보자마자 한 방 먹이는 것이었다. 로마에 온 지 3주가 되어 이탈리아 사람들로부터 갈취당하는 데 익숙해지고 있던 나는 그냥 돈을 좀 주어 돌려보냈다. 하지만 이 친구가 나를 골탕 먹였다. 버튼을 만나 모든 이야기를 해준 것이었다. D는 죽어가고 있는 게 아니라 임신했을 뿐이라는 걸. 그리고 버튼을 그녀에게로 데려가 줬다. 참 훌륭했다. 이제 딕은 임신한 정부와 함께 포르토 베네레의 호텔에 사로잡혀 있었고, 내 영화의 운명도 안개 속에 묻혀 있었다.

그런데 딘은 포기했을까? 천만의 말씀이다. 나는 디키 재넉에게 전화를 넣어 〈사상 최대의 작전〉 재촬영을 빌미로 버튼을 하루 동안 프랑스에 묶어놓게 했다. 그리고 포르토 베네레로 달려가 D를 만났다.

그토록 화가 난 사람은 전에 본 적이 없었다. 그녀는 나를 죽이고 싶어 했다. 이해가 됐다. 그럴 만했다. 그녀에게 사과했다. 그리고 의사가 암이라고 할 줄은 몰랐다고 했다. 일이 예상 밖으로, 주체할 수 없이 꼬인 거라고 했다. 커리어를 확실히 후원해 주겠다고 했다. 보장한다고 했다. 지금 스위스로 떠나주기만 하면, 앞으로 폭스 사의 영화는 뭐든지 원하는 대로 출연할 수 있다고 했다.

그런데 고분고분한 상대가 아니었다. 돈도 배역도 원하지 않는다고 했다. 믿을 수가 없었다. 나는 배역이나 돈, 혹은 둘 다를 원하지 않는 젊은 배우를 만나본 적이 없었다.

바로 이때가 욕망을 간파하는 내 능력 뒤의 깊은 책임을 깨달은 순간이었다. 사람들이 진정으로 원하는 것을 알아채는 것과 그들의 마음속에 그것을 창조하는 것은 별개다. 그 욕망을 구축하는 것 말이다.

나는 가짜 한숨을 내쉬었다. "이봐요. 어째야 할지 모르겠군요. 그가 원하는 것이라곤 그저 당신이 낙태 수술을 받고 그 일에 대해 입 다물어 주는 거예요. 우리 어떻게… 그럴 수 있을까요?"

그녀가 움찔했다. "그게 무슨 말이죠? '그가 원하는 것이라곤'이라니?"

나는 물러서지 않았다. "아주 힘들어하고 있어요. 그럴 수밖에 없죠. 당신에게 솔직히 말할 배짱도 없고. 그래서 오늘 떠난 거예요. 상황이 이렇게 된 걸 무척 괴로워하고 있거든요."

그녀는 암에 걸렸다고 확신하고 있을 때보다 더 크게 상처받은 모습이었다. "잠깐. 지금 그 말은 설마…."

그녀의 눈이 천천히 감겼다. 내가 해온 짓을 딕이 모두 알고 있다는 생각은 해보지 않았던 것이다. 솔직히 나 또한 그때까지는 해본 적이 없는 생각이었다. 하지만 어떤 면에서 그건 사실이었다.

나는 내가 그를 대신해서 이런 일들을 했다는 것을 그녀가 안다고 생각해온 것처럼 굴었다. 돌발적인 선택이었다. 딕이 프랑스에서 돌아오기 전까지 단 하루가 남아 있었다. 내가 그를 변호하고 있는 것처럼 보여야 했다. 그가 그녀를 진심으로 아끼고 있다고, 이런 제의를 한다고 해서 그 진실마저 변하는 것은 아니라고 말했다. 그리고 또 말했다, 그를 원망해서는 안 된다고, 그녀에 대한 그의 감정은 진실한 것이라고, 하지만 그와 리즈는 이 영화와 관련하여 엄청난 압박에 시달리고 있다고….

그녀가 내 말을 막았다. 머릿속에서 상황을 정리하고 있었다. 그녀를 진단한 의사는 리즈의 의사였다. 그녀가 손을 입에 갖다 대었다. "리즈도 이 일을 알고 있어요?"

나는 한숨을 쉬고 그녀의 손을 잡으려 했다. 하지만 그녀는 뱀이라도 본 듯 손을 거두며 뒷걸음질을 쳤다.

나는 프랑스에서의 재촬영은 구실일 뿐이라고, 라 스페찌아 역에 딕이 그녀 이름으로 끊어둔 스위스 행 기차표가 기다리고 있다고 했다.

그녀는 토할 것 같은 얼굴이었다. 나는 그녀에게 내 명함을 건넸고 그녀는 그걸 받아들었다. 미국으로 돌아가면 제작 예정된 폭스 사 영화 목록을 함께 검토하자고 했다. 원하는 어떤 역이든 주겠다고 했다. 이튿날 아침 나는 그녀를 기차역까지 데려다 줬다. 그녀는 짐을 챙겨 차에서 내렸다. 양팔이 힘없이 축 쳐져 있었다. 그녀는 서서 기차역과 그 뒤의 푸른 산을 물끄러미 쳐다보았다. 그리고 걷기 시작했다. 기차역 안으로 사라지는 그녀의 모습을 나는 지켜보았다. 어떻게 될지 아무런 확신이 없었다. 그녀는 스위스로 갈 테고 두어 달 후 또는 6개월 아니면 적어도 1년 안에 내 사무실에 들르겠지. 하지만 그건 그저 되받을 빚이 있어서일 것이다. 모두들 그런다.

하지만 그 일은 일어나지 않았다. 그녀는 스위스로 가지 않았다. 나를 찾아오지도 않았다.

그날 아침, 프랑스에서 도착한 버튼이 D를 찾아왔으나 대신 그곳에는 나 혼자 기다리고 있었다.

딕은 불 같이 화를 냈다. 그와 함께 라 스페찌아 역으로 가보니 여행사 직원 말이 그녀는 들어와 짐만 맡기고 돌아서서 산 쪽을 향해 걷기 시작했다고 했다. 포르토 베네레로 돌아왔지만 그녀는 없었다. 딕의 성화로 나는 배를 얻어서 그녀를 잠시 숨겨두었던 그 조그만 어촌으로 그를 데리고 가보기까지 했다. 하지만 거기에도 없었다. 그녀는 사라져버린 것이었다.

그곳을 막 떠나려는 찰나 괴상하기 짝이 없는 일이 일어났다. 늙은 마녀가 고갯마루에서 내려와 고래고래 악을 쓰고 욕을 해대는 것이었다. 뱃사공의 통역에 따르면 "살인자!"와 "네게 죽음의 저주를 내리노라"라고 한다는 것이었다.

나는 버튼을 바라보았다. 늙은 마녀는 정말이지 그에게 실컷 퍼부어대고 있었다. 훗날 가엾은 딕 버튼이 술독에 빠져 서서히 죽어가는 모습을 보며 나는 그 마녀의 저주를 떠올리곤 했다.

그날 그 배 위에서 그는 눈에 띄게 충격을 받은 모습이었다. 드디어 정신이 확 깨게 할 대화를 나누기에 완벽한 기회였다.

"이봐요, 딕. 대체 어쩌려는 거였어요? 그녀가 아기를 낳게 할 거였나요? 결혼이라도 할 거였어요?"

"꺼져." 목소리에서 알 수 있었다. 내가 옳음을 그가 알고 있다는 것을.

"이 영화가 당신을 필요로 해요. 리즈도 그렇고요."

그는 말없이 바다만 바라보았다.

물론 내가 옳았다. 리즈를 선택해야 했다. 두 사람은 서로 사랑했으니까. 나는 알았다. 그도 알았다. 그리고 내가 그 모든 것이 제대로 가닥을 잡아 실현되도록 했다.

내가 해주기를 원했던 일을 나는 정확히 해주었던 것이다. 설령 그는 몰랐을지라도. 바로 이런 게 나 같은 사람들이 그 같은 사람들을 위해 하는 일이다.

이제부터 여기가 세상에서의 내 자리가 될 것이었다. 다른 사람들의 욕망을 꿰뚫어보고 그들이 되어졌으면 하는 일들을 도모하는 것. 자신들이 원하는지조차 모를 수 있을 그런 일들. 스스로는 결코 해낼 수 없을 그런 일들. 자신이 원했다고 차마 인정할 수 없을 그런 일들.

배 위에서 딕은 고개를 돌리지 않고 앞만 바라보았다. 그와 내가 친구가 되었냐고? 그렇다. 서로의 결혼식에 갔냐고? 틀림없다. 위대한 배우의 장례식에서 딘이 고개를 숙였냐고? 물론 그랬다. 하지만 둘 중 누구도 그 해 봄 이탈리아에서 일어난 일을 다시 입에 담지는 않았다. 그 여자도, 그 마을도, 그 마녀의 저주도.

그건 지나간 일이었다.

로마에서 재회한 딕과 리즈는 다시 정념을 불태웠다. 결혼도 했다. 함께 영화에 출연하기도 했다. 상도 받았다. 누구나 아는 이야기다. 사상 최고의 로맨스 중 하나다. 내가 구축한 로맨스다.

영화는 어떻게 되었냐고? 완성되어 나왔다. 그리고 내가 예측한 그대로 우리는 두 사람에 대한 세간의 관심에 빌붙어 먹고 살았다. 사람들은 〈클레오파트라〉가 흥행 실패작인 줄 안다. 아니다. 본전은 건졌다. 내 덕분에 본전을 건졌다. 내가 아니었다면 2천만 달러라는 손실을 남겼을 것이다. 히트 영화는 어떤 머저리라도 만들 수 있다. 하지만 실패할 것이 빤한 영화를 살리는 건 보통 배짱으로는 안 된다.

이것이 딘의 첫 번째 임무였다. 그의 첫 번째 영화였다. 그가 하는 일이란? 스튜디오 전체가 망하지 않게 보호하기. 낡은 스튜디오 시스템을 뒤엎고 새 시스템을 구축하기. 최소한 그런 차원이다.

그해 여름 딕 재넉이 폭스 사의 새 우두머리로 입성했을 때 물론 나는 충분한 보상을 받았다. 마침내 차고 건물이나 홍보 일 따위와는 작별이었다. 하지만 진정한 보상은 내 친구 재넉으로부터 선사받은 제작 일이 아니었고, 밀려드는 명성과 돈이 아니었으며, 여자도 코카인도 시내 어느 식당에서든 원하는 테이블을 잡을 수 있는 특혜도 아니었다.

진정한 보상은 내 커리어를 규정해줄 비전이었다.

바로 우리는 우리가 원하는 것이라는 그 비전.

이렇게 나는 새로이 태어났다. 이렇게 나는 세상에 출현하여 세상을 영원히 뒤바꿔 놓았다. 이렇게 나는 1962년 이탈리아의 해안에서 명사名士를 창조했다.

편집자 노트: 굉장한 이야기군요, 마이클.

우리는 이 장을 꼭 살리고 싶지만, 불행하게도 법률 팀에서 근본적인 문제를 제기하고 있어요. 우리 고문 변호사들이 별도의 문서를 보낼 예정이고요.

그리고 편집 측면에서도 한 가지 알아두실 점이 있어요. 이 장은 필자에 대한 좋은 인상을 남기지 못해요. 두 쌍의 결혼관계를 파경으로 이끌고 젊은 처녀가 중병에 걸렸다는 가짜 진단을 조작한 뒤 그녀에게 돈과 특혜를 약속하며 낙태를 유도했다는 사실을 그것도 첫 장에서 인정한다는 것은 독자들에게 필자를 소개하는 최선의 방법이 못돼요.

그리고 혹시 변호사들이 우리가 이 일화를 써도 된다고 한다 해도 이야기 자체가 지독하게 불완전해요. 너무 많은 부분이 매듭지어지지 않은 채 끝나버려요. 젊은 여배우는 어떻게 되었죠? 낙태를 했나요? 아니면 버튼의 아기를 낳았나요? 연기 생활을 계속했나요? 잘 알려진 사람인가요? (그렇다면 근사하겠죠.) 어떻게든 용서를 빌러 노력해 보셨나요? 행방을 찾아 보셨나요? 정말 훌륭한 영화 배역을 주셨나요? 최소한 교훈을 얻었거나, 아니면 뉘우치셨나요? 내가 무슨 말을 하고 있는지 아시겠지요?

이건 마이클의 인생이고, 따라서 이러이러한 말을 하라고 강권하려는 의도는 절대 없어요. 하지만 이 이야기는 정말로 종결이 필요해요. 그 여자는 어떻게 되었는지를 조금은 알려주어야 해요. 그리고 마이클이 마침내 옳은 일을 하려고, 적어도 노력은 했다는 인상을 남겨야 해요.

16

추락 이후

1967년 9월
워싱턴 주, 시애틀

어두운 무대. 파도 소리. 이윽고 인물 등장.

구겨진 외투 차림에 술병을 들고 머리는 봉두난발이 된 매기가 부두로 휘청휘청 걸어와 파도 소리 한가운데 선다. 그리고 부두 끝에서 몸을 기울이기 시작한다. 그때 퀜틴이 오두막에서 달려 나와 그녀를 품에 안는다. 그녀는 천천히 돌아서고, 두 사람은 포옹한다. 오두막에서 부드러운 재즈 음악이 흘러나온다.

매기 : 당신은 사랑받았어요, 퀜틴. 당신만큼 사랑받은 남자는 없어요.

퀜틴 : *[포옹을 풀며]* 하루 종일 비행기가 이륙을 못하더군….

매기 : *[취했지만 의식은 있는 상태에서]* 방금 자살하려던 참이었어요. 아님, 그 말도 안 믿나요?

"잠깐, 잠깐, 잠깐만."

검은 뿔테 안경을 코끝에 걸치고 귀에는 연필을 꽂고 대본을 손에 든 채 객석 첫 줄에 앉아있던 감독이 자리에서 일어서자 무대 위 데브라 벤더의 어깨가 축 처졌다. "디, 자기, 왜 이러는 거야?"

그녀가 첫 줄을 내려다보았다. "또 뭐가 문제죠, 론?"

"더 강하게 끌고 가기로 했잖아. 더 크게 말이야."

그녀는 무대 위 동료 배우 애런과 짧게 시선을 마주쳤다. 애런이 한숨을 쉬고 목을 가다듬었다. "론, 나는 이대로 좋은데요." 그가 데브라를 향해 양팔을 펴보였다. *됐지? 내가 할 수 있는 전부야.*

론은 애런의 말은 들은 체 만 체 하고 무대 한쪽 끝 계단을 올라갔다. 그는 고집스럽게 배우들 틈을 비집고 들어가 데브라의 등에 손을 얹었다. 마치 그녀를 이끌어 춤이라도 출 듯한 동작이었다. "디, 개막일까지 겨우 열흘 남았어. 연기가 너무 섬세해서 묻혀 버릴까 걱정이 돼."

"론, 섬세함이 문제인 거 같지는 않은데요." 그녀는 몸을 비틀어 그의 손을 피했다. "매기가 출발부터 미친 여자로 나온다면 이 장은 더 나아갈 곳이 없어져요."

"자살하려고 하는 여자야, 디. *이미* 미친 여자라고."

"그렇긴 해도…."

"술에 취하고 약물에 중독되고 게다가 남자들을…."

"그래요, 알아요. 하지만…."

론의 손이 천천히 그녀의 등 아래로 내려갔다. 끈기 하나는 알아줘야 할 인간이다. "이건 퀜틴이 그녀의 자살을 막기 위해 할 수 있는 모든 걸 했다는 사실을 보여주는 회상 장면이야."

"알았어요…." 데브라가 론의 어깨 너머로 다시 애런을 바라보자 애런은 팔을 들어 수음 동작을 해 보였다.

론이 애프터셰이브 냄새를 강하게 풍기며 더 가까이 다가왔다. "디, 매기는 퀜틴의 진을 빼고 있어. 결국 자신을 포함하여 두 사람을 죽이고 있는 거지…."

론의 어깨 너머로 애런이 가상의 파트너를 상대로 섹스 동작을 해 보였다.

"흐음…." 데브라가 말했다. "론, 잠깐 따로 이야기좀 할 수 있을까요?"

그의 손이 자꾸 더 아래로 내려갔다. "좋은 생각이야."

그들은 무대 아래로 내려와서 객석 쪽으로 걸어갔다. 데브라는 나무 등받이 좌석 하나에 미끄러져 들어가 앉았다. 하지만 론은 옆 자리에 앉지를 않고 서로의 다리가 맞닿도록 데브라와 앞좌석 사이에 끼어 섰다. 맙소사, 이 인간은 무슨 아쿠아 벨바(애프터셰이브 상표명)의 화신이라도 되는 걸까? "무슨 일인데 그래, 자기?"

무슨 일이냐고? 그녀는 웃음을 터뜨릴 뻔했다. 어디서부터 시작해야 좋을까? 6년 전 정신이 나갔던지 함께 잔 적이 있고 최근 시애틀 레퍼토리 극단의 모금행사에서 마주친 기혼남이 연출하는 아서 밀러와 마릴린 먼로에 대한 연극에 출연하기로 한 게 문제였는지 모른다. 또는 이제야 드는 생각이지만 참석하지 말았어야 할 행사에 참석했던 것 *그 자체*가 실수였는지 모른다. 시애틀에 돌아와 첫 몇 년 동안 그녀는 예전의 연극판 동료들을 한사코 피했었다. 아이에 대해서도 그녀의 "영화 커리어"가 중단된 이유에 대해서도 설명하고 싶지 않았다. 그러다 우연히 모금행사 광고를 봤고 자신이 무대를 얼마나 그리워하고 있었는지 깨달았다. 그녀는 모교의 복도를 걷는 것 같은 따뜻한 정감을 느끼며 행사장에 들어섰다. 거기서 론과 마주쳤다. 퐁뒤 포크를 든 모습이 작은 마귀처럼 보였다. 그녀가 시애틀을 떠난 이후로 론은 그 지역 연극계에서 큰 성공을 거두었다. 그녀는 그저 순수하게 반가웠다. 하지만 론은 데브라를, 이어서 그녀와 함께 온 나이 든 남자를 바라보았다. 그녀가 론, *제 남편 앨비스예요,* 하고 소개를 시켜주자, 론은 얼굴이 창백해지더니 곧장 자리에서 나가버렸다.

"내 느낌은… 당신이 이 연극을 너무… 개인적으로 접근하는 것 같아요." 데브라가 말했다.

"개인적인 연극이니까." 론이 심각하게 말했다. 그는 안경을 벗어 안경다리를 깨물었다. "모든 연극은 개인적이야, 디. 모든 *예술*이 다 개인적인 거야. 그렇지 않으면 무슨 소용이 있겠어? 이건 내가 해본 일 중에 가장 개인적인 일이야."

론은 모금행사 2주 후 전화를 걸어 급히 떠났던 것을 사과했다. 그녀를 보게 되리라고는 상상도 못했었다고 했다. 그리고 지금 하는 일이 뭐냐고 물었다. 가정주부라고 그녀는 대답했다. 남편이 시애틀에서 셰브롤레 자동차 대리점을 운영하고 자신은 집에서 귀여운 아들을 키우고 있다고 했다. 론은 연기가 그립지 않느냐고 물었다. 그냥 좀 쉴 수 있어 정말 좋다는 헛소리를 늘어놓으면서도 사랑이 그립듯이 연기가 그립다는 생각이 간절하게 치밀어 올랐다. 그게 없이는 절반의 인간일 뿐이라는 생각이.

그로부터 몇 주 후, 론이 다시 전화를 걸어왔다. 시애틀 레퍼토리에서 아서 밀러의 연극을 준비하는 중인데 자신이 연출을 맡을 거라며, 혹시 주인공 중 하나를 맡을 의향이 있냐고 물었다. 숨이 가쁘고 현기증이 일었다. 다시 스무 살로 돌아간 느낌이었다. 하지만 정말 방금 본 딕과 리즈의 최근 영화만 아니었어도 거절했을 것이다. 〈말괄량이 길들이기〉는 그들이 함께 출연한 다섯 번째 영화였다. 이전의 영화들은 차마 볼 용기를 내지 못했었다. 그런데 지난 해 버튼과 테일러가 함께 〈누가 버지니아 울프를 두려워하랴〉로 아카데미상 후보에 오르자 딕이 재능을 허비하고 있다는 자신의 생각이 틀린 것이었을까 하는 의구심이 생겼다. 그때 읽던 잡지에서 〈말괄량이 길들이기〉 광고를 보았다. '세계 최고의 영화인 커플…. 이 영화는 그들을 위해 만들어졌다!' 그녀는 보모에게 병원 약속이 있다고 하고 앨비스에게는 알리지 않은 채 오전 상영 시간에 맞춰 나갔다. 인정하기가 너무나 싫었지만 영화는 굉장했다. 딕의 연기도 훌륭했다. 교묘하면서도 솔직했다. 특히 결혼식에서 취한 페트루치오를 연기하는 모습을 보면 마치 이 역할을 위해 태어난 것 같았다. 그리고 그건 사실이었다. 모든 게, 셰익스피어도 리즈도 딕도 이탈리아도 때 이른 죽음처럼 그녀를 짓눌렀다. 그녀는 젊은 시절의 자신, 그 모든 꿈의 상실을 애도했다. 영화관에서 그녀는 흐느껴 울었다. *너 스스로 포기했잖아*, 어느 목소리가 말했다. *아니야*, 그녀는 생각했다, *그들이 내게서 앗아간 거야*. 엔딩 크레디트가 올라가고 불이 켜질 때까지 그녀는 자리를 뜨지 않고 홀로 앉아있었다.

2주 후 론이 다시 전화를 걸어 정식으로 배역을 제의했다. 데브라는 전화를 끊고 자신도 모르게 흐느꼈다. 팻이 팅커 토이(장난감의 일종)를 내려놓고 물었다. *엄마, 왜 그래?* 그날 밤, 퇴근해 들어온 앨비스와 저녁 먹기 전 마티니를 함께 하면서, 데브라는 론과의 통화 내용을 털어놓았다. 앨비스는 무척 기뻐했다. 그녀가 얼마나 연기를 그리워하는지 알고 있었기 때문이다. 그녀는 진심과는 다르게 이런저런 핑계를 늘어놓았다. 팻은 어떡하고요? 앨비스가 어깨를 으쓱했다. 보모를 고용하면 되지. 적기가 아닐지도 몰라요. 앨비스가 코웃음을 쳤다. 한 가지 문제가 더 있어요. 데브라가 말했다. 연출을 맡은 론 프라이라는 자는 이탈리아로 떠나기 전 그녀가 잠깐 동안 말도 안 되는 데이트를 했던 상대라고, 아무런 열정도 없이 그저 순전히 따분해서 또는 그가 하도 지분거려 그냥 응했던 거라고, 당시 그는 기혼자였다고 했다. 아, 앨비스가 탄성을 질렀다. 남은 감정은 전혀 없다고, 데브라가 앨비스를 안심시켰다. 철없던 시절이었다고, 결혼 같은 규칙이나 관습들을 무시해 버리기만 하면 구속 없이 살 수 있다고 생각했었다고, 그 젊은 시절의 자신은 사라지고 없다고 했다.

강인하고 자신감 있는 앨비스는 그녀와 론의 과거사쯤은 날려 보내고, 그녀더러 역할을 맡으라고 권했다. 그래서 그녀는 그리 했다. 리허설이 시작되자마자 데브라는 론이 밀러의 남자주인공 퀜틴, 아니 차라리 아서 밀러에, 즉 천박하고 젊고 심술궂은 여배우에 의해 추락하는 천재에 스스로를 동일시하고 있음을 깨달았다. 물론 그 천박하고 젊고 심술궂은 여배우는 데브라일 거였다.

디는 그의 다리와 맞닿지 않게 하려고 다리를 옆으로 모으며 말했다. "이봐요, 론. 우리 사이에 일어났던 일은…."

"무슨 일이 *일어났는데?*" 그가 말을 잘랐다. "무슨 차 사고라도 일어난 것처럼 말하는군." 그는 그녀의 다리 위에 손을 얹었다.

어떤 기억들은 가까운 곳에 머무른다. 눈을 질끈 감아도 벗어나지지 않는다. 이것들은 1인칭 기억, 즉 '*나는*'으로 시작되는 기억들이다. 하지만 2인칭 기억들도 있다. 조금 멀리 떨어진, 이 '*너는*'으로 시작되는 기억들은 사실 더 곤란하다. 우리는 믿을 수 없어하며 자신을 바라보게 된다.

1961년 플레이하우스 극장에서 열린 〈헛소동〉 쫑파티에서 론을 유혹했던 자신을 지금 데브라가 바라보는 것처럼. 이렇게 회상하는 것조차 마치 영화를 보는 것 같은 느낌이다. 이런 못된 짓들을 하는 자신을 화면에서 보고 있으면서도 도무지 믿을 수가 없다. 이 또 다른 데브라는 뉴욕에서 대학을 다녔고 오프브로드웨이에서 연기를 한 론의 관심에 한껏 들떠서는 쫑파티에서 그를 구석으로 몰아놓고 자신의 어리석은 야망에 대해 지껄이고*(다 하고 싶어요, 연극도 영화도)* 교태를 부리고 공격적이 되었다가 다시 새침을 떨기를 반복하며 대사를 완벽하게 전달한다*(하룻밤뿐이에요)*. 자신이 지닌 힘의 한계를 테스트하기라도 하는 듯하다.

그러나 지금, 텅 빈 극장 안에서, 그녀는 그의 손을 치웠다. "론. 난 결혼한 여자예요."

"나만 결혼했을 때는 괜찮았고… 뭐, 당신 결혼은… 신성하다는 뜻인가?"

"그게 아니라… 이제 우리는… 나이가 들었잖아요. 좀 더 현명해져야 하지 않겠어요?"

그는 입술을 깨물면서 극장 뒤의 한 지점을 노려보았다. "디, 가혹하게 들릴지 모르겠지만… 마흔 살이 넘은 주정뱅이가 말이 돼? 중고차 대리점 업주가 당키나 하냐고? *그게* 당신 일생의 연인이어야 하겠냐 이 말이야?"

그녀가 움찔했다. 앨비스가 리허설을 마친 그녀를 데리러 온 적이 두 번 있었는데 술을 두어 잔 거나하게 걸친 상태였다. 하지만 굴할 수는 없었다. "론, 우리 사이에 끝나지 않은 뭔가가 남아있다는 생각으로 내게 이 역할을 준 거라면, 잘 들어요. 우리 사이에는 아무것도 남아있지 않아요. 다 끝났다고요. 우리는 그저 딱, 두 번이죠?, 잤을 뿐이에요. 우리가 이 연극을 제대로 해내려면 그게 다라는 사실을 당신이 수용하고 극복해야만 해요."

"뭐, 극복? 디, 이 연극이 무엇에 관한 거라고 생각해?"

"데브라. 이제 내 이름은 데브라예요. 디가 아니라고요. 그리고 이 연극은 우리 이야기가 아니에요, 론. 아서 밀러와 마릴린 먼로 이야기예요."

그가 안경을 벗었다 다시 끼고 머리카락 사이에 손을 집어넣었다. 그리고 깊고 느리게 의미 깊은 숨을 쉬었다. 모든 순간을 그게 자신을 위해 씌어지고 있을 뿐만 아니라 인생이라는 작품에서 절체절명의 중대한 장면인 것처럼 대하는, 배우 버릇이다. "당신이 여배우로 성공하지 못했던 이유가 바로 이거라는 생각 혹시 안 들어? 위대한 배우들에게는 말이야, 디… 아니, *데브라… 모든 이야기가 자기 이야기야! 언제나 자기 이야기라고!*"

웃기는 건 그의 말이 옳다는 것이었다. 그녀도 잘 알았다. 그녀야말로 위대한 배우들을 가까이서 지켜보았잖은가. 그들은 정말 클레오파트라와 안토니우스, 카테리나와 페트루치오처럼 살았다. 자신들이 떠나면 장면이 끝나버리는 것처럼, 자신들이 눈을 감으면 세상이 멈춰버리는 것처럼 살았다.

"당신은 자신이 어떤 존재인지도 몰라." 론이 말했다. "당신은 사람들을 이용해. 그들의 삶을 갖고 장난치고 아무것도 아닌 사람인 것처럼 취급하지." 그의 이 말은 낯익은 느낌과 함께 찌르듯 아프게 다가왔다. 데브라는 반박할 말을 찾을 수 없었다. 성난 론은 홱 돌아서서 무대 쪽으로 돌아갔다. 데브라 혼자 극장의 나무 의자에 남겨졌다. "오늘은 이만!" 그가 소리쳤다.

그녀는 집에 전화를 했다. 보모로 일하는 옆집 소녀 엠마가 팻이 또 텔레비전 채널 스위치를 망가뜨렸다고 했다. 아이가 주방에서 냄비들을 내던지며 노는 소리가 들려왔다. "팻, 지금 네 엄마하고 통화중이야."

냄비 내던지는 소리가 한층 요란해졌다.

"애 아빠는 어디 있는데?" 데브라가 물었다.

엠마는 앨비스가 벤더 셰브롤레에서 전화를 걸어 열 시까지 애를 봐줄 수 있겠냐고 물었으며, 업무 후 저녁 약속이 잡혔으니 데브라한테 전화가 오면 트레이더 빅으로 나오라고 하랬다고 했다.

디는 시간을 확인했다. 일곱 시가 가까웠다. "전화 온 게 몇 시지, 엠마?"

"네 시 정도요."

세 시간 경과? 칵테일 여섯 잔은 들이키고도 남았을 시간이 흘렀다. 술집으로 곧장 가지 않았다면 넉 잔쯤 했을 것이었다. 앨비스에게도 이 정도면 이른 출발이었다. "고마워, 엠마. 집에 바로 도착할 거야."

"저, 벤더 부인. 저번에 제가 다음 날 학교 가는 날인데도 두 분이 자정 넘어 들어오신 적 있었거든요."

"알아, 엠마. 미안해. 오늘은 일찍 들어갈게. 약속해." 데브라는 전화를 끊고 외투를 걸친 다음 서늘한 시애틀 밤공기 속으로 발을 내딛었다. 인도에 이슬비가 떨어지고 있는 것 같았다. 론의 차는 아직 주차장에 서 있었다. 그녀는 서둘러 코베어 안으로 들어가 시동을 걸었다. 아무 반응이 없었다. 다시 해봤다. 역시 마찬가지다.

결혼 후 첫 2년간 앨비스는 6개월마다 신형 셰브롤레를 뽑아 그녀에게 주었다. 하지만 올해 그녀는 그럴 필요 없다고, 그냥 계속 코베어를 타겠다고 했다. 그런데 이제 시동에 문제가 생긴 모양이었다. 빤한 일이었다. 그녀는 트레이더 빅에 전화를 걸까 생각해 보았지만 5번가 길로만 열에서 열두 블록 정도 걸으면 될 거리였다. 모노레일을 탈 수도 있었지만 그녀는 차에서 내려 그냥 걷기로 결심했다. 앨비스는 화를 낼지 몰랐다. 시애틀에 대한 그의 불만 한 가지는 '후진 다운타운'이었고, 지금 그녀는 그런 거리를 걸으려는 것이었으니까. 하지만 좀 걸으면 론과의 끔찍한 대면으로 엉망이 된 정신이 조금 맑아질 것 같았다.

그녀는 얼굴을 스치는 안개비를 향해 우산을 앞으로 기울이고 활기차게 걸었다. 걸으면서 론에게 해줬으면 좋을 말들을 생각했고*(그래요, 앨비스가 내 일생의 연인 맞아요)*, 그가 내뱉은 신랄한 말들을 떠올렸다*(당신은 사람들을 이용해…. 아무것도 아닌 사람인 것처럼 취급하지)*. 그녀도 비슷한 말을 한 적이 있었다. 앨비스와의 첫 데이트 때 영화계를 묘사하면서였다. 시애틀에 돌아와 보니 도시가 달라져 있었다. 미래에 대한 장밋빛 전망으로 들끓었다. 예전에는 너무나 작아 보였던 그 도시가(어쩌면 이탈리아에서 겪은 그 모든 일들로 그녀 자신이 위축되어 있었던 것인지도 몰랐다) 국제 박람회의 광휘 속에 취해 있었다. 옛날 연극판 친구들조차 박람회장에 신축된 극장에서 신나게 일하고 있었다. 디는 개봉된 〈클레오파트라〉를 피했던 것처럼(온갖 혹평을 읽고 통쾌해하는 자신의 모습에 조금 부끄러워하면서) 박람회장도 극장도 가지 않고 피했다. 그리고 여동생과 한 집에서 살았다. 달린이 적절하게 묘사했듯 '상처를 달래기' 위해서였다. 아기를 낳고 나면 입양시키겠다고 생각했지만 달린의 설득으로 그냥 기르게 되었다. 가족들에게 아기 아버지가 이탈리아의 호텔 주인이라고 거짓말을 해놓고 보니 아기 이름도 파스쿠알레의 이름을 따서 지으면 좋겠다는 생각이 떠올랐다. 팻이 3개월 되었을 무렵 데브라는 프레데릭 앤드 넬슨 백화점의 멘스 그릴 클럽에서 일하기 시작했다. 어느 날 손님 잔에 진저에일을 따르다가 눈을 들어보니 어딘지 낯익은 얼굴이 서있었다. 키가 크고 야윈 체격에 잘생긴 그는 이제 어깨가 좀 구부정해지고 관자놀이에 흰머리가 돋아있었다. 누군지 알아보기까지 거의 1분이 걸렸다. 파스쿠알레의 친구, 앨비스 벤더였다. "디 모레이." 그가 탄성을 질렀다.

"콧수염이 사라졌네요." 그녀가 말했다. "이젠 데브라예요. 데브라 무어."

"미안해요, 데브라." 앨비스가 말하며 카운터 앞에 앉았다. 시애틀에서 자동차 대리점을 하나 인수하려는 아버지가 정찰 임무를 내리고 자신을 보냈다고 했다.

시애틀에서 앨비스와 마주치다니 신기했다. 이제 이탈리아는 이를테면 꾸다 만 꿈 같이 느껴졌다. 그 시절의 누구를 다시 보는 것은 기시감처럼 다가왔다. 가공의 인물을 길거리에서 마주친 것 같았다. 하지만 그는 매력적이었고 말하기 편한 상대였으며, 무엇보다 자신의 이야기를 전부 아는 누군가와 함께한다는 것이 묘한 위안이었다. 무슨 일이 일어났었는지 모두에게 거짓말을 해야 했던 지난 한 해가 얼마나 숨 막히는 시간이었는지 실감이 되었다.

그들은 저녁을 함께 먹고 술을 마셨다. 앨비스는 재미있는 사람이었으므로 그녀는 금세 그가 편안해졌다. 아버지의 자동차 대리점 사업이 잘된다고 했는데, 경제 능력이 있는 남자라는 점 또한 나쁠 것이 없었다. 그녀의 아파트 현관문 앞에서 그는 그녀의 볼에 입을 맞췄다.

이튿날 점심시간 앨비스는 다시 카운터 앞에 나타나 털어놓을 말이 있다고 했다. 전날 그녀와 마주친 게 우연이 아니었다는 것이었다. 이탈리아에서의 마지막 날, 그는 라 스페찌아로 가는 보트와 로마 공항으로 가는 기차를 그녀와 함께 탔고, 그 시간 동안 그녀는 자신에 대한 이런저런 이야기를 털어놓으며 아마 시애틀로 돌아가게 될 거라고 했다. 거기서 뭘 할 건데요? 앨비스가 물었다. 그녀는 어깨를 으쓱하며 시애틀의 대형 백화점에서 일한 적이 있다고, 거기 돌아가 일할지도 모르겠다고 했다. 그래서 그녀를 찾아보겠다는 생각에 시애틀의 셰브롤레 대리점 인수를 고려중인 아버지에게 정찰 임무를 자원했던 것이다.

봉 마르셰와 로즈 오브 시애틀 같은 다른 백화점들을 먼저 뒤져본 다음 프레데릭 앤드 넬슨을 향했다. 향수 판매대의 직원이 키 큰 금발 여자가 하나 있다고 귀띔을 해주었다. 전직 배우였으며 이름은 데브라라고 했다.

"그래서 시애틀까지 이렇게 온 거예요? 그저 저를 찾으러…?"

"자동차 대리점을 *정말*로 물색하고 있기는 해요. 하지만, 맞아요, 당신을 만나보고 싶었어요." 그가 카운터 주위를 둘러보았다. "기억해요? 이탈리아에서 내 책이 마음에 든다고 했던 거? 도무지 완성을 못하고 있다고 내가 대답했지요. 그때 당신이 뭐라고 했는지 생각나요? '어쩌면 이미 완성된 것인지도 모르죠. 어쩌면 그게 전부일 수도 있지 않나요?'라고 했어요."

"아, 제 말은…."

"아니, 아니에요." 그가 그녀의 말을 잘랐다. "괜찮아요. 어쨌든 그때까지 5년간 새로 쓴 게 하나도 없었으니까요. 그냥 같은 장을 고쳐 쓰기만 했거든요. 그런데 당신의 그 말이, 그러니까 그게 그 한 장이 내가 할 이야기의 전부라는 걸 인정하고 이제 남은 생을 살아가도 좋다는 어떤 승인처럼 느껴지더군요." 그가 미소를 지었다. "올해 난 이탈리아로 돌아가지 않았어요. 그건 다 끝난 것 같아요. 이제 다른 일을 할 준비가 됐어요."

그녀는 *다른 일을 할 준비가 됐다*는 그의 말을 들으며 친밀감을 느꼈다. 그녀 또한 스스로에게 그런 말을 한 적이 있었기 때문이었다. "뭘 할 건데요?"

"저," 그가 말했다. "바로 그게 당신한테 하고 싶었던 말이에요. 정말 무엇보다 더 하고 싶은 일은… 어디 가서 재즈를 좀 듣는 거거든요."

그녀가 미소를 지었다. "재즈요?"

그렇다고, 그가 대답했다. 지금 묵고 있는 호텔의 안내원이 체리 스트리트의 언덕 기슭에 클럽이 하나 있다고 했다는 것이었다.

"펜트하우스 말이군요." 그녀가 말했다.

그는 답을 맞췄다는 듯 손가락으로 코를 톡 쳤다. "맞아요, 거기예요."

그녀가 소리 내어 웃었다. "지금 저한테 데이트를 신청하는 건가요, 벤더 씨?"

그가 수줍게 반쯤 웃었다. "그야 당신의 답에 달렸죠, 무어 양?"

그녀는 깊게 탐색하는 눈으로 그를 바라보았다. 물음표 같은 자세, 날렵한 이목구비, 멋들어지게 정리한 세어가는 갈색머리. 그리고 생각했다. 좋아, 안 될 것 없지.

론, 알겠니? 이게 바로 내 일생의 연인이야.

트레이더 빅에서 한 블록 떨어진 곳에 이르자 한쪽 타이어의 일부가 인도와 차도 경계선에 오른 채 주차되어 있는 앨비스의 비스케인이 보였다. 사무실에서부터 술을 마셨던 걸까? 차 안을 들여다보았지만 재떨이에 조금 피우다 만 담배가 놓인 것 말고는 낮에 그가 또 폭음을 했다는 증거는 찾을 수 없었다.

그녀는 트레이더 빅의 더운 공기 속으로 발을 들여놓았다. 대나무, 티키(폴리네시아 신화에서 지상 최초의 인간)와 토템, 천장에 매달린 통나무배가 눈에 들어왔다. 바닥에 짚단이 깔린 실내를 둘러보며 그를 찾았다. 테이블마다 커다랗고 둥근 의자에 앉아 재잘거리는 커플들로 가득했을 뿐, 그는 보이지 않았다. 1분쯤 지났을까. 지배인 해리 웡이 마이타이 한 잔을 들고 그녀 곁으로 다가섰다. "따라잡으시려면 분발하셔야겠어요." 그가 가리키는 뒤쪽의 테이블에 앨비스가 앉아 있었다. 커다란 등나무의자가 머리 주위를 감싸고 있는 모습이 마치 르네상스 미술의 후광처럼 보였다. 그는 자신이 잘하는 걸 하고 있었다. 술 마시기, 이야기하기, 자리를 뜨려고 최선을 다하는 가엾은 웨이터에게 강연을 늘어놓기. 하지만 앨비스가 그 커다란 손으로 웨이터의 팔을 잡고 있었기에 안타깝게도 그는 빠져나갈 수가 없었다.

그녀는 해리 웡이 건네는 술을 받아 들었다. "저이를 잘 지켜주어 고맙네요, 해리." 술잔을 입가에 갖다 대자 감미로운 리큐어와 럼의 향이 목구멍으로 밀려들었다. 자신도 놀랄 만큼 빨리 반이 사라졌다. 그녀는 눈물 글썽한 눈으로 술을 바라보았다. 고등학생 시절의 어느 날 누군가가 그녀의 사물함에 '너는 창녀야'라는 쪽지를 밀어 넣은 일이 있었다. 언짢은 기분으로 하루를 보내고 저녁이 되어 집에 돌아가 어머니를 보는 순간 이유를 알 수 없게 왈칵 눈물이 쏟아졌다. 지금이 꼭 그 기분이었다. 앨비스를, 심지어 그의 수다쟁이 분신인 술 취한 앨비스 박사를 그냥 보기만 해도 가슴이 찢어졌다. 그녀는 조심스럽게 눈물을 닦아낸 뒤 술잔을 입에 대고 마저 마셔버렸다. 그리고 빈 잔을 해리에게 주었다. "해리, 저기 벤더 씨 테이블로 물하고 음식을 좀 갖다 줄래요?"

해리가 고개를 끄덕였다.

그녀는 자신을 쳐다보는 시선들을 느끼며 시끄러운 사람들 사이를 걸어갔다. 절정에 치닫고 있는 남편의 강연 소리가 들려왔다. *바비는 린든 존슨을 이길 수 있어.* "…그리고 내가 장담하는데 케네디 행정부의 유일한 주요 업적인 대통합이란 것도 사실은 바비의 공적이다 이거야…. 야, 정말로 아름다운 여인 아닌가!"

앨비스는 그녀를 향해 환히 웃었다. 럼에 취한 눈가가 녹아내리는 것만 같았다. 팔이 풀린 웨이터가 데브라의 때맞춘 도착에 감사하며 탈출에 성공했다. 앨비스는 펴다 만 우산 꼴로 엉거주춤 일어섰다. 데브라가 앉을 의자를 뒤로 빼주는 그는 천생 신사였다. "당신을 볼 때마다 나는 숨이 턱 막혀."

그녀는 의자에 앉았다. "오늘밤 외출 약속이 있었던 걸 내가 잊어버렸던 모양이군요."

"금요일 밤에는 항상 함께 외출하잖아."

"오늘은 목요일이에요, 앨비스."

"당신은 늘 너무 규칙대로만 움직이려고 한다니까."

그때 해리가 두 사람에게 커다란 잔에 담긴 물과 에그롤 한 접시씩을 가져왔다. 앨비스는 물을 홀짝홀짝 마셨다. "해리, 이 마티니는 사상 최악인걸."

"사모님이 주문하셨거든요, 앨비스."

데브라가 앨비스의 손에서 담배를 빼내고 대신 에그롤을 하나 들려주자 앨비스는 그걸 피우는 시늉을 했다. "부드럽군." 그가 말했다. 데브라는 그의 담배를 한 모금 깊이 빨아들였다.

앨비스는 에그롤을 먹으며 코로 소리를 내어 말했다. "자기, 저 극장 일은 잘 되고 있어?"

"론 때문에 돌 지경이에요."

"아, 그 좀 까부는 감독? 이거 당신 엉덩이 지문 검사 좀 해야 하는 거 아냐?"

가짜 질투를 가장하는 이 농담에는 일말의 불안감이 묻어있었다. 그녀는 그가 보여주는 약간의 질투와 그걸 농담으로 날려버리는 방식 둘 다

맘에 들었다. 내 남편은 불안감에 기초한 시시한 게임 따위는 하지 않는 의연한 남자라고 말했어야 했다는 생각이 들었다. 그녀는 앨비스에게 론이 사사건건 트집을 잡으면서 매기를 희화화된 인물로, 마릴린 먼로 흉내라도 내듯 숨 가쁜 목소리의 멍청이처럼 연기하게 강요한다고 말했다. "하지 말았어야 했는데." 그녀는 그렇게 말하고 단호한 몸짓으로 담배를 무릎관절처럼 구부려 재떨이에 버렸다.

"아, 왜 이러시나." 그는 새 담배에 불을 붙였다. "데브라, 당신은 이 연극을 해야 했어. 이런 기회가 평생 몇 번이나 더 올지 아무도 모르잖아." 그건 물론 그녀뿐만 아니라 자신에 대한 말이기도 했다. 셰브롤레나 팔며 인생을 허비하면서 이를테면 똑똑한 면장처럼 살아갈 운명의 실패한 작가 앨비스 말이다.

"정말 몹쓸 말들을 했어요." 그녀는 론이 자신의 몸을 건드리며 집적댔다거나(그런 건 혼자 처리할 수 있었다) 앨비스를 늙은 주정뱅이라고 불렀다는 이야기는 하지 않았다. 대신 그가 내뱉은 다른 독설들은 그대로 전했다. *당신은 사람들을 이용해. 그들의 삶을 갖고 장난치고 아무것도 아닌 사람인 것처럼 취급하지*, 라는 말을 마치자마자 데브라는 울기 시작했다.

"자기야…." 그가 의자를 가까이 끌어당겨 그녀의 몸에 팔을 둘렀다. "그따위 하찮은 얼간이를 놓고 이렇게 울고 그러면 나 정말 걱정된다."

"그 사람 때문에 우는 게 아니에요." 데브라가 눈물을 닦았다. "하지만 그 사람 말이 옳다면요?"

"맙소사, 디." 앨비스가 손짓으로 해리 웡을 불렀다. "해리, 여기 내 테이블에 앉은 이 미녀가 보이나?"

해리 웡이 빙긋 웃으며 그렇다고 했다.

"이 미녀한테 이용당한 기분이 드나?"

"저야 원하신다면 아무 때나 이용당해드릴 용의가 있습죠." 해리가 말했다.

"이래서 늘 다른 의사의 의견도 들어봐야 하는 거야." 앨비스가 말했다. "자, 윙 박사. 혹시 그런 망상증에 잘 듣는 약 있으면 좀 처방해 줄 텐가? 더블로 부탁하네."

해리가 물러나자 앨비스는 그녀에게 몸을 돌리고 말했다. "잘 들어, 벤더 부인. 얼간이 극장 감독 따위는 당신이 어떤 사람인지 말할 자격이 없어. 내 말 알아듣지?"

그녀는 눈을 들어 그의 침착한 갈색 눈동자를 들여다보며 고개를 끄덕였다.

"우리가 가진 것이라곤 스스로에게 들려주는 이야기가 전부야. 우리가 하는 모든 행동, 내리는 모든 결정, 우리의 힘과 약점과 동기와 역사와 인격, 우리의 신념… 이것들 중 어느 하나도 진짜가 아니야. 그저 우리가 들려주는 이야기의 일부분일 뿐이지. 하지만 중요한 건 이거야. *그게 빌어먹을 우리의 이야기라는 거!*

그가 술에 취해 흥분하자 데브라의 얼굴이 붉어졌다. 주로 럼이 하는 소리긴 했지만 앨비스의 주정이 곧잘 그렇듯 일리가 있는 말이기도 했다.

"당신 부모가 당신 이야기를 해줄 수 없고 언니들도 해줄 수 없어. 팻이라도 *당신* 이야기를 대신 해줄 순 없어. 감독이 얼마나 독한 상사병에 걸렸는지 모르겠지만 그 자 또한 마찬가지야. 빌어먹을 리처드 버튼조차도 당신 이야기를 해줄 순 없다 이거라고!" 데브라는 불안하게, 그리고 순간 깜짝 놀라 주위를 둘러보았다. 두 사람은 그 이름을 입에 담은 적이 없었다. 나중에 팻에게 사실을 말해줘야 할지 아닌지를 의논할 때조차 그랬다. "당신의 인생이 어떤 의미를 갖고 있는지를 말할 자격은 당신 말고는 없어! 내 말 알아듣겠어?"

그녀는 고맙기도 하고 그만 입을 막아야겠다는 생각도 들고 해서 그에게 강렬하게 키스를 했다. 서로에게서 떨어지고 보니 테이블에는 새로 만든 마이타이가 두 사람을 기다리고 있었다. *내 일생의 연인?* 앨비스의 말이 옳고 이게 *나의* 이야기라면? 좋아, 안 될 것 없지.

앨비스가 코베어 운전석에 들어가 앉는 동안 디는 차 밖에 서서 덜덜 떨며 어두운 스페이스 니들 타워를 올려다보았다. "뭐가 문젠지 한 번 보자." 앨비스가 시동을 걸자 차는 정말 뭐가 문제냐는 듯 부르릉 시동이 걸렸다. 그는 그녀를 올려다보며 어깨를 으쓱했다. "뭐라 할 말이 없군. 열쇠를 끝까지 넣은 게 확실해?"

그녀는 입술에 손가락을 얹고 마릴린 먼로 흉내를 냈다. "어머나, 정비공 아저씨. 열쇠를 돌려야 한다고 말해준 사람이 없어서요."

"아가씨, 어서 뒷좌석에 오르시지요. 이 멋진 차의 또 다른 기능을 기꺼이 보여드릴 테니."

그녀는 허리를 굽혀 그에게 키스했다. 그의 손이 단추가 잠긴 원피스 앞섶을 더듬더니 안으로 미끄러져 들어와 그녀의 아랫배와 엉덩이를 어루만지고 엄지손가락은 팬티스타킹의 허리끈 밑을 파고들었다. 그녀는 뒤로 물러서서 그의 손을 잡았다. "아유, 성미가 급한 정비공이시군요."

그는 차에서 기어 나와 한 손은 그녀의 목덜미에 다른 손은 허리에 얹고 그녀에게 긴 키스를 했다.

"아이, 뒷좌석에서 딱 10분만 안 될까? 요즘 젊은 애들은 다들 하던데."

"보모는 어쩌고요?"

"그것도 좋지. 난 이의 없어." 그가 말했다. "그 아이를 어떻게 꼬드길 수 있을까?"

그런 농담이 나올 줄 알았지만 그래도 들으니까 웃음이 터져 나왔다. 거의 언제나 앨비스의 반응을 예측하는 그녀였지만 그래도 언제나 우스웠다.

"그것까지 하라면 시간당 4달러는 요구할 걸요." 데브라가 말했다.

아직 그녀를 안은 채 앨비스는 깊은 한숨을 내쉬었다. "자기야, 당신이 재미있게 굴면 그것처럼 섹시한 건 세상에 없어." 그는 눈을 감고서 고개를 뒤로 젖히고 그 갸름한 얼굴이 허락하는 최대한으로 활짝 웃었다. "어떤 땐 우리가 결혼하지 않았으면 좋았겠다 싶을 때가 있어. 내가 다시 데이트 신청을 할 수 있게 말이야."

"아무 때고 신청하면 되잖아요."

"그랬다가 퇴짜 맞으라고?" 그는 그녀에게 키스를 하고 몇 발짝 물러서더니 팔을 접으며 절을 했다. "마차가 준비되었습니다." 그녀는 무릎을 굽혀 답례하고 냉기가 도는 코베어 안으로 들어갔다. 와이퍼를 작동시키자 찐득한 물기가 밀려나며 앨비스에게 튀었다.

그가 화들짝 비켜서서 자신의 차 쪽으로 걸어가는 모습을 그녀는 조용히 웃으며 지켜보았다.

기분이 좀 나아졌지만 아직도 론에게 왜 그토록 화가 났었는지 의아했다. 그가 밝히는 얼간이여서? 아니면 그가 한 말에 어딘가 낯익고 뼈에 사무치는 점이 있었을까? *당신 일생의 연인?*아닐지도 모르지. 하지만 꼭 그래야만 하는 건 아니지 않나? 이제 어린 소녀의 환상에서 벗어날 때도 되지 않았나? 사랑이 좀 더 상냥하고 아담하고 조용한 것일 수도 있지 않나? 반드시 모든 걸 집어삼키는 폭풍 같은 것이어야 하는 건 아니지 않나? 론이 내 죄의식을 들쑤셨던 것일까? *당신은 사람들을 이용해?* 힘겨웠던 시절, 미모를 팔아 나이 많은 남자의 사랑과 안정된 삶과 신형 코베어를 샀다는, 사랑에 빠진 남자의 눈에 비친 자신의 모습에 안주하고 진짜 사랑은 포기했다는 암시를 내가 포착했던 것일까? 어쩌면 나는 *정말* 매기인지도…. 그녀는 다시 울기 시작했다.

그녀는 깜빡이는 미등에 홀려 론의 비스케인을 따라갔다. 데니 스트리트는 거의 텅 비어있었다. 그녀는 앨비스의 차가 정말 싫었다. 늙은이들이나 탈 세단이었다. 매장에 널린 셰브롤레 중 어느 것이나 고를 수 있었는데 그는 왜 하필 비스케인을 택했을까? 다음 신호등에서 그녀는 그의 옆에 가 차를 멈추고 창문을 내렸다.

그도 몸을 기울여 조수석 창문을 내렸다.

"당신 정말 차 좀 바꿔야겠어요." 그녀가 말했다. "다시 코르벳을 타지 그래요?"

"안 돼." 그가 어깨를 으쓱했다. "이젠 애가 있잖아."

"애들은 코르벳을 싫어하기라도 한대요?"

"애들은 코르벳을 엄청 좋아하지." 그가 마술사처럼, 또는 전시장의 여자 도우미처럼 손을 펴 날렸다. "하지만 뒷좌석이 없잖아."

"지붕에 태우죠, 뭐."

"애 다섯을 지붕에 태우자고?"

"애가 다섯이 될 예정인가 봐요?"

"내가 말 안했던가?"

그녀가 소리 내어 웃었다. 그러면서… 어떤 충동을 느꼈다. 사과하고 싶은? 어쩌면 스스로에게 다짐하듯 이미 천 번은 했을 사랑한다는 말을 해주고 싶은?

앨비스는 입에 담배를 물고 자동차 라이터로 불을 붙였다. 노란 불빛

속에 그의 얼굴이 환하게 떠올랐다. "내 차 구박은 이제 그만." 그가 촉촉해진 갈색 눈 한쪽을 찡긋했다. 그는 가속페달과 브레이크를 동시에 밟았다. 커다란 모터가 왱왱거리고 타이어는 찍찍거리며 누런 연기를 뿜어냈다. 완벽한 타이밍이었다. 신호등이 파란 불로 바뀌는 순간 그는 브레이크에서 발을 떼었고 차는 앞으로 뛰쳐나갔다. 데브라 벤더의 기억에 따르면 소리가 먼저 나고 사건이 이어졌다. 비스케인이 교차로로 돌진하는 순간, 낡은 검은색 소형 트럭이 헤드라이트도 켜지 않고 왼쪽에서 달려왔다. 빨간 불에 걸리지 않으려는 또 하나의 술 취한 운전자였다. 트럭은 비스케인의 측면을 완벽하게 파고들었다. 그렇게 한 몸이 된 두 대의 차는 하염없이 달렸다. 강철과 유리들이 찢기고 깨지는 굉음이 끝없이 이어졌다. 데브라는 그에 못지않은 강도로 비명을 질렀다. 그녀의 고통스러운 울부짖음은 뒤엉킨 두 대의 차가 멀리 떨어진 차도의 한쪽 끝에 멈추어 설 때까지 계속되었다.

17
포르토 베르고냐의 전투

1962년 4월
이탈리아, 포르토 베르고냐

리처드 버튼과 마이클 딘이 빌린 쾌속정을 향해 혼비백산 달아나고, 발레리아 이모가 갈고리 같은 손가락을 치켜들고서 "살인자들! 암살자들!" 하고 소리를 지르며 그 뒤를 좇아가는 모습을 파스쿠알레는 지켜보았다. 그는 불안하게 서있었다. 세상이 너무 여러 면으로 부서지고 박살나버려 어느 조각부터 거두어야 할지 아무 생각도 나지 않았다. 아버지에 이어 어머니가 떠나버렸고, 피렌체에는 아메데아가 그의 아들과 함께 살고 있었고, 이모는 영화인들을 향해 고래고래 악을 쓰고 있었다. 그의 부서진 삶의 조각들은 늘 그를 노려보던 그러나 이제는 부서져서 그 삶의 이면을 보여주고 있는 거울의 파편으로 발밑에 널려있었다.

파스쿠알레가 부두에 가보니 발레리아는 물에 반쯤 잠긴 채 쭈글쭈글한 잿빛 입술로 침을 튀기며 저주를 퍼붓고 울부짖고 있었다. 배는 이미 부두를 저만치 떠나 있었다. 그는 뼈만 앙상한 야윈 어깨 밑으로 팔을 넣어 이모를 일으켰다. "안돼요, 찌아. 그만 내버려둬요. 괜찮아요." 방파제를 향해 나아가는 배 위에서 마이클 딘은 뒤돌아보았지만 리처드 버튼은 손바닥으로 와인 병의 주둥이를 문지르며 앞만 보았다. 뒤에서 어부의 아내들이 말없이 그들을 바라보고 있었다. 그들은 발레리아가 한 일을 알고 있었을까? 그녀는 흐느끼며 파스쿠알레의 팔에 몸을 기댔다. 두 사람은 그렇게 해안에 서서 조타수가 방향을 트는 대로 요리조리 날렵하게 움직이는 쾌속정을 바라보았다. 배는 굉음과 함께 떠오르더니 빠른 속도로 물길을 갈라 떠나갔다.

파스쿠알레는 발레리아를 부축해 호텔로 데려가서 그녀의 방 침대에 눕혔다. 그녀는 끊임없이 흐느끼고 중얼댔다. "내가 끔찍한 짓을 했다." 그녀가 말했다.

"아니에요." 파스쿠알레가 말했다. 발레리아가 끔찍한 짓을, 상상할 수 있는 최악의 죄를 저지른 건 맞지만, 그는 자신이 무슨 말을 해주기를 어머니가 원할지 잘 알았다. 그래서 그는 말했다. "엄마를 친절하게 도와주신 거예요."

발레리아는 그의 눈을 들여다보고 고개를 끄덕이더니 눈길을 돌렸다. 파스쿠알레는 어머니의 자취를 느껴보려 해봤지만 호텔은 어머니의, 아니 그 무엇의 자취도 없이 텅 비어버린 느낌이었다. 그는 이모를 방에 두고 나갔다. 카페에 가보니 앨비스 벤더가 뚜껑이 열린 와인 병이 놓인 테이블 앞에 앉아 창밖을 내다보고 있었다. 그가 몸을 돌렸다. "이모는 괜찮으신가?"

"네." 그렇게 말하면서 그는 마이클 딘이 한 말과 *(간단한 일이 아니에요)*

아침에 라 스페찌아의 기차역에서 사라져버렸다는 디 모레이를 생각했다. 며칠 전 함께 언덕에 올랐을 때 파스쿠알레는 그녀에게 절벽에서 포르토 베네레와 라 스페지아로 이어지는 샛길을 보여주었었다. 그는 언덕을 올려다보며 라 스페찌아에서 걸어오고 있을 그녀를 상상했다.

"산책 좀 하고 올게요, 앨비스 아저씨." 그가 말했다.

앨비스는 고개를 끄덕이며 와인 병을 집었다.

파스쿠알레는 앞문을 통해 밖으로 나왔다. 철망을 친 덧문이 쾅 닫혔다. 방향을 돌려 루고의 집을 지나 걸었다. 영웅의 아내 베티나가 문 뒤에서 그를 바라보고 있었다. 그는 아무 말 없이 마을을 빠져나가는 고갯길로 접어들었다. 발을 내딛자 작은 돌멩이들이 벼랑 아래로 굴러 떨어졌다. 그는 옛 당나귀몰이 길을 서둘러 올라갔다. 발아래로는 어리석게도 테니스장을 만들겠다며 두 개의 바위에 묶어둔 줄이 바람에 흔들리고 있었다.

그렇게 포르토 베르고냐를 둘러싼 절벽을 쉬지 않고 올랐다. 올리브 숲에 이어 오렌지 숲이 나왔다. 멈추지 않고 더 걸었다. 수평으로 뻗어난 암층에 다다랐다. 역시 멈추지 않고 1분쯤을 더 걸어 바위벽을 뛰어넘었다. 드디어 벙커가 시야에 들어왔다. 바로 그 순간 그는 자신이 옳았음을 알았다. 그녀는 정말 라 스페찌아에서 여기로 걸어온 것이었다. 그날 이곳을 떠나면서 입구를 덮어뒀던 나뭇가지며 돌멩이들이 사라지고 없었다.

바람에 등이 떠밀리듯 파스쿠알레는 갈라진 바위를 건너 콘크리트 지붕 위로 올라가 벙커 안으로 들어갔다.

지난번보다 날이 밝았고 하루 중 더 늦은 시점이기도 해서인지 기총좌용도로 파놓은 세 개의 창을 통해 더 많은 빛이 들고 있었다. 그래도 눈이 적응하는 데 약간의 시간이 필요했다. 그리고 그녀를 보았다. 벙커 한 구석에서 그녀는 어깨와 다리에 재킷을 두르고 몸을 웅크리고는 벽에 기대어 앉아 있었다. 둥근 콘크리트 지붕의 그림자 속에서 그녀는 몹시 연약해 보였다. 불과 며칠 전 마을에 도착했을 때의 이 세상 사람 같지 않은 아름다운 모습과는 너무 달라 보였다.

"내가 여기 있는 줄 어떻게 알았어요?" 그녀가 물었다.

"알았던 건 아니고," 그가 말했다. "그냥 그러길 바랐어요."

그는 그녀 곁에, 벽화 맞은편 벽에 기대앉았다. 잠시 후 디가 그의 어깨에 몸을 기댔다. 파스쿠알레는 그녀의 목 뒤로 팔을 둘러 그녀의 얼굴이 자신의 가슴에 닿도록 더 가까이 끌어안았다. 지난번에 왔을 때는 아침이어서 햇빛이 창을 통해 간접적으로 들어왔었다. 이 늦은 오후에는 태양이 위치가 바뀌어 직사광선이 벽 위를 기어오르다 그림들 위에 안착함으로써 세 개의 직사각형 햇빛이 빛바랜 인물화들을 비춰주고 있었다.

"계속 걸어서 당신의 호텔까지 갈 작정이었어요." 그녀가 말했다. "그냥 이렇게 그림들 위로 햇빛이 내려앉기를 기다리고 있었죠."

"보기 좋아요." 그가 말했다.

"처음에는 세상에서 가장 슬픈 일 같았어요." 그녀가 말했다. "아무도 이 그림들을 보지 않을 거라는 게요. 하지만 이런 생각이 들더군요. 이 그림들을 뜯어다가 어느 화랑에 전시한다면 어떻게 될까? 화랑에서는 그저 다섯 점의 빛바랜 그림일 뿐일 거예요. 그때 깨달았지요, 이 그림들은 바로 여기 있기 때문에 이토록 놀라운 것이라는 사실을."

"네." 그가 다시 말했다. "나도 그렇게 생각해요."

두 사람은 말없이 앉아 있었다. 날이 깊어가면서 창을 통해 들어오는 햇빛은 그림들 위쪽으로 슬금슬금 기어 올라갔다. 눈꺼풀이 무거워지는 걸 느끼며 파스쿠알레는 이렇게 늦은 오후 누군가의 옆에서 잠드는 것이야말로 가장 친밀한 행위일지 모른다고 생각했다.

벽 위의 직사각형 햇빛 가운데 하나가 젊은 여자의 두 번째 초상화의 얼굴을 가로질러 멈췄다. 그림 속의 그녀가 이탈리아 청년 곁에 웅크려 앉은 살아있는 금발 미녀를 바라보려고 살짝 고개를 돌린 것처럼 보였다. 늦은 오후의 움직이는 햇빛이 그림들을 변화시키는, 어쩌면 그림들에 생명을 불어넣는 힘을 갖고 있다는 느낌을 파스쿠알레는 전에도 경험한 바 있었다.

"정말로 그가 그녀를 다시 만났을 거라고 생각해요?" 디가 속삭였다. "화가 말이에요."

파스쿠알레도 과연 화가가 독일로 귀환하여 그림 속 여자와 재회했을지 궁금했었다. 어부들의 이야기를 통해 독일군 대부분은 여기 버려져 시골 지역을 휩쓴 미군에 의해 생포되거나 사살됐다는 것을 그는 알았다. 누군가가 자신을 너무도 사랑하여 자동화기 탄약 벙커의 차가운 콘크리트 벽에 초상화를 두 개나 그렸다는 걸 이 독일 여인이 알았을까도 궁금했다.

"네." 파스쿠알레가 말했다. "그렇게 생각해요."

"그래서 두 사람은 결혼했고요?" 디가 말했다.

파스쿠알레는 이야기가 어떻게 전개될지 알았다. "네."

"아이도 낳았겠죠?"

"운 밤비노Un bambino." 파스쿠알레가 말했다. 사내아이 하나. 이렇게 말하면서 스스로도 놀랐다. 그리고 과식한 후에 배가 아프듯 가슴이 쓰라렸다. 이 모든 것이 너무 벅찼다.

"며칠 전 밤에 나를 만나기 위해서라면 로마에서 기어서라도 올 수 있다고 했잖아요." 디가 파스쿠알레의 팔을 꼭 잡았다. "그건 세상에서 가장 사랑스러운 말이었어요."

"네." *간단한 일이 아니에요….*

그녀는 다시 그의 어깨에 기댔다. 벙커 창에서 들어오는 햇빛은 이제 거의 다 그림 위쪽으로 올라가고, 여자의 두 번째 초상화 위 구석에 하나의 직사각형 일부가 걸려있을 뿐이었다. 전시된 그림을 비추어주는 햇빛의 임무는 이제 거의 끝났다. 그녀가 그를 올려다보았다. "정말로 화가가 귀국해서 애인한테 돌아갔다고 생각해요?"

"아, 그럼요." 파스쿠알레의 목소리가 감정에 북받쳐 갈라져 나왔다.

"나를 위안하려고 괜히 하는 말 아니죠?"

그리고 자칫 울음을 터뜨릴까 두려웠기에, 그리고 자신이 보기에는 더 오래 살수록 더 많은 후회와 동경에 시달리는 법이며 인생이란 찬연한 파국이라는 머릿속의 생각을 제대로 표현할 영어 능력이 없었기에, 파스쿠알레 투르시는 그저 이렇게 대답했다. "네."

해질 녘에야 그들은 마을로 돌아왔다. 파스쿠알레는 앨비스 벤더에게 디 모레이를 소개했다. 애더쿼트 뷰 호텔의 테라스에서 책을 읽던 앨비스가 벌떡 일어서면서 책이 의자 위로 떨어졌다. 디와 앨비스는 어색하게 악수를 했다. 평소 말이 많은 벤더는 꿀 먹은 벙어리가 되어버렸다. 아마 그녀의 아름다움에, 그리고 그날 일어난 괴상한 사건들에 말을 잃은 모양이었다.

"만나 뵈어 반갑습니다." 그녀가 말했다. "들어가 좀 자고 싶은데 이해해 주셨으면 해요. 먼 거리를 걸어왔더니 너무나 피곤해서요."

"아, 물론이죠." 앨비스가 말하고 이제야 생각이 났는지 모자를 벗어

가슴께에 들었다.

그때 디가 이름을 기억해냈다. "벤더 씨라면…." 그녀가 다시 돌아서며 말했다. "그 작가분?"

그가 쑥스러운 듯 눈길을 떨구었다. "아, 아닙니다. 진짜 작가는 아니에요."

"진짜 작가 맞으세요." 그녀가 말했다. "그 책, 정말 맘에 들었어요."

"고맙습니다." 앨비스가 말했다. 그의 얼굴이 붉어졌다. 파스쿠알레로서는 이 키 크고 세련된 미국인에게서 결코 본 적이 없고 보게 되리라고 상상해본 적도 없는 모습이었다. "제 말은… 아직 아시다시피 완성도 안 된 작품이고… 더 써야 돼서요."

"물론 그렇지만요."

앨비스는 파스쿠알레를 잠깐 보고는 다시 예쁜 여배우를 향했다. 그가 소리 내어 웃었다. "하지만, 사실은, 지금까지 쓴 거라곤 그게 다예요."

그녀가 따뜻하게 미소를 짓고 말했다. "글쎄요… 어쩌면 그게 전부일 수도 있죠. 그렇다 해도 아주 훌륭하다고 생각해요." 그녀는 다시 한 번 미안하다며 호텔 안으로 들어갔다.

파스쿠알레와 앨비스 벤더는 테라스에 나란히 서서 닫힌 호텔 문을 바라보았다.

"맙소사. 저 여자가 리처드 버튼의 애인이야?" 앨비스가 물었다. "예상과는 완전 딴판인데?"

"그래요." 파스쿠알레가 할 수 있는 말은 그게 다였다.

발레리아는 다시 주방에 나와 음식을 만들고 있었다. 파스쿠알레는 곁에 서서 그녀가 수프를 한 냄비 만드는 걸 지켜보았다. 수프가 완성되자 파스쿠알레는 한 그릇을 디의 방으로 가져갔지만 그녀는 이미 잠들어 있었다. 그는 그녀를 내려다보며 숨을 쉬고 있음을 확인했다. 그리고 침대 옆 탁자에 수프 그릇을 내려놓고 방에서 나와 카페로 돌아갔다. 앨비스가 발레리아의 수프를 조금 먹으며 창밖을 내다보고 있었다.

"파스쿠알레, 이곳이 너무 달라져 버렸구나. 세상이 밀려들어왔어."

파스쿠알레는 피곤한 나머지 말할 기운조차 없었다. 그는 앨비스를 지나쳐 현관으로 가 초록빛이 도는 바다를 내다보았다. 저 아래 해안에는 하루 일을 마친 어부들이 담배를 피우거나 농담을 주고받으며 그물을 내다 걸고 배를 씻고 있었다.

파스쿠알레는 문을 열고 테라스로 나가 담배를 피웠다. 팔고 남은 고기들을 들고 하나씩 언덕을 올라오는 어부들이 파스쿠알레를 향해 손을 흔들거나 고개를 끄덕였다. 어르신 토마쏘는 작은 물고기 한 줄을 들고 올라와 관광객용 식당에 팔 것을 일부러 조금 남겨왔다며 혹시 발레리아가 원할 것 같으냐고 물었다. 파스쿠알레가 그럴 거라고 하자 토마쏘는 안으로 들어가더니 몇 분 후에 빈손으로 나왔다.

앨비스 벤더가 옳았다. 누군가 수도꼭지를 돌렸고 세상이 쏟아져 들어왔다. 파스쿠알레는 이 즈음에 겨우 마을이 잠에서 깨어나기를 원했었다. 하지만… 지금 이건….

어쩌면 바로 그것이 몇 분 후에 모터 소리와 함께 구알프레도의 10미터형 보트가 만에 들이닥쳤을 때 그가 별로 놀라지 않은 이유였는지도 몰랐다. 이번에는 오렌찌오는 빠지고 야만인 펠레를 옆에 낀 채 구알프레도가 직접 배를 몰고 있었다.

파스쿠알레는 절로 이가 갈렸다. 이 최후의 모욕만큼은 참을 수 없었다. 깊은 슬픔과 혼란에 잠겨있던 그에게 구알프레도는 갑자기 더없이 지긋지긋한 골칫거리로 느껴졌다. 그는 철망 덧문을 열고 호텔 안으로 들어가 옷걸이에서 죽은 어머니의 지팡이를 집어 들었다. 앨비스 벤더가 고개를 들고 물었다. "파스쿠알레, 왜 그러나?" 파스쿠알레는 대답 없이 밖으로 나가 보트에서 내리는 두 사람을 향해 단호한 몸짓으로 가파른 길을 내려갔다. 그의 기세에 자갈들이 굴러 떨어졌다. 해안을 어루만지는 보랏빛 석양 위로 구름이 달려가고 파도는 보드라운 바위들을 두드렸다.

두 사내는 호텔 쪽으로 올라오기 시작했다. 구알프레도는 비열한 미소를 지었다. "그 미국 여자가 내 호텔에 묵을 예정이었는데 여기서 사흘 밤을 보냈거든, 파스쿠알레. 그래서 자네한테 방값을 받으러 왔네."

40미터 떨어진 데다 뒤로는 석양이 드리워져 있었기 때문에 그들의 얼굴을 분명히 볼 수는 없었다. 윤곽만 보일 뿐이었다. 파스쿠알레는 아무 말 없이 그저 걸었다. 머릿속에서 리처드 버튼과, 마이클 딘과, 어머니에게 독을 먹이는 이모와, 아메데아와 그의 아들과, 물 건너간 테니스장과, 지난 번 구알프레도 앞에서 꼬리를 내렸던 기억과, 남자로서 근본적으로 약하다는 자각을 비롯한 수많은 영상들이 빠르게 돌아갔다.

"게다가 영국인은 술값을 떼먹고 달아났지." 구알프레도가 20미터 앞에서 말했다. "그것도 결제해주면 좋고."

"못합니다." 파스쿠알레가 한 마디로 잘랐다.

"못한다고?" 구알프레도가 물었다.

뒤에서 앨비스 벤더가 테라스로 나오는 소리가 들렸다. "파스쿠알레, 무슨 일 있는 건가?"

구알프레도가 호텔을 올려다보았다. "또 미국 손님인가? 이게 지금 무슨 상황이지, 투르시? 세금을 두 배로 받아야겠는걸."

해안의 흙길이 광장으로 향하는 길의 자갈길과 만나는 지점에서 파스쿠알레는 그들과 마주쳤다. 구알프레도가 무슨 말인가 하려고 입을 여는 순간 파스쿠알레는 지팡이를 휘둘렀다. 야만인 펠레의 황소 같은 목에 부딪치며 지팡이에 금이 갔다. 지난 번 만났을 때 파스쿠알레가 보여준 온순한 행동 때문이겠지만 펠레는 전혀 예상치 못했던 것 같았다. 거인은 옆으로 비틀거리다가 잘린 나무처럼 흙바닥에 쓰러졌다. 파스쿠알레가 지팡이를 한 번 더 휘두르자… 마침내 거인의 목 위에서 동강이 났다. 그는 손에 쥔 지팡이 반 토막을 내던지고 맨주먹으로 구알프레도에게 달려들었다.

하지만 구알프레도는 노련한 싸움꾼이었다. 그는 파스쿠알레의 강타를 피하더니 두 개의 옹골찬 주먹을 연달아 날렸다. 하나는 뺨에 다른 하나는 귀에 꽂혔다. 파스쿠알레는 얼얼한 뺨과 윙윙 울리는 귀를 감싸면서 바닥에 쓰러져 있는 펠레 쪽으로 뒷걸음쳤다. 분노에 찬 아드레날린만으로는 충분치 않음을 깨달으며 파스쿠알레는 구알프레도의 소시지처럼 똥똥한 몸통으로 달려들었다. 날아오는 직격탄을 파고들어 마구잡이로 주먹을 날렸다. 구알프레도의 머리통을 수박 두드리듯 때렸고 뺨을 갈겼다. 주먹이든 손목이든 팔꿈치든 쓸 수 있는 모든 걸 동원했다.

그때 펠레가 커다란 손으로 파스쿠알레의 머리카락을 움켜쥐고 다른 손으로 허리를 잡고 끌고 가기 시작했다. 그리고 처음으로 파스쿠알레는 이게 뜻대로 움직이지 않을지 모른다는, 아드레날린과 부러진 지팡이 이상의 무엇이 있어야만 이길 수 있겠다는 생각을 했다. 이제 아드레날린도 간데없이 사라졌고, 파스쿠알레는 울다 지친 젖먹이처럼 연약하고 애처로운 신음 소리를 냈다. 그 순간 펠레는 파스쿠알레의 배에 증기삽차 같은 주먹을 갈긴 다음 그를 들어 올려서 바닥에 메다꽂았다. 축 늘어진 파스쿠알레는 한 방울의 공기도 들이쉴 수 없었다.

거인 펠레가 얼굴을 잔뜩 찌푸리고 파스쿠알레 위로 올라섰다. 그 아래 조그맣게 누운 파스쿠알레는 숨을 헐떡이며 증기삽차가 녹아웃 펀치를 날리기를 기다렸다. 왜 바다 냄새가 나지 않는 건지 의아해하는 동시에 숨을 쉴 수 없으니 냄새도 맡을 수 없다는 것을 이해하며 파스쿠알레는 허리를 굽히고 바닥의 흙을 그러쥐었다. 펠레가 그를 향해 몸을 움직이는 순간 파스쿠알레의 눈앞에 어떤 그림자가 스쳐 지나갔다. 눈을 들어보니 앨비스 벤더가 바위벽에서 뛰어올라 펠레의 커다란 등짝에 올라타고 있었다. 펠레는 잠시 멈칫하더니(어깨에 기타 케이스를 둘러맨 학생 같아 보였다) 등 뒤로 손을 뻗어 키 크고 야윈 미국인을 바위 해안 쪽으로 물걸레처럼 날려 보냈다.

파스쿠알레는 일어서려 했지만 아직도 숨을 쉴 수 없었다. 펠레가 그를 향해 한 발 내딛는 찰나, 환상적으로 멋진 세 개의 사건이 동시에 발생했다. 바로 눈앞에서 퍽 소리가 나고, 뒤에서 탕 소리가 나는가 싶더니, 거인 펠레의 커다란 왼발이 붉은 피로 물들었다. 거인은 울부짖으며 허리를 굽혀 발을 감싸 쥐었다.

숨이 차 씩씩대면서 파스쿠알레는 왼쪽 어깨 뒤를 돌아다보았다. 아직도 물고기 손질용 고무 작업복을 걸친 전쟁영웅 루고가 라이플총의 노리쇠를 열어 탄약을 추가로 장전하며 샛길을 내려오고 있었다. 지저분한 총열에 초록색 나뭇가지가 달려있는 걸로 보아 아내의 토마토밭에서 급히 집어온 것 같았다. 라이플총은 이제 구알프레도를 겨냥하고 있었다.

"구알프레도, 네놈의 콩알 만한 거기를 쏘아주고 싶다만, 내 조준이 통 예전 같지 않아놔서…." 루고가 말했다. "배때기에 가 박힐지 모르겠거든."

"저 늙은이가 내 발을 쏘았어요, 구알프레도." 거인 펠레가 공식적으로 사실을 보고했다.

다음 1분쯤 신음 소리와 이런저런 뒤척거림이 이어졌고, 마침내 누군가가 파스쿠알레의 기도에 공기를 불어넣어 주었다. 어질러 놓은 방을 정리하는 아이들처럼 이 사내들은 이를테면 한 집단의 누군가가 다른 사람들에게 총을 겨눌 때 일어나는 종류의 단순하고 합리적인 행동 패턴으로 돌아갔다. 앨비스 벤더는 눈 위에 큰 혹이 솟은 채 일어나 앉았다. 파스쿠알레의 귀는 아직도 윙윙거렸다. 구알프레도는 아픈 머리를 문질렀다. 제일 상태가 나빴던 건 펠레였다. 총알은 발을 찢어발기고 빠져나갔다.

루고는 조금 실망한 기색으로 펠레의 부상을 들여다보았다. "자네를 멈추려고 쏜 거지," 그가 말했다. "맞히려던 건 아니었네."

"쉽게 맞힐 수 있는 위치가 아니었는데…." 거인이 감탄한 어조로 말했다.

해는 이제 거의 다 떨어져 하나의 얼룩으로 수평선에 걸려 있었다. 발레리아가 랜턴을 들고 호텔에서 내려와 미국 여자가 이 소란 속에서도 잠에서 깨지 않은 걸 보니 엄청나게 피곤했던 모양이라고 파스쿠알레에게 전했다. 그리고 라이플총을 든 루고가 옆에 서있는 동안 펠레의 다친 발을 씻은 다음 베갯잇 조각과 낚싯줄로 단단히 싸매 주었다. 거인은 얼굴을 찡그리며 참았다.

앨비스 벤더는 펠레의 다친 발에 유난히 관심을 보이며 질문을 해댔다. 아파요? 걸을 수 있겠어요? 느낌이 어땠어요?

"난 전쟁에서 수많은 부상자를 봤어요." 발레리아는 조카를 손봐주러 왔던 거인에게 이상하리만치 다정하게 말했다. "이건 총알이 완전히 관통한 거거든요." 그녀는 랜턴을 옮겨들고 펠레의 맥주통 같은 머리에 맺힌 땀을 닦아주었다. "괜찮을 거예요."

"고마워요." 펠레가 말했다.

파스쿠알레는 디 모레이를 살피러 갔다. 이모 말처럼 이 실랑이를 끝장 낸 총성에도 아랑곳없이 그녀는 아직 잠들어 있었다.

다시 호텔 밖으로 나오자 구알프레도는 광장의 벽에 기대어 서있었다. 그는 루고의 총을 힐끔거리며 파스쿠알레에게 낮은 소리로 말했다. "자네가 큰 실수를 한 거야, 투르시. 내 말 알아듣지, 어? 아주 큰 실수라고."

파스쿠알레는 아무 말도 하지 않았다.

"내가 돌아온다는 것쯤은 말 안 해도 알겠지. 늙은 어부의 총하고는 차원이 다른 총을 갖고 올 테니 한 번 두고 봐…."

파스쿠알레는 개자식 구알프레도가 눈길을 돌릴 때까지 최대한 싸늘하게 노려봐주는 것 말고 아무것도 할 수 없었다.

몇 분 후에 구알프레도는 발을 저는 펠레와 함께 보트를 향해 길을 내려갔다. 루고는 그들의 오랜 친구라도 되듯 라이플총을 키 크고 야윈 아기처럼 안아들고 함께 내려갔다. 물에 이르자 루고는 구알프레드를 향해 뭐라고 하고 마을을 가리킨 뒤 총을 든 손으로 알 수 없는 몸짓을 했다. 그리고 돌아서서 파스쿠알레와 앨비스가 앉아 숨을 돌리고 있는 광장으로 돌아왔다. 곧이어 배가 출발하면서 구알프레도와 펠레는 어둠속으로 사라졌다.

호텔 테라스에서 파스쿠알레는 노인에게 와인 한 잔을 따라주었다.

난봉꾼 전쟁영웅 루고는 와인을 천천히 한꺼번에 들이키고는 전쟁 공헌이 아주 보잘것없는 앨비스 벤더를 바라보며 "*리베라토레Liberatore(해방군)*."하고 비꼬는 기색으로 말했다. 앨비스 벤더는 그냥 고개를 끄덕였다. 전에 해본 적 없는 생각이었지만 파스쿠알레는 아버지를 포함한 이 세대의 남성들 전체가 전쟁에 의해 규정되고 있으면서도 서로 전쟁에 관해 이야기하는 법이 좀체 없다는 사실을 깨달았다. 파스쿠알레는 전쟁이란 것을 어떤 커다란 무엇으로만 생각해 왔었으나, 앨비스가 나의 전쟁이라는 표현을 쓰는 것을 들었었다. 마치 모두가 분리된 저마다의 전쟁을 했다는 듯, 백만 명의 사람들이 백만 개의 서로 다른 전쟁을 했다는 듯.

"구알프레도에게 뭐라고 하셨어요?" 파스쿠알레가 루고에게 물었다.

루고는 앨비스 벤더에게서 시선을 거두고는 어깨 너머로 해안 쪽을 바라보았다. "인정사정없는 사내라는 평판은 알고 있다고 했지. 하지만 포르토 베르고냐에 또 한 번 발을 들여놓기만 했다가는 먼저 다리에 총알을 박은 다음 해변에 자빠져 꿈틀대는 놈의 바지를 벗겨 그 통통한 똥구멍에 정원용 막대기를 쑤셔 넣고 방아쇠를 당기겠다고…. 머리끝으로 똥이 비어져 나오는 걸 느끼며 그 구질구질한 인생의 마지막 몇 초를 보내게 될 거라고 했네."

파스쿠알레도 앨비스 벤더도 할 말이 없었다. 그들은 루고가 와인을 다 마시고 테이블에 잔을 내려놓은 뒤 아내가 기다리는 집으로 터벅터벅 걸어가는 모습을 지켜보았다. 그는 아내에게 순순히 라이플총을 건네주고는 집안으로 들어가 사라졌다.

18
프런트 맨

최근
아이다호 주, 샌드포인트

오전 열한 시 십사 분, 시애틀 행 버진 항공기의 1등석 한 줄 전체를 차지하고 나란히 앉은 어두운 운명의 딘 일행은 대 여정의 첫 목적지를 향해 로스앤젤레스 공항을 출발한다. 2A 좌석의 마이클 딘은 창밖을 내다보며 이 여배우가 50년 전과 똑같은 모습으로 나타나는(그 자신이 그렇듯), 그리고 그를 곧바로 용서해주는(이봐요, 다 지난 일이잖아요) 공상에 잠긴다. 2B 좌석의 클레어 실버는 마이클 딘 회고록에서 잘려나간 첫 장을 숨죽인 탄성과 함께(설마… 리처드 버튼의 아이라는 거야?) 읽다 가끔 고개를 든다. 이 이야기는 두말이 필요 없이 너무도 끔찍한 나머지 지금 당장이라도 컬트 종교집단의 박물관 일자리로 옮기겠다는 결정을 당연히 해야 옳지만, 혐오의 감정은 강박적 충동으로 그리고 호기심으로 이어진다. 타자된 원고를 점점 더 빠르게 넘기며 읽어가느라 바로 옆 2C 좌석의 셰인 휠러가 대놓고 협상 연습을 하고 있는 걸(*모르겠어요…. 어쩌면 다른 스튜디오들을 상대로 〈도너!〉를 제의해 봐야 할까봐요….*) 깨달을 새가 없다. 마이클 딘에게서 받은 무슨 서류에 푹 빠져있는 클레어를 보며, 셰인은 그게 다른 시나리오는 아닐까, 혹시 〈도너!〉 피치보다도 더 기이한 이야기는 아닐까 걱정이 되기 시작한다. 그는 되지도 않는 협상 연습을 그만두고 2D 좌석의 파스쿠알레 노인에게로 고개를 돌려 정중하게 말을 걸어본다(*"에 스포사토E spsato(결혼은 하셨어요)?" "시, 마 미아 몰리에 에 모르타Si, ma mia moglie e morta(네, 하지만 아내는 죽었소)." "아. 미 디스피아체. 피글리Ah. Mi dispiace. Figli(죄송합니다. 자제분은요)?" "시, 트레 필리 에 세이 니포티Si, tre figli e sei nipoti(자식은 셋, 손주는 여섯 있소)."*) 가족 이야기를 하면서 파스쿠알레는 인생 말년의 어리석은 노인의 방종에 부끄러운 기분이 된다. 만난 지 사흘밖에 안 되는 여자를 쫓아다니는 상사병 걸린 소년 같다는 자괴감이다. 이거야 정말 어리석은 짓 아닌가.

하지만 모든 위대한 탐구는 어리석은 짓 아니던가? 엘도라도, 젊음의 샘, 지능을 갖춘 생명체를 찾는 우주 탐험. 이미 존재하는 건 누구나 안다. 우리를 진정으로 굴복시키는 건 존재하지 않는 그것이다. 과학기술이 대여정을 두어 차례의 단거리 자동차 여행과 지역 연결편 항공기 여행으로 단축시켜 주기는 했지만(네 개 주에 걸친 2천킬로미터 거리가 오후 반나절 만에 횡단되었다) 진정한 탐구란 어쨌든 시간이나 거리가 아니라 희망의 정도로 측정되는 것이다. 이 같은 탐구가 다다를 수 있는 좋은 결과란 두 가지 뿐이다. 하나는 우연한 발견의 희망이고(아시아를 찾아 나섰다가 아메리카를 발견한 경우), 다른 하나는 허수아비와 양철나무꾼의 희망이다(늘 찾아왔던 것을 사실은 줄곧 갖고 있었음을 깨닫는 경우).

에메랄드 시티에서 비운의 딘 일행은 비행기를 갈아탄다. 셰인은 우연히 생각났다는 듯 오늘 그들이 두 시간 만에 이동한 거리가 윌리엄 에디에게는 여러 달이 걸렸을 거리라는 말을 빼놓지 않는다.

"게다가 우리는 아무도 잡아먹을 필요도 없었지." 마이클 딘이 말하고, 의도했던 것보다 불길한 어조로 덧붙인다. "아직까지는."

오늘의 마지막 항공편은 귀향하는 대학생들과 지방 비즈니스맨들이 주로 이용하는 소형 프로펠러 여객기다. 자비로울 만큼 짧은 비행이다. 10분간의 활주, 10분간의 산간지대 비행, 10분간의 사막 비행, 10분간의 농지 비행에 이어 두터운 구름 장막을 뚫고 날아가던 여객기는 소나무 숲에 둘러싸인 아담한 도시 위에서 기체를 기울인다. 1킬로미터 상공에서 조종사는 졸린 목소리로 워싱턴 주 스포케인 도착을 환영하고 현재 지상 기온은 12도라는 안내방송을 낸다.

착륙과 함께 클레어는 그동안 받지 않은 여덟 통의 전화와 문자 가운데 여섯 개가 대릴에게서 온 것임을 확인한다. 서른여섯 시간 동안이나 여자 친구와 연락이 안 되자 드디어 뭔가 이상이 생겼음을 의심하기 시작한 것이다. 첫 번째 문자는 "화났어?"이고 두 번째는 "스트립클럽 때문이야?"다. 클레어는 나머지는 읽지도 않고 휴대전화를 끈다.

그들은 제트웨이 여객기에서 내려 인디언 카지노며 시냇물이며 고색창연한 벽돌 건물 따위를 담은 각종 전광판 광고들과 이른바 '북서부 내륙' 도착을 환영하는 표지판들을 지나 전체적으로 깨끗한 버스 터미널 같은 인상의 깔끔하고 밝은 공항을 빠져나온다. 한 눈에 봐도 이상한 일행이다. 짙은 색 정장에 모자를 쓰고 지팡이를 들고 있는 노인 파스쿠알레는 옛날 흑백영화에서 빠져나온 인물 같다. 발을 질질 끌며 걷는 동안의 할아버지 마이클 딘도 또 다른 시간여행 실험을 보는 느낌을 준다. 과욕에 빠져 너무 빳빳하게 나간 건 아닌지 걱정이 되기 시작한 셰인은 끊임없이 머리를 헝클며 뜻도 없는 말들을 중얼거린다. "다른 아이디어들도 있거든요." 클레어만이 이 여정을 잘 겪어내고 있는데, 이 점은 셰인에게 윌리엄 에디의 마지막 희망을 떠올려준다. 그 이야기에서도 정신력을 완전히 잃지 않고 고난을 견뎌냈던 것은 여자들이었던 것이다.

밖으로 나오자 오후의 하늘이 흐리고 공기는 탁탁 소리를 낸다. 방금 지나온 도시는 흔적도 찾을 수 없고 공항 주차장 주변에는 늘어선 나무들과 그 아래 현무암 지반만 보일 뿐이다.

마이클의 심복인 에밋이 사설탐정을 대기시켜 두었다. 머리가 벗어지기 시작하는 50대 남자가 양복 재킷에 두꺼운 코트를 겹쳐 입고 미덥지 못하게도 '마이클 던'이라고 철자를 잘못 쓴 표지판을 들고 포드 엑스퍼디션에 기대 서있다.

일행이 그 앞에 다가서고 클레어가 대표로 묻는다. "마이클 딘 말이죠?"

"옛날 여배우 건, 맞아요?" 탐정은 마이클의 이상한 얼굴에는 거의 눈길도 주지 않는다. 노려보지 말라고 미리 경고라도 받은 것 같다. 그는 전직 형사이자 현재는 사설탐정으로 일하는 앨런이라고 자신을 소개한 다음 차문을 열어주고 짐을 차에 실어준다. 클레어는 뒷좌석의 마이클과 파스쿠알레 사이에 앉고, 셰인은 조수석에 올라탄다.

차 안에서 앨런이 파일을 하나 꺼낸다. "최우선 긴급 사안이라고 들었습니다. 자화자찬 같지만 24시간 동안의 실적 치고는 매우 충실한 편입니다."

뒷좌석의 클레어가 파일을 받아들고 출생증명서와 워싱턴 주 클레 엘럼 지역신문에 난 출생공지를 빠르게 넘겨본다. "1962년에 스무 살쯤 됐다고 하셨는데요." 탐정이 백미러로 마이클을 보고 말한다. "실제 출생년

도가 1939년입니다. 놀랄 일은 아니죠. 반드시 나이를 속이는 두 종류의 사람들이 있는데, 여배우들과 남미 출신 투수들이니까요."

클레어는 페이지를 넘긴다. 한쪽 어깨 너머로 마이클이 다른 쪽 어깨 너머로 파스쿠알레가 들여다보고 있다. 두 번째 페이지는 클레 엘럼 고등학교의 1956년 졸업앨범의 한 면을 복사한 것이다. 그녀는 쉽게 찾아진다. 타고난 여배우다운 뚜렷한 이목구비의 뛰어나게 아름다운 금발 처녀다. 그녀 옆 다른 얼굴들로 고개를 돌려보면 검은 뿔테 안경과 쭈뼛쭈뼛 일어선 머리카락, 동글동글한 눈과 커다란 귀, 여드름과 상고머리와 원뿔형 머리의 축제가 두 페이지에 걸쳐 펼쳐지고 있다. 흑백사진이지만 데브라 무어는 단연 도드라진다. 눈만 보더라도 이 조그만 마을의 조그만 학교 학생이기에는 너무나 크고 또 깊다. 그녀의 사진 밑에는 '데브라 '디' 무어: 3년간 전사응원단에서 활동. 키티타스 카운티 축제의 공주로 선발. 3년간 뮤지컬 클럽 활동 후 졸업반 공연 참가. 2년간 학업 우등생 선발'이라고 씌어져 있다. 한편 각자 좋아하는 인용구를 들고 있는데(링컨, 휘트먼, 나이팅게일, 예수 등등) 데브라 무어는 에밀 졸라의 '나는 치열하게 살기 위해 존재한다'를 택하고 있다.

"지금 샌드포인트에 살고 있어요." 탐정이 말한다. "한 시간 반 거리. 전망 좋은 운전로지요. 거기서 소극단을 운영하고 있어요. 마침 오늘 밤 공연이 있어 표 넉장을 예약해 뒀고 방도 네개 잡아뒀어요. 내일 오후에는 공항까지 모셔다 드릴 거고요." 차가 고속도로에 들어서더니 가파른 내리막길을 달려 스포케인에 이른다. 벽돌이나 돌, 유리로 된 낮은 건물들에 광고탑들과 지상 주차장들이 늘어선 다운타운이 이 고속도로 고가 교차로 양쪽에 비슷한 면적으로 펼쳐져 있다.

움직이는 차 안에서 그들은 계속해서 읽는다. 많은 부분이 공연 팸플릿과 출연진 소개책자 등으로 이루어져 있다. 1959년 워싱턴 대학교 연극과가 상연한 〈한여름 밤의 꿈〉 팸플릿을 보면 헬레나 역 배우를 '디 앤 무어'로 소개하고 있다. 어떤 사진에서든 다른 사람들은 1950년대에 납작하게 얼어붙어 있는 데 반해 그녀만은 마치 막 현대의 여인으로 되살아난 것처럼 생생하게 도드라져 보인다.

"미인이군요." 클레어가 말한다.

"그래." 마이클 딘이 오른 쪽 어깨 너머에서 말한다.

"시Si." 파스쿠알레가 왼 쪽 어깨 너머에서 말한다.

〈시애틀 타임스〉와 〈포스트 인텔리젠서〉에서 오려낸 연극평론 기사 스크랩을 보면 1960년과 1961년 다양한 역할로 무대에 선 '데브라 무어'를 칭찬하고 있다. 탐정은 '재능 있는 신인'과 '열광적인 갈채를 받는 디 무어'라는 문구를 노란 형광펜으로 강조해 뒀다. 페이지를 넘기자 1967년 〈시애틀 타임스〉 기사 두 개의 사본이 나타난다. 사망자 한 명이 발생한 자동차 사고 기사와 사망 운전자 앨비스 제임스 벤더의 부고 기사다.

클레어가 이 기사들이 디 모레이와 어떤 연관이 있는지 알아내기도 전에 파스쿠알레가 기사 사본을 집어서 앞좌석에 앉은 셰인 휠러의 손에 올려놓는다. "이게… 뭐지요?"

셰인은 작은 부고 기사를 읽어준다. 벤더는 제2차 세계대전 참전 육군으로 시애틀 북부에서 셰브롤레 자동차 대리점을 운영했다. 사망 4년 전인 1963년 시애틀로 이주했으며, 유족으로는 위스콘신 주 매디슨에 부모님, 남동생과 여동생, 조카 몇 명, 그리고 시애틀에 아내 데브라 벤더와 아들 팻 벤더가 있다.

"두 사람이 부부였군요." 셰인이 파스쿠알레에게 말한다. "*스포사티 Sposati*. 이 사람이 디 모레이의 남편이었어요. *일 마리토. 모르토, 인시덴*

테 디 마키나Il marito. Morto, incidente di macchina(그런데 차 사고로 죽었어요)."

클레어가 건너다본다. 파스쿠알레가 창백한 얼굴로 묻는다. "*콴도 Quando(언제)?*"

"*넬 세싼타세테Nel sessantasette(1967년에요).*"

"*투토 퀘스토 이 파쩨스코Tutto questo e pazzesco.*" 파스쿠알레가 중얼거린다. 이 모든 게 미친 짓이야. 그리고 자리에 털썩 주저앉으며 천천히 손을 입에 가져다 댄다. 이제 파일에 관심이 없어진 모습이다. 비행기 안에서 창밖만 내다보고 있었던 것처럼 줄지어 선 쇼핑센터들을 물끄러미 바라보고 있다.

클레어는 셰인과 파스쿠알레를 번갈아 쳐다본다. "그녀가 평생 결혼하지 않을 줄 알았던 거래요? 50년이 지났는데… 비현실적인 기대잖아요." 파스쿠알레는 아무 말이 없다.

"사람들을 고등학교 때 애인과 연결해주는 텔레비전 프로그램 생각해본 적 있으세요?" 셰인이 마이클 딘에게 묻지만 아무 대꾸가 없다.

다음 페이지들은 1970년 시애틀 대학 졸업장(교육학과 이탈리아어 학사 학위), 데브라 무어의 부모님들의 부고 기사들, 유언 검인 서류들, 1987년 매각한 주택의 세금보고서 등이다. 그리고 훨씬 상태가 좋은 고등학교 졸업앨범이 있다. 1976년에 찍은 가필드 고등학교 직원들의 흑백사진에는 그녀가 '무어-벤더 부인: 연극, 이탈리아어 담당'으로 소개되어 있다. 그녀는 나이가 들수록 더욱 아름다워진 듯, 얼굴 윤곽이 한결 선명해진 것처럼 보인다. 어쩌면 폭 넓은 넥타이를 매고 정리 안 된 구레나룻을 한 멍한 눈의 남자들, 그리고 짧은 머리에 고양이 눈 안경을 낀 통통한 여자들 일색인 다른 교사들과 비교되어 그런 건지 모른다. 연극 클럽 사진에서 과장된 표정에 부스스한 머리를 한 학생들 한가운데서 포즈를 취한 그녀는 잡초밭에 피어난 튤립 같다.

다음 페이지는 1999년 경 〈샌드포인트 데일리 비〉에서 오려낸 기사 사본으로 '시애틀에서 연극부 교사이자 마을 소극장 감독으로 존경받아 온 데브라 무어가 북 아이다호 공연예술단의 예술 감독으로 취임한다'는 설명과 함께 '주로 공연되는 희극과 뮤지컬 외에 창작 연극 작업을 통해 레퍼토리를 확충하고 싶다'는 그녀의 소감을 싣고 있다.

파일은 그녀의 아들인 파스쿠알레 '팻' 벤더에 관한 몇 장의 서류들로 끝나고 있다. 두 가지 범주로 분류할 수 있는데 하나는 교통사고 및 형사사건 혐의(주로 음주운전과 마약소지 관련) 서류들이고 다른 하나는 그가 리더로 활동한 여러 밴드들에 관한 신문과 잡지 기사들이다. 클레어가 세어 보니 게리스, 필리그리 핸드파이프, 고 위드 더 독, 온셀러스, 레티선츠 이렇게 최소한 다섯 개 밴드에서 활동한 것 같고, 그중에서 레티선츠가 가장 성공을 거둔 것으로 보인다. 시애틀의 음반회사인 서브 팝 레이블로 1990년대에 석 장의 음반이 발매된 바 있었다. 기사 대부분은 소규모 전위적 신문에 난 것들로 콘서트나 음반 리뷰와 함께 음반 발매 파티나 공연 취소 같은 걸 알리는 것이지만, '스핀'이라는 음반 전문지에 실린 〈만나〉 앨범에 대한 리뷰도 발견된다. 잡지는 앨범에 별점 2점을 매기면서 이렇게 쓰고 있다. "…팻 벤더의 치열한 무대 장악력이 스튜디오에서도 발휘될 때면, 이 시애틀의 3인조 밴드는 풍요롭고 유쾌한 음악을 일구어낸다. 하지만 그는 이런 노력에 관심이 없는 것처럼 들린다. 그는 마치 기진맥진한 상태로, 아니 어쩌면 컬트 팬을 다수 거느린 이 밴드로서는 더 큰 문제일 '말짱한' 상태로, 녹음실에 나오는 것 같다."

마지막으로 〈윌러멧 위클리〉와 〈머큐리〉 안내면 사본은 2007년과 2008년 포틀랜드 일대 클럽들에서의 팻 벤더 솔로 공연을 알리고 있고,

스코틀랜드 신문인 〈스코츠맨〉은 '팻 벤더 : 나는 나도 못 말려!' 공연에 대한 신랄한 리뷰를 쓰고 있다.

그게 다였다. 자료들을 돌려가며 읽다 고개를 들어보니 도시의 외곽에 다다르고 있다. 현무암과 무거운 목재로 만들어진 집들 사이에 신축 주택들이 올라가 있다. 인생이 이렇게 몇 장의 서류들로 요약될 수 있다니, 외설적인 느낌과 함께 한편으로 상쾌한 느낌도 든다. 탐정은 자기에게만 들리는 노래에 맞춰 손가락으로 핸들을 톡톡 치고 있다. "주 경계에 거의 도착했습니다."

딘 일행의 대 여정이 막바지에 이르고 있다. 네 사람의 어울리지 않는 여행객은 수명이 거의 다해 매연을 뿜어대는 차에 몸을 맡기고 이제 단 하나의 경계선만 넘으면 된다. 그들은 한 시간에 100킬로미터의 거리를, 하루에 50년의 세월을 횡단할 수 있지만, 이런 속도는 부자연스럽고 온당치 못하게 느껴진다. 그들은 각자의 창밖으로 흐릿해지는 시간의 배열을 내다본다. 3킬로미터를 달린 2분 동안 차안은 조용하다. 마침내 셰인이 입을 연다. "아니면 거식증 걸린 여자에 대한 리얼리티 프로그램은 어떨까요?"

마이클 딘은 통역사를 무시하고 앞좌석으로 몸을 기울여 말한다. "기사양반, 우리가 지금 보러 가는 연극에 대해 뭐 아는 게 있나요?"

프런트 맨

시애틀 사이클의 네 번째 공연

리디아 파커 작

3막 연극

▪ 등장인물

팻 : 나이 먹어가는 음악인

리디아 : 극작가, 팻의 여자친구

말라 : 젊은 웨이트리스

라일 : 리디아의 계부

조 : 영국인, 음악 프로모터

우미 : 영국인, 클럽 종업원

런던인 : 여행 중인 비즈니스맨

▪ 출연진

팻 : 팻 벤더

리디아 : 브린 페이스

라일 : 케빈 게스트

말라/우미 : 섀넌 커티스

조/런던인 : 베니 기던스

때 : 2005년에서 2008년까지

장소 : 시애틀, 런던, 샌드포인트

1막 1장

[좁은 아파트 안의 침대. 마흔넷의 팻과 스물둘의 말라, 두 사람의 몸이 시트 아래 뒤엉켜있다. 희미한 조명. 관객은 인물들이 있다는 것은 볼 수 있으나 얼굴은 정확히 볼 수 없다.]

말라 : 흠.

팻 : 음. 멋졌어. 고마워.

말라 : 아. 네. 뭘요.

팻 : 저기, 귀찮게 굴고 싶진 않지만, 우리 옷 입고 여기서 나가면 안 될까?

말라 : 아. 그 말은… 이걸로 끝?

팻 : 그게 무슨 말이지?

말라 : 아무것도… 그냥 좀….

팻 : [소리 내어 웃으며] 뭔데?

말라 : 아니에요.

팻 : 말해봐.

말라 : 그냥 좀… 술집 아가씨들이 당신하고 자봤는데 어쩌고저쩌고 말들이 많더라고요. 그 잘난 팻 벤더와 한번 안 자보다니 내가 좀 이상한 게 아닌가 싶었지요. 그래서 오늘 들어올 때 생각했죠, 드디어 기회가 왔구나! 그러니까 난… 모르겠어요… 좀 다를 것으로 기대했던 모양이에요.

팻 : 다르다니… 뭐하고?

말라 : 몰라요.

팻 : 난 항상 대략 이렇게 해왔는데?

말라 : 아니에요, 괜찮았어요.

팻 : 괜찮았다고? 이거 정말 점입가경인데?

말라 : 아니에요, 그냥… 그 바람둥이에 대한 환상 같은 데 빠졌던 것 같아요. 아저씨는 뭘 많이 알 거라고 생각했어요.

팻 : 어떤… 것들을?

말라 : 나도 몰라요. 그냥… 기교랄까, 그런 것?

팻 : 기교? 어떤 기교 말이야? 공중부양? 최면술?

말라 : 아니에요, 그냥 하도 말들이 많이 떠돌아서… 그 왜… 네댓 번.

팻 : 네댓 번, 뭐?

말라 : [수줍어지며] 아시면서.

팻 : 아. 그렇군. 몇 번 왔는데?

말라 : 지금까지는 한 번도 안 왔어요.

팻 : 그래, 이렇게 하지. 내가 두 번, 빗진 것으로 치자. 그런데 지금은 말이야, 우리 그냥 옷 입고….

[무대 뒤에서 문 닫히는 소리 들린다. 전체 장면이 거의 암흑 속에서 이어진다. 열린 방문 밖에서 비치는 빛이 유일한 조명이다. 이제, 아직도 윤곽만 보이는 상태에서, 팻은 말라의 머리 위로 시트를 끌어올린다.]

팻 : 이런, 제기랄.

[리디아. 삼십대. 짧은 머리. 군용 카고 바지에 레닌 모자를 쓰고 입장한다. 문가에서 멈추어 선다. 다른 방에서 들어오는 빛이 얼굴을 비춘다.]

팻 : 리허설 하고 있을 줄 알았는데.

리디아 : 일찍 나왔어. 팻, 우리 얘기 좀 해.

[그녀가 들어와서 침대 옆 탁자 위 전등을 켜려 손을 뻗는다.]

팻 : 저기, 불 안 켜면 안 될까?

리디아 : 왜, 또 편두통이야?

팻 : 아주 심해.

리디아 : 알았어. 그냥 아까 저녁때 식당에서 뛰쳐나온 거 사과하고 싶었어. 자기 말이 옳아. 나는 아직도 가끔씩 당신을 바꾸려고 들어.

팻 : 리디아….

리디아 : 아니, 내 말 먼저 들어줘, 팻. 중요한 이야기야.

[리디아가 창가로 걸어가 창밖을 내다본다. 가로등 불빛이 얼굴에 비친다.]

리디아 : 나는 너무나 오랫동안 자기를 '고치려고' 해왔기 때문에 우리가 얼마나 나아졌는지 인정하지 못할 때가 있어. 자기를 봐. 끊은 지 거의 2년이 돼가잖아. 그런데도 나는 늘 눈앞의 문제에 촉각을 곤두세우느라 전체를 보지 못해. 문제가 없을 때조차 말이야.

팻 : 리디아….

리디아 : [돌아서며] 아니, 팻, 제발 들어줘. 생각을 좀 해봤는데, 우리 이사하는 게 좋겠어. 시애틀을 영원히 떠나는 거야. 아이다호로 가자. 자기 어머니 계시는 곳. 문제로부터 도망만 다닐 수 없다고 말한 건 나지만, 어쩌면 이제 그것도 좋은 선택인 것 같아. 새롭게 시작하는 거야. 벗어나는 거야… 우리의 과거에서, 당신 밴드와 내 엄마와 내 계부 따위 온갖 문제들에서.

팻 : 리디아….

리디아 : 무슨 말 하려는지 알아.

팻 : 과연 그럴까….

리디아 : 뉴욕 시절을 생각해보라고 하려는 거잖아. 죽을 쒔던 건 인정하지만 그땐 우리가 더 철이 없었잖아, 팻. 그리고 자기는 아직도 약을 하고 있었고. 무슨 가망이 있었겠어? 그날 아파트로 돌아와서 자기가 우리 물건

을 죄다 전당잡힌 걸 봤을 때, 오히려 안도감을 느꼈어. 여기서 나는 바닥을 치기를 기다려왔어. 그리고 마침내 그때가 온 거야.

[리디아가 다시 창 쪽을 향해 돌아선다.]

리디아 : 그 일이 있고 나서 자기 어머니께 말씀드렸어, 자기가 중독증을 통제할 수만 있다면 이미 유명해졌을 거라고. 내 말을 들으시고 절대 못 잊을 말씀을 하시더라. "하지만 얘야. 그게 그 아이의 중독인 걸 어쩌겠니."
팻 : 맙소사, 리디아….
리디아 : 팻, 리허설을 일찍 빠져나온 이유는 자기 어머니가 아이다호에서 전화를 하셨기 때문이야. 어떻게 말하면 좋을지 모르겠어. 그러니 그냥 말할게. 어머니 암이 재발했대.

[리디아가 침대 쪽으로 다가와 팻의 곁에 앉는다.]

리디아 : 수술이 불가능하다고 의사들이 그런대. 몇 달에서 어쩌면 몇 년까지 살 수도 있지만, 어쨌든 고칠 수는 없다고. 어머니는 다시 화학요법을 받아보고 싶어 하시지만 방사선으로 치료가 가능한 단계는 이미 지났고 그저 악화 속도를 늦추는 정도만 가능하다나 봐. 하지만 음성은 밝으셨어. 내가 자기에게 이야기해 주기를 원하시더라. 직접은 도저히 말씀 못하시겠다고. 자기가 다시 마약에 손댈까봐 걱정하고 계셔. 이제 전보다 강해졌다고, 걱정 마시라고 말씀은 드렸어….
팻 : [속삭이며] 리디아, 제발….
리디아 : 이사하자, 팻. 무슨 말이야? 나더러 지금 가라는 거야? 제발? 우린

이런 주기가 끝없이 반복되는 거라고 생각하지…. 다투고 헤어지고 화해하고, 그렇게 돌고 돌고 돈다고…. 그런데, 이게 원형 궤도가 아니라면? 나선형 궤도를 따라 한없이 나락으로 떨어지고 있는 거라면? 나중에 돌아볼 때, 우리가 그 궤도에서 벗어나려고 시도조차 안 했다는 사실을 깨닫게 된다면?

[침대 가장자리에 앉은 리디아가 마구 뒤엉킨 이불 밑으로 손을 넣어 팻의 손을 찾는다. 하지만 뭔가 뜻밖의 것이 손에 닿자 흠칫 뒤로 물러서며 침대에서 일어선 다음 불을 켠다. 매우 밝은 불빛이 팻과 침대 속 덩어리를 비춘다. 그녀가 이불을 젖힌다. 관객은 이제야 등장인물들을 확실히 볼 수 있게 된다. 말라는 시트를 끌어당겨 가슴을 가리며 손을 흔드는 시늉을 한다. 리디아는 뒷걸음질을 친다. 팻은 그저 바라보고만 있다.

리디아 : 아!

[팻은 천천히 침대에서 빠져나와 옷을 입으려 한다. 그러다 멈춰 선다. 그는 나체로 거기 서있다. 마치 난생 처음 자신을 발견한 것처럼. 그는 제 몸을 내려다보며 자신이 이처럼 몸이 불은 중년이 되었다는 것을 깨닫고 깜짝 놀란다. 이윽고 그는 문가에 서있는 리디아에게로 돌아선다. 정적이 끝없이 이어지는 것 같다.]

팻 : 그러니까… 3인조 섹스는 당치 않은 거겠지?

막이 내린다.

반쯤 빈 극장 곳곳에서 충격의 탄성에 이어 신경질적이고 불편한 웃음소리들이 들린다. 무대가 어두워지자 클레어는 연극의 짧은 첫 장 동안 줄곧 숨을 죽이고 있었음을 깨닫는다. 다른 관객들과 함께 숨을 좀 내쉬고 보니, 갑자기 무대 위에서 알몸으로 서있던 이 야비한 사내의 모습에 불안하고 떳떳치 못한 웃음이 터져 나온다. 그의 사타구니는 침대 발판에 걸린 담요로 섬세하고 기술적으로 가려져 있었다.

어둠 속에서 무대장치가 바뀌고 있는 동안 클레어의 눈에 유령이 아른거린다. 그녀는 이 장면에 사용된 교묘한 기술에 대해 잘 안다. 대부분 반조명 상태에서 진행함으로써 관객이 어둑어둑한 무대 위의 인물을 찾도록 유도하는 것이다. 마침내 아주 밝은 조명이 켜졌을 때, 리디아의 고통에 겨운 얼굴과 팻의 허옇고 부드러운 몸이 관객의 망막에 엑스레이처럼 각인되도록 하기 위해서다. 저 불쌍한 여자를 좀 봐. 그들의 침대 속에 다른 여자를 숨기고 알몸으로 서있는 남자친구를 바라보는 저 모습. 그것은 배반과 후회의 강렬한 영상이다.

이건 커다란 산중호수의 기슭을 따라 개발된 구 서부의 상당히 멋진 스키 타운 샌드포인트에 도착했을 때 클레어가 예상했던 것이 아니었다(마을 소극장? 그것도 *아이다호* 주의?). 호텔에 체크인할 시간이 없어 탐정은 그들을 곧장 파니다 극장으로 데려갔다. 기역자 형의 작은 다운타운에 아름다운 세로 간판이 걸린 고풍스런 상가 건물이 서있었고, 간판 아래의 옛날식 매표소를 지나자 아르데코 풍의 극장이 나타났다. 이 작고 지극히 개인적인 연극을 올리기에는 지나치게 컸지만, 1920년대의 영화관을 세심하게 복원한 매우 인상적인 공간임에는 틀림없었다. 뒤쪽은 비어 있었지만 앞줄의 좌석들은 검은 옷을 차려입은 지방 도시의 잘나가는 청춘들, 버켄스탁(신발 상표명) 시대의 장년층, 스키복 차림에 금발로 염색을 한 여자들, 그리고 클레어는 알 길이 없었지만 이 극단의 후원자들일 가능성이 큰 중노년층의 부유한 커플들로 제법 차있었다. 클레어는 딱딱한 등받이에 몸을 기대고 프로그램 표지를 들여다보았다. '프런트 맨. 시사회 공연. 북 아이다호 공연예술단'이라고 씌어있었다. 아마추어 공연일 거라고 생각할 수밖에 없었다.

그런데 연극이 시작되자마자 클레어는 충격에 빠진다. 셰인도 마찬가지다. "와!" 그가 소리죽여 탄성을 지른다. 클레어는 파스쿠알레 투르시를 힐끔 본다. 연극에 대한 감탄인지 나체의 남자에 대한 당혹감인지 표정은 읽을 수 없지만 어쨌든 깊이 빠져있는 것 같다.

클레어는 오른쪽의 마이클에게 눈길을 돌려본다. 가슴에 손을 대고 앉은 그의 밀랍 같은 얼굴에 경악의 표정이 올라와 있다. "맙소사, 클레어. 봤어? *저 남자*를 봤냐고?"

그렇다. 그 또한 빼놓을 수 없다. 부정할 수 없다. 무대 위의 팻 벤더는 엄청난 호소력으로 다가온다. 클레어는 그게 그의 아버지가 누군지 알기 때문인지 아니면 그가 스스로를 연기하고 있기 때문인지 확신이 서지 않는다. 그리고 아주 잠깐 그야말로 자신이 본 최고의 배우일지 모른다는 망상에 빠진다.

그때 다시 조명이 들어온다.

간단한 연극이다. 첫 장면 이후 이야기는 팻과 리디아 각자의 여정을 평행선으로 좇아간다. 팻은 황무지 같은 세상에서 자신의 내면에 깃든 마귀를 물리치려 애쓰며 3년간 술에 젖어 산다. 자신이 속해있던 밴드들, 그리고 리디아와의 무너져가는 관계를 소재로 한 뮤지컬 코미디 모놀로그를 무대에 올려본다. 그러던 중 우연히 젊고 혈기왕성한 아일랜드인 프로듀서의 눈에 띄어 런던과 스코틀랜드에 발을 딛게 된다. 팻에게 이 여행은 필사적인 몸부림, 유명해지기 위한 최후의 무모한 시도를 상징한다. 그리고 그것은 팻이 젊은 친구 조가 사랑하는 우미와 동침함으로써 조를 배신하는 것으로 허무하게 끝나버린다. 조는 팻의 돈을 가로채 달아나고 팻은 무일푼 신세로 런던에 고립된다.

한편 리디아는 어머니가 갑자기 세상을 떠나면서 전부터 사이가 나빴으며 이제 노망까지 든 계부 라일을 돌보아야 하는 처지에 놓인다. 라일은 아내가 죽었다는 사실을 자꾸 잊어버리고 서른다섯 살의 리디아에게 학교 안 가고 뭐하고 있느냐고 꾸중을 하며 희극적인 연기로 관객의 긴장을 풀어준다. 리디아는 라일을 양로원으로 보내고 싶지만 라일이 막무가내로 버티자 차마 그러지를 못한다. 리디아는 팻의 어머니 데브라와의 전화 통화를 통해 관객에게 시간의 흐름을 알리고 그동안 일어난 일들을 알려주는데, 그건 클레어의 생각보다 스토리텔링 장치로서 훨씬 효과적이다. 무대에 나타나지 않는 데브라는 전화선 저쪽에서 듣고 말할 뿐 보이지 않고 들리지 않는 존재다. "라일이 침대에 오줌을 쌌어요." 리디아가 말하고, 보이지 않는 데브라의(또는 이따금씩 그렇게 부르듯 디의) 응답을 기다린다. "그래요, 자연스런 *일이었겠죠*…. 그게 *내* 침대만 아니었다면요! 글쎄, 고개를 들어보니 내 침대 위에 올라와 뜨거운 오줌 줄기를 갈기면서 외치는 거예요. '수건이 어디 갔지?'"

결국 리디아가 출근하고 없을 때 라일이 오븐에 화상을 입는 사고가 발생하고 그녀는 그를 양로원으로 옮기는 수밖에 없다는 결론에 이른다. 그렇게 말해주자 라일은 운다. "잘 지내실 거예요." 그녀가 다짐해준다. "제가 약속해요."

"내 걱정을 하는 게 아니다." 라일이 말한다. "그저… 네 어머니에게 약속을 했었는데, 이제 누가 너를 돌보아줄지 모르겠구나."

자신이 그녀를 돌보아왔다고 라일이 믿는다는 것을 발견한 순간, 리디아는 아울러 깨닫는다. 다른 누군가를 돌보고 있을 때 자신이 가장 제대로 살아있다는 것을. 그리고 팻의 병든 어머니를 돌보러 아이다호로 간다. 그러던 어느 날 밤, 데브라의 거실에서 잠들어 있는데 갑자기 전화벨이 울린다. 무대 반대편에 조명이 켜지면서 빨간 공중전화 부스 속에서 어머니에게 구조 요청 전화를 거는 팻의 모습이 나타난다. 리디아는 그의 목소리를 듣고 처음에는 반가운 마음이 들지만, 런던에서 돈이 떨어져서 귀국하려면 도움이 필요하다는 팻은 오로지 자기 상황에만 관심이 있는 것 같다. 심지어 어머니의 안부조차 묻지 않는다.

리디아는 전화선 저쪽에서 아무 말이 없다. "잠깐. 거기 지금 몇 시지?" 그가 묻는다. "세 시." 리디아가 조용히 대답한다. 그리고 첫 장면에서와 똑같이 팻의 고개가 가슴팍까지 떨어진다.

"얘야, 누구 전화니?" 무대 뒤에서 들려오는 목소리. 연극이 시작되고 팻의 어머니가 처음으로 하는 말이다. 런던의 공중전화 부스에서 팻이 속삭인다. "말해, 리디아." 리디아는 깊은 숨을 쉬고 말한다. "아무도 아니에요." 그리고 전화를 끊는다. 공중전화 부스의 조명이 꺼진다.

팻은 런던의 부랑자 신세가 된다. 술에 취하고 지저분한 몸으로 길모퉁이에 책상다리로 앉아 기타를 연주한다. 그는 길거리 공연과 구걸을 통해 간신히 미국으로 돌아올 여비를 마련한다. 한 행인이 걸음을 멈추고 사랑노래를 불러주면 20유로를 주겠노라고 한다. 팻은 '리디아'라는 곡을 부르다가 중단한다. 할 수가 없다.

다시 아이다호다. 오두막 창틀에 쌓인 눈이 시간의 경과를 말해준다. 리디아는 또 한 통의 전화를 받는다. 양로원에서 계부가 사망했다는 소식이다. 그녀는 양로원 직원에게 고맙다고 말하고 전화를 끊은 다음 팻의 어머니를 위해 차를 끓이러 돌아가지만, 할 수가 없다. 그녀는 다만 자신의 손을 들여다본다. 그녀는 이 장면에서, 이 세상에서 오롯이 혼자인 것처럼 보인다. 바로 그때 누군가 문을 두드린다. 그녀는 문을 연다. 팻 벤더가 연극의 첫 장면에서 리디아가 서있던 바로 그 똑같은 문가에 서있다. 리디아는 오래 떨어져 보낸 남자친구를, 집에 돌아오기 위해 온 세상을 방황한 무책임한 오디세우스를 바라본다. 연극 첫 장면에서 그가 그녀 앞에 알몸으로 섰던 그 끔찍한 순간 이후 처음으로 두 사람이 함께 무대에 오른 것이다. 두 사람 사이에 다시 처음 그 순간의 침묵을 반향하고 연장하는, 관객이 견더내기 어려울 만큼*(누구든 말 좀 해!)* 긴 침묵이 흐른다. 이윽고 팻 벤더가 무대에서 아주 미세하게 몸서리를 치는가 싶더니 속삭인다. "내가 너무 늦었나?" 어쩐지 첫 장면에서보다도 더 벌거벗은 느낌을 전달해준다.

리디아는 아니라고, 어머니는 아직 살아계신다고, 고개를 가로젓는다. 팻의 어깨가 축 처진다. 안도와 피로와 부끄러움의 몸짓이다. 그리고 두 손을 앞으로 내민다. 투항의 몸짓이다. 무대 뒤에서 다시 디의 목소리가 들린다. "얘야, 누구니?" 리디아는 어깨 너머로 바라본다. 이 순간은 더욱 길게 이어진다. "아무도 아니에요." 팻이 대답한다. 갈라지고 쉰 목소리다. 그때 리디아가 그의 손을 향해 손을 내밀고, 두 사람의 손이 맞닿는 순간 조명이 꺼진다. 연극이 끝났다.

클레어가 숨을 헐떡인다. 9분쯤 내쉬지 못한 숨을 내쉬는 느낌이다. 다른 여행자들도 무엇인가가 완성됐다는 느낌을 경험한다. 박수를 치면서 그들은 또한 운 좋게, 우발적으로, 카타르시스를 제공하는 발견에 다다른 탐구자의 느낌이 된다. 이 해방감의 한가운데서 마이클은 클레어에게 몸을 기울이며 다시 속삭인다. *"봤어?"*

반대편 옆자리의 파스쿠알레 투르시는 심장마비가 온 것처럼 가슴에 손을 얹고 있다. 그리고 "*브라보Bravo*"에 이어 "*에 트로포 타르디E troppo tardi(너무 늦었나)?*"한다. 클레어는 무슨 뜻인지 짐작할 수밖에 없다. 통역사였던 이가 사용불능 상태에 놓여있었기 때문이다. "젠장." 셰인이 말한다. "나는 내 인생을 완전히 허비했어요."

클레어 또한 방금 눈앞에 펼쳐진 장면들로 인하여 내면을 바라보게 된다. 어젯밤에 그녀는 셰인에게 대릴과의 관계를 '가망 없다'고 표현했었다. 그런데 이제 연극을 보는 동안 자신이 줄곧 대릴을, 가망 없고 구제 불능이나 떠나보내지 못하는 남자친구 대릴을, 생각하고 있었다는 것을 깨닫는다. *어쩌면 모든 사랑은 가망 없는 것인지 모른다.* 어쩌면 마이클 딘의 규칙은 생각보다 현명한 것인지 모른다. 우리는 우리가 원하는 것을 원한다. *우리는 우리가 사랑하는 사람을 사랑한다.* 클레어는 휴대전화를 꺼내 전원을 켠다. 대릴이 가장 최근에 보낸 문자를 연다. *제발, 자기가 괜찮은지만 알려줘.*

그녀는 회신을 쓴다. *나 괜찮아.*

그녀 옆의 마이클 딘이 그녀의 팔에 손을 얹는다. "이거 사야겠어." 그가 말한다.

클레어는 전화기에서 시선을 거두며 잠시 마이클이 대릴 이야기를 하는 것으로 생각한다('사다'는 뜻의 동사 'buy'가 '인정하다' '받아들이다'와 같은 의미로 사용되기도 하기 때문에 마이클이 대릴의 진심을 인정한다는 뜻으로 이해했던 것). 그리고 깨닫는다. 운명과 맺은 거래가 아직도 진행되고 있는 것일까? 〈프런트맨〉은 그녀가 업계에 남도록 허락할 위대한 영화일까? "연극을 사시게요?" 그녀가 묻는다.

"다 사고 싶어." 마이클이 말한다. "연극, 그의 노래들… 전부 다." 그가 일어서서 작은 극장을 돌아본다. "빌어먹을 전부 다 살 거야."

클레어가 명함을 내밀자*(할리우드? 정말이네요?)* 염소수염을 기르고 곳곳에 피어싱을 한 키쓰라는 이름의 도어맨이 열렬하게 뒤풀이 파티에 초대한다. 그가 알려준 대로 그들은 극장에서 한 블록 떨어진 벽돌로 된 쇼핑몰을 향해 걷는다. 도착해보니 폭이 넓은 계단이 보인다. 의도적으로 마무리 짓지 않은 건물이어서 수도관이며 가스관이 다 노출되어 있고 벽돌도 반쯤은 시멘트 칠이 되지 않은 상태다. 클레어는 대학 시절의 그 수많은 파티가 떠오른다. 그런데 복도의 폭이나 천장의 높이가 어딘지 생뚱맞다. 이 구 서부 마을에 어울리지 않게 터무니없는, 그래서 낭비되고 있다는 느낌을 준다.

파스쿠알레는 문 앞에서 걸음을 멈춘다. *"에 퀴, 레이E qui, lei(그녀가 여기에 있나요)?"*

어쩌면요, 셰인이 휴대전화에서 눈을 들며 말한다. *"체 우나 페스타, 페르 글리 아토리C'e una festa, per gli attori(배우들을 위한 파티예요)."* 셰인은 다시 휴대전화에 눈을 떨구고 손드라에게 문자를 보낸다. "우리 얘기 좀 할 수 있을까? 부탁이야. 내가 얼마나 바보였는지 이제 알겠어."

파스쿠알레는 디가 있을지 모른다는 건물을 올려다보며 모자를 벗고 머리를 정돈한 다음 계단을 오른다. 계단 꼭대기에서 클레어는 숨을 헐떡이는 마이클 딘이 마지막 두어 발짝을 내딛게 도와준다. 2층에는 세 개의 아파트로 들어가는 세 개의 문이 있는데 그중 가장 뒤쪽 아파트의 문만이 와인 병을 괸채로 열려 있다. 그들은 그 문을 향해 걷는다.

뒤쪽 아파트 또한 건물 전체와 같이 마무리가 되지 않은 듯 크고 사랑스럽다. 촛불에 눈이 적응하는 데 시간이 좀 걸린다. 천장이 높고 커다란

2층짜리 개방형 아파트다. 방 자체가 하나의 예술작품 또는 쓰레기 더미다. 낡은 학교 사물함들과 아이스하키 스틱과 신문을 모아놓은 상자들이 방안에 그득하고 한가운데 묵은 나무로 쌓아올린 곡선 모양 계단은 허공에 떠있는 환상을 일으킨다. 조금 더 살펴보니 계단은 꼬아 만든 세 개의 밧줄로 고정되어 있다.

"이 아파트 전체가 파운드 아트(자연 상태의 물체 또는 미술품이 아닌 인공물을 전시하는 예술)로 이루어져 있어요." 뒤따라 막 도착한 극장 도어맨 키쓰가 말한다. 삐죽삐죽 솟은 숱 적은 머리를 가진 그는 입술과 목과 귀 윗부분과 코에 아파 보이는 장식 못을 박았고 귓불에는 해적 후프 귀걸이를 달고 있다. 그는 북 아이다호 공연예술단 연극에 출연한 바 있으며 시인, 화가, 비디오 작가로도 활동하고 있다고 자신을 소개한다.

"비디오 작가?" 마이클이 흥미로운 기색이다. "근처에 카메라가 있나요?"

"언제나 카메라를 갖고 다니죠." 키쓰가 말하며 주머니에서 소형 디지털 카메라를 꺼낸다. "제 삶이 곧 제 다큐멘터리거든요."

파스쿠알레는 실내를 살펴보지만 디의 모습은 보이지 않는다. 도움을 청하러 셰인에게 몸을 기울여 봐도 통역사는 손드라의 회신 문자를 맥없이 들여다보고 있을 뿐이다. *자기가 얼마나 바보인지 이제야 깨달았어? 날 좀 내버려둬 줘.*

키쓰는 파스쿠알레와 마이클이 주위를 둘러보는 것을 보고 호기심인 것으로 착각하고 친절한 설명을 제공한다. 아파트를 디자인한 사람은 베트남 전쟁 참전용사이며 지난 달 〈드웰〉 지에 소개되기도 했다고 그는 말한다. "그의 기본적인 컨셉은 모든 디자인 형태는 젊은 본질과 아울러 성숙함이 내재되어 있다는 거예요. 그런데 우리는 더 성숙한, 더 흥미로운 제2의 본질로 숙성하기 시작하는 흥미로운 형태들을 너무나 쉽게 내버리곤 한다는 거죠. 두 개의 낡은 아이스하키 스틱, 누가 관심이나 갖겠어요? 하지만 그걸로 의자를 만든다면? 그건 다른 이야기죠."

"다 멋지군요." 마이클이 방안을 둘러보며 진지하게 말한다.

출연자들과 제작진은 아직 도착하지 않았다. 지금은 그저 열댓에서 스무 명쯤의 검은 안경에 히피 샌들을 신은 관객들이 나지막이 대화를 나누고 이따금 큰 소리로 웃을 뿐이다. 그들 모두가 번갈아서 길 잃은 딘 일행의 기묘한 여행자들을 관찰하고 있다. 낯익은 무리라고, 클레어는 생각한다. 규모가 좀 작고 덜 세련된 편이긴 해도 여느 뒤풀이 파티와 크게 다르지 않다. 낡은 화물 엘리베이터 문짝으로 만든 금속 테이블 위에 와인과 스낵들이 늘어서 있고, 굴삭기 바가지 안에는 얼음과 맥주가 가득 담겨 있다. 클레어는 화장실에 가서 낡은 보트에서 뜯어낸 모터 같은 게 아니라 진짜 변기가 있는 걸 보고 안도한다.

드디어 출연자들과 제작진이 도착하기 시작한다. 유명한 마이클 딘이 와있다는 소문이 사람들 사이에 퍼지고 있는 것 같다. 출세지향적인 이들은 마이클에게 다가와 스포케인에서 촬영되어 곧장 비디오로 출시된 영화들에 쿠바 구딩 주니어나 안토니오 반데라스, 혹은 존 트라볼타의 여동생 등과 함께 출연했다는 이야기를 지나가는 말처럼 흘린다. 클레어가 마주치는 사람들은 전부 다 모종의 예술가들 같다. 배우, 음악인, 화가, 그래픽 아티스트, 발레 지도자, 작가, 조각가, 그리고 이만한 크기의 마을이 먹여 살리기에는 지나치게 많아 보이는 수의 도예가들이다. 심지어 교사나 변호사들조차 연극에 출연하거나 밴드에서 연주를 하거나 하다못해 얼음 조각을 하고 있다. 마이클은 이 사람들이 모두 흥미로운 것 같다. 클레어는 그의 에너지와 진솔한 호기심이 놀랍다. 게다가 그는 석 잔째 와인을 홀짝이고 있다. 여태 이렇게 많이 마시는 모습을 본 적이 없다.

마이클의 매끄러운 피부와는 정반대로 햇볕에 적당히 그을린 얼굴로 여름용 드레스차림인 매력적인 초로의 여자가 가까이 다가오더니, 실제로, 그의 이마를 만져본다. "맙소사." 그녀가 말한다. "얼굴이 정말 훌륭해요" 마치 마이클이 창조한 예술작품에 찬사를 던지는 것 같다.

"감사합니다." 마이클이 말한다. 왜냐하면… 그건 정말로 그의 예술작품이니까.

여자가 "F로 시작되는" 팬텀이고 비누로 조그만 조각품을 만들어 공예품 전시회나 바자회 같은 데서 판다고 자신을 소개한다.

"한번 보고 싶군요." 마이클이 말한다. "여기 있는 사람들은 모두 예술가인가 봐요?"

"그러게 말이에요." 팬텀은 핸드백을 뒤지며 말한다. "너무 빤하죠?"

마이클이 조그만 비누 공예품을 들여다보는 동안 나머지 딘 일행은 점차 초조해진다. 파스쿠알레는 불안하게 문 쪽만 쳐다보고, 새삼 사랑에 빠진 통역사는 손드라의 거절 문자에 상처받은 가슴으로 기다란 잔에 캐나다산 위스키를 따르고, 클레어는 키쓰에게 연극에 관해 질문을 한다.

"아주 강렬하죠?" 키쓰가 말한다. "데브라는 어린이 연극이나 뮤지컬, 크리스마스 소극 같은 걸 주로 올려요. 스키 족들이 산에서 내려와 두어 시간 즐길 수 있는 성격의 작품들을요. 하지만 매년 한 차례씩 리디아와 함께 이런 창작 연극을 공연하죠. 위원회나 특히 성미 나쁜 기독교인들로부터 쓴 소리도 많이 듣지만, 그쯤은 감수하는 거예요. 관광객들에게 오락을 선물하다가 1년에 한 번쯤은 이런 작품을 하는 거죠."

이제 팻과 리디아만 빼고 모든 출연자들과 제작진이 도착했다. 클레어는 연극 첫 장면에서 팻과 한 침대에 누워있는 여자를 연기한 섀넌과 대화를 하게 된다. "사람들 말이…" 섀넌이 침을 삼키고는 간신히 말을 끝맺는다. "할리우드에서 오셨다던데요." 그녀가 두 번, 눈을 깜박인다. "그곳에서의 삶은 *어떤가요?*"

와인 두 잔이 들어가자 지난 48시간 동안 쌓인 긴장이 느껴진다. 클레어는 미소를 짓고, 질문에 대해 생각해본다. 그래, 그곳에서의 삶은 *어떤가?* 확실한 것은 꿈꾸었던 것과는 다르다는 것이다. 그래도 괜찮을지 모른다. 우리는 우리가 원하는 것을 원한다. 그곳에서 클레어는 자신이 아닌 것을 걱정하느라 미칠 지경이 되고 그러다 자신이 지금 어디 있는지 잊어버리게 된다. 그녀는 주변을, 산중 예술가들이 모여 사는 괴상한 섬 위에 쓰레기로 지어진, 마이클이 비누 공예가와 배우들에게 신이 나서 명함을 돌리며 그들에게 '뭔가 일을 줄 수 있을지 모른다'고 말하는, 파스쿠알레가 50년 동안 한 번도 보지 못한 여자를 찾아 불안하게 문 쪽을 쳐다보는, 금세 취해버린 셰인이 소매를 걷어 올리고 감명 받은 키쓰에게 문신의 기원을 설명하는, 이 아파트를 찬찬히 돌아본다. 그리고 깨닫는다. 팻 벤더와 그의 어머니와 그의 여자친구는 이 뒤풀이 파티에 오지 않는다는 걸.

"뭐요? 아, 예." 키쓰가 그녀의 의심을 확인해준다. "그들은 절대로 뒤풀이 파티에 안 와요. 이렇게 술과 대마초가 넘치는데, 팻이 어떻게 견뎌낼 수 있겠어요?"

"그럼 지금 어디에 있죠?" 마이클이 묻는다.

"아마 오두막에 있을 거예요." 키쓰가 말한다. "디하고 휴식을 취하고 있겠죠."

마이클 딘이 키쓰의 팔을 그러쥔다. "우리를 거기로 좀 데려가 주겠어요."

클레어가 끼어든다. "아침까지 기다리는 게 좋지 않을까요, 마이클?"

"아니야." 희망에 취한 딘 일행의 리더가 단호하게 말한다. 그는 참을성있게 서있는 노인 파스쿠알레를 바라보며 마지막 운명의 결단을 내린다. "50년이 다 됐어. 더 이상은 기다릴 수 없어."

19
진혼 미사

1962년 4월
이탈리아, 포르토 베르고냐

파스쿠알레는 어둠 속에서 잠이 깼다. 그는 일어나 앉아 손목시계를 집었다. 네 시 반이었다. 어부들이 두런거리며 물가로 배를 밀고 가는 소리가 들렸다. 일어서서 재빨리 옷을 입고 동트기 전의 어둠을 뚫고 해안으로 내려가 보니 공산주의자 토마쏘가 배 위에서 어구를 손보고 있었다.

"자네가 웬 일인가?" 토마쏘가 물었다.

파스쿠알레는 나중에 어머니의 진혼 미사가 있을 라 스페찌아까지 데려다 줄 수 있느냐고 물었다.

토마쏘는 가슴에 손을 얹었다. "물론이네." 그가 말했다. 몇 시간 고기를 잡고 점심 전까지 돌아와 데려가 주겠다고, 그래도 되겠냐고 했다.

"네, 딱 좋아요." 파스쿠알레가 말했다. "고마워요."

토마쏘는 모자를 살짝 들어 보이고 다시 배 위로 올라갔다. 시동을 걸자 모터가 그르렁 그르렁 목청을 가다듬었다. 파스쿠알레는 다른 어부들과 함께 부드럽게 출렁이는 바다 위를 동동거리며 출발하는 토마쏘의 배를 바라보았다.

파스쿠알레는 호텔로 돌아가 다시 침대에 누웠지만 잠은 오지 않았다. 그는 똑바로 누워 바로 2층에서 자고 있을 디 모레이를 생각했다.

그의 부모는 여름이면 가끔씩 그를 키아바리에 데려가곤 했었다. 한 번은 모래를 파며 노는데 담요를 깔고 일광욕을 하는 아름다운 여자가 눈에 띄었다. 살갗에서 반짝반짝 광채가 났다. 그녀에게서 눈을 뗄 수가 없었다. 잠시 후 담요를 접고 떠나면서 그녀가 그에게 손을 흔들어 주었는데, 어린 파스쿠알레는 너무나 매혹된 나머지 손을 흔들어 답례조차 할 수 없었다. 그때 그녀의 가방에서 무엇인가가 떨어졌다. 그는 달려가서 모래 위에 떨어진 그것을 주웠다. 붉은 색 보석 반지였다. 파스쿠알레가 그것을 들고 서있는 동안 여자는 계속 걸어갔다. 그가 눈을 들어보니 어머니가 그를 바라보고 있었다. 그가 어떻게 할지 보려는 것이었다. "*시뇨라 Signora!*" 그는 멀어져가는 여자를 향해 소리치면서 해변을 따라 쫓아갔다. 여자가 멈추고는 반지를 건네받고 고맙다며 그의 머리를 쓰다듬어 주었다. 그리고 50리라 동전을 하나 주었다. 그가 돌아오자 어머니는 말했다. "엄마가 보고 있지 않았더라도 그랬기를 바란다." 그게 무슨 뜻인지 파스쿠알레는 알지 못했다. "어떤 때는 말이야," 그녀가 말했다. "우리가 하고 싶은 일과 우리가 해야만 하는 일이 똑같지가 않단다." 어머니는 그의 어깨에 손을 얹었다. "파스코, 네가 하고픈 일과 해야 하는 옳은 일 사이의 틈이 작을수록 너는 더 행복해질 거야."

그는 왜 반지를 곧바로 돌려주지 않았는지 어머니에게 말할 수가 없었다. 여자에게 반지를 준다면 그들은 결혼해야 할 거고 부모 곁을 떠나야 할 거라고 생각했었다. 일곱 살짜리 소년으로서는 알아듣기 힘들었던 어머니의 말씀이 이제 이해가 된다. 우리의 의지와 욕망이 언제나 맞아떨어진다면 인생이 얼마나 살기 쉬워질까!

태양이 절벽 위로 솟아오르자 파스쿠알레는 방 안의 대야에 물을 받아 씻고 낡고 뻣뻣한 양복을 꺼내 입었다. 아래층에 내려와 보니 발레리아 이모가 벌써 깨어 가장 좋아하는 주방 의자에 앉아 있었다. 그녀가 양복 차림의 그를 흘끔 보았다.

"나는 장례 미사에 못 간다." 이모가 한숨을 내쉬었다. "신부님을 뵐 자신이 없어."

파스쿠알레는 알았다고, 이해한다고 말했다. 그리고 테라스에서 담배를 피우려고 밖으로 나갔다. 어부들이 떠나고 없는 마을은 텅 빈 느낌이다. 부두의 고양이들만 광장 근처를 어른거릴 뿐이다. 엷은 이내가 끼어 있었다. 태양이 아침 안개를 다 태우지 못했고 파도는 맥없이 몰려와 낮게 깔린 바위들을 때리고 돌아갔다.

계단을 내려오는 발자국 소리가 들렸다. 미국인 손님을 얼마나 기다렸었던가? 그런데 이제 그 미국인 손님이 둘이나 됐다. 테라스 나무 바닥을 밟는 묵직한 소리에 이어 앨비스가 나타났다. 그는 파이프에 불을 붙이고는 목을 이쪽저쪽으로 구부렸다. 그리고 눈 위에 든 가벼운 멍을 문질렀다. "싸움질깨나 하던 시절은 이제 지나갔나 봐, 파스쿠알레."

"다치셨어요?" 파스쿠알레가 물었다.

"뭐, 자존심만." 앨비스가 입에서 파이프를 빼들었다. "우습구나." 그가 연기를 내뿜으며 말했다. "내가 여기 왔던 건 한동안 세상을 피해 글을 쓸 수 있는 조용한 곳이라는 생각에서였어. 그런데 이젠 아닌 것 같아. 안 그래, 파스쿠알레?"

파스쿠알레는 친구의 얼굴을 뜯어보았다. 뭐랄까, 탁 트인 그것은 분명히 미국인의 얼굴이었다. 디의 얼굴이, 마이클 딘의 얼굴이 그러했듯. 이 탁 트인 느낌, 가능성에 대한 그 완강한 믿음, 그가 보기에 아무리 어려도 이탈리아인에게선 찾아볼 수 없는 그 특징만으로 어디서나 미국인을 알아볼 수 있다는 생각이 들었다. 어쩌면 두 나라의 나이차이 때문인지 몰랐다. 젊은 미국은 수많은 드라이브인 영화관과 카우보이 식당들을 지으며 날로 뻗어나가고 있는 데 반해, 이탈리아는 지난 세대의 유물, 제국의 유골에 골몰하며 끝없이 줄어들고 있었으므로.

그러자 이야기는 나라와 같다던, 이탈리아는 대서사시, 영국은 두꺼운 장편소설이라면, 미국은 화려한 테크니컬러로 찍은 경박한 영화라고 할 수 있다던 앨비스 벤더의 주장이 떠올랐다. 그리고 여러 해 동안 '나 자신의 영화가 시작되기를' 기다렸다던, 그걸 기다리느라 자신의 삶을 거의 놓칠 뻔했다던 디 모레이의 말도 기억났다.

앨비스가 다시 파이프에 불을 붙였다. *"레이 에 몰토 벨라Lei e molto bella(그녀는 정말 아름다워)."* 그가 말했다.

파스쿠알레는 앨비스를 향해 몸을 돌렸다. 물론 디 모레이 이야기였는데 그 순간 파스쿠알레는 아메데아를 생각하고 있었다. *"시Si."* 파스쿠알레가 말했다. 그리고 영어로 덧붙였다. "앨비스, 오늘이 어머니의 진혼 미사일이에요."

본성이 친절하고 서로를 매우 좋아하는 이 두 사람은 이따금 상대방의 언어로만 대화를 이어가기도 했다. *"시, 파스쿠알레. 디스피아체. 데보 베니레Si, Pasquale. Dispiace. Devo venire(그래, 파스쿠알레. 슬픈 일이야. 나도 갈까)?"*

"아뇨, 괜찮아요. 그냥 혼자 갈래요."

*"포쏘 파레 쿠알코사*Posso fare qualcosa*(내가 해줄 일은 없을까?)?"*

한 가지 해줄 일이 있다고, 파스쿠알레가 말했다. 고개를 들어 보니 공산주의자 토마쏘의 배가 통통거리며 만으로 들어오고 있었다. 시간이 다 되었다. 파스쿠알레는 의사가 정확히 전달되도록 하기 위해 이번에는 이탈리아어로 말했다. "오늘 밤 제가 돌아오지 않으면, 제 대신 해주셨으면 하는 일이 있어요."

물론 그러겠다고, 앨비스가 말했다.

"디 모레이를 돌봐주세요. 그녀가 미국으로 무사히 돌아갈 수 있도록 도와주세요."

"왜? 어디 가려고, 파스쿠알레?"

파스쿠알레는 주머니에서 마이클 딘이 준 돈을 꺼내 앨비스에게 건네주었다. "그리고 이걸 전해주세요."

"물론 그러겠는데," 앨비스가 다시 말했다. "어디 가는데?"

"고마워요." 파스쿠알레가 다시 대답을 회피했다. 자기 의도를 소리 내어 말해버리면 실천할 힘을 잃어버릴까 두려워서였다.

토마쏘의 배가 부두 가까이 와있었다. 파스쿠알레는 미국인 친구의 팔을 가볍게 두드리고 조그만 마을을 둘러본 다음 아무 말 없이 호텔 안으로 들어갔다. 주방에서 발레리아는 아침을 짓고 있었다. 프랑스인이나 미국인 관광객들을 유치코자 하는 호텔이라면 반드시 아침식사를 제공해야 한다고 여러 해 동안 카를로가 주장했을 때조차 한 번도 아침을 짓지 않았던 이모였다. (*게으른 인간의 식사예요,* 그녀는 늘 말했다. *일도 하기 전에 먹겠다는 게 굼벵이지 뭐예요.*) 그런데 오늘 아침, 그녀는 프랑스빵인 브리오슈를 굽고 에스프레소를 끓이고 있었다.

"미국 창녀는 밥 먹으로 내려온다던?" 발레리아가 물었다.

바로 이때, 그는 자신이 어떤 사람이 될 것인지 깨달았다. 파스쿠알레는 숨을 고르고 디 모레이에게 아침을 먹겠느냐고 물어보러 계단을 올라갔다. 문틈으로 빛이 새어나오는 것으로 보아 창 덧문이 열려있다는 걸 알 수 있었다. 그는 깊은 숨을 내쉬며 마음을 굳게 먹고 가볍게 노크를 했다.

"들어오세요."

그녀는 긴 머리를 말총머리로 묶고 침대에 앉아 있었다. "이렇게 오래 자다니 믿을 수가 없어요." 그녀가 말했다. "열두 시간을 내리 자고 났더니 내가 얼마나 피곤했는지 실감이 나요." 그녀가 그를 향해 웃어 보였고, 그 순간 파스쿠알레는 의도와 욕망 사이의 틈을 메우는 것이 과연 가능할지 의심이 되었다.

"아주 멋져 보여요, 파스쿠알레." 그녀가 말하고는 자신의 옷차림을 내려다보았다. 기차역에 갈 때 입었던 옷 그대로였다. 꼭 끼는 검은 바지와 블라우스, 그리고 모직 스웨터. 그녀가 소리 내어 웃었다. "내 짐은 아직 라 스페찌아 역에 있겠군요."

파스쿠알레는 그녀와 눈을 마주치지 않으려 자신의 발치를 내려다보았다.

"무슨 일 있어요, 파스쿠알레?"

"아니에요." 그가 말하고 고개를 들어 그녀의 눈을 본다. 그녀와 같은 방에 있지 않으면 무엇이 옳은 일인지 알 것 같다가도, 저 눈을 보는 순간이면…. "지금 아침 먹으러 내려올래요? 브리오슈가 있어요. 그리고 커피도요."

"네." 그녀가 말했다. "바로 내려갈게요."

그는 나머지 말을 할 수 없었다. 파스쿠알레는 살짝 고개를 끄덕이고 돌아서서 나가려 했다.

"고마워요, 파스쿠알레." 그녀가 말했다.

자기 이름이 들리자 다시 돌아서게 되었다. 그녀의 눈을 보면 약간 열린 문 옆에 서있는 기분이었다. 어떻게 그 뒤에 무엇이 있는지 보러 문을 열어젖히지 않을 수가 있는가?

그녀가 그를 향해 미소를 지었다. "여기 도착했던 날 밤 기억해요? 우리는 서로에게 무슨 말이든 다 털어놓을 거라고, 아무것도 감추지 않을 거라고 약속했었잖아요."

"네." 파스쿠알레가 가까스로 말했다.

그녀가 불안하게 웃었다. "참, 이상해요. 아침에 일어나서 이제 어째야 할지 전혀 모르겠다는 생각이 들었어요. 아기를 낳을 건지… 배우생활을 계속할 건지… 스위스로 갈 건지… 아니면 미국으로 돌아갈 건지. 정말이지 하나도 모르겠어요. 그래도 괜찮다고 생각했어요. 왠지 알아요?"

파스쿠알레는 방문 손잡이를 잡았다. 그리고 고개를 저었다.

"당신을 다시 보게 될 것이 반가웠기 때문이에요."

"네." 그가 말했다. "나도, 그래요." 문은 조금 열린 듯했다. 그리고 그 문 뒤의, 어렴풋이 보았던 그것이 그를 괴롭게 했다. 그는 심중을 다 털어놓고 싶었지만 그럴 수가 없었다. 언어의 문제가 아니었다. 어느 언어가 됐건 자신의 마음을 정확히 표현할 낱말이 있을 것 같지 않았다.

"그럼," 디가 말했다. "바로 내려갈게요." 그리고 그가 돌아서 나가려는 순간 그녀가 조용히 덧붙였다. 그 아름다운 입술 끝에서 새어나와 흘러내리는 물 같은 말이었다. "그리고 우리의 앞날에 대한 이야기를 나눌 수 있겠죠."

앞날. 분명 그렇게 말했다. 파스쿠알레는 멍한 정신으로 간신히 방에서 나왔다. 그는 방문을 닫고 아직 문손잡이를 놓지 않은 채 깊은 숨을 쉬었다. 이윽고 손잡이에서 손을 뗀 뒤 계단을 올라 자기 방으로 갔다. 파스쿠알레는 외투와 모자를 꺼내고 침대에 올려놓은 짐을 들었다. 그는 방에서 나와 계단을 내려갔다. 아래층에서 발레리아가 그를 기다리고 있었다.

"파스코." 그녀가 말했다. "신부님께 나를 위한 기도를 부탁해 주겠니?"

그는 그러겠다고 말하며, 이모의 뺨에 입을 맞추고 밖으로 나갔다.

테라스에 앨비스 벤더가 파이프 담배를 피우며 서있었다. 파스쿠알레는 미국인 친구의 팔을 가볍게 두드려주고 공산주의자 토마쏘가 기다리고 있는 부두로 내려갔다. 토마쏘는 들고 있던 담배를 떨어뜨리더니 발로 짓이겼다. "좋아 보이네, 파스쿠알레. 자네 어머니가 흐뭇하시겠어."

파스쿠알레는 물고기들의 내장으로 얼룩진 보트 위에 올라가 책상 앞에 앉은 어린 학생처럼 무릎을 똑바로 모으고 뱃머리에 앉았다. 호텔 쪽을 바라보지 않을 수 없었다. 마침 디 모레이가 현관 밖으로 나와 앨비스 벤더 곁에 섰다. 그녀는 손으로 햇빛을 가리며 파스쿠알레를 호기심 어린 눈으로 바라보았다.

또 다시, 파스쿠알레의 몸과 마음이 그를 각기 다른 방향으로 끌었다. 그리고 그 순간, 그는 정말로 자신이 어느 방향으로 움직일지 몰랐다. 이대로 배에 머무를까? 아니면 호텔로 뛰어올라가 그녀를 안아줄까? 그러면 그녀는 어떻게 반응할까? 두 사람 사이에는 아무것도 확실하게 규정되어 있지 않았다. 그저 살짝 열린 그 문이 전부였다. 그렇지만… 그보다 더 매혹적인 것이 또 있을까?

그 순간 파스쿠알레 투르시는 몸이 두 갈래로 쪼개지는 느낌이었다.

그의 삶은 이제 두 개로 나뉘어져 있었다. 그가 살아갈 삶과, 그가 평생 궁금해 할 삶.

“그만,” 파스쿠알레가 갈라지는 목소리로 토마쏘에게 말했다. “가죠.”

늙은 어부가 시동을 걸었으나 좀처럼 걸리지 않았다. 디 모레이가 호텔 테라스에서 외쳤다. “파스쿠알레! 어디 가는 거예요?”

“제발요….” 파스쿠알레가 이제 다리를 떨며 토마쏘에게 속삭였다.

마침내 시동이 걸렸다. 토마쏘는 배 뒤끝에서 타륜을 잡고 배를 부두로부터, 만으로부터 끌어냈다. 테라스의 디 모레이는 앨비스 벤더에게 무슨 영문인지를 묻고 있었다. 아마도 파스쿠알레 어머니의 별세 소식을 듣고 그녀는 손으로 입을 가렸다.

파스쿠알레는 안간힘을 다하여 그들로부터 시선을 거두었다. 강철로부터 자석을 뜯어내는 것 같았지만, 그는 해냈다. 배가 나아가는 방향으로 몸을 돌리고 눈을 감았다. 아직도 머릿속에서는 저기 서있는 그녀의 영상이 선명했다. 돌아보지 않으려 이를 악물고 몸을 떨던 그는 배가 방파제를 지나 열린 바다에 닿자 거친 숨을 내쉬며 고개를 가슴팍까지 떨구었다.

“자네는 정말 괴상한 젊은이야.” 공산주의자 토마쏘가 말했다.

배가 라 스페찌아에 도착했다. 파스쿠알레는 토마쏘에게 고맙다고 인사를 하고 배에서 내려, 항구를 빠져나와 포르토 베네레와 이솔라 팔마리아 사이의 해협 쪽으로 진입하는 조그만 고깃배를 지켜보았다.

그리고 공동묘지 근처의 작은 교회로 갔다. 숱 없는 머리에 빗질 자국이 선명한 신부가 기다리고 있었다. 어둡고 곰팡내 나고 텅 비고 촛불이 켜진 교회에는 또한 장례를 돕는 나이 든 여자 두명과 어쩐지 야생동물 같은 인상의 복사服事(미사 집전을 돕는 소년) 한명이 있었다. 진혼 미사는 어머니와는 아무 상관없는 행사처럼 진행되고 있었기에 신부의 라틴어 영창 중에 어머니의 이름이 들리자(*안토니아, 레퀴엠 아에테르남 도나 에이스, 도미네Antnonia, requiem aeternam dona eis, Domine)* 파스쿠알레는 순간 깜짝 놀랐다. 맞아, 그는 생각했다, 어머니는 돌아가셨어. 그리고 그 깨달음과 함께 그는 울음을 터뜨렸다. 장례식이 끝난 후 신부는 파스쿠알레의 이모를 위해 기도를 해주기로, 그리고 몇 주 후에는 트리게시모도 집전하기로 약속했다. 파스쿠알레는 또 값을 치렀다. 신부가 축도를 해주려고 손을 들었지만 파스쿠알레는 이미 돌아서서 그곳을 나오고 있었다.

파스쿠알레는 녹초가 된 몸으로 기차역으로 갔다. 디 모레이의 짐은 아직 거기 있었다. 그는 여행사 직원에게 비용을 정산하고 이튿날 그녀가 직접 짐을 찾으러 올 거라고 말해주었다. 이어서 디 모레이와 앨비스 벤더를 태우고 갈 수상택시를 예약했다. 그리고 자신이 탈 피렌체 행 기차표를 끊었다.

자리에 앉자마자 곯아떨어진 파스쿠알레는 기차가 피렌체 역에 들어설 때에야 화들짝 잠이 깼다. 그는 마씨모 다젤리오 광장에서 세 블록 떨어진 곳에 방을 얻었다. 그는 목욕을 한 뒤 다시 양복을 입고 길고 긴 하루의 마지막 빛이 어스레한 밖으로 나와 광장의 나무그늘 아래 서서 담배를 피웠다. 이윽고 저녁 산책에서 돌아오는 아메데아 가족의 메추라기 떼처럼 지친 모습이 보였다.

아름다운 아메데아가 유모차에서 브루노를 들어 올릴 때 파스쿠알레는 그날 해변에서의 어머니를 다시 떠올렸다. 자신이 떠나버리면 아들 파스쿠알레가 원하는 것과 옳은 것 사이의 틈을 메우지 못할지 모른다는 어머니의 그 두려움을. 그는 어머니를 안심시켜 드릴 수 있었으면, 인간은 살아가면서 많은 것을 원하지만 그중 하나가 옳은 것이기도 한데 그것을 택하지 않는다면 그는 바보라고 확언할 수 있었으면 하고 바랐다.

파스쿠알레는 몬텔루포 일가가 집으로 들어갈 때까지 기다렸다가 담배를 자갈에 비벼 끄고는 광장을 건너 커다란 검은 대문을 향해 걸어 올라갔다. 그는 초인종을 눌렀다.

문 뒤에서 발걸음 소리가 들리더니 아메데아의 아버지가 문을 열었다. 그는 커다란 대머리를 뒤로 살짝 젖히고 마치 카페에서 용납할 수 없는 음식을 살펴보듯 사나운 눈으로 파스쿠알레를 노려보았다. 그의 뒤에서 아메데아의 여동생 도나타가 파스쿠알레를 보고 손으로 입을 가렸다. 그녀는 돌아서서 비명을 지르며 계단을 뛰어올라갔다. "아메데아!!" 브루노는 고개를 돌려 딸을 본 뒤 다시 파스쿠알레에게 근엄한 눈길을 던졌다. 파스쿠알레는 정중하게 모자를 벗었다.

"그래," 브루노 몬텔루포가 입을 열었다. "무슨 일인가?"

계단에서 나긋나긋하고 사랑스러운 아메데아가 나타나더니 고개를 가로저었다. 아직도 그를 단념시키려는 듯…. 하지만 입을 가린 손 밑에서 살짝 미소가 퍼지는 것을 파스쿠알레는 본 것도 같았다.

"아버님." 그가 말했다. "저는 포르토 베르고냐의 파스쿠알레 투르시입니다. 따님인 아메데아에게 청혼하러 왔습니다." 그는 목을 가다듬었다. "그리고 제 아들을 만나러 왔습니다."

20
끝없는 불길

최근
아이다호 주, 샌드포인트

데브라는 어둠 속에서 잠이 깬다. 별들을 바라보기 좋은 오두막 뒤쪽 테라스다. 공기가 서늘하고 하늘은 맑고 불빛들이 유난히 드센 밤이다. 집요하다. 반짝거리는 게 아니라 타오른다. 오두막의 앞쪽 테라스에서는 얼어붙은 산중호수가 내려다보인다. 관광객 대부분이 탄성을 내지르는 바로 그 풍경이다. 하지만 그녀는 밤의 앞쪽 테라스가 맘에 들지 않는다. 나루와 부두, 다른 오두막들로부터 불빛들이 경쟁적으로 밀려들어오기 때문이다. 여기 뒤쪽이 좋다. 집의 그림자가 드리우고 주변에는 소나무며 전나무들이 늘어선 이곳에서는 그녀 자신과 하늘만 존재하는 것 같다. 하늘을 바라보면 십억 년의 세월과 오백조 킬로미터의 거리를 다 들여다보는 느낌이다. 하늘을 바라보는 버릇은 앨비스와 결혼하고 나서 생겼다.

앨비스는 빛의 공해가 미치지 않은 깨끗한 곳을 찾아 캐스케이즈까지 차를 달리곤 했다. 그는 사람들이 무한이 무엇인지 모른다는 것을 안타까워했으며, 상상력은 물론 단순한 비전조차 없는 결과로 치부하곤 했다.

자갈 부서지는 소리가 들린다. 아마 그 소리에 잠이 깼던 모양이었다. 팻의 지프가 긴 진입로를 따라 들어오는 소리다. 공연을 마치고 이제 집에 돌아온 것이다. 얼마나 잔 것일까? 그녀는 손을 뻗어 차갑게 식은 찻잔을 만져본다. 꽤 오래 잔 것 같다. 담요에서 빠져나온 발만 빼고 따뜻하다. 팻은 그녀가 좋아하는 침대의자 위에서 잘 수 있도록 양 옆에 벽난로처럼 생긴 히터를 놔 주었다. 처음엔 전력 낭비라고, 여름이 올 때까지 그냥 기다리면 된다고 반대했다. 팻은 "앞으로 평생 동안" 방에서 나올 때 불을 모두 끌 테니 이번만은 아들 말을 들어달라고 애원했다. 시인하건대 이렇게 여기 나와 잘 수 있는 건 참 즐거운 일이다. 아들이 지어준 이 따뜻한 요람에서 자다 찬 공기를 느끼며 깨어나는 것은 그녀가 가장 좋아하는 일이다. 그녀는 히터 전원을 끄고 침대의자 위의 끔찍한 깔개를 살펴본 뒤(다행히 말라있다) 카디건을 단단히 여미고는 조금 휘청거리며 안으로 들어간다. 밖에서 차고 문이 닫히는 소리가 들려온다.

오두막은 이 깊은 산중호수의 만으로부터 6미터 높이의 돌출 지점에 지어져 있다. 시애틀 집을 팔고 남은 돈으로 그녀가 직접 설계하여 지은 이 집은 세로로 높이 솟아있다. 사층 건물에 실내가 개방형으로 되어있고 차 두 대가 들어가는 차고가 달려있다. 이층은 팻과 리디아가 쓰고, 삼층은 공용 주거공간으로 개방형 거실과 주방과 식당이 있으며, 데브라가 쓰는 사층은 침실과 기포욕조가 있는 욕실과 그녀만의 거실이 있다. 물론 이 집을 지을 당시에는 자신이 모든 치료법을 동원하고도 더 이상 도리가 없어 치료를 포기한 쇠약한 말기 암 환자로서 대부분의 시간을 여기서 보내게 될 줄은 몰랐다. 알았다면 계단이 적은 목장 집을 선택했을 것이다.

"엄마, 우리 들어왔어요!"

집에 들어올 때마다 위층을 향해 외치는 아들 앞에서 그녀는 이유를 알지 못하는 체한다. "아직 살아있어." 이렇게 말해주고 싶지만 그건 가혹하게 들릴 것이었다. 그녀에게는 그런 분노가 없다. 다만 죽어가는 이를 외계인처럼 대하는 사람들의 태도가 우스울 뿐이다.

그녀는 계단을 내려가기 시작한다. "오늘은 어땠니? 관객은?"

"적었지만 호응은 좋았어요." 리디아가 계단을 향해 큰 소리로 대답한다. "결말부가 더 잘 풀렸고요."

"배고프지?" 데브라가 묻는다. 공연 후에 팻은 늘 배가 고픈데 이 연극은 유독 더했다. 리디아가 완성한 원고를 보여주었을 때 데브라는 갈등을 느꼈다. 리디아가 쓴 것 중 가장 훌륭했으며 수년 전 부모의 이혼에 관한 희곡으로 시작된 자전적 연작에 마침표를 찍어줄 완벽한 작품이었다. 그녀 생각에 〈프런트 맨〉의 진짜 문제는 팻을 연기할 수 있는 사람은 단 하나, 팻 그 자신뿐이라는 점이었다. 데브라와 리디아는 팻이 지난날들을 재연하면서 다시 그 구렁텅이로 빠져들지 않을까 걱정했다. 일단 원고를 읽어보게 하라고, 데브라는 리디아에게 말했다. 팻은 원고를 갖고 아래층으로 내려갔다가 세 시간 후에 올라와 리디아에게 입을 맞추며 연극을 올리자고, 자신이 팻 역할을 맡겠다고 했다. 자기도취의 극에 빠져있던 자신을 다른 사람이 연기하는 것을 보는 것이 스스로 재연하는 것보다 힘들 것이라는 게, 그의 생각이었다. 그는 이미 북 아이다호 공연예술단에서 1년 넘게 활동해오고 있었다. 연극은 밴드 시절의 자기도취적인 방식이 아니라 보다 엄격하고 통제되고 협업적인 방식으로 공연에 대한 욕구를 발산할 수 있는 출구였다. 그리고 그는 말할 나위 없이 타고난 배우였다.

데브라가 달걀을 휘젓는 동안 팻은 주방 기둥 둘레를 돌며 그녀의 뺨에 키스를 한다. 아직도 변함없이 개구쟁이다. "테드하고 아이졸라가 안부 전해드리랬어요."

"그래?" 그녀는 프라이팬에 달걀을 붓는다. "잘 지낸다던?"

"정신 나간 우익 꼴통들이지 뭐."

오믈렛에 넣으려고 자른 치즈를 팻이 반은 집어먹는다. "왜 말하지 그랬니?" 그녀가 말한다. "극장 후원금을 계속 보내주는 걸 내가 아주 지긋지긋해 하고 있다고."

"〈철저히 현대적인 밀리〉를 올리면 좋겠대요. 테드는 출연도 하고 싶대. 그리고 역할이 나한테 아주 잘 어울릴 거라고 하더라고요. 상상이 가요? 나랑 테드가 연극을 함께 한다는 게?"

"그러게 말이다. 네가 테드랑 함께 연기할 기량이 있을지 모르겠네."

"그야 내 연기 선생이 형편없어서가 아닐까?" 그가 말한다. 그리고 덧붙인다. "기분은 좀 어때요?"

"좋아." 그녀가 말한다.

"딜로디드는 먹었고요?"

"아니." 그녀는 정신을 멍하게 만드는 진통제가 싫다. 하나도 놓치고 싶지 않다. "괜찮다니까."

팻이 그녀의 이마에 손을 얹어본다. "열이 있는데?"

"괜찮아. 네가 막 밖에서 들어와서 그래."

"엄마도 그랬잖아."

"나는 네가 만들어준 화덕 속에서 나온 거지. 아마 거의 푹 익었을 거야."

그가 도마로 손을 뻗는다. "내가 할게요. 오믈렛쯤은 나도 만들 줄 알아."

"언제부터?"

"리디아더러 하라고 할게. 리디아도 그러니까 그 여자의 일이라는 거 곧잘 하거든."

데브라는 양파 썰기를 멈추고 팻의 쪽으로 칼을 휘두르는 시늉을 한다.

"가장 잔인무도한 자상刺傷이로고!" 그가 말한다.

이렇게 그가 기억하는 연극의 한 대사를 언급함으로써 그녀를 깜짝 놀라게 하는 건 하나의 선물과도 같다. "그 연극을 지도하곤 했지." 그녀가 말한다. 생각할 필요도 없이 그녀는 가장 좋아하는 대사를 암송한다. "겁쟁이는 죽기 전에 누차 죽지만, 용감한 자는 단 한 번 죽음을 맛본다."(셰익스피어의 희곡 〈줄리어스 시저〉에 나오는 대사)

팻은 주방 카운터 앞에 앉는다. "칼보다 더 아프군."

그때 샤워를 마치고 머리를 말리며 리디아가 계단을 올라온다. 그녀도 데브라에게 테드와 아이졸라가 왔었고 안부를 묻더라는 말을 들려준다.

데브라는 그 안부 인사가 어떤 억양인지 아주 잘 안다. *어머니는 어떠셔?*

아직 살아있어. 아, 할 수만 있다면 해버리고 싶은 말이 얼마나 많은지. 그러나 죽는다는 일에는 지켜야 할 예절과 법도 또한 수두룩하다. 이 고장의 파격적인 사람들은 자석, 약초, 말에 쓰는 도찰제 등 온갖 민간요법을 끝없이 소개해준다. 어떤 이들은 셀프 헬프나 애도, 또는 죽음에 관한 책을 주기도 한다. 그녀는 말하고 싶다. *나는 자신이건 남이건 도와줄 수 있는 입장이 아니에요,* 또는 애도란 건 *유족들에게 적합한 주제 아닌가요?* 또는 *죽음에 대한 책 고마운데, 그건 내가 이미 잘 알고 있는 주제거든요.* 그들은 팻에게 *어머니는 어떠셔?* 하고 묻고 그녀에게는 좀 *어떠세요?*

하고 묻는다. 하지만 그녀가 늘 피곤하고 요실금이 있으며 신체기능 정지 가능성에 대비하고 있다는 대답은 듣고 싶어 하지 않는다. 그들이 듣고 싶어 하는 건 그녀가 평온하고 멋진 인생을 살았으며 아들이 돌아와서 행복하다는 대답이다. 그래서 그녀는 그렇게 대답한다. 그리고 사실 그녀는 대부분 평온하고 멋진 인생을 살았으며 아들이 돌아와 행복하다. 그녀는 호스피스와 병상을 갖춘 병원과 모르핀 주사약 디스펜서 회사의 전화번호가 어느 서랍에 있는지 안다. 어떤 날에는 낮잠에서 깨어나 이렇게 계속 자는 것도 괜찮겠다는, 전혀 무섭지 않겠다는 생각을 한다. 팻과 리디이는 더 바랄 것 없이 잘 살아주고 있고, 위원회는 리디아를 그녀 후임으로 고용하겠다고 약속했다. 오두막은 갚아야 할 융자금이 없고 세금이나 기타 경비에 쓸 돈도 은행에 충분히 들어있으니, 팻은 아침에 일어나면 좋아하는 정원 가꾸기, 페인트칠, 가지치기, 진입로 손질, 벽 손질 등 손을 움직여 할 수 있는 어떤 일이든 하면서 평생을 보낼 수 있을 것이다. 팻과 리디아가 얼마나 행복한지 볼 때면 그녀는 일생의 과업을 완수했다는 생각과 함께 산란을 마친 연어 같은 기분이 들기도 한다. 하지만 어떤 때는 평온하다는 그 개념 자체에 화가 나기도 한다. 평온? 미치지 않은 어느 누가 평온할 수가 있단 말인가? 인생을 즐긴 어느 누가 한 번으로 충분하다고 생각할 수 있단 말인가? 어느 누가 하루라도 회한의 감미로운 아픔 없이 살 수 있단 말인가?

여러 차례에 걸쳐 화학요법을 받던 시절에는 그저 어서 통증과 불편이 사라지기를 바라는 마음에 차라리 죽음이 위안처럼 느껴진 적도 있었다. 그것이, 그 수많은 화학요법과 방사선치료와 각종 수술 후, 두 차례의 유방절제 후, 의사들이 그녀의 쪼그라드는 몸을 상대로 온갖 전통병기와 핵무기를 동원한 조치를 취했음에도 그녀의 골반 골조직에서 암의 자취가 발견된 후, 그녀가 더 이상의 치료를 거부하고 병이 제 갈 길을 다 가도록 놔두겠다고 결심한 이유 중의 하나였다. 날 데려가겠다면 그러라고 해. 의사들은 그게 원발암인지 속발암인지에 따라 아직 취할 수 있는 조치가 있을지 모른다고 했지만, 그녀는 이제 상관없다고 했다. 팻도 돌아왔겠다, 그녀는 주삿바늘과 구토증에 시달리는 3년보다는 평화로운 여섯 달을 원했다. 그 결정 후 지금껏 대체로 좋은 상태로 2년을 살았으니 운도 좋았다. 물론 가끔 거울을 보면 아직도 흠칫 놀라는 게 예사지만. *키만 커다랗고 삐쩍 마른 데다 가슴은 납작하고 머리는 허연 고슴도치 털 같은 이 해골은 대체 누구지?*

데브라는 스웨터를 여미고는 차를 데운다. 그리고 싱크대에 몸을 기대고 오믈렛 두 번째 접시를 먹는 아들과 손을 뻗어 치즈가 잔뜩 묻은 버섯을 집는 리디아의 모습을 보며 미소 짓는다. 팻이 이 노골적인 절도 행위를 목격했느냐는 눈으로 그녀를 쳐다본다. "리디아에겐 안 휘두를 거예요?"

그때 바깥의 자갈길에 차가 들어오는 소리가 들린다. 팻도 소리를 듣고 손목시계를 확인한다. "나도 모르지."

팻이 창가로 가 유리창에 손을 얹고 진입로 쪽을 바라본다. 헤드라이트 불빛이 희미하게 비친다. "키쓰 브롱코." 그가 창가에서 비켜선다. "뒤풀이 파티 있었잖아요. 아마 만취한 모양이야. 내가 나가서 해결할게요."

그가 소년처럼 계단을 깡충거리며 내려간다.

리디아는 팻의 접시에 남은 양파와 버섯들을 집어먹는다. "훌륭했어요. 팻에게서 눈을 뗄 수가 없었다니까요. 맙소사. 하지만 이 작품이 끝나면 정말 한숨 놓을 것 같아요. 막이 내리면 그냥 앉아서 허공을 응시하는 때가 있어요…. 이렇게 멍한 눈으로요. 한 십오 분쯤, 완전히 딴 곳에 가있는 거예요. 정말이지 이 작품을 쓰고 난 후부터는 불안해서 숨도 못 쉬고 살아온 것 같아요."

"네가 숨도 못 쉬고 산 건 그보다 훨씬 전부터지." 데브라가 말한다. 두 사람이 함께 웃는다. "이건 훌륭한 작품이야, 리디아. 모두 날려 보내고 그냥 즐기도록 해."

리디아가 팻의 오렌지 주스를 마신다. "모르겠어요."

데브라가 테이블 건너편으로 팔을 뻗어 리디아의 손을 잡는다. "넌 그걸 써야 했고, 팻은 그걸 연기해야 했어. 그리고 난 그걸 볼 수 있었던 게 감사할 따름이야."

리디아가 고개를 뒤로 젖힌다. 이마에 주름이 잡히며 눈물을 참는 모습이다. "아아, 어머니. 그런 말씀은 왜 하세요?"

그때 아래층에서 팻과 키쓰와 다른 누군가의 목소리가 들리는가 싶더니 계단을 덜컹거리며 올라오는 발자국 소리가 이어진다. 다섯 아니면 여섯 명쯤 되는 듯하다.

팻이 앞장서 올라오며 어깨를 으쓱한다. "엄마, 오늘 밤 공연에 옛날 친구분들이 왔었던 모양인데…. 키쓰가 그분들을 모시고 왔네요. 괜찮겠지요?"

팻의 뒤로 키쓰가 올라온다. 취한 것 같지는 않은데 비디오카메라를 들고 있다. 정확히 뭔지는 데브라로서는 알 수 없지만 어쨌든 뭔가를 기록하고자 할 때 사용하곤 한다. "디, 안녕하세요? 밤늦게 폐를 끼쳐 죄송한데, 이 사람들이 꼭 만나야 한다고 해서…."

"괜찮아, 키쓰." 그녀가 말한다. 다른 사람들이 하나씩 계단을 올라온다. 먼저 곱슬곱슬한 빨강머리의 매력적인 젊은 여자와 취했음이 *분명한* 더벅머리에 깡마른 젊은 남자다. 둘 다 데브라가 알아보지 못하는 얼굴이다. 이어서 괴상한 인간이 하나 올라온다. 등이 좀 굽고 정장 재킷을 입은 이 나이든 남자는 데브라만큼이나 말랐는데 희미하게 낯이 익은 듯도 아닌 듯도 하다. 주름이라곤 하나 없는 기묘하기 짝이 없는 그 얼굴은 마치 노화과정을 보여주는 컴퓨터 화면을 반대로 돌려놓은 것 같다. 영락없이 노인의 목에 접목한 소년의 얼굴이다. 그리고 마지막으로 진회색 양복을 입은 노신사가 올라온다. 다른 사람들로부터 떨어져 주방과 거실 중간의 카운터를 향해 걸어오는 이 남자가 그녀의 시선을 붙든다. 그가 중절모를 벗고 거의 투명하게 보이는 하늘빛 눈으로 그녀를 바라본다. 온기와 연민이 뒤섞인 그 눈은 순식간에 디 모레이를 50년 전으로, 다른 삶으로 끌어당긴다.

그가 말한다. "안녕, 디."

데브라의 찻잔이 카운터 위로 떨어진다. "파스쿠알레?"

물론, 오래 전, 그를 다시 볼 수 있을지 모른다고 생각했던 적이 있기는 했다. 이탈리아에서의 그 마지막 날, 그가 탄 배가 호텔로부터 멀어져가는 모습을 보았을 때, 그녀는 그를 다시 보지 *못한다는 걸* 상상조차 할 수 없었다. 그들 사이에 어떤 언약이 있었던 것은 아니지만 말이 되어 나오지 않은 매혹과 기대가 들끓어 오르고 있었던 것은 부인할 수 없는 사실이었기 때문이다. 파스쿠알레는 어머니가 돌아가셔서 지금 장례식에 가는 길인데 어쩌면 돌아오지 않을지도 모른다는 말을 앨비스로부터 전해 들었을 때, 디는 정신이 아득해졌다. 왜 내게 말해주지 않았지? 그리고 그녀의 짐을 실은 배가 들어오고 파스쿠알레는 그녀가 안전하게 시애틀로 돌아가기를 바라고 있다는 말을 역시 앨비스로부터 전해 들었을 때, 그녀는 파스쿠알레가 얼마간 혼자 있고 싶은 것뿐이라고 생각했다. 그래서 집으로 돌아가 아기를 낳았다. 간혹 엽서를 보내보았다. *혹시나*… 하는 마음으로. 하지만 회신이 없었다. 그 후로도 가끔 파스쿠알레를 떠올렸지만 시간이 흐르면서 조금씩 그 횟수가 줄었다. 앨비스와 함께 이탈리아로, 포르토 베르고냐로 여행을 떠나자는 이야기를 나눈 적도 있지만 실현하지 못했다. 앨비스가 세상을 떠나고 이탈리아어 부전공으로 교사 자격증을 취득한 후에는 팻을 데리고 가볼 생각도 했다. 여행사에 전화까지 해봤지만 직원은 "애더퀴트 뷰 호텔은 목록에 없을" 뿐만 아니라 포르토 베르고냐조차 찾을 수 없다며 혹시 포르토 베네레를 말하는 것이냐고 물었다.

이쯤 되자 데브라는 파스쿠알레도 어부들도 벙커의 벽화들도 절벽에 붙은 작은 마을도 모두 다 그녀의 마음이 빚어낸 조화, 또 하나의 공상, 또는 예전에 본 영화의 한 장면이었던 것인지 의심이 될 지경이었다.

하지만 아니었다. 여기 이렇게 파스쿠알레 투르시가 와있지 않은가. 물론 많이 늙었다. 검은 머리는 백발이 되고 얼굴에는 깊은 주름이 가득하고 턱도 쭈글쭈글해졌다. 그러나 그 눈만은 여전하다. 그가 맞다. 그리고 그가 한 발짝 다가온다. 이제 두 사람을 갈라놓고 있는 것이라곤 이 주방 카운터뿐이다.

그 순간 그녀는 자의식과 함께 스물두 살 여자의 허영이 솟구치는 것을 느낀다. 지금 내 모습이 얼마나 끔찍할까. 다리를 저는 늙은 남자와 늙고 병든 여자는, 두꺼운 화강암 카운터와 50년간 따로 살아낸 긴 인생을 사이에 두고, 몇 초 동안 그저 서있다. 아무도 입을 열지 않고 아무도 숨을 쉬지 않는다.

이윽고 디 모레이가 침묵을 깨며 늙은 친구에게 미소를 짓는다. *"페르케 하이 페르소 코시 탄토 템포Perche hai perso cosi tanto tempo(왜 이렇게 오래 걸렸어요)?"*

그녀의 사랑스런 얼굴에 비해 여전히 지나치게 큰 미소다. 하지만 진정으로 그의 마음을 움직이는 것은 그녀가 이탈리아어를 배웠다는 사실이다. 파스쿠알레는 미소로 화답하며 조용히 말한다. *"미 디스피아체. 아베보 파레 쿠알코사 디 임포르탄테Mi dispiace. Avevo fare qualcosa di importante(미안해요. 해야 할 중요한 일이 있었어요)."*

이 방에 흩어져있는 다른 여섯 사람들 가운데 유일하게 그들의 대화를 알아듣는 셰인 휠러는 절망에 빠져 넉 잔의 위스키를 들이키고 난 뒤였지만 통역사와 통역 대상 간에 종종 발생하는 유대감으로 인해 깊은 감동을 느낀다. 참으로 많은 일이 일어난 하루였다. 클레어와 호텔 방에서 잠이 깨고, 영화 피치가 성공한 줄 알았으나 사실은 이용당하고 있을 뿐임을 깨닫고, 긴 여행길에 조금이나마 나은 조건을 얻기 위해 부질없는 협상을 시도하다, 연극 속 팻 벤더의 엉망이 되어버린 삶에서 자신을 발견한 뒤 전처에게 진정한 사과를 통해 다가가려 했으나 거절당했다. 그 많은 사건과 사연, 그렇게 털어 마신 위스키…. 그리고 지금 이렇게 눈앞에 펼쳐지고 있는 파스쿠알레와 디의 재회가 불러일으키는 감회는 셰인에게는 감당할 수 없이 벅차다. 그가 후, 하고 깊은 한숨을 쉰다. 그 소리에 다른 사람들의 정신도 돌아온다.

그들은 모두 파스쿠알레와 디를 유심히 관찰한다. 마이클 딘은 클레어의 팔을 잡는다. 클레어는 다른 손으로 입을 가린다. 리디아는 팻을 건너다본다(아직도 그녀는 걱정을 놓을 수가 없다). 팻은 어머니와 이 다정한 노인을 번갈아 쳐다본다. 지금 엄마가 저 노인을 파스쿠알레라고 한 거야? 그리고 계단 꼭대기에 서있는 키쓰를 돌아본다. 그는 아무데나 갖고 다니는 그 빌어먹을 카메라를 들고 구석으로 이동하여 이 순간을 화면에 담고 있다. "뭐 하는 거야?" 팻이 묻는다. "카메라 치워." 키쓰는 어깨를 으쓱하고 마이클 딘을 향해 고갯짓을 한다. 이 장면을 촬영하라고 돈을 준 사람이다.

데브라 또한 방안에 서있는 다른 사람들의 존재를 깨닫는다. 기대에 찬 얼굴들을 돌아보다가 다른 노인의 얼굴에 시선이 멈춘다. 이 기묘한 꼬마 도깨비 같은 얼굴은, 맙소사… 그녀가 아는 사람이다.

"마이클 딘."

그가 입술을 벌려 웃자 눈부시게 새하얀 이가 드러난다. "디, 안녕하세요?"

그의 이름을 말하고 그가 그녀의 이름을 말하는 소리를 듣는 것은 아직까지도 지긋지긋하기만 하다. 딘은 그걸 알아채고 시선을 돌린다. 물론 그녀는 그동안 그에 대한 기사들을 접해왔기에 그가 얼마나 오래도록 성공에 성공을 거듭해왔는지 잘 안다. 한참동안은 마이클 딘 프로덕션이라는 이름을 볼까 무서워 영화의 엔딩 크레디트 읽기를 기피하기도 했다.

"엄마?" 팻이 그녀 쪽으로 한 걸음 다가선다. "괜찮아요?"

"괜찮아." 그녀가 말한다. 하지만 그녀는 마이클을 노려보고, 다른 모두는 그녀의 시선을 뒤쫓는다.

마이클 딘은 이 모든 시선을 의식하고, 이제 이 방은 자기 것임을 깨닫는다. 그리고 *방은 전부다. 당신이 방안에 있을 때 방의 밖에는 아무것도 존재하지 않는다. 당신의 피치를 듣는 사람들은 방을 떠날 수 없다….*

마이클이 발동을 건다. 먼저 리디아를 향한다. 만면에 미소를 띠고 갖은 매력을 동원한다. "우리가 방금 본 그 걸작을 쓰신 작가님 맞으시죠?" 그가 손을 내민다. "정말이지, 훌륭한 연극이었어요. 대단히 감동적이에요."

"감사합니다." 리디아가 그와 악수를 하며 말한다.

이제 딘은 다시 데브라를 향한다. *언제나 방안에서 가장 어려운 사람에*

게 먼저 말하라. "디, 아래층에서도 얘기했는데 아드님 연기가 굉장했어요. 흔히들 하는 말로 부전자전이더군요."

팻은 찬사에 공연히 기가 죽어 바닥을 내려다보며 불안하게 머리를 긁적거린다. 마치 축구공으로 램프를 깨뜨린 아이 같다.

부전자전? 데브라는 몸서리를 친다. 그의 표현에, 거기 묻어있음이 분명하지만 무엇일지 모르겠는 모종의 협박에*(도대체 뭘 원하는 거지?)*, 능란하게 방안을 장악하는 솜씨에, 팻을 바라보는 그 뻔뻔하고 의미심장한 응시에, 그 갈망에, 흠 하나 없이 성형된 완벽한 얼굴에 피어나는 그 능글거리는 억지웃음에….

파스쿠알레가 그녀의 불편한 감정을 감지한다. *"미 디스피아체Mi dispiace."* 그가 카운터 너머로 손을 뻗는다. *"에라 일 모도 우니코Era il modo unico."* 당신을 찾으려면 이 길밖에 없었어요.

데브라는 아기를 지키려는 어미 곰처럼 몸이 굳는다. 그녀는 마이클 딘에 집중한다. 목소리에서 날을 제거하고 최대한 침착하려 하지만 뜻대로 되지 않는다. "마이클, 여기 웬일이죠?"

마이클 딘은 이 질문을 그의 의도에 대한 진솔한 질문으로, 순회 세일즈맨의 짐은 그만 벗어던지라는 초대로 해석한다. "그래요, 이렇게 늦은 밤에 쳐들어왔으니 이제 그만 본론으로 들어가죠. 고마워요, 디." 그는 디의 힐난을 권유로 받아들이고 이제 리디아와 팻에게로 향한다. "어머님에게서 들었는지 모르겠는데, 나는 영화 제작자예요." 그가 스스로의 겸손한 표현에 자족의 미소를 짓는다. "뭐 좀 이름이 난 편이라고 할 수는 있죠."

클레어가 마이클의 팔을 잡으러 손을 뻗는다. "마이클…" *(안돼요, 이걸 제작하려고 하면 지금 이 선행을 망쳐버리고 말아요.)* 하지만 마이클은 이미 멈출 수 없는 돌풍이 되어있다. 그는 클레어의 몸짓을 자신은 언제 소개시켜줄 거냐는 질문으로 취급한다. "아, 물론이지. 미안. 이쪽은 수석 개발 이사 클레어 실버입니다…."

개발 *이사?* 괜히 하는 소릴 거야. 그래도 그녀는 한동안 말을 잃고 자신을 바라보는 사람들을 쳐다본다. 특히 카운터 끝에 앉아있는 리디아를. 클레어는 마이클의 말에 동조할 수밖에 없다. "정말로 훌륭한 연극이었어요."

"감사합니다." 리디아가 고마운 마음에 얼굴이 빨개지며 말한다.

"맞아요." 마이클 딘이 말한다. "훌륭했어요." 그리고 이제 방은 그의 차지가 된다. 이 소박한 오두막도 그가 피치를 해온 여느 회의실과 다를 게 없다. "바로 그래서 말씀인데 클레어와 저는 혹시 리디아 씨가 영화 판권을 저희에게 매각할 의사가 있으신지…."

리디아가 거의 경박할 정도로 신경질적인 웃음을 터뜨린다. 그녀는 팻을 흘끔 바라보고는 다시 마이클을 향한다. "제 연극을 사고 싶다고요?"

"이 연극뿐 아니라 어쩌면 연작 전체를요." 마이클 딘이 잠시 뜸을 들인다. "그 전체에 대한 선택권을 갖고 싶어요." 스스럼없이 들리게끔 무진 애를 쓴다. "당신의 이야기를 다요." 그리고 살짝 팻을 포함시킨다. "두 분의 이야기 말이에요." 디의 응시를 못 본체한다. "두 분의 이야기에 대한…." 말을 질질 끌면서, 마치 문득 생각났다는 듯이 덧붙인다. "평생 소유권을 사고 싶습니다."

우리는 우리가 원하는 것을 원한다.

"평생 소유권이라고요?" 팻이 묻는다. 여자친구를 생각하면 기쁜 일이지만 이 노인은 수상쩍기만 하다. "그게 무슨 뜻이죠?"

클레어는 안다. 책, 영화, 리얼리티 쇼, 그리고 그밖에 리처드 버튼의 빗나간 아들에 관해 팔 수 있는 모든 것을 확보하겠다는 말이다. 디 또한 안다. 그녀는 입을 가리더니 간신히 한 마디를 한다. "잠깐…" 무릎이 꺾이면서 그녀는 카운터를 붙들어 몸을 지탱한다.

"엄마?" 팻이 파스쿠알레와 나란히 그녀에게 다가선다. 두 사람은 동시에 손을 뻗어 쓰러지는 그녀의 팔을 하나씩 붙든다. "너무 가까이 붙지 마요!" 팻이 소리친다.

파스쿠알레는 이게(*너무 가까이 붙지 마요?*) 무슨 뜻인지 몰라 카운터 너머의 통역사를 바라본다. 하지만 조금 취하고 조금 자포자기에 빠진 셰인은 대신 마이클의 제안을 통역해주기로 결심한다. "조심하세요." 그가 몸을 굽히고 조용히 말한다. "저 사람은 작품이 마음에 드는 척만 할 때가 있으니까요."

아직 급작스런 승진으로 인한 충격에서 헤어 나오지 못한 클레어는 상사의 팔을 잡고 거실 쪽으로 끌고 간다. "마이클, 뭐 하시는 거예요?" 그녀가 알아들을 수 없을 만큼 낮은 소리로 속삭인다.

그는 그녀의 뒤로 시선을 향해 디와 팻을 바라본다. "내가 하려고 온 바로 그걸 하고 있는 거야."

"잘못에 대한 보상을 하러 온 거 아니었어요?"

"보상?" 마이클 딘이 이해를 못하겠다는 얼굴로 클레어를 본다. "무엇에 대한 보상?"

"맙소사, 마이클. 이 사람들의 인생을 완전히 말아먹었잖아요. 사과하러가 아니라면 대체 왜 온 건데요?"

"사과?" 또 다시, 마이클은 그녀가 무슨 말을 하는지 이해를 못하겠다는 태도다. "내가 여기 온 것은 이야기를 찾아서야, 클레어. *내 이야기*를 찾아서."

카운터 뒤에서 디는 중심을 되찾는다. 그녀는 거실의 마이클 딘과 그의 보좌를 바라본다. 뭔가를 놓고 다투는 것 같다. 카운터를 돌아 온 팻이 그녀를 부축하고 있다. 그녀는 그의 팔을 쥔다. "이제 괜찮아." 그녀가 말한다. 파스쿠알레는 그녀의 다른 손을 잡고 있다. 그녀는 그를 향해 미소를 짓는다.

그녀가 지난 48년간 간직해온 비밀을 아는 사람은 이 세상에 세 사람뿐이다. 이탈리아를 떠난 이후로 그녀를 규정해온 그 비밀, 해가 갈수록 커져만 갔던 그 비밀이 이제 방을 채우고 있다. 방에는 그것을 아는 다른 두 사람이 와있다. 당시에는 그것이 비밀이어야 할 이유가 너무 많았다. 딕과 리즈는 물론이고, 가족의 비판이나 타블로이드 스캔들에 대한 두려움, 그리고 무엇보다도(이제야 시인하지만) 그녀 자신의 자존심, 그리고 마이클 딘 같은 야비한 인간이 이기지 못하게 하겠다는 다짐 같은 것들이었다. 하지만 그런 이유들은 세월이 흐르면서 사라졌고, 그럼에도 지금껏 비밀을 지켜온 유일한 이유는… 팻이었다. 그가 감당하기에는 너무 벅찬 진실이라고 생각했다. 스타 영화배우의 자식에게 어떤 승산이 있을 수 있겠는가? 더욱이 팻처럼 욕구가 많은 아이라면? 마약을 하던 시절에는 너무 부서지기 쉬웠고, 마약에서 손을 뗀 후는 그 구원이 너무 깨지기 쉬웠다. 그녀는 위태위태한 아들을 보호하고 있었다. 그리고 이제 그녀는 자신이 무엇으로부터 그를 보호하고 있었는지 깨닫는다. 바로 거의 50년 동안 혐오해온 이 인간으로부터다. 그런데 그가 지금 그녀의 집에 들어와 그들의 삶 전부를 사들이려 함으로써 그 모든 걸 위협하고 있는 것이다.

하지만 그녀는 영원히 팻의 곁에서 그를 보호할 수 없다는 것을 안다. 게다가 매우 중요한 진실로부터 그를 가로막아 왔다는 아주 생생한 죄책감과, 그 때문에 이제 그가 그녀를 증오할지 모른다는 두려움이 밀려온다. 디는 리디아를 본다. 그녀에게도 영향을 미칠 일이다. 디는 이어서 파스쿠알레를 보고, 마지막으로 걱정 어린 눈으로 그녀를 들여다보고 있는 아들을 본다. 그리고 이제 선택의 여지가 없다는 사실을 깨닫는다. "팻, 내가… 네가 알아야 할… 어떤 일이…."

그리고 그때, 아들에게 털어놓으려는 찰나, 그녀는 밀려오는 해방감을, 희망을 느낀다. 그녀를 짓누르던 그 비밀의 무게가 벌써 사라져가고 있다….

"네 아버지에 관한 일인데…."

팻의 눈이 그녀에게서 파스쿠알레로 옮겨가자 디는 고개를 가로젓는다. "아니야." 그녀가 그렇게만 말한다. 그녀는 거실의 마이클 딘을 바라보며 작은 저항을 하고 싶은 마음이다. 저 탐욕스런 늙은 독수리에게 이 장면을 보여주고 싶지가 않다. "위층으로 좀 올라갈까?"

"좋아요." 팻이 말한다.

데브라가 리디아를 바라본다. "너도 같이 가자."

이렇게 불운의 딘 일행은 여정의 결말을 보지 못하게 된다. 그들은 그저 리디아와 디와 팻이 천천히 주방 계단 쪽으로 움직이는 걸 보고 있을 수밖에 없다. 마이클 딘이 키쓰에게 살짝 고갯짓을 하자 키쓰가 카메라를 들고 좇아가기 시작한다. 기술 발전과 장비 소형화는 놀랍기만 하다. 이 담뱃갑만한 조그만 기계가 한때 디 모레이가 그 앞에서 연기하던 팔십 파운드짜리 카메라보다 성능이 뛰어나다. 그리고 이 카메라의 조그만 화면 속에서 리디아는 데브라를 부축하여 계단을 향해 걸어간다. 팻은 뒤따라 걷다가 자신이 미친 짓을 하기를 기다리기라도 하듯 바라보는 사람들의 시선을 느끼며 걸음을 멈추고 돌아선다. 순식간에 무대 위에서 느끼곤 하던 낯익은 감각이 온몸을 휘감는다. 팻이 끓어오르는 분노를 키쓰에게 쏟는다.

"그 빌어먹을 카메라 좀 치우라고 내가 말했을 텐데." 팻이 말하고 카메라를 잡아챈다. 이제 화면은 그 카메라가 찍을 마지막 디지털 다큐멘터리를 담고 있다. 팻이 늙고 섬뜩한 영화 제작자와 빨강머리 여자와 술 취한 더벅머리를 지나쳐 성난 발걸음을 옮기는 동안, 화면에는 오직 남자의 손바닥에 난 깊은 손금만이 담긴다. 그는 덧문을 열고 현관 밖으로 나가 큰 소리를 지르며 카메라를 최대한 멀리 던진다. 카메라는 빙글빙글 돌며 앞으로 뻗어간다. 팻은 기다리고 기다린다. 마침내 저 아래 호수에서 첨벙 소리가 들려온다. 그는 흡족해져서 안으로 들어온다. "당신은 내 빌어먹을 영웅이에요." 더벅머리가 지나가는 팻을 향해 말한다. 팻은 어깨를 으쓱하며 키쓰에게 사과하는 시늉을 하고는, 위층으로 올라간다. 지금까지의 삶이 하나의 달콤한 거짓말이었음을 발견하기 위하여.

21
아름다운 폐허

지금 이 순간보다 더 명백하고 더 확실한 것은 없을 것이다.
그럼에도 우리는 그걸 도무지 붙잡을 수가 없다.
삶의 모든 슬픔은 바로 그 사실에서 비롯된다.

–밀란 쿤데라

이것은 사랑 이야기입니다, 마이클 딘이 말한다.

하지만 사랑 이야기가 아닌 이야기도 있을까? 탐정은 미스터리나 추격전, 혹은 참견하기 좋아하는 여기자를 사랑하지 않는가? 게다가 그 여기자가 지금 부두의 텅 빈 창고에 억류되어 있다면 더더욱? 또한 연쇄살인범은 희생자들을 사랑하고, 스파이는 첨단 기계장치나 모국이나 이국적인 미모의 역逆스파이를 사랑한다. 빙판의 트럭 운전수는 빙판과 트럭에 대한 엇갈린 사랑 사이에서 갈등하고, 경쟁관계의 요리사들은 가리비에 사족을 못 쓰고, 전당포 주인들은 고물 잡동사니에 열광하고, 가정주부들은 복도의 금빛 거울에 비치는 보톡스 맞은 이마에 감격하며, 스테로이드를 찔러 넣는 한물 간 로커들은 음탕한 문신을 한 혹복의 여자들과 화끈한 밤을 보내려고 환장한다. 그리고 이건 리얼리티이므로 그들은 모두 허리띠 뒤의 마이크와 진정으로 열정적으로 사랑에 빠져있고, 제작자는 대수롭지 않게 다른 각도에서 한 번 더 촬영할 것을 제안한다. 로봇은 주인을 사랑하고, 외계인은 비행접시를 사랑하고, 슈퍼맨은 로이스와 렉스와 라나를 사랑하고, 루크는 레이아를 사랑하고(그녀가 여동생임을 발견하기 전까지), 퇴마사는 껴안고 함께 창밖으로 뛰어내릴 만큼 악령을 사랑한다. 레오나르도는 케이트를 사랑하고 두 사람은 침몰하는 배를 사랑하고, 상어는, 맙소사, 먹는 걸 사랑하고, 마피아 단원 또한 먹는 것과 돈과 폴리와 *오메르타omerta(침묵의 규율)*를 사랑하고, 카우보이는 말과 피아노바 뒤의 코르셋을 입은 여자와 때에 따라서는 다른 카우보이를 사랑하고, 뱀파이어는 밤과 목을 사랑한다. 좀비는, 아, 말도 꺼내지 마라…. 감상적인 바보 같으니. 좀비보다 더 사랑에 빠진 자를 본 적이 있나? 두 팔을 축 늘어뜨리고 갈망에 비틀거리는 창백하고 멍한 이 사랑의 메타포는 존재 자체가 인간의 골을 얼마나 강렬하게 원하는지를 노래하는 소네트라 할 수 있으니… 그 또한 사랑 이야기다.

그리고 방안에는 4천만 달러를 쓸 의향이 있는 네덜란드인 자본가들이 마이클 딘이 좀 더 자세한 설명으로 들어가기를 기다리고 있다. 하지만 마이클은 검지를 입에 댄 채 앉아있을 뿐이다. 사랑 이야기. 말할 준비가 되었을 때 말할 것이다. 어쨌든 그의 방이니까. 그는 자신의 장례식에 참석하여 악마와 거래하지 못할 것이 안타까울 뿐이다. 왜냐하면 그는 당연히 지상파 방송국 시험용 에피소드와 지옥의 리얼리티 쇼의 거래를 성사시키고 이 빌어먹을 방에서 나갈 것이기 때문이다. 〈도너!〉 피치 후(그 친구는 정말로 3만 달러에 그걸 팔았다), 마이클은 스튜디오와의 구속적 계약에서 빠져나왔다. 이제 그는 다시 독립적으로 작품을 제작한다. 여섯 편의 각본 없는 리얼리티 쇼가 이미 제작 단계에 있다. 스튜디오 전성기 이후에도 여전히 건재하며(고맙습니다!) 상상 이상의 돈을 벌어들이고 있는 것이다. 이제 돈줄들이 그를 찾아온다. 그는 다시 목이 마르다. 네덜란드인 자본가들은 기다리고 기다린다. 드디어 마이클 딘의 초자연적으로 매끄러운 입술에서 검지가 떨어져 내린다. 그가 이야기를 시작한다.

"이건 제2단계 케이블 채널용 몰입형 리얼리티 쇼입니다. 제목은 〈부자 색녀 아줌마와 가난뱅이 색녀 아줌마〉. 앞서 말했듯, 이건, 무엇보다도, 사랑 이야기지요."

물론 그렇다. 그리고 이탈리아의 제노바에서 늙은 창녀는 문이 닫히기를 기다렸다가 미국인이 회색 시트 위에 남기고 간 돈을 혹시 사라져 버릴까 두려워 얼른 그러쥔다. 그녀는 주변을 둘러보고 숨을 죽이며 멀어져 가는 복도의 발자국 소리에 귀를 기울여본다. 침대 프레임에 몸을 기대고 돈을 센다. 그걸 빨아주는 대가로 받는 액수의 쉰 배가 되는 돈이다. 믿을 수 없이 운수 좋은 날이다. 그녀는 엔쪼가 자기 몫을 요구하지 못하도록 지폐를 접어 스타킹 대님 밑에 숨기고 창가로 가 아래를 내려다본다. 보도에 길 잃은 듯 그가 서있다. 위스콘신. 책을 쓰고 싶다고 했지. 이 순간, 그들이 함께했던 두 차례의 시간은 완벽하다. 그리고 그녀는 지금껏 알아온 그 어느 남자보다도 그를 사랑한다. 아마 그래서 그를 모르는 척했던 것인지 모른다. 그걸 망쳐버리지 않기 위해, 그때 울었던 기억으로 그가 난처해하지 않도록 하기 위해. 하지만, 그것 말고 다른 무엇이 있다. 이름을 알 수 없는 그 어떤 것은 거리의 그가 고개를 들어 올려다볼 때 마리아로 하여금 그날 밤 그가 머리를 얹고 쉬던 가슴께를 만지게 한다. 마리아는 창가에서 물러선다….

캘리포니아에서 윌리엄 에디는 조그만 물막이 판잣집 문 앞에 서서 파이프 담배 연기와 방금 먹은 아침식사의 포만감을 만끽하고 있다. 죄의식을 불러일으킬 만큼 몹시 향락적인 식사다. 윌리엄 에디는 모든 끼니를 좋아하지만, 아침식사는 아예 *사랑한다고* 할 수 있다. 1년간 그는 여바 부에나 주변을 돌며 일감 떨어지는 일 없이 지내오고 있는데, 그가 신문 기자들이나 싸구려 책 작가들에게 자신의 경험을 털어놓는 실수를 저지를 때마다 그들은 하나같이 언어와 사건을 윤색하곤 한다. 스캔들을 찾아 그의 삶의 뼈다귀들을 파헤치는 탐욕스런 독수리 같은 인간들이다. 사실을 과장하여 스스로를 추켜세우려 한다고 비난하는 사람이 있으면 그는 엿 먹어라 하고 남으로, 길로이로 뜬다. *스스로를 추켜세우려 한다고?* 맙소사, 그런 일을 겪고 *추켜세워질* 사람이 어디 있을까? 1849년 황금광 시대 도래와 함께 마차 제조 기술을 가진 사람이라면 어디서나 쉽게 일감을 구할 수 있게 되어 윌리엄은 한동안 형편이 꽤나 좋다. 재혼을 하고 아이도 셋을 얻지만 오래지 않아 다시 홀로 떠돌기 시작하다 결국 새로 꾸린 가정을 버리고 페탈루마로 떠난다. 그는 빨랫줄에서 떨어져 나와 둥둥 날아다니는 셔츠 같은 느낌이 들 때가 있다. 둘째 아내는 그에게 어딘가 문제가 있다고 말한다. "당신에게는 불건전하고 닿을 수 없는 어떤 것이 있는 것 같아요." 세인트루이스에서 온 학교 선생인 셋째 아내도 이제 막 똑같은 점을 발견한다. 간혹 다른 생존자들의 운명을 전해 듣기도 한다. 도너 일가와 리즈 일가, 그가 구조한 이들. 그의 숙적이자 친구이던 포스터는 어디선가 술집을 하고 있다고 한다. 그들도 자신처럼 부유하고 있는지 궁금하다. 아예 유명세를 이용해 새크라멘토 시티에 식당을 열었다는 케세버그만은 이해할 것이다. 오늘 아침, 에디는 열이 좀 나고 피곤하다. 며칠 간 모르고 지나가겠지만 사실은 죽어가고 있다. 아직 젊은 나이일 마흔셋. 그 험난한 고행을 겪어낸 지 고작 13년이 지났다. 물론 그런 고행은 일시적인 것일 뿐이다. 문 앞에서 윌리엄은 기침을 한다. 발밑의 판자들이 삐걱거린다. 그는 아침의 버릇대로 동쪽을 본다. 지평선에 매달린 멍든 태양과 잃어버린 가족이 영원히 묻혀있을 저 한데를 바라보며 가슴이 미어진다.

화가는 스위스 국경이 있다는 북쪽을 향해 밤을 새워 어두운 산길을 걷는다. 그는 주요도로를 피해, 소속부대의 다른 패잔병들이나 투항할 미군이나 아니면 무엇이 됐든 그것을 찾아 잿더미가 된 또 하나의 이탈리아 마을을 헤치고 있다. 제복을 벗어버릴까도 생각해 보았지만 탈영병으로 찍혀 사살당할까 두렵다. 새벽, 멀리서 퍽퍽, 포격 소리가 둔중하게 들려오는 가운데, 그는 불에 타 껍데기만 남은 인쇄소에 들어가 짐과 소총을 가장 튼튼한 벽에 기대어 놓고 제도대 밑에 기어들어가 곡물 부대에 머리를 베고 눕는다. 잠에 빠지기 전에 화가는 밤마다 치르는 의식을 반복한다. 고향 슈튜트가르트에 남아있는 사랑하는 남자, 그의 옛 피아노 선생을 떠올린다. *무사히 돌아와라*, 피아니스트가 애원하고, 화가는 그러겠다고 그를 안심시킨다. 그뿐이었다. 두 남자 사이에 있을 수 있는 가장 순결한 우정일 뿐이었다. 하지만 그가 무사히 돌아가는 그 순간에 대한 가능성이 그를 지금까지 살아남게 했다. 그래서 화가는 지금처럼 매일 밤 잠들기 전 피아노 선생을 생각하는 것이다. 동트기 전의 아침노을 속에서 잠에 빠져들어 평화로이 숙면을 취하는 그를 빨치산이 발견하고 삽으로 그의 두개골을 부숴버린다. 한 번의 가격으로 끝이다. 화가는 독일로, 피아노 선생에게, 응석받이 여동생에게 돌아가지 못할 것이다. 사실 여동생도 일하던 군수품 공장에 불이 나는 바람에 한 주 전 사망했다. 그는 이탈리아 해안의 탄약 벙커에 숨어 지내며 지니고 있던 여동생의 사진을 기초로 콘크리트 벽에 초상화를 두 개나 그리기도 했다. 독일군 화가가 무슨 좀비처럼 비틀거리며 뭐라 중얼거리는 모습을 보고 빨치산 하나는 웃음을 터뜨리고 좀 나은 자는 어서 고통을 끝내주라고 한다.

조와 우미는 웨스트 코크로 가서 결혼하지만 아이를 갖지 못하고 4년 만에 처량하게 나이만 먹은 제 신세를 상대방의 탓으로 돌리며 이혼한다. 몇 년 후 한 콘서트에서 마주친 그들은 서로에게 좀 더 동정적이다. 와인을 함께 마시며 예전의 철 없던 시절에 웃음을 날리다 다시 한 침대에 든다. 이 재결합은 몇 달을 못 버티고 둘은 최소한 상대로부터 용서받았다는 만족감과 함께 다시 갈라선다. 딕과 리즈도 마찬가지다. 10년간의 험난한 결혼생활과 함께 출연한 단 하나의 훌륭한 영화 〈누가 버지니아 울프를 두려워하랴〉(아이러니하게도 그녀가 아카데미상을 받는다)를 뒤로 하고 이혼한 두 사람은 짧은 잠시의 재결합 후(조와 우미보다도 더 구제불능이다) 마침내 각자의 길을 간다. 리즈는 여러 차례 더 결혼을 하고, 딕은 여러 잔의 칵테일을 더 들이킨 끝에 쉰여덟 살의 어느 날 호텔방에서 깨어나지 못하고 뇌일혈로 사망한다. 그의 침대 옆 탁자에는 셰익스피어의 〈폭풍우〉가 놓여있었다 전해지는데, 그야말로 "우리의 잔치는 끝났도다…." 오렌찌오는 어느 겨울 술에 취해 익사하고, 발레리아는 어르신 토마쏘와 여생을 행복하게 보내고, 야만인 펠레는 발에 입은 총상에서 회복한 뒤 폭력배 생활에 염증을 느끼고 형의 푸줏간에서 일하며 벙어리 처녀와 결혼하고, 구알프레도는 매독에 걸린 끝에 시력을 잃는 벌을 받고, 앨비스의 친구 리처즈의 아들은 월남전에서 부상을 입고 귀향하여 참전용사 복지제고 운동가로 일하다 아이오와 주의회 상원의원으로 선출되고, 브루노 투르시는 미술사 및 미술품 복원 학위를 받고 대학을 졸업한 뒤 로마의 민간기업에서 인공유물 목록을 작성하는 일을 하며 경미한 우울증을 달래줄 완벽한 약물을 발견하고, 체육교사 스티브는 딸의 소프트볼 팀원의 다정하고 예쁜 어머니와 재혼하고…. 그렇게 모든 일이 지금, 이 순간이라는 거대한 폭풍 속에서, 동시에, 수천 개 방향으로, 끝없이 일어난다.

이 모든 아름답고 부서져버린 인생들….

그리고 캘리포니아의 유니버설 시티에서 클레어 실버는 마이클 딘이 데브라 "디" 무어와 그녀의 아들을 그냥 내버려두지 않으면 일을 그만두겠다고 협박하고 샌드포인트 여행에서 가져온 프로젝트 가운데 한 건의 제작에만 동의한다. 그건 리디아 파커의 연극 〈프런트 맨〉에 전적으로 기초한 영화로, 마약에 중독된 음악인이 광야에서 떠돌다 오랜 세월 고난을 겪은 어머니와 여자친구에게로 돌아온다는 가슴을 찌르는 이야기다. 예산은 단 4백만 달러. 클레어에게는 말하지 않았지만 할리우드의 모든 자본가와 스튜디오들이 퇴짜를 놓자 마이클 딘이 직접 자금을 대기로 한 것이다. 세르비아 출신의 젊은 만화 및 영화 작가가 리디아의 희곡에 아니 적어도 그가 읽은 부분에 대략 기초하여 시나리오를 쓰고 연출도 한다. 그는 주인공 음악인을 더 젊고 호감 가는 인물로 설정하고, 어머니가 아니라 아버지와 문제가 있는 것으로 그린다. 잔정이 없고 아들을 못마땅해하는 아버지에 대한 감독 자신의 감정을 탐구하기 위한 조치다. 여자친구도 계부를 보살피는 북서부의 극작가에서 디트로이트의 불우한 청소년들을 돕는 미술 교사로 탈바꿈시킨다. 좀 더 나은 음악을 깔고 "미시건 주내 촬영"의 세금혜택을 활용하기 위한 전략이다. 완성된 시나리오에서 팻의 캐릭터는 어머니의 돈을 훔치거나 여자친구 몰래 상습적으로 바람을 피우는 게 아니라 코카인이 아닌 알코올 중독으로 오직 스스로 고통을 당할 뿐인 슬레이드라는 이름의 인물로 제시된다. (관객이 친밀감과 호감을 느낄 수 있어야 한다는 데 마이클과 작가 감독이 의견일치를 보았다.) 이 같은 변화들은 욕조에 온수를 받듯이 장기간에 걸쳐 하나씩 반영되는데, 그때마다 클레어는 이야기의 중요한 뼈대, 말하자면 정수만큼은 유지될 것이라고 스스로를 안심시킨다. 그렇게 완성된 영화에, 그리고 최초로 공동제작자로서 이름을 올린다는 사실에 그녀는 자부심을 느낀다. 그녀의 아버지는 말한다. "영화 보고 울었다." 하지만 〈프런트 맨〉에 가장 큰 감동을 받은 사람은 아직 관계감찰 단계에서 클레어와 조조 상영관을 함께 찾는 대릴이다. 영화 말미에(슬레이드의 여자친구 페니가 학교를 위협하는 폭력조직에 맞서는 직후) 런던에 있는 슬레이드가 페니에게 문자를 보낸다. *자기가 괜찮은지만 알려줘.* 대릴은 놀라 숨을 헐떡이더니 클레어에게 몸을 기울여 말한다. "내가 자기한테 저 문자 보냈었어." 클레어는 고개를 끄덕인다. 그녀가 감독에게 제안한 설정이었다. 영화는 영국에서 휴가 중이던 음반사 중역의 눈에 띈 슬레이드가, 시류와의 타협 없이, 성공가도에 들어서는 것으로 끝난다. 공연이 끝나고 기타를 챙기는 슬레이드의 귀에 한 여자의 음성이 들린다. "나 괜찮아." 눈을 들어보니 페니다. 드디어 그의 문자에 답을 해온 것이다. 극장 안에서 대릴은 울기 시작한다. 그의 생각에 이 영화는 자신의 포르노 중독을 꾸짖는 여자친구의 따끔한 연애편지임이 틀림없다. 그는 중독 치료를 받기로 결심한다. 그리고 치료는 대성공이다. 매일 정오에나 일어나 인터넷 포르노 사이트를 드나들다가 밤이 되면 스트립클럽으로 향하는 생활을 그만두니 삶에 대한 새로운 열정과 에너지가 샘솟고, 그는 그것을 클레어와의 관계와, 영화계 사람들에게 맞춤가구를 만들어 팔기 위해 전직 세트 디자이너와 함께 브렌트우드에 연 가구점에 집중한다. 〈프런트 맨〉은 다수의 영화제에 출품되어 토론토에서는 관객상을 수상하고 평단으로부터도 호평을 받으며 해외 상영 수입을 합해 마이클 딘에게 짭짤한 수익까지 안겨준다. "내가 똥이 아니라 돈을 누는 것 같을 때가 있어요." 그는 〈뉴요커〉 기자에게 말한다. 클레어는 영화가 완벽과는 거리가 멀다는 걸 알지만 어쨌든 이번의 성공으로 마이클로부터 시나리오 두 편을 개발해도 좋다는 승인을 받는다. 더 이상 박물관 미술품의 생명 없는 완벽함을 기대하지 않고 현실이라는 감미롭고 사랑스러운 혼란을 흔쾌히 포용할 수 있어 즐겁다. 초반에 풍문이 없진 않았지만 〈프런트 맨〉은 아카데미상 후보에 오르지 못하고 대신 독립영화제인 인디 스피릿에서 세 개 부문 후보에 오른다. 마이클은 시상식에 가지 못하고(이혼 후유증에서 회복하고 아울러 논란 많은 인간성장 호르몬 치료도 받을 겸 멕시코로 떠난 상태다) 클레어가 영화 제작자를 대표해 참석한다. 그녀가 중고품 할인매장에서 고른 진보라색 턱시도를 입은 대릴이 그녀를 동반한다. 물론 아주 멋지다. 안타깝게도 〈프런트 맨〉은 인디 스피릿에서 수상에 실패한다. 하지만 성취감으로(그리고 마이클이 인심을 써서 예약해준 1988년 산 돔 페리뇽 두 병 탓에) 기분이 들뜬 클레어는 리무진 안에서 대릴과 섹스를 한 뒤 운전사에게 KFC 드라이브스루로 가자고 하여 엑스트라 크리스피 치킨 한 통을 주문하고 대릴은 바지 주머니속의 약혼반지를 초조하게 만지작거린다….

셰인 휠러는 〈도너!〉의 옵션료로 로스앤젤레스 인근 실버 레이크에 작은 아파트를 얻는다. 마이클 딘이 셰인의 제안에 기초하여 바이오그래피 채널에 팔아넘긴 리얼리티 쇼 〈헝거〉 제작팀의 일원으로 취직을 시켜준다. 과식증과 거식증 환자들을 한 집에 모아놓고 찍는 것인데 시청자들은 물론이고 셰인에게도 너무 슬프다. 그래서 그는 〈배틀 로얄〉이라는 다른 프로그램에 일자리를 얻는다. 유명한 전쟁을 컴퓨터그래픽으로 재현하여 마치 〈콜 오브 듀티〉를 보듯 역사를 조망할 수 있게 해주며 특히 윌리엄 섀트너의 내레이션이 박진감을 더한다. 셰인은 다른 두 작가와 함께 현대어를 사용하여 대본을 쓴다("그들 자신의 규율에 매인 스파르타인들은 완전히 짓밟힐 위기에 처한다.”). 그는 남는 시간에 계속해서 〈도너!〉를 써보지만 윌리엄 에디를 거짓말이나 일삼는 겁쟁이로 그리는 경쟁 도너 파티 프로젝트가 먼저 영화로 제작되자 결국 식인종 이야기는 포기한다. 그는 또 클레어와의 재접촉을 시도하지만 그녀는 이제 남자친구와 퍽 행복한 것 같다. 그리고 그를 만나보니 이해가 된다. 그 남자, 자신보다 훨씬 잘생겼던 것이다. 그는 손드라에게 자동차 값을 갚고 그녀의 무너진 신용을 회복할 수 있게 돈을 좀 더 얹어주지만 그녀는 여전히 냉담하다. 그러던 어느 날 밤, 일을 마친 뒤 제작 보조를 맡고 있으며 셰인을 뛰어난 사람으로 보는 와일리라는 스물두 살 여자와 데이트를 한다. 그녀는 자신의 등 허리에 ACT 문신을 새김으로써 그의 마음을 사로잡는다….

아이다호 주 샌드포인트에서 팻 벤더는 네 시에 일어나 하루 동안 끓일 커피 세 주전자 가운데 첫 주전자를 끓이고 오두막 주변의 잔일들로 동트기 전 새벽 시간을 보낸다. 그는 완전히 잠이 깨기 전에 일을 시작하기를 좋아한다. 하루에 추진력이 부여되면서 활기찬 날을 보낼 수 있는 것 같아서다. 뭔가 할 일이 있는 한 기분이 좋다. 그래서 그는 관목 덤불을 치우거나, 장작을 패거나, 앞쪽 테라스나 뒤쪽 테라스 아니면 별채의 마룻바닥을 벗겨내고 사포질하여 다시 칠하거나, 또 다시 앞쪽 테라스의 마룻바닥을 벗겨내고 사포질하여 다시 칠하기를 되풀이한다. 10년 전에는 이런 일이야 시지포스의 고문쯤으로 여겼을 터이지만, 이제 그는 작업용 장화를 신고 커피를 끓이고 어두운 아침 속으로 발을 내딛는 것을 더없이 사랑한다. 그는 그 어둑어둑한 동트기 전의 정적 속에 혼자 있을 때 세상이 가장 맘에 든다. 아침나절에는 리디아와 함께 시내로 나가 극장의 여름 레퍼토리인 어린이용 연극의 세트를 준비한다. 디는 마을 소극장의 기금 조성 기법을 리디아에게 전수해 주었다. 귀여운 아이들을 최대한 많이 출연시켜 모은 자금을 보다 예술적인 공연에 사용하라는 것. 자본주의의 비밀은 제쳐두고, 이 연극들은 "정말 사랑스럽다"고 할 만한 것이어서 팻은 말은 하지 않지만 지나치게 심각한 성인극보다 사실 이게 더 좋다. 그는 매년 하나씩의 비중 있는 역할을 맡는데 주로 리디아가 골라주는 작품이다. 키쓰와 함께 〈트루 웨스트〉에 출연할 예정이 잡혀있다. 리디아가 이렇게 행복한 걸 본 적이 없다. 그가 그 정신 나간 좀비 제작자에게 그의 "평생 소유권"을 팔 의향이 전혀 없다고, 그리고 최대한 정중하게 "우리를 젠장 내버려둬 달라"고 했다. 그래도 그 인간은 포기하지 않고 리디아의 희곡을 샀다. 영화로 나온 〈프런트 맨〉을 보고 싶은 생각이 없지만 줄거리가 완전히 바뀌어 팻의 인생과는 닮은 점이 하나도 없다는 사람들의 말에 진정으로 감사한 마음이 든다. 이제 그는 실패보다는 기꺼이 미지를 택할 것이다. 리디아는 옵션료로 여행을 하고 싶어 하고 어쩌면 그렇게 될지 모르지만, 팻은 정말이지 다시는 북 아이다호를 떠나지 않고도 살 수 있을 것 같다. 커피가 있고 하루 일과가 있고 오두막 일이 있으며, 그의 생일선물로 리디아가 달아준 위성접시 덕분에 9백 개 채널을 골라 볼 수 있고 게다가 넷플릭스도 있다. 그는 넷플릭스를 통해 아버지의 영화를 제작연도 순으로 찾아서 본다. 이제 1967년 작 〈코메디언스〉(국내에는 〈위험한 여로〉로 소개됐다)까지 왔다. 아버지에게서 보이는 자신의 모습에 도착적인 전율을 느끼기도 한다. 물론 그 불가피한 퇴화를 떠올리며 섬뜩해 하기도 한다. 리디아도 이 영화들을 보는 걸 좋아한다. 그가 아버지의 골격을 지녔다고 놀리기도 한다. 다정한 리디아는 이 모든 들쭉날쭉한 조각들을 인생이라는 전체로 완성해낼 줄 안다. 그리고 리디아와 호수와 커피와 목공일과 리처드 버튼 영화 라이브러리로도 충분치 않은 날들에는, 옛날의 소음과 무릎 위의 여자와 테이블 위의 코카인 가루들에 목마른*(빌어먹게 목*

마른) 저녁들에는, 극장 맞은 편 커피숍의 바리스타가 자신에게 미소를 던지던 모습을 떠올리거나 주방 서랍 속 마이클 딘의 명함을 꺼내 전화를 걸어 "정확히 어떤 조건인데요?"라고 묻는 상상을 할 때는, 조금만 더 몽롱해지기를 욕망하는 날에는*(대략 매일)*, 팻 벤더는 발걸음에 정신을 집중한다. 어머니가 보여준 자신에 대한 믿음을, 그가 아버지에 대한 비밀을 듣고 어머니를 용서한다고 고맙다고 말한 그날 밤 어머니가 남긴 당부를 *(이것 때문에 변해야 하는 건 아무것도 없어)* 떠올리며, 팻은 일한다. 벗겨내고 사포질하고 다시 칠하고, 다시 벗겨내고 사포질하고 다시 칠한다. 마치 거기에 인생이 달려있기라도 한 것처럼. 물론 사실이 그러하다. 그리고 어두운 아침이면 언제나 맑은 정신으로 단호한 의지로 일어난다. 그가 진정으로 그리워하는 단 한 사람인….

디 모레이는 수상택시의 뒤편 벤치에 다리를 포개고 앉아있다. 팔위에 내려오는 햇빛이 따뜻하다. 보트는 리베라 디 레반테의 거친 리구리아 해안을 달린다. 크림색 원피스 차림의 그녀는 돌풍이 일 때마다 머리에 쓴 크림색 모자를 손으로 누른다. 더운 날에도 불구하고 평소와 같이 양복 재킷을 걸친(이때 저녁에 식사 약속이 잡혀있지 않은가) 파스쿠알레 투르시는 곁에서 이 모습을 보고 향수에 젖은 동경에 압도된다. 그리고 이 여자를 처음 본 순간의 50년 된 기억이 아니라 그 순간 자체를 자신이 되살려낸 거라는 간절한 환상에 빠진다. 어찌됐든 같은 바다에 같은 태양에 같은 절벽에, 같은 *두 사람*이지 않은가? 또 어떤 순간이란 것이 누군가의 인식 안에 존재하는 것이라면 지금 밀려오는 이 느낌 또한 하나의 순간이지 그 순간의 그림자인 것은 아니지 않을까? 어쩌면 모든 순간은 한꺼번에 일어나는 것일지도, 그래서 그들은 변함없이 창창한 미래를 앞둔 스물두 살로 남을지도 모른다. 디가 몽상에 빠진 파스쿠알레를 보고 그의 팔을 만지며 묻는다. *"케 코세Che cos'e(왜 그래요)?"* 그녀가 학교에서 이탈리아어를 가르친 세월로 인해 두 사람의 의사소통은 퍽 매끄럽지만 그가 느끼는 감정은 여전히 언어로는 전달할 수 없다. 그래서 파스쿠알레는 아무 말 없이 그녀에게 미소를 짓고 일어나 보트 앞쪽으로 걸어간다. 그가 만을 가리켜 보이자 조타수는 미심쩍은 표정을 지으며 더 이상 사용되고 있지 않아 보이는 바위투성이의 만으로 보트를 움직인다. 하나뿐인 부두는 사라지고 골조 파편만 풀밭의 뼈 무덤처럼 남아있다. 이 절벽들 사이로 거짓말 같이 들어서있던 마을의 유일한 흔적이다. 자신은 애더쿼트 뷰 호텔을 닫고 피렌체로 이사했고, 1973년 마지막 남은 어부가 세상을 떠났으며, 그렇게 버려진 마을이 칭케 테레 국립공원에 흡수되면서 후손들에게 소액의 토지 보상금이 지급되었다는 사연을 파스쿠알레는 디에게 설명해준다. 바다가 내려다보이는 포르토 베네레의 테라스에서 저녁을 함께하며 그는 그날 그녀를 호텔에 남겨두고 떠난 뒤 일어난 일들, 그가 살아온 삶의 감미롭고 흡족한 운율을 이야기한다. 그가 그녀와 함께하기를 꿈꾸었던 삶의 낯선 흥분은 아니다. 대신 파스쿠알레는 그의 삶이라고 느껴지는 삶을 산다. 그는 아름다운 아메데아와 결혼한다. 아메데아는 훌륭한 아내가 되어준다. 장난기 많고 사랑도 많은, 더 바랄 것이 없는 좋은 친구이기도 하다. 그들은 귀여운 아들 브루노에 이어 두 딸 프란체스카와 안나를 기르고, 파스쿠알레는 장인의 지주회사에서 좋은 일자리를 얻는다. 장인의 아파트 건물들을 관리하거나 개축하던 그는 몬텔루포 일가와 가업을 대표하는 가장이 되어 자식들과 조카들에게 일자리와 유산과 충고를 나누어준다. 한 사람을 필요로 하는 이들이 이렇게 많을 수 있다는 것을, 한 사람의 삶이 이렇게 충만할 수 있다는 것을 그는 이제야 깨닫는다. 그리고 이것은 그야말로 권장할 순간들로 가득한 삶이기도 하다. 언덕을 굴러 내리는 바위처럼 속도가 붙고 수월하고 자연스럽고 편안하고, 그러면서도 어쩐지 통제 불가능한 삶. 모든 것이 아주 빨리 일어난다. 청년으로 태어나서 점심때면 중년이 되고 저녁이 되면 죽음을 상상할 수 있다. *행복했어요?* 디가 묻자, 그가 주저하지 않고 대답한다, *아, 그럼요.* 그리고 잠시 생각에 잠기더니 덧붙인다, *물론, 항상은 아니지만, 대부분의 사람들보다는 행복했던 것 같아요.* 그는 진정으로 아내를 사랑했고, 이따금 다른 삶과 다른 여자들을(주로, 디) 상상하긴 했을지언정 자신이 옳은 결정을 내렸다는 걸 의심한 적은 없었다. 가장 큰 후회라면 아이들이 떠나고 나서 부부동반 여행을 한 적이 없다는 것이다. 그러다 아메데아가 병에 걸리며 행동이 별나졌다. 느닷없이 화를 내거나 방향감각을 잃어버리곤 해서 병원에 데려가 보니 알츠하이머 초기단계라는 진단이 떨어졌다. 첫 몇 년은 그런대로 잘 살지만, 마지막 10년은 발밑에서 무너져 내리는 모래처럼 두 사람에게서 사라져버린 세월이다.

처음에는 그저 장보기나 문 잠그기를 잊어버리더니 차츰 자동차를 잃어버리고 숫자와 이름과 평범한 물건들의 용도를 잊어버리기 시작한다. 그가 방에 들어와 보면 그녀는 멍하니 전화기를 들고 있기 일쑤다. 누구한테 전화를 걸 생각이었는지, 그리고 더 지나선 그걸 어떻게 사용해야 하는지 기억하지 못한다. 한동안은 집안에 가두어두다 나중에는 아예 두 사람 다 집밖에 나가지를 않는다. 가장 끔찍한 것은 자신이 그녀의 눈에서 사라지고 있다는 느낌, 자신의 정체성이 희뿌연 안개 속으로 흩어지고 있다는 느낌이다*(아내가 나를 알아보지 못하는 순간 나는 더 이상 존재하지 않게 되는 것일까?)*. 마지막 해는 거의 견딜 수 없을 정도다. 내가 누군지도 모르는 사람을 보살피는 일은 지옥 자체다. 책임감, 목욕시키기와 밥 먹이기, 그리고… 그 모든 것의 무게가 그를 짓누른다. 그 무게는 그녀의 인지기능이 쇠퇴해갈수록 더해가다 마침내 그녀는 그가 돌봐야 할 하나의 물건이 된다. 공생의 마지막 고개를 그가 짊어지고 올라야 할 무거운 물건. 결국 자식들의 설득으로 그녀를 집 근처의 요양시설에 보내는 데 동의한 파스쿠알레는 비탄과 죄의식으로 흐느낀다. 아내가 위독할 때 어느 정도의 생명 유지 조치를 원하느냐는 간호사의 질문에는 아무 대답도 할 수가 없다. 그래서 사랑스런 브루노가 아버지의 손을 잡고 간호사에게 말한다. *우린 이제 그분을 떠나보낼 준비가 돼있습니다.* 그래서 그녀는 요양시설로 보내지고, 파스쿠알레는 매일 그녀를 방문하여 백지 같은 얼굴에 대고 말을 건다. 그러던 어느 날 그녀를 보러 갈 채비를 하고 있는데 간호사의 전화가 온다. 그녀가 사망했다는 소식이다. 그는 생각했던 것보다 훨씬 더 괴롭다. 마침내 찾아온 그녀의 부재는 마치 그녀가 죽고 나면 병들기 전의 아메데아가 돌아오기라도 한다는 잔인한 속임수처럼 느껴진다. 그러나 사실 그에게는 공허만이 남아있을 뿐이다. 일 년 후, 파스쿠알레는 아버지 카를로와 사별한 어머니의 슬픔을 이제야 이해한다. 그는 너무나 오랫동안 아내와 가족의 인식 속에서 살아왔기 때문에 이제 자신은 아무것도 아닌 것만 같다. 그리고 아버지에게서 자신이 싸워온 우울증의 흔적을 발견한 용감한 브루노가 사랑하는 아메데아와 관련 없이 자신의 존재를 느꼈던 마지막 순간을 되살려보라고 권한다. 개인으로서의 행복 또는 갈망을 느꼈던 마지막 순간을. 그리고 파스쿠알레는 망설임 없이 대답한다, *디 모레이.* 브루노가 묻는다, *누구요?* 물론 아들은 들어본 적 없는 이야기다. 파스쿠알레는 아들에게 모든 걸 털어놓고, 브루노는 다시 아버지에게 권한다. 할리우드로 가서 이 낡은 사진속의 여자가 어떻게 살고 있는지 알아보고 그녀에게 감사의 인사를 하라고….

나한테 감사를요? 데브라 벤더가 묻는다. 그리고 파스쿠알레는 곰곰이

생각한 끝에 신중히 선택한 어휘로 대답한다, 그녀가 이해할 수 있기를 소망하며. 당신을 만났을 때 나는 꿈속에서 살고 있었어요. 그리고 당신이 사랑한 남자를 만났을 때 나는 그에게서 나 자신의 약점을 보았죠. 참으로 아이러니였지요. 나 스스로 내 자식에게 등을 돌려놓고 어떻게 당신의 사랑을 받을 자격이 있는 남자가 될 수 있겠어요? 그래서 나는 돌아갔던 거예요. 그리고 그건 내 인생 최고의 결정이었어요.

그녀는 이해한다. 그녀는 자신의 욕구와 야망을 억누르고 대신 학생들의 야망을 북돋워주겠다는 일종의 자기희생의 마음으로 교사직을 택했다. *그런데 사실 그 자체에 많은 기쁨이 있고 외로움도 줄어든다는 사실을 깨닫게 되더군요.* 바로 그것이 아이다호의 마을 소극장을 운영하며 보낸 지난 몇 년이 그토록 풍요롭게 느껴진 이유였다. 리디아의 연극이 특히 마음에 들었던 것도 진정한 희생에는 고통이 없다는 관념을 다루고 있다는 점이었다.

그들은 식사가 끝난 다음에도 약 세 시간 동안 이런 식으로 함께 한담을 나누다가 그녀가 피곤해져 호텔로 돌아간다. 그들은 각자의 방에 들어가 따로 잔다. 두 사람 다 이게 무엇인지, 이게 무엇이기나 한지, 인생의 이 황혼녘에서 그런 게 가능하기나 한지 잘 모르겠다. 아침이 되자 그들은 커피를 함께하며 앨비스에 관해 이야기한다(파스쿠알레: *관광객들이 이곳을 망쳐놓을 거라고 했는데 맞는 말이었어요.* 디: *그는 내가 한동안 깃들어 산 섬 같은 사람이었어요*). 포르토 베네레의 테라스에서 그들은 하이킹을 가기로 결정하는데, 그 전에 디의 3주 휴가의 나머지를 먼저 계획한다. 하이킹 다음에는 남쪽으로 향하여 로마와 나폴리와 칼라브리아를 들른 뒤 북쪽으로 방향을 돌려 그녀의 체력이 허하는 한 베네치아와 레이크 코모를 본 다음 피렌체의 끝에서 돌아온다. 피렌체에서 파스쿠알레는 자신이 사는 커다란 집을 보여주고 자식들과 손주들, 조카들에게 디를 소개해 준다. 디는 처음엔 부럽기도 하지만 그들이 연달아 집에 도착하자 기쁨에 벅차오른다(정말 많네요). 그리고 이 모든 것에 따르는 책임을 환한 얼굴로 받아들인다. 그리고 파스쿠알레에 따르면 아기를 안아들고 그가 그 손자의 귀에서 동전을 뽑아내는 모습을 보며(이제 아주 예뻐졌어요) 샘솟는 눈물을 삼킨다. 그리고 하루 아니 어쩌면 이틀 뒤에(기억과 시간 사이에 무슨 상관이 있단 말인가?), 어두운 현기증이 밀려오더니 일어날 수 없을 만큼 쇠약해지고 결국에는 복부에 딜로디드로 가라앉힐 수 없는 날카로운 통증이 온다. 그리고….

포르토 네베네레에서 그들은 아침식사를 마치고 호텔로 돌아가 하이킹 부츠를 신는다. 디는 이쯤이야 자신 있으니 걱정 말라고 파스쿠알레를 안심시킨다. 택시를 타고 길 끝에 도착하니 관광객들의 자동차와 보행기와 자전거들로 가득하다. 유턴 지점에서 파스쿠알레는 택시에서 먼저 내려 그녀가 내리는 걸 돕고 요금을 지불한다. 그들은 다시 공원으로 이어지는 포도밭 길을 걸어 바다에 면한 절벽 배후의 줄무늬가 난 산기슭에 닿는다. 벽화들이 닳아 사라졌는지 스프레이 낙서로 덧칠이 되었는지 벙커가 아직 남아있기나 한지, 아니 벙커가 정말 있기나 했었는지, 그들은 알지 못한다. 하지만 그들은 젊고 오솔길은 넓고 걷기 편하다. 그리고 설령 그들이 찾는 것을 발견하지 못한다 해도, 햇빛 아래서 함께 걷는 것만으로도 충분하지 않은가?

옮긴이의 말

좋은 소설은 많다. 흥미진진한 사건 위주의 소설도 많고 문학적으로 탄탄한 소설도 많다. 하지만 흥미와 문학성을 겸비한 소설, 독자들이 책을 놓지 못하게 만들면서 비평가들이 '장르'를 전제하지 않고 흔쾌히 찬사를 던지게 하는 그런 소설은 많지 않다. 그리고 《아름다운 폐허》는 바로 그 많지 않은 소설 중의 하나다.

《아름다운 폐허》는 미국의 40대 작가 제스 월터의 여섯 번째 장편소설이다. 제스 월터는 〈뉴스위크〉〈워싱턴 포스트〉〈보스턴 글로브〉 등에 글을 기고한 저널리스트 출신이며 새천년 들어 소설가로 전향했다. 미국의 사랑받는 공영 라디오 방송 NPR에서 서평을 담당하는 모린 코리건은 중요한 신간들을 읽고 서평을 써야 하는 입장으로서 《아름다운 폐허》의 클레어 실버와 같은 기분일 때가 매우 잦다며, 모든 책들이 제인 오스틴 아류거나 뱀파이어 또는 웨어울프 판타지거나 세상을 떠난 애견에게 바치는 오마주처럼 느껴지던 때, 《아름다운 폐허》라는 문학의 기적이 등장함으로써 책에 대한 희망을 되살려 주었다고 털어놓았다. 그녀는 나아가 제스 월터는 내놓는 작품마다 전작과는 완전히 다른 소재와 주제와 문체를 보여주는데, 1960년대 초 이탈리아에서 오늘날의 할리우드와 미국의 심장부를 오가는 신작 《아름다운 폐허》의 제목에서는 우선적으로 자기 파괴적인 배우 리처드 버튼을 연상시키지만 사실 소설 전체가 건축물과 인간의 '아름다운 폐허'를 만화경처럼 보여주고 있다고 말했다.

책을 읽기 전에는 리처드 버튼과 엘리자베스 테일러의 이야기가 작품의 가장 중심적인 소재가 아닐까 생각했었다. 하지만 작품은 50여 년 전 이탈리아의 외딴 섬 포르토 베르고냐를 배경으로 스무 살을 갓 넘긴 이탈리아 청년 파스쿠알레와 미국에서 온 신인 여배우 디 모레이의 며칠을 가장 중심적으로 그린다. 그들의 우연하고도 운명적인 만남은 첫 장에 길게 묘사되어 있는데, 특히 아래의 한 문장은 깊은 울림으로 남는다.

…그때 그녀가 미소를 지었으며, 바로 그 순간, 그런 것이 가능하다면, 파스쿠알레는 사랑에 빠졌고, 이제 그는 남은 평생을 그가 알지도 못하는 그 여자에게라기보다는 그 순간을 대상으로 한 사랑에 빠진 채로 보내게 될 것이었다.

사랑과 배신과 기만의 소용돌이에서 포르토 베르고냐로 흘러들어온 디 모레이는 착하고 순진한 총각 파스쿠알레와 언어와 신분의 장벽을 넘어서 마음을 나눈다. 한밤중 디 모레이의 구토, 호텔 앞 테라스에서의 대화 등 기억에 남는 장면들이 많지만 그중에서도 탄약고 벽화 앞에서의 시간은 참으로 아름다운 명장면으로 길이 남을 만하다.

현대 미국으로 배경이 옮겨지면서 우리는 클레어와 셰인이라는 젊은 이들을 만나고 이어서 50여 년 전 그 모든 사건의 배후에 있었던 인물 마이클 딘과 조우한다. 시공을 오가며 이야기가 펼쳐지면서 정확히 무슨 일이 있었는지가 밝혀진다. 특히 '삭제된 마이클 딘 회고록의 첫 장'과 1970년대 디 모레이와 앨비스 벤더의 결혼생활을 담은 장이 많은 것을 이야기해준다. 주요한 사건들 자체도 흥미롭지만 양념처럼 곁들여진 인물들(포르토 베르고냐의 어부들, 파스쿠알레의 죽은 아버지와 어머니와 이모, 클레어의 남자친구 등)도 재미를 더해준다. 마지막으로 디 모레이의 아들 팻과 그의 여자친구 리디아도 중요한 인물들로 등장한다.

작업을 하며 가슴이 뭉클해지는 순간과 표현들을 많이 접했다. 파스쿠알레와 디는 누구나 사랑하지 않을 수 없는 인물들이 틀림없지만, 개인적으로 앨비스 벤더의 슬픈 운명이 가슴을 쳤다. 사고가 과연 사고였는지 잠시 의심이 갔을 만큼, 진정으로 사랑받지 못할 것을 알았던, 영원히 행복할 수 없었던 운명의 인물로 느껴졌다. 그가 평생 동안 쓴 유일한 소설의 유일한 장은 또 얼마나 아름다운가! 심지어 셰인이 피치하는 '도너 파티' 영화의 주인공 윌리엄 에디마저 비극적인 인물로 다가온다.

상당히 긴 분량의 소설이지만 이렇게 마이클 딘의 회고록, 셰인의 피치, 리디아의 연극 등이 중간 중간 삽입되면서 서사의 흥미를 더해주어 지루할 틈이 없다는 것도 장점이라 하겠다. 작가의 전작 《시인들의 경제적인 삶》이 현재 영화화되고 있다는 소식을 들었는데, 《아름다운 폐허》는 더더욱 '영화화되어야만 하는' 소설이라는 생각이다.

한때는 눈부셨을 우리의 삶은 서서히 허물어져 결국에는 '폐허'로 남거나 그도 아니면 완전히 사라진다. 인류의 역사라는 것도 마찬가지다. 하지만 그래서 뭐? 작가는 그렇게 말하고 싶은 것 같다. 소설의 마지막 몇 문장을 다시 한 번 음미해본다.

벽화들이 닳아 사라졌는지 스프레이 낙서로 덧칠이 되었는지 벙커가 아직 남아있기나 한지, 아니 벙커가 정말 있기나 했었는지, 그들은 알지 못한다. 하지만 그들은 젊고 오솔길은 넓고 걷기 편하다. 그리고 설령 그들이 찾는 것을 발견하지 못한다 해도, 햇빛 아래서 함께 걷는 것만으로도 충분하지 않은가?

2013년 3월, 김재성

아름다운 폐허

첫판 1쇄 펴낸날 2013년 4월 19일

지은이 | 제스 월터
옮긴이 | 김재성
펴낸이 | 박남희
디자인 | Studio Bemine
관리 | 박효진

종이 | 화인페이퍼
인쇄 | 청아문화사
제본 | 정민제본

펴낸곳 | (주)뮤진트리
출판등록 | 2007년 11월 28일 제318-2007-000130호
주소 | 서울시 영등포구 양평동 2가 37-2 양평빌딩 301호
전화 | (02)2676-7117 팩스 | (02)2676-5261
E-mail | geist6@hanmail.net

ISBN 978-89-94015-55-2 03840